Tara Haigh
Das weiße Blut der Erde

Das Buch

Hamburg, 1898: Als ihr sterbender Adoptivvater mit letzter Kraft einen Namen aufschreibt, vermutet Ella Kaltenbach einen ersten Hinweis über ihre wahre Abstammung. Heißt so ihr leiblicher Vater? Und was hat es mit den jahrelangen Zahlungen aus der britischen Kolonie Malaya auf sich? Die junge Krankenschwester beschließt, auf der Suche nach Antworten in das ferne Land zu reisen.

Die Spuren führen zur Kautschukplantage der Fosters. Dort gerät Ella zwischen die Fronten der britischen Kolonialmacht und des malaiischen Widerstandes, begegnet aber auch einer großen Liebe. Doch es gibt jemanden, der vor nichts zurückschreckt, um die Wahrheit über Ellas Wurzeln für immer im Dunkel des Regenwaldes zu belassen …

Die Autorin

Tara Haigh schreibt seit vielen Jahren große TV-Unterhaltung und als Tessa Hennig Frauenromane mit Herz und Humor, die bereits erfolgreich verfilmt und alle Bestseller wurden. Mit ihrem dritten historischen Roman greift Tara Haigh ihre Leidenschaft für Malaysia auf, wo sie ein Jahr gelebt und gearbeitet hat.

Weitere Informationen unter www.tessa-hennig.de.

Tara
Haigh

Das
weiße Blut
der *Erde*

Roman

TINTE
&
FEDER

Deutsche Erstveröffentlichung bei
Tinte & Feder, Amazon Media E.U. S.à r.l.
5 Rue Plaetis, L-2338 Luxembourg
Oktober 2017
Copyright © der Originalausgabe 2017
By Tara Haigh
All rights reserved.

Umschlaggestaltung: zero-media.net, München
Umschlagmotiv: © simonlong/Getty; © CalatheaPhoto/Alamy Stock Foto;
© STOCKFOLIO®/Alamy Stock Foto; © ArtesiaWells/Alamy Stock Foto;
© Dudarev Mikhail/Shutterstock; © rzstudio/Shutterstock;
© katherinayang/Shutterstock
1. Lektorat: Ute Köhler
2. Lektorat: Bernadette Lindebacher
Korrektorat: Manuela Tiller/DRSVS

Printed in Germany
By Amazon Distribution GmbH
Amazonstraße 1
04347 Leipzig, Germany

ISBN: 978-1-542-04849-1

www.tinte-feder.de

Straße von Malakka am 21. Mai 1877

In wenigen Stunden erreichen wir den Indischen Ozean. Ein langer Weg liegt vor uns. Ohne mein geliebtes Tagebuch wüsste ich nicht, wie ich mir die Zeit nach der Schicht vertreiben sollte. Ich verstehe einfach nicht, warum ich der einzige Seemann an Bord bin, der seine Erinnerungen niederschreibt, anstatt sie mit Rum hinfortzuspülen. Schließlich erlebt man viel auf Reisen, vor allem in den Hafenstädten, und sei es nur anlässlich eines kurzen Halts, um einen Großsegler mit frischem Proviant zu beladen. Natürlich ernte ich dafür wieder Spott und Gelächter, den heiseren Singsang aus tiefen, mit billigem Fusel geölten Männerkehlen. Die Stimmen hallen im Mannschaftsraum unter Deck so laut wie in einem Gotteshaus und sie übertönen sogar die Peitschenschläge der Wellen gegen den hölzernen Rumpf. Seitdem wir Singapur verlassen haben, ist die See so rau, dass einem beim Schreiben im flackernden Licht der Petroleumlampe schummrig wird. Die Feder ruhig zu halten, fällt mir schwer. Hoffentlich kann ich meine zittrige Schrift nach Jahren noch lesen.

»Vielleicht schreibt er ja Liebesbriefe«, grölt Maat Johansson. »In jedem Städtchen ein Mädchen«, ereifert sich ein anderer. Erneut bricht Gelächter aus. Kein Wunder, bis heute Morgen dachten sie, dass ich es mit der Treue ernst nehme. Ich kann es ihnen angesichts der gestrigen Ereignisse nicht verübeln. Auch Kapitän von Stetten hat eine ähnliche Bemerkung fallen lassen, aber eher im

Scherz, denn er kennt die wahren Hintergründe und weiß, dass ich meine Frau nie betrügen würde.

Wäre ich gestern doch nur nicht mit an Land gegangen und in dieser Hafenspelunke eingeschlafen! Aber ab und an braucht man festen Boden unter den Füßen, andere Gesichter um sich herum und das Gefühl, mal Platz um sich zu haben. Englisches Bier ist einfach zu stark. Verfluchtes Singapur!

Noch immer habe ich diese markerschütternden Schreie im Ohr. Der riesige Schiffsrumpf muss sie zur Landseite hin geschluckt haben, außerdem wurde spätnachts noch verladen. Das macht ordentlich Lärm. War ich deshalb der Einzige, der diese Stimme gehört hat? Anscheinend hat mich das Schicksal dazu auserkoren, den Schreien zu folgen, um mich zu dieser dunklen Kreatur zu führen. Angeblich geschieht im Leben ja nichts ohne Grund.

Er hat sicher geglaubt, er könnte sich einfach so davonstehlen, doch der Mond schien zu hell und am Hafen gab es um diese Zeit normalerweise keine Droschken mehr. Er hätte doch damit rechnen müssen, sich neugierigen Blicken auszusetzen. Kann sein, dass es ihm egal war. Jemand, der so eine edle Droschke fährt, muss sehr einflussreich sein und hat hierzulande sicher nichts und niemanden zu fürchten, außer das Unglück, das der Zufall über ihn gebracht hat. Seine stechenden Augen jagen mir immer noch einen Schauder über den Rücken. Sie passen zu jemandem, der so herzlos ist. Der Teufel war es in Person. Einen Pakt schloss ich mit ihm, nur damit diese verzweifelten Schreie endlich verstummten …

Kapitel 1

Normalerweise nahm Ella die vierzig Minuten Fußweg vom Harvestehuder Weg bis zur Arbeit gern in Kauf. Vor allem, wenn sie frühmorgens Dienst hatte. Die frische Luft tat gut und die für Hamburg typische steife Brise blies einem schnell die Müdigkeit aus den Knochen. Bei extrem schlechtem Wetter kam das allerdings nicht infrage. Es stürmte und goss heute wie aus Kübeln. Mutter hatte die Droschke gleich nach dem Frühstück telefonisch bestellt. Die sich daraus ergebenden Konsequenzen waren etwas heikel, denn wenn sich eine Einundzwanzigjährige, Tochter eines einfachen Seemanns und einer Lehrerin, eine Droschke für den Weg zum Dienst leisten konnte, erschien das Außenstehenden kurios, um es gelinde auszudrücken. Um die ohnehin bereits schwelende Missgunst der Ärzteschaft, vor allem aber des Wartpersonals nicht noch weiter zu schüren, nahm Ella sich auch an diesem Morgen vor, sich nicht direkt vor das Hauptportal des Neuen Allgemeinen Krankenhauses kutschieren zu lassen. In der Regel stieg sie auf der anderen Straßenseite oder in einer der Nebenstraßen aus. Vater hatte ihr das angeraten, nachdem kürzlich eine der

Kolleginnen nicht umhingekommen war, sie zu fragen, wie sie sich eine Droschkenfahrt von den knapp zweihundert Mark, die eine junge Wärterin monatlich verdiente, leisten konnte.

»Ich kann es mir an sich gar nicht leisten, aber ich wäre sonst zu spät gekommen.« Diese Ausrede konnte Ella natürlich nicht überstrapazieren. Weitere Ausreden waren gefolgt, bis sie es leid gewesen war, sich bei schlechtem Wetter auf dem Weg zur Arbeit unentwegt neue Geschichten einfallen zu lassen. In der Ärzteschaft wurde ohnehin schon über ihren Wohnort gemunkelt, auch darüber, dass sie ein Telefon hatten. Menschen aus einfachen Verhältnissen residierten nun mal nicht in einem Villenviertel am Alsterufer inmitten des Großbürgertums, sprich unter Kaufleuten und Industriellen. Noch nicht einmal die Klinikleitung konnte sich dieses Privileg leisten. Wieder war es Vater gewesen, der ihr geraten hatte zu sagen, dass die Familie bei der Verwandtschaft in einem Mehrparteienhaus wohnte. Weitere Nachfragen waren seither gottlob ausgeblieben.

Die gut viertelstündige Droschkenfahrt entlang der Alster und quer durch die Stadt reichte nicht, um sich zu entscheiden: sich weiterhin in Diskretion üben und pudelnass werden oder es wagen, sich doch direkt zum Eingang des Krankenhauses bringen zu lassen?

Das Portal des weitläufigen roten Backsteingebäudes war bereits in Sicht. Soweit Ella das beim Blick aus dem mit Regentropfen verhangenen Fenster erkennen konnte, betrat gerade einer der Wärter das Gebäude. Sie war heute etwas früher dran. Die meisten Kollegen kamen üblicherweise später. Ella wagte es daher, ihre ursprüngliche Anweisung an den Kutscher zu widerrufen.

»Halten Sie gleich hier, am Eingang«, rief sie ihm zu.

Der Kutscher verlangsamte daraufhin sofort die Fahrt.

Ella bereute ihre Entscheidung augenblicklich, denn in dem Moment näherte sich eine Frau mit Regenschirm, den die

Sturmböen hin- und herrissen. So früh am Morgen war es sicher eine Kollegin. Hier kannte dummerweise jeder jeden, auch wenn das Krankenhaus hundertsechzig Pflegekräfte beschäftigte, die auf voneinander getrennte Pavillons verstreut waren. Ella hoffte, dass die Wärterin viel zu sehr damit beschäftigt war, ihren Schirm im Kampf gegen die Windböen gerade zu halten, um die Droschke bewusst wahrzunehmen oder nachzusehen, wer daraus ausstieg.

Ella reichte dem Kutscher das bereits abgezählte Geld, presste den Schirm nach unten, um ihr Gesicht dahinter zu verbergen, und tänzelte um die Pfützen herum zu den Stufen, die hinauf zum Eingang führten. Die Kollegin würde ja hoffentlich bereits drinnen sein – doch da täuschte Ella sich. Kaum die letzte Stufe genommen und den Türgriff in Reichweite, tauchten im Sichtfeld unter ihrem Schirm zwei spindeldürre Beine auf, die in Wollstrumpfhosen und braunem, festem Männerschuhwerk steckten. Ella atmete augenblicklich auf. Sie kannte nur eine Wärterin, die sich so zweckmäßig, aber unvorteilhaft kleidete.

»Morgen, Ella«, begrüßte sie prompt eine vertraute Stimme, die ihrer Kollegin Mathilde gehörte, der dienstältesten Wärterin, die bereits seit Gründung des Krankenpavillons vor neun Jahren mit dabei war. Sie wusste über Ellas Familienverhältnisse Bescheid und war verschwiegen wie ein Grab. Die Mittdreißigerin hatte zudem ein sehr angenehmes Wesen und stets ein Lächeln auf den Lippen. Man konnte sie getrost eine Freundin nennen – im Moment allerdings eher einen begossenen Pudel. Die Arme war bis auf die Knochen durchnässt. Wehmütig blickte Mathilde der Droschke nach.

»Dein Glück möchte ich auch mal haben«, kam es prompt, jedoch von einem wohlwollenden Lächeln begleitet, das Ella seufzend und mit unschuldigem Schulterzucken kommentierte.

»Lass uns reingehen«, forderte Mathilde sie verständlicherweise auf, auch wenn sie unter dem Torbogen des Eingangsportals vor dem Regen Schutz fanden.

Sicher war Mathilde auch nach einem Plausch vor Dienstbeginn zumute. Sie kannte jeden und war immer auf dem Laufenden, was die Ärzteschaft und Patienten betraf. Nun war Eile geboten, denn das Wartpersonal der Nachtschicht würde es ihnen danken, zeitig abgelöst zu werden.

»Fährst du im Sommer wieder mit an die Ostsee?«, wollte Mathilde auf dem Weg in den Keller zu den Umkleideräumen mit unzähligen Spinden wissen.

»Ich habe mich schon in die Liste eingetragen«, erwiderte Ella und überlegte, dass es wohl so gut wie niemanden gab, der angesichts der niedrigen Bezahlung auf einen von der Klinikführung finanzierten Urlaub verzichten würde.

»Du etwa nicht?«, fragte Ella.

»Die Klinikleitung hat allen, die sich noch nicht eingetragen haben, nahegelegt, gegen Bezahlung ausnahmsweise darauf zu verzichten. Wir sind überbelegt. Sie wollen uns entschädigen, wenn wir bleiben und arbeiten. Und ich kann etwas mehr Geld gerade gut gebrauchen.«

»Dann sollen sie eben mehr Mitarbeiter einstellen«, empörte Ella sich.

»Leute wie du wachsen nicht auf den Bäumen. Die englischen Krankenschwestern sprechen kein Wort Deutsch und die aus der Schweiz bleiben lieber in der Heimat. Dort verdient man ja wesentlich mehr.« Mathildes Ausführungen stimmten auf den Punkt.

»Angeblich beginnt die hausinterne Ausbildung zur Krankenschwester schon nächstes Jahr. Dann haben wir mehr Fachkräfte«, merkte Ella an.

»Wird auch höchste Zeit. Wir Deutsche sind doch sonst

auch weltweit in so vielen Bereichen führend. Uns geht es gut. Die Leute haben seit Jahren sogar eine Krankenversicherung, aber in Sachen Krankenpflege ... Ohne die Choleraepidemie vor sechs Jahren hätte sich sowieso nichts getan. Wir mussten uns doch alles anlesen, um der Seuche Herr zu werden. Das muss man sich mal vorstellen. Ende nächsten Jahres beginnt ein neues Jahrhundert«, ereiferte sich Mathilde, während sie ihre Dienstuniform aus dem Spind holte und vor sich auf einen Stuhl drapierte. Dann hielt sie inne und blickte etwas wehmütig zu Ella hinüber.

»Frag mich nicht, wie oft ich dich um deine Zeit in London beneidet habe«, sagte Mathilde.

Ella nickte verständnisvoll, auch wenn die dortige Ausbildung kein Zuckerlecken gewesen war. Das nahm man aber in Kauf, weil das St. Thomas Hospital weltweit in der Ausbildung als führend galt und eine Deutsche dort ganz nebenbei ihr Schulenglisch perfektionieren konnte.

»Ich hab übrigens das Buch fertig gelesen, das du mir geliehen hast«, sagte Mathilde, nachdem sie sich immerhin schon ihre Straßenschuhe ausgezogen hatte.

Ella überlegte, von welchem Buch Mathilde gerade sprach. Sie hatte ihr bereits einige geliehen. Dementsprechend fragend sah sie ihre Kollegin an.

»Na, Florence Nightingale, die ›Notes on Nursing‹. Mit meinem Schulenglisch war das aber kein leichtes Unterfangen. Was die Frau so ganz allein auf die Beine gestellt hat – in höchstem Maße beeindruckend!«, schwärmte Mathilde.

»Ohne Nightingale würde es bis heute noch keine ausgebildeten Krankenschwestern geben«, pflichtete Ella ihr bei.

»Ich bin mir sicher, dass unsere Ärzte weniger wissen als diese Nightingale«, überlegte Mathilde laut.

»Damit könntest du sogar recht haben«, bestätigte Ella schmunzelnd.

»An dir ist sowieso eine Ärztin verloren gegangen«, merkte Mathilde wie schon so oft an.

»Dazu hätte ich in der Schweiz studieren müssen. Da war ich aber lieber im St. Thomas.« Als ob Ella dies zu untermauern gedachte, zog sie sich die Schwesternhaube über. Ihr zu einem Dutt zusammengebundenes Haar zog so sehr an den Haarwurzeln, dass sie das Gefühl hatte, sich die Haare herauszureißen – eines der wenigen Dinge, die Ella an ihrem Beruf nicht ausstehen konnte. Ärztinnen trugen bestimmt keine Hauben. Wenigstens war die Uniform für Wärterinnen bequem. Die darüberliegenden weißen Schürzen konnte man zudem so eng oder locker schnüren, wie man wollte.

»Den Titel Kräuterhexe hast du dir ja schon erworben«, sagte Mathilde augenzwinkernd, die sich mittlerweile ebenfalls ihre Haube mit Haarnadeln befestigte.

»Wenn Gutenberg wüsste, dass ich es als Kompliment aufgefasst habe. Außerdem hätte er mich eigentlich als Giftmischerin bezeichnen müssen. Da sieht man mal, wie wenig Ahnung er von Heilkunde hat.«

»Woher auch? Er hat gelernt, Ranzen aufzuschneiden und sie wieder zusammenzuflicken«, amüsierte Mathilde sich.

»Es gibt Bücher …«, erwiderte Ella, während sie sich im kleinen Spiegel des Spinds besah, die Uniform zurechtrückte und eine widerspenstige brünette Haarsträhne unter der Haube verschwinden ließ.

»Glaub mir. Er hält Hahnemann bestimmt für einen Ketzer, der auf den Scheiterhaufen gehört hätte«, sagte Mathilde, die sich genau wie Ella mit Hahnemanns Lehre der Homöopathie eingehend beschäftigt hatte. Vermutlich war dieses Wissen, das sie beide teilten, einer der Grundpfeiler ihrer Freundschaft.

»Dort werden wir auch noch landen«, gab Ella mit einem Lächeln zurück, auch wenn die Sorge, sich Schwierigkeiten einzuhandeln, nicht ganz unberechtigt war. Viel bedeutsamer war jedoch, in die Augen eines dankbaren Patienten zu sehen, der sich aufgrund von ein wenig »Hexerei«, wie es Gutenberg nennen würde, wieder bester Gesundheit erfreute. Das allein rechtfertigte jegliches Risiko.

Ella musste sich eingestehen, dass sie die »Alleingänge« in medizinischer Hinsicht sogar genoss. Zum einen war sie davon überzeugt, den Patienten etwas Gutes zu tun. Zum anderen kam ein gewisses Kribbeln mit hinzu, denn schließlich tat sie etwas Verbotenes. Selbst in England stand es einer Krankenschwester nicht zu, einen Patienten eigenmächtig zu therapieren, einer Wärterin schon gar nicht. Auch Mathilde scherte sich nicht darum, und wenn sie beide gemeinsam Dienst hatten, gab es wenig Grund, sich vor Entdeckung zu fürchten. Letztlich hatte eine von beiden nur aufzupassen, dass sie nicht dabei erwischt wurden, wenn sie den Getränken der Patienten homöopathische Mittel beifügten. In den Patientenzimmern war dies verständlicherweise unmöglich. Es blieb daher nur das Zimmer für das Wartpersonal. Einer musste Schmiere stehen. Heute war dies Mathildes Aufgabe. Natürlich würde es auffallen, wenn eine Wärterin wie angewurzelt vor dem Stationszimmer stand und sich unentwegt umsah. Gottlob hing dort aber eine Tafel mit den Einsatzplänen. Diese zu studieren, gehörte zum Stationsalltag. Falls jemand kam, genügte es, sich laut zu räuspern oder etwas Unverfängliches von sich zu geben wie »Du hast nächste Woche doch frei« oder dass jemand krank sei und sich der Dienstplan geändert habe.

Diese Maßnahmen waren diesmal nicht erforderlich. Ella brauchte sowieso nur maximal eine Minute, um die Glaskaraffen mit dem homöopathischen Mittel Calendula zu befüllen, in Alkohol und Wasser verdünnt, damit niemand es bemerkte. Das war auf der chirurgischen Station Standard – ihr Standard, denn Calendula begünstigte die Wundheilung. Den

Erfolg schrieb sich ausgerechnet Oberwärterin Gertrude auf die Fahne. Sie war es, die das ganze Lob erntete, denn natürlich war den Ärzten bei den täglichen Stippvisiten aufgefallen, dass Wunden auf dieser Station außergewöhnlich schnell verheilten. »Dank guter Pflege« hieß es. Es war also letztlich für alle gut, neue Wege zu gehen, und es klappte auch diesmal problemlos, den frisch operierten Patienten in den vorderen Zimmern mit der täglichen Wasserration die Medikation zu verabreichen, sprich sie gleich zum Trinken zu animieren, bevor die Wunden versorgt und die Verbände gewechselt wurden. Ein ganz normaler Arbeitstag, so schien es, jedenfalls bis zu dem Moment, als Gertrude resolut in das Patientenzimmer stürmte. Ihre Miene ließ den Rückschluss zu, dass sie nicht gerade erfreut war.

»Guten Morgen, Fräulein Kaltenbach. Herr Doktor Gutenberg möchte Sie sprechen. In einer eher dringlichen Angelegenheit.«

»Um was geht es?«, fragte Ella gleich nach.

»Das kann ich Ihnen nicht sagen, aber der Herr Doktor machte einen eher echauffierten Eindruck, wenn ich mir die Bemerkung erlauben darf.« Gertrude schien sich jedes ihrer Worte auf der Zunge zergehen zu lassen. Ihr passte es nicht, dass sie weniger wusste, weniger gelernt hatte und sich im Gegensatz zu Ella nicht »Krankenschwester« nennen durfte. Rivalitäten von Anfang an. Es konnte eigentlich nur um die Fahrt an die Ostsee gehen. Möglicherweise wollte er sie dazu überreden, genau wie Mathilde zu bleiben. Diesen Zahn gedachte Ella dem Herrn Doktor zu ziehen.

Obgleich nicht der Klinikchef, wusste Ella, dass Gutenberg ein mindestens so einflussreicher, aber auch steifer Geselle war, und das lag nicht an dem weißen Kittel, den er bis obenhin zugeknöpft trug. Er war ein Mann Mitte fünfzig, der natürliche Autorität ausstrahlte, den Bart allzeit korrekt getrimmt trug und der stets aufrecht vor einem saß. Als Leiter der Chirurgie war er für fast die Hälfte der über dreizehnhundert Betten verantwortlich. Die Chirurgie war eine der beiden Hauptabteilungen im Pavillonkrankenhaus neben der internistischen Abteilung mit Epidemiestation. Gutenberg unterstand auch eine kleine Spezialabteilung für Augenkranke. Ein Wort von ihm und die rund dreißig Ärzte des Klinikums parierten – vom einfachen Dienst- und Wartpersonal einmal ganz abgesehen. Dennoch kam es nicht infrage, auf den wohlverdienten Urlaub zu verzichten. Dementsprechend resolut klopfte Ella gegen seine Tür. Sie wartete gar nicht mehr auf sein »Herein« und trat sofort ein.

»Ah, Fräulein Kaltenbach …« Gutenberg musterte sie für einen Moment nachdenklich, was Ella irritierte. Hätte sie vielleicht doch lieber warten sollen, bis er sie hereinbat?

»Setzen Sie sich doch«, bot er ihr an.

»Sie wollten mich sprechen?« Ella mimte die Ahnungslose.

Gutenberg nickte und hörte einfach nicht auf, sie nachdenklich ins Visier zu nehmen.

Ella sah ihn daraufhin nur fragend an.

»Sie erinnern sich doch bestimmt noch an Otto Krüger, nicht wahr?«, fragte er, sichtlich um Beiläufigkeit bemüht.

Ella wurde augenblicklich heiß. Natürlich erinnerte sie sich an ihn. Sie hatte ihn ja aufgenommen und seine Akte angelegt. Eines stand jetzt schon fest: Um die Fahrt an die Ostsee ging es nicht und Ella wusste, warum es ihr im Magen etwas flau wurde.

»Er war Patient bei uns«, sagte sie.

»Richtig … er war … Eigentlich hätte Doktor Röttgers ihn heute operieren sollen«, führte Gutenberg aus.

Ella ahnte, was passiert sein konnte, und fühlte sich augenblicklich schuldig. So großspurig sie Gutenbergs Büro betreten hatte, so klein fühlte sie sich jetzt. Das lag aber nicht an den

Vorwürfen, auf die Gutenberg mit der geschickten Rhetorik eines Vorgesetzten hinsteuerte, sondern daran, dass sie offensichtlich nun doch »erwischt« worden war. Das Ausmaß seines Kenntnisstandes war jedoch noch nicht klar. Ella konnte es aber an Gutenbergs süffisantem Lächeln ermessen.

»Krüger hat den OP-Termin abgesagt. Wundert Sie das nicht auch?«

Ella zuckte unbedarft mit den Schultern. Sie konnte ihrem Chef ja wohl schlecht stecken, dass sie auch Krüger homöopathisch behandelt hatte, zumindest so lange nicht, bis überhaupt gänzlich klar war, wie viel Gutenberg wusste.

»Krüger ist Röttgers angegangen, hat ihn als Pfuscher bezeichnet und ihm nahegelegt, sein Handwerk, wie er es nannte, aufzugeben.«

»Was ist passiert?«

»Krügers Ganglion. Es war auf mirakulöse Weise verschwunden«, erläuterte Gutenberg.

Ella wurde schlagartig gleich noch etwas heißer. Ertappt. Erwischt. Es würde sicher gleich zur Sprache kommen, warum das erbsengroße und steinharte Bällchen zwischen Krügers Ring- und Mittelfinger sich resorbiert hatte. Es war eigentlich nur ein Experiment gewesen, denn Hahnemann hatte nie zwei Mittel zur gleichen Zeit verabreicht. Ein Teil seiner Schüler war von dieser Regel aber bereits abgewichen, wie Ella in England mitbekommen hatte. Einen Versuch war es daher wert gewesen, Krüger die homöopathischen Substanzen Ruta und Silicea gleichzeitig zu geben. Aus Hahnemanns Aufzeichnungen und weiteren Recherchen war zudem hervorgegangen, dass die Einnahme dieser beiden Mittel Verknorpelungen aller Art, vor allem aber entzündliche, positiv beeinflussen konnte.

»Nun … Was sagen Sie?« Gutenberg hatte also bereits registriert, dass es in ihrem Kopf ordentlich ratterte.

»Aber das ist doch sehr erfreulich.« Ella entschied sich dazu,

16

weiterhin die Unwissende zu spielen. Das kostete allerdings Kraft und ihre Stimme hatte bereits an Glanz verloren.

»Natürlich ist es das. Weniger erfreulich, Fräulein Kaltenbach, ist aber die Ursache des Ganzen.« Gutenbergs Miene wurde nun ernst.

Woher um alles in der Welt hatte er Wind davon bekommen? Krüger hatte doch hoch und heilig versprochen, niemandem davon zu erzählen. Er war Violinist und hatte eine Heidenangst davor gehabt, dass ein operativer Eingriff die Beweglichkeit seiner Finger ruinieren könnte. Röttgers selbst hatte ihn auf die Risiken aufmerksam gemacht. »Sogar bis zur Unbeweglichkeit«, hatte es geheißen. Da konnte man doch nachvollziehen, warum Krüger sich nicht unters Messer begeben wollte. Das war der Grund gewesen, warum Ella ihm versprochen hatte, nach »anderen Wegen« zu suchen. Bei einem Patienten, dem die Homöopathie nicht neu war, rannte man damit sowieso offene Türen ein.

»Sie sagen ja gar nichts mehr, Fräulein Kaltenbach«, hakte Gutenberg zunächst mit strengem Blick nach.

Sein darauffolgendes süffisantes Lächeln irritierte sie. Es erweckte den Anschein, dass er über alles Bescheid wusste. Gutenberg spannte sie nun auch nicht mehr länger auf die Folter.

»Mich hat es nicht im Geringsten überrascht, davon zu erfahren, auch wenn mir der Zufall zu Hilfe kam. Sie haben sich ja bereits bei den Internisten mit Ihren Heiltees einen Namen gemacht. Die Sache mit Krüger … Nun ja, seine Frau und meine Frau haben den gleichen Coiffeur und Sie wissen ja, dass dies ein sehr geschwätziger Ort ist.«

Jetzt, wo es raus war, legte sich Ellas Nervosität schlagartig. Wollte er ihr tatsächlich einen Strick daraus drehen, dass sich ein Patient eine Operation erspart hatte? Das wäre ja wohl absurd.

»Sie haben gegen Vorschriften verstoßen und Sie wissen genau, dass Sie Ihre beruflichen Grenzen überschritten haben, auch wenn Sie Ihre Ausbildung in London zur Krankenschwester sicherlich zu mehr befähigt, als man gemeinhin von einer Wärterin erwarten kann.«

Ella nickte, aber keine Spur devot.

»Eigentlich müsste ich Sie fristlos entlassen.«

Ella entlarvte das sofort als Drohgebärde.

»Müsste?«, fragte sie daher nach.

Gutenberg schüttelte ungläubig den Kopf und setzte sein Lächeln wieder auf.

»Röttgers hat Krüger gesagt, dass Glaube Berge versetzt. Sie können von Glück sagen, dass er sich nur an mich gewandt hat und nicht an den Klinikchef.«

»Teilen Sie Röttgers Meinung?«, wollte Ella wissen.

Gutenberg stutzte. Die Frage überraschte ihn offenbar.

»Bei dieser Behandlungsform verabreicht man manchmal auch kleine Dosen von sogar giftigen Stoffen, auch wenn in diesem konkreten Fall nicht davon auszugehen ist. Kieselsäure ist nicht toxisch und die Raute einer Gewürzpflanze ebenso wenig«, sagte er, was eindrucksvoll belegte, dass Krügers Frau die Mittel ausgeplaudert haben musste, aber auch, dass Gutenberg sich sehr wohl mit Hahnemanns Schriften vertraut gemacht hatte.

»Verdünnt und chemisch nicht mehr nachweisbar. In anderer Verdünnung an Gesunde verabreicht, führen sie grob gesprochen genau zu den Symptomen der Erkrankung, die sie in der Behandlungsverdünnung heilen«, führte Ella aus.

»Und da haben Sie sich gedacht, ein bisschen schütteln und schon ist der Krüger wieder gesund.« Es konnte keinen Zweifel mehr daran geben, dass Gutenberg sich sogar sehr gut eingelesen hatte. Er kannte das Prinzip des Potenzierens.

»Mit Alkohol oder destilliertem Wasser?«, fragte Gutenberg nach.

»Mit Ersterem und dann dem Trinkwasser zugegeben«, gab Ella zu.

»Ist es nicht erstaunlich, zu welchen Selbstheilungskräften der menschliche Körper imstande ist, wenn man diese ein wenig stimuliert? Nun ja, immerhin hat Hahnemann sich in Leipzig habilitiert. Er hätte nicht nach Paris gehen sollen, sondern hier in der Forschung bleiben.«

Was um alles in der Welt wollte Gutenberg von ihr? Nach einer fristlosen Kündigung sah der Gesprächsverlauf jedenfalls nicht aus.

»Sie sehen aber doch ein, dass Strafe in diesem Fall mehr als nur angebracht ist.« Er setzte dabei eine ernste Miene auf.

»Nein, ganz und gar nicht. Wie kann man jemanden bestrafen, der einen Menschen heilt?«, gab Ella selbstbewusst zurück, lenkte aber sogleich ein. »Die Vorschriften. Ich weiß …«

»Da wir nächstes Jahr endlich auch in unserem Haus den Ausbildungsberuf der Krankenschwester anbieten, übrigens nach hohen englischen Standards, werden Sie die Aufgabe übernehmen, den Schülerinnen die Grundlagen der Homöopathie zu vermitteln. Was geben Sie Ihren Patienten eigentlich auf Ihrer gegenwärtigen Station?«, wollte Gutenberg wissen.

Nun war Ella es, die sich ein Schmunzeln nicht mehr verkneifen konnte. Nur, wie hatte er denn auch davon Wind bekommen? Noch ein dummer Zufall? Sie beschloss, nachzufragen.

»Eine unserer Patientinnen geht zum gleichen Friseur?«, wollte sie wissen.

Gutenberg lachte.

»Es fällt auf, dass sie unter Ihren Fittichen schneller gesund werden. Da konnte ich mir eins und eins zusammenzählen … Nächste Woche erwarte ich von Ihnen eine Art Ausbildungsplan, die Inhalte … Ich möchte damit meine Kollegen überzeugen. Also, was sagen Sie?«

Ella konnte kaum glauben, dass sie ausgerechnet Gutenberg auf ihrer Seite hatte, einen Chirurgen, der das Skalpell mit Leidenschaft führte.

»Es ist zwar wissenschaftlich alles noch nicht erwiesen, aber ich habe Hahnemanns Werke gelesen. Ich erwarte, dass Sie zusagen.«

Ella nickte, ohne zu zögern. Es fühlte sich in dem Moment so an, als sei ein lang gehegter Traum in Erfüllung gegangen. Kein Versteckspiel mehr, anerkannt werden für das, was man wusste, Menschen mit all dem Erfahrungsschatz helfen können, den man sich erarbeitet hatte. Um das zu tun, hatte sie doch eigentlich einmal Ärztin werden wollen.

Es gab Tage, da passte sich das Wetter der persönlichen Stimmung an. Der Himmel riss gegen drei Uhr auf, pünktlich zum Dienstende, und die Wolken machten Platz für die Sonne. Ella genoss daher ihren Fußmarsch nach Hause, vor allem das letzte Stück entlang der Alster. Das Grau in Grau des Morgens war verschwunden und stattdessen leuchtete nun eine blühende Frühlingslandschaft um sie herum, die noch viel bunter zu sein schien als sonst, was sicherlich auch an Gutenbergs Angebot lag.

Ella brannte darauf, ihren Eltern davon zu erzählen und natürlich Rudolf, einem Mann von Welt, der einer Krankenschwester Respekt zollte, einer »Pionierin des Gesundheitswesens«, wie er sie vor Kurzem genannt hatte. Er hatte sich für heute Nachmittag zum Tee angekündigt. Genau genommen hatte Mutter ihn dazu eingeladen.

»Kommen Sie uns doch mal wieder besuchen. Auf ein Tässchen Tee vielleicht? Das letzte Mal, mein Gott, das muss mit Ihrem Vater gewesen sein, als Sie noch ein kleiner Junge waren«, hatte sie ihm auf der letztwöchigen Jubiläumsfeier der Werft zu verstehen gegeben.

»Ich erinnere mich noch an Ihr vorzügliches Gebäck«, hatte er charmant zurückgegeben. Mutters Backkünste mussten wohl einen bleibenden Eindruck bei ihm hinterlassen haben. Sie hatte genau wie Ella mitbekommen, dass Rudolf ihrer Tochter Avancen machte, und dachte sich offenbar, dass er eine gute Partie war. Welche Mutter träumte nicht davon, die einzige Tochter mit einem Adeligen unter die Haube zu bringen? So etwas nannte man für gewöhnlich »verkuppeln«. Dessen hätte es gar nicht bedurft, denn Rudolf sah blendend aus, hatte ausgezeichnete Umgangsformen und war zu geistreicher Konversation fähig. Ein Mann seiner Stellung konnte jedes Mädchen haben und bewegte sich in höchsten Kreisen. Dass sie sich dennoch kennenlernten, war einzig und allein dem glücklichen Umstand zu verdanken, dass Rudolfs kürzlich verstorbener Onkel, ein angesehener Marinekapitän, mit Vater befreundet gewesen war und Rudolf die Einladung an seiner Stelle angenommen hatte, um sein Andenken zu wahren. Mit einem attraktiven Junggesellen zu flirten, dessen Onkel ein Freund der Familie gewesen war, hatte zudem unverfänglichen Charakter.

Gottlob wohnten sie obgleich ihres niedrigeren gesellschaftlichen Standes nicht in einer der Mietskasernen, die ein Rudolf von Stetten vermutlich niemals betreten hätte. Das Mehrparteienhaus am Harvesterhuder Weg konnte sich sehen lassen. Es war dreistöckig, imposant und lag direkt an einer Allee, in der man auf sonntäglichen Spaziergängen die Reichen dieser Stadt beäugen konnte. Sie gehörten dazu, auch wenn sie nicht reich waren. Ella war klar, warum niemand den gesellschaftlichen Stand ihrer Familie infrage stellte. Sie kleideten sich ihrer Umgebung entsprechend und verhielten sich unauffällig. Außerdem wusste ja niemand, dass Vater sich die Wohnung nur dank einer nicht unerheblichen Leibrente seines Bruders, der nach Amerika ausgewandert war und dort sein Glück gefunden hatte, leisten konnte. Offiziell hatte er eine beträchtliche

Summe geerbt. Über Geld zu sprechen, war in diesen Kreisen gottlob eher verpönt. Man hielt sich lieber bedeckt und wechselte höchstens ein paar Worte über das Tagesgeschehen oder das Wetter. Abgesehen davon, dass es einfach nur schön war, in dieser Gegend zu wohnen, spielten die damit verbundenen Kontakte eine nicht unerhebliche Rolle. Ohne ihren Nachbarn, der in Stahl machte und einflussreiche Verwandtschaft in England hatte, wäre Ella weder auf den Gedanken gekommen, ausgerechnet in London ihre Ausbildung zur Krankenschwester zu absolvieren, noch hätte das St. Thomas sie überhaupt eingestellt.

»Guten Tag, Fräulein Kaltenbach. Ist das nicht ein wunderschöner Nachmittag?« Frau Rottmann, Gemahlin eines Bankiers, die ihr aus dem Nachbarhaus entgegenkam, schien Ellas Überlegungen zu bestätigen.

»Gewiss«, gab sie mit unverfänglichem Lächeln zurück, nachdem sie ihren Gruß erwidert hatte.

Das Haus, auf das Ella zusteuerte, wirkte im Licht der Nachmittagssonne besonders prachtvoll. Die den Fensterreihen im Erdgeschoss vorgebauten, römisch anmutenden Säulen und Reliefs, die bis hinauf zu den Rundbögen der oberen Balkone reichten, hatten nun einen goldenen Schimmer und kamen aufgrund des langen Schattenwurfs noch besser zur Geltung. Die edle Kutsche davor verlieh ihrem Zuhause noch einen ganz besonderen Glanz, weil es bestimmt Rudolfs Gefährt war. Heute war anscheinend ein perfekter Tag.

Ella hatte gehofft, noch Zeit zu finden, um sich umzuziehen, wobei an der Kleidung, die sie trug, an sich gar nichts auszusetzen war. Dennoch nutzte sie die spiegelnde Glasscheibe ihrer Wohnungstür, um die eine oder andere Haarsträhne in Form zu zupfen und sich kritisch zu besehen. Frühdienste konnten ja dunkle Augenringe hinterlassen. Heute jedoch nicht.

Mutter hatte anscheinend das Gehör eines Hundes. Sie stand bereits an der Tür, noch bevor Ella den Schlüssel aus ihrer Tasche herauskramen konnte. Und wie sich die Frau Mama herausgeputzt hatte. Man konnte meinen, der Kaiser höchstpersönlich sei zu Besuch.

»Er hat seine Geschäfte schneller erledigen können als gedacht und ist etwas früher gekommen«, flüsterte Mutter ihr nahezu andächtig zu.

Ella kam gar nicht mehr dazu, sich selbst aus der Jacke zu schälen. Ihre Mutter hatte sie flink in der Hand und hängte sie an die Garderobe. Anscheinend konnte es ihr nicht schnell genug gehen.

Ella vernahm bereits Rudolfs Stimme aus dem Wohnzimmer, wobei sie sicher war, dass Mutter es Rudolf gegenüber als »Salon« bezeichnet hatte.

»Mein Onkel hat viel von Ihren gemeinsamen Fahrten erzählt. So ein Leben auf hoher See ist sicher sehr abwechslungsreich und bereichernd«, hörte Ella ihren Gast sagen.

»Allerdings, aber Sie dürfen nicht alles glauben. Seemannsgarn gehört mit dazu«, gab Vater zurück, woraufhin Rudolf lachte. Weiter kamen sie nicht, denn Ella trat ein. Ellas Lächeln zur Begrüßung kam von Herzen, und das pochte sogar noch stärker als am ersten Tag ihrer Begegnung beim Empfang auf der Werft. Rudolfs einnehmendes Lächeln tat sein Übriges.

»Ella.« Rudolf machte keinen Hehl aus seiner Freude, sie wiederzusehen. Das Leuchten in seinen Augen gab ihr das Gefühl, dass sie ihn verzauberte. Jedem anderen Mann hätte sie übel genommen, so ausgiebig von ihm gemustert zu werden.

»Ich hoffe, dass ich nicht ungelegen … Aber ich war in der Gegend und habe mir schon eine halbe Stunde mit einem Spaziergang die Zeit vertrieben«, erklärte sich Rudolf.

»Ganz im Gegenteil. Ich freue mich sehr über Ihren Besuch«, erwiderte Ella, auch wenn es an sich eine reine Höflichkeitsfloskel war.

»Setz dich doch, Ella.« Mutter hatte erwartungsgemäß die Sitzordnung bereits geplant. Selbstredend deutete sie auf den freien Platz am Fenster – neben ihm.

»Noch einen Tee?«, fragte sie Rudolf dann.

»Gerne.«

Ella amüsierte sich nicht nur über das Verhalten ihrer Mutter, die Rudolf wie eine Bedienstete nachschenkte. Sie achtete normalerweise nicht so sehr auf das Eigenleben ihrer widerspenstigen grauen Locken. Seinetwegen hatte sie sie mit einem Haarreif gebändigt und sich herausgeputzt wie ein Pfau. Einer an sich eleganten Frau stand das. Vater wirkte als »Pfau« in seinem Anzug mit Weste allerdings wie ein verkleideter Seemann, dessen Gesicht und Hände nun mal von einem rauen Leben auf hoher See gezeichnet waren. Eine permanent leicht gerötete Rumnase gehörte mit dazu. Nur die aufwendig geschnitzte Pfeife mit goldenem Rand, an der er genüsslich paffte, passte letztlich zu seiner eleganten Kleidung.

Rudolf hingegen hatte seiner äußeren Erscheinung und charismatischen Ausstrahlung mit einem sicher maßgeschneiderten grauen Anzug mehr als nur Genüge getan. Ein weinrotes Halstuch passte zu seinem dunklen Haar und rundete den Eindruck eines perfekt gekleideten Gentlemans ab.

»Sie strahlen heute, dass man meinen könnte, Sie wollten der Sonne Konkurrenz machen«, sagte Rudolf, dem nicht entgangen sein konnte, dass die Freude über seinen Besuch ehrlich gemeint war. Ihm das offen kundzutun, schickte sich nicht für eine junge Dame, aber da ihr der Tag noch einen weiteren Grund zur Freude mit an die Hand gegeben hatte, entschied sie sich dazu, gleich von ihren neuen Möglichkeiten in der Klinik zu berichten. Rudolfs Interesse war ihr sicher. Das ihrer Eltern sowieso.

»In der Tat gibt es gute Neuigkeiten. Ich soll die neuen Schwestern in der Homöopathie unterweisen und unterrichten.«

Vater nickte anerkennend. Mutter hob erstaunt ihre Augenbrauen. Rudolf war der Einzige, der sofort Worte fand. Vermutlich ließ Mutter ihm den Vortritt.

»Ich gratuliere von Herzen. Sie werden Ihrer Pionierrolle mehr als gerecht«, sagte er anerkennend.

»Ja, unsere Ella. Wenn sie etwas macht, dann gescheit«, kommentierte Vater.

»Alles andere wäre doch reine Zeitverschwendung«, erwiderte Ella keck.

»Meine Worte, Fräulein Ella, meine Worte. Mein Onkel hat das übrigens auch immer von Ihnen behauptet, werter Heiner«, sagte er, an Ellas Vater gewandt. »Wahrscheinlich überträgt sich so eine Lebenshaltung von einer Generation auf die nächste«, bemerkte Rudolf, an ihre Eltern gerichtet. Obwohl er dabei schmunzelte und sicher nur ein Kompliment aussprechen wollte, tauschten ihre Eltern trotzdem irritierte Blicke. Ella konnte sich das nur damit erklären, dass Vater ihr oft genug Dickköpfigkeit vorgeworfen hatte und Mutter sich fortwährend sorgte, dass ihre Tochter sich zu viel in der Klinik herausnahm. Oft genug hatten sie beim Abendessen darüber gesprochen.

»Es ist Zeit für deine Medizin«, gab Mutter unvermittelt von sich. Warum sie nicht auf Rudolfs Bemerkung einging, war Ella ein Rätsel. Vielleicht wollte sie aber auch nur, dass die Tochter des Hauses mit Rudolf allein war.

Vater erhob sich grummelnd. Er war ja sowieso der Meinung, dass er keine Medizin für sein schwaches Herz nötig hatte.

»Sie entschuldigen uns«, verabschiedete er sich in die Runde und folgte Mutter, die schon an der Tür stand.

»Ich hoffe, Ihr Vater ist nicht ernsthaft erkrankt«, sagte Rudolf einfühlsam, als Mutter die Tür hinter sich zugezogen hatte.

»Das Herz. An sich sollte er gar keine Pfeife mehr rauchen.«

»Mein Vater war genauso stur. Er trank zu viel Whisky. Jeder hat wohl sein Laster«, sinnierte er.

»Und Ihres?«, fragte Ella unverblümt, was Rudolf überraschte.

»Ich liebe das Leben«, gab er zurück.

»Ist das ein Laster?«

»Wenn man nicht genug davon bekommt, vielleicht«, überlegte Rudolf laut. Sein Lächeln verschwand. Er blickte ihr direkt in die Augen und wirkte nachdenklich.

»Sie überlegen jetzt sicher, welche Laster ich habe«, spekulierte Ella.

»Nein. Ganz und gar nicht. Offen gestanden bewundere ich Sie aus vollem Herzen dafür, dass Sie neue Wege gehen und etwas tun, woran Sie glauben.«

»Tun Sie das nicht?«, wollte Ella wissen.

»Gelegentlich, wenn mich das Leben mit all seinen Verlockungen nicht davon abhält.«

»Dazu hätte ich gar keine Zeit«, sagte Ella. Das war wohl der Preis für ein Berufsleben aus Leidenschaft und der fühlte sich in seiner Gegenwart unerwartet hoch an.

»Ich habe zwei Freikarten für die Oper. Der Dirigent ist ein Freund der Familie«, sagte er.

»Was wird denn gespielt?«

»Don Giovanni.« In Rudolfs Stimme lag Ehrfurcht und Begeisterung zugleich.

»Ist das nicht eine etwas düstere Oper?«, fragte Ella nach, weil eine ihrer Kolleginnen dies kürzlich beim morgendlichen Plausch erwähnt hatte.

»Auch das Düstere gehört zum Leben. Meist ist es weniger

langweilig«, sagte Rudolf aus voller Überzeugung, was seine Einladung ausgesprochen attraktiv machte. An seiner Seite etwas Düsteres zu erleben, erzeugte merkwürdigerweise das gleiche Kribbeln wie die geheimen Aktionen mit Mathilde in der Klinik.

»Also gut. Wann wäre das?«, erkundigte sich Ella.

»Heute Abend. Vorausgesetzt, Sie haben noch nichts anderes vor.«

»Es ist etwas kurzfristig, aber …« Ella überlegte, warum sie sich zierte. Sie liebte es doch, spontan zu sein. Er offenbar auch. Das war schon einmal eine Gemeinsamkeit, und an so einem in jeder Hinsicht hellen Tag konnte eine »düstere Prise« bestimmt keinen Schaden anrichten.

Kapitel 2

Ella war zuletzt in London in der Oper gewesen, eine jener raren Vergnügungen, für die sie an den wenigen freien Tagen im Hospital Zeit gefunden hatte. Es war eine Matinee-Vorstellung gewesen, die keinen so strengen »Dresscode« erforderte wie eine Abendvorstellung. Mit fünf Kolleginnen in die Oper im Westend zu gehen, hatte aber einen ganz anderen Stellenwert als mit einem Mann, dem man nicht abgeneigt war. Es waren ihr gerade mal zwei Stunden geblieben, um sich in Schale zu werfen und ihr Lieblingsparfüm aufzutragen. Ella dankte dem Herrn, dass sie sich letztes Jahr eine zweite Abendrobe gekauft hatte.

»Wozu brauchst du so viele Abendkleider?« Mutter hatte seinerzeit auf ihrem Einkaufsbummel durch eines der großen Hamburger Kaufhäuser dagegen gewettert. Das alte hatte Ella bereits auf dem Jubiläumsempfang der Werft getragen. Noch einmal nach so kurzer Zeit in der gleichen Robe zu erscheinen, wäre mehr als nur peinlich gewesen, weil Rudolf dann bestimmt vermutete, dass sie sich keine zweite leisten konnte. Ella freute sich auf die Gelegenheit, ihr neues Kleid an diesem Abend einzuweihen – und das an der Seite eines richtigen Gentlemans in Frack, geschniegelt und ebenfalls verführerisch nach Rasierwasser duftend.

Rudolf sah einfach umwerfend aus, wenn er sich das Haar streng nach hinten kämmte. Seine markanten Gesichtszüge kamen dann besser zur Geltung. Der weiße Schal stand ihm ebenfalls ausgesprochen gut. Selbstredend hatte er Ella die Hand gereicht, um ihr beim Besteigen der Kutsche behilflich zu sein, und sie gleich mit Komplimenten überschüttet. »Sie sehen bezaubernd aus« hatte zwar den üblen Beigeschmack einer abgedroschenen Floskel, die man auch auf der Straße hörte, wenn man ein neues Kleid zur Schau trug, doch aus seinem Munde klang es aufrichtig begeistert. Ella hatte es während der kurzen Fahrt zum Stadttheater in der Dammtorstraße in seinen Augen lesen können, und zwar immer wieder, weil er häufiger seine Begleitung als die Straße ins Visier nahm.

Dass Rudolf so ziemlich alles über das Gebäude wusste, war kein Wunder. Sein Vater hatte eine der bekanntesten Immobilienfirmen Hamburgs aufgebaut. Rudolf führte sie vermutlich nach seinem Tod weiter. Ella hatte ihn danach fragen wollen, doch seine Erzählungen waren ihr in dem Moment interessanter erschienen. Ella kannte das Stadttheater ja nur mit der jetzigen klassizistischen Fassade, den prächtigen Säulen und dem pompösen Eingangsportal. Das alles war erst kurz vor ihrer Geburt an einem eher lieblosen Bau angebracht worden.

Etwa zweitausendfünfhundert Zuschauer passten in diesen Prachtbau. Dass das Gebäude die beste Akustik hatte, bestätigte sich gleich nach den ersten Klängen der fulminanten Opernaufführung. Was für ein glamouröser Abend und welche Wonne, mit Rudolf in einer der Logen zu sitzen und Blicke von eifersüchtigen Frauen zu ernten, die eher unansehnliche, in Fracks gepresste Fässer neben sich sitzen hatten.

Rudolf hatte ihr angeboten, entscheidende Passagen der Oper aus dem Italienischen zu übersetzen. Ella verzichtete darauf. Viel lieber wollte sie sich auf Mozarts Musik und die Bühnendarbietung konzentrieren, was nicht immer gelang, denn

Rudolfs Blicke waren förmlich auf ihrer Haut zu spüren. Ab und an kreuzten sie sich mit ihren, blieben kurz aneinander hängen. Mal lächelte sie verlegen, als er sie dabei ertappt hatte, mal umgekehrt. Natürlich war sie oft genug Männern begegnet, die sie attraktiv fand. Das war in einem Beruf, der mit Menschen zu tun hatte, unumgänglich. Rudolf schien jedoch ein ganz besonderes Exemplar von Mann zu sein. Wie konnte man die Nähe eines anderen, der eine halbe Armlänge von einem entfernt saß, so deutlich spüren, als ob er sie berühren würde? Ihn neben sich zu wissen, verursachte unentwegt ein angenehmes Prickeln. Nach und nach zog sie der Rausch an Farben, die Stimmen von Tenören und Sopranistinnen in einen die Sinne betörenden Strudel, der es unmöglich machte, den Geschehnissen auf der Bühne aufmerksam zu folgen. Ella ertappte sich bei dem Gedanken, wie es sich wohl anfühlen würde, wenn er ihre Hand berührte. Keine zehn Minuten später und nachdem sie sich erneut kurz angesehen hatten, malte sie sich aus, wie es sein würde, wenn er sie küsste. Die zunehmende Wärme in der Loge tat ihr Übriges, um ihr Blut in Wallung zu versetzen.

Ella war dankbar dafür, dass der Pausengong ertönte und der Vorhang fiel. Das gab ihr ein wenig Zeit, um sich wieder zu fangen.

Rudolf reichte ihr die Hand, um ihr aufzuhelfen. Er hielt sie für einen Moment und sah ihr dabei erneut mit diesem verlegenen Lächeln in die Augen. Unter diesen Umständen war eine Abkühlung zwingend nötig.

»Ich hoffe, dass ich Sie nicht allzu sehr mit dieser schweren Kost überrumpelt habe«, sagte er, nachdem sie das Foyer erreicht und sich unter die aus den Logen strömenden Besucher gemischt hatten.

»Ganz und gar nicht«, gab Ella zurück, auch wenn das nicht so ganz stimmte. Normalerweise hätte sie sich mit Vaters Opernführer aus der häuslichen Bibliothek bereits Tage vor dem Opernbesuch auf das Stück vorbereitet. Das half, wenn man kein Italienisch sprach.

Möglicherweise hatte sie ihn nicht so ganz überzeugen können, denn Rudolf blickte etwas skeptisch drein.

»Wir können uns ein Programmheft besorgen«, schlug er prompt vor.

Anscheinend hatte ein Mann, etwa in Rudolfs Alter, nicht minder attraktiv und von weltmännischem Auftreten, ihr kurzes Gespräch mitbekommen und gedachte, sich auf charmante Art einzumischen.

»Don Giovanni ist ein Mann von Adel. Er liebt und verführt, mordet und spricht dem Weine zu. Seinen grenzenlosen Begierden ordnet er alles unter, er liebt die Leidenschaft, die Verlockungen des Lebens«, führte er aus. »Die Oper ist wie gemacht für dich«, fuhr er, an Rudolf gerichtet, fort. Beide lachten daraufhin und begrüßten sich mit kameradschaftlichem Schulterklopfen.

»Willst du mich dieser reizenden Dame nicht vorstellen?«, verlangte das wandelnde Programmheft im Frack von seinem Gegenüber.

»Hubert Petersen. Wir kennen uns schon seit unseren Schultagen«, eröffnete Rudolf.

»Ella Kaltenbach.« Ella ergriff die Initiative und reichte ihrem Gegenüber die Hand, die zum Ziel eines angedeuteten Handkusses wurde. Das war in diesen Kreisen anscheinend so üblich. Ella genoss es, weil es zu diesem vornehmen Rahmen passte.

»Du kannst dich glücklich schätzen«, sagte Hubert. Warum das angeblich so war, konnte Ella sich ausmalen. Rudolf übrigens auch, weil seine Verlegenheitsgrübchen wieder zum Vorschein kamen.

»Und ich armer Tropf. Ich bin allein hier. Aber wie heißt es so schön? Glück im Spiel und …«, fuhr Hubert schmunzelnd und den Leidenden mimend fort.

»Sie sind ein Spieler?«, fragte Ella leichthin.

»Eine meiner Leidenschaften. Angesichts meiner vielen Sünden wird es mir so ergehen wie Don Giovanni. Die Erde wird mich in ihren Schlund ziehen. Questo è il fin di chi fa mal! E de' perfidi la morte alla vita è sempre ugual! Dies ist das Ende dessen, der Böses tut! Und der Tod der Hinterhältigen gleicht stets ihrem Leben«, zitierte Hubert mit gehöriger Theatralik.

»Respekt. Sie scheinen die Oper ja in- und auswendig zu kennen«, sagte Ella.

»Nur diesen Schlussgesang. In früheren Jahren wurde er bei den meisten Inszenierungen einfach weggelassen«, sagte Hubert.

»Vermutlich weil er zu grausam ist«, mutmaßte Ella.

»Vielleicht hat sich aber auch nur die irrige Ansicht durchgesetzt, dass das Gute über das Böse siegt«, überlegte Rudolf laut.

»Glauben Sie wirklich, dass das Böse im wahren Leben obsiegt?«, fragte Ella überrascht nach.

»Manchmal scheint es mir so, aber ich lasse mich vom Schluss der Oper gern eines Besseren belehren. Letztlich wollen wir doch alle nur Gutes tun, aber das ist sicherlich anstrengender«, erwiderte Rudolf schmunzelnd.

Hubert tauschte Blicke mit seinem Kumpan. Rudolf zuckte nur mit den Schultern.

Ella kam zu dem Schluss, dass Männer anscheinend ein ganz anderes Weltbild hatten als Frauen. Vater redete auch immer eher über das Schlechte und malte gerne schwarz. Wie schön, dass diesmal der Schlussgesang dargeboten wurde.

Was für ein gelungener Abend! Eine Opernaufführung mit atemberaubender Opulenz – trotz des tatsächlich aufwühlenden Endes. Der arme Don Giovanni, für immer von der

Unterwelt verschlungen. Ella amüsierte sich immer noch darüber, dass Rudolf just beim Schluss förmlich in die Aufführung abgetaucht war – mit großen Augen, die in den letzten Minuten ausnahmsweise nur den Ereignissen auf der Bühne gegolten hatten. Kaum war der Vorhang gefallen, galt der Beifall eher ihr.

»Großartig. Bravo!« Rudolf schloss sich den begeisterten Rufen der anderen Besucher genau wie Ella an. Sein strahlendes Lächeln schien jedoch direkt auf seine Begleiterin.

»Der Abend ist noch jung. Wir sollten ihn mit einem kleinen Umtrunk ausklingen lassen«, hatte Hubert vorgeschlagen. Er hatte auf sie am Ausgang ihrer Loge gewartet.

»Was halten Sie davon, Ella?«, fragte Rudolf.

Ella war unschlüssig, weil sie wusste, dass morgen ein anstrengender Tag auf sie wartete. Es war schon spät, und eine Frühschicht mit zu wenig Schlaf anzutreten, versuchte sie stets zu vermeiden.

Hubert musste ihr Zögern wohl missinterpretiert haben.

»Wir sollten dem Geist Don Giovannis Genüge tun. Das Leben in vollen Zügen genießen und das Schicksal herausfordern. Wie wäre es mit der Spielbank?«, fragte er.

Rudolf schien über ausreichend Feingefühl zu verfügen, um Ella anzusehen, dass sie darauf nicht sonderlich erpicht war.

»Ein andermal vielleicht«, kam er ihr zuvor, wobei Rudolf sich pro forma rückversicherte: »Es sei denn, Sie hätten Lust darauf.«

»Mir wäre eher nach einem Spaziergang«, schlug sie vor und hoffte, dass Hubert dies als ein Signal verstehen würde, allein ins Casino zu gehen, wenn ihm denn so viel daran lag.

Er verstand es. »Du würdest heute sowieso nichts gewinnen, du Glückspilz. Bei meinem sprichwörtlichen Pech in der Liebe kann ich es mir erlauben, heute hohe Einsätze zu wagen«, meinte Hubert, der sich mit einem dezenten Handkuss verabschiedete.

Ella war froh um ihre Entscheidung. Der Abend war lau und die Eindrücke der Oper waren zu schön, um sie mit einem Besuch in der hiesigen Spielhalle zu überlagern.

Die Straße entlang der Prachtbauten, an denen sie vorbeischlenderten, war wie leer gefegt. Nur sporadisch kamen ihnen Passanten entgegen.

»Hubert ist ja ein merkwürdiger Geselle.« Ella musste Rudolf einfach darauf ansprechen. Freunde sagten ja viel über einen Menschen aus.

»Da haben Sie allerdings recht. Auf seine Weise ist er aber sehr inspirierend. Manchmal wird er mir aber auch zu viel«, gab Rudolf dann doch zu. Alles andere hätte Ella enttäuscht.

»Was macht er beruflich?«, wollte sie wissen.

»Er hat geerbt, so viel ich weiß.«

Ella dachte für einen Moment darüber nach, dies entsprechend zu kommentieren. Ein Tunichtgut also, der sich den ganzen Tag über langweilte! Doch sie entschied sich dazu, Rudolf nicht zu nahe zu treten, schließlich war Hubert sein Jugendfreund.

»Ich nehme an, Sie halten keine großen Stücke auf jemanden wie ihn«, hakte Rudolf dennoch nach.

»Ich erlaube mir keine Urteile über Menschen, solange ich sie nicht gut genug kenne«, erwiderte Ella diplomatisch.

»Was würden Sie tun, wenn Sie so viel Geld hätten, dass Sie keiner Beschäftigung nachgehen müssten?«, fragte er.

»Vermutlich das Gleiche wie jetzt auch. Ansonsten würde ich mir nutzlos im Leben vorkommen.«

»Also folgen Sie Ihrer Berufung?«, wollte Rudolf wissen.

Ella nickte, ohne zu zögern.

»Bewundernswert.«

»Sie haben Ihre Berufung noch nicht gefunden?«, hakte Ella nach.

»Leider nein. Ich folge einfach meiner Nase und meinem

Herzen.« Das letzte Wort betonte er und blickte ihr dabei direkt in die Augen. Es konnte keinen Zweifel mehr daran geben, dass er viel für sie empfand. Es war auch nicht einfach so dahergesagt. Dafür sprach auch, dass er diesmal nicht lächelte.

Rudolf bot ihr seinen Arm an.

»Erlauben Sie mir, dass ich Sie zurück zur Kutsche geleite«, sagte er.

Ella hängte sich bei ihm ein. Sie ähnelten nun dem Paar, das ihnen entgegenkam. Es fühlte sich erstaunlicherweise vertraut an, ihn an der Seite zu haben und im Gleichschritt nebeneinander herzugehen. Diesmal allerdings schweigend. Es bedurfte im Moment keiner Worte. Ella empfand das Schweigen auch nicht als unangenehm, ganz im Gegenteil. Sie konnte sich ihren Gedanken hingeben und sich die bedeutsame Frage stellen, ob sie sich in Rudolf verliebt hatte. Die Antwort kam schneller als gedacht: Ja, und wie. Konnte er ihre Gedanken lesen? Das einnehmende Lächeln dieses Mannes konnte einen verzaubern.

Leider war seine Kutsche viel zu schnell in Sicht. Sie hätte noch eine Ewigkeit mit ihm durch die Nacht schlendern können.

»Da wären wir.« Rudolf stieg von der Kutsche ab und reichte Ella die Hand, um sie zur Tür ihres Elternhauses zu begleiten.

Für einen Augenblick sahen sie sich nur an. Was für ein schönes Gefühl, wenn man dem Blick eines anderen Menschen standhalten konnte.

»Darf ich darauf hoffen, dass wir uns alsbald wiedersehen? Vielleicht ein Picknick oder eine Fahrt ans Meer?«, fragte er.

»Gleich so weit weg?«, erwiderte sie mit Schalk im Nacken.

»Ich glaube, mit Ihnen würde ich bis ans Ende der Welt reisen«, gab er zurück.

Ella lachte.

»Ich meine es ernst.« Natürlich schmunzelte auch er, doch an seinen ernsten Absichten ließ das keinen Zweifel.

»Eventuell übermorgen. Gegen ein Picknick habe ich nichts einzuwenden.«

»Und morgen? Ich möchte nicht aufdringlich erscheinen, aber es fällt mir gerade schwer, meine Sehnsucht nach Ihrer Gesellschaft im Zaum zu halten«, sagte Rudolf.

Angesichts einer so charmanten Bitte konnte es nur eine Antwort geben.

»Mit dem größten Vergnügen. Sagen wir gegen drei?«, schlug Ella vor.

Rudolf strahlte und ergriff ihre Hand, um sie zu küssen, allerdings nicht nur aus Höflichkeit, denn seine Lippen streiften ihre Haut. Hoffentlich bemerkte er nicht, dass sie anfing, am ganzen Körper zu beben. Es hielt auch noch an, als er auf die Kutsche gestiegen war, ihr nochmals zulächelte und dann davonfuhr.

Ella kam es beim Aufsperren der Tür merkwürdig vor, dass noch immer Licht brannte. Normalerweise gingen ihre Eltern doch früh zu Bett? Vielleicht waren sie einfach nur neugierig darauf zu erfahren, was ihre Tochter vom Opernbesuch zu erzählen hatte. Ihrer Mutter traute sie das jedenfalls zu. Dass sie sich darüber sorgten, ob sie wohlbehalten wieder nach Hause käme, schloss Ella angesichts von Rudolfs Begleitung aus. Sie überlegte sich daher, womit sie am besten anfangen sollte zu erzählen. Doch dazu kam es nicht mehr, weil ihre Mutter plötzlich kreidebleich und mit Tränen in den Augen vor ihr stand. Ellas Puls beschleunigte sich augenblicklich. Sie hatte ihre Mutter noch nie in einem so aufgelösten Zustand gesehen.

»Vater … er …« Mehr brachte Mutter nicht mehr heraus.

»Was ist passiert?«, fragte Ella.

Mutter holte tief Luft, bevor sie fortfuhr: »Er wird die Nacht nicht mehr überleben. Ein Schlaganfall, ganz plötzlich beim Essen. Der Arzt war da … Er kann nichts mehr für ihn tun.« Sie lehnte sich mit dem Rücken kraftlos gegen die Wand.

Ella hatte erst das Gefühl, dass ihr Herz jeden Moment stehen bleiben würde. Dann fing es an zu rasen. Wäre sie doch nur nicht zur Oper gefahren! Unfähig, sich zu bewegen, starrte sie auf ihre Mutter, die sich tapfer die Tränen aus den Augen wischte.

»Er kann nicht mehr sprechen … Nur noch seine linke Hand kann er bewegen«, wisperte Mutter.

Ellas Beine drohten, den Dienst zu versagen. Ihre Knie fingen an zu zittern.

Mutter reichte ihr die Hand. Ella hielt sie fest.

Sie spürte das Bedürfnis, ihre Mutter in den Arm zu nehmen, und setzte dazu an, doch sie schüttelte den Kopf.

»Geh zu ihm«, sagte sie.

Die Tür stand offen. Warum lag er im Halbdunkel? Sie hatten doch elektrisches Licht! Hatte Mutter etwa schon Kerzen für ihren im Sterben liegenden Vater aufgestellt? Ellas Augen wurden augenblicklich feucht.

Vater musste bemerkt haben, dass sie eingetreten war. Er bewegte seine linke Hand, die neben einem Griffel und einem Block lag, und gab einen gutturalen Laut von sich. Seinen Kopf konnte er offenkundig nicht mehr in ihre Richtung bewegen.

Ella ging zu ihm und setzte sich auf sein Bett, um nach seiner Hand zu greifen. Sie fühlte sich kalt an. Sein Händedruck war schwach, aber er spürte wohl, dass sie da war, um ihm Halt zu geben. Ein sanftes, kaum wahrnehmbares Lächeln huschte über seine Lippen, doch zugleich lösten sich Tränen aus seinen Augen.

»Vater«, hauchte Ella ihm zu, unfähig, etwas anderes zu sagen. Er wusste vermutlich, wie es um ihn stand. Hoffnungsvolle

Worte des Trosts, wie sie sie häufig an ihre schwer kranken Patienten richtete – dass er sicher bald wieder auf den Beinen sei –, wollten ihr in dieser Situation einfach nicht über die Lippen kommen. Sie wusste nicht, was sie ihm sagen oder wie sie ihm mit Worten Kraft spenden konnte.

Seine Hand tastete nach dem Bleistift, der neben einem Block lag.

Ella legte ihm sogleich den Griffel in die Hand.

Vater versuchte erneut zu sprechen. Ella glaubte, dass er ihren Namen sagen wollte, doch was er von sich gab, war letztlich nur unverständliches Gebrummel.

Er kritzelte unter größter Kraftanstrengung etwas auf den Block, was Ella als »Vergib mir« entzifferte. Was um Himmels willen sollte sie ihm denn vergeben?

»Vater, was meinst du damit?«, fragte sie.

Weitere Tränen lösten sich aus seinen Augen.

Erneut fing er an zu schreiben, aber sehr stockend. Wie sehr musste es ihn anstrengen, mit der linken, untrainierten Hand etwas zu Papier zu bringen. Er reihte einzelne Buchstaben aneinander.

W A I S E N H A U S L Ü G E K A R L

»Vater. Was hat das zu bedeuten?«

Verzweifelt versuchte er zu sprechen, doch die Laute, die herauskamen, waren kaum noch vernehmbar.

Was hatte sein Bruder Karl mit dem Wunsch nach Vergebung und dem Waisenhaus zu tun? Wollte er ihr damit etwa sagen, dass Karl ihr Vater war? Sie musste sich Gewissheit verschaffen.

»Onkel Karl? Ist er mein Vater?«, fragte Ella.

Es hatte den Anschein, als würde er versuchen, seinen Kopf zu bewegen. Vater konnte aber weder nicken, noch ihre Frage verneinen. Er schrieb stattdessen weiter.

D I C H I M M E R G E L I E B T

Warum wich er selbst in seinem Todeskampf ihrer Frage aus?

»Ist Karl mein Vater?«, verlangte Ella erneut mit wachsender Verzweiflung zu wissen. Sie spürte, dass er seine letzten Atemzüge machte. Vaters Brust hob und senkte sich merklich schneller.

Ella schossen Tränen in die Augen.

Mutter, die bisher wie angewurzelt an der Tür gestanden hatte, kam zu ihnen und setzte sich zu ihm auf die andere Seite des Bettes.

»Heiner … es ist gut …«, flüsterte sie ihm zu. Sie fuhr sanft mit ihrer Hand über seine Stirn, doch er ließ sich damit nicht beruhigen.

»Bitte sag es mir«, flehte Ella ihn an.

Vaters Hand umklammerte den Stift so fest, dass Ella glaubte, er würde ihn in der Mitte durchbrechen. Schweiß stand auf seiner Stirn. Seine Augen waren weit aufgerissen. Er schien mit sich um eine Entscheidung zu ringen. Dann setzte er den Bleistift wieder an und kritzelte weitere Buchstaben auf den Block.

RICHARD

Vater drückte den Stift nun so stark auf, dass die Spitze abbrach. Ein »F« hatte er noch zu Papier gebracht. Verzweifelt versuchte er, den Namen der Person auszusprechen. Es gelang ihm nicht. Er gab stattdessen einen Laut von sich, der wie das Aufheulen eines verletzten Tieres klang. Sein Körper bäumte sich ruckartig auf, dann erschlaffte er. Vater hauchte seinen letzten Atemzug aus. Der Griffel rollte aus seiner Hand auf den Block.

Mutter brach in Tränen aus und warf sich verzweifelt auf Vaters leblosen Körper.

Ella versuchte, in seinen Augen nach dem Grund zu lesen, warum er sie um Verzeihung gebeten hatte. Sie waren starr auf die Decke gerichtet. Ihr blieb nichts mehr weiter zu tun, als sie zu schließen. Hoffentlich fand er Frieden, warum auch immer er geglaubt hatte, Vergebung nötig zu haben.

Ella konnte auch Stunden später immer noch nicht fassen, dass ihr Vater tot war. Er erweckte den Eindruck, friedlich zu schlafen. Der Anblick, wenn er auf dem Rücken im Bett lag, um ein Nickerchen zu machen, war ihr so vertraut.

Mutter war gar nicht mehr zu beruhigen gewesen. Ella hatte befürchtet, dass sie an seinem Totenbett zusammenbrechen würde. Warum nur musste er so früh von ihnen gehen? Mutter hatte es schon kommen sehen, weil sie glaubte, dass ein Seemann, der nicht mehr zur See fahren konnte, daran zugrunde gehen würde. Nach seinem ersten Herzanfall auf hoher See hatte er nur noch im Hafenbüro arbeiten können. Für einen Seemann fühlte sich das wahrscheinlich so an, wie eingesperrt zu sein. Ella erinnerte sich gut an die vielen Spaziergänge am Hafen, als er sehnsüchtig auslaufenden Seglern und Dampfern hinterhergesehen hatte. Schier unerschöpflich waren seine Geschichten von den vielen Fahrten und Abenteuern in fremden Ländern gewesen. Nur eine Geschichte, vielleicht die wichtigste, weil sie seine Tochter betraf, hatte er nie erzählt. Nun war es zu spät.

Erst mit dem Anruf bei ihrem Arzt, der zusicherte, dass Vater frühmorgens ins Leichenhaus gebracht würde, war sein Ableben greifbarer geworden.

Mutter saß mittlerweile wie versteinert am Küchentisch und starrte schweigend auf eine Tasse heißer Milch, die sie sich in der Hoffnung zubereitet hatte, auf dem Sofa im Wohnzimmer noch wenigstens ein paar Stunden Schlaf zu finden.

Ella war ganz und gar nicht nach Schweigen zumute. Ihre Eltern hatten sie adoptiert. Mutter musste über die damaligen Hintergründe Bescheid wissen. Wer, wenn nicht sie, konnte erklären, was Vater ihnen hatte sagen wollen? Es bedurfte keiner Nachfragen. Es hatte gereicht, sich zu ihr zu setzen und die von Vater bekritzelten Blockseiten vor sich auf dem Tisch zu drapieren.

»Du bist nicht aus dem Waisenhaus, wie wir dir immer erzählt haben«, fing sie mit gebrochener Stimme an.

Ella verstand die Welt nicht mehr. Warum in Gottes Namen hatten ihre Eltern ihr diese Lüge aufgetischt?

»Woher komme ich dann?«, fragte Ella, nachdem sie sich einigermaßen gefangen hatte.

Mutter fand immer noch nicht den Mut, ihr direkt in die Augen zu sehen.

»Er hat dich von einer seiner Reisen in die Südsee mitgebracht.«

»Aus der Südsee? Mutter, was erzählst du da?«

»Genau genommen musst du in Singapur zur Welt gekommen sein«, fuhr Mutter fort. Immerhin suchte sie nun wieder Blickkontakt.

Ella überlegte fieberhaft, wie ein Seemann ein Kind mitbringen konnte. Ein Kind war doch kein Souvenir!

»Aus dem dortigen Waisenhaus?«, fragte sie daher nach.

»Nein … Du kennst doch die Geschichten, die man sich von Seeleuten erzählt. Einer der Maats hatte eine Liebelei mit einer Frau in Singapur. Es muss wohl eine Holländerin oder Engländerin gewesen sein, sonst hättest du ja eine andere Hautfarbe. Sie verlangte, dass er sich seiner Verantwortung stellt. Das tat er dann auch, aber er wollte, dass sein Kind in der Heimat und in besseren Verhältnissen aufwächst. Die Mutter muss damit einverstanden gewesen sein, denn Vaters Kumpan holte das Kind an Bord. Der Kapitän hatte nichts dagegen … Aber der Maat, ich glaube, er hieß Johansson, hatte sich die Malaria geholt und verstarb auf hoher See. Es musste sich doch jemand des Kindes annehmen.«

»Und da hat Vater …?« Ella konnte kaum glauben, was ihre Mutter von sich gegeben hatte.

»Du weißt doch, dass ich keine Kinder bekommen konnte.«

»Wie alt war ich da?«, wollte Ella wissen.

»Höchstens ein paar Tage. Ein Baby.«

»Ein Neugeborenes an Bord eines Schiffes?« Es wurde ja immer kurioser.

»Sie hatten sich Ziegen an Bord geholt, damit du frische Milch bekommst. Vater hatte erzählt, dass du jedermanns Liebling warst. Die Attraktion an Bord. An den Häfen zurück in die Heimat haben sie dich von Wöchnerinnen stillen lassen.« Ein Lächeln huschte über Mutters Gesicht. Vater musste ihr diese Geschichte sehr lebhaft erzählt haben.

Ella war aber alles andere als zum Lachen zumute.

»Aber was ist das für eine Frau, die ihr eigenes Kind weggibt?«

Mutter zuckte mit den Schultern.

»Und wie konntet ihr mich überhaupt adoptieren?«

»Du weißt, dass dein Vater mit Rudolfs Onkel befreundet war. Sie haben sich eine Geschichte ausgedacht. Heiner hat sich als dein leiblicher Vater ausgegeben. Angeblich seist du das Kind eines leichten holländischen Mädchens, das an Gelbfieber verstorben war. Von Stettens Wort und sein Einfluss genügten, um die notwendigen Papiere zu besorgen.«

»Und warum habt ihr euch dann die Geschichte mit dem Waisenhaus ausgedacht?«, fragte Ella.

»Die Leute reden. Wir konnten ja wohl kaum herumposaunen, dass dein Vater mich mit einer Dirne betrogen hat und du aus dieser Verbindung hervorgegangen bist.« Zumindest dies leuchtete Ella unmittelbar ein. Sie hatte trotzdem das Gefühl, über Nacht ihr Leben verloren zu haben. Ella glaubte, sich selbst eine Fremde geworden zu sein. Und noch waren so viele Fragen offen.

»Wieso hat Vater Onkel Karl erwähnt?«

Mutter wirkte ratlos.

»Ich kann mir selbst keinen Reim darauf machen«, sagte sie.

»Mutter, was hat das zu bedeuten? Lüge, Karl und auf meine Frage, ob Karl mein Vater sei, schrieb er noch Richard. Das passt doch nicht zu der Geschichte, die er dir erzählt hat. War dieser Richard am Ende mein Vater?« Ella konnte kaum glauben, dass Mutter sich darüber noch keine Gedanken gemacht hatte. Vermutlich hatte Vaters Tod sie so erschüttert, dass sie über dieses nicht unwesentliche Detail hinwegsah. Nun griff sie nach dem Papier und starrte darauf mit sichtlich wachsendem Unbehagen.

»Er hat mir anscheinend nicht die volle Wahrheit gesagt.« Mutter war anzusehen, dass sie angestrengt nachdachte. »Johansson hieß der Maat doch. Von einem Richard war nie die Rede gewesen. Wenn dieser Richard dein leiblicher Vater wäre, hätte Heiner mir doch nicht erzählt, dass Johansson dich gezeugt hat«, sagte sie dann.

Ella leuchtete dies unmittelbar ein. Vater hätte damals keinen Grund gehabt, diesen Richard als ihren Erzeuger zu verschweigen, weil es letztlich keinen Unterschied machte, ob ein Richard oder Johansson ihr leiblicher Vater war. So viel weiter brachte sie diese Erkenntnis nun aber auch nicht.

»Und was hat das alles dann mit Onkel Karl zu tun?«, fragte Ella.

»Er ist seit über zwanzig Jahren tot. Er muss wohl kurz nach deiner Geburt gestorben sein. Jedenfalls haben wir nach seinem Tod die lebenslange Leibrente bekommen«, überlegte Mutter laut.

»Bist du dir sicher, dass das zum gleichen Zeitpunkt war?«

Nun schien Mutter ins Grübeln zu geraten. Sie runzelte die Stirn und spielte an ihrer Tasse herum.

»Wir hatten jahrelang keinen Kontakt mehr zu Karl, aber dein Vater hat ihn zweimal besucht. Sie haben sich Briefe geschrieben, aber … die letzten Briefe, sie kamen zwei oder drei Jahre vor seinem Tod«, erinnerte Mutter sich.

»Sie müssen sich aber doch sehr nahe gestanden haben«, spekulierte Ella.

»Mir kommt das jetzt auch komisch vor … All die Jahre, aber ich habe mir nie Gedanken darüber gemacht«, fing Mutter an.

»Was meinst du damit?«, hakte Ella nach.

»Heiner hat mir nie die Dokumente gezeigt. Die Leibrente wurde aber gezahlt, sonst hätten wir uns diese Wohnung ja nie im Leben leisten können.«

»Weißt du, wo Vater all seine wichtigen Unterlagen aufbewahrt?«

»Na, im Sekretär und im Wohnzimmerschrank«, sagte Mutter.

»Wir sollten danach suchen«, merkte Ella an. Eines war klar: Irgendetwas an Vaters Geschichte stimmte nicht.

Ella brachte es nicht übers Herz mit anzusehen, wie Vater in einen Leinensack gesteckt und in aller Herrgottsfrühe abtransportiert wurde. Sie hatte sich unmittelbar vor dem Eintreffen von Petersen, ihrem Hausarzt, mit einem Kuss auf die Stirn von ihm verabschiedet und ihm gesagt, dass sie ihm verzeihen würde, egal, was noch alles zutage käme.

Mutter hingegen geleitete Petersen und zwei Mitarbeiter des Leichenhauses hinaus. Woher sie die Kraft nahm, war Ella ein Rätsel. Sie waren beide übernächtigt, weil sie sich die halbe Nacht mit Spekulationen um die Ohren geschlagen hatten, bis Mutter doch noch eingenickt war. Eigentlich hatten sie sich ja vorgenommen, gleich in Vaters Sachen nach Unterlagen zur inzwischen rätselhaften Leibrente zu suchen, doch solange er noch zugegen war, wenngleich nur seine leblose Hülle, fühlte sich dieses Vorhaben pietätlos an.

Ella hingegen war zu gar keinem Schlaf gekommen und hatte zunächst im Krankenhaus angerufen, um sich den Tag freizunehmen. An Arbeit war heute nicht zu denken. Den Tod des Vaters zu verkraften, war schon schlimm genug. Dazu gesellten sich all die offenen Fragen. Kurioserweise hielten diese Ella immer noch wach und verhinderten zugleich, sich beharrlich aufsteigenden Tränen hinzugeben.

Mutter schien es nicht anders zu ergehen. Sie wirkte wesentlich gefasster wie noch vor wenigen Stunden. An sich hatte Ella damit gerechnet, dass sie sich erneut hinlegen würde, doch das Gegenteil war der Fall.

»Lass uns jetzt nach den Bankunterlagen suchen«, sagte sie entschlossen.

War es bei Ella die Frage nach ihrer Identität, so nagte an ihrer Mutter wahrscheinlich, dass sie sich von ihrem Ehemann hinters Licht geführt fühlte. Ella hätte Vaters Ausführungen an ihrer Stelle vermutlich auch hingenommen, ohne weiter nachzubohren. Wenn man selbst keine Kinder bekam und sich dann plötzlich eine Möglichkeit auftat, eines zu haben, stellte man keine Fragen.

Außerdem hatte Mutter sich stets auf Vaters Wort verlassen.

An Vaters Ordnungssinn gab es nichts herumzumäkeln. Alles was Finanzen und die Wohnung sowie sämtliche Bankgeschäfte betraf, befand sich in der Tat in seinem Sekretär. Das einzig Brauchbare darin waren Kontoauszüge der Deutschen Reichsbank, auf denen die monatlichen finanziellen Zuwendungen ersichtlich waren. Dort standen aber Beträge in britischen Pfund, die je nach Wechselkurs monatlich um die tausend Mark einbrachten – ein kleines Vermögen.

»Wieso britische Pfund?«, fragte Mutter zu Recht.

»Hast du dir denn nie die Kontoauszüge angesehen?«, wollte Ella wissen.

»Nein. Warum auch? Vater hat sich doch immer um alles Finanzielle gekümmert.« Mutter war anzusehen, dass sie dies nun bereute.

Ella hatte damit gerechnet, dass die Leibrente in Dollar gezahlt wurde. Es gab aber noch etwas, was nicht nur Mutter stutzig machte. Der Absender des Geldes war aus den handschriftlichen Auszügen nicht ersichtlich. Dort stand lediglich eine Nummer und der Name einer Bank. Das Geld kam von der Hongkong und Shanghai Banking Corporation. Eines stand nun also fest: Von Onkel Karl schienen die monatlichen Zuwendungen sicher nicht zu kommen.

Es gab letztlich nur einen Weg, um sich Gewissheit zu verschaffen.

»Ich nehme an, die Bank wird mir Auskunft geben.« Mutter musste ihre Gedanken gelesen haben.

»Ich begleite dich«, sagte Ella, die nun ebenfalls darauf brannte zu erfahren, wer diese horrenden monatlichen Summen überwies.

»Nein … Ruh dich aus, Ella, oder such nach seinen Tagebüchern. Er hat auf See Tagebuch geführt. Sie müssten im Schrank sein.« Es taten sich unaufhörlich neue Aspekte ihres Vaters auf. Ella hatte bis zum heutigen Tag keine Ahnung gehabt, dass ihr Vater Tagebuch geführt hatte. Der Wunsch, ihre Mutter zur Bank zu begleiten, war augenblicklich verflogen, genau wie die bleierne Müdigkeit. Vielleicht gaben die Tagebücher Aufschluss über die damaligen Ereignisse. Auf alle Fälle schienen sie bestens dafür geeignet zu sein, ihren Vater neu kennenzulernen.

Kapitel 3

Ella wunderte sich darüber, dass es ihr früher nie in den Sinn gekommen war, einen heimlichen Blick in Vaters Schrank zu riskieren. Der Respekt gebot es, nicht in den persönlichen Dingen eines anderen herumzuschnüffeln. Die Tatsache, dass sie es jetzt tat, hatte deshalb einen faden Beigeschmack, obwohl ihr Vater ja tot war. Ihre brennende Neugier bezwang die gute Erziehung und sogar den Schmerz, den der Verlust des Vaters mit sich brachte. Er wurde von so vielen Fragen überlagert … Als sie nun aus seinem Leben las, um Antworten zu finden, fühlte es sich so an, als wäre er wieder lebendig. Ella glaubte, seine Stimme zu hören, als sie in einem der wahllos aus der Kiste vor dem Sofa herausgegriffenen Tagebücher durch die Seiten blätterte. Vater war wieder da, schien ihr gegenüberzusitzen, um ihr eine Geschichte zu erzählen von der grenzenlosen Freiheit, die er auf offener See erlebt hatte. Diese starke Illusion hielt nicht lange an. Ellas Augen füllten sich mit Tränen. Ein paar Sätze aus seinem Tagebuch genügten, um den Verlust wieder schmerzhaft spürbar zu machen. Sie riefen so viele Erinnerungen an ihn wach, an all die Begebenheiten, über die er nach jeder Seefahrt zu berichten wusste, an die Mitbringsel aus aller Welt, mal ein handgeschnitzter Elefant aus Marokko, mal ein Parfümöl, erworben bei einem Halt am Suezkanal.

Ella wischte sich die Augen trocken. Die melancholische Lähmung, die sie eben befallen hatte, wich erneut der Neugier.

Ella besah sich die Kiste mit all seinen Tagebüchern. Sie zog das nächste heraus, in der Hoffnung, dass er sie in chronologischer Reihenfolge sortiert hatte. Vater musste schon als junger Mann damit begonnen haben, seine Erlebnisse aufzuschreiben. Der erste Eintrag stammte aus dem Jahr 1868. Vater war damals sechsundzwanzig Jahre alt gewesen. Soviel Ella von Mutter wusste, hatte er bereits mit achtzehn an Bord eines Seglers angeheuert. Hatten sie sich nicht ein Jahr, bevor er mit dem Schreiben begonnen hatte, kennengelernt? Ella las die ersten Zeilen und wie sie es sich gedacht hatte, kam Mutter darin bereits vor. Einen schillernden Lebensabschnitt hatte er vor sich gesehen und die schönen Momente mit ihrer Mutter festgehalten, um sich daran wochenlang auf hoher See zu erfreuen. Ob Mutter davon wusste? Ella nahm sich vor, ihr diese Passagen zu zeigen. Die nächsten vier Bücher übersprang sie, weil sie beim Überfliegen des ersten Tagebuchs gesehen hatte, dass es gleich drei Jahre umfasste. Man konnte also davon ausgehen, dass er nicht jeden Tag aufgenommen hatte, sondern nur Ereignisse, die ihm bedeutsam erschienen waren. Ella überlegte, dass sie es vermutlich genauso gemacht hätte. Gut möglich, dass man als Seemann auch nicht jeden Tag Zeit hatte, um zu schreiben. Wichtig war für sie das Jahr 1877, das Jahr ihrer Geburt. Allem Anschein nach hatte sie nicht weit genug nach vorne in die Kiste gegriffen, denn das aufgeschlagene Tagebuch in ihren Händen stammte erst aus dem Jahr 1875. Vielleicht beinhaltete es ja die Folgejahre wie in anderen Tagebüchern auch? Zu ihrer Enttäuschung stellte sie jedoch fest, dass es im Oktober 1876 endete. In diesem letzten Eintrag war von einer großen Fahrt in die Südsee die

Rede. Ella überflog die Zeilen. Das Schiff sollte Kautschuk zurück ins Reich transportieren, neben Zinn und Gewürzen, die bei einem Stopp in Indien an Bord zu nehmen waren. Ella interessierte im Moment aber viel brennender, was im Jahr 1877 in Singapur passiert war. Das nächste Tagebuch müsste darüber Aufschluss geben, doch darin ging es erst im Mai 1878 weiter. Der Zeitabschnitt von Oktober bis zum Mai des darauffolgenden Jahres musste ihm ein eigenes Tagebuch wert gewesen sein. Vielleicht hatte Vater es in falscher Reihenfolge abgelegt? Ellas Hoffnung löste sich prompt in Luft auf, denn all die folgenden Tagebücher steckten wieder chronologisch stimmig in der Kiste. Es konnte keinen Zweifel daran geben, dass ausgerechnet dieses Tagebuch fehlte. Vielleicht hatte er es aufgrund seiner Brisanz an einer anderen Stelle aufbewahrt? Ella stand auf, um im Schrank nachzusehen. Dort war es jedenfalls nicht. Im Schreibtisch hatten sie und ihre Mutter bereits alles durchforstet. Ein Tagebuch war nicht dabei gewesen. Er musste einen guten Grund gehabt haben, ausgerechnet die Einträge aus ihrem Geburtsjahr geheim zu halten. Noch einmal durchforstete Ella die Kiste. Das Tagebuch konnte ja unter die anderen gerutscht sein. Ein frommer Wunsch. Was um alles in der Welt hatte er zu verbergen gehabt? Das Kind eines verstorbenen Seemanns anzunehmen, war doch nichts Verwerfliches. Vielleicht waren es die Umstände gewesen, die Vater verheimlichen wollte. Am Ende war sie doch seine leibliche Tochter und die Geschichte mit dem Maat stimmte genauso wenig wie die offiziell bekundete. Unter Umständen wollte er Mutter den Kummer ersparen, dass Ella tatsächlich das Kind einer seiner Geliebten war. Am Ende war die Geschichte, die er sich ausgedacht hatte, also doch die Wahrheit. Ella kam nicht mehr dazu, diesen Gedanken weiterzuverfolgen. Das Türschloss sprang auf. Mutter musste von der Bank zurückgekommen sein.

Sie trat mit hängenden Schultern ein. Ella musste gar nicht mehr nachfragen.

»Sie können mir keine Auskunft geben, weil sie es selbst nicht wissen«, erklärte sie.

»Aber es ist doch eine Ausnahmesituation. Könnte die Bank nicht Nachforschungen anstellen?«, überlegte Ella laut.

»Das habe ich die Angestellten auch schon gefragt, aber es sei nun einmal der Sinn eines Nummernkontos, dass der Inhaber anonym bleibt«, erläuterte Mutter.

Ella merkte, wie das letzte bisschen Kraft, das sie noch hatte, dahinschwand.

Mutter hingegen wirkte weniger niedergeschlagen, als zu erwarten war.

»Clausen kenne ich seit vielen Jahren. Er hat eine Ausnahme gemacht«, deutete Mutter an.

»Er hat dir den Namen also doch mitgeteilt?«

»Nein, aber wir wissen jetzt zumindest, woher das Geld stammt.«

»Ich dachte, es kommt aus Hongkong«, wunderte Ella sich.

»Nein. Es kommt aus Penang. Clausen hat ein Telegramm geschickt. Die Hongkonger Bank hat dort eine Filiale.«

»Penang? Wo liegt das?«, wollte Ella wissen.

»In Hinterindien. Penang ist eine britische Kronkolonie. Zumindest hat Vater mir das so erzählt«, erinnerte Mutter sich.

»Ist das nicht in der Nähe von Singapur?«, fragte Ella.

»Ja, daran habe ich auch schon gedacht. Es muss einen Zusammenhang zwischen deinem Geburtsort und den Zahlungen geben«, stellte Mutter fest. Sie seufzte ratlos und ließ sich dann, ohne sich vorher des Mantels zu entledigen, in den Lesesessel fallen.

»Warum zahlt jemand aus Penang monatlich Geld für das Kind eines deutschen Maats, der auf der Überfahrt an Malaria verstorben ist? Und uns erzählt er das Märchen von Onkel Karl.« Mutter sprach aus, was Ella sich dachte.

»Vielleicht dieser Richard F?«, stellte Ella in den Raum.

»Aber wer soll das denn sein? Das ergibt doch alles überhaupt keinen Sinn mehr«, gab Mutter resigniert von sich.

»Und du? Hast du etwas Brauchbares in den Tagebüchern gefunden?«, wollte Mutter dann wissen.

Ella verneinte.

»Dieses Geheimnis wird dein Vater wohl in sein Grab mitnehmen«, sagte Mutter und seufzte.

Ella überlegte für einen Moment, dass es doch letztlich keine große Rolle spielte, wer ihre leiblichen Eltern waren. Sie war damit aufgewachsen, eine Waise zu sein. Ob aus dem Waisenhaus oder als Kind eines Matrosen, das einer Hafenliaison entsprungen war – machte das einen so großen Unterschied? Bislang nein, doch gerade weil Vater offenbar so ein Geheimnis daraus gemacht und selbst Mutter anscheinend nicht die volle Wahrheit gesagt hatte, konnte sie auf einmal an nichts anderes mehr denken. Hinzu kamen diese mysteriösen Zuwendungen, die zweifelsohne, da zeitgleich, mit ihrer Geburt zusammenhängen mussten. Das Rätsel ihrer Herkunft schien belastender als das Gefühl der Trauer, doch wahrscheinlich hatte Mutter recht. Eine Antwort würden sie unter den gegebenen Umständen nicht finden.

Es wunderte Ella nicht, dass Mutter immer noch schlief, allerdings im Wohnzimmer im Lesesessel, weil sie es nicht mehr fertigbrachte, im gemeinsamen Schlafzimmer – auf seinem Totenbett – zu liegen. Es musste schon gegen Mittag sein. Immerhin hatte Ella endlich auch ein paar Stunden Schlaf gefunden.

Noch immer stand die Kiste mit Vaters Tagebüchern vor ihr. Es würde nichts bringen, sie weiterhin zu durchforsten. Ella stülpte den Deckel auf die Schachtel und stellte sie kurz entschlossen zurück in den Schrank. Ihr Magen meldete sich nun lautstark. Ella überlegte, auch für Mutter ein kleines Frühstück zuzubereiten, beschloss aber, dass es besser war, sie ruhen zu lassen.

Zu zwei Broten mit Marmelade verabreichter starker Kaffee sorgte dafür, dass die während der Mahlzeit abebbende Gedankenflut springflutartig erneut einsetzte. Eine wachsende innere Unruhe gesellte sich beim Blick auf die Wanduhr im Wohnzimmer dazu. Es war schon halb drei. Ella hatte sich ja mit Rudolf verabredet, und zwar um drei Uhr. Absagen war unmöglich, auch wenn er genau wie sie über ein Telefon verfügte und Mutter bestimmt die Nummer kannte. Sie deswegen aufzuwecken, kam nicht infrage. Außerdem würde Rudolf sicher schon unterwegs sein, um sie abzuholen. Sie würde mit einer traurigen Nachricht aufwarten müssen. Rudolf kannte Vater, sein Onkel war sein bester Freund gewesen. Der Anstand gebot es sowieso, ihn früher oder später über Vaters Tod in Kenntnis zu setzen, aber musste das unbedingt heute sein? War es überhaupt schicklich, sich gleich am nächsten Tag nach so einem tragischen Todesfall mit einem Mann zu treffen, der einem Avancen machte? Das war es nicht, doch jegliche Bedenken in diese Richtung wurden von der Hoffnung hinfortgespült, Rudolf könnte irgendetwas aus Vaters Vergangenheit wissen, das Licht ins Dunkel ihrer Herkunft bringen würde. Es war nicht unwahrscheinlich, dass sein Onkel etwas im Kreise der Familie hatte verlauten lassen – auch wenn schon viele Jahre seitdem ins Land gezogen waren. Dieser Hoffnungsschimmer genügte Ella, um sich in Windeseile umzuziehen und Mutter eine handschriftliche Notiz auf dem Küchentisch zu hinterlassen. Dass es sich bei Rudolf um einen Freund der Familie handelte, rechtfertigte ihre Entscheidung.

Damit Rudolf nicht an der Tür klingelte und Mutter weckte, wartete Ella direkt auf der Straße auf ihn.

Man konnte die Uhr nach ihm stellen. Die Räder seiner Kutsche rollten um Punkt drei vor ihrer Tür aus. Rudolf strahlte und die Sonne schien von einem makellos blauen Himmel, als ob nichts geschehen wäre. Ella schaffte es trotzdem nicht, ihre Niedergeschlagenheit zu verbergen. Rudolf schien dies nicht entgangen zu sein, denn er musterte sie irritiert, bevor er abstieg und zu ihr ging.

»Fräulein Kaltenbach. Komme ich ungelegen?« In seiner Stimme lag Sorge.

Nun rang sich Ella doch ein Lächeln ab.

»Sie an einem so herrlichen Tag betrübt zu sehen! Sie haben sicher anstrengende Stunden im Hospital hinter sich?«, mutmaßte er.

Ella gedachte, es kurz zu machen.

»Vater ist letzte Nacht gestorben.«

Rudolf stand wie vom Donner gerührt vor ihr und brachte zunächst keinen Ton mehr heraus.

»Es ist passiert, als wir in der Oper waren. Ein Schlaganfall«, sagte Ella.

Rudolf brauchte einen Moment, um diese Nachricht zu verdauen.

»Das tut mir sehr leid. Ich möchte Ihnen mein herzlichstes Beileid aussprechen. Unter diesen Umständen … Sie möchten sicher allein …«, stammelte er.

»Nein … An der frischen Luft zu sein, wird mir guttun, wobei ich Ihnen nicht meine trüben Gedanken aufbürden möchte.«

»Von einer Bürde kann keine Rede sein. Sie haben recht. Es wird Ihnen guttun«, sagte er und reichte ihr den Arm, den sie gerne annahm, auch wenn seine Nähe im Moment jegliche Anziehungskraft verloren hatte.

Die Nachricht von Vaters Tod musste wirklich eine Bürde für ihn sein oder ihn zumindest sehr mitgenommen haben, denn auf der kurzen Fahrt in den nahe gelegenen Park fiel kein weiteres Wort.

Ella war dankbar für diesen Umstand, bot er doch die Gelegenheit, sich mit den lebendigen Eindrücken dieser Kutschfahrt, seien es Passanten oder blühende Natur, abzulenken und sich zu ermahnen, dass das Leben weiterging.

Das Schweigen hielt an, bis sie ein Waldstück, das sich Sierich'sches Gehölz nannte, erreichten und er ihr von der Kutsche herunterhalf.

»Das ist ein schöner Rundweg. Ich habe gehört, hier soll eines Tages ein städtischer Park entstehen«, sagte Rudolf, während er sich umsah.

»Eine ausgesprochen gute Idee«, erwiderte Ella, die dankbar dafür war, dass er sich bemühte, sie auf andere Gedanken zu bringen, wenn diese auch nicht lange anhielten. So schön die hiesige Flora auch war, so prächtig die Bäume und Wiesen, alles schien im Moment in Bedeutungslosigkeit zu versinken. Ella musste einfach herausfinden, ob Rudolf etwas über die damaligen Umstände der Adoption wusste oder ob in seiner Familie darüber gesprochen worden war. Glücklicherweise griff Rudolf das Thema selbst auf. Er verfügte offenbar über genügend Einfühlungsvermögen, um in ihrer Leidensmiene zu lesen.

»Ich kann gut nachvollziehen, wie schwer es für Sie gerade sein muss. Mir ging es ähnlich, als mein Vater im letzten Jahr verstarb, und vor wenigen Wochen verlor ich auch noch meinen Onkel. Ich hatte versucht mir klarzumachen, dass alles endlich ist, auch unser Leben. Deshalb sollten wir es leben, solange noch Zeit ist«, sagte er. Der Gedanke war bestimmt richtig, aber im Moment nicht sonderlich tröstlich.

»Vaters Tod. Das ist es nicht allein«, fing Ella an, nachdem sie ein paar Schritte gegangen waren. Ihr war klar, dass Rudolf dies überraschen würde.

»Vater hat sozusagen an seinem Sterbebett eine Beichte abgelegt, über die Hintergründe meiner Adoption.« Ella erwähnte nur die offiziell verlautbarte Version ihrer Herkunft, weil sie davon ausging, dass Kapitän von Stetten niemandem in der Familie die »Wahrheit« erzählt hatte. Rudolf wusste vielleicht noch von der angeblichen Adoption des Kindes von Maat Johansson, aber sicher nicht, dass Vater sich selbst als der leibliche Vater eines mit einer Dirne gezeugten Kindes ausgegeben hatte, wie es in den gefälschten Papieren stand – beide Versionen entsprachen sowieso nicht der Wahrheit, wie Ella nun annehmen musste.

»Er hat Ihnen offenbart, wer Ihr Vater ist?«, fragte Rudolf dann folgerichtig. Die Überraschung darüber stand ihm ins Gesicht geschrieben.

»Nein, eben nicht. Dazu kam es ja nicht mehr. Ich weiß nur, dass mein Vater uns belogen hat. Er hat uns immer erzählt, dass wir eine Leibrente von seinem in Amerika verstorbenen Bruder bekommen. Sie kam aber aus Penang und wir erhielten die Zahlungen ab dem Jahr meiner Geburt. Und dann hat er noch etwas von einem Richard F auf einen Block gekritzelt. Er verstarb mit dem Griffel in der Hand. Darüber hinaus konnte er uns nichts mehr mitteilen.«

Ella verwunderte es nicht, dass Rudolfs Augen sich weiteten.

»Dann ist dieser Richard vielleicht Ihr Vater?«, mutmaßte Rudolf.

»Wenn ich das wüsste … Warum hätte dieser Mann mich weggeben sollen und der Mutter entreißen? Möglicherweise hat er ja auch nur das Geld überwiesen«, überlegte Ella laut.

»Aus welchem Grund sollte dieser Mann Ihrer Familie Geld überweisen? Man könnte meinen, jemand zahlte Alimente.« Rudolf stockte für einen Moment und schien zu grübeln. »Aber das ist ja nicht möglich. Dazu müsste Ihre Adoptivmutter nicht nur Ihre leibliche Mutter gewesen sein, sondern auch noch in Hinterindien, um dort ein Kind zu empfangen«, fuhr Rudolf fort. Seine Stirn runzelte sich. »Andererseits deutet der Beginn der Rentenzahlungen in der Tat darauf hin, dass sie etwas mit Ihrer Geburt zu tun haben. Sie könnten unehelich gewesen sein, aus einer Liebschaft entsprungen.« Rudolfs Gedanke war alles andere als abwegig.

»Dieser ominöse Richard – mein leiblicher Vater? Dann müsste er ja Engländer oder Holländer sein, nicht wahr?«

»Ist das denn für Sie so wichtig?«, wollte Rudolf wissen.

»Im Grunde genommen nein, aber seitdem ich um diese Ungereimtheiten bezüglich meiner Adoption weiß … Ich kann kaum noch an etwas anderes denken«, gestand Ella ein.

»Sie möchten tatsächlich herausfinden, wer Ihr leiblicher Vater ist?«, fragte Rudolf geradeheraus.

»Ich wüsste es gerne, ja! Obwohl es doch überhaupt nichts an meinem Leben ändern würde …« Ella wurde das erst in diesem Augenblick so richtig bewusst.

»Größere Zahlungen aus Penang? Das ist doch eine Insel vor der malaiischen Halbinsel, südlich von Siam … Ist in britischer Hand … Vielleicht gibt es ja doch einen anderen Grund dafür … Wann ist Ihr Onkel denn gestorben? Hieß er nicht Karl?«, sinnierte Rudolf.

»Etwa ein Jahr, bevor wir die Rente bekamen«, sagte Ella.

»Es ist auf alle Fälle ungewöhnlich, dass Renten erst so spät ausgezahlt werden. Nein, auch eine Umleitung des Geldes aus welchem Grund auch immer lässt sich wohl ausschließen.« Dass Rudolf ihre Einschätzung teilte und sie über Rentenzahlungen von Onkel Karl fortan nicht mehr länger nachdenken mussten, war beruhigend zu wissen.

»Was würden Sie an meiner Stelle tun?«, fragte Ella.

»Mich würde es auch interessieren, wer jahrelang eine Rente aus Penang überweist … und, um ganz ehrlich zu sein, falls dieser Richard gar Ihr leiblicher Vater wäre, interessierte mich das erst recht!«

56

»Ich hatte gehofft, Hinweise in meines Vaters Tagebuch zu finden, aber ausgerechnet die Einträge aus meinem Geburtsjahr sind verschwunden. Er muss sie vernichtet oder versteckt haben.«

Rudolf wirkte nachdenklich und ließ seinen Blick in die Ferne schweifen.

»Wo würde ich so etwas verstecken?«, überlegte er laut.

»Den Speicher und den Keller haben wir noch nicht abgesucht. Vielleicht hinter einem Schrank, unter einem losen Stein oder einem Dielenbrett.«

»Denkbar wäre es … Angenommen, Sie wüssten, wie er heißt. Würden Sie dann tatsächlich die beschwerliche Reise nach Hinterindien auf sich nehmen?«, fragte Rudolf.

Ella nickte, ohne zu zögern, was sie in dem Moment selbst überraschte, weil sie an sich ja andere Pläne geschmiedet hatte. Die Ausbildung der neuen Krankenschwestern erforderte ihre Anwesenheit im Krankenhaus.

»Ich weiß, die Frage ist an sich absurd, weil ich nicht unbedingt davon ausgehen kann, dass Ihr Onkel im Kreise der Familie je Delikates über meinen Vater erzählt haben könnte … aber …«, deutete Ella an.

»Sie meinen, ob in meiner Familie über Ihre Adoption gesprochen wurde?« Ella war erleichtert, dass er sich denken konnte, worauf sie hinauswollte.

»Es wurde erwähnt …« Wieder schien er tief in Gedanken versunken zu sein. »Hin und wieder … Aber ich müsste in Ruhe darüber nachdenken … Ich persönlich weiß nur, dass Sie adoptiert wurden.«

Rudolf sah so aus, als ob er sich wirklich den Kopf darüber zu zerbrechen gedachte, denn es war ihm anzusehen, dass es in ihm arbeitete. Es wäre dennoch ein halbes Wunder, wenn er sich an irgendetwas erinnern würde, was ihr weiterhelfen könnte.

Zweifelsohne hatten die zwei Stunden an der frischen Luft gutgetan, auch das Gespräch mit Rudolf, der anscheinend über mehr Qualitäten verfügte als gedacht. Zu seinem guten Aussehen und den vorzüglichen Umgangsformen hatten sich nun auch noch Feinfühligkeit und Hilfsbereitschaft gesellt. Er hatte ihr beim Abschied vor dem Haus versprochen, in den persönlichen Dingen, die sein Vater hinterlassen hatte, nachzusehen, ob sich irgendein Hinweis auf ihre Herkunft darin verbarg. Es war rührend, wie er sich um sie sorgte. Rudolf hatte sogar angeboten, ihr eine Bedienstete vorbeizuschicken, die Mutter im Haushalt unterstützte. Er konnte sich nicht vorstellen, dass sie im Moment zu solcher Arbeit fähig war – und damit sollte er recht behalten. Mutter war erst gegen halb sieben abends wach geworden und befand sich in einem desolaten Zustand, an dem auch ein extrastarker Kaffee nichts änderte, den Ella ihr, gleich nachdem sie aufgewacht war, frisch aufgebrüht hatte. Dass sie sich mit Rudolf getroffen hatte, hätte Mutter normalerweise kommentiert. Nichts dergleichen geschah.

»Keinen Hunger.« Mehr hatte sie auf Ellas Frage, ob sie ihr etwas zu Essen ins Wohnzimmer bringen sollte, nicht gesagt. Wie eine gebrechliche alte Frau war sie in die Küche gegangen, um sich dort gleich wieder kraftlos am Küchentisch niederzulassen. Dort saß sie immer noch wie erstarrt.

Ella schenkte ihr eine zweite Tasse Kaffee ein. Die fasste sie nicht einmal an.

Ella setzte sich zu ihr und musterte sie. Mutter schien in den letzten Stunden um Jahre gealtert zu sein.

»Jetzt trink wenigstens noch was«, forderte Ella sie auf.

Mutter gehorchte ihr widerspenstig. Ihre Hand zitterte, als sie die Tasse an den Mund führte.

»Möchtest du nicht doch wenigstens eine Kleinigkeit essen?«

Mutter schüttelte den Kopf.

»Vater wird auch nicht wieder lebendig, wenn du dich aufgibst«, stellte Ella besorgt fest.

»Das ist mir klar und sein Tod ist schon schlimm genug … Ich weiß einfach nicht mehr, was ich glauben soll«, sagte sie dann.

»Vater wird seine Gründe dafür gehabt haben. Vielleicht stimmt seine Geschichte ja auch und es gibt eine logische Erklärung dafür, warum das Geld von Onkel Karl aus Penang kam. Eventuell gibt es diese Bank ja auch in Amerika und das mit der Rente hat alles seine Ordnung.« Ella wurde im gleichen Moment klar, dass sie es nur sagte, um Mutter zu trösten. Sie glaubte ja selbst nicht daran, auch wenn es denkbar war, dass es sich so zugetragen hatte.

»Er hat uns belogen … Ich wüsste gerne, warum«, sagte Mutter. Ella ging es genauso.

»Ich frage mich, warum ich nicht schon viel früher stutzig geworden bin. Eine Leibrente für den Bruder? Man zahlt in einen Rentenvertrag, wenn man eine Familie hat. Er hatte keine. Und wieso sollte er Vorsorge für deinen Vater und seine Familie betreiben? Das ergibt doch alles gar keinen Sinn! Aber ich muss mich an die eigene Nase fassen: Man ist wie blind, wenn man sich dadurch ein schönes Leben leisten kann.«

Zu weiteren Überlegungen kam es nicht, denn es klingelte an der Tür. Normalerweise hatten sie am frühen Abend keine Besucher.

»Vielleicht der Arzt. Papiere zur Unterschrift …«, spekulierte Mutter, doch da täuschte sie sich.

Ella staunte nicht schlecht, als Rudolf vor ihr in der Tür stand.

»Verzeihen Sie die Störung. Angesichts der Umstände hätte ich es normalerweise nicht gewagt, ohne Vorankündigung vorbeizukommen, doch es hat mir einfach keine Ruhe gelassen, die Angelegenheit mit der Adoption …«, fing er sichtlich aufgeregt an.

»Es gibt Neuigkeiten? Haben Sie etwas herausgefunden?«, wollte Ella eilends wissen. Sie bat ihn sofort herein.

»Wer ist es?«, rief Mutter in den Flur.

»Möchten Sie diese Dinge eher vertraulich oder …?«, setzte Rudolf vorsichtig an.

»Nein. Mutter soll alles mit anhören. Sie möchte auch wissen, was damals passiert ist.«

»Rudolf«, antwortete sie ihrer Mutter in Richtung Küche.

»Es ist doch hoffentlich nichts Schlimmes?«, wollte sich Ella rückversichern.

»Ganz und gar nicht.« Rudolf legte seinen Mantel ab und reichte ihn Ella.

»Mein herzlichstes Beileid«, sagte er, als er die Küche betrat und Mutter sah.

Sie nickte dankbar und bot ihm einen der freien Stühle an.

»Ich habe Rudolf von den Ungereimtheiten bezüglich der Adoption erzählt«, klärte Ella ihre Mutter gleich auf. Diese nickte zustimmend.

»Setzen Sie sich doch«, bot Mutter ihm an.

Rudolf leistete dem sofort Folge. Auch Ella nahm am Küchentisch Platz.

»Den ganzen restlichen Nachmittag habe ich überlegt, wie wir Licht in diese Angelegenheit bringen können. Mein Vater ist tot. Er hat damals sicher irgendetwas aufgeschnappt, doch was nützt uns das? Nichts … Ich kann ihn ja nicht mehr befragen. Das Gleiche gilt für meinen Onkel. Wie schade … Er war eng mit Heiner befreundet und zudem Kapitän des Schiffes. Da fiel mir aber ein, dass meine Mutter sehr gut mit meinem Onkel konnte. Sie hat es geliebt, sich Geschichten von hoher See erzählen zu lassen.«

»Clara?«, fragte Mutter nach.

»Ich habe sie befragt.«

»Aber Ihre Mutter leidet doch an Vergesslichkeit, soviel ich weiß«, merkte Mutter an.

»Das ist richtig, aber komischerweise kann sie sich an Dinge, die viele Jahre zurückliegen, gut erinnern«, sagte Rudolf.

Ella ertappte sich dabei, dass sie vor lauter Nervosität und Anspannung anfing, an ihren Fingernägeln herumzufriemeln.

»Was hat sie gesagt?«, fragte sie daher geradeheraus.

»Am besten versuche ich es möglichst so wiederzugeben, wie es mir zugetragen wurde.«

Rudolf holte tief Luft, bevor er fortfuhr: »Ihr werter Vater muss von einem seelenlosen Menschen gesprochen haben, vom Teufel in Person ... Diese Person muss sehr einflussreich gewesen sein.«

Ella stockte der Atem. Was erzählte Rudolf da?

Rudolf war sich der Tragweite seiner Eröffnungen anscheinend bewusst und fuhr deshalb behutsam fort.

»Sie meinte, Heiner hätte Geld dafür bekommen, dass er das Kind nimmt«, sagte er.

»Sie meinen, mein Vater hat von einem Dritten die Rente dafür bekommen, dass er mich adoptiert?« Ella konnte es kaum glauben.

»Ich würde mir den gleichen Reim darauf machen«, sagte Rudolf.

»Wusste Clara seinen Namen? Fiel der Name Richard?«

Rudolf schüttelte den Kopf.

»Hat sie sonst noch etwas gesagt?«, fragte Ella.

»Er muss eine Plantage geführt haben. Angeblich soll Heiner darüber spekuliert haben, weil Plantagenbesitzer in den englischen Kronkolonien zu großem Reichtum gekommen sind.«

Ella rang um Fassung.

»Ich habe mich schlaugemacht. In Penang wird überwiegend Handel betrieben. Die meisten Plantagen sind in Malakka, also auf der malaiischen Halbinsel, und dort vorwiegend im Süden. Dshohor nennt sich die Gegend, ebenfalls in britischer Hand, aber dort leben immer noch viele Holländer. Sie hatten das Land zuvor verwaltet.« Rudolf blickte nachdenklich und sprach weiter: »Wenn ich mir überlege, dass es schätzungsweise nicht mehr als hundert oder vielleicht maximal zweihundert reiche Familien in Malakka gibt, die Plantagen haben … und es können ja nicht allzu viele sein, deren Familienname mit einem F beginnt …«

»Sie meinen, man könnte meinen leiblichen Vater ausfindig machen?«, fragte Ella.

»Ich denke schon.«

Mutter schwieg zu dem Ganzen mit leerem Blick. Die Dimension der Lüge, die Vater ihr Zeit seines Lebens vorgespielt hatte, war kaum noch zu fassen.

»Er muss sehr vermögend sein«, merkte Rudolf dann noch an.

»Sollen wir ihn etwa nach all den Jahren zur Rechenschaft ziehen? Er hat doch schon jahrelang bezahlt«, sagte Mutter unvermittelt.

Ella sah es genauso. Der finanzielle Aspekt, den Rudolf zu Recht mit ins Spiel gebracht hatte, interessierte sie nicht im Geringsten. Die Frage, wer dieser Mann war, fing jedoch an, in ihr wie ein Wildfeuer zu lodern. Damit ging ja auch noch eine weitere Frage einher, die Ella sich zwar bereits gestellt hatte, aber angesichts der neuen Erkenntnisslage an Brisanz gewann.

»Wie kann eine Mutter das nur tun? Ihr eigenes Kind weggeben«, brach es aus ihr heraus. Der Gedanke war schmerzlich und entfachte das Feuer nur noch mehr.

»Es fällt mir schwer, dies zu sagen, aber in solchen Kreisen ist es nicht unüblich, sich der Dienste von leichten Mädchen …« Rudolf sprach nicht weiter.

Ella konnte sich angesichts Vaters Lüge bezüglich des Maats Johansson denken, worauf er hinauswollte. Diese Überlegung war ja bereits im Raum gestanden, lastete nun aber noch stärker auf Ella.

»Sie meinen wirklich, ich könnte es herausfinden?«, wollte Ella erneut wissen.

»Vor Ort mit Sicherheit«, meinte Rudolf.

Mutter musterte sie daraufhin. Man brauchte keine Gedanken lesen zu können, um zu wissen, was sie sich gerade dachte.

Die Frage folgte prompt: »Du willst doch nicht etwa nach Malakka reisen?«, fragte Mutter mit großen Augen.

Ella zuckte etwas ratlos mit den Schultern, obwohl der Wunsch eben gerade geboren worden war.

»Und deine Pläne? Im Krankenhaus?«, setzte Mutter nach. Ihre Worte fühlten sich an wie ein Kübel kaltes Wasser. Obschon treffsicher in den lodernden Brand geschüttet, der sich Neugier nannte, konnten sie ihn nicht löschen.

»Und dann noch als Frau allein in ein fremdes Land reisen und dort Fragen stellen, die einigen vielleicht unangenehm sind? Kind, das ist doch viel zu gefährlich.« Dagegen konnte Ella allerdings nichts einwenden.

»Ich würde Ihre Tochter begleiten. Vorausgesetzt, meine Begleitung wäre erwünscht«, sagte Rudolf an Ella gerichtet.

Mutter warf ihm daraufhin einen vorwurfsvollen Blick zu, Ella einen dankbaren. Dennoch: Der Gedanke, sich auf die Suche nach dem Teufel zu begeben, wie Vater ihn anscheinend in Claras Beisein genannt hatte, schien im Moment geradezu absurd zu sein. Doch auch diese Einsicht vermochte es nicht, die Glut der Neugier zum Erlöschen zu bringen.

Ella hatte gehofft, im Schlaf Erlösung zu finden, um am nächsten Morgen wieder einen klaren Kopf zu haben. Das genaue

Gegenteil war der Fall gewesen. Ein Albtraum nach dem anderen hatte sie geplagt, von Vater, der sie unentwegt unter Tränen um Vergebung bat, von einem gehörnten Wesen mit Ziegenfuß, das nachts durch den Regenwald schlich und sich über ihre Wiege beugte, und von Vater, der sich Geld in die Hand zählen ließ. Ella fühlte sich auch nach ihrem Fußweg zum Krankenhaus immer noch wie gerädert. In so einem Zustand sollte man an sich keine Entscheidungen treffen. Sie tat es trotzdem, auch Mutter zuliebe. Schon beim Frühstück hatte sie wieder damit begonnen, sich all den quälenden Fragen hinzugeben. Auf der einen Seite schien sie nicht besonders erpicht darauf zu sein, dass ihre Tochter es in Erwägung zog, nach Malakka zu reisen. Auf der anderen Seite war sich Ella sicher, dass Mutter Zeit ihres Lebens keine Ruhe mehr finden und mit dem Tod ihres Mannes nicht fertigwerden würde, falls sich die Ereignisse in der Vergangenheit nicht aufklärten. Man konnte schließlich nur dann jemandem verzeihen, wenn man wusste, was wirklich vorgefallen war. Obwohl Ella den Entschluss gefasst hatte, sich der Wahrheit zu stellen, um herauszufinden, wer sie wirklich war und woher sie kam, schien jeder Schritt, den sie sich dem Krankenhaus näherte, alles wieder infrage zu stellen. Sollte man die Vergangenheit nicht besser ruhen lassen?

Dass Gutenberg sie gleich empfing, wunderte Ella nicht. Wahrscheinlich rechnete er damit, dass sie mit ihm über die Ausbildung der neuen Schwestern sprechen wollte. Dementsprechend lang wurde sein Gesicht, nachdem sie ihm ihr Anliegen, die Reisepläne und die Hintergründe ihrer Entscheidung vorgetragen hatte.

»Eine glänzende Zukunft liegt vor Ihnen. Sie setzen alles aufs Spiel! Aber offen gestanden, würde ich an Ihrer Stelle wahrscheinlich genauso handeln«, gab er ihr zu verstehen.

Gutenberg schien sie regelrecht dazu zu ermutigen, die Reise anzutreten, doch da täuschte Ella sich.

»Es ist letztlich eine Entscheidung zwischen der Vergangenheit und der Zukunft. Rein rational betrachtet sollte man aber stets nach vorne sehen«, fuhr er fort.

»Aber wie will man nach vorne blicken, wenn man das Gefühl hat, von heute auf morgen nicht mehr die gleiche Person zu sein? Wenn der sichere Boden, auf dem man sein Leben gebaut hat, plötzlich ins Wanken gerät?« Ella stammelte fast bei dem Versuch, ihrem Vorgesetzten ihre Gefühle begreiflich zu machen.

Gutenberg nickte verständnisvoll.

»Die Schwesternausbildung beginnt doch erst im neuen Jahr.« Ella versuchte, ihm eine längere Abwesenheit schmackhaft zu machen. Es misslang.

»Wir müssen schon viel früher rekrutieren, Ausbildungspläne erstellen, nach geeignetem Personal suchen. Das geht nicht von heute auf morgen«, gab er ihr unmissverständlich zu verstehen.

»Es wären doch nur einige Wochen«, versuchte Ella ihn zu überzeugen.

»Und wie soll ich das den Kollegen klarmachen? Ganz davon abgesehen wird die Klinikleitung nicht bereit sein, Ihnen so lange unbezahlten Urlaub zu gewähren. Wir sind knapp besetzt und müssten daher sofortigen Ersatz für Sie suchen.«

Nun war es Ella, die nachdenklich nickte. Es lief also darauf hinaus, dass sie sich nicht nur ihre Zukunft verbauen, sondern auch noch ihre Tätigkeit in diesem Krankenhaus aufs Spiel setzen würde.

»Für Röttgers wäre das sowieso ein gefundenes Fressen«, sagte Gutenberg. Auch das war Ella klar.

»Wollen Sie sich das nicht doch noch einmal in Ruhe überlegen?« Gutenbergs Appell war eindringlich.

Mathilde, der sie unmittelbar vor dem Gespräch mit Gutenberg von ihren Plänen erzählt hatte, war der gleichen Ansicht gewesen. »Nur nichts überstürzen. Morgen sieht die

Welt bestimmt ganz anders aus.« Mathildes Worte waren gut gemeint, aber Ella glaubte nicht daran.

Noch eine weitere Nacht von Albträumen verfolgt werden? Sich für den Rest ihres Lebens mit quälenden Fragen beschäftigen? Was würden weitere Tage der Ungewissheit daran ändern? Ella fasste sich daher ein Herz.

»Ich werde nach Malakka reisen«, sagte sie mit erstaunlich fester Stimme.

Gutenberg brauchte einen langen Atemzug, um sich mit ihrer Entscheidung abzufinden.

»Ich wünsche Ihnen viel Glück und eine gute Reise«, kam es dann doch von Herzen. Auch darin waren sich Gutenberg und Mathilde, die Ella zwischen Tür und Angel gleich im Anschluss an ihr Gespräch abgefangen hatte, einig. Mathildes herzliche Umarmung spendete Kraft. Sie trug dennoch den Schmerz eines Abschieds in sich. Vor ihr lag die Station, auf der sie gearbeitet hatte. Hier waren die Patienten, die sie gern versorgte. Hier hätte sie junge Schwestern ausbilden können. Ella schloss die Augen, um nur noch Mathildes Umarmung wahrzunehmen.

»Pass auf dich auf, Ella«, flüsterte Mathilde.

»Ich werde nicht allein reisen«, sagte Ella, nachdem sich Mathilde aus der innigen Umarmung gelöst hatte.

»Du fährst mit deiner Mutter?«, fragte Mathilde.

»Nein. Mit Rudolf.« Sofort hellte sich Mathildes Miene auf. Sie hatte ihre Schwärmereien für ihn ja gleich am Tag nach der Jubiläumsfeier der Werft mitbekommen.

»Na, dann kann doch nichts mehr schiefgehen«, jubelte ihre Freundin. Ihr Wort in Gottes Ohr!

Kapitel 4

Ella hatte ihre Reisevorbereitungen bis zu Vaters Beerdigung verschoben und das nicht nur Mutter zuliebe. Es war ihr ein Bedürfnis gewesen, Abschied zu nehmen. Das war sie ihm, aber auch seinen Freunden schuldig, die sich heute Morgen zahlreich auf dem Friedhof eingefunden hatten. Mutter hatte keine einzige Träne vergossen. Das allein sprach ja bereits Bände. Sein Betrug an ihr und letztlich auch an seiner Tochter nahm Ella die Skrupel, noch am selben Nachmittag in Begleitung von Rudolf den Hafen aufzusuchen, um dort ein Ticket für die große Überfahrt zu erwerben. Die Dampfer fuhren nicht täglich und noch länger zu warten, kam nicht infrage.

Ella stand wie angewurzelt vor dem farbigen Plakat der kaiserlich-deutschen Reichspost-Dampferlinie, das für deren vierzehntägigen ostasiatischen Dienst warb. Es weckte Fernweh und Vorfreude auf eine Reise an Orte, von denen sie nur vom Hörensagen wusste – und natürlich von Vaters Erzählungen. Ellas Herz pochte schneller und das lag diesmal nicht an Rudolf, der sie zum Zwecke des Fahrkartenerwerbs am frühen Nachmittag zur Agentur des Norddeutschen Lloyd am Hafen begleitet hatte. Beim Anblick dieses Werbeplakats konnte man nur noch ins Träumen geraten. Ein Dampfer der Flotte fuhr vor apricot-rosa schimmerndem Horizont an der unverkennbar asiatischen Küste entlang. Zwar war auf dem Plakat der üppige Dschungel, der sie erwarten würde, nur eine graue und eher angedeutete Silhouette, doch am Ufer kreuzte eine Art Kanu, in dem Asiaten aus allen Hafenstädten saßen, in denen die Linie andockte. Eine Frau im Kimono stand für Nagasaki, ein Mann in rotem, wallendem Gewand, der einen flachen Hut auf dem Kopf trug, musste ein Chinese sein. Der Norddeutsche Lloyd steuerte Hongkong und Shanghai an. Auch eine orientalisch anmutende Gestalt mit Turban auf dem Kopf war mit an Bord – vermutlich ein Platzhalter für die Gegend um den Suezkanal.

»Anscheinend sind die meisten Malaien nur sehr spärlich bekleidet«, merkte Rudolf an, der sich beim Anblick des vierten Ruderbootinsassen wohl das Gleiche dachte. Ein kleinwüchsiger dunkelhäutiger Mann trug lediglich eine Art roten Lendenschurz.

»Soviel ich weiß, ist es dort sehr heiß. Am Ende ist zu viel Kleidung in diesen Gefilden eher ein Nachteil«, überlegte Ella laut.

Rudolf lachte.

»So gesehen … Vielleicht aber auch eher ein Zeichen für eine primitive Kultur«, erwiderte Rudolf.

»Wahrscheinlich ändern Sie Ihre Meinung, wenn wir uns in voller Montur der Hitze aussetzen. Sie als Mann können ja wenigstens noch Ihr Jackett ausziehen, ohne gleich als unkultiviert dazustehen«, sagte Ella.

»Ganz im Gegenteil. Die Frauen sind klar im Vorteil. Sie können luftige Sommerkleider tragen. Unsereins bleiben nur kurze Hosen.«

»Wie im Kindesalter?«, amüsierte Ella sich, die Rudolf sofort mit kurzem Beinkleid vor Augen hatte.

»Andere Länder, andere Sitten. Auch die britische Armee trägt sie, wie ich neulich auf einer Fotografie gesehen habe.

Dazu noch einen Tropenhelm. Zugegebenermaßen sieht das nicht sonderlich respekteinflößend aus. Außerdem setzt man sich ungeschützt dem Ungeziefer aus.«

»Ungeziefer?«, fragte Ella nach.

»Moskitos. Ich habe mir sagen lassen, dass sie einen förmlich auffressen. Von Tigern und Kannibalen ganz zu schweigen«, fügte er schmunzelnd hinzu. Offenkundig amüsierte er sich darüber, dass Ellas Augen immer größer wurden.

»Sie wissen, wie man einer Dame so eine Reise schmackhaft macht«, konterte Ella prompt, woraufhin Rudolf erneut lachte. Es tat so gut, sich für ein paar Momente von den jüngsten Ereignissen abzulenken, wieder das Gefühl zu haben zu leben, nach vorne zu blicken, und zwar ohne dabei zu verzagen. Rudolf schien dies zu spüren.

»Es freut mich, Sie wieder lächeln zu sehen, Ella«, sagte er sichtlich zufrieden.

Ella registrierte, dass er sie zum ersten Mal nicht mehr mit »Fräulein« ansprach. Angesichts des gemeinsam Erlebten und dessen, was ihnen noch bevorstand, wäre alles andere auch albern gewesen.

»Wir sollten buchen, Rudolf«, sagte Ella daraufhin, wobei sie seinen Namen so betonte, dass er dies als Einverständnis werten musste.

Er reichte ihr die Hand, um sie in das Hafenbüro zu führen. Es fühlte sich fast so an, als würde er sie zum Tanz auffordern.

»Allerdings gibt es tatsächlich Tiger in Malakka«, sagte er.

»Sie werden mich schon nicht fressen«, gab Ella zurück.

»Kannibalen etwa auch?«, wollte sie sich dann doch vergewissern.

»Auf den pazifischen Nachbarinseln. Ich glaube, deutsches Fleisch wäre ihnen sowieso viel zu zäh«, erklärte Rudolf, als sie den Fahrkartenschalter erreicht hatten. Daneben wurden Schiffspassagen in die Neue Welt, also nach Amerika verkauft. Dort standen sie Schlange. Nach Asien wollte offenbar niemand.

»Die *Stettin* läuft doch morgen aus?«, fragte Rudolf den Schalterbeamten, einen untersetzten jungen Mann, der genau wie sein Kollege eine blaue Weste über seinem weißen Hemd trug. Ella wunderte es nicht, dass Rudolf sich bereits bestens über die Möglichkeiten zur Überfahrt informiert hatte. Ein Geschäftsmann wie er überließ sicher nichts dem Zufall. Sie war heilfroh, dass er sie begleitete.

»In der Tat. Um halb elf«, bestätigte der Mann am Schalter.

»Haben Sie noch freie Kabinen in der zweiten Klasse?«, wollte Rudolf wissen.

»Tut mir leid. Es gibt nur dreiundzwanzig. Lassen Sie mich mal sehen«, sagte der Mann am Schalter, bevor er anfing, in einer vor ihm liegenden Liste zu blättern. »Ausgebucht. In der dritten Klasse haben wir noch fünf Plätze, allerdings müssten Sie sich die Kabine mit anderen Reisenden teilen, und in der ersten … Dort sind erst drei Kabinen belegt. Es sind noch sechzehn frei.«

»Die dritte Klasse kommt nicht infrage.« Ella schaltete sich mit ein, weil sie von ihrem Vater wusste, wie widrig die Umstände dort waren, wobei »widrig« noch untertrieben war.

»Die *Stettin* hat eine gute dritte Klasse. Die Kabinen sind sauber. Die Verpflegung ist ordentlich«, erklärte der Schalterbeamte daraufhin. Damit mochte er wohl recht haben. Vater war auf Großseglern unterwegs gewesen und nie auf einem der modernen Dampfer gefahren.

»Die Tickets der ersten Klasse kosten bestimmt um die achthundert Mark.« So wie Rudolf es sagte, klang es eher nach einer Frage.

»Von achthundertdreißig bis eintausendundsechzig, um genau zu sein«, erläuterte der Schalterbeamte. Das war eine stattliche Summe. Mutter verdiente als Lehrkraft achthundert Mark pro Monat.

Rudolf zog dementsprechend die Augenbrauen hoch, obwohl er es sich sicher leisten konnte. Er griff in sein Jackett, um seine Brieftasche herauszuholen. Sicher beabsichtigte er, die Passage für beide zu bezahlen. Ella kam ihm lieber zuvor, genau wie mit Mutter heute Morgen abgesprochen. Schließlich fuhr er ihretwegen mit, würde wochenlang seinen Geschäften nicht mehr nachkommen können.

»Wir nehmen zwei Kabinen in der ersten Klasse. Ich nehme an, ich darf die Summe mit einem Scheck begleichen?«, sagte Ella.

»Gewiss«, kam es vom Schalterbeamten.

»Das kommt nicht infrage. Die Schiffspassagen übernehme selbstverständlich ich.« Ella war klar gewesen, dass Rudolf das sagen würde.

»Bitte bringen Sie mich nicht in Verlegenheit, Rudolf. Es ist schon mehr als genug, dass Sie mich auf dieser Reise begleiten.«

Rudolf litt sichtlich. Ella konnte ihm ansehen, dass er mit sich haderte.

Ella hatte den Scheck schon in der Hand und griff nach der Feder, die der Schalterbeamte ihr reichte.

»Eintausendsechshundertundsechzig wären das dann«, sagte er.

»Ella …«, fing Rudolf erneut an.

»Keine Widerrede. Auch Mutter besteht darauf.«

Während Ella den Scheck ausstellte, warf sie einen kurzen Blick zu Rudolf. Er schüttelte nur den Kopf, schien sich aber geschlagen zu geben, weil er nichts mehr sagte, bis sie dem Schalterbeamten ihren Scheck und Pass überreicht hatte.

»Der Champagner an Bord geht aber auf mich.« Rudolf nahm sich offenbar vor, seine Ehre zu retten, auch wenn er es augenzwinkernd und mit Theatralik von sich gegeben hatte.

Ella war erleichtert, dass er seinen Humor wiedergefunden hatte. Wie, wenn nicht an seiner Seite, könnte sie sonst die lange Fahrt überstehen? Sechsunddreißig Tage auf hoher See – zumindest, wenn man Mutters Einschätzung Glauben schenken konnte. Aber das immerhin nicht mehr als allein reisende Frau.

»Ich habe zu danken, aber gegen ein Gläschen Champagner zu passender Gelegenheit habe ich nichts einzuwenden«, erwiderte Ella ihm daher aus vollem Herzen.

Ella konnte sich beim Kofferpacken am nächsten Morgen nicht daran erinnern, jemals in einen derartigen Gefühlstaumel geraten zu sein. Die Stimmung schwankte im Viertelstundentakt, je nachdem, was ihr gerade durch den Kopf geisterte. Gleich nachdem sie die beiden Tickets gekauft hatte, war die Vorfreude auf die Reise in den Vordergrund getreten. Schließlich stand ihr eine Fahrt erster Klasse an der Seite eines Mannes bevor, der ihr Avancen machte. Kaum hatte sie Rudolf aber nach Hause gebracht, war davon nichts mehr zu spüren gewesen. Der Tod des Vaters überschattete im Nu wieder alle anderen Empfindungen, schien sie im Keim zu ersticken. Dies hatte aber auch nur so lange angehalten, bis Mutter wieder in den Taumel der vielen Fragen geraten war, die Vaters Geheimnistuerei betrafen. Immerhin befürwortete sie nun die Reise ihrer Tochter, vermutlich aber auch nur, weil Rudolf mit von der Partie war.

Angesichts der vielen Gedanken, die an Ella nagten, wunderte es sie nicht, dass sie so ungewöhnlich lange brauchte, um zwei Koffer und eine Reisekiste zu packen – und das, obwohl Mutter ihr mittlerweile dabei half. Lediglich die Auswahl der richtigen Reiselektüre war ihr gestern Nacht leichtgefallen. Es gab noch so viele Bücher über alle möglichen neuen Therapien, die sie auf der Überfahrt zu lesen gedachte. Immerhin waren vier Wochen zu überbrücken, und sie reisten um die halbe Welt und würden vier Meeresabschnitte durchqueren.

Mutter machte den Abschied dann überraschend kurz und schmerzlos.

»Pass auf dich auf, mein Kind«, sagte sie an der Tür und half Ella dabei, die beiden Koffer hinaus zur Droschke zu tragen, die Rudolf bereits bei sich zu Hause abgeholt hatte.

Tapfer sah Mutter beim Beladen des Gepäcks zu – allerdings schweigend.

Rudolf packte mit an, um das Gepäck zu verladen.

Es verblieb nur noch eine letzte innige Umarmung. Mutter musste auch gar nichts mehr sagen. Ella konnte in ihren Augen lesen, dass sie sie schon jetzt vermisste.

»Gute Reise und schreib mir, sobald du kannst«, rief sie der anfahrenden Kutsche nach.

Mutter winkte so lange, bis die Droschke in die Hauptstraße, die zum Hafen führte, eingebogen war.

Rudolf hüllte sich ebenfalls in Schweigen, wofür Ella dankbar war, denn während der Fahrt begann sich Ellas Karussell der Gefühle erneut zu drehen.

»Sie haben mehr dabei als ich«, stellte Rudolf nach einer Weile ganz unvermittelt fest, um das Schweigen zu brechen. Er selbst hatte ja nur einen normal großen und einen kleinen Koffer dabei. Ellas Gepäckstücke waren deutlich größer und schwerer, wie er beim Beladen der Kutsche sicher zu spüren bekommen hatte.

»Allein schon die Bücher nehmen so viel Platz in Anspruch«, erklärte Ella sich.

Kurz vor Erreichen des Hafens kam Ella jedoch in den Sinn, dass Rudolf ihre Pläne, sich unterwegs weiterzubilden, durchkreuzen würde. Seine folgenden Schwärmereien über die fremden Länder, die sie sehen würden, waren ansteckend, seine Pläne, fremde Kulturen zu erkunden, weitreichend. Sie sorgten auch dafür, dass ihre Vorfreude momentan wieder überwog.

»Die *Stettin* hält bestimmt in Spanien oder Portugal. Wir könnten uns ein bisschen umsehen. Lissabon soll sehr interessant sein und auch die griechischen Inseln. Traumhaft und idyllisch, habe ich mir sagen lassen.«

»Werden wir denn überhaupt Gelegenheit haben, von Bord zu gehen? Die *Stettin* ist ja kein reiner Passagierdampfer«, gab Ella zu bedenken.

»Ja, das stimmt, aber sie ist ein sehr luxuriöser Dampfer. Wir profitieren davon, dass er eher klein ist. Die Besatzung muss häufiger Kohle nachladen. Das heißt mehr Landgänge«, schlussfolgerte Rudolf.

»Klein? Auf hoher See?« Ella konnte sich nur allzu gut an die Geschichten ihres Vaters erinnern. »Klein« hieß, täglich Gebete sprechen zu müssen, dass ihnen hoher Wellengang erspart blieb.

»Wenn wir um das Kap der guten Hoffnung segeln würden, dann gäbe es Grund zur Sorge. Die Nordsee und das Mittelmeer sind um diese Jahreszeit eher ruhig. Machen Sie sich keine Sorgen.« Aus dem Mund einer Landratte klang das alles andere als überzeugend. Gerade das Mittelmeer konnte tückisch sein, von starken Winden im Indischen Ozean ganz zu schweigen. Als Tochter eines Seemanns wusste sie das.

Ella verwarf ihre Sorgen jedoch, als die Kutsche das Ende des Landungssteges erreichte, an dem die *Stettin* lag. »Klein« war relativ. Ella schätzte den Dampfer auf gut einhundert Meter Länge und mindestens zehn Meter Breite. »Imposant« traf es wohl eher, und weil er über vier Schornsteine verfügte, nahm Ella an, dass der Antrieb an Bord stark genug war, um selbst rauer See zu trotzen – eine Dreifach-Expansionsdampfmaschine, die es auf bis zu dreizehn Knoten brachte. Rudolf hatte sich anscheinend eingehendst informiert.

Auf dem Landesteg herrschte reges Treiben. Ein paar Dutzend Passagiere tummelten sich vor der heruntergelassenen Zugbrücke. Anhand der Kleidung ließen sich Rückschlüsse darüber ziehen, wer die erste, zweite und dritte Klasse gebucht hatte. Zwei der Droschken sahen schon von Weitem nicht nach

74

den öffentlich verfügbaren aus. Ein Mann, dem ein auffallend gut gekleideter Kutscher die Tür öffnete, würde ihnen bestimmt in der ersten Klasse irgendwann Gesellschaft leisten. Gleich fünf Koffer lud der Kutscher ab, während der adrett gekleidete Mittvierziger mit Vollbart und Wohlstandsranzen seinen vom Wind zerfledderten blonden Haarflaum wieder in Form brachte. Auch die zweite Klasse erkannte man auf einen Blick. Die Männer trugen Anzüge, zwei Frauen taillierte Kleider und einen modischen Hut. Die meisten der Passagiere, die nach und nach an Bord gingen, sahen jedoch so aus wie die Leute, die Ella aus den Mietskasernen kannte. Männer in einfachen Jacketts und Wollhosen, die farblich weder zusammenpassten noch perfekt saßen. Welcher Arbeiter konnte sich schon maßgeschneiderte Anzüge leisten? Die wenigen Frauen kamen in den farb- und schmucklosen Kleidern einfacher Arbeiterinnen daher. Einige trugen Schürzen und Kopftücher. Ihre Lederkoffer wirkten verschlissen. Andere hatten sogar nur geflochtene Körbe und Basttruhen dabei, sicher weil sie sich Koffer aus gutem Leder nicht leisten konnten. Ihnen stand eine Überfahrt unter Deck bevor und in Kabinen, die sie sich mit anderen teilen mussten. Ella bekam sofort ein schlechtes Gewissen. An sich müsste sie sich als einfache Pflegekraft auch damit begnügen. Schon nagten an ihr wieder die Fragen, warum dies nicht der Fall war.

»Was die Leute alles mitnehmen«, wunderte Rudolf sich und riss Ella damit aus ihren Gedanken.

Was immer es auch war, die Besatzung trug es hinein, allesamt junge Burschen in weißer Matrosenuniform. Auch ihre Koffer nahmen sie in Empfang, nachdem Ella ihnen die Fahrscheine gezeigt hatte. Es war Zeit, von Hamburg Abschied zu nehmen, von ihrem alten Zuhause, aber auch von ihren beruflichen Träumen – ein bitterer Wermutstropfen. Aber ihr Reisefieber wog die daraus resultierende Schwermut auf. Ella war zudem froh, dass Mutter sich dagegen entschieden hatte, mit an den Hafen zu kommen. Wohin man auch sah, die Tränen flossen in Strömen. Innigste Umarmungen von Vätern, die ihre Kinder an sich drückten oder sich von ihren Liebsten verabschiedeten. Das ging ihr zu Herzen. Mutter hatte sich heute Morgen ja tapfer zusammengerissen. Wer wie sie am Vorabend schon so viele Tränen vergossen hatte, dem blieben keine mehr für einen Abschied am nächsten Tag, der noch dazu ja nicht für immer war.

Das Schiffshorn mahnte zur Eile. Sofort setzte sichtliche Unruhe ein, bei den Passagieren, aber auch bei ihr selbst.

»Herr und Frau von Stetten?«, fragte der Matrose an der Treppe, die zur Einstiegsluke führte. Das hörte sich zwar gut an, doch Ella verneinte. Offensichtlich wirkten sie auf Außenstehende wie ein Ehepaar.

»Oh … ich bitte um Verzeihung«, kam dann prompt, nachdem der Matrose den zweiten Fahrschein auch gelesen hatte.

Rudolf lächelte darüber hinweg und reichte ihr erst recht den Arm, um sie nach oben zu geleiten.

Ella hielt für einen Moment inne und überlegte, sich noch einmal nach ihrer Heimat umzudrehen. Doch dann ließ sie es bleiben: Es hätte den Abschied nur schmerzlicher gemacht und wurde dem eigentlichen Zweck der Reise nicht gerecht. Sie wanderte ja schließlich nicht nach Amerika aus, und wenn man in einen Zug stieg, blickte man ja auch nicht zurück.

Es verstand sich von selbst, dass ein echter Gentleman wie Rudolf einer Dame die etwas größere Kabine überließ. »Kabine« war im Grunde genommen untertrieben. »Ansprechender Salon« traf es wohl eher und das nicht nur, weil Ella noch nie in so bequemen Sesseln Platz genommen hatte. Edle Stoffe, wohin das Auge blickte, angefangen von den Gardinen bis hin zu den Möbelbezügen. Das Blumenmuster passte farblich zum flauschigen Teppich und dem feinen Porzellanteller, auf dem frisches

Obst lag. Sogar der Waschtisch war blumengeschmückt mit in Ziergräsern eingebetteten Amaryllis und Rosen, die ihren süßlichen Duft in der Kabine verströmten. An all das konnte man sich sicherlich schnell gewöhnen, an ein eher unterwürfiges »Sehr wohl, gnädiges Fräulein« aus dem Munde des Kabinenboys, eines jungen Matrosen, jedoch nicht. So angesprochen zu werden, gab Ella das Gefühl, gänzlich fehl am Platz zu sein.

Ella hatte sich gerade vorgenommen, auf dem Bett Probe zu liegen, da war schon ein heftiges Brummen aus dem Innersten des Dampfers zu vernehmen. Der Boden fing an, leicht zu vibrieren. Sicher hatte der Kapitän den Befehl zum Auslaufen gegeben.

Prompt klopfte es an der Kabinentür. Ella bat Rudolf herein. Er hatte ja bereits angekündigt, dass er mit ihr gemeinsam an Deck sein wollte, wenn das Schiff auslief.

»Sind die Kabinen nicht großartig? Wir müssen uns beeilen und danach stoßen wir in der Bar auf unsere große Reise an.« Rudolfs gute Laune war ungebrochen, sein Arm in einer einladenden Geste bereit, damit sie sich bei ihm einhängen konnte. Ella tat es, nachdem sie die Kabine verlassen hatten.

In dem Moment ging die Kabinentür von nebenan auf. Heraus trat der Mann mit dem Wohlstandsranzen, der Ella bereits am Landesteg aufgefallen war. Sein Lächeln war einnehmend.

»Jetzt geht es los. Auf an Deck!«, posaunte er ungezwungen heraus, was ihn Ella sofort sympathisch machte. So redete keiner, der über altes Kapital verfügte, kein Adel, kurzum – niemand von Rang. Er musste ein wohlhabender Kaufmann sein und ein offener Mensch zugleich. Schon reichte er ihnen die Hand zum Gruß.

»Otto Ludwig«, stellte er sich vor.

»Ella Kaltenbach.« Ella schüttelte ihm die Hand. Dann war ihr Begleiter an der Reihe: »Rudolf von Stetten.«

Otto zeigte sich überrascht. Auch er musste sie für ein namensgleiches Paar gehalten haben.

»Meine Verlobte«, fügte Rudolf gleich hinzu.

Ella tat ihr Möglichstes, um ihre Überraschung zu verbergen. Immerhin erzielte Rudolfs forsches Vorgehen sofortige Wirkung. Ottos Gesichtszüge entspannten sich merklich.

»Was für ein hübsches Paar«, kam dann noch, als er sich auf den Weg zu den Treppen nach oben machte. Es wirkte auf Ella, als hätte er es zu sich gesagt, allerdings in dem Wissen, dass die beiden es hören konnten.

»Haben wir uns denn verlobt?«, fragte Ella schmunzelnd.

»Nein, aber dann stellt niemand dumme Fragen. Als Paar wird man ernst genommen und Ihnen steigen keine Matrosen oder Offiziere nach.« Rudolfs Argumenten zu widersprechen, wäre töricht gewesen.

»Man könnte nach dem Ring fragen.«

Rudolf nickte daraufhin nachdenklich, denn auch dem ließ sich in keinster Weise widersprechen.

»Ich fürchte, dieser Makel lässt sich so kurzfristig nicht beheben. Vielleicht beim ersten Stopp? Juweliere gibt es in jeder Stadt.«

»Und was machen wir bis dahin? Uns in der Kabine verstecken? Ich könnte Handschuhe tragen.« Ella machte es Spaß, Rudolf zu fordern, weil er wusste, dass sie es nicht ernst meinte.

»Ersteres wäre mir lieber.« Ella sah Rudolf das unmoralische Angebot nach, weil er es augenzwinkernd von sich gegeben hatte.

»Verheiratet sind wir aber noch nicht, werter Rudolf«, erwiderte Ella mit Schalk im Nacken.

»Also doch Handschuhe. Wie unromantisch«, gab er gespielt leidend zurück.

»Sie haben Glück, dass ich einen Ring dabeihabe, der groß genug ist, um als Verlobungsring für eine Reisende erster Klasse durchzugehen. Es weiß ja niemand, dass der Diamant nur ein Zirkonia ist«, stellte Ella klar.

»Ich würde Ihnen liebend gerne einen Diamantring schenken«, sagte Rudolf lächelnd.

Ella war froh, dass das Schiffshorn blies und ein weiterer Passagier aus einer der hinteren Kabinen eilte. Ella beließ es daher bei einem zuversichtlichen Lächeln.

Auch nach über einer Woche auf hoher See wurde Ella nicht müde, sich kurz vor dem Dinner an Deck zu begeben, um nach einer kurzen Promenade ihren Blick über das Meer bis zum Horizont schweifen zu lassen. Die meisten Passagiere der ersten Klasse waren um die Zeit noch in ihren Kabinen, um sich in Schale zu werfen – einer der Nachteile, wenn man sich der Oberschicht zugehörig glaubte. Der Umstand, dass Ella nur zwei Abendkleider besaß, machte ihr die Auswahl leicht.

Die Reisenden der zweiten und dritten Klasse hatten sich um derartige Verpflichtungen nicht zu kümmern. Sie unternahmen viel lieber ungezwungene Spaziergänge oder saßen in den rohrgeflochtenen Stühlen, um die letzte Wärme des Tages zu genießen. Rudolf tat es auch. Meist schlief er dabei ein. Kurz nach dem Sonnenuntergang lag eine das Gemüt beruhigende Dämmerung auf dem Meer. Es gab nichts Geeigneteres, um seinen Gedanken freien Lauf zu lassen. Ein Teil davon verlor sich in der Ferne, was für ein Gefühl der Ruhe und Gelassenheit sorgte. Vater hatte immer davon erzählt. Ella begann, das Meer dafür zu lieben, genau wie ihr Vater. Auf diese Weise dachte sie an ihn, fühlte sich ihm nah, ohne über den Ballast der Tage vor der Abfahrt grübeln zu müssen oder seinen Verlust so schmerzhaft wie noch vor Kurzem zu spüren. Heilte Zeit etwa tatsächlich so schnell alle Wunden? Ella fragte sich sowieso, wo die letzten Tage geblieben waren. Sie hatte noch kein einziges Buch gelesen. Die Zeit schien einem hier durch die Finger zu rinnen, wofür allein schon die Schiffsordnung sorgte, die sechs Mahlzeiten, drei große und drei kleinere, vorsah. Mit der schlichten Aufnahme von Nahrung war es ja nicht getan. Man kam ins Gespräch, stellte sich vor, unterhielt sich über Gott und die Welt. Da jeder Mitreisende andere Motive für die lange Fahrt hatte und an unterschiedlichen Zielhäfen ausstieg, schien der Gesprächsstoff nie auszugehen, sodass man letztlich die meiste Zeit gemütlich im Speisesaal oder im Teezimmer zusammensaß, abends dann bei Gesellschaftsspielen wie Schach oder Mühle oder um der kleinen Bordkapelle, einem Ensemble aus drei begnadeten Matrosen, zu lauschen. Rudolf hatte sie sogar zweimal dazu überredet, an der morgendlichen Gymnastik an Deck teilzunehmen, was erstaunlich abwechslungsreich gewesen war. Für Zerstreuung sorgten aber auch gelegentliche Ausblicke auf die Küsten der Länder, die sie passierten. Letztlich hatten Ella aber nur die weißen Kalkfelsen von Dover im Ärmelkanal beeindruckt, weil die *Stettin* nahe genug an ihnen vorbeigefahren war, damit die Passagiere sie in voller Pracht bestaunen konnten. Die große Entfernung zur niederländischen, französischen, spanischen und portugiesischen Küste machte ein ähnlich intensives Erlebnis unmöglich. Im Dunst liegende Landmassen waren einmal höher, mal flacher, einmal grüner und oft nur eine graue diffuse Linie.

Es waren aber nicht nur die Routinen, die ihr Vorhaben, sich fortzubilden, unmöglich machten. Eine lange Seefahrt brachte es offensichtlich mit sich, jegliche guten Vorsätze, in ihrem Fall die Lektüre der medizinischen Schriften, einschlafen zu lassen. Das Interesse daran wollte sich einfach nicht einstellen. Noch nicht einmal zu einem Brief an ihre Mutter, den sie beim nächstbesten Halt an einem Hafen hatte aufgeben wollen, konnte sie sich aufraffen, geschweige denn, Reiseerinnerungen aufzuschreiben oder sich anhand von Lektüre aus der reichhaltigen Bordbibliothek auf die Länder und Kulturen vorzubereiten, die der Dampfer ansteuerte. Es gelang nur selten und meist vor dem Einschlafen im schummrigen Licht ihrer Nachttischlampe. Ella erklärte sich das mit dem unentwegten Anblick der See, der je nach Wetterlage nie eintönig wurde und einen förmlich an die Reling fesselte. Dabei schienen die rhythmisch gegen den Rumpf des Dampfers rollenden Wogen einen allmählich einzulullen, die Sinne von jeglichen Zwängen zu befreien. Das eintönige Brummen aus dem Maschinenraum und die salzhaltige Seeluft taten ihr Übriges. Man gewöhnte sich an Faulenzerei und war dazu geneigt, jedes Vorhaben auf den nächsten Tag zu verschieben, weil die Fahrt ja noch lang genug war.

»Bis wir in Malakka sind, bin ich rund wie ein Kugelfisch«, seufzte Rudolf, der sich unvermittelt neben sie an die Reling gestellt hatte. Anscheinend hatte er sich auch schon an die Routinen gewöhnt. Man konnte ja bereits die Uhr nach ihm stellen. Wurde er wach, dann war es Zeit für das Dinner. Ella hatte ebenfalls die Befürchtung, bald nicht mehr in ihre Kleider zu passen, doch es gab wohl niemanden an Bord, der den Köstlichkeiten widerstehen konnte. Wie jeden Abend kredenzte ihnen der Kellner eine eigens auf der *Stettin* gedruckte Speisekarte, die sogar mit Vignetten verziert war. Auch in dieser Hinsicht mangelte es nicht an Abwechslung: Hühnerbrühe mit Reis, Fischfilet mit Mandelkruste, Doppellendensteak, das sich in höheren Kreisen »Chateaubriand« nannte, gemischtes Gemüse, Ochsenzunge in Rotweinsauce, Putenbraten, Erdbeeren, gemischter Salat, Vanillepudding mit heißen Himbeeren, Krachgebäck mit Milcheis, Obst, kleine französische Törtchen zum Nachtisch und Kaffee.

»Bei all diesen Köstlichkeiten weiß man gar nicht, womit man anfangen soll«, gestand Ella, nachdem sie sich an ihren angestammten Tisch im Bereich der ersten Klasse gesetzt hatten.

Auch das Ambiente entsprach den Preisen für diese Überfahrt. Das Mobiliar war aus edlen tropischen Hölzern gefertigt, zwei Kronleuchter hingen an der Decke und feinstes Porzellan zierte die Tische. Um den Schlemmereien der Menükarte nicht trotzen zu müssen, redete Ella sich ein, dass die Qual der Wahl letztlich mindestens so anstrengend wie Gymnastik war, auch wenn sie nur im Kopf stattfand. Oder hatte man wegen der Seeluft einfach mehr Appetit?

»Hier wissen sie, wie man den Gaumen verwöhnt«, kommentierte Otto, ihr Kabinennachbar, der angesichts seines Ranzens, den sein schwarzer Frack kaum noch zu bändigen wusste, sicherlich auch schon vor der Reise kein Kostverächter gewesen war. Bereits am ersten Abend hatte er sich zu ihnen gesellt. Otto Ludwig war in der Tat Geschäftsmann und gehörte zu den wenigen Passagieren, die sie auf der ganzen Route bis nach Malakka begleiten würden. Angeblich gäbe es sonst nur noch Mitreisende der dritten Klasse, die in Penang von Bord gehen würden, Seeleute, die ihren Dienst auf einem anderen Dampfer der kaiserlichen Flotte anzutreten hatten. Otto war zudem mit Sicherheit herzlicher und geistreicher als die drögen Reichsbeamten aus der zweiten Klasse, die nach China wollten und ebenfalls gelegentlich ihre Gesellschaft gesucht hatten.

»Mir scheint der Herr etwas aufdringlich zu sein«, hatte Rudolf ihr am ersten Abend diskret in einem unbeobachteten Moment zugeflüstert. Er hatte seine anfänglichen Bedenken jedoch schnell verworfen, weil Otto Geschäfte mit den Malaien und Engländern zugleich machte. Er handelte mit Kautschuk, kaufte ihn vor Ort ein und schien in Malakka Gott und die Welt zu kennen. Das hatte ihn Rudolf wieder sympathisch gemacht. Ella hoffte darauf, dass er ihnen bei der Suche nach ihrem leiblichen Vater behilflich sein konnte, jedoch war ihr noch kein glaubwürdiger Vorwand eingefallen, um ihn darum zu bitten. Ihm die Wahrheit zu sagen, hätte den anrüchigen Beigeschmack gehabt, einen vermögenden Vater aufspüren zu wollen. Das war zumindest Rudolfs Ansicht, die Ella nicht so ganz von sich weisen konnte. Alles zu seiner Zeit. An Ottos Seite gingen ihnen die Gesprächsthemen sowieso nicht aus. Das heutige Thema war naheliegend, weil starke seitliche Dünung vom Atlantik für einige Ausfälle beim abendlichen Dinner gesorgt hatte. Der große Speisesaal, auf den sie über die Abtrennung ihres Separees hinwegsehen konnten, war halb leer.

»Seekrankheit ist das Schlimmste überhaupt«, meinte Rudolf zu wissen, weil er einmal bei hohem Seegang den Ärmelkanal überquert hatte.

»Die Leute machen den Fehler, zu wenig zu essen. Fett und reichlich sollte es sein und am besten mittig an Bord aufhalten.« Otto, der schon einige Überfahrten nach Malakka hinter sich gebracht hatte, überraschte auch Ella mit seiner Theorie. »Früher, auf den alten Dampfern ... da wurde mir immer übel. Das lag aber nicht am Wellengang, sondern an der unglücklichen Mischung aus Küchengerüchen, den Ausdünstungen der Maschinen und der stickigen Kabinenluft. Hier ist doch alles picobello. Eine der angenehmsten Passagen überhaupt«, fuhr er fort. Otto gefiel sich offenkundig in der Rolle des welterfahrenen Geschäftsmannes, der zweifelsohne über eine beeindruckende Allgemeinbildung verfügte.

»Vielleicht gilt das nur für die Kabinen der ersten Klasse. Aber die lässt sich der Lloyd auch ordentlich bezahlen«, wandte Rudolf ein.

»Ich halte den Preis für angemessen. So ein Dampfer verbraucht jeden Tag um die sechsundsechzig Tonnen Kohle. Soviel ich weiß, kostet das die Reederei um die fünfzehnhundert Mark pro Tag. Dazu kommen die Kosten für die Besatzung.«

»Man merkt, dass Sie ein sehr guter Geschäftsmann sind. Unsereins macht sich darüber gar keinen Kopf«, sagte Rudolf anerkennend, musterte Otto aber dennoch irritiert, fast ein wenig überheblich, was seinem Gegenüber sicher nicht entging.

»Ach was, ich kann nur rechnen«, winkte Otto ab. »Ja, ich weiß schon. Manchmal bin ich wohl etwas kleinkariert. Wenn man in Immobilien macht, fragt man sicher nicht nach dem Preis von Kohlen«, fügte er, augenzwinkernd an seinen Tischnachbarn gewandt, hinzu, weil Rudolf sich auf Ottos Nachfrage schon am ersten Abend als Angehöriger dieser Branche vorgestellt hatte.

Ella konnte sich des Eindrucks nicht erwehren, dass Rudolf sich Otto unterlegen fühlte und ihn aus tiefstem Herzen bewunderte. Es war die Art, wie er in solchen Momenten betreten lächelte und immer dann das Thema wechselte, wenn es um geschäftliche Belange ging.

»Also, ich nehme das Chateaubriand.« Rudolf tat es wieder.

»Ihnen merkt man das blaue Blut in den Adern an«, scherzte Otto. »Für mich ist das nur ein richtig gutes Stück Rinderfilet.«

Auch Otto schien im Gegenzug Rudolf zu bewundern, den Adeligen, dessen gesellschaftlichen Stand er trotz allen Fleißes und selbst erarbeiteten Vermögens nie erreichen würde. Das Zwiegespräch der beiden konnte Ellas Überlegungen zu ihren Reisegefährten nicht besser auf den Punkt bringen. Rudolf pflegte gewisse Unsicherheiten stets mit Adelsetikette zu überspielen, was Otto unterschwellig das Gefühl von Unterlegenheit geben sollte, doch der ließ sich nicht so leicht verunsichern.

»Wie sind denn die Preise im Moment in Hamburg? Ich überlege, mir etwas zu kaufen. Eine Wohnung, um die sechzig Quadratmeter. In guter Lage.«

»Unbezahlbar«, erwiderte Rudolf knapp. Dann suchte er nach dem Ober und winkte ihn her.

»Von was reden wir? Sechzigtausend?«, hakte Otto nach.

»Das könnte ungefähr hinkommen«, gab Rudolf knapp zurück.

»Gewiss kommen wir ins Geschäft. Sie haben doch sicher ein Büro in Hamburg.«

»Sicher«, erwiderte Rudolf, nicht minder knapp wie davor. Ella konnte sich keinen Reim darauf machen. Welcher gute Immobilienkaufmann würde einen sicherlich zahlungskräftigen Kunden wie Otto so offensichtlich abblitzen lassen? Es war natürlich durchaus denkbar, dass Rudolf anderes Klientel gewohnt war und Otto ihm aufgrund seiner einfachen Art und Herkunft nicht gut genug erschien. Was wusste sie schon über Rudolfs Geschäfte!

»Ein kleiner Aperitif?« Ella bemerkte, wie dankbar Rudolf um die Präsenz des Obers war, und hoffte, dass nicht mehr weiter über Geschäftliches gesprochen werden würde. Es war anscheinend wirklich kein Thema, das Rudolf beim Essen zu führen gedachte – er kam nicht mehr darauf zurück. Ella konnte ihm das nicht verübeln und fragte sich, warum Otto ihn trotzdem nachdenklich musterte. Seine Miene hellte sich wenig später nach dem Aperitif aber wieder auf und sein erfrischendes Lächeln kehrte zurück. Der Abend war gerettet.

Kapitel 5

Man musste kein Prophet sein, um vorauszusehen, dass sich die Tischfreundschaft zwischen Rudolf und Otto nach dem gestrigen Abend abkühlen würde. Erstes Anzeichen dafür war der Umstand, dass Otto nicht wie sonst üblich zum Frühstück erschien. Krank war er jedenfalls nicht, weil Ella ihn beim morgendlichen Spaziergang an Deck ausgemacht hatte. Ausgerechnet heute musste sich die ansonsten doch recht harmonische Stimmung an Bord etwas eintrüben. Die *Stettin* nahm Kurs auf Lissabon. Endlich war wieder Land in Sicht, und zwar im wahrsten Sinne des Wortes. Die portugiesische Küste schien mit Sandstränden und außergewöhnlich viel Grün gesegnet zu sein. Lissabon selbst lag in einer Bucht am Nordufer eines Flusses, der selbst zu einer Art Binnenmeer wurde, bevor er sich zum Atlantik hin wieder verengte. An seinen Ufern lag die Stadt. Soviel Ella wusste, hatte ein Erdbeben gigantischen Ausmaßes, dem noch eine Flutwelle gefolgt war, Lissabon vor gut einhundertfünfzig Jahren dem Erdboden gleichgemacht und Abertausende Menschenleben gekostet. Lediglich ein paar Bauwerke hatten das Beben überstanden. Vater hatte einmal vom Turm von Belém erzählt, an dem jedes Schiff, das im Hafen von Lissabon anlegte, vorbeifuhr – so auch an diesem herrlichen Morgen. Der weiße, um die dreißig

Meter hohe, rechteckige Turm ragte vor ihnen auf. Auf ihm thronten vier Zinnen. Reste einer niedrigeren Befestigungsmauer waren noch zu sehen. Vater hatte erzählt, dass es ihm gegenüber ursprünglich noch einen zweiten Turm gegeben haben musste. Die Portugiesen hatten feindliche Schiffe damit ins Kreuzfeuer nehmen können. Der zweite Turm hatte das Beben genauso wenig überlebt wie der Großteil der Stadt. Dass keines der Gebäude, die nun zum Greifen nah schienen, heruntergekommen oder renovierungsbedürftig aussah und die Stadt mit mehrstöckigen hellen Häusern in modernem Glanz erstrahlte, verwunderte nicht. Lissabon war eine junge Stadt. Man hatte das Gefühl, dass sie vom Fluss hinauf in die Hügel wuchs. Ella hatte Lust, sie zu erkunden, und hoffte darauf, dass die *Stettin* wenigstens für ein paar Stunden im Hafen liegen würde. Auf Nachfrage beim Ober war dem auch so. Ganze fünf Stunden Aufenthalt. Das lohnte sich an einem Ort, dessen lebendiges Zentrum man bequem zu Fuß erreichen konnte.

»Was halten Sie von einem kleinen Stadtbummel? Ein paar Souvenirs einkaufen?«, schlug sie Rudolf vor, der genau wie sie selbst und alle anderen Passagiere an der Reling stand, um die prächtigen Bauwerke, Plätze und Boulevards zu bestaunen. Sie schienen wie mit dem Lineal gezogen angelegt worden zu sein, wirkten daher großzügig und weniger verschachtelt als in Städten, die über die Jahrhunderte gewachsen waren.

Rudolf schien sich das überraschenderweise erst noch durch den Kopf gehen lassen zu müssen.

»Die hiesige Pferderennbahn soll großartig sein. Die Portugiesen sind vernarrt in Pferderennen«, sagte er stattdessen, und zu Ellas Erstaunen gab ihm Otto, der sich klammheimlich zu ihnen gesellt und ihr Gespräch mitbekommen haben musste, auch noch recht.

»In der Tat. O Americano«, tirilierte er, was ihm nicht nur Rudolfs verwunderten Blick einhandelte.

»Was haben die Amerikaner damit zu tun?«, wollte Ella wissen.

»Die Pferderennbahn. Sie heißt so«, erklärte Otto.

Da er Rudolfs offenkundige Begeisterung anscheinend teilte, hielt der sich mit der sonst üblichen aristokratischen Replik zurück. Dessen ungeachtet konnte Ella ihm ansehen, dass ihm Ottos schier unerschöpfliches Allgemeinwissen immer noch ein Dorn im Auge war.

»Wir könnten uns eine Kutsche nehmen. Auf diese Weise sehen wir mehr von der Stadt. Außerdem ist es bequemer.« Rudolfs Argumente waren überzeugend.

Ella schaute trotzdem skeptisch drein, weil sie sich nichts aus Pferderennen machte.

»Ist denn heute überhaupt ein Rennen?«, fragte sie in der Hoffnung, die beiden davon zu überzeugen, dass es ja wohl nichts brachte, eine leere Rennbahn zu besichtigen.

»Ja, unser Ober geht auch hin. Er weiß es vom Kapitän.«

Ella sah ein, sich gerade ein Eigentor geschossen zu haben.

»Wenn es denn sein muss.« Ihre eher verhaltene Zustimmung wurde dennoch mit Begeisterung aufgenommen. Ella bereute ihren Entschluss nicht. Da die Rennbahn am Stadtrand lag, kam sie in den Genuss einer Rundfahrt. Zu Fuß hätte sie wahrscheinlich nur die wenigen Gebäude am Hafen gesehen oder es gerade einmal zum Praça do Comércio geschafft, laut Otto, der sich als Stadtführer profilierte, ein architektonisches Paradebeispiel dafür, wie der Marquês de Pombal die Unterstadt Lissabons nach dem Erdbeben von 1755 wieder neu gestaltet hatte. Zugegebenermaßen fühlte es sich auch gut an, in einer herrschaftlichen Droschke diesen weiten Platz zu überqueren und die arkadengeschmückten Gebäude zu bewundern. Auch am jüngst eröffneten Bahnhof, der sich Rossio nannte, ging es vorbei. Eingangsportale, die wie Hufeisen geformt waren, hatte Ella auch noch nicht gesehen. Mit dem Glockenturm in der Mitte des

Gebäudes sah der Bahnhof aber eher wie ein Regierungsgebäude aus. Otto wusste sogar, dass es ein Kopfbahnhof war, der erst vor zwei Jahren fertiggestellt worden war. Rudolfs Gesicht wurde als Reaktion auf Ottos geballtes Wissen immer länger.

»Gut, dass die Bibliothek der *Stettin* so gut ausgestattet ist«, sagte Otto, der die finstere Miene offensichtlich bemerkt hatte, und zog ein kleines Buch aus seinem Jackett.

Die Pferderennbahn entpuppte sich als sehenswerter als gedacht, allerdings nicht der Pferde oder der Anlage wegen, die noch ziemlich neu aussah, sondern weil das dort anwesende Publikum so interessant war. Schicke Damen in taillierten Kleidern gaben sich dort ihr Stelldichein. Wer sich vornehm glaubte, trug einen Sonnenschirm. Eine Pariser Modenschau konnte nicht aufregender sein. Ella hörte in der Menschentraube auf dem Rasen Englisch, Deutsch, Holländisch und natürlich Portugiesisch. Auf der zweistöckigen Holztribüne war das nicht anders. Doch dort angekommen, begann der eher langatmige Teil, wobei das offenkundig nur für sie galt. Rudolf und Otto hatten sich Wettscheine besorgt und Geld gesetzt, und das nach nur kurzer Begutachtung der Pferde und in Anbetracht der Wettquoten.

»Meiner Erfahrung nach gewinnt meist der Zweitgesetzte«, tönte Rudolf.

Weil Otto ausnahmsweise keine Erfahrung in diesem Bereich hatte und nichts dazu beitragen konnte, schloss er sich Rudolfs Wetteifer an und setzte auf die gleichen Pferde. Rudolfs Ego tat dies sichtlich gut. Somit herrschte Waffenstillstand zwischen den beiden Streithähnen, jedenfalls so lange, bis sich Rudolfs Theorie als falsch erwiesen hatte. Einmal gewann das erstgesetzte Pferd, dann das drittgesetzte.

»Ach, das macht doch nichts. Hauptsache, wir hatten das Vergnügen, dabei zuzusehen und mitzufiebern«, kommentierte Otto seinen Verlust von beachtlichen einhundertfünfzig Mark, die er zuvor genau wie Rudolf noch eingetauscht hatte.

Rote Flecken im Gesicht hatte er trotzdem. Rudolf hingegen hatte eine vornehme Blässe angenommen, wie es sich für einen Blaublütigen gehörte.

Ella hatte sich eine entsprechende Bemerkung erspart.

»Die müssen hier doch irgendwo Toiletten haben.« Otto verzog sich, wohl auch, um das Thema des nicht unbeachtlichen Verlusts gar nicht erst weiter auszubreiten.

»Ich würde mir gerne die Stallungen ansehen. Begleiten Sie mich?«, fragte Rudolf. Er musste wissen, dass die Frage rein rhetorischer Natur war, weil er sie das Gleiche schon vor dem Rennen gefragt und sie es verneint hatte. Anscheinend brauchte er Zeit für sich allein, um sich nach dem Wettdebakel etwas zu fangen.

»Ich sehe mir lieber die Leute an«, gab sie wahrheitsgemäß zurück. Rudolf nickte und keine drei Atemzüge später hatte ihn die Menschentraube auf den Treppen verschluckt. Was blieb ihr da weiter übrig, als sich das nächste Rennen anzusehen? Männer schienen letztlich alle einen gewissen Spieltrieb zu haben. Auf alle Fälle wurde es an der Seite ihres »Verlobten« nicht langweilig. Würde sie sich tatsächlich mit so einem Mann verloben können? Ella wusste es nicht. Diese Frage beschäftigte sie nun mehr als die üppig geschmückten Hüte der Frauen, die sie sich eigentlich hatte genauer ansehen wollen. Was war nur in den letzten Tagen aus ihrem Herzklopfen an Rudolfs Seite geworden? Auch das mussten die Wellen eingeschläfert haben. Gelegentlich und vor allem, wenn er sie verwegen anlächelte oder sie sich bei ihm einhängen konnte, kam es wieder, aber nicht mehr so stark. Ja, sie mochte ihn, trotz seiner offenkundigen Schwächen und Allüren. Außerdem war ihm gar nicht hoch genug anzurechnen, dass er sie auf dieser Fahrt begleitete. Ella beschloss, nicht weiter darüber nachzudenken und sich nun doch den Hüten der feinen Damen zu widmen.

Es hatte geheißen, sich um spätestens halb fünf wieder bei der Droschke einzufinden, um rechtzeitig zurück auf dem Schiff zu sein. Dort stand Ella nun – unverrichteter Dinge und allein. Soweit sie sich erinnerte, hatte Rudolf seine Taschenuhr stets dabei. Sie hing an einer goldenen Kette und steckte in seiner Westentasche. In Ottos Hand hatte sie auch eine Taschenuhr bemerkt. Des Weiteren war an der Tribüne ebenfalls eine Uhr angebracht, die man nicht übersehen konnte. Auf der war es bereits fünf nach halb. Von beiden war keine Spur zu sehen. Ella suchte mit Blicken die Menschentrauben auf der Tribüne und an den Ausgängen ab. Dort waren sie sicher nicht. Vielleicht sollte sie doch zu den Stallungen gehen? Am Ende war Rudolf etwas passiert? Pferde waren unberechenbar und Rudolf ein risikofreudiger Mensch. Womöglich hatte er sich einem Gaul ungeschickt genähert und dabei Bekanntschaft mit dessen Hufeisen gemacht. Ella malte sich schon alles Mögliche aus, doch der Haken dabei war, dass Otto ja ebenfalls fehlte.

Der Zustand der Ungewissheit fand ein jähes Ende. Ihre schlimmsten Befürchtungen schienen sich bewahrheitet zu haben. Rudolf kam auf sie zu und presste ein Taschentuch gegen seine Stirn. Gottlob war Otto an seiner Seite.

Ella eilte sofort zu ihnen.

»Um Gottes willen, Rudolf. Was ist denn passiert? Sie bluten ja. Lassen Sie mich mal sehen.«

Rudolf nahm daraufhin das Tuch von der Wunde.

Ella erfasste auf einen Blick, dass es sich um eine Schürfwunde handelte, die dringend gereinigt werden musste.

»Wir brauchen frisches Wasser.«

»Schon erledigt. Wir waren in den Waschräumen«, kommentierte Otto, den Umständen entsprechend überraschend abgeklärt.

»Diese verfluchten Zigeuner!«, wetterte Rudolf und presste sich das Tuch erneut gegen die Stirn. Es war sicher schmerzhaft, weil er das Gesicht zu einer Grimasse verzog.

»Zigeuner?«, fragte Ella nach.

»Ich bin zu den Stallungen gegangen und da haben sie mich überfallen. Drei junge Kerle. Offenkundig dieses Zigeunerpack. Wenn man es ihnen an der bunten Flickenkleidung nicht ansieht, dann riecht man es. Meine Brieftasche haben sie mir gestohlen.«

»Sie können von Glück reden, dass Ihnen nicht Schlimmeres passiert ist. Normalerweise haben Zigeuner Messer dabei«, sagte Otto.

Rudolf nickte tapfer und einsichtig.

»Gut, dass wenigstens meine Ausweispapiere an Bord waren. Aber was soll ich denn jetzt machen? Ich stehe ohne Geld da«, sagte Rudolf.

»Sie hatten Ihr ganzes Bargeld bei sich?«, wollte Otto wissen.

»Hätte ich es etwa an Bord lassen sollen, damit man es mir dort stiehlt? Das hört man doch immer wieder«, versuchte sich Rudolf zu rechtfertigen.

»Aber doch nicht auf der *Stettin*«, wandte Otto ein.

Die beiden konnten selbst jetzt nicht damit aufhören, aufeinander einzuhacken. Ella nahm sich vor, dem ein Ende zu setzen, und legte demonstrativ einen Arm um Rudolf. Eine Geste des Trosts und ein wenig Nähe würden ihm jetzt sicherlich guttun.

Er entspannte sich daraufhin sichtlich.

»Ich bin froh, dass Sie mit dem Schrecken davongekommen sind«, sagte sie.

»Wenn's nur der Schrecken wäre«, jammerte Rudolf und verzog wieder schmerzgeplagt das Gesicht.

»Mimose. Männer sind Mimosen. Das ist eine harmlose Schürfwunde. In ein paar Tagen werden Sie wieder in Ordnung sein und noch nicht einmal eine Narbe davontragen. Im Übrigen reicht meine Reisekasse für zwei«, versuchte Ella ihn aufzumuntern.

Rudolf nickte zögerlich und warf ihr dann doch einen dankbaren Blick zu. Otto hingegen schien ihre Bemerkung zu irritieren.

»Wir sollten uns beeilen. Ich schätze, dass man selbst auf Passagiere der ersten Klasse nicht unbegrenzt wartet«, gab Otto zu bedenken.

Ella empfand es als befremdlich, dass Otto so wenig Mitgefühl zeigte. Er würde sicher anders reden, wenn ihn Zigeuner überfallen hätten. Bis sie die Droschke erreichten, erwartete Ella weitere von Ottos Sticheleien, doch die blieben erstaunlicherweise aus. Stattdessen musterte er Rudolf nachdenklich. Täuschte sie sich, oder tat Rudolf es ihm gleich, als sich ihre Blicke vor der Kutsche begegneten und aufeinander verharrten?

Ella amüsierte sich immer noch darüber, wie wehleidig Männer sein konnten. Rudolf jeden Morgen vor dem Spiegel stehen zu sehen, um den Heilungsprozess der Schramme – mehr war es ja nicht – zu beobachten, war höchst unterhaltsam. Ähnliches kannte sie aus dem Krankenhaus. Männer glaubten stets, sterbenskrank zu sein. Die nicht nennenswerte Verletzung wäre auch ohne die Salbe aus der Bordapotheke verheilt. Auch Mommsen, der Arzt an Bord, hatte sich über Rudolfs Wehleidigkeit erheitert.

»Ich fürchte, wir müssen Sie hier auf der Krankenstation behalten«, hatte er ihm scherzhaft angedroht. Rudolf konnte mittlerweile selbst darüber lachen. Inzwischen wusste auch wirklich jeder an Bord, dass Zigeuner ihn überfallen hatten. Die Geschichte erzählte er anscheinend gern und sie wurde von Mal zu Mal dramatischer. Rudolf sollte spannende Abenteuergeschichten schreiben. Immerhin war es ein Gesprächsthema, das im Gesellschaftsraum ankam und Rudolf die Aufmerksamkeit verschaffte, die er anscheinend brauchte.

Ella fand das eher amüsant, weil sie heldenhafte Geschichten über allerlei Verletzungen aus ihrem beruflichen Alltag kannte und sie sich bei ihren allabendlichen Spaziergängen vor dem Dinner besorgte Fragen anhören durfte, wie es denn ihrem Mann ginge. Weil Otto nun ebenfalls an Deck auftauchte und in ihre Richtung schlenderte, rechnete sie mit einer ähnlichen Nachfrage, doch die blieb aus. Er nickte höflich zum Gruß und gesellte sich zu ihr.

»Wunderschön, nicht wahr?«, sagte er mit Blick auf das vor ihnen liegende Meer. Noch nicht einmal ein Wort darüber verlor er, dass sie die letzten drei Abende nicht mehr zusammen gespeist hatten. Ella hatte ihn in Gesellschaft zweier Staatsbeamter, eines englischen Kaufmanns, der mit Gewürzen handelte, und einmal sogar gar nicht im Speisesaal ausfindig gemacht. Der Grund war offensichtlich. Rudolf und er gingen sich aus dem Weg. Wollte er etwa darüber mit ihr sprechen? Allem Anschein nach brauchte Otto dazu allerdings erst einmal Anlauf.

»Sie sind doch Krankenschwester«, fing er dann doch an.

»Ja, warum?«

Otto schien mit sich zu kämpfen, doch dann wendete er seinen Blick vom Meer ab und sah sie direkt an.

»Hat Rudolf Ihnen erzählt, dass er mit einem stumpfen Gegenstand geschlagen wurde?«, fragte er mit ernster Stimme.

Ella konnte sich keinen Reim darauf machen und musste überlegen, ob diese Variante bei Rudolfs Geschichten gefallen war.

»Nein … er hat mir nur erzählt, dass er angegriffen wurde.« Ella fing nun selbst an, dies merkwürdig zu finden. Alles andere hatte er ja bereits in den schillerndsten Farben ausgeschmückt.

»Vielleicht ein Hieb mit der Faust. Zigeuner tragen zuweilen massive Ringe.« Kaum ausgesprochen, hielt Ella diese Theorie zwar für möglich, aber für wenig wahrscheinlich, weil die Verletzung dann anders ausgesehen hätte. Sie war dafür zu breitflächig.

Otto sah sie dementsprechend ungläubig an.

»Warum fragen Sie das?«, wollte Ella nun wissen.

»Ich habe mich umgehört. Niemand hat Zigeuner gesehen. Der Bereich war abgesperrt. Die Stallungen liegen auf dem Gelände. Wie hätten die denn überhaupt reinkommen sollen?«, fuhr Otto fort.

»Sie wollen doch damit nicht etwa unterstellen, dass Rudolf ...«, echauffierte Ella sich.

»Ich unterstelle gar nichts, aber ich kann Ihnen sagen, was ich gesehen habe«, fiel er ihr ins Wort.

Ella wurde augenblicklich heiß. Warum um alles in der Welt sollte Rudolf so eine Geschichte erfinden? Das machte doch kein normaler Mensch.

»Die Toiletten liegen auf dem Weg zu den Stallungen. Ich habe mir gedacht, dort mal vorbeizuschauen. Ist ja interessant. Aber noch viel interessanter war, dass Rudolf sich offenbar den Kopf an einem Balken der Stallungen verletzt hatte.«

»Was?« Mehr brachte Ella nicht mehr heraus. Sie machte sich klar, dass Otto ebenso wenig einen Grund dafür hatte, diese Geschichte zu erfinden, außer, er wollte Rudolf damit diskreditieren.

»Aber warum dann diese Zigeunergeschichte?«, überlegte Ella laut.

»Ich möchte niemandem etwas unterstellen. Daher überlasse ich es Ihnen, die richtigen Schlüsse daraus zu ziehen«, erwiderte Otto.

Ella fiel ad hoc nur ein Grund dafür ein. Jemand, der sich den Kopf am Gebälk einer Stallung derart anschlug, musste schon ein rechter Tollpatsch sein.

»Rudolf wäre das sicher peinlich gewesen, so ein alberner Unfall«, schlussfolgerte sie.

»Allerdings … albern, denn er hat sich den Kopf nicht am Quergebälk verletzt, sondern an einem Balken, der zwei vertikale Pfosten an der Wand stützt.«

Ella überlegte fieberhaft, wie er sich den Kopf auf diese Weise an der Wand verletzt haben könnte.

»Haben Sie das gesehen?«

»Er stand davor und hat sich den Kopf gerieben. Sein Gesicht war schmerzverzerrt«, sagte Otto.

Ella konnte sich zunächst keinen Reim darauf machen und versuchte, sich eine Erklärung dafür zurechtzulegen.

»Vielleicht haben Sie die Zigeuner aus irgendeinem Grund nicht gesehen. Sie könnten ihn gegen die Wand gestoßen haben … in einem Handgemenge.«

»Denkbar«, sagte Otto mehr zu sich. So ganz schien ihn das aber nicht zu überzeugen.

»Sie mögen ihn nicht, nicht wahr?«, fragte Ella geradeheraus.

»Ich mag Sie«, erwiderte er, bevor er tief Luft holte. »Wissen Sie, in meinem ganzen Leben konnte ich mich immer auf mein Bauchgefühl verlassen. Irgendetwas ist faul an dieser Geschichte. Ich möchte Sie nur bitten, einfach …« Otto suchte nach Worten und fand sie nach einem weiteren tiefen Schnaufer: »Seien Sie wachsam.«

»Ich wüsste nicht, warum«, sagte Ella ganz automatisch, um Rudolf in Schutz zu nehmen.

»Sie sind vermögend, sonst könnten Sie sich kein Ticket der ersten Klasse leisten«, antwortete Otto.

»Was wollen Sie damit andeuten?« Ella gefiel nicht, welche Richtung dieses Gespräch nahm.

»Rudolf verkehrt in den besten Kreisen und ist ein Freund der Familie«, stellte Ella klar.

Otto schwieg. Nichts für ungut, Fräulein Ella. Einen schönen Abend noch«, sagte er dann, wandte sich von ihr ab und setzte seinen Spaziergang fort.

»Wachsam«, murmelte Ella vor sich hin. Warum um alles in der Welt sollte sie »wachsam« sein?

Ella hatte sich angesichts der Fülle der Eindrücke, die in den letzten Wochen auf sie eingestürmt waren, doch noch dazu aufgerafft, sie aufzuschreiben, teils als Brief an ihre Mutter, teils waren es Notizen in einem Tagebuch, das sie allerdings nicht mit der gleichen Akribie wie ihr Vater führte. Seit ihrem letzten Stopp in Colombo, um Kohle nachzuladen, lagen bis Penang nur noch vier Tage auf hoher See vor ihnen. Tagsüber war es, seitdem sie den Indischen Ozean erreicht hatten, so heiß geworden, dass mittlerweile weiße Baldachine aus gespanntem Leinentuch das Oberdeck zierten. Ella saß im Schatten, ließ sich die sanft kühlende Brise vom Meer um die Nase wehen und blätterte in ihren Notizen zurück zum Anfang. So kurz vor dem Ziel fühlte es sich gut an, die Reise Revue passieren zu lassen. Der erste Eintrag war vom Abend des Landgangs in Lissabon. Im Nachhinein wunderte sie sich darüber, wie sehr sie die dortigen Ereignisse zunächst aufgewühlt hatten. Das war der Vorteil eines Tagebuchs. Rückblickend konnte man über vermeintlich Belastendes lachen. Ella erinnerte sich noch genau daran, dass sie Rudolf am liebsten direkt mit Ottos Misstrauen konfrontiert hätte, um endlich Ruhe zu haben. Stattdessen hatte sie nur eher beiläufig gefragt, wie genau er sich die Verletzung eigentlich zugezogen hatte, weil Otto Blut an einem der Balken der Stallungen bemerkt hatte. Es war genauso gewesen, wie vermutet. Ella las den unterstrichenen Satz in ihrem Tagebuch. *Die Zigeuner haben Rudolf im Handgemenge gegen die Wand der Stallung gestoßen.* Das Thema war somit ad acta gelegt. Allerdings hatte Rudolf sich darüber überrascht gezeigt, dass Otto ihn in den Stallungen gesehen hatte.

Von Gibraltar entlang der nordafrikanischen Küste, vorbei an Malta bis nach Port Said, dem großen ägyptischen

Handelshafen, hatten Otto und Rudolf dennoch kein Wort miteinander gewechselt – sah man von einem höflichen Gruß einmal ab, weil man sich an Bord zwangsläufig begegnete. Komischerweise hatte sich dort die Verstimmung beim Landausflug gelegt.

Jeden Tag ein betörendes Farbkonzert beim Sonnenuntergang zu sehen, das sich im Meer spiegelt, und abends dann den Mond zu erleben, wie er seinen hellen Schein auf das Meer ergießt, ist Balsam für die Seele.

Ella lächelte, als sie diesen Eintrag las. In so einer Stimmung konnte niemand Groll gegen einen anderen hegen. Rudolf hatte sich während des Landgangs im Reich der Pharaonen von Otto sogar das Beduinenleben in einem Dorf südlich des Hafens erklären lassen – ohne sich aufzuplustern wie ein Pfau.

Ella las weiter und war erneut über die 35.000 Mark, die die *Stettin* für die Fahrt durch den Suezkanal hatte löhnen dürfen, erstaunt. Die Passage dauerte ganze achtzehn Stunden, aber die hatten sich gelohnt. Flamingos, Reiher und Pelikane gaben sich dort ihr Stelldichein.

Wie ein Zauber waren die Gestade der Stauseen. Ein buntes Band säumte die spärlich begrünten Uferränder der Wüste, die golden schimmerte.

Ella seufzte in Gedanken an dieses Naturschauspiel. Davon wurde Rudolf wach, der neben ihr entspannt im Liegestuhl lag und vor sich hindöste – bis eben. Er rekelte sich und blickte verträumt zu ihr.

»Ihr Tagebuch … Ich sollte auch Tagebuch schreiben. Was lesen Sie gerade?«, fragte er.

»Suez und die Fahrt entlang des Sinaigebirges. Erinnern Sie sich noch an diese glühenden Farben, die Lichtflut und die bläulich schimmernden Schatten?«

Rudolf schloss die Augen und nickte entspannt in Gedanken daran.

»Mir ist aber auch diese glühende Hitze in lebhafter Erinnerung«, wandte Rudolf dann doch ein.

Ella konnte sich dem nur anschließen. In dieser Gegend gab es keine kühlende Brise vom Meer, die ihnen hätte entgegenwehen können. Die Luft stand am Roten Meer still. Die Rauchschwaden aus den Schloten der *Stettin* waren fast senkrecht gen Himmel gestiegen. Einige der Arbeiter waren ausgefallen, was kein Wunder war, denn unten im Maschinenraum hatte es gut und gern um die sechzig Grad. Vier der Arbeiter waren erkrankt und hatten Kreislaufzusammenbrüche erlitten. Krämpfe gingen mit so einem Zustand einher. Ella hatte dem Schiffsarzt daher geholfen, die Männer zu verarzten, wobei es eigentlich schon genügte, sie an Deck zu bringen, damit sie sich ausruhen und die frische Luft vom Meer inhalieren konnten. Kalte Kompressen hatten ihr Übriges getan.

»Und erinnern Sie sich noch an die fliegenden Fische?«, fragte Ella, obwohl ihr klar war, an was sich Rudolf in diesem Zusammenhang am lebhaftesten erinnern würde. Er nickte und lächelte ihr zu.

»Das glaubt einem zu Hause niemand. Ein Fisch springt in hohem Bogen direkt in die Kabine des Küchenchefs«, sagte er. »Und an das Meeresleuchten, die zweite Nacht im Indischen Ozean.« Rudolf sprach es dann doch aus.

Daran erinnerte sich Ella auch. Rudolf meinte die pulsierenden Farben des Meeres – ein grandioses Schauspiel, das sich ihnen in einer wolkenlosen Nacht offenbart hatte. Abertausende von Quallen waren wie Geister aus den Tiefen des Meeres aufgestiegen und wieder abgetaucht. Das Meer fing dadurch tatsächlich an zu glühen. Ein leuchtender Teppich zog seine Bahnen. Delfine hatten in dieser Zeit fast täglich ihre Fahrt begleitet – in Scharen. Das war eines der unterhaltsamsten Dinge, die der Ozean zu bieten hatte. An jenem Abend waren sie sich nahe gekommen. Näher als je zuvor.

Warum habe ich ihn nicht geküsst?, stand in ihrem Tagebuch. *Ich sehnte mich doch so sehr danach, als wir noch zu Hause waren.* Ella konnte sich diese Frage bis heute nicht beantworten, obwohl sie sich geschworen hatte, diesen schönen Moment zeitlebens in ihrem Herzen zu tragen. Ein Abend konnte romantischer ja kaum sein: Dinner an Deck unter sternenklarem Himmel, ein Glas Rotwein, Reiseerinnerungen, über die man sprach, verliebte Blicke, seine Hand auf ihrer, erneut dieses Kribbeln, das sie bereits von den ersten Begegnungen aus Hamburg kannte, dann der magische Moment, dieses Meeresleuchten unter dem funkelnden Firmament. Er hatte ihr tief in die Augen gesehen – wortlos, und sie hatte in ihnen lesen können, dass er sie begehrte. Das gleiche Verlangen las sie nun wieder in seinem Blick. Erneut fragte sie sich, warum sie ihrem eigenen Verlangen nach einem Kuss nicht nachgeben konnte. Wie oft hatte sie sich vorgestellt, wie es sich anfühlte, einen Mann zu küssen. Seine Lippen mussten rauer sein als die ihren. Sie würden sich leidenschaftlich erkunden. Seine Küsse würden sicher jenes Kribbeln in ihrem Unterleib verstärken, auch den Wunsch, sich ihm hinzugeben, doch erneut erstarb der Anflug von Leidenschaft ohne einen konkreten Grund. Ella würgte seinen Blick daher mit einem eher wohlwollenden Lächeln ab, das er hinnahm, ohne eine Miene zu verziehen. Warum nur konnte sie ihren Gefühlen keinen freien Lauf lassen und akzeptieren, dass sie ihm nahekam, ihrem »Verlobten«, der seine Rolle als solcher so vortrefflich gespielt hatte? Ella wusste es nicht.

Rudolf griff nach ihrer Hand. Ella genoss trotz alldem die Nähe, die damit einherging. Zugleich fühlte sie sich schuldig, ihn in all den Wochen an Bord abgewiesen zu haben. Ella gab es auf, nach dem Grund dafür zu suchen, und zwang sich förmlich dazu, weiter in ihrem Tagebuch zu lesen. Er würde es verstehen. Sie blätterte weiter bis zu ihrem Landgang in Colombo. Die *Stettin* hatte dort wieder Kohlen nachladen müssen. Zeit genug, um einen Ausflug ins Auge zu fassen. Der Mount Lavina und der Victoria-Park hatten auf dem Programm gestanden. Letzteres war ein exquisites Badehotel, das vor einem malerischen Felsen unmittelbar an der Küste von einem deutschen Wirt betrieben wurde. Wie schön war der gemeinsame Tag im Victoria-Park gewesen, ein Garten mit herrlichen Pflanzen und Bäumen, Teichen und Zierpflanzen.

Rudolfs Blick verharrte schon wieder auf ihr. Das verunsicherte sie. Kam ihr letztlich abweisendes Verhalten etwa daher, dass sie ihm nicht vollends vertraute? Immer nur ein tröstendes wohlwollendes Lächeln zu spenden, das in seinen Augen ein Versprechen sein musste, sich ihm eines Tages hinzugeben, fühlte sich schäbig an und führte dazu, dass ihr Lächeln schließlich einfror. Rudolf bemerkte es, ließ von ihr ab und blickte wieder gen Himmel, an dem schwere Monsunwolken in der Ferne hingen.

»Es war eine wunderbare Überfahrt«, gab Ella aus purer Verlegenheit zum Besten. Was für eine belanglose Floskel.

Rudolf ignorierte sie. Das zeichnete ihn aus. Er bedrängte sie nicht.

Ella fühlte sich dennoch wie eine Verräterin – an ihm, seinem Interesse an ihr und an sich selbst. Die einlullenden Wellen des Meeres, die eine gewisse Trägheit hervorriefen, mussten ihre Zuneigung zu Rudolf während der Überfahrt eingeschläfert haben. Vielleicht änderten sich ihre Gefühle ja wieder, wenn sie ihr Ziel erreicht hatten und an Land waren. Ella erschrak darüber, dass sie in ihrer gegenwärtigen Stimmung noch nicht einmal darauf hoffte.

Kapitel 6

Ella wusste spätestens, seitdem die *Stettin* früh morgens im Hafen von Georgetown eingelaufen war, wie wertvoll ihre in England erworbenen Englischkenntnisse waren. Die Insel Penang war genau wie das Festland, die hinterindische Halbinsel Malakka, in britischer Hand, eine Kronkolonie des Empires. Acht Stunden waren ihnen geblieben, um Georgetown zu erkunden. Lediglich Rudolf hatten die hiesigen Briten aufgrund seiner Aussprache und des unverkennbar deutschen Akzents sofort als Ausländer entlarvt. Dass sich das englische Königreich diese Insel südlich Siams unter den Nagel gerissen hatte, wunderte Ella nicht. Wenn es so etwas wie das Paradies auf Erden gab, hatten sie es gefunden. Penang schien ein einziger botanischer Garten zu sein. In Georgetown selbst protzten beeindruckende Villen mit ihren prächtigen Anlagen. Die Pfahlbauten der Einheimischen wuchsen von den tropisch grünen Hügeln bis hinunter zum Meer. Zwischen den Behausungen ragten üppige Palmen heraus, Bambusgewächse, Bananenstauden, Lianen, tropische Farne und Brotfruchtbäume – alle anderen bunt blühenden Stauden kannte Ella noch nicht einmal. Am beeindruckendsten war eine gut und gern fünfzehn Meter hohe Pflanze, die nur aus einem Stamm und einem Fächer bestand, dessen Ende kleine Palmblätter zierten. Otto wusste natürlich, wie sie hieß – Ravenala, oder auch »Baum der Reisenden«.

Die ersten Stunden waren anstrengend gewesen und alle wieder froh, zurück an Bord zu sein. Zwar war es dort genauso heiß, doch lange nicht so schwül, weil am Hafen immer etwas Wind ging.

»Man hat das Gefühl, jemand schlägt einem unentwegt ein nasses heißes Tuch ins Gesicht.« Rudolf hatte es auf den Punkt gebracht.

Mit jeder weiteren Stunde an Bord in Richtung Süden schien es noch wärmer zu werden. Ottos Wissen nach sollte es in der Straße von Malakka Piraten geben. Gottlob waren ihnen keine begegnet. Vermutlich suchten sie sich eher kleine Segler für ihre Überfälle aus. Einen Koloss aus Stahl würden sie nicht angreifen – Rudolfs Theorie, die Ella einleuchtete und zugleich beruhigte.

Auch nachts wollte es einfach nicht abkühlen, als die *Stettin* endlich im Hafen von Singapur einlief und am Borneo-Wharf, dem Landungssteg des Norddeutschen Lloyd, anlegte. Das Hafenbecken war gewaltig und lag hinter vorgelagerten kleinen Inseln, von denen die Lichter unzähliger Pfahlbauten einen goldenen Schimmer auf das inzwischen rabenschwarze Meer warfen. Ellas Einschätzung nach war jeder einzelne Passagier an Deck, um dieses Lichterspiel zu bewundern und einen ersten Blick auf Singapur zu ergattern.

Es war nicht nur das rege Treiben am hell erleuchteten Hafen, das den Anflug einer romantischen Stimmung zunichtemachte. Am Zielort der Reise angekommen zu sein, rief schlagartig wieder all jene Fragen wach, die vor der Abreise an ihr genagt hatten. Neue gesellten sich nun vor Ort hinzu: Hatte Vater diesen Richard am Ende schon länger gekannt? Wo hatte der Unbekannte sie in Vaters Obhut gegeben? War ihre Mutter eine Dirne oder gab es einen ganz anderen Grund, weshalb sie ihre leiblichen Eltern weggegeben hatten? Dazu kam der gewöhnungsbedürftige Gedanke, dass das Land, das vor ihr lag, genau genommen ihre Heimat war.

Schon vor Verladen des Gepäcks hatte Otto ihnen seine Hilfe in allen Angelegenheiten angeboten. Er selbst würde zunächst in Singapur bleiben, um dort hiesige Geschäftsleute zu treffen. Es verstand sich von selbst, dass sie gemeinsam von Bord gingen.

»Ich kann Ihnen ein Hotel empfehlen, oder wollen Sie etwa heute noch weiterreisen? Ich werde selbst dort logieren.« Ottos Angebot hatte auch Rudolf überzeugt, sich ihm anzuschließen.

Mitten im Hafengetümmel am Landungssteg eines fremden Landes mit all dem Gepäck zu stehen, gab einem das Gefühl von Verlorenheit. Ella glaubte, in einen Bienenstock geraten zu sein. Die umherschwirrenden, emsigen, aber flügellosen Wesen hatten unterschiedliche Hautfarben: chinesische, fahlgelbe Gesichter mit Schlitzaugen, braun getönte Malaien mit ausdrucksstarken Mandelaugen und dunkelbraun bis schwarz getönte Inder, deren Weiß der Augen im Kontrast zu ihrer Haut förmlich herausstach. Es war ein Potpourri aus Hafenarbeitern, Obstverkäufern mit mobilen Ständen und Passagieren, die zu Landestegen kleinerer Boote strömten oder nur neugierig herumstanden und sich, auf die Abfahrt ihres Schiffes wartend, das Hafentreiben besahen. Ella war so damit beschäftigt, all diese vielfältigen Eindrücke einigermaßen einzuordnen, dass sie nicht einmal mehr dazu kam, einen letzten Blick zurück zur *Stettin* zu werfen, um Abschied zu nehmen, wie sie es sich vorgenommen hatte.

»Am besten nehmen wir eine Rikscha.« Otto hatte von nun an wohl das Kommando, doch Ella verstand genauso wenig wie Rudolf, was er damit meinte.

»Eine was?«, fragte Rudolf dementsprechend nach.

Otto deutete auf einige am Straßenrand abgestellte zweirädrige Mini-Kutschen, vor die aber kein Pferd gespannt war. Sie ruhten auf zwei auf dem Boden abgelegten Holzbalken. Ella hatte den Eindruck, dass davor einheimische »Kutscher« warteten.

»Die Japaner haben sie erfunden. Sie sind schnell, wendig und bestens für kurze Strecken geeignet«, erklärte Otto, doch erst als kräftige Malaien ihr Gepäck auf gleich vier Rikschas luden, allein schon Ottos Gepäck wegen, und sie mit einer einladenden Geste aufforderten, einzusteigen, wurde Ella klar, dass kein Pferd dieses Gefährt ziehen würde, sondern menschliche Pferdestärken.

Otto rief den Männern etwas in der Landessprache zu. Ella verstand nur »Beach Road« und schon ging es mit beachtlicher Geschwindigkeit los. Ella war schon nach wenigen Schritten in dieser Schwüle müde geworden. Den Männern, die diese »Rikscha« zogen, machte die Hitze anscheinend überhaupt nichts aus.

»Wohin fahren wir eigentlich?«, rief Ella nach vorne, denn dort fuhr Otto mit.

»Ins *Raffles*. Ein kleines, aber sehr schönes Hotel«, kam es von Otto, trotz der hohen Geräuschkulisse aus gefühlt tausend Kehlen und des Lärms von der Straße, vernehmbar zurück.

Nach nur wenigen Fahrtminuten vorbei an Pfahlbauten zur Seeseite hin und einigen Villen auf der Landseite konnte man das *Raffles* schon sehen. Es lag idyllisch direkt an einem Meeresarm. Die herrschaftlich anmutende Auffahrt war palmengesäumt und konnte mit stattlichem Flair glänzen. Das zweistöckige, weiß gestrichene Gebäude mit Arkaden im Erdgeschoss erweckte den Eindruck, relativ neu zu sein. Die Lage mit Meerblick war einzigartig.

»Es ist nicht das günstigste Hotel am Platz, aber das erhöht die Chancen für Sie, ein Zimmer zu bekommen. Ich habe meines ja bereits telegrafisch reserviert«, erklärte Otto, nachdem sie die Zufahrt des *Raffles* erreicht hatten und ihr Gepäck von weiß uniformiertem Personal ausgeladen wurde. Ella beschloss in dem Moment, dass es allerhöchste Zeit war, Otto vom eigentlichen Grund ihrer Reise zu berichten. Da er Gott und die Welt kannte, konnte er ihnen vielleicht wertvolle Kontakte verschaffen, um ihre Suche nach dem ominösen Richard F zu beschleunigen. Ein gemeinsamer Umtrunk zum Abschied, wie Otto es nannte, bot dazu die ideale Gelegenheit. Ella war erstaunt darüber, wie schnell doch das Wesentliche erzählt war. Sie hatte währenddessen gerade zwei Mal von ihrem Drink genippt, den ihnen ein Kellner in einer von Palmen umstandenen Rattan-Sitzgruppe serviert hatte.

»Für mich liegt die Sache auf der Hand. Dieser Richard ist vermutlich Ihr leiblicher Vater, der sich aus irgendeinem Grund seines Kindes entledigen wollte … Es sei denn, seine Frau hätte ihn betrogen und er wollte Rache üben, aber das halte ich für unwahrscheinlich. Ersteres ist hierzulande nämlich kein Einzelfall, soviel ich weiß. Er kann nur ein Engländer oder Holländer sein. Die Umstände, die ihn dazu gebracht haben, mögen noch so kompliziert oder heikel gewesen sein. Jemand, der so etwas fertigbringt, ist ein Unmensch.« Ottos Resümee traf Ella mitten ins Herz und warf erneut die Frage auf, ob sie so einen »Unmenschen« überhaupt auffinden wollte.

»Ich muss trotzdem wissen, wer es ist«, sagte sie dennoch, denn die Neugier überwog ihr moralisches Empfinden und die Angst, die damit einherging. »Gerade deshalb«, fügte sie noch hinzu, weil Otto sie nachdenklich gemustert hatte.

»Wir müssen also davon ausgehen, dass er reich ist und eine Plantage führt …« Otto versank für einen Moment in Gedanken.

»Nur welche Plantage? Was wird hier im Süden angebaut?«, fragte Rudolf.

»Wenn er wohlhabend ist, kommt eigentlich nur Palmöl oder Kautschuk infrage. Mit Zinn ist hier auch jede Menge Geld zu verdienen, doch das findet man nicht auf einer Plantage. Die gewinnträchtigen Zinnminen liegen zudem im Norden Malakkas. Ich würde auf alle Fälle damit anfangen, nach Leuten zu suchen, die hier Gummibäume pflanzen«, riet Otto.

»Warum schließen Sie Palmöl aus?«, hakte Ella nach.

»Weil nun mal die großen Kautschukplantagen hier im Süden sind. Es gibt zwar auch kleine Palmölplantagen hier in der Gegend, aber sie werfen nicht so viel ab und sind nicht so groß wie andernorts«, erläuterte er.

»Ich kann Ihnen nicht so ganz folgen. Warum glauben Sie, dass es jemand aus dem Süden war?« Rudolf ging es genauso wie Ella.

»Die Reise begann für Sie als Säugling doch im Hafen von Singapur. Die monatlichen hohen Zahlungen beweisen, dass er vermögend ist, also kommen erstens nur große und ertragreiche Plantagen infrage. Zweitens nur Plantagen, die im Süden Malakkas liegen, wahrscheinlich zwischen Singapur und Dshohor. Ich kann mir nämlich nicht vorstellen, dass jemand mit einem Neugeborenen eine mehrtägige Reise quer durch Malakka auf sich nimmt, um es dann ausgerechnet am Hafen von Singapur zu übergeben. Er hätte es auch in Penang tun können oder in Terengganu an der Ostküste. Die Plantage muss also in nicht allzu langer Fahrtdistanz zum hiesigen Hafen liegen.«

»Respekt. Aus Ihnen hätte ein Kriminalkommissar werden können«, sagte Rudolf anerkennend und ohne eine Spur von Ironie.

»Ich werde gleich morgen früh den Handel befragen. Abnehmer von Kautschuk kennen nahezu alle Lieferanten und ich nehme an, dass es nicht allzu viele Familien geben wird, deren Name mit einem »F« beginnt und die im Süden

Kautschuk anbauen. Wenn Sie möchten, kann ich Ihnen auch noch eine sehr schöne Pension in Dshohor empfehlen. Von dort aus kommen Sie schneller zu den Plantagen.«

»Ich weiß gar nicht, wie ich Ihnen danken soll«, sagte Ella aus tiefstem Herzen.

»Wenn ich ganz ehrlich bin … mich würde meine Herkunft auch interessieren«, sagte Otto wohl mehr zu sich selbst, während er zwischen den Palmreihen hindurch auf das Meer blickte.

Ottos Ermutigung spülte die letzten Zweifel, die an ihr nagten, ins Meer. Der Gedanke, vielleicht schon bald ihrem leiblichen Vater gegenüberzustehen, machte ihr dennoch Angst. Welcher normale Mensch legte es schon darauf an, Bekanntschaft mit dem Teufel zu machen?

Obwohl Ella sich nicht daran erinnern konnte, jemals in einem so bequemen Bett geschlafen zu haben, und trotz des Luxus, den ein Zimmer im *Raffles* bot, hatte sie gerade mal ein paar Stunden geschlafen. Das lag nicht nur an der Hitze, die selbst ein an der Decke angebrachter elektrisch betriebener Ventilator einfach nicht vertreiben wollte. An sich hätte sie bis in die Puppen schlafen können, denn es war nicht damit zu rechnen, dass Otto schon vormittags mit Neuigkeiten aus der Stadt zurückkommen würde. Es wäre daher sogar ausreichend Zeit gewesen, um in Ruhe mit Rudolf zu frühstücken, doch der schlief. Ella entschied sich daher, das Frühstück zu verschieben und zum Meer zu gehen, um bei einem kleinen Spaziergang die ersten Eindrücke, die Singapur geboten hatte, zu verdauen und neue zu sammeln. Morgens war die Luft angenehm frisch. Die Kraft der Sonne war bereits zu spüren, doch noch lag nicht diese stickige Schwüle in der Luft. Kleine Kanus zogen am Ufer des *Raffles* vorbei. Sie erinnerten Ella an das Plakat vor der Agentur des Norddeutschen Lloyd. Die einheimischen Männer trugen tatsächlich nur um die Hüfte gewickelte knielange Stoffe, einfache Fischer noch kürzere »Röcke«. Zwei der vorbeifahrenden Seeleute schenkten ihr ein warmes Lächeln und winkten ihr zu. Es waren junge Männer, die sie regelrecht fixierten, doch in ihren Blicken lag nichts Anzügliches, eher die Unbefangenheit neugieriger Kinder, für die der Anblick einer hellhäutigen Frau trotz der jahrelangen Präsenz der Kolonialherren immer noch exotisch anmuten musste. Ella wertete diese Begegnung als herzlichen Willkommensgruß, der sie in ihrem Vorhaben bestärkte, in einem gänzlich fremden Land nach einem Unbekannten zu suchen, doch dazu bedurfte es Ottos Hilfe. Zur hiesigen Polizei zu gehen, um ihren Fall zu schildern, hätte nichts gebracht. Was hatte sie denn in der Hand außer dem Geständnis eines mittlerweile Verstorbenen und ein paar Kontoauszügen?

Ella wollte nun doch einen Kaffee auf der Hotelterrasse zu sich nehmen, an der sie sich ein schattiges Plätzchen ausgesucht hatte. Ein indischer Bediensteter in weißer Uniform war sofort zur Stelle. Zwei Chinesen in prächtigen bunten Gewändern und ohne den umgedrehten Teller auf dem Kopf saßen am Nebentisch einem Mann in weißem Tropenjackett gegenüber. Sie tranken Tee. Einer hielt Dokumente in der Hand. Es mussten Geschäftsleute sein. Solche Exoten bekam man in Hamburg nicht zu sehen und Geschäfte unter freiem Himmel wurden dort ebenso wenig getätigt – in so angenehm duftender Umgebung schon gar nicht. Ganz Singapur schien ein einziger Duftkessel zu sein. Mal waren es Blüten von unzähligen Stauden, mal verlockende kulinarische Gerüche, die ihr bereits gestern von transportablen Küchen und Ständen entgegengeströmt waren. Es war ein Rausch der Sinne und noch hatte sie ja nicht viel von Hinterindien gesehen. Ella wünschte, der Anlass der Reise wäre ein anderer. Schon stellte sich wieder jene Unruhe ein, die gar in heftiges Herzklopfen umschlug, als Otto zur Stelle war – wesentlich früher als gedacht. Sie hatte gerade mal ihren Kaffee und etwas Gebäck zu sich genommen.

»Guten Morgen, Fräulein Ella.« Ottos gute Laune und sein breites Lächeln lagen sicherlich nicht nur an diesem wunderschönen Morgen, sondern an einer Dokumentenmappe, die er dabeihatte.

»Guten Morgen, werter Otto. Ich hätte Sie nicht vor Mittag zurückerwartet«, gestand Ella ein. »Konnten Sie etwas herausfinden?«

Otto nickte zuversichtlich und setzte sich zu ihr.

»Wie ich es mir gedacht habe, war es richtig, die Lieferanten aufzusuchen«, sagte er, während er die Mappe aus Leder vor ihr aufklappte. Ella sprangen sofort eine handschriftliche Liste und eine Landkarte ins Auge.

»Ich möchte Ihnen aber nicht allzu große Hoffnungen machen, denn man hat mir erklärt, dass einige Plantagenbesitzer aufgegeben haben. Einige sind wieder zurück in die Heimat gefahren. Es gab Epidemien und Ernteausfälle, die sie zur Aufgabe der Plantage gezwungen haben. Ich kann nur mit den Namen der hier jetzt immer noch lebenden Plantagenbesitzer aufwarten.«

»Wie viele sind es denn?«, wollte Ella wissen.

Otto drapierte die Liste so auf dem Rattantisch, das Ella sie lesen konnte.

»Es sind elf Kautschukplantagen, deren Besitzer einen Familiennamen beginnend mit einem F haben und von denen meine Kontakte mindestens ein Familienmitglied oder einen Arbeiter zu kennen glauben, der Richard heißt. Holländer und Engländer.«

Ella studierte die Liste: Ffresen, Fokkes, Ffeerinck, Fökkink, Fleerkatte. Das mussten wohl die holländischen Namen sein. Otto hatte sie mit den dazugehörigen Adressen und nummeriert notiert. Darunter standen unverkennbar englische Namen: Francis, Forney, Foster, Fuller, Frye, Fowler. Zu ihrem großen Erstaunen ging die Liste noch weiter. Es standen schätzungsweise ein gutes Dutzend weiterer Namen darauf.

»Alles Namen mit F, aber andere Nationalitäten oder Einheimische mit kleineren Plantagen. Die habe ich sicherheitshalber hinzugefügt, für den Fall, dass obige Namen sich nicht als ergiebig erweisen«, erklärte Otto in Antwort auf Ellas fragenden Blick.

»Die Nummern entsprechen den Markierungen?«, fragte Ella.

»Das war der schwierigere Teil, doch ein befreundeter Brite, der seit Jahren hier lebt, hat mir geholfen. Er hatte seinen Vormann dabei. Ohne seine genaue Ortskunde hätte ich Ihnen die Standpunkte nicht einzeichnen können«, sagte Otto.

Das waren also die Kringel auf der Karte.

»Die liegen ja ganz schön weit auseinander.« Ella sah sich schon wochenlang mit Rudolf durch den Dschungel irren.

»Es wird seine Zeit in Anspruch nehmen, aber von Dshohor aus können Sie die meisten Plantagen kreisförmig abfahren. Unterwegs findet sich hierzulande immer ein Gästehaus, oder Sie fahren sternförmig. In einer Tagestour ist das zu schaffen.« Otto gab sein Bestes, um Ella Mut zu machen.

»Danke ... Ich weiß gar nicht, wie ich das wiedergutmachen kann«, sagte Ella.

»Indem Sie auf sich aufpassen und sich bei mir melden, wenn Sie Hilfe brauchen. In ein paar Tagen bin ich in der Pension in Dshohor, die ich Ihnen ans Herz legen möchte. Sie gehört einer Chinesin namens Lee. Eine ganz reizende Person. Die Adresse ist auf der Rückseite der Liste«, erläuterte er, bevor er sich erhob.

»Bleiben Sie doch noch auf einen Kaffee oder Tee«, sagte Ella nicht nur aus reiner Höflichkeit. Sie musste sich eingestehen, wie sehr sie sich an Otto gewöhnt hatte, trotz der Spannungen mit Rudolf. Die vielen interessanten Gespräche an Bord – auch das würde sie sicher vermissen.

»Ich hatte meinen Tee schon und es warten viele Termine auf mich. Außerdem bin ich ja nicht aus der Welt«, erwiderte Otto freundlich, aber mit Bestimmtheit.

111

Ella sah ihm trotzdem traurig nach, als er in Richtung Fluss verschwand.

Erstaunlicherweise hatte Rudolf es anscheinend aufrichtig bedauert, Otto nicht mehr angetroffen zu haben. Nachdem sie ihm, während er sein Frühstück zu sich genommen hatte, die Karte und die Listen gezeigt hatte, war er voll des Lobes für ihn gewesen.

»Kein Wunder, dass er so ein erfolgreicher Geschäftsmann ist«, sagte er, und das war aus Rudolfs Mund ein Kompliment.

Apropos »Geschäfte«. Mit deutscher Mark kam man in Malakka nicht weit. Nach Auskunft des indischen Obers konnte man zwar in einigen Läden auch in anderen Währungen bezahlen, allerdings erlitt man dabei nicht unerhebliche Kursverluste. Er hatte ihnen angeraten, am besten noch vor zwölf, bevor die Banken schlossen, Geld in die Landeswährung einzutauschen.

»Wir sollten von Dshohor aus die Plantagen anfahren«, sagte Rudolf unvermittelt auf dem Weg zur nächsten Bank. Ella wunderte sich darüber, denn während des Frühstücks hatte er nicht den Anschein erweckt, Ottos Karte mit der ihr gebührenden Aufmerksamkeit zu studieren.

»Sollten wir uns nicht erst die Plantagen im Süden vornehmen?«, wollte Ella wissen.

»Aufgrund der sowieso geringen Distanzen muss es niemand von einer Plantage sein, die ganz nah an Singapur liegt.« Sein Argument war nicht von der Hand zu weisen.

»Außerdem, bedenken Sie die schwierige Anfahrt quer durch den Süden. Es kommt nur eine sternförmige Suche infrage. Die hiesigen Straßen, die die Plantagen querfeldein verbinden, dürften nicht die besten sein. Darauf sollten wir auch beim Anmieten einer fahrtüchtigen Kutsche achten.« Wahrscheinlich hatte Rudolf auch in dieser Hinsicht recht. Sie war zwar keine erfahrene Leserin von Karten, aber die größeren

Straßen gingen tatsächlich sternförmig von den Städten ins Landesinnere. Im Kreis und auf schlecht befestigten Wegen die markierten Plantagen aufzusuchen, war nun also vom Tisch.

»Ich werde erst einmal versuchen, mir telegrafisch Geld anweisen zu lassen«, sagte Rudolf, als sie das Bankgebäude bereits vor ihnen sehen konnten.

»Das müssen Sie nicht, Rudolf. Sie sind meinetwegen hier«, erinnerte Ella ihn.

»An Bord hatte ich dazu keine Gelegenheit … Verstehen Sie mich bitte nicht falsch, aber es entspricht nicht meiner Erziehung und schon gar nicht meinem Naturell, wenn eine Frau …«, versuchte Rudolf sich zu erklären.

»Es ist eine Ausnahmesituation und zweifelsohne ist es nur recht und billig, wenn ich mich der finanziellen Mittel bediene, die mein Vater sowieso aus dem gleichen Grund erhalten hat, weswegen wir hier sind«, erläuterte Ella.

Rudolf nickte widerwillig und geleitete sie danach widerspruchslos und vor allem mit entspannteren Gesichtszügen zur Post Office Savings Bank, die im Hauptpostamt am Raffles Place, also ganz in der Nähe des Hotels, untergebracht war. Die Bank präsentierte sich als imposantes Gebäude, dessen wuchtiges Eingangsportal von Säulen gehalten und von zwei Türmen gesäumt war. Laut der Hotelrezeption war es dort am günstigsten, die deutsche Mark in die hiesige Landeswährung einzutauschen, den Silberdollar, der hierzulande Ringgit hieß. Es klappte reibungslos. Ella hatte bereits befürchtet, dass hiesige Banken nur englische Pfund annehmen würden. Ein Zuschlag für die hierzulande seltene Währung war dennoch zu entrichten.

»Wir hätten es einfacher, wenn Ihr ominöser Vater eine Zinnmine hätte«, sagte Rudolf, als sie den Kutschverleih in chinesischer Hand erreicht hatten – eine Empfehlung des hilfsbereiten Bankangestellten und ebenfalls fußläufig schnell zu erreichen.

113

»Wie kommen Sie denn darauf?«, fragte Ella nach.

»Mit der Eisenbahn wäre es bequemer und wir hätten immer Fahrtluft, die das Abteil kühlt«, sagte Rudolf.

»Eine Eisenbahn? In Malakka?«, fragte Ella ungläubig nach.

»Es gibt seit ein paar Jahren Eisenbahnlinien im Norden und Osten der Insel. Seit Ottos Erläuterungen weiß ich auch, warum, denn dort liegen die Zinnminen und irgendwie muss der schwere Rohstoff ja abtransportiert werden.« Der Gedanke, sich bei brütender Hitze, die ab mittags kaum noch zu ertragen war, in einer offenen Kutsche auf den Weg machen zu müssen, behagte Ella genauso wenig wie ihm.

»Dort vorne verkaufen sie geflochtene Hüte.« Ella war froh, den Verkaufsstand entdeckt zu haben.

»Ein Tropenhelm stünde mir aber besser«, wandte Rudolf schmunzelnd ein. Er schien seinen Humor wiedergefunden zu haben. Auch das Feilschen mit dem Kutsch- und Pferdeverleih hatte er übernommen und einen guten Preis für zwei Wochen erzielen können. Für jeden weiteren Tag war ein kleiner Zuschlag zu entrichten. Damit konnte Ella durchaus leben.

Alles schien sich auf wundersame Weise zu fügen.

Die Koffer waren schnell verladen. Im *Raffles* teilte man Ella mit, dass die Reise nach Dshohor ungefährlich sei, weil sie lediglich Singapur gen Norden auf gut ausgebauten Straßen zu durchqueren hatten, um mit der Fähre nach kurzer Fahrt in den Süden Malakkas überzusetzen. Wenn sie sich sputeten, könnten sie Dshohor noch am frühen Abend erreichen.

Ella dachte darüber nach, wie schnell doch die Trägheit der letzten Wochen an Bord der *Stettin* von ihr abgefallen war, und dies trotz der Hitze und der vielfältigen Eindrücke, mit denen einen diese fremde und äußerst bunte Kultur erschlagen konnte. Man wurde ja bereits vom Rausch der Farben müde, die sich bei einer Kutschfahrt durch die Stadt an jeder

Straßenecke offenbarten. Am liebsten hätte Ella sich einen der prächtigen chinesischen Tempel näher angesehen, an denen sie vorbeigefahren waren. Geschwungene Dachsparren dieser Art gab es in der Heimat nicht. Die Gebäude selbst waren meist rot und mit Gold verziert. Es duftete bis auf die Straße nach Räucherstäbchen, die die Chinesen an die Urnen ihrer Ahnen steckten – nebst Geldscheinen, wie Ella bei einem kurzen Halt an einem Brunnen mit Trinkwasser unmittelbar vor einem der Tempel mitbekommen hatte. Die gut einstündige Kutschfahrt gen Norden bot allerdings auch ausreichend Gelegenheit, sich an dem Wirrwarr der hier lebenden Kulturen sattzusehen – und das gefahrlos, weil es Rudolf war, der die Zügel in der Hand hielt. Ella konnte so die Gegend und ihre Eindrücke ungestört in sich aufnehmen.

Kaum nach der kurzen Fährfahrt von Singapur zur Südspitze Malakkas verlor sich schlagartig jeglicher Anflug des hiesigen kunterbunten urbanen Flairs. Die Häuser wurden flacher, kleiner und einfacher, allerdings erinnerte Ella sich daran, dass die Prachtbauten Singapurs aus Stein auch nur in Küstennähe und am Hafen zu bewundern waren. Die Behausungen der Einheimischen ähnelten Hütten oder ländlichen Stallungen, wie Ella sie aus der Heimat kannte. Ihre Dächer schienen schilfbedeckt zu sein, die Konstruktionen aus Holz. Auch sie tauchten auf ihrem weiteren Weg nur noch spärlich auf. Obwohl sie weit abseits der Küste nicht mehr im Wasser standen, waren viele von ihnen trotzdem auf Pfählen erbaut. Eine Holzleiter führte hinauf in die Wohnräume, die an der Frontseite keine Außenwand hatten, dementsprechend auch keine Fenster und Türen.

»Vermutlich schützen sie sich auf diese Weise vor wilden Tieren. Sie werden dann aber auch besser von unten belüftet. Hier ist es ja sehr feucht und bei Monsun kommt es bestimmt zu gelegentlichen Überschwemmungen.« Rudolf war als

Immobilienkaufmann anscheinend in seinem Element. Hohe Schrägdächer und große Fenster würden es innen kühl halten, weil die Hitze nach oben stieg und an seitlichen Öffnungen unter dem Dach dann entweichen konnte. Rudolf musste das wohl heimlich in der Bordbibliothek der *Stettin* gelesen haben.

Ella hingegen hatte eher Augen für die Holzschnitzereien der Häuser, an denen sie dicht genug vorbeifuhren, um sie zu bewundern.

Hatte auf halber Strecke noch tropische Vegetation geherrscht, die es schier unmöglich machte, ins Hinterland zu blicken, lichtete sich der Dschungel allmählich. Der Weg vor ihnen teilte sich, was Rudolf dazu bewegte, die Kutsche anzuhalten und Ottos Karte zu studieren. Ella hingegen richtete sich auf in der Hoffnung, Dshohor in der Ferne zu erblicken. Lediglich ein paar Häuser deuteten darauf hin, dass sie sich der Stadt, eigentlich Ottos Worten zufolge einem Dorf, näherten. In der anderen Richtung bedeckte ein gleichmäßiges Grün die Ebene bis zum Horizont. Ella kniff die Augen zusammen, um gegen das Licht der tief stehenden Sonne besser sehen zu können. Vor ihr musste der Ausläufer einer Kautschukplantage liegen. Die Bäume waren viel zu regelmäßig gepflanzt, um Mutter Naturs Ordnungssinn entsprungen zu sein.

»Der Weg da vorn führt geradewegs in die Stadt«, sagte Rudolf und deutete in Richtung der Strecke, auf der Ella erste in der Landschaft verstreute Häuser gesehen hatte. Sicherheitshalber besah sie sich die Karte in Rudolfs Hand.

»Der andere Weg scheint aber etwas kürzer zu sein«, stellte Ella fest.

»Wenn wir so fahren, durchqueren wir eine Plantage«, sagte Rudolf, der von dieser Idee nicht sonderlich angetan zu sein schien.

»Aber es ist sogar eine, die auf Ottos Liste steht«, fuhr Ella fort, weil ihr einer von seinen Kringeln ins Auge gestochen war.

Rudolf wirkte skeptisch. Vermutlich, weil der andere Weg ihnen eine ausgebaute Straße bot. Er war aber tatsächlich länger, weil er einen Bogen um die Kautschukwälder machte.

»Wir könnten gleich jemanden nach diesem Richard fragen«, schlug Ella vor. Sie sah keinen Grund, einen Umweg zu fahren. Warum nicht gleich zwei Fliegen mit einer Klappe schlagen?

»Um die Zeit?«, wandte Rudolf ein.

»Vielleicht ist ja noch jemand auf den Feldern.« Ella sah nicht ein, wertvolle Zeit aus reiner Bequemlichkeit verstreichen zu lassen. Der Weg durch die Plantage machte zudem keinen so holprigen Eindruck, auch wenn er schmaler war als die Straße, die vor ihnen lag.

Rudolf schien sich mit dem Gedanken angefreundet zu haben.

»Wie gehen wir vor? Sie können ja wohl kaum direkt nach Ihrem leiblichen Vater fragen?«

Natürlich war Ella sich bewusst, dass ihnen kein leichtes Unterfangen bevorstand.

»Er muss ungefähr so alt wie Vater sein. Wir müssen herausfinden, ob er Arbeiter oder Plantagenbesitzer war, ob er noch lebt oder schon tot ist«, rekapitulierte sie.

»Und wie gedenken Sie danach zu fragen?« Rudolf wirkte ratlos.

Ella war es aufgrund ihrer morgendlichen Kutschfahrten zur Hamburger Klinik gewohnt, sich glaubhafte Ausreden einfallen zu lassen. Schon waren die ersten Ideen zur Hand.

»Ein Richard hat mir Geld in der Stadt geliehen oder hat etwas auf der Bank liegen lassen«, überlegte Ella laut.

»Ich könnte mich als Geschäftsmann ausgeben. Jemand wie Otto. Die Plantage sei mir empfohlen worden.« Rudolfs graue Zellen setzten sich zielführend in Bewegung.

»Also, auf was warten wir?«, fragte Ella.

»So spät am Nachmittag ist aber bestimmt niemand mehr auf den Feldern«, warf Rudolf erneut ein.

»Wem gehört die Plantage eigentlich? Sie ist immerhin die erste, der wir seit Singapur begegnen, und somit eine, die sehr wahrscheinlich infrage kommt«, sagte Ella.

Rudolf sah etwas zögerlich in der Liste mit den numerischen Zuordnungen der Namen zu den Plantagen nach. Ella vermutete, dass er sich sträubte, weil er sich nach etwas Ruhe sehnte und den eventuell beschwerlicheren Weg durch eine Plantage nicht mehr in Kauf nehmen wollte.

»Die Foster-Plantage«, kam es dann doch.

»Richard Foster«, sagte Ella mehr zu sich. Die Vorstellung, dass dieser Mann ihr leiblicher Vater sein könnte, jagte ihr einen Schauder über den Rücken.

»Wir sollten uns besser einquartieren, etwas essen und morgen in aller Früh aufstehen.« Rudolf zeigte sich störrisch wie ein Esel. Er war doch sonst nicht so wenig spontan.

»Tun Sie mir den Gefallen, wenn ich Sie inständig darum bitte? Ich finde sonst keinen Schlaf«, sagte Ella. Kein Gentleman konnte ihr den Wunsch abschlagen und ihr Plan ging auf. Rudolf konnte sich seiner selbst auferlegten Rolle nicht entziehen, seufzte resigniert, bevor er die Karte zurück in die Tasche steckte und dann doch beherzt nach den Zügeln griff, um die Pferde in Richtung der Foster-Plantage zu lenken.

Ella hatte sich bisher noch nie Gedanken darüber gemacht, woher Gummi kam und wie er erzeugt wurde, obwohl ihr der Gummibaum als Zierpflanze bekannt war. Das Erste, was ihr auf dem größeren Feldweg mitten durch die Kautschukplantage auffiel, war ein intensiver Geruch, den sie vom Beschneiden von Blumenstielen kannte, nur war er etwas süßlicher. Der Wald mit seinen meterhohen Bäumen, deren Kronen mit saftigen ovalen Blättern Schatten spendeten, verströmte diesen

Duft immer dort besonders intensiv, wo gerade geerntet wurde. Einheimische Arbeiter durchschnitten die Baumrinde mit langen Messern. Von wegen »so spät am Nachmittag ist niemand mehr auf den Feldern«. Ella ersparte sich einen dementsprechenden Kommentar, weil sie das sich ihnen bietende Naturschauspiel faszinierte.

»Sie schaben die Rinde vom Stamm weg. Der Baum fängt dann an zu bluten«, erklärte Rudolf, der seinen Blick ebenfalls nicht mehr davon abwenden konnte.

Eine weiße Flüssigkeit floss an einer in den Stamm geritzten Rinne entlang und fing sich in einem kleinen, am Baum angebrachten Eimer. Zwischen den Baumreihen tauchten immer wieder dunkelhäutige junge Männer auf, die nur mit einem um ihre Hüften gewickelten Schurz bekleidet waren. Die meisten Arbeiter waren damit zugange, die kleineren Gefäße in größere Eimer zu füllen. Sie befestigten sie mit Seilen links und rechts an einem Balken, den sie auf ihren Schultern trugen. Auf diese Weise war das Gewicht gleichmäßig verteilt und ließ sich besser tragen. Die Männer erweckten auf diese Weise den Eindruck einer lebenden Waage aus dem Kramerladen, deren Schalen bei jedem Schritt um Gleichgewicht rangen. Die Arbeiter trugen die Eimer zu einer großen Lastkutsche, vor die aber keine Pferde, sondern Wasserbüffel gespannt waren. Vermutlich hatten diese Tiere mehr Kraft und eigneten sich eher für den Transport schwerer Lasten.

»Eine Knochenarbeit«, kommentierte Rudolf.

In dem Moment vernahm Ella das Geräusch eines sich schnell nähernden Pferdes. Die dumpfen Schläge der Hufe auf dem harten Waldboden waren unverkennbar. Sie drehte sich um und sah einen jungen Malaien, der zweifelsohne zu ihnen ritt.

»Hoffentlich ist es erlaubt, diesen Weg zu nehmen. Vielleicht ist er privat«, spekulierte Rudolf, der ihn ebenfalls wahrgenommen hatte.

Auf gleicher Höhe mit dem Reiter verloren sich diese Bedenken jedoch mit nur einem einzigen warmen Lächeln, das ihnen der Unbekannte schenkte. Der junge Mann durfte Anfang zwanzig sein und trug im Gegensatz zu den Arbeitern eine Hose und ein weißes Hemd. Sein schwarzes volles Haar wirkte gepflegt. Eine äußerst attraktive Erscheinung. Nur seine Mandelaugen und die gebräunte Haut wiesen ihn als Malaien aus.

»Wo wollen Sie hin?«, fragte er in nahezu akzentfreiem Englisch.

»Nach Dshohor«, sagte Ella.

Kaum hatte er sein Pferd in Gleichschritt mit dem der Kutsche gebracht, schien es Ella, als würde er sie einen Tick zu lange mustern. Vielleicht lag das ja daran, dass sich hellhäutige Frauen für gewöhnlich nicht in diesen Teil der Insel verirrten.

»In etwa einem Kilometer gabelt sich der Weg. Sie müssen sich links halten. Rechts ist privat«, erklärte er.

»Danke«, gab Rudolf knapp zurück. Ihm war sicher auch nicht entgangen, dass der junge Mann nur seine weibliche Begleitung im Visier hatte.

Ella gedachte, seine offensichtliche Faszination zu nutzen.

»Der private Weg führt doch sicher zum Haus der Fosters«, sagte sie.

»Ja, warum?«, fragte der Reiter überrascht.

»Mein Vater war früher im Kautschukhandel tätig. Er meinte, dass wir an der Foster-Plantage vorbeimüssen, um nach Dshohor zu kommen. Wenn ich mich recht erinnere, gehört sie doch Richard«, sagte sie im Plauderton.

»Sie müssen sich täuschen. Es gibt keinen Richard Foster auf der Plantage«, erwiderte der junge Mann.

Ella warf Rudolf einen bezeichnenden Blick zu. Eine der infrage kommenden Plantagen konnten sie also schon einmal abhaken. Rudolf zeigte sich erstaunt. Anscheinend verblüffte ihn ihr Tatendrang und wie schnell sie dem jungen Malaien diese Information entlockt hatte.

In dem Moment hallte ein Aufschrei durch den Wald, dem lautes Stimmengewirr in der Landessprache folgte.

Der junge Reiter gab dem Pferd sofort die Sporen und ritt auf eine Gruppe von Arbeitern zu.

Ella traute ihren Augen nicht. Zwei der Arbeiter fesselten gerade einen jungen Mann mit nacktem Oberkörper an den Handgelenken, warfen das Seil über einen kräftigen Ast und zogen ihn daran hoch, sodass er nur noch auf den Zehenspitzen stehen konnte. Der junge Kerl stieß immer wieder »Tidak« aus, was »Nein« in der Landessprache bedeutete – eines der wenigen Worte, die Ella bei der Lektüre des landeskundlichen Führers aus der Bordbibliothek der *Stettin* behalten hatte.

Einer der Arbeiter band das Seil am Geäst des Gummibaumes fest. Ein dunkelhäutiger etwas älterer Hüne, den Ella auf über fünfzig schätzte, trat aus dem Dickicht hervor. Er musste indischer Abstammung sein. Er hatte eine Peitsche in der Hand. Ella konnte sich ausmalen, was er damit zu tun gedachte.

Rudolf verlangsamte sofort die Kutschfahrt. Er schien ebenso fassungslos zu sein.

»Raue Sitten«, gab er konsterniert von sich.

Der Inder schien sie erst jetzt zu bemerken. Sein abweisender Blick sprach Bände. Sie sollten offenbar von hier verschwinden.

Wieder vernahm Ella ein verzweifeltes »Tidak« aus dem Mund des Gefesselten, gefolgt von einem Wortschwall, den Ella nicht verstand. Auch auf Distanz war zu erkennen, dass der junge Mann am ganzen Körper vor Angst bebte. Der Inder setzte zum ersten Peitschenhieb an, doch der junge Reiter rief dem Inder irgendetwas zu, als er den Ort des Geschehens erreichte. Er stieg von seinem Pferd und fing an, mit dem Hünen zu debattieren.

Auch wenn Ella kein Wort von dem verstand, was sie sagten, war aufgrund des Tonfalls herauszuhören, dass der junge Malaie auf den Inder mit Engelszungen einredete.

Ella hoffte inständig für den jungen Arbeiter, dass man ihn wieder losband. Vielleicht half es ja, wenn sie einfach stehen blieben und nicht eher wegfuhren, bis der junge Kerl wieder frei war. Vor den Augen von Fremden würden sie den Arbeiter eventuell in Ruhe lassen, doch da täuschte Ella sich.

Der Inder reichte dem jungen Malaien die Peitsche und der baute sich sofort vor dem Gefesselten auf. Irgendetwas rief er ihm zu. Ella rechnete damit, dass der Gefesselte wieder um Gnade flehen würde, doch das blieb aus. Er schloss stattdessen nur seine Augen und biss in Erwartung seiner Bestrafung die Zähne zusammen.

Der erste Peitschenhieb schnellte auf den Rücken des jungen Mannes und hinterließ eine rote Spur auf seiner Haut.

Warum drehte sich der junge Reiter nach ihr um, bevor er zum zweiten Schlag ausholte? Es schien ihm nicht recht zu sein, dass sie dieses abscheuliche Schauspiel mit ansahen. Ella konnte kaum glauben, dass dieser sympathische junge Kerl zu solcher Brutalität fähig war. Es passte überhaupt nicht zu seiner warmen Ausstrahlung und seinem einnehmenden Lächeln, das er ihnen vorhin geschenkt hatte.

Der zweite Peitschenhieb ging auf die Haut des Gefesselten nieder. Ein erstickter Aufschrei des jungen Mannes folgte.

»Rudolf. Das können wir nicht zulassen.« Ella war kurz davor, vom Kutschbock zu springen, um sich dem Peiniger entgegenzustellen.

Der dritte Peitschenhieb hinterließ seine Spuren.

Rudolf stieg als Erster vom Kutschbock und ging im Stechschritt zum Ort des Geschehens.

»Hören Sie auf!«, rief er ihnen zu.

Der junge Malaie hielt sofort inne, doch er sah nicht zu Rudolf, sondern wieder zu ihr. Ella bildete sich ein, in seinem

Blick zu lesen, dass er mit sich nicht im Reinen war, den jungen Arbeiter zu schlagen.

»Verschwinden Sie«, kam dann von dem Inder, der sich Rudolf sogleich entgegenstellte.

Ella hielt es nicht mehr auf der Kutsche. Auch sie stieg ab und eilte hinüber. So einen barbarischen Akt wollte sie nicht zulassen. Fraglich war nur, ob Rudolf oder sie etwas dagegen ausrichten konnten.

»Was hat der Mann denn getan, dass Sie ihn so behandeln?«, fuhr Rudolf den Inder an. Ella bewunderte seinen Mut.

»Was geht Sie das an?«, kam es verächtlich zurück.

»Im Namen der Menschlichkeit bitte ich Sie, diesen Mann gehen zu lassen.« Rudolfs Stimme war gefestigt, was zumindest dem jungen Malaien Respekt einflößte. Er ließ den Arm mit der Peitsche sinken.

»Mach weiter«, befahl der Inder.

»Hören Sie auf oder ich rede mit den Eigentümern dieser Plantage«, drohte Rudolf.

Der Inder lachte nur, was Rudolf augenfällig echauffierte. Anscheinend würde es die Fosters nicht interessieren, wie man ihre Plantagenarbeiter behandelte.

»Ich hab es verdient«, kam dann in klar verständlichem Englisch völlig überraschend ausgerechnet aus dem Mund des Gefesselten. Er drehte sich zu ihnen um und schien sie mit Blicken anzuflehen, einfach zu gehen. Das hatte einen guten Grund, denn schon hatte der Inder eine Machete aus dem Sattel seines Pferdes gezogen und hielt sie in einer bedrohlichen Geste in Rudolfs Richtung.

»Bitte gehen Sie.« Auch der junge Malaie forderte sie dazu auf, fast flehend. »Es hat alles seine Ordnung.«

Dass mit dem Inder, wohl der Vorarbeiter der Plantage, nicht zu spaßen war, machte er unmissverständlich deutlich. Seine Machete durchschnitt einen Ast wie Papier. Dabei heftete er seinen Blick grimmig auf Rudolf.

»Rudolf, lassen Sie uns gehen.« Ella hoffte, dass er auf sie hören würde.

»Die Dame ist vernünftiger als Sie. Gehen Sie«, gab ihnen der Inder wohl letztmalig ohne den Einsatz von Gewalt zu verstehen. Doch was Ella wirklich dazu bewegt hatte, ihre Rettungsaktion abzubrechen, war der flehende Blick des jungen Reiters.

»Bitte, Rudolf«, beschwor sie ihn, bevor noch ein Unglück geschah.

Rudolf nickte zögerlich.

Ella schien es fast so, als würden sowohl der junge Malaie als auch der Gepeinigte förmlich aufatmen. Was für eine skurrile Situation. Ella wandte sich ab und ging mit Rudolf zurück zur Kutsche. Als sie diese erreichten und Rudolf ihr beim Aufsteigen half, drehte sich Ella noch einmal um.

Die Arbeiter standen wie angewurzelt da. Niemand rührte sich. Sie schienen darauf zu warten, dass sie endlich wegfuhren. Das taten sie dann auch schweren Herzens, während hinter ihnen erneut ein Peitschenhieb, gefolgt von einem Aufschrei, durch den Wald hallte.

Kapitel 7

Während der restlichen halbstündigen Fahrt nach Dshohor war kein weiteres Wort mehr über den Vorfall im Kautschukwald gefallen. Der Schreck saß Ella noch bis zur Ankunft in der kleinen Stadt in den Knochen.

Dshohor entpuppte sich als größer, als Otto den Ort beschrieben hatte. Vom Stadtrand hin zum Zentrum, dem »Colonial District«, verschwanden nach und nach die Pfahlbauten und machten sogar einigen Steinhäusern Platz. Ella hatte mit einer Handvoll Hütten gerechnet. Dennoch nahm sich der Ort als Zwerg neben Singapur aus. Die Pension mit dem nicht gerade einladenden Namen »Atem des Drachens« musste sich dem Kringel nach, den Otto in die Karte gezeichnet hatte, in der Nähe des Sultanspalasts befinden. Ein Blick durch eines seiner Tore, an denen sie vorbeifuhren, ließ eine riesige Gartenlandschaft erkennen, die den Palast umschloss. Er wirkte auf der kleinen Anhöhe wuchtig und imposant. Ein ungewöhnlich breiter Turm zierte die Mitte des Bauwerks aus hellem Stein. Angesichts eines solchen Prachtbaus konnte man sich lebhaft vorstellen, dass die Sultane einst sehr mächtig und wohlhabend gewesen sein mussten und über Jahrhunderte die Geschicke des Landes gelenkt hatten. Nun waren es die Briten, auch wenn die alten Herrscher, wie Ella aus unzähligen Gesprächen mit Otto an Bord der *Stettin* wusste, immer noch Einfluss auf ihr Sultanat hatten und mit den Briten offiziell kooperierten. Angeblich taten sie das, um den Schmelztiegel aus so vielen Kulturen irgendwie zusammenzuhalten – aus Ottos Sicht nur eine fadenscheinige Begründung, um es den Briten bei entsprechender Gegenleistung, sprich dem Erhalt ihres Standes und Reichtums, zu ermöglichen, sich die wertvollen Rohstoffe Malakkas unter den Nagel zu reißen. Der ethnischen und kulturellen Vielfalt konnte man sich in der Tat auch hier nicht entziehen. Einen indischen Tempel in unmittelbarer Nähe einer katholischen Kirche zu erspähen, die laut Karte »Kirche der unbefleckten Empfängnis« hieß, konnte das nicht besser auf den Punkt bringen. Der erste chinesische Tempel ließ nicht lange auf sich warten. Ella hatte ihn bereits am roten Mauerwerk erkannt. Die Pension selbst war auch in chinesischer Hand, doch der »Atem des Drachen« erwies sich als äußerst geschmackvoll eingerichtet und alles andere als furchteinflößend. In einem bunt gekachelten Innenhof begrüßte sie ein Zierbrunnen. Sein beruhigendes Geplätscher musste man von jedem Zimmer aus hören, denn sie verfügten alle über Fenster, die zum Innenhof des Atriums hinausgingen. Schon lag Ella der Duft von Räucherstäbchen in der Nase. Er kam aus dem zentralen Zimmer im Erdgeschoss, vermutlich der Rezeption, die von einer älteren Chinesin besetzt war. Das musste wohl diese Lee sein, die Otto erwähnt hatte.

Der Hinweis »Otto Ludwig hat uns das Gästehaus empfohlen« hatte ihnen auf der Stelle ein strahlendes Lächeln und zwei besonders schöne Zimmer eingebracht. Am liebsten hätte Ella sich gleich hingelegt, doch nun war es Rudolf, der darauf drängte, noch am Abend Pläne für die weitere Suche zu schmieden.

Das Essen im Restaurant nebenan war noch nicht serviert, da hatte er auch schon die Karte auf dem Tisch ausgebreitet und glich sie mit Ottos Auflistung der Namen ab.

»Einen Namen können wir ja schon von der Liste streichen«, merkte Ella an.

Rudolf schien in Gedanken zu sein.

»Na, die Fosters. Es gibt keinen Richard auf der Plantage«, half Ella ihm auf die Sprünge, woraufhin er einsichtig nickte und »Foster« mit einem Griffel von Ottos Liste strich.

»Wir sollten im Süden mit der Suche beginnen und uns dann den Norden vornehmen«, sagte er, während er auf die entsprechenden Markierungen deutete.

»Was denken Sie? Wie viele schaffen wir pro Tag?«, wollte Ella wissen.

»Höchstens zwei. Das kommt aber auf den Zustand der Straßen an. Und für die Plantagen noch weiter nördlich … Aller Voraussicht nach müssten wir unterwegs sogar übernachten.« Rudolfs Einschätzung hielt Ella aufgrund der bisher gefahrenen Wege für realistisch.

»Vielleicht haben wir Glück und die Familien kennen sich untereinander«, überlegte Ella laut.

Aus Rudolfs skeptischer Miene war abzulesen, für wie wahrscheinlich er dies hielt.

»Also sind wir mindestens zwei Wochen unterwegs …«, schlussfolgerte Ella.

»Es sei denn, wir würden uns aufteilen. Ich komme mit einem Pferd schneller voran als wir beide mit der Kutsche. Man kann sich hier bestimmt auch einen Gaul leihen. Sie nehmen sich die Plantagen westlich von hier vor und ich die im Norden, mit den längeren Wegen. Was halten Sie davon?«

Ella besah sich die Karte nun genauer.

»Hier im Westen scheinen die Zuwege gut ausgebaut zu sein. Es sind nur wenige Fahrminuten, maximal eine halbe Stunde. Ich könnte mich auch hinfahren lassen. Das kostet sicher nicht die Welt.«

Rudolf nickte.

»Ich bin gespannt, wer Ihren leiblichen Vater zuerst findet. Darauf sollten wir anstoßen«, meinte er, als er den Ober mit dem Wein und zwei Gläsern kommen sah.

»Ich fürchte, ich jage einem Hirngespinst nach«, sagte Ella mehr zu sich.

»Nein, das glaube ich nicht«, erwiderte Rudolf – sicher nur, um ihr Mut zu machen. Er schien so davon überzeugt zu sein, diesen ominösen Richard zu finden, dass seine Zuversicht Ella regelrecht irritierte.

Ella hatte Rudolf am nächsten Morgen versprechen müssen, dass sie sich zur Plantage der Ffresens fahren lassen würde. Er selbst war, wie am Vorabend abgesprochen, in den Norden unterwegs, um eine holländische und eine britisch geführte Plantage unter die Lupe zu nehmen. Auf einem Pferd kam man deutlich schneller voran. Er würde auf diese Weise zwei oder sogar drei Plantagen am Tag schaffen. Ella war keine gute Reiterin, hatte aber auch keine Lust darauf, mit einem einheimischen Fahrer Zwangskonversation zu betreiben. Auf die Schnelle würde sich auch keiner organisieren lassen. Nur große Hotels boten den Service an und den musste man vorher buchen. Laut der Chinesin, die die Pension führte, war der Weg aber sicher – auch für eine Frau. Ella fasste sich daher ein Herz und fuhr auf eigene Faust los. Die Plantage der Ffresens konnte man angeblich gar nicht verfehlen. Ein Schild würde den Weg zur richtigen Abzweigung weisen. Das Dumme war nur, dass Schilder hierzulande ziemlich schnell zuwuchsen. Ella hatte es nach einer knappen Stunde Fahrzeit trotzdem gefunden.

Im Gegensatz zur Plantage, durch die sie gestern mit Rudolf gefahren war, wuchsen hier Gräser zwischen den Bäumen. Das musste daran liegen, dass die Plantage näher am Meer lag und daher mehr Feuchtigkeit abbekam. Dementsprechend drückender wurde es.

Der Hauptweg war gut befestigt und das Haus der Holländer bereits in Sichtweite. Obwohl Arbeiter auf sie aufmerksam wurden, stellte niemand Fragen. Auf den letzten Metern zum Haupthaus überlegte Ella sich, was sie als Grund ihres Besuchs angeben sollte. Sie kam nicht mehr dazu, sich etwas Griffiges einfallen zu lassen.

»Richard! Wir haben Besuch«, rief eine erfreute Stimme, die aus dem Haus kommen musste. Sie klang jung und sie gehörte tatsächlich einer Frau, die noch keine dreißig sein durfte, wie sich herausstellte, nachdem sie aus dem Schatten der Veranda hervorgetreten war. Ein etwa gleichaltriger Mann mit rotem Haar und Stoppelbart kam aus der Scheune, die gegenüberlag. An sich konnte Ella ja bereits wieder umkehren, denn der Holländer war zu jung, um ihr leiblicher Vater zu sein, doch dazu war es zu spät.

»Sie müssen Elisabeth sein«, mutmaßte die Holländerin, als Ella mit der Kutsche vor dem Haus hielt. Für einen Moment überlegte Ella sogar, dies zu bejahen, doch das würde unweigerlich zu Verstrickungen führen. Auch diesmal versagte ihr Sinn für Improvisation nicht.

»Mein Name ist Ella Kaltenbach. Ich war auf der Suche nach Richard«, erklärte sie. Ella konnte Menschen gut einschätzen und war sich sicher, dass Humor im Falle dieser jungen Holländer eine vermeintliche Aufklärung ihrer Suchaktion erleichtern würde.

»Meinem Mann?«, amüsierte sich die junge Frau erwartungsgemäß. Auch Richard, der inzwischen die Kutsche erreichte, hielt dies offenbar für einen besonders gelungenen Scherz und lachte.

»Wir freuen uns über jeden Besuch. Es kommt so selten vor. Trinken Sie eine Tasse Tee mit uns? Ich habe gerade welchen zubereitet«, sagte die Frau, die sich als Mila vorstellte.

»Aber nur wenn Sie mir verraten, wer Elisabeth ist«, erwiderte Ella.

»Die neue auf der Missionsstation. Sie sammeln Gelder und da dachte ich, Sie …«, erklärte Mila.

»Ich bin Ihnen auch eine Erklärung schuldig«, fing Ella an, während die junge Frau sie mit einer einladenden Geste hinauf zur Veranda bat.

»Allerdings«, sagte der Rotschopf eher amüsiert.

»Mein Vater ist vor Kurzem gestorben. Er hat noch Schulden und ein Wechsel war auf einen Richard ausgestellt, dessen Familienname mit F begann. Meine Mutter hat Wasser darauf verschüttet und wir konnten den Familiennamen nicht mehr lesen. Ich weiß nur, dass er eine Gummiplantage hier im Süden hat und ungefähr Mitte fünfzig sein muss.«

»Schatz, sag ihr, dass ich Mitte fünfzig bin«, scherzte der Holländer. Seine Frau lachte.

»Wir könnten jemanden, der Schulden begleichen will, gut gebrauchen«, fuhr er fort.

»Tja, leider haben wir beide Pech. Aber jetzt genießen Sie erst mal den Tee«, sagte Mila und schenkte ihr und ihrem Mann ein.

»Wie lange leben Sie schon hier?«, fragte Ella.

»Seit unserer Kindheit, aber die Plantage führen wir erst seit sieben Jahren. Das verflixte siebte. Wir haben sie von meinem Vater übernommen«, sagte Mila.

»Und Sie? Wie lange sind Sie schon hier?«, wollte Richard wissen.

»Seit gestern«, erwiderte Ella wahrheitsgemäß.

»Wie gefällt Ihnen Malakka?« Mila schien sich tatsächlich dafür zu interessieren, insofern stieg Ella gerne auf die triviale Konversation ein.

»Es ist sehr heiß, dafür bunt in jeder Hinsicht. Die Menschen sind sehr freundlich. Sie lächeln so häufig.«

Mila nickte und auch sie lächelte.

»Es ist aber nicht alles Gold, was glänzt. Die Chinesen lachen einem oft ins Gesicht, sind aber nicht immer freundlich gestimmt. Manchmal habe ich auch den Eindruck, die Zivilisation hat hier noch nicht in jeder Hinsicht Fuß gefasst«, fuhr Richard fort.

»Allerdings. Hier herrschen raue Sitten, um nicht zu sagen mittelalterliche. Ich habe gestern gesehen, wie ein Arbeiter auf einer Plantage ausgepeitscht wurde. Er war noch so jung …«, erzählte Ella.

»Auf einer Plantage?«, fragte Mila überrascht.

Ella bejahte.

»Das ist ungewöhnlich … Wo haben Sie das gesehen?«, fragte Mila nach.

Ella zog es vor, den Namen der Plantage nicht direkt preiszugeben. Immerhin war sie in der Nähe und Ella ging davon aus, dass sich die Kautschukfarmer im Süden untereinander kannten.

»Ganz im Süden.«

»Bei den Fosters?«, fragte Richard prompt.

Ella zuckte mit den Schultern. Von einem Neuankömmling konnte man nicht erwarten, dass er sich hier auskannte.

»Das würde mich nicht wundern«, sagte Mila.

»Warum?« Ellas Neugier war geweckt.

»Man hört so einiges von dieser Farm. Die meisten Einheimischen sprechen von harten Regeln«, fuhr Mila fort.

»Man sagt, dass ein Fluch auf dem Anwesen liegt«, meinte Richard.

»Ein Fluch?«, wunderte Ella sich.

»Dummes Geschwätz von den Einheimischen. Vor allem von den Arbeitern aus Sumatra. Sie sehen unentwegt Geister«, stellte Mila fest.

»Die Leute reden immer dummes Zeug, wenn sich jemand bedeckt hält und sich kaum noch in der Stadt sehen lässt. Seit seinem Tod … Moment … Sie sagten doch, Sie suchen einen Richard. Marjorys Mann. Dein Vater hat doch immer wieder von ihm erzählt. Der hieß doch Richard, nicht wahr, Mila?«

Mila nickte.

Ella wurde schlagartig siedend heiß. Und ausgerechnet diese Plantage hatten sie bereits abgehakt.

»Wann ist er denn gestorben?«, wollte Ella wissen.

»Bestimmt schon zwanzig Jahre ist das her. Da war ich noch ein Knirps. Schade, dass mein Vater nicht mehr lebt. Er wüsste das genau«, sagte Richard, nachdem er für einen Moment hatte überlegen müssen.

»Hatte er Kinder?«, fragte Ella mit heftig pochendem Herzen.

»Eine bildhübsche Tochter. Sie heißt Heather. Sie dürfte auf die vierzig zugehen. Früher muss sie sehr lebensfroh gewesen sein. Vater hat sogar einmal mit ihr getanzt, auf dem Erntefest in Dshohor. Mutter hat ihm das fortwährend vorgehalten, ihn damit aufgezogen, deshalb erinnere ich mich so genau daran. Ich glaube, sie war eifersüchtig ... und seither ... Wir haben Heather, glaube ich, nur zwei oder drei Mal in der Stadt gesehen«, erinnerte Mila sich in Gedanken versunken.

»Ja, wirklich merkwürdig«, sagte Richard.

»Wer führt denn jetzt die Farm?«

»Marjory, seine Frau.«

»Vielleicht sollte ich mich bei nächster Gelegenheit mit ihr in Verbindung setzen«, überlegte Ella laut.

»Ich fürchte, da werden Sie kein Glück haben. Sie empfängt niemanden, noch nicht einmal mehr die Leute aus der Mission.«

»So sind sie nun mal, die Engländer. Splendid isolation.« Richard versuchte offenbar, die Stimmung etwas aufzuhellen, indem er auf die Vorliebe der Engländer anspielte, sich insbesondere vom europäischen Festland zu isolieren und ihre Unabhängigkeit zu wahren.

Obwohl es überhaupt keinen Grund zu der Annahme gab, dass ausgerechnet der verstorbene Richard ihr leiblicher Vater sein konnte, ließ Ella der Name Foster nicht mehr los.

»Hat Ihr Vater diesen Richard denn gut gekannt?«, fragte sie daher.

»Er hatte kein gutes Wort für ihn übrig. Es ist schon so lange her, aber mein Vater hielt ihn für habgierig. Er wollte ein paar Mal unsere Plantage kaufen …«

»Hör auf. Man soll nicht schlecht über Verstorbene reden«, maßregelte Mila ihren Mann.

»Sie haben ja gesehen, was auf der Plantage selbst Jahre nach seinem Tod noch passiert«, deutete Richard trotzdem an.

Ella nickte nachdenklich. Anscheinend war Richard Foster ein Mensch mit einer bösen Ader gewesen. Hatte Vater nicht vom Teufel gesprochen? Ella hoffte momentan inständig, dass sie keine Blutsverwandtschaft mit diesen Fosters verband.

Obwohl die Gastfreundschaft der jungen Holländer Ella noch lange in Erinnerung bleiben würde und sie dementsprechend den ganzen Nachmittag bei ihnen verbracht hatte, weil sie einfach alles über das Leben im alten Europa, ihrer alten Heimat, hatten wissen wollen, kreisten die Gedanken auf dem Weg zurück nach Dshohor erneut um die Foster-Plantage. Ella versuchte, sich diesen Umstand damit zu erklären, dass sie dort den unglücklichen Vorfall erlebt hatte und sozusagen Zeuge geworden war, dass dies kein Ort des Glücks war. Vielleicht lag es aber auch nur daran, dass das Gerede von einem Fluch die Plantage interessanter machte, als sie in Wirklichkeit war. Ella zwang sich zur Vernunft, wohl wissend, dass jeder Besuch auf irgendeiner der Plantagen, die auf Ottos Liste standen, sie aufwühlen würde. Jede hatte bestimmt ihre Geschichte, irgendetwas Interessantes, was die Fantasie aufblühen ließ. Die Foster-Plantage war rein zufällig die erste gewesen, zugegebenermaßen aber auch eine derjenigen, die aufgrund ihrer geografischen Nähe besonders wahrscheinlich waren, ihr Näheres über ihre Herkunft zu verraten. Die innere Unruhe wollte aber einfach nicht abreißen. Das war es also offensichtlich nicht allein. Obgleich sie weder Marjory noch Heather Foster kannte, ließen sie die beiden nicht mehr los. Bildhübsch sollte sie sein, die Tochter des Hauses. Heather wäre ihre Halbschwester, vielleicht aber auch sogar ihre Schwester. Das hing ja genau besehen von den Umständen ab, die zu den damaligen Ereignissen geführt hatten. Die Tragweite dieser Vorstellung überstieg ihre Kräfte. Ella ließ die Peitsche in der Luft knallen, um ihr Pferd dazu zu veranlassen, schneller zu traben. Sie wollte so schnell wie möglich zurück zur Pension, um mit Rudolf über die Eindrücke des Tages zu sprechen. Er hatte versprochen, auf alle Fälle vor Einbruch der Dunkelheit zurück zu sein. Ella schätzte, dass in spätestens einer Stunde die Sonne untergegangen sein würde. Für sie war es kein Problem, die Pension noch bei Tageslicht zu erreichen, für Rudolf anscheinend schon, denn als sie die Kutsche davor abstellte, war sein Pferd nicht in Sicht.

Ella beschloss, zunächst einmal ihr eigenes zu versorgen. Sie führte es an eine öffentliche Tränke, die für jedermann gedacht war. Ein älterer Malaie verkaufte dort Heu.

Obwohl ihr Lee schon heute Morgen versichert hatte, dass Dshohor ein sicherer Ort sei, setzte mit der Abenddämmerung nun doch ein ungutes Gefühl ein. Die Tränke zog zudem eine Schar Moskitos an, der Kot der Pferde ebenso. Ellas Gesicht war von der schwülen Luft und der Anstrengung, ihr Pferd auszuspannen, klatschnass. Ein gefundenes Fressen für die Stechmücken. Ella schlug förmlich um sich und erntete Gelächter von drei dunkelhäutigen Männern, die auf der anderen Straßenseite bei einem Kramerladen standen. Sie wollten ihr sicher nichts Böses, dennoch war Ella froh, dass ihr Pferd endlich vom Trog abließ und sich ohne Widerwillen zurück zur Pension führen ließ.

Sicherheitshalber fragte sie bei Lee nach, ob Rudolf vielleicht doch schon aufgetaucht war und eine Nachricht für sie hinterlassen hatte. Dem war nicht so. Ella nahm sich daher vor, in einem Baststuhl im Innenhof des Atriums auf ihn zu warten, doch schon nach kurzer Zeit war die wachsende Unruhe kaum noch zu ertragen. Ella versuchte sich einzureden, dass ihm schon nichts passiert war. Die Straßen hatten sich hierzulande ja bereits als unwegsam erwiesen und Entfernungen waren schlecht einzuschätzen. Er musste noch unterwegs sein. Am Ende war er auf ähnliche Gastfreundschaft gestoßen und hatte die Zeit genutzt, um weitere Recherchen anzustellen.

Nach einer weiteren Stunde, in der Ella bereits wie ein Tier im Käfig auf und ab gelaufen war, meldete sich zwar nicht Rudolf, aber ihr Magen.

Lee wusste, wo es um die Zeit noch etwas zu essen gab.

»Mein Bruder hat ein Restaurant hinter der Pension, aber ich glaube, er schließt gleich. Auf dem großen Platz am Ende der Straße gibt es einige Stände, die Essen verkaufen. Die haben auch nachts geöffnet«, erklärte Lee.

»Sagen Sie bitte Herrn von Stetten Bescheid, wo ich bin, wenn er eintrifft.« Ella konnte sicher sein, dass Lee es ihm ausrichten würde. Dennoch überlegte sie, ob sie nicht doch besser warten sollte. Mittlerweile war es mitten in der Nacht. Die vielen Lichter des Platzes am Ende der Straße, auf dem auch auf Distanz ersichtlich reges Treiben herrschte, nahmen ihr jedoch jegliche Bedenken, nachts noch die Pension zu verlassen. Wahrscheinlich würde Rudolf sowieso bald nachkommen.

Ella war froh, sich dazu aufgerafft zu haben, unter Menschen zu gehen. Ein ungutes Gefühl blieb, denn auf den ersten Blick war ersichtlich, dass sie nicht nur die einzige Frau, sondern auch noch die einzige Europäerin war, die an einem der Tische der kleinen Restaurantmeile Platz genommen hatte. Ella war erleichtert, dass sich nach Studium der Speisekarte noch zwei europäisch aussehende Männer an einen Nachbartisch begeben hatten. Den Tropenhelmen und den weißen Uniformen nach zu urteilen mussten es Briten sein.

»Ich nehm das Hähnchen-Curry.« Ella gab bei einer jungen Malaiin die Bestellung auf und drehte sich dann um, damit sie diesen Ort näher in Beschau nehmen konnte.

Einige Steinhäuser, in denen noch Licht brannte, gaben einem das Gefühl, in der Zivilisation zu sein. Die Tischmanieren wohl eher nicht. Neben ihr saß ein indisches Paar. Die beiden aßen mit den Händen aus Palmblättern, die als Tellerersatz dienten. Das Curry vermengten sie mit dem Reis und kneteten es zu Bällchen, bevor sie es zu sich nahmen. Dementsprechend gelb waren ihre Hände und Fingernägel. Andere Länder, andere Sitten. Ella hoffte, dass sie einen Teller bekam, denn sie hatte bei der gleichen Bedienung bestellt wie die Inder zuvor. Ein Teil der Gäste kauerte an einem Mauervorsprung, der einen hochgewachsenen Baum umschloss, überwiegend junge Männer, die nur etwas tranken. Andere standen herum und unterhielten sich. Ella musste dann gleich zwei Mal hinsehen, als ihr zwei junge Kerle Händchen haltend entgegenkamen. Zuerst dachte sie, es sei ein Vater mit seinem etwas groß gewachsenen Sohn. Der Schein der Petroleumlampen des ersten Standes, auf den die beiden zuschlenderten, widerlegte diesen Gedanken jedoch. Anscheinend war es hier üblich, dass junge Männer Hand in Hand spazieren gingen. Niemand sonst nahm davon Notiz. Ella beobachtete die beiden fasziniert. Sie besahen sich das Angebot des Standes und traten vollends ins Licht. Ella stutzte. Es konnte keinen Zweifel daran geben, dass sie diese beiden Männer kannte. Der kräftigere war der Reiter, der ihnen auf dem Weg durch die Foster-Farm begegnet war. Der zweite zweifelsohne der junge Arbeiter, den er ausgepeitscht hatte. Und die liefen Hand in Hand durch die Stadt? Ella starrte auf die beiden wie das Kaninchen auf die Schlange.

»Ihre Zitronenlimonade«, vernahm Ella von der Seite. Die junge Malaiin servierte das Getränk.

Schon wandte Ella sich wieder den beiden jungen Männern zu und erschrak, weil sie sie augenscheinlich auch erkannten und nun zu ihr herstarrten. Dann fingen sie offenbar an, über sie zu reden. Ella hatte den Eindruck, als ob sie über etwas debattierten. Ein Lächeln zeigte sich auf dem Gesicht des Reiters. Der andere zuckte etwas hilflos mit den Schultern und nickte dann. Das konnte doch nicht wahr sein! Sie setzten sich in ihre Richtung in Bewegung. Ella stockte der Atem. Was wollten die beiden von ihr?

»Selamat petang«, kam es dann prompt, als sie sie erreichten. Das hieß so viel wie »Guten Abend«.

Ella erwiderte den Gruß zurückhaltend. Sie konnte die Verlegenheit des jungen Reiters spüren. Sein junger Begleiter blickte gar auf den Boden, als ob er sich schämen würde.

»Ich war mir nicht sicher, ob Sie es sind«, fing der Mann, der sich um die Auspeitschung seines Freundes ja förmlich gerissen hatte, dann an.

»Ja«, gab Ella knapp zurück. Auch wenn ihr die Begegnung äußerst unangenehm war und sie augenblicklich wieder das Bild von ihm mit der Peitsche in der Hand vor Augen hatte, beschloss sie, sich mit ihm zu unterhalten. Schließlich arbeitete er für die Fosters.

»Ella Kaltenbach. Und wie heißen Sie?« Der Vorstoß, sich forsch als Erste vorzustellen, war gewagt, zu Hause in Hamburg ein Unding für eine feine Dame, doch sie war nicht zu Hause und der Zweck heiligte bekanntlich die Mittel.

»Amar«, stellte er sich überraschend schüchtern vor und deutete dann auf seinen Begleiter. »Und das ist Mohan«, fuhr er fort.

Ella musterte die beiden, die immer noch etwas verunsichert vor ihr standen. Schon nahm Ella einen neugierigen Blick vonseiten der Briten wahr. Aus ihren überraschten Gesichtszügen ließ sich erlesen, dass sie es als ungewöhnlich erachteten, wenn eine Frau ohne Begleitung sich mit zwei Einheimischen unterhielt. Dementsprechend wachsam waren ihre Blicke.

»Wie geht es Ihrem Rücken?«, fragte Ella an Mohan gewandt.

»Ist in zwei Tagen wieder gut«, murmelte er zur Tischkante. Er wagte es immer noch nicht, sie direkt anzusehen.

»Alles in Ordnung, Ma'am?«, kam prompt von einem der Briten. Er schien sich tatsächlich Sorgen um sie zu machen. So sicher war die Gegend für allein reisende Damen also dann wohl doch nicht.

Ella nickte lächelnd in seine Richtung, was ihn sichtlich beruhigte.

»Der Tisch ist groß genug. Sie wollen doch sicher auch etwas essen, oder?«, fragte Ella.

Amar und Mohan tauschten Blicke und nickten dann einhellig. Die Situation schien für beide ebenfalls etwas gewöhnungsbedürftig zu sein. Auch die Bedienung und zwei weitere Gäste wurden nun darauf aufmerksam, dass sie sich zu ihr setzten.

»Ich glaube, wir sind Ihnen eine Erklärung schuldig«, sagte Amar.

Ella besah ihn sich näher. Im Schein der Petroleumlampe schien sein schwarzes Haar zu glänzen, das Braun seiner Augen zu leuchten. Erneut fragte Ella sich, wie sie sich so in ihm hatte täuschen können. Einem Mann mit so einem sanften Blick traute man nicht zu, andere auszupeitschen.

»Ich habe einen Karren ausgeliehen. Wir haben so viele und ich dachte, es fällt nicht auf«, fing nun der Jüngere an.

»Er hat ihn zurückgebracht, aber wurde dabei erwischt«, stellte Amar klar.

»Aber deswegen peitscht man doch niemanden aus, oder ist das etwa Sitte in Ihrem Land?«, fragte Ella empört.

»Nein«, erwiderte Amar und holte tief Luft.

»Aber anscheinend auf der Farm …?«, deutete Ella an.

Amar nickte. »Es ist nicht recht«, sagte er dann.

»Und warum haben Sie ihn dann ausgepeitscht?«, wollte Ella wissen.

»Weil Raj mich sonst geschlagen hätte«, erklärte Mohan.

»Sie meinen den indischen blutrünstigen Hünen?«, wollte Ella sich vergewissern.

»Raj ist nicht blutrünstig; die Fosters haben ihn angewiesen, solche Dinge hart zu bestrafen. Außerdem gehört Mohan zu meinen Arbeitern. Ich bin für ihn verantwortlich«, erläuterte Amar.

So langsam dämmerte Ella, warum Amar den Inder dazu überredet hatte, Mohans Bestrafung selbst in die Hand nehmen zu dürfen.

»Ich weiß, wie man mit einer Peitsche umgeht, wie man jemanden schlagen kann, ohne ihn dabei allzu sehr zu verletzen«, sagte Amar zu seiner Rechtfertigung.

»Lernt man das etwa hier in der Schule?«, fragte Ella spitz nach.

»Nein, auf einer Rinderfarm. Und Büffel müssen es auch gelegentlich knallen hören, sonst bewegen sie sich nicht«, sagte Amar, der mittlerweile seine Scheu vor der ungewohnten Situation verloren hatte und sogar lächelte.

»Warum arbeiten Sie dann für die Foster-Plantage?« Ella wurde aus dem Mann einfach nicht schlau.

»Sie zahlen gut und es war der erste Vorfall dieser Art«, sagte er. Sein Begleiter nickte. Es war ihm offenbar ein Anliegen, dies zu bestätigen.

»Ich bin erst seit ein paar Monaten auf der Plantage. Die Fosters haben kürzlich viele hiesige Arbeiter eingestellt. Sie sprechen kein Englisch. Sie brauchten daher noch jemanden, der beide Sprachen beherrscht«, fuhr Amar fort. Es klang nach einer Rechtfertigung.

»Ihr Englisch ist wirklich ausgezeichnet, sofern ich das als Deutsche beurteilen kann. Haben Sie das etwa auch auf der Rinderfarm gelernt?«, fragte Ella schmunzelnd.

»In der Schule. Dank unserer Besatzer«, erwiderte er mit Seitenblick auf die beiden Briten. Er schien nicht viel für sie übrigzuhaben.

»Sind Sie und Ihr Begleiter auch im Kautschuk-Geschäft?«, wollte Amar dann wissen.

»Nein … wir sind nur Reisende. Warum?«, sagte Ella.

»Ich habe Ihren Begleiter heute Morgen gesehen. Er ritt den Weg, auf dem wir uns gestern begegnet sind«, sagte Amar.

Ella stutzte. Das war unmöglich. Rudolf hatte doch den Plantagen im Norden einen Besuch abstatten wollen.

»Sind Sie sicher?«, fragte sie daher nach.

Amar nickte.

Sosehr sich Ella auch bemühte, ihre bisher durchgehaltene Souveränität war verflogen. Ihre Beunruhigung ließ sich nicht verbergen.

»Ist alles in Ordnung? Ich hoffe, ich habe nichts Falsches gesagt …« Amar schien zu spüren, wie sie seine Bemerkung aufwühlte.

»Er … Rudolf … Ich warte seit Einbruch der Dunkelheit auf ihn. Er war allein unterwegs und … er ist noch nicht zurückgekehrt.«

Amar und Mohan tauschten Blicke.

»Wenn Sie möchten … Wir suchen nach ihm«, bot Amar ohne Umschweife an.

»Wo wollen Sie denn suchen? Er kann überall sein.« Warum nur hatte Rudolf seine Pläne geändert?

»Wenn es hell wird und er noch nicht da ist, suche ich nach ihm.« Amar beharrte darauf.

»Das müssen Sie nicht … Er wird schon noch kommen …« Ella versuchte, zuversichtlich zu klingen.

»Es gibt hier Schlangen … Die Wege sind tückisch … Ein Ast am Weg, den man in der Dunkelheit übersieht, oder das Pferd scheut …« Amars Ausführungen waren nicht sehr dienlich, um sich zu beruhigen.

»Sie machen mir ja Hoffnung …«

»Das ist mir auch schon einmal passiert. Es kommt immer jemand vorbei. Machen Sie sich keine Sorgen.« Gut gemeinte Worte, doch im Moment alles andere als tröstlich.

»Ihr Hähnchen-Curry.« Die Bedienung servierte es auf einem Teller und mit Besteck. Auch wenn es verführerisch duftete, ihr war der Appetit vergangen. Die Vorstellung, dass Rudolf irgendwo verletzt mitten in der Wildnis oder hilflos am Wegrand liegen könnte, schnürte ihr den Magen zusammen. Ella kramte ein paar Ringgit aus ihrem ledernen Beutel und legte sie auf den Tisch.

»Sie wollen es nicht?«, fragte Amar.

Ella schüttelte den Kopf.

»Wenn Ihnen Curry schmeckt, sind Sie hiermit eingeladen«, sagte Ella.

Amar ignorierte das Essen. Ihm war anzusehen, dass ihm ihr aufgewühlter Zustand naheging.

»Ich hab auf dem Zimmer noch Kekse. Vielleicht wartet er ja schon auf mich.«

Amar nickte verständnisvoll.

»Falls ich etwas höre … wo kann ich Ihnen eine Nachricht hinterlassen?«, fragte er.

»Ich wohne in der chinesischen Pension am anderen Ende der Straße«, sagte sie und erhob sich, um zu gehen.

Amar nickte.

Ella hoffte inständig, dass Amar nichts über Rudolfs Verbleib hörte, denn was immer es auch sein würde, es wäre bestimmt nichts Erfreuliches.

Mit jeder weiteren Stunde, die verging, verflog die Hoffnung ein bisschen mehr, dass Rudolf noch in dieser Nacht zur Pension zurückkehren würde. Ella hatte es nach zwei weiteren Stunden des Auf und Ab im Innenhof aufgegeben, hier auf ihn zu warten. Einige der Passanten, die an der Pension vorbeigegangen waren und in den Innenhof geblickt hatten, mussten sich gefragt haben, was sie da unten mitten in der Nacht trieb. Doch auch auf ihrem Zimmer hatte Ella keine Ruhe gefunden. Es taten sich zudem noch mehr Fragen auf, über die Fosters, über Rudolfs heutige Anwesenheit auf ihrem Grund, aber auch über Amar – und das lag nicht daran, dass ein so sanftmütiger Mensch mit einer Peitsche umzugehen wusste. Er saß seit Stunden auf den Stufen des Hauses gegenüber. Ella ging also nun bereits aus zwei Gründen immer wieder zum Fenster, das zur Straßenseite ausgerichtet war: um nach Rudolf zu sehen und um sich zu vergewissern, ob Amar immer noch dasaß. Warum tat er das? Um sie zu beschützen? Um nach Rudolf zu suchen, falls er bis zum Morgengrauen nicht auftauchte? An Schlaf war in dieser Nacht jedenfalls nicht zu denken. Die drückende Schwüle und eine Armada von Stechmücken taten ihr Übriges. Nichts war schlimmer, als reglos auf dem Bett zu liegen, die Decke anzustarren und keine Erlösung im Schlaf zu finden. Sie stand zum fünften Mal auf und ging zum Fenster. Amar saß beharrlich auf den Stufen – wie festgewachsen.

Nach einer weiteren Stunde der Rastlosigkeit fiel es Ella von Mal zu Mal immer schwerer, sich überhaupt noch von ihrem Bett zu erheben. Der Körper war müde, doch die vielen Gedanken hinderten sie daran, den Kopf abzuschalten. Sie hatte damit gerechnet, dass wenigstens Amar einschlafen würde, doch er saß aufrecht an der gleichen Stelle. Zuweilen sah sie das Weiß seiner Augen im Licht der Straßenlaterne in Richtung ihres Fensters aufblitzen.

Es musste schon fünf oder halb sechs Uhr morgens sein. Vom Osten her hellte sich der Horizont bereits etwas auf. Ella ersparte sich einen weiteren Versuch, sich hinzulegen, und griff stattdessen nach ihrem Tagebuch, um die Ereignisse der letzten Stunden wenigstens stichpunktartig festzuhalten. Es tat gut, sich die Gedanken von der Seele zu schreiben.

Beim nächsten Blick aus dem Fenster setzte bereits die Morgendämmerung ein. Amar saß noch immer da. Es war jetzt bereits so hell, dass er sie am Fenster sehen musste. Täuschte sie sich oder schenkte er ihr ein Lächeln? Auch das gedachte sie in ihrem Tagebuch festzuhalten, doch dazu kam es nicht mehr. Dem Geräusch einer sich nähernden Kutsche hatte sie zunächst keine besondere Bedeutung beigemessen, weil Rudolf ja mit dem Pferd unterwegs war. Doch es schien jemand in den Innenhof des Gästehauses gefahren zu sein. Ella eilte sofort zum anderen Fenster, das zum Atrium des Innenhofes hinausging. Zwei uniformierte Polizisten unterhielten sich vor dem Springbrunnen mit Lee, die bereits wieder zur Frühschicht angetreten sein musste. Sie deutete auf Ellas Fenster und war schreckensbleich. Keine drei Minuten später klopfte es an ihrer Tür. Ellas Herz begann zu rasen. Sie konnte sich eins und eins zusammenzählen. Rudolf war sicher etwas zugestoßen.

Die Miene des einheimischen älteren Polizeibeamten mit grau meliertem Haar, der sich ihr an der Türschwelle zu ihrem Zimmer als Officer Puteri vorstellte, war dementsprechend finster.

»Miss Kaltenbach?«, fragte er, woraufhin Ella nickte.

»Ist ihm etwas zugestoßen? Ein Unfall? Ich warte bereits die ganze Nacht auf ihn«, sagte Ella.

»Er wurde heute Morgen von Bauern am Straßenrand aufgefunden. Sie konnten nichts mehr für ihn tun«, erklärte er voller Mitgefühl.

Ella suchte Halt am Türrahmen, weil sie augenblicklich Schwindel befiel. Es dauerte eine Weile, bis sie weitersprechen konnte.

»Ist er gestürzt?«, fragte Ella.

»Wir wissen es nicht, aber er scheint keine äußeren Verletzungen zu haben. Vermutlich die Hitze. Das Herz oder ein Schlangenbiss. Näheres lässt sich erst nach der Untersuchung des Amtsarztes sagen.«

»Wo hat man ihn gefunden?«, wollte Ella wissen.

»Etwa eine Meile von Dshohor«, sagte der jüngere der beiden Polizeibeamten.

»Tut mir sehr leid … Wenn wir etwas für Sie tun können … Die Polizeistation ist im Zentrum.«

Puteri musterte sie für einen Moment nachdenklich.

»Standen Sie sich nah?«, fragte er.

»Er ist ein Freund der Familie und er hat mich auf der Reise hierher begleitet«, antwortete Ella. Dass er sich als ihr Verlobter an Bord ausgegeben hatte und sie noch vor Wochen alles dafür gegeben hätte, ihn zu küssen, ging die hiesige Polizei nichts an.

Puteri nickte und gab sich damit zufrieden.

»Morgen können Sie seine persönlichen Dinge abholen«, sagte er.

Ella nickte.

»Mein aufrichtiges Beileid«, sagte der jüngere Polizist, bevor auch er sich zum Gehen wandte.

Lee stand wie angewurzelt auf dem Gang. In ihrem Gesicht konnte Ella lesen, wie sehr sie diese Nachricht mitnahm.

»Ich muss mich jetzt ausruhen«, murmelte Ella mit erstickter Stimme.

Lee nickte daraufhin verständnisvoll und ging ebenfalls zu den Treppen, die nach unten führten.

Ella schloss die Tür hinter sich und war für einen Moment unfähig, sich zu bewegen. Es zog sie dennoch zum Fenster, um nachzusehen, ob Amar noch dort saß. Er tat es. Ella öffnete das Fenster und zeigte sich ihm.

Amar sah zu ihr hoch. Die beiden Polizisten verließen gerade das Gästehaus und stiegen in ihre Kutsche.

Ella schüttelte nur den Kopf, um Amars fragenden Blick zu beantworten.

In Amars Augen glaubte Ella, sein Mitgefühl zu lesen. Er wirkte unendlich traurig und ließ die Schultern hängen. Es gab nichts mehr für ihn zu tun. Ella hoffte, dass er sich jetzt ausruhte. Wenigstens dieser Wunsch schien in Erfüllung zu gehen. Amar erhob sich, blickte noch einmal zu ihr und war nach nur wenigen Schritten aus ihrem Blickfeld verschwunden.

Dann schloss sie das Fenster. Ella konnte sich nicht mehr gerade halten und ließ sich erschöpft auf das Bett fallen in der Hoffnung, kräftigenden Schlaf zu finden.

Kapitel 8

Ella fühlte sich am nächsten Morgen wie gerädert, auch wenn sie dem Stand der Sonne nach bis um die Mittagszeit geschlafen haben musste. Für einen Moment versuchte sie sich einzureden, dass sie das alles nur geträumt hatte. Rudolf saß bestimmt im Zimmer nebenan und würde ihr nachher beim Frühstück von seiner gestrigen Reise berichten.

Warum überhaupt aufstehen? Rudolf war tot. Ohne ihn weitermachen? Nach einem Phantom suchen und sich ebenfalls allen möglichen Gefahren aussetzen? War es das überhaupt wert? Ella dachte ernsthaft darüber nach, wieder zurück nach Hamburg zu fahren. Was würde es schon an ihrem Leben ändern, wenn sie wüsste, wer ihre leiblichen Eltern waren? Doch erstaunlicherweise gab ihr dieser Gedanke wieder die Kraft, sich zu erheben. Schon nach ein paar Schlucken Wasser aus der Karaffe am Spind schienen die Lebensgeister wieder zu erwachen. Aufgeben? Nein. Das kam nicht infrage. Ella gedachte, sich erst einmal frisch zu machen, sich neu einzukleiden und nach einem kleinen Frühstück zur Polizeistation zu gehen. Vielleicht gab es Neuigkeiten darüber, woran er gestorben war. Außerdem schien er persönliche Dinge bei sich gehabt zu haben, die es abzuholen galt. Ella konnte sich nichts weiter vorstellen als seinen Pass und seine Taschenuhr, dazu eine Kopie von Ottos Karte, die er sich noch am Morgen des gestrigen Tages erstellt hatte.

Die lag dann eine knappe Stunde später auch auf dem hölzernen Tresen der schmucklosen Polizeistation, deren Wände lediglich zwei gerahmte Gemälde der hiesigen Sultansfamilie zierten. Der jüngere der beiden Polizisten, die ihr heute früh die Schreckensnachricht überbracht hatten, griff erneut in einen Leinensack. Auch Rudolfs Pass und die Taschenuhr überraschten sie nicht. Allerdings bemerkte Ella, dass sich noch etwas im Beutel befand. Der junge Polizist kramte danach und legte es auf den Tresen. Es war Rudolfs Brieftasche.

Ella erstarrte augenblicklich zu Stein. Hatte man ihm die nicht in Lissabon gestohlen?

»Sie müssten den Empfang bestätigen«, sagte der junge Polizist und legte ein Dokument mit einer Auflistung der Gegenstände auf den Tresen.

Ella war unfähig, darauf zu reagieren. Sie griff stattdessen in die Brieftasche und blätterte durch die Geldscheine, die sich darin in einem Fach befanden. Das mussten gut und gern dreihundert Mark sein.

»Ist alles in Ordnung?«, wollte sich der Polizeibeamte vergewissern.

»Sicher …«, gab Ella in Gedanken von sich, doch es war gar nichts in Ordnung und es wurde noch schlimmer, als ihr ein Beleg der Lissabonner Wechselstube in die Hände fiel. Ella traute ihren Augen nicht. Rudolf hatte eintausend Mark eingetauscht. Die Wettscheine steckten dahinter und entsprachen von portugiesischen Réis auf Mark umgerechnet in etwa der Summe. Er hatte ein kleines Vermögen verspielt.

»Mister von Stetten wird morgen untersucht. Wir können immer noch nicht sagen, woran er gestorben ist«, erklärte der Polizist, nachdem Ella ihren Blick von der Geldbörse gelöst hatte.

Ella nickte mechanisch. Die Todesursache war sicherlich interessant, doch noch viel brennender interessierte sie im Moment, warum Rudolf sie belogen hatte.

Ella signierte das Dokument, ohne genau hinzusehen.

»Kann ich sonst noch etwas für Sie tun?«, fragte der Polizeibeamte.

Ella schüttelte den Kopf, aber dann fiel ihr doch noch etwas ein. Sie breitete die Karte auf dem Tresen aus.

»Wo genau hat man ihn gefunden?«, fragte sie.

Der junge Mann musste nicht lange überlegen und deutete auf einen Punkt jener Straße, auf der sie mit Rudolf schon einmal gefahren war. Es war die Fortführung des Weges durch die Foster-Plantage, die wieder nach Dshohor führte.

»Sind Sie sicher?«

»Ja. Ich war selbst dort«, bestätigte er.

»Haben Sie die Arbeiter auf der dortigen Plantage befragt?«, wollte sie wissen.

»Einige haben ihn nachmittags gesehen. Er ritt zurück nach Dshohor.«

»Er war also auf dem Rückweg …«, sagte Ella grübelnd.

»Das entspricht den Aussagen, aber er kann unmittelbar vor seinem Tod natürlich auch auf dem Weg in die andere Richtung gewesen sein. Den genauen Zeitpunkt seines Todes wissen wir nicht.«

»Ich danke Ihnen.« Mehr gab es nicht zu sagen, aber noch über vieles nachzudenken.

Rudolfs dreiste Zigeunerlüge hatte spätestens, als Ella zurück auf ihrem Zimmer in der Pension war, die Trauer um ihren »Verlobten« nahezu ausgelöscht. Nun war klar, warum Rudolf vorgegeben hatte, bestohlen worden zu sein. Er hatte einen Großteil seines Reisebudgets verspielt und nur noch dreihundert Mark bei sich gehabt. Rechnete man sich beides, den Verlust beim Pferderennen und den angeblichen Diebstahl, zusammen, lag die Antwort auf der Hand. Er hatte es offenbar darauf abgesehen gehabt, dass sie die Reise komplett finanzierte. Ella hätte das gerne getan, schließlich hatte sie auch die Fahrkarten bezahlt, aber dieser offenkundige Betrug wog schwer. Otto hatte sie gewarnt. Just das Gespräch an Bord gleich nachdem sie vom Pferderennen zurückgekommen waren, klang Ella nun im Ohr. Hatte Rudolf noch mehr Geheimnisse in petto? Wahrscheinlich würde sie es nie herausfinden, wobei ihr im gleichen Moment einfiel, dass sie einen Blick in seine Reisekoffer werfen sollte.

Ella hatte keine Scheu mehr davor, Rudolfs Koffer zu öffnen. Lee hatte sie ihr bereits in ihr Zimmer gestellt. Darin lagen seine Kleidung, die sie bereits kannte, Toilettenutensilien in einem Stoffsack, drei Paar Schuhe in einem weiteren. In diesem Koffer war nichts weiter, was ihr Interesse weckte. Im Hauptfach des kleineren Koffers befanden sich weitere Schuhe und Unterwäsche. Er verfügte über ein abgenähtes Seitenfach und noch zwei kleinere Fächer. Darin steckten zwei Bücher mit Reiseberichten und eine Menge loser Zeitungsausschnitte. Ella nahm die ganze Zettelwirtschaft heraus und breitete sie auf dem Bett vor ihr aus. Rudolf musste sich doch besser als gedacht auf diese Reise vorbereitet haben. Ein Artikel beschäftigte sich mit der Kautschukgewinnung im Süden und beschrieb den Reichtum der hiesigen Plantagenbesitzer. Eine Landkarte von Malakka tauchte auf.

Ella traute ihren Augen nicht. Die Karte war in Farbe und schien neueren Datums als die von Otto zu sein, doch das eigentlich Markante daran war, dass darin der Weg von Singapur bis zur Farm der Fosters eingezeichnet war. Ella nahm die Karte an sich und ging damit zum Fenster ans Licht. Es konnte keinen Zweifel geben: Rudolf hatte nur diesen einen Weg markiert. Warum um alles in der Welt ausgerechnet diese Plantage? Was hatte er gewusst und ihr verschwiegen? Er musste wesentlich mehr von seiner Mutter erfahren haben oder vielleicht noch von seinem Onkel, als der noch am Leben gewesen war. Offensichtlich hatte er ihr und Mutter in Hamburg nur die halbe Wahrheit erzählt. Eine andere Erklärung für die Markierung der Foster-Plantage konnte es nicht geben. Zu weiteren Überlegungen kam es nicht, denn als sie die Karte zur Seite legte und ihr Blick im Vorbeigehen hinaus zur Straße schweifte, erspähte sie Amar. Er saß wieder genau an der gleichen Stelle wie gestern. Ihre Gedanken ratterten: Er könnte auf der Plantage nachfragen, wer Rudolf gesehen hatte. Vielleicht wusste einer der Arbeiter, was er dort getrieben hatte. Einen Versuch war es wert. Sie kam sowieso nicht mehr darum herum, nach unten zu gehen, denn Amar hatte sie bereits erspäht und winkte ihr zu. Dass er dort saß, sprach sowieso Bände. Er wollte sie zweifelsohne sehen.

Ein erfrischendes Lächeln konnte so viel Trost und Hoffnung spenden, wenn es von Herzen kam. Ella spürte, dass Amar mit ihr mitfühlte. Seine Augen waren traurig. In ihren schien er erkunden zu wollen, wie sie sich fühlte. Sagte er deshalb so lange nichts? Ella kam ihm jedenfalls zuvor.

»Sie haben die ganze Nacht hier gewartet.« Ellas Dank und Anerkennung schwangen in ihrem Tonfall mit.

»Ich habe mir Sorgen um Sie gemacht.«

»Um mich?«, fragte Ella erstaunt.

»Am Ende hätten Sie noch selbst nach ihm gesucht«, erklärte er.

»Sie wissen …?«, setzte Ella an zu fragen, um sich zu vergewissern, dass er den Polizeibesuch richtig interpretiert hatte.

Er nickte stumm.

»Ich habe eine markierte Landkarte in einem seiner Koffer gefunden. Er wollte zur Foster-Plantage«, sagte Ella.

»Zu den Fosters? Aber warum?«, wollte Amar wissen.

Ella überlegte, ob sie sich ihm restlos anvertrauen konnte. Was ging es ihn schon an, wen sie suchte und weshalb sie wirklich hier war? Ella sah erneut direkt in seine Augen und war sich danach sicher, dass er ihr Geheimnis nicht preisgeben würde. Wenn er ihr nicht wohlgesinnt wäre, hätte er wohl kaum die ganze Nacht vor ihrem Fenster gesessen. Ferner war er der Einzige, der die Fosters kannte.

»Ich suche meinen leiblichen Vater«, gestand Ella freiheraus.

»Hier in Malakka?« Amar konnte es beinahe nicht glauben.

»Ich weiß nur, dass er Richard heißt und der Familienname mit einem F beginnt. Möglicherweise Richard Foster. Rudolf muss es gewusst oder zumindest geahnt haben.«

»Man hat auf der Plantage nie über ihn gesprochen. Ich wusste nicht, dass Miss Fosters Mann Richard hieß«, sagte Amar nachdenklich.

»Das ist ungewöhnlich, finden Sie nicht?«, stellte Ella fest.

Amar nickte nachdenklich.

Ella setzte sich zu ihm auf den breiten Mauervorsprung.

»Und über die anderen Familienmitglieder wissen Sie auch nichts?«

»Marjory leitet die Farm, zusammen mit Raj.«

»Dem Inder, den ich gesehen habe?«

»Ja. Er arbeitet schon sein halbes Leben auf der Plantage. Raj ist Marjorys rechte Hand.«

»Offenbar eine zu strenge …«, erinnerte Ella sich.

»Ich kann nichts Schlechtes über ihn sagen«, erwiderte Amar.

»Und die Tochter?«

»Heather … Ich habe sie bisher kaum zu Gesicht bekommen. Man sagt, sie sei sehr scheu und gehe so gut wie nie aus. In der Stadt habe ich sie noch nie gesehen.«

»Wie alt ist sie?«, wollte Ella wissen.

»Ich weiß es nicht. Das ist schwer einzuschätzen. Als ich sie einmal aus der Nähe sah, da wirkte sie wie eine junge Frau. Ihre Haut ist weiß wie Schnee. Und sie ist sehr hübsch. Wie eine Prinzessin«, schwärmte er.

»Sie scheint sich auch wie eine zu verstecken«, erwiderte Ella.

Amar musste unwillkürlich schmunzeln, doch dann musterte er sie für eine Weile.

»Sie haben Ihre Augen …«, stellte er fest.

Ella traf diese Bemerkung, war sie doch ein Indiz dafür, dass diese Frau tatsächlich blutsverwandt sein könnte. Doch wie oft wurde über jemanden gesagt, dass man irgendeiner Person ähnlich sei. In der Klinik hatte Ella solche Bemerkungen immer wieder gehört und deswegen auch keine Verwandtschaftsverhältnisse daraus abgeleitet. Sie versuchte daher, seine Bemerkung mit Humor zu nehmen.

»Die Augen einer Prinzessin. Das nehme ich als Kompliment.«

Amar lächelte erneut, hörte dabei aber nicht auf, sie anzusehen.

»Sie könnten wirklich Schwestern sein … Es ist auch die Art, wie Sie sich bewegen, und das lockige Haar …«, offenbarte er ihr dann.

Ellas Herzschlag beschleunigte sich augenblicklich. War sie ihrem Ziel etwa schon so nah?

»Vielleicht sehen für Sie junge Europäerinnen genauso ähnlich aus wie für uns die einheimische Bevölkerung«, sagte Ella, um sich nicht vollends in diesem Gedanken zu verlieren.

»Sie sollten sie selbst sehen.« Amar schien von diesem Gedanken begeistert zu sein.

»Und wie stelle ich das an? Sie sagten doch, dass man sie so gut wie nie antrifft.«

»Die Fosters haben ein Gästehaus. Gelegentlich geben sie dort Empfänge. Die Briten unter sich. Manchmal bleibt jemand über Nacht, aber als ich anfing, für die Fosters zu arbeiten, hat dort auch mal eine junge Holländerin gewohnt. Bei der Gelegenheit habe ich Heather zum ersten Mal gesehen. Die beiden haben sich unterhalten, sind im Garten spazieren gegangen.«

»Vielleicht war sie eine Freundin der Familie?«

»Nein, sie war nur auf der Durchreise. Marjory hat sie in der Stadt kennengelernt.«

»Woher wissen Sie das alles?«

»Ich habe Mrs. Foster seinerzeit in die Stadt gefahren, um Einkäufe zu tätigen«, sagte Amar.

»Und dann hat sie die junge Frau einfach so eingeladen?«

»Auf der Rückfahrt habe ich aufgeschnappt, dass sie eine Künstlerin war. Sie hieß Esther und spielte Violine. Manchmal konnte man ihr Spiel bis hinaus auf die Felder hören. Wir haben dann aufgehört zu arbeiten und den Violinenklängen gelauscht.«

»Und deshalb hat Marjory sie eingeladen?« Ella fiel es schwer, das zu glauben.

»Nein, eigentlich wegen ihrer Tochter. ›Sie werden Heather guttun‹, hat sie wörtlich gesagt«, erklärte Amar.

»Soll ich mich jetzt etwa als Künstlerin ausgeben und so lange warten, bis Marjory wieder in die Stadt zum Einkaufen fährt?«

Amar lachte herzhaft.

»Esther blieb nur für ein paar Wochen. Sie ist bestimmt schon zurück in Holland. Sie könnten Sie doch kennengelernt haben … auf Reisen … und sie könnte von der schönen Zeit bei den Fosters geschwärmt haben … Sie sind hier auch auf der Durchreise und neugierig geworden …«, legte sich Amar zurecht.

Nun war Ella es, die unwillkürlich lachen musste. Dieser Amar schien die gleiche Begabung wie sie in die Wiege gelegt bekommen zu haben. Um Ausreden war er nicht minder verlegen – doch die Sache hatte einen Haken.

»Ich kann leider kein Instrument spielen … nur ein bisschen Klavier …«, musste sie eingestehen.

»Singen?«, fragte er.

»Jeder hiesige Papagei würde mich in Verlegenheit bringen«, gestand Ella ein.

»Malen?«, schlug Amar vor.

»Passabel … Als Kind habe ich in Kohle gezeichnet … Menschen porträtiert, Pflanzen gemalt …«

»Also sind Sie ja doch eine Künstlerin«, stellte Amar fest.

»Aber ich kann mich doch nicht als Holländerin ausgeben.«

»Man hört den Unterschied nicht. Ihr Akzent klingt ähnlich«, versicherte ihr Amar.

»Und woher bekomme ich einen Zeichenblock und Kohle zum Malen?«

»Zwei Straßen weiter.«

Ella hielt die Idee für verrückt. Andererseits sah sie im Moment keine andere Möglichkeit, um herauszufinden, wer ihre Familie war. Dass es die Fosters sein könnten, spürte sie, auch wenn ihr der Gedanke, die Tochter des verstorbenen Richard Foster zu sein, missfiel.

»Ich glaube, ich muss erst ein bisschen üben.«

»Ich stelle mich zur Verfügung«, meinte Amar. Sein Lächeln war umwerfend. Vielleicht sollte sie tatsächlich versuchen, es einzufangen.

Ella konnte selbst kaum glauben, dass sie sich auf Amars verrückt anmutende Idee eingelassen hatte, und sie musste sich eingestehen, dass es nicht mehr nur der innere Drang war, ihre mutmaßliche Halbschwester kennenzulernen, sondern Amar ein Feuer der Neugier entfacht hatte. Auf was genau ließ sich nicht einmal dingfest machen. War es die Plantage, die mit eiserner Hand von einer Matriarchin geführt wurde? War es die Prinzessin, die sich in einem goldenen Käfig versteckte? Am Ende war Marjory Foster ihre Mutter, auch dieser Fall war ja nicht auszuschließen. Auf alle Fälle schien von diesem Ort eine magische Anziehungskraft auszugehen, der sie sich nicht mehr entziehen konnte.

Ella hatte bewusst den längeren Anfahrtsweg gewählt, um nicht just an der Stelle vorbeifahren zu müssen, an der man Rudolf tot aufgefunden hatte. Noch vor der Abfahrt hatte sie kurz überlegt, dort anzuhalten, um ein stilles Gebet für ihn zu sprechen, doch angesichts seines schäbigen Verhaltens und offenkundigen Betrugs hatte sie diesen Plan verworfen. Amar hatte ihr angeboten, sie zu begleiten, doch das wäre viel zu gefährlich gewesen. Raj hätte sie zusammen sehen können und durch ihn als rechte Hand des Matriarchats hätte Marjory dies über kurz oder lang erfahren. Damit ihr Auftritt glaubhaft erschien, hatte Amar ihr eine gebrauchte Staffelei besorgt. Ella kam sich vor wie ein Dieb, der plante, ein wertvolles Gemälde aus einem Museum zu stehlen, wobei das Gemälde letztlich ein Geheimnis war, das sie den Fosters zu entlocken gedachte. Der Gedanke heiterte sie zugleich auf, denn je näher sie dem Haus der Fosters kam, desto absurder erschien ihr der Plan, sich als Künstlerin auszugeben.

Ella war froh, dass ihr auf der Fahrt durch die Plantage diesmal nur vereinzelte neugierige Blicke der Arbeiter begegneten. Raj hätte ihr wahrscheinlich den Schneid abgekauft.

Kurz vor der Abzweigung, die zum Anwesen der Fosters führte, hielt sie die Kutsche an. Ella fragte sich ein letztes Mal, ob sie das alles auf sich nehmen wollte. Die Antwort war ein eindeutiges Ja. Und schon nach wenigen Minuten Fahrt entlang der Plantage bot sich ihr ein Bild, das nicht nur ihre Neugier weiter beflügelte, sondern auch noch äußerst ansehnlich war. Die Gummibäume der Plantage reichten bis zu einem sanft ansteigenden Hügel, auf dem sich ein Zuweg zu einem Anwesen hinaufschlängelte, das man getrost als herrschaftlich bezeichnen konnte. Zwei Palmenhaine umsäumten ein dreistöckiges weißes Haus, aus dem zwei Erker und rechter Hand sogar ein veranda- großer Balkon im ersten Stock hervorragten. Das Haus musste unzählige Zimmer haben und war sicher viel zu groß für die zwei Personen, die darin zu leben schienen.

Kaum hatte sie die Anhöhe erreicht, eröffnete sich Ella der Blick auf einen gepflegten Garten, der weitläufig bis zum anderen Ende der Gummiplantage verlief. Darin stand ein klei- neres Haus, das wie ein Pavillon aussah. Es lag eingebettet in ein Blütenmeer. Wenn Ella sich nicht täuschte, umrankten verschie- denfarbige Oleanderbüsche das Gebäude. Hier war sicher ein talentierter Gärtner am Werk, denn als Ella von der Kutsche stieg und genauer hinsah, bemerkte sie, dass die Farben der Blüten sogar farblich abgestuft waren. Rote Blüten wuchsen am höchs- ten, erreichten fast das Dach des Pavillons, dazwischen mischten sich zur einen Seite rosafarbene Blüten, die in ein tiefes Lila über- gingen. Auf der anderen Seite schien sich die Farbe ins Apricot auszudünnen und verlor sich in weiß blühenden Büschen. Wer der Gärtner war, darüber musste Ella nicht mehr nachdenken. Die ältere Frau, die sich mit einer Gartenschere daran betätigte, schätzte Ella auf um die sechzig. Ihr Haar hielt ein Dutt und sicher war ihr schwarzes Kleid, das aufgrund der Hüftpolsterung ein wenig aus der Mode gekommen war, viel zu warm für die hiesige Witterung. Nach der Kleidung einer Dienstmagd sah das jedenfalls nicht aus. Ella machte sich in dem Moment klar, dass sie fortan eine Frage weniger peinigen würde, sofern sie die Spur überhaupt zur richtigen Plantage geführt hatte. Sollte diese Frau Marjory Foster sein, kam sie als ihre leibliche Mutter nicht mehr infrage. Dafür war sie eindeutig zu alt.

Ella überlegte sich, ob sie zu ihr gehen sollte, doch die Frau nahm ihr die Entscheidung ab, weil sie sie erspäht hatte, die Gartenschere in einen Eimer legte und zu ihr ging. Es musste sich um Marjory handeln und die machte keinen sonderlich erfreuten Eindruck, was sich auch auf die Distanz ablesen ließ – und an ihren schnellen Schritten.

»Wer sind Sie?«, rief sie Ella in schroffem Tonfall entgegen. Fast kaufte Ella das den Schneid ab, doch Amar hatte sie ja bereits vorgewarnt.

»Eine Freundin von Esther«, rief sie ihr zu. Hoffentlich wirkte das.

Auf jeden Fall musste Marjory es vernommen haben. Aus ihrem Stechschritt war nach dem Überraschungsmoment eher ein Schlendern geworden und Ella las nun Neugier statt Ablehnung in ihren Augen.

»Ich bin Ella van Veen«, stellte sie sich vor, als Marjory sie erreichte und ausgiebig von Kopf bis Fuß musterte.

»Sie müssen Marjory Foster sein«, fuhr Ella fort.

Marjory nickte.

»Sie kennen also Esther? Wie geht es ihr?«, wollte sie gleich wissen. Ellas Einfallsreichtum war gefordert, denn sie wusste ja nicht einmal, wo diese Esther im Moment lebte.

»Wir haben uns auf Reisen kennengelernt und sie hat so sehr von hier geschwärmt. Ich bin Malerin auf der Durchreise und habe mich von Esthers Schwärmereien davontragen lassen.« Ella hoffte inständig, dass sie damit Marjorys weitere Nachfragen unterband.

»Sie hat also geschwärmt von hier«, sagte Marjory. Dabei löste sich ein selbstzufriedenes Lächeln aus ihren Mundwinkeln, die bis eben noch zwischen zwei strichdünnen Linien eingefroren waren. So wie Marjory vorhin ihre Lippen verbissen zusammengepresst hatte, war es ein Wunder, dass sie sie überhaupt noch bewegen konnte.

»Es ist so wunderschön hier.« Das klang überzeugend, weil Ella dazu nur auf das Haus, den Garten und den Pavillon blicken musste.

»Ich würde so gerne den Pavillon malen. Ich habe noch nie so schönen Oleander gesehen«, schwärmte Ella weiter.

»Sie sind also Malerin.« Marjory musterte sie wohlwollend. Amars Plan schien aufzugehen.

»Das wäre zu viel gesagt. Ich male gerne.«

»Ich bewundere Menschen, die künstlerisch begabt sind. Mir hat Gott diese Gabe leider nicht geschenkt«, stellte Marjory eher nüchtern fest.

»Wer so schöne Blumen züchten kann und sie so perfekt anordnet, ist der nicht eine wahre Künstlerin vor dem Herrn?«, sagte Ella aus vollem Herzen. Sie hoffte, dass ihr Gegenüber diese Bemerkung nicht als einen Versuch verstehen würde, sich einzuschmeicheln. Sie schätzte Marjory als eine intelligente Frau ein. Ihre wachen graublauen Augen sprachen dafür.

Ein Geräusch, das vom Haus kam, ließ Ella nach oben sehen. Etwas bewegte sich am Fenster. Ella glaubte, eine weibliche Kontur hinter den Vorhängen zu erkennen.

Marjory folgte ihrem Blick, aber sagte nichts darauf. Sie schien für einen Moment in Gedanken zu sein.

Ella war sich sicher, dass Heather gespannt auf den Neuankömmling war. Dass sie sich nicht am Fenster zeigte, bewies, dass Amar auch diesbezüglich recht hatte. Sie gab sich etwas menschenscheu.

»Sie haben sicher eine lange Anreise hinter sich. Wie wäre es mit einer Tasse Tee?« Marjorys Stimme war in der Tonalität so weich geworden, wie sie es dieser Frau gar nicht zugetraut hätte.

Die Einladung nahm Ella nur allzu gern an.

Die Einrichtung im Haus der Fosters als edel und stilvoll zu bezeichnen, war stark untertrieben. Ella hatte anlässlich von

Patientenbesuchen schon einige deutsche Villen von innen gesehen, doch das Foster-Haus übertraf sie alle. Es waren die fein gewebten orientalischen Teppiche am Boden des Eingangsbereichs und im Salon, die Kronleuchter, deren Machart mit edel geschliffenen Kristallen in Tropfenform sie bisher noch nie gesehen hatte. Das Mobiliar war aus Tropenhölzern und auf Hochglanz poliert. Es duftete nach Blumen. In der Eingangshalle hingen zwei Gemälde, die zweifelsohne eine englische Landschaft zeigten, die atemberaubend schön war. Ella konnte ihren Blick davon nicht losreißen.

»Unsere alte Heimat, England. Wir haben viele Wochenenden im Süden verbracht. Dartmoor. Manchmal vermisse ich diese grünen Wiesen, die Heidefelder und die Moorlandschaft«, erklärte Marjory, die an Ella herantrat und dem Gemälde ebenso viel Aufmerksamkeit und Bewunderung schenkte.

»Jaya«, rief Marjory in den Raum.

Ein junges indisches Mädchen kam nur ein paar Atemzüge später wie aus dem Nichts herbeigeeilt.

»Bereiten Sie uns bitte Tee zu und sagen Sie Heather, dass wir Besuch haben«, wies Marjory sie an.

Die junge Inderin, die wie eine Haushälterin in schwarzer Uniform mit weißer Schürze gekleidet war und ein weißes Häubchen trug, nickte und verschwand in einem Raum, der hinter den Treppen lag.

»Esther war wirklich eine bezaubernde Person. Sind Sie auch aus Holland?«, fragte Marjory, während sie Ella in einer einladenden Geste bedeutete, ihr in den Salon zu folgen.

»Rotterdam«, sagte Ella. Sie bemühte sich, das »R« ein wenig zu rollen, auch wenn eine Engländerin sicher keinen Unterschied zwischen einer Deutschen und einer Holländerin, die Englisch sprachen, erkennen konnte. Die erste Lüge. Ella fühlte sich ganz und gar nicht wohl dabei, doch ohne genau zu wissen, warum ausgerechnet Rotterdam, war es ihr herausgerutscht. Dabei musste es jetzt bleiben.

Der Salon hatte zweifelsohne royalen Charakter. Der helle Olivton der Möbelpolster wurde von weißem, schwungvoll geschnitztem Holz umrahmt und bildete einen ansprechenden Kontrast, auch zu den riesigen Orientteppichen, die Jagdmotive zeigten. Die beiden Kronleuchter an der Decke waren noch größer als die in der Eingangshalle. Die Fosters schienen außerdem tatsächlich ein Faible für Kunst zu haben. An Gemälden mangelte es nicht. Selbst die Standuhr neben dem Eingang war so exquisit gearbeitet und mit Gold verziert, dass sie ein halbes Vermögen wert sein musste. Verspielte Statuen aus Marmor standen auf bemalten Mauervorsprüngen. Am besten gefiel Ella ein Zweiersofa, bei dem ein Sitz nach vorn und der andere in die entgegengesetzte Richtung zeigte. Auf diese Weise konnte man beieinandersitzen und ersparte sich beim Gespräch einen verrenkten Hals. Marjory schien auch an diesem Möbelstück zu hängen.

»Ein Mitbringsel aus Frankreich, es heißt Tête-à-tête. Heather und ich nehmen dort gerne unseren Nachmittagstee«, erklärte Marjory.

Ella ließ ihren Blick weiter umherschweifen und erstarrte. Über dem Sofa hing ein Porträt, das ein Paar zeigte. Die Frau musste Marjory in jüngeren Jahren sein. Wer der Mann war, konnte sich Ella denken: Richard, ihr mutmaßlicher Vater. Eine unglaubliche Kälte ging von dem Blick dieses Mannes aus. Er wirkte streng und verhärmt. Sein knochiges Gesicht war das eines Schwindsüchtigen. Ella spürte augenblicklich Übelkeit in sich aufsteigen. Konnte so jemand ihr Vater sein? Sie glaubte, absolut nichts von ihm zu haben, wollte es auch gar nicht. Wenn schon ein Gemälde von ihm so abstoßend war und das auch noch in jüngeren Jahren, welche Art von Mensch musste er dann erst später gewesen sein?

Marjory war es sicherlich nicht entgangen, dass Ellas Blick auf seinem Gemälde hängen geblieben war, doch sie sagte nichts. Ella glaubte, aus den Augenwinkeln wahrgenommen zu haben, dass Marjory vor Verlegenheit die Kissen des Sofas zurechtrückte. Vielleicht sagte sie nichts zu dem Gemälde, weil ihr das Porträt selbst nicht gefiel. Verständlich wäre es. Aber warum hing es dann noch dort? Sie hätte es doch auch abnehmen können.

»Nehmen Sie doch Platz. Der Tee ist sicher gleich hier. Von den Keksen müssen Sie unbedingt probieren. Unsere Köchin hat in England gearbeitet. Für eine Inderin kocht sie ganz passabel«, sagte Marjory und nahm ihren Platz vor einem kreisrunden Tisch ein, in dessen Platte Mosaike eingelassen waren.

Kaum hatte Ella es sich in einem der Sessel bequem gemacht, vernahm sie Schritte von draußen. Jaya kam herein und stellte ein silbernes Tablett, auf dem feinstes Porzellan, eine Kanne, drei Tassen und eine Schale mit Keksen standen, ab und schenkte den Tee ein.

»Danke, Jaya. Das wäre dann alles«, gab Marjory ihr zu verstehen.

Ella hatte das Gefühl, eine Monarchin vor sich zu haben. Dass sie den Haushalt und ihr Personal im Griff hatte, sah man an so kleinen Dingen wie dem Tablett. Es funkelte regelrecht, so poliert war es.

»Mögen Sie etwas Milch? Ach, was frage ich … Wir sind vermutlich die einzigen Verrückten auf dieser Welt, die Milch in den Tee gießen«, amüsierte Marjory sich.

»Gerne. Ich habe eine Zeit lang in England gelebt und weiß das sehr zu schätzen.«

»In England? Was haben Sie dort gemacht?«, hakte Marjory gleich nach.

Ella verfluchte ihre lose Zunge. Andererseits konnte es doch nichts schaden, von ihrem Beruf zu erzählen. Viele Künstler hatten einen normalen Beruf, wenn sie von der Kunst allein nicht leben konnten. Ella riskierte es.

»Ich habe mich dort zur Krankenschwester ausbilden lassen.«

Marjory nickte anerkennend.

»Einen vernünftigen Beruf erlernt zu haben, ist Gold wert. Führt Sie der Beruf auch nach Malakka?« Die Fragen wurden deutlich bohrender, doch Gott sei Dank fiel ihr eine passende Ausrede ein.

»Ich interessiere mich für die Heilkunde der indischen und chinesischen Medizin«, erwiderte Ella wahrheitsgemäß.

»Hier haben Sie beides und ersparen sich gleich zwei beschwerliche Reisen nach Indien oder China. Eine kluge Entscheidung«, erwiderte Marjory. Dann blickte sie sich suchend um.

»Wo bleibt denn Heather?«, wunderte sie sich und rief nach Jaya. Diesmal war das Dienstmädchen nicht so schnell zur Stelle. Marjory setzte bereits dazu an, erneut nach ihr zu rufen, damit sie Heather herunterbat.

»Vielleicht ist sie zu müde. Wenn Sie mir gestatten, nach dem Tee Ihren wunderschönen Garten zu malen, bin ich ja noch eine Weile hier«, sagte Ella, was Marjory versöhnlich stimmte und sie sichtlich entspannte.

»Ich bin gespannt auf Ihre Werke«, sagte sie und nippte an ihrem Tee, ohne ihren Blick von Ella abzuwenden.

Ella suchte jetzt schon nach einer Ausrede dafür, dass sie die Farbenpracht von Marjorys Garten nur in Schwarz-Weiß und Kohle einzufangen gedachte, und ob überhaupt etwas dabei herauskam, was vorzeigenswert war, stand in den Sternen.

Ella spürte Marjorys Blick noch immer in ihrem Nacken, als sie die kleine Staffelei auf der Wiese unter einer Schatten spendenden Palme vor dem Oleanderhaus aufbaute. Sie nannte es so, weil die Blütenpracht, wenn man unmittelbar davorstand, große Teile des Gebäudes bedeckte. Der Duft war betörend. Vielleicht betäubte er ihre Angst, ein Bild zu malen, das nicht einmal einer Kinderhand würdig war. Kaum hatte Ella die Kreide in der Hand, stellte sich aber ein Gefühl der Sicherheit ein. Es fühlte sich vertraut an und erinnerte sie an die Zeit, als sie gerne gemalt hatte.

»An dir ist eine Künstlerin verloren gegangen«, hatte ihre Kunstlehrerin schon in der Schule stets behauptet.

Ella klammerte sich an diese Erinnerung und überlegte, dass es sogar etwas Originelles an sich hatte, so ein Haus nicht farbig zu malen.

Bei genauerem Hinsehen entwickelten die Büsche ein Eigenleben. Dachte man sich die Farben weg und achtete man mehr auf die Triebe und die Formen der Knospen, konnte daraus eine Zeichnung entstehen, die den Betrachter dazu zwang, das Haus mit ganz anderen Augen zu sehen.

Beherzt legte Ella die Kreide an. Die Kontur des kreisrunden Baus nahm schnell Gestalt an. Wie verspielt doch die Fassade mit ihren römisch anmutenden Ornamenten war. Es gelang, sie interessant auf dem Zeichenblock einzufangen. Ella atmete auf. Das Geäst nahm sie sich als Nächstes vor. Wie Tentakeln schoss es empor. Es wirkte fast ein wenig bedrohlich und hatte doch etwas Verträumtes an sich, fast wie ein verwunschenes Schloss, wie man es aus illustrierten Märchenbüchern kannte.

Ella nahm Schritte wahr. Sie verkrampfte augenblicklich, weil sie Marjory erwartete. Warum kamen die Schritte nicht näher? Ella drehte sich um.

Amar hatte nicht übertrieben. Die Frau, die im Schatten des kleinen Palmenhains stand, war wirklich so schön wie eine Prinzessin. Ihr Gesicht makellos und die Haut so weiß wie Porzellan, weil sie sicher kaum das Haus verließ.

»Ich bin Heather«, stellte sich Marjorys Tochter vor.

War diese bildhübsche Frau tatsächlich schon fast vierzig, wie ihr der Holländer gesagt hatte? Sie wirkte wesentlich jünger, was aber auch an ihrem makellosen, hellen Teint liegen konnte. Zugleich wunderte Ella sich, dass Heather in ihrem Alter so schüchtern war, dass sie eine Konversation auf Distanz vorzog.

»Freut mich sehr«, rief Ella ihr zu, was ihr aber albern vorkam. Im gleichen Atemzug überlegte Ella, dass Heather bestimmt gute Gründe dafür hatte. Vielleicht hatte sie einen schwachen Kreislauf oder andere gesundheitliche Probleme, die es ihr unmöglich machten, sich zu nähern. Am Ende war das der Grund, weshalb sie Halt am Stamm der Palme suchte. Sie schien auch schwer zu atmen. Ella hielt es für das Beste, zu ihr zu gehen, um sie zu begrüßen.

Schon nach wenigen Schritten hatte Ella das Gefühl, als würde es Heather sichtlich besser gehen. Weil sie nicht mehr im Licht der Sonne stand, konnte Ella ihr Gesicht nun deutlicher erkennen. Es konnte keinen Zweifel daran geben, dass sie ihre Augen hatte, ihre hohen Wangenknochen, und selbst die Art, wie sie lächelte, kam Ella bekannt vor. Das alles sah sie wie in einem Spiegel. Heather musste tatsächlich ihre Halbschwester sein. Ella nahm das aber noch aus einem weiteren Grund an. Es ging Wärme von ihr aus. So etwas hatte Ella bisher nur ganz selten bei einem bisher fremden Menschen erlebt, vielleicht ab und an bei besonders liebenswerten Patienten und natürlich bei ihrer Familie. Genauso vertraut fühlte sich Heathers Präsenz an.

»Das Bild. Es wird bestimmt wunderschön«, sagte Heather, würdigte es aber keines Blickes. Wie wollte sie das aus der Distanz überhaupt beurteilen?

»Es ist noch nicht fertig, aber Sie können es sich auch jetzt schon ansehen«, bot Ella ihr an.

Heathers einnehmendes Lächeln verschwand daraufhin so schnell, wie es gekommen war. Ella hatte den Eindruck, als würde Heather den Blick auf die Staffelei vor dem Oleanderhaus regelrecht meiden. So schlimm konnte ihre Zeichnung doch nicht sein.

»Zeigen Sie es mir bitte, wenn es fertig ist. Das Haus wird ganz anders aussehen, als ich es kenne«, sagte Heather zerstreut und warf nun doch einen flüchtigen Blick darauf. »Es ist gut, wenn Dinge in neuem Licht erscheinen«, fuhr sie dann fort.

»Ich bemühe mich, das Schöne einzufangen, was das Haus ausmacht, ohne die Pracht der Farben.«

Heather ging nicht darauf ein, was Ella irritierte.

»Meine Mutter hat erzählt, dass Sie in England gelebt haben und Krankenschwester sind«, sagte Heather, die sofort wieder lächelte, als sie ihr in die Augen sah. Sie wirkte damit so liebenswürdig und ihr einnehmendes Wesen kam zur Geltung.

Ella nickte. »Es war eine schöne Zeit.«

»Wahrscheinlich kennen Sie England besser als ich. Ich habe nur Kindheitserinnerungen«, stellte Heather fest. »Sie müssen mir einfach alles erzählen, was Sie erlebt haben«, fügte sie hinzu.

»Ich fürchte, dafür wird dieser Nachmittag nicht reichen.«

»Nachmittag? Aber Sie bleiben doch noch … zumindest zum Dinner. Am besten gleich ein paar Tage. Hier gibt es noch so viele schöne Dinge zu entdecken, dann können Sie mir alles von England erzählen, ja? Werden Sie das tun?«

Noch vor wenigen Minuten hätte Ella die Einladung angenommen, ohne zu zögern. Nun fragte sie sich doch, ob Marjory sie mit ihren vielen Fragen nicht bloßstellen würde. Heathers Gegenwart hingegen war den Preis wert, auch wenn sie sich ihr merkwürdiges Verhalten nicht erklären konnte.

»Gut. Sehr gerne«, sagte Ella dann doch.

»Ich gebe Mutter und dem Personal Bescheid.« Heather strahlte und dennoch hatte Ella das Gefühl, dass sie es eilig hatte, wieder zurück zum Haus zu gehen.

Ella war mehr als nur erleichtert darüber, dass die Kohlezeichnung des Gästehauses ihr gelungen war. Obgleich der Farbe beraubt, entwickelten die es umrankenden, ausladenden Büsche ein Eigenleben. Sie schienen danach zu greifen, es aber zugleich zu schützen. Die Zeichnung war romantisch und düster zugleich. Es hatte tatsächlich etwas von einem Spukschloss aus einem Märchen. Ella hatte den ganzen Nachmittag daran gemalt. Marjory oder Heather waren nicht mehr aufgetaucht, lediglich Jaya, die sie mit frisch gepresstem und gekühltem Mangosaft versorgt und sich ein wenig mit ihr unterhalten hatte. Ihre Eltern waren aus Bombay. Nach dem Tod ihrer Mutter sei ihr Vater mit ihr nach Malakka ausgewandert und würde nun in einer Kautschukfabrik arbeiten. Noch eine Inderin, eine ältere Frau namens Devi, wäre hier stundenweise tätig, und zwar in der Küche. Sie sei bereits vor Jahren gemeinsam mit der Familie aus England gekommen, die englische Küche mit im Reisegepäck. Jaya hatte so ein herzliches Wesen. Ein Mensch wie sie würde es hier wohl nicht lange aushalten, wenn sie schlecht behandelt würde. Anscheinend herrschten im Foster-Haus andere Gesetze als auf der Plantage.

Auch bei der nächsten sich bietenden Gelegenheit, sprich, als Jaya sie zum Dinner rief, konnten sie ein paar Worte zwischen Tür und Angel wechseln.

»Wissen Sie, warum Heather nie ausgeht?« Ella konnte sich diese Frage nicht verkneifen, bemühte sich aber, sie eher beiläufig zu stellen.

Jaya wusste es anscheinend auch nicht. Sie zuckte ratlos mit den Schultern.

»Heather hat sich vorhin nur bis zu den Palmen an mich herangewagt. Das ist doch merkwürdig.«

»Sie meidet das Oleanderhaus.« Zumindest das wusste Jaya anscheinend sicher.

»Und warum?«, hakte Ella nach.

Erneut erntete Ella nur ein Schulterzucken. Weitere Nachfragen darüber waren zwecklos, denn Jaya hatte es eilig, zurück zum Haupthaus zu gehen, um dort in der Küche auszuhelfen.

Jaya war es auch, die das Dinner im Salon servierte.

»Ich hoffe, Sie mögen englische Küche«, sagte Marjory, als Jaya nach einer hervorragenden Hühnersuppe Kidney Pie kredenzte. Ella kannte das Gericht bereits aus England. Es war eine Art Kuchen, der mit Gemüse, Rindernieren und Rindfleisch gefüllt wurde. An sich sehr schmackhaft, aber sicher nicht jedermanns Sache.

»Ein kulinarisches Abenteuer für jemanden, der damit nicht vertraut ist«, gab Ella diplomatisch zum besten.

Heather lachte. Sie wirkte hier im Haus wie ausgewechselt, ungezwungen und entspannt.

»Devi nimmt statt einem Teelöffel Worcestershire-Soße immer zwei. Das macht es schmackhafter«, sagte Marjory.

Genau diese Soße verlieh dem Gericht den für deutsches Empfinden merkwürdigen Geschmack. Ella schnitt sich dennoch ein großes Stück ab. Essbar war es.

»Und wie schmecken Ihnen die hiesigen Gerichte?«, wollte Heather wissen.

Ella war froh, dass sich die Konversation bisher in trivialen Bahnen wie dieser bewegten, was auch Ellas Kenntnis der englischen Seele zu verdanken war. Man konnte sich mit Briten stundenlang über das Wetter unterhalten. Allein damit war die Zeit vom Aperitif, einem Sherry, bis zur Hühnersuppe vergangen.

»Ich muss gestehen, dass ich bisher noch kein einziges hiesiges Gericht probiert habe«, gestand Ella.

»Tun Sie das nicht. Sie verderben sich nur den Magen. Wie kann man Nahrung nur so scharf zubereiten?«, wunderte Marjory sich. Auch das war den Briten eigen. Am liebsten aßen sie alles ungewürzt und Gemüse am besten noch gedünstet oder verkocht. Insofern war Marjory, die gleich zwei Teelöffel von der Worcestershire-Soße in den Pie haben wollte, bereits eine löbliche Ausnahme.

»Es ist dann länger haltbar. Die meisten Menschen in heißen Gefilden wie in Hinterindien haben keine Möglichkeit, Nahrung zu kühlen. Gewürzt und getrocknet hält sich Fleisch länger. Die Art der Nahrungszubereitung ist nur konsequent«, erklärte Heather ihrer Mutter.

»Typisch Heather. Sie liebt dieses Land und nimmt es stets in Schutz. Man könnte meinen, sie sei von hier«, amüsierte Marjory sich.

»Dafür müsste meine Haut ein paar Nuancen dunkler sein«, gab Heather zurück.

»Nein, keine Sorge. Du bist schon meine feine englische Lady und das steht dir gut zu Gesicht«, sagte Marjory herzlich und mit den leuchtenden Augen einer Mutter, der man ansah, wie sehr sie ihr Kind liebte. Auch Heather schien die gleiche Liebe für ihre Mutter zu empfinden.

»Ach, was freue ich mich auf den Nachtisch. Es gibt Siruptorte«, juchzte Marjory.

»Ich fürchte, ich kann nicht mehr so lange bleiben. Ich fahre ungern in der Dämmerung zurück«, sagte Ella.

»Papperlapapp. Sie bleiben selbstverständlich hier. Sie sind unser Gast. Jaya soll gleich nach dem Essen das Gästehaus vorbereiten und ich lasse jemanden nach Ihrem Gepäck schicken.« Es klang aus Marjorys Mund wie ein Befehl. Genau den hatte Ella hören wollen.

»Aber Ella kann doch auch hier schlafen. Wir haben genug Zimmer«, wandte Heather ein.

»Ich denke, es ist bequemer für Ella. Überdies sind all unsere Gäste dort bestens untergebracht. Und wer weiß, morgen kommt Edward. Vielleicht will er hierbleiben? Dann kann sich Ella ungestört zurückziehen.«

Ella glaubte nachvollziehen zu können, warum Heather enttäuscht dreinblickte. Wäre sie im Haus untergebracht, würde sie nicht der halbe Garten voneinander trennen. Sie könnten noch zusammensitzen und sich näher kennenlernen. Ella spürte, dass Heather sich danach genauso sehnte wie sie selbst. Der Abgrund von Traurigkeit, der sich nun vor Ella in Heathers Augen auftat, war dennoch äußerst überraschend. »Ich weiß Ihr großzügiges Angebot sehr zu schätzen«, sagte Ella. Dann kam der Sirupkuchen, doch auch der konnte Heathers Stimmung nicht mehr sonderlich aufhellen.

Kapitel 9

Ella wurde sanft von den ersten Sonnenstrahlen geweckt, die sich ihren Weg durch die Blütenpracht bahnten. Das Licht schimmerte warm, weil die roten Blätter der Oleanderblüten es färbten. Was für ein traumhaft schöner Ort. Das Schlafgemach war geräumig, die Holzdielen geschmeidig gewachst, der Schrank und die Kommode aus edlen Hölzern, verspielt mit Schnitzereien verziert. Das Beste war jedoch ihr Bett. Ella lag im wahrsten Sinne des Wortes in einem Blütentraum. Kopfkissen und die Decke waren mit Blumenmustern bestickt. Jedes für sich war ein Kunstwerk. Das Gästehaus verfügte über einen geräumigen Salon, der nicht minder geschmackvoll eingerichtet war als das Haupthaus der Fosters. Ella hatte es sich dort gestern Nacht in einem der Sessel bequem gemacht und Tagebuch geschrieben.

Es war Zeit aufzustehen. Ella freute sich auf den Waschraum aus feinstem Marmor, auf die Lavendelseife und selbstverständlich auf das Frühstück, das Jaya ihr gegen sieben an die Türschwelle hatte stellen wollen. Sie hatte ihr Versprechen gehalten. Frischer Saft, Gebäck, englische Marmelade, Butter und Tee warteten bereits unter einer riesigen Käseglocke aus feinmaschigem Netz auf sie, das wohl die Moskitos abhalten sollte. Schon während des Frühstücks überlegte Ella, was sie mit dem Tag anfangen sollte. Vielleicht konnte sie Heather dazu überreden, mit in die Stadt zu fahren? Es würde ihr sicher guttun. Im Moment genoss Ella allerdings viel lieber den Blick von der kleinen Terrasse auf die angrenzenden Kautschukfelder. Es war sowieso noch sehr früh am Morgen. Ella nahm sich daher einen kleinen Spaziergang hinüber zur Plantage vor.

Nach nur wenigen Schritten fühlte es sich so an, als würde sie in eine gänzlich andere Welt eingetaucht sein. Es war unwirklich still. Ella konnte jeden ihrer Schritte auf welkem Laub und dem trockenen Boden hören. Schon nach kurzer Zeit hatte sie der Wald eingeschlossen. Sicher konnte man sich in den schier endlosen Reihen der Gummibäume verlieren, die einst gitterlinienförmig gepflanzt worden sein mussten. Ein Stück weiter vorne begann eine Reihe mit Bäumen, die gerade angezapft wurden. Weiße Flüssigkeit lief entlang der eingeritzten Rinne in einen Behälter, der am Ende der Rinne angebracht war. Ella fuhr mit der Hand über den Stamm eines Baumes, den man teilweise von der Rinde befreit hatte. Sie fühlte sich noch geschmeidig an. Ebenso interessierte sie, wie sich Kautschuk anfühlte. Die Flüssigkeit war zähflüssig und kühl auf der Haut. Sie klebte sofort an ihren Fingern. Ein paar Baumreihen weiter kamen die ersten Arbeiter in den Wald. Sie trugen große Eimer und verteilten sich an den Bäumen. Ella faszinierte, dass ein Baum wie ein Mensch aus Schürfwunden bluten konnte.

»Was machen Sie hier?«, tönte es von hinten.

Ella erschrak und drehte sich um. Vor ihr stand der indische Hüne, ein sichelförmiges Messer in der Hand. Ella blieb fast das Herz stehen. Nun würde Marjory bestimmt davon erfahren, dass sie bereits in Begleitung auf der Plantage gesehen worden war.

Raj starrte sie an, ohne ein Wort zu verlieren. Ella kam es so vor, als ob er versuchte, in ihrem Gesicht zu lesen. Sein Blick war stechend und ließ sie fürchten, er würde sie häuten wie die Bäume.

»Ich bin ein Gast der Fosters«, erklärte sie mit bemüht fester Stimme.

Es war Raj anzusehen, dass ihn das erstaunte. Erst jetzt schien er wahrzunehmen, dass ihre Finger mit der weißen Flüssigkeit beschmiert waren.

»Die Bäume sehen so aus, als würden sie bluten«, sagte Ella, mehr aus Verlegenheit.

»Das weiße Blut der Erde. Man sagt ihm nach, dass es kranke Seelen heilt«, antwortete er, ohne seinen Blick von ihr abzuwenden.

Der Mann sprach in Rätseln. Am besten, sie machte ihm klar, dass sie zurück zum Haus musste, weil Heather sicher bereits auf sie wartete. Mit einem Mann, der ein Messer in der Hand hielt und seine Arbeiter auspeitschen ließ, war nicht zu spaßen.

Und dann setzte er das Messer ein. Die scharfe sichelförmige Kante schnitt in einen der Bäume. Er ließ es spiralförmig an der Rinde entlanglaufen und schälte den Stamm wie Obst. Sofort zeigten sich helle Stellen. Die weiße Flüssigkeit quoll hervor. Auch er fuhr mit der Hand über den Stamm.

»Wo ist Ihr Begleiter? Marjory hat ihn nicht erwähnt«, fragte er unvermittelt.

Ella überlegte, ob sie nicht besser gleich zurück in die Stadt fahren sollte.

»Er ist tot. Vermutlich ein Unfall«, gab sie offen Auskunft.

Rajs Miene wurde zu Stein. Ella war sich sicher, dass er davon noch nichts gewusst hatte.

»Er war hier … allein …«, sagte er nachdenklich.

»Sie haben ihn gesehen?«

»Der Ort bringt Fremden Unglück. Er ist verflucht«, sagte er, ohne auf ihre Frage einzugehen. Sein Blick schweifte dabei geheimnisvoll über die Baumkronen, als ob in ihnen der Grund dafür verborgen lag.

»Ich glaube nicht an Flüche.« Ellas Standfestigkeit, auch wenn sie sich die abringen musste, schien den Hünen zu beeindrucken. Ein geheimnisvolles Lächeln löste sich aus seinen starren Mundwinkeln. Es fror jedoch abrupt ein, als das Geräusch einer sich nähernden Kutsche zu vernehmen war. Durch die Baumreihen konnte man auf den Zuweg sehen, der zum Foster-Haus führte. Zweifelsohne bekamen die Fosters gerade Besuch.

Raj wirkte alarmiert und setzte sich sofort in Bewegung. Er lief zum Rand des Waldes.

Ella folgte ihm und erkannte die beiden einheimischen Polizeibeamten, die Ella die Nachricht von Rudolfs Ableben überbracht hatten.

»Polizei … Es fängt an …«, murmelte er geheimnisvoll vor sich hin.

»Was meinen Sie?«, fragte Ella verdutzt.

»Werden sie wohl Ihren Namen erwähnen? Was denken Sie?«

Ella wurde siedend heiß und das nicht, weil Raj ihre Frage nicht beantwortet hatte. Es war denkbar, dass die beiden bei den Fosters von einer weiblichen Begleitung sprechen würden.

Raj sah ihr sicher die Beunruhigung an.

»Ich habe Ihr Gepäck aus der Pension geholt«, sagte er.

Ella blieb fast das Herz stehen. Dann wusste er, dass sie keine Holländerin, sondern die Deutsche Ella Kaltenbach war.

»Wenn mich jemand nach Ihnen fragt … Ich habe Sie nicht zusammen mit ihm gesehen«, bot er an, was Ella verblüffte.

»Warum tun Sie das für mich?«, wollte Ella wissen.

Raj drehte sich zu ihr um und sah ihr direkt in die Augen.

»Das Schicksal lässt sich nicht aufhalten. Wer sich dagegenstemmt, dem widerfährt Unglück«, sagte er und blickte wieder hinüber zum Foster-Haus, das die beiden Polizisten gerade betraten.

Ella wagte es nicht, zurück zum Gästehaus zu gehen, bis der Gummiwald die Kutsche der Polizei wieder verschluckt hatte. Auch am Haus war niemand zu sehen. Sollte sie doch noch etwas mehr Zeit verstreichen lassen? Aber was brachte es, sich unverrichteter Dinge im Gästehaus zu verkriechen und darauf zu warten, dass Marjory zu ihr kam und fragte, warum sie ihr nichts vom Tod ihres Begleiters gesagt hatte? Ella entschloss sich dazu, der quälenden Ungewissheit ein Ende zu setzen und hinüberzugehen, um allen einen guten Morgen zu wünschen und Heather zu fragen, ob sie mit ihr einen Spaziergang oder eine Fahrt in die Stadt unternehmen würde.

Jaya öffnete die Tür – sie schien sehr aufgeregt zu sein.

»Die Polizei war hier. Ein Deutscher ist in der Nähe unserer Plantage gestorben. Ich hab das Gespräch mitgehört«, flüsterte sie ihr zu, nachdem sie sie hereingebeten hatte.

»Mrs. Foster wartet schon ungeduldig auf Sie«, sagte Jaya dann noch.

Ella überlegte für einen Moment, doch noch umzukehren. Sicherlich hatte Marjory vor, ein Hühnchen mit ihr zu rupfen. Ella holte tief Luft und ging dann doch in den Salon, wo Marjory sie mit einem strahlenden Lächeln erwartete.

»Guten Morgen, Ella. Sie scheinen ja ein rechter Langschläfer zu sein«, sagte sie, während sie zu ihr ging.

Ella fiel augenblicklich ein Stein vom Herzen, doch dann wurde Marjorys Miene wieder ernst. Kam sie jetzt zum Punkt? Sie tat es.

»Ich weiß nicht, ob Sie es mitbekommen haben. Vorhin war die Polizei hier. Angeblich ist ein Deutscher in der Nähe der Plantage ums Leben gekommen.«

»Ja, ich habe vom Gästehaus aus Polizei gesehen«, sagte Ella.

»Nun, mir wäre es sehr recht, wenn Sie gegenüber Dritten nichts davon kundtun würden. Wir haben heute Abend einen Gast und … die Leute reden …«

Ella nickte, gedachte jedoch, Marjory auf den Zahn zu fühlen.

»Was wollte die Polizei denn? Ein Deutscher?«

Marjory schien für einen Moment zu überlegen, ob sie Ella die Hintergründe anvertrauen konnte.

»Der Mann war vorgestern hier im Haus und hat sich als Einkäufer für Kautschuk vorgestellt. Ich habe ihm gesagt, dass wir feste Abnehmer haben. Dann ist er wieder gegangen. Auf Ideen kommen diese Deutschen … Wir haben britische Abnehmer und das soll auch so bleiben.«

Ella nickte in Gedanken. Es ergab alles keinen Sinn. Rudolf wusste doch, dass hier ihr mutmaßlicher leiblicher Vater zu finden war. Wieso hat er Marjory nicht darauf angesprochen? Vielleicht verschwieg sie das auch, weil es einen Außenstehenden nichts anging.

»Mein Kind, Sie sind ja völlig durcheinander. Am besten Sie stärken sich erst einmal mit einem Gin. Ich habe auch einen gebraucht, als die Herren aus dem Haus waren«, sagte Marjory.

Nach einem Gin war Ella nun wahrlich nicht zumute, dennoch willigte sie ein. Fest stand, dass der Besuch bei den Fosters nichts mit Rudolfs Tod zu tun haben konnte, sonst hätte Marjory wohl kaum so offen darüber gesprochen, dass er sie aufgesucht hatte. Dass sie sich Diskretion wünschte, war nur allzu verständlich.

Marjory reichte Ella ein Glas mit Gin und Eis. Sie selbst hatte sich ein zweites eingeschenkt.

»Auf die belebende Wirkung des guten Gordon's.«

Ella stieß mit an.

»Das haben wir gern. Schon so früh am Morgen dem Alkohol zu frönen, verspricht einen heiteren Tag«, hörte sie Heather sagen. Sie stand in der Tür und lächelte amüsiert.

»Was machen wir heute, Ella? Oder möchten Sie lieber wieder malen? Ach, am besten ich zeige Ihnen schöne Plätze, damit Sie inspiriert sind.« Heather gab sich voller Tatendrang und machte den Eindruck, vor guter Laune nur so zu sprühen.

»Einverstanden«, sagte Ella.

»Ich muss mich allerdings noch umziehen. Meine Schuhe sind für den Urwald gänzlich ungeeignet«, sagte Heather, die gleich darauf wieder in Richtung Treppenhaus verschwand.

Marjory seufzte und nippte an ihrem Gin.

»Heather mag Sie. Das ist offenkundig … Sie geht so selten aus. Ihre Gesellschaft tut ihr allem Anschein nach gut.« Marjory legte dabei ihre Hand auf Ellas Arm. Ihr Lächeln war warm und mütterlich.

Ella nahm sich vor, die Gelegenheit zu nutzen, um nach Heathers merkwürdigem Verhalten zu fragen.

»Hat sie Ängste, allein rauszugehen?«, fragte sie.

»Sie war schon als Kind sehr zurückhaltend«, erklärte Marjory.

»Kann es sein, dass sie vor dem Gästehaus Angst hat? Ich hatte gestern den Eindruck, dass …«, deutete Ella an.

»Ach, machen Sie sich doch nicht so viele Gedanken. Das hat keinerlei Bedeutung«, erwiderte Marjory. Ihr Lächeln hatte jegliche Wärme verloren. Es wirkte aufgesetzt. Eines war klar: Das Thema »Gästehaus« war bei den Fosters anscheinend tabu. Ella brannte trotzdem darauf herauszufinden, was mit Heather nicht stimmte.

Dafür, dass Heather anscheinend so gut wie nie das Haus verließ, erwies sie sich als eine erstaunlich gute Reiterin. Die Fosters selbst hatten Stallungen für Pferde, die auf der Plantage zum Einsatz kamen. Heather hatte Ella davon abgeraten, ihr Kutschpferd für einen Ausritt zu wählen. Die Tiere seien Ausritte nicht mehr gewohnt und würden dazu tendieren zu scheuen.

Somit blieb das Pferd, das Ellas Kutsche gezogen hatte, in den Stallungen, wo es von einem indischen Stallburschen liebevoll versorgt wurde. Stattdessen waren sie nun auf dem Rücken von zwei Bajau-Ponys unterwegs. Angeblich hatten chinesische Händler sie aus ihrer Heimat mitgebracht. Ein edles Tier mit eher schmalem Kopf, einer steilen Schulter und langem, feinem Haar. Weil sie nur etwa eineinhalb Meter Höhe hatten, war Ella froh um Heathers Vorschlag. Die großen robusten Pferde der Arbeiter wären ihr nicht ganz geheuer gewesen.

Es machte Spaß, mit diesen wendigen und doch eleganten Tieren auszureiten. Heather ritt auf Marjorys Bajau, weil es etwas störrischer und temperamentvoller war, »genau wie Mutter«, wie Heather ihr schon beim Satteln der Tiere augenzwinkernd gestanden hatte. Ellas Pony hingegen reagierte gefühlvoll auf die geringste Berührung in den Seiten oder auf die Zügel. Die Auswahl dieser lammfrommen Ponys, die so gut wie nichts aus der Ruhe bringen konnte, hätte besser nicht sein können, denn schon nach einer Viertelstunde quer durch die Plantage und entlang eines schmalen Weges inmitten tropischer Vegetation wurde der Weg steiler. Heather fragte sie nun auch weniger Löcher in den Bauch, weil sie selbst auf den Weg achten musste, der zum Rand hin stellenweise ziemlich steil abfiel. Ella hatte ihr von ihrer Arbeit im Krankenhaus erzählen müssen, einschließlich ihrer Alleingänge. Erstaunlicherweise war Heather der Naturmedizin gegenüber sehr aufgeschlossen, auch wenn sie von einem Hahnemann noch nie etwas gehört hatte. Die Inder auf ihrer Farm hätten Mutter schon manches Zipperlein mit ihrer ayurvedischen Heilkunst weggezaubert.

Ella wunderte sich über das überraschende Gefühl der Vertrautheit, das sie mit Heather verband. Sie musste einfach ihre große Halbschwester sein, anders ließ es sich nicht mehr erklären, dass sie so ungezwungen miteinander umgingen, gemeinsam lachten und auch auf eher förmliche

Umgangsformen, wie sie zwischen Fremden üblich waren, mittlerweile verzichteten.

»Dein Sonnenhut ist verrutscht«, merkte Heather an, als sie nur noch ein kurzes Stück des Weges hinauf zu einer Anhöhe vor sich hatten.

»Meine Haut hat sich schon an die Sonne gewöhnt, aber du hast recht. Am Ende hält man mich noch für eine Einheimische«, sagte Ella, die sich bereits nach der langen Schiffsreise und den vielen Sonnentagen an Deck nicht mehr als feine junge Dame mit transparent schimmernder, weißer Prinzessinnenhaut hätte ausgeben können.

»Die Inder starren mich immer an wie ein Weltwunder«, sagte Heather.

»Deine Haut ist ja auch weiß wie Schnee. Außerdem würde das jedem Dunkelhäutigen in Rotterdam nicht anders ergehen. Ich mag die Hautfarbe der Malaien. Man sieht mit so viel Farbe im Gesicht irgendwie gesünder aus und insbesondere die Männer … wie in Schweizer Vollmilchschokolade getaucht«, schwärmte Ella.

»Süße Gedanken … soso …«, amüsierte Heather sich.

»Der durchschnittliche holländische Mann ist jedenfalls nicht so trainiert und athletisch gebaut«, stellte Ella fest. Fast wäre ihr der »deutsche Mann« und vorhin schon »Hamburg« herausgerutscht, was ihre Identität prompt infrage gestellt hätte.

»Das erklärt, warum sich viele englische Ladys einheimische Liebhaber halten. Vermutlich die bessere Wahl …«, sagte Heather.

Weil sie gerade auf gleicher Höhe ritten, merkte Ella ihr an, dass sie in Gedanken war.

»Warum? Gibt es etwa keine hübschen Engländer? Niemand, der dir gefällt?«, fragte Ella ganz unbedarft.

»Englische Männer?«, gab Heather zurück. Ein abfälliger Laut folgte.

»War noch nie der Richtige dabei?«, wollte Ella wissen. Sie hatten sich bisher wie gute Freundinnen unterhalten. Warum sollte sie ihr diese Frage nicht stellen können?

Heather hatte inzwischen anscheinend ihre Schlagfertigkeit verloren. Sie wirkte traurig, rang sich aber doch ein Lächeln ab, bevor sie antwortete: »Der Richtige kann auch der Falsche sein.«

Die unbeschwerte Fröhlichkeit, die sie bisher auf dem Ausritt begleitet hatte, verlor sich anscheinend in der Weite des Tals, das nun vor ihnen lag. Ella beschloss daher, nicht weiter nachzufragen, und richtete ihren Blick ebenfalls auf den Regenwald, der bis in die Ferne reichte. Seine Ausläufer berührten kurz vor dem Horizont das Meer. Papageienschreie gellten durch das Dickicht. Die Gischt eines Wasserfalls wühlte einen Fluss mit rauschendem Getöse auf. Exotische Vogelstimmen und Affenschreie gesellten sich dazu. Das alles erzeugte hier oben eine Geräuschkulisse, die fast hypnotische Wirkung hatte. Es war der richtige Moment, um zu schweigen, ohne es als unangenehm zu empfinden. Ella hoffte trotzdem, dass Heather auf dem Rückweg ihr frohsinniges Naturell wiederfand.

Rückblickend auf den heutigen Nachmittag, den Ella auf der kleinen Terrasse vor dem Gästehaus hatte ausklingen lassen, war sie zu dem Schluss gekommen, dass Heather aus irgendeinem Grund etwas wankelmütig war. Ella konnte nicht glauben, dass es nur daran lag, dass Heather bisher viele Enttäuschungen in der Liebe erlebt hatte, auch wenn ihre Reaktion just bei diesem Thema ziemlich eindeutig gewesen war. Sie schien noch anderen Ballast auf ihren Schultern zu tragen. Warum sonst hatte sie eine Abneigung gegen dieses wunderschöne Gästehaus? Beides wirkte befremdlich. Die Abneigung gegen Männer hatte sich jedoch bereits beim Dinner erneut gezeigt, und zwar unmittelbar nach Marjorys Erinnerung daran, dass ein Freund der Familie vorbeikommen würde, ein gewisser Edward

Compton, seines Zeichens der hiesige britische Gouverneur. Die gelöste Stimmung während des üppigen Dinners, das sie mit Erzählungen all ihrer Eindrücke vom heutigen Ausflug ins Hinterland gewürzt hatten, verflog daraufhin schnell. Heather machte aus ihrer Unlust, den Abend mit ihm bei einem Umtrunk zu verbringen, keinen Hehl.

»Man muss sich nun mal gut mit ihnen stellen.« Auch Marjorys Erklärungsversuch, nachdem sie Heathers Leidensmiene lange genug geduldet hatte, scheiterte.

»Er hat doch überhaupt nichts mit Kautschuk am Hut«, wandte sie ein.

»Aber sie sichern unser Überleben, unser Geschäft. Was glaubst du, was hier los wäre, wenn die britische Armee nicht mehr hier wäre? Wir müssten das Land verlassen. Die militärische Präsenz sorgt für Recht und Ordnung«, führte Marjory aus. Als ob sie ihren Worten Nachdruck verleihen wollte, kippte sie ihr Glas mit Likör hinunter.

»Recht und Ordnung. Mutter. Sie sind aus dem gleichen Grund hier wie in allen anderen Kolonien auch. Es geht um Gummi und Zinn.« Heathers Widerrede überraschte Ella.

»Malakka ist erst seit kurzer Zeit eine Kolonie der Krone und hat immer noch den Charakter der Straits Settlements. Das weißt du ganz genau«, erklärte Marjory mit missbilligendem Blick auf ihre Tochter.

»Straits Settlements?«, wagte Ella zaghaft nachzufragen.

»Wir Briten sind hier im Gegensatz zu den Portugiesen nicht mit militärischer Gewalt einmarschiert, um ein Land zu erobern. Schon Ihre Landsleute haben ein Bündnis mit dem hiesigen Sultan geschlossen und unsere Krone hat Penang vor über hundert Jahren legal erworben.« Marjory schien eine britische Vollblut-Royalistin zu sein.

Ella nickte beeindruckt, schließlich war sie offiziell eine Holländerin und musste so tun, als ob ihr das einleuchtete.

»Hör nicht auf sie, Ella. Das ist doch nur eine Wortklauberei mit den Straits Settlements. Zweifelsohne haben wir uns das Land trickreich unter den Nagel gerissen«, sagte Heather etwas spitz. Sie war offenbar auf Streit mit ihrer Mutter aus.

»Es ist nicht so, wie Heather es darstellt. Es gibt Verträge mit den hiesigen Sultanaten. Handelsverträge. Die meisten Bumiputras sind froh, dass wir hier sind. Seitdem gibt es keine Stammeskriege mehr. Das Land lebt in Frieden und die Geschäfte florieren«, erläuterte Marjory an Ella gewandt. Anscheinend hatte sie eben beschlossen, das Thema nicht mehr weiter mit Heather auszudiskutieren.

»Du redest schon wie Vater.« Heather sah das eindeutig anders.

Ella empfand Heathers Bemerkung als fast schon trotzig, doch sie hatte zu ihrem großen Erstaunen Schlagkraft, denn Marjory schien sich das sichtlich zu Herzen zu nehmen. Sie schwieg, warf Heather lediglich einen missbilligenden Blick zu und schenkte sich dann noch etwas vom Nachtischlikör ein.

»Wahrscheinlich gibt es gerade niemanden in Europa, der sich nicht irgendwo einen Platz an der Sonne sucht«, warf Ella versöhnlich ein, was Marjory mit einem dankbaren Lächeln kommentierte.

Auch Heather nickte schulterzuckend – vermutlich ebenfalls eine versöhnliche Geste.

Die fühlbare Spannung im Raum baute sich langsam ab, nachdem Marjory ihnen noch einen weiteren Likör eingeschenkt hatte. Der Geist des Getränks fing an, den Geist der Menschen milde zu stimmen und wieder in belanglosere Bahnen zu lenken. Es ging um Pferde, selbstredend das Wetter und insbesondere um die für diese Jahreszeit ungewöhnliche Trockenheit. Heather schien sich jedoch immer noch nicht so recht wohlzufühlen, denn je näher Comptons Besuch rückte, desto häufiger blickte sie zur Wanduhr. Ella hatte den Eindruck, dass sie buchstäblich zusammenzuckte, als sich der hohe Besuch hörbar ankündigte. Auch Ella hörte seine Kutsche vorfahren.

»Vielleicht sollte ich mich doch besser zurückziehen«, schlug Ella vor. Was gingen sie schon Gespräche unter Briten an?

»Kommt nicht infrage.« Marjory bestand darauf, dass sie blieb.

Heather hingegen sah sie fast flehend an.

Es dauerte keine zwei Minuten, bis Jaya die Tür öffnete und »Governor Compton« so voller Ehrfurcht ankündigte, dass man das Gefühl bekam, königlicher Besuch beträte gerade das Haus. Und dieser Edward Compton strahlte in der Tat etwas Hoheitliches aus. Ein kräftiger uniformierter Mann mit Schnurrbart stand vor ihr, geschniegelt, die Haare zum Scheitel getrimmt und insgesamt mit einem recht attraktiven Äußeren gesegnet.

»Marjory«, juchzte er, weil sie ihm förmlich in die Arme gefallen war.

»Heather«, folgte dann, nicht minder interessiert, auch wenn sie ihm nur ein höfliches Lächeln schenkte. Sein Blick klebte sowieso an dem Gast. Zwei perlweiße Zahnreihen und ein funkelndes Augenpaar blitzten sie an.

»Unser Gast aus den Niederlanden. Ella van Veen.« Marjory pries sie an wie eine Marktfrau ihr frisches Gemüse und schon stand der Governor vor ihr.

»Enchanté.« Der königliche Gast übte sich in höfischen Umgangsformen. Er hätte sich sicherlich gut mit Rudolf verstanden.

»Wollen wir es uns nicht bequem machen?«, fragte Marjory in die Runde. Eigentlich war es ein Befehl, dem auch Heather Folge leistete. Das Sofa vermied sie. Sie wählte stattdessen einen Sessel in größtmöglicher Entfernung zu Compton, der neben Marjory Platz nahm.

»Ich hoffe, Ihnen gefällt es hier in Malakka.« Damit eröffnete er die Konversation. Was, außer dies zu bejahen, hätte Ella sagen sollen?

»Ich liebe diese berauschende Blumenvielfalt«, fügte Ella noch hinzu.

»Zweifelsohne ist Malakka nun um eine bezaubernde Blüte reicher.« Comptons Kompliment war charmant, schmeichelhaft und sicher konnte jemand in seiner Position es sich herausnehmen, derartige Komplimente zu verteilen.

Ella nahm es zurückhaltend lächelnd an und blickte hinüber zu Heather, die mittlerweile ein süffisantes Lächeln aufgesetzt hatte und wie eine Wachsfigur dasaß. Ella wurde vollends klar, dass sie diesen Compton nicht ausstehen konnte. Sie kannte ihn vermutlich länger, doch es reichte Ella schon, seine auf ihrem Dekolleté herumwandernden unruhigen Blicke zu bemerken, um ebenfalls einen gewissen Abstand zu bevorzugen.

»Was gibt es Neues, Edward? Was macht der Schienenbau?« Marjory grätschte offenbar dazwischen, um weitere Flirts zu unterbinden.

Compton setzte sofort eine ernste Miene auf. Er wirkte nun eher wie ein Geschäftsmann.

»Wir kommen im Norden kaum voran. Wenn wir Glück haben, ist die Brücke über den Perak River zur Jahrhundertwende fertig«, führte er aus.

»Drei Jahre für einen Brückenbau?«, fragte Marjory verwundert.

»Es fehlt an guten und vor allem willigen Arbeitskräften. Die Chinesen wären fleißig, betreiben aber neuerdings lieber Handel. Die Inder bevorzugen Arbeit in den Fabriken und die Malaien … Gottverdammt, Arbeit ist für sie ein Fremdwort. Wie die kleinen Kinder, zu nichts zu gebrauchen. Es lässt sich schwerlich leugnen, dass sie der Urwald erst vor Kurzem ausgespuckt hat.« Edwards Tonfall war derart abfällig, dass Ella konsterniert eine Augenbraue hochzog.

»Wahrscheinlich kenne ich das Land noch nicht lange genug. Mir war das große Glück beschieden, bisher nur auf herzliche und durchaus mit Intelligenz und Kultur gesegnete Einheimische gestoßen zu sein.« Ella genoss seine Reaktion darauf. Anscheinend war er es nicht gewohnt, wenn eine Frau ihm Kontra gab.

»Hier in der Zivilisation vielleicht. Glauben Sie mir, Orang Aslis sind zu nichts zu gebrauchen.« Er meinte damit die Einheimischen, die noch im Urwald lebten, wie Ella aus ihrer Reiselektüre wusste.

»Dafür haben wir ja so einen hervorragenden Governor. Schon in einigen Jahren wird der Fleiß der Einheimischen in nichts dem eines Minenarbeiters in Liverpool nachstehen«, sagte Heather unvermittelt.

Compton schien die Ironie bewusst zu überhören. Daher nahm Ella sich vor, Heather den Rücken zu stärken.

»Anscheinend haben wir Niederländer bei der Erziehung der hiesigen Arbeiterschaft kläglich versagt. Noch nicht einmal holländischen Käse haben wir heimisch gemacht«, gab Ella seufzend von sich.

Und wie Compton sich darüber amüsierte.

Marjory lachte nun ebenfalls, aber vermutlich nur, um ihm einen Gefallen zu tun. Heather feixte, aber aus anderen Gründen.

Ella hatte erwartet, dass Compton zumindest etwas irritiert dreinschaute, doch das Selbstbewusstsein eines Governors ließ sich anscheinend durch nichts erschüttern. Ganz im Gegenteil. Ella gewann den Eindruck, dass er sie nun nicht mehr nur etwas lüstern, sondern auch noch eine Spur verliebt ansah. Sein Blick in ihre Augen verriet seine Faszination. In ihr schien er eine sportliche Herausforderung zu sehen.

Dementsprechend lange sah er sie schweigend und mit einem faszinierten Lächeln an.

»Bei Mary gibt es doch immer Käse«, sagte er an Marjory gewandt, die sich Lachtränchen aus den Augen wischte.

»Ist sie Holländerin?«, fragte Ella.

»Ich fürchte, sie wird Sie lediglich mit einer Auswahl bester englischer Käsesorten verwöhnen, vorausgesetzt, wir könnten Sie dazu überreden, uns auf den alljährlichen Empfang bei ihr zu begleiten«, sagte Edward.

»Das wird mir nicht schwerfallen«, sagte Marjory.

Ella warf einen fragenden Blick zu Heather.

»Mary ist die liebenswürdigste englische Dame, die ich kenne, abgesehen von Mutter natürlich«, sagte Heather, womit sich Marjory zufrieden zeigte. Compton auch.

Nachdem es anscheinend unvermeidbar war, ihm wiederzubegegnen, nahm Ella sich vor, auf weitere Spitzfindigkeiten zu verzichten. Schließlich war sie Gast im Haus der Fosters und ihr Vergnügen hatte sie bereits gehabt.

Kapitel 10

Edward Compton gut eineinhalb Stunden über sich ergehen zu lassen, kostete unglaublich viel Kraft. Selbstbeweihräucherung traf auf schillernden Nationalstolz und Loblieder auf die Zivilisation, freilich die britische. Dass Berlin dabei war, London in kultureller Hinsicht den Rang abzulaufen, hatte Ella sich zu sagen verkniffen – aus purer Höflichkeit, aus Respekt vor Marjory und natürlich auch, um keine Zweifel an ihrer niederländischen Herkunft zu wecken. Nachdem Heather die pure Pflichterfüllung ihrer Mutter zuliebe ebenfalls bleiern müde gemacht und sie sich auf ihr Zimmer verzogen hatte, war Ella nicht umhingekommen, es ihr gleichzutun. Die Begegnung mit Compton, aber auch der Tag mit Heather waren einen Tagebucheintrag wert, doch dazu konnte Ella sich nicht mehr aufraffen. Viel lieber genoss sie die inzwischen kühlere Luft auf der Terrasse. Wie schade, dass sie dies nicht in Gesellschaft von Heather tun konnte. Sie hätte es sich hier mit ihrer Halbschwester bei Tee und Keksen, mit denen sie Jaya noch versorgt hatte, gemütlich machen können.

Der Abend war noch jung. Ella überlegte daher, die ruhigen Abendstunden für einen Brief an ihre Mutter zu nutzen, um von der Überfahrt und natürlich von den jüngsten Ereignissen zu berichten. Gerade als sie sich erhob, um Briefpapier und Feder zu holen, zuckte sie erschrocken zusammen, weil sich aus dem rabenschwarzen Wald der Plantage ein dunkler Schatten löste. Ella stand auf und schritt aus dem Schein der Petroleumlampe, damit sich ihre Augen besser an die Dunkelheit gewöhnen konnten. Jemand lief schnurstracks zu ihrem Haus, und zwar bewusst nicht von vorne aus Richtung des Anwesens kommend. Ella überlegte für einen Moment, zurück ins Haus zu gehen, um sich dort einzusperren, doch dann erkannte sie ihn: Amar.

Die Schreckensstarre löste sich augenblicklich, als er die Terrasse erreichte.

»Amar?« Ella konnte ihre Überraschung nicht verbergen, auch nicht ihre Freude.

»Ich wollte nach Ihnen sehen ...«, rechtfertigte er sich und blickte in Richtung des Foster-Hauses. Dort brannte in den unteren Räumen noch Licht. Marjory musste also noch auf den Beinen sein.

»Ich darf nicht hier sein«, sagte Amar.

Ella löschte kurzerhand die Petroleumlampe.

»Jetzt kann Sie niemand mehr sehen.«

Amar atmete auf. Seine Gesichtszüge entspannten sich sichtlich.

»Ich kann Ihnen Tee anbieten.«

Amar zierte sich.

»Die Stühle sind sehr bequem«, sagte Ella, woraufhin Amar seine Scheu überwand.

»Haben Sie gefunden, wonach Sie gesucht haben?«, wollte er wissen, während Ella ihm Tee einschenkte.

»Es fühlt sich so an ... Heather muss meine Halbschwester sein«, sagte Ella wahrheitsgemäß.

»Spürt sie es auch?«

187

»Schwer zu sagen.« Diese Frage hatte sich Ella noch gar nicht gestellt. »Sie ist eigenartig … und trotzdem sind wir jetzt schon wie gute Freundinnen.«

»Und wie verstehen Sie sich mit Marjory?«

Auch darüber hatte Ella noch nicht konkret nachgedacht. Sie tat es, während sie an ihrem Tee nippte.

»Das ist komisch. Mal ist sie sehr nett und fürsorglich, dann wieder eher verschlossen und abweisend …«, sagte sie mehr zu sich.

»Sie haben ihr Wesen erkannt.«

Ella musste unwillkürlich schmunzeln.

»Ich hatte schon die Befürchtung, dass Sie bei den Fosters im Haus wohnen. Ich hätte Sie nicht unbemerkt besuchen können.«

»Heather wollte das … sie scheint dieses Gästehaus nicht sonderlich zu mögen.«

»Es soll verflucht sein«, sagte Amar.

»Das hat Raj mir auch schon erzählt. Ich finde es aber schön hier.«

Amar lachte, dann sah er sie für eine Weile an. Im Gegensatz zu Comptons Blick lag seiner auf ihren Augen, nicht auf dem Dekolleté. Er war liebevoll, fürsorglich und warm. Ella ließ es geschehen, ohne sich dabei unwohl zu fühlen.

»Eigentlich wollte ich heute in die Stadt reiten, zum Puppenspiel, aber ich musste wissen, ob es Ihnen gut geht«, sagte Amar.

»Sie spielen mit Puppen?«

Wieder lachte er auf diese herzerfrischende Art.

»Ein Puppenspiel aus Sumatra. Wie eine Theateraufführung. Die Spieler erzählen Geschichten aus ihrer Heimat, alte Sagen«, erklärte Amar.

»Das würde ich liebend gerne sehen«, sagte Ella.

»Sie sind nur heute Abend hier.«

»Ich könnte in die Stadt fahren.« Ella wunderte sich über sich selbst. Eine verrückte Idee, doch was sollte sie hier schon tun, außer einen Brief zu schreiben, der sowieso wochenlang unterwegs sein würde? Sie ertappte sich allerdings selbst dabei, dass dieser Grund nur vorgeschoben war. Amars Nähe tat nicht nur wohl, sie erfüllte sie mit einem gewissen wohligen Kribbeln. Jenes schöne Gefühl verstärkte sich, als er vor Freude strahlte.

»Fällt das nicht auf, wenn wir die Kutsche nehmen?«, fragte er verschmitzt.

»Ich kann passabel reiten«, sagte Ella.

»Zu gefährlich. Es ist dunkel und der Weg durch die Plantage unwegsam«, meinte Amar.

»Wenn ich Flügel hätte, wäre es wohl einfacher.«

»Ich habe ein kräftiges Pferd, das uns beide trägt. Es ist schnell wie der Wind und kennt den Weg blind.«

Die gleiche Einladung aus Comptons Mund hätte Ella abgelehnt. Es war vor allem die Art, wie Amar es gesagt hatte, die darauf schließen ließ, dass er es einfach nur gut meinte und keine frivolen Hintergedanken hatte. Vielleicht war es naiv, sich einem Einheimischen anzuvertrauen, doch Ella setzte auf ihre gute Menschenkenntnis, die sie sich in vielen Berufsjahren angeeignet hatte. Kaum hatte sie diesen Gedanken gefasst, schaltete sich der Kopf sowieso ab. Sie freute sich nur noch auf das Puppenspiel.

Ein Ausritt mitten in der Nacht hatte hier etwas schier Magisches an sich. Ein Glas Champagner konnte nicht prickelnder sein. Es war aber nicht das gespenstische Spiel aus flackerndem Licht und den Schatten, die der Mond auf die Plantage warf, sondern sich an seinen Rücken zu schmiegen, ihn so nah wie noch nie zuvor zu spüren, was ihren Körper erbeben ließ. Er war muskulös, das konnte Ella ertasten, genau wie sie mit ihrer Hand seinen Herzschlag spürte. Er schien im Gleichklang mit ihrem zu schlagen.

Ella bedauerte, dass der Ausritt so schnell zu einem Ende kam, doch die Neugier auf das vor ihr liegende Spektakel weckte nun auch wieder andere Sinne. Es musste bald losgehen, weil nur zwei junge Malaien von ihnen Notiz nahmen und tuschelten. Sie hielten es sicher für ungewöhnlich, dass ein Einheimischer in Begleitung einer Europäerin zu einer Theatervorstellung ging. Die anderen sahen bereits gespannt zur Bühne.

»Wahrscheinlich denken die beiden, Sie hätten mich entführt«, merkte Ella an.

»Das habe ich doch auch«, stellte Amar augenzwinkernd fest.

Ella rutschte vom Rücken des Pferdes direkt auf den staubigen Boden.

»Morgen werde ich sicher gefragt, wo ich mich herumgetrieben habe«, sagte sie, während sie aus der Staubwolke tänzelte und versuchte, den Staub aus ihrer Kleidung zu klopfen.

Amar lachte, stieg ab und befestigte die Zügel des Pferdes an einem Gatter, an dem bereits andere Pferde standen. Der Anzahl der Stände nach zu schließen, musste Amar sie zum Marktplatz gebracht haben. Weil sie den Sultanspalast nun von der anderen Seite aus sah, lag dahinter sicher Lees Pension.

Es war gut und gern eine Hundertschaft an Zuschauern, die sich bereits auf ihren Plätzen eingefunden hatte, wobei das Wort »Plätze« es nicht so recht traf. Die Menschen saßen auf geflochtenen Matten, die auf dem Boden ausgebreitet waren, und sahen zu einer erhöht aufgebauten Bühne. Ein weißer Vorhang hing von einem Querbalken herunter. Das Ganze erinnerte Ella tatsächlich an ein Kasperletheater aus ihrer Kindheit.

Ella und Amar näherten sich dem Bühnenaufbau von der Seite. Auf diese Weise konnte sie einen Tisch mit Löchern in der Tischplatte erkennen. Darin steckten die Puppen, die, wie auf Holzspieße gesteckt, ihre Glieder lustlos herabhängen ließen.

»Und wie werden die Puppen bewegt?«, wollte Ella wissen.

»Der Dalang, der Puppenspieler, steht unten. Sehen Sie die feinen Stäbe, die an den Gliedmaßen befestigt sind? Damit werden die Arme und manchmal auch der Kopf bewegt«, erklärte Amar, der von den skurrilen Gesichtern, eigentlich waren es Fratzen, ebenso fasziniert zu sein schien wie Ella. Einige hatten runde Köpfe und sahen sogar recht drollig aus. Selbst Tiere waren darunter.

Ella war gespannt auf die Darbietung und folgte Amar, der sie ziemlich nah an den seitlichen Rand der Bühne führte. Und die fing keine Minute später zu leuchten an. Wer sich nun hinter das Tuch stellte oder etwas dort bewegte, würde seine Schatten darauf werfen.

Das feine Klingeln kleiner Glöckchen setzte ein und die Stimme eines Erzählers. Ella verstand naturgemäß kein Wort. Wozu hatte sie Amar? Die Art, wie er ihr ins Ohr flüsterte und wie sie dabei seinen Atem ganz zart an ihrer Wange spürte, interessierte Ella im Moment sogar mehr als die Handlung, die er ihr grob umriss.

»Prinzessin Candra hat sich in den Kronprinzen von Jenggala verliebt. Sie ist die Inkarnation der Liebesgöttin und er der Prinz des Gottes der Liebe. Es geht um das Feuer der Liebe«, hauchte er.

Ella sah ihm nun in die Augen. Sein Lächeln war verlegen. Sie konnte gar nicht mehr lächeln, sondern genoss nur seine Nähe.

»Am Schluss finden sie nach vielen Irrungen zueinander und bekommen ein Kind, das sie Raja Putra nennen«, flüsterte er.

Wie schön sich das Feuer der Fackeln in seinen Augen spiegelte. Schau nicht weg! Doch er tat es und Ella folgte seinem Blick auf die leuchtende Wand, auf der Vögel ihre Bahnen zogen, vielmehr ihre schwarzen Schatten. Der Spieler bewegte die Stäbe so geschickt, dass man glauben konnte, die Schatten seien lebendige Wesen. Eine Puppe, die wie ein zartes Mädchen aussah, tänzelte von links an eine Blume heran. Das musste zweifelsohne die Prinzessin sein. Sie liebkoste die Blume mit ihren zarten Händen. Obwohl der Darbietung Farbe fehlte und die Figur nur mit ihrem Profil zu erkennen war, schien alles so real zu sein. Der sonore Tonfall des Erzählers und die Musik hatten hypnotische Wirkung. Sie zogen einen förmlich hinein in diese golden leuchtende Welt und Ella gab sich ihr an Amars Seite nur allzu gerne hin.

Auch nach der Vorführung blieb der Marktplatz gut besucht. Obwohl Ella bereits das Dinner bei den Fosters intus hatte, war der Duft von gegrilltem Fleisch, der ihr in die Nase stieg, unwiderstehlich. Nun konnte sie ja doch noch Bekanntschaft mit der hiesigen Küche machen und warum nicht von einem Palmblatt essen? Es war eine gänzlich neue Erfahrung, knusprig gegrillte Hähnchenstücke, mit scharfer Currysauce vermengt, zu Ballen zu kneten und sie sich genüsslich einzuverleiben – ein Abenteuer für die Sinne, das sie sicherlich nicht so schnell vergessen würde. Ella fragte sich allerdings, wie sie ihre inzwischen gelben Finger wieder sauber bekommen würde.

»Nur mit der Rechten«, hatte ihr Amar zu verstehen gegeben, als sie sich mit beiden Händen über das indische Curry hatte hermachen wollen. Mittlerweile wusste sie, warum. Die linke Hand war intimeren Aktionen auf der Toilette vorbehalten und galt daher als unrein. Doch das war noch nicht alles, was sie von Amar an diesem Abend gelernt hatte. Ella war selbst aufgefallen, dass sie die Einzige war, die sich mit dem Rücken an einen Pfosten des Bühnenaufbaus gelehnt und ihre Beine ausgestreckt hatte. Die Fußsohlen zeigten dabei unvermeidbar auf andere. Doch das galt als unhöflich und als eine Geste der Verachtung. Nun saß sie den lokalen Gepflogenheiten gemäß korrekt da, nämlich mit angewinkelten Knien, auf denen ihr

Gesäß ruhte – das Palmblatt mit dem Mahl in ihrem Schoß. Zugegebenermaßen war dies eine gewöhnungsbedürftige Pose, um Nahrung aufzunehmen. Alle taten es, ohne in sich zusammenzusinken. Anscheinend entwickelte man im Laufe der Zeit entsprechende Bauchmuskulatur. Amar hatte sie jedenfalls entwickelt. Er saß aufrecht und doch entspannt da. Sein weißes Leinenhemd war weit aufgeknöpft und erlaubte entsprechende neugierige Blicke. Er hatte zudem kaum von der Feldarbeit gegerbte, schöne Hände. Obwohl sie kräftig und viel größer als ihre waren, ging er geschickter mit dem Reis um, als Ella dazu imstande war.

Nach dem Essen half er ihr auf, um zu einem Musiker auf der anderen Seite des Platzes zu gehen. Dort gab es auch einen Stand mit Reiswein, den Ella jedem englischen Likör oder Sherry vorzog. Er spülte den scharfen Currygeschmack hinfort und ließ sie mit einem Hochgefühl zurück. Oder waren es die exotisch anmutenden Klänge, die sie förmlich berauschten?

»Das Lied ist wunderschön.« Ella verzauberte der Gesang eines jungen Mannes, der auf einer Art bauchigen Gitarre spielte, deren Mitte mit verschiedenfarbigen Intarsien dekoriert war. Ihr Klang war weniger sonor als der einer normalen Gitarre und schien ein viel größeres Spektrum an Tönen hervorbringen zu können.

»Wie nennt sich das Instrument?«, wollte Ella wissen.

»Das ist ein Gambus«, erklärte Amar.

»Sicher schwer zu lernen«, überlegte Ella laut, weil sie das Geschick des Spielers bewunderte, der den Saiten unglaublich zarte Töne entlocken konnte.

»Überhaupt nicht schwer. Wir lernen es in der Schule.«

»Sie spielen auch?«, fragte Ella.

Amar nickte und suchte Blickkontakt mit dem Gambusspieler. Er sagte ihm etwas in der Landessprache und schon hatte Amar das Instrument in der Hand. Im Nu war die

Aufmerksamkeit aus gut einem Dutzend Augenpaaren auf ihn gerichtet. Amar schloss die Augen. Seine Hände fuhren über die Saiten, als wenn er Zeit seines Lebens nichts anderes gemacht hätte, und dann fing er an zu singen. Das Lied schien hierzulande bekannt zu sein, der Verzückung in den Gesichtern ringsum nach zu urteilen – vor allem der weiblichen. Amars Singstimme war etwas heller, als sie es von ihm erwartet hätte. Sie war gefühlvoll und wurde von einer melancholischen Melodie getragen. Weil er die Augen dabei geschlossen hielt, hatte Ella die Gelegenheit, ihn ohne Furcht anzuschauen– Furcht davor, dass er sie dabei ertappte, ihn mit den Augen einer Frau anzublicken, die einen Mann rundum attraktiv fand, sei es sein glänzendes Haar, die ebenen Gesichtszüge, das markante Kinn oder sein voller Mund. Auf Letzterem verharrte ihr Blick und schon ertappte sie sich bei dem Gedanken, wie es sich wohl anfühlen würde, wenn er sie küsste, wie er schmeckte. Das gefühlvolle Lied konnte einem die Sinne rauben. Hör nicht auf zu singen! Ihr Wunsch schien nicht in Erfüllung zu gehen, denn Amar öffnete mit den letzten Klängen des Gambus wieder die Augen.

Ella wandte ihren Blick nicht ab. Die Art, wie er sie ansah, ließ Glut durch ihren Körper fließen. Ella hatte das Gefühl, sich in seinen Augen zu verlieren. Aus ihnen sprach der Wunsch, ihr nah zu sein, ohne Scheu oder Scham. Sein Lächeln, das sich dann löste, war entspannt und einfach nur Ausdruck dessen, wie glücklich er gerade war. Die Welt um sie herum schien in diesem Moment aufzuhören zu existieren. Aus klar vernehmbaren Stimmen wurde diffuser Singsang, Konturen von Menschen, die sie eben noch gesehen hatte, verschwammen zu einem bunten Lichterspiel, in dessen Zentrum Amar strahlte.

»Hat es Ihnen gefallen?«, fragte er.

Ella war unfähig zu antworten. Sie lächelte sanft und entspannt, jedenfalls so lange, bis laute aggressive Stimmen sie brutal aus ihren Träumen rissen. Sie schienen von der anderen Seite des Platzes aus einem der Häuser zu kommen, die an den Markt grenzten. Der Schrei eines Mannes zerriss die Geräuschkulisse des Stimmengewirrs. Es wurde schlagartig still. Eine Tür flog auf und ein junger Mann rannte aus dem Haus. Zwei britische Soldaten, die Ella sofort an ihren Tropenhelmen und der Uniform erkannte, folgten ihm.

»Bleib stehen!«, rief einer der Briten dem jungen Mann nach. Erst jetzt erkannte Ella ihn. Es war Mohan, der junge Arbeiter von der Foster-Plantage.

Amar sprang sofort auf und bahnte sich seinen Weg durch die Menge. Drei weitere junge Männer waren im Nu auf den Beinen.

»Mohan«, rief Amar.

Ein Warnschuss fiel, doch Mohan blieb immer noch nicht stehen. Dann fiel ein zweiter Schuss, gerade in dem Moment, als Mohan einen Haken schlug und in einer der Seitengassen zu entkommen versuchte. Er ging zu Boden wie ein gefällter Baum, doch Ella konnte erkennen, dass er sich noch bewegte. Die Lähmung, die sie vor Schreck befallen hatte, fiel von ihr ab. Sie stand auf und lief los.

Die ersten Männer stellten sich wild schimpfend den Briten entgegen, auch Amar, in vorderster Front, wie Ella auf ihrem Weg zu dem Verletzten erkennen konnte.

»Verschwindet«, rief einer der Soldaten.

»Macht den Weg frei«, brüllte der andere, doch die menschliche Mauer bewegte sich nicht. Nur Ella ließen sie hindurch.

Sie erreichte den Verletzten. Ella sah auf einen Blick, dass ihn eine Kugel ins Bein getroffen hatte. Die Wunde blutete stark. Der junge Mann verzerrte das Gesicht vor Schmerz.

Die Uniformierten feuerten einen Warnschuss in die Luft.

Ella schrak zusammen, und obwohl sie vor Angst mittlerweile am ganzen Körper zitterte, musste sie den Verletzten versorgen. Ein Stück ihrer Bluse konnte provisorisch als Verband dienen, um wenigstens die Blutung zu stoppen, indem sie die Stelle über der Wunde fest abband.

Schon eilten zwei junge Frauen, eine Malaiin und eine Inderin, zu Hilfe.

»Tuch für einen Verband. Schnell«, gab Ella ihnen zu verstehen.

Die beiden verschwanden in Richtung angrenzender Häuser.

Die menschliche Mauer vor den Soldaten hatte erste Risse bekommen.

»Aus dem Weg!«, schrie einer der Offiziere erneut.

Beim dritten Schuss in die Luft wagte es niemand mehr, sich den Uniformierten entgegenzustellen. Frauen zogen ihre Männer weg. Kinder weinten und schrien.

Einer der Briten packte Ella von hinten an der Schulter und riss sie herum. Erst jetzt schien er wahrzunehmen, dass sich eine Europäerin schützend vor dem Verletzten aufgebaut hatte.

»Wer sind Sie?«, fragte er sie schroff.

»Und Sie? Sind britische Soldaten etwa Mörder?«, fuhr Ella ihn mit dem Mut purer Verzweiflung an. »Was hat er denn getan?«

»Ein Rebell. Wir haben Waffen in seiner Wohnung gefunden«, erklärte er mit weniger herrischem Unterton als zuvor.

»Ob Rebell oder nicht, er muss ins Krankenhaus, sonst stirbt er. Die Kugel hat die Oberschenkelarterie zerfetzt.«

Der Brite beugte sich kurz hinunter zu Mohan.

»Sind Sie Ärztin?«, wollte er dann wissen.

»Ich bin Krankenschwester, St. Thomas Hospital, London.« Ella wusste, dass dieses Krankenhaus bei allen Briten bekannt war. Es galt als das renommierteste Englands. Es wirkte. Der Offizier nickte respektvoll.

»Sie begleiten ihn?«, fragte er.

Ella kam nicht mehr dazu, seine Frage zu beantworten, denn Amar war nun zur Stelle. Er stand hinter dem Offizier und schüttelte den Kopf, als ob er ihr sagen wollte: »Tu es nicht.« Ella scherte sich nicht darum.

»Selbstverständlich begleite ich ihn.«

»Ich muss Ihre Personalien aufnehmen. Können Sie sich ausweisen?«, verlangte der Offizier.

»Nein. Ich habe meinen Ausweis nicht dabei«

»Bei allem Respekt für Ihren Mut, Ma'am … Ihren Namen!«, verlangte er ungeduldig.

»Ella van Veen.«

»Sie sind aus den Niederlanden?«, fragte er, woraufhin Ella nickte.

Zwei einheimische Männer eilten mit einer Pritsche herbei. Ella konnte bereits eine Kutsche sehen, die sich näherte.

»Können wir den Mann nun ins Krankenhaus bringen?«, fragte Ella mit Nachdruck.

Der Offizier überlegte für einen Moment und nickte dann.

Ella half den beiden Malaien, Mohan auf die Pritsche zu hieven.

»Ich komme zum Krankenhaus«, flüsterte Amar ihr zu.

»Macht Platz«, rief der Brite, bevor er Amar und zwei weitere Männer zurück auf den Marktplatz drängte.

Gleich drei Frauen brachten Ella frische Tücher, um die Wunde zu versorgen.

Einer der malaiischen Helfer reichte Ella die Hand, um sie auf den Kutschbock zu ziehen, doch sie verneinte und stieg auf die Ladefläche, um bei dem Verletzten zu bleiben. Mohans Blick war voller Dankbarkeit und trotz der Schmerzen, die er haben musste, rang er sich ein Lächeln ab.

»Keine Angst. Du wirst nicht sterben«, sagte sie ihm und lächelte ihn ermutigend an.

Die gleiche Dankbarkeit sah sie in Amars Augen, als sie sich vor Abfahrt der Kutsche noch einmal zum Marktplatz umdrehte. Zu dem Staub und dem Curry hatte sich nun noch

Mohans Blut auf ihre Bluse gesellt. Vielleicht sollte sie die Bluse nie wieder waschen, um sie als Andenken an die wohl ungewöhnlichste Nacht ihres Lebens zu bewahren.

Ella machte sich erst auf dem Weg zum hiesigen Hospital bewusst, in welche Gefahr sie sich begeben hatte. Vermutlich hätten die Briten jede Einheimische nicht so glimpflich davonkommen lassen oder am Ende sogar noch auf sie geschossen. Anscheinend lag den Kolonialherren die Waffe schnell in der Hand – vor allem, wenn sie damit auf »Orang Aslis« schießen konnten. Sofort hatte Ella Edward Comptons despektierliche Worte im Ohr. Wer so menschenverachtende Ansichten hatte, der gab sie möglicherweise auch an seine Untergebenen weiter. Am Ende bekam sie jetzt noch Schwierigkeiten, weil sie einem »Verbrecher« geholfen hatte, aber keine Krankenschwester aus Leidenschaft hätte anders gehandelt, ungeachtet der Gefahr. Wut auf die Briten kam vermutlich noch mit hinzu und die war auch vom Pflegepersonal zu spüren, als sie den angeschossenen jungen Mann übernahmen, um ihn schnellstmöglich in den palmengesäumten zweistöckigen Bau des hiesigen Krankenhauses zu bringen. Zwei lautstarke Flüche verstand Ella nicht, den dritten schon, weil das Wort »Briten« darin vorkam.

»Sie bringen nur Unheil, die Briten«, befand auch eine Pflegerin, nachdem Ella in Kurzform erklärt hatte, was passiert war. Ein einheimischer Arzt, den Ella auf Mitte fünfzig schätzte, stieß zu ihnen.

»Er hat nicht allzu viel Blut verloren. Die Kugel steckt aber noch im Bein. Die Wunde muss gereinigt werden. Dann Kräuterumschläge darauflegen«, wies sie das Personal an, als ob sie die diensthabende Ärztin wäre. Standesdünkel waren angesichts der Situation sowieso fehl am Platz. Das wusste auch das hiesige Personal.

198

»Machen Sie sich keine Sorgen. Unsere Klinik mag zwar nicht so aussehen wie ein Hospital in Ihrer Heimat, aber wir kümmern uns um ihn«, erklärte der Arzt freundlich, während die Pfleger Mohan auf ein Krankenbett auf Rollen umlagerten.

»Haben Sie Zistrosentee?«, fragte sie.

Es sah so aus, als ob der Arzt den Tee nicht kannte.

»Tee aus dem Harz der Myrrhe.« Ella hoffte, dass ihm diese Bezeichnung geläufiger war.

Er stutzte und verharrte für einen Moment regungslos an der Tür.

»Sie sind Ärztin?«

»Nein, aber ich bin Krankenschwester und habe mich mit Naturheilkunde beschäftigt. In England.«

»Warum Zistrose?«, wollte er wissen.

»Sie wirkt antibakteriell und bekämpft Infektionen. Auch äußerlich kann man die Wunde damit reinigen«, erklärte sie.

»Lernt man das in Ihrer Heimat? Woher kommen Sie? Deutschland?«, wollte er wissen.

Ella verneinte die Frage automatisch. Sie musste dabei bleiben, was sie allen anderen auch erzählt hatte.

»Aus den Niederlanden«, sagte sie daher.

Der Arzt nahm es zur Kenntnis.

»Ich werde das ausprobieren. Kommen Sie doch morgen vorbei, oder wann immer Sie Zeit haben, oder sind Sie nur auf der Durchreise?«, wollte der Arzt wissen.

»Nein, ich bin vermutlich noch ein bisschen länger hier«, sagte Ella, ohne großartig darüber nachzudenken.

»Doktor Bagus«, stellte er sich vor und reichte ihr die Hand.

»Schwester Ella.«

»Freut mich sehr«, kam es zurück.

Eine der Schwestern von drinnen rief nach ihm.

»Ich bin auf Ihre Ausführungen zum Stand der Heilkunde in Ihrem Land gespannt«, sagte er, bevor er nach drinnen eilte.

Ella ließ er perplex zurück. Hier schienen die Ärzte viel aufgeschlossener zu sein als in ihrer Heimat. Vielleicht lag das daran, dass sie sich noch nicht so weit von überlieferten alten Heilmitteln entfernt hatten, und natürlich auch an der Präsenz der indischen Medizin, die ja letztlich nur Chirurgen und ayurvedische Ärzte kannte, die für alles andere zuständig waren.

»Ella«, hörte sie Amar schon von Weitem rufen. Ella überlegte, warum er erst jetzt kam. Eine Kutsche, die einen Schwerverletzten transportierte, war sicherlich langsamer gewesen als er zu Pferd. Vermutlich war er in dem Tumult am Markt nicht schneller weggekommen.

»Wie geht es ihm?«, fragte er, nachdem er sie erreicht hatte.

»Er ist hier in guten Händen«, sagte Ella wohl so überzeugend, dass Amar aufatmete.

»Steigen Sie auf«, verlangte er.

»Wollen Sie Mohan nicht sehen?«, wunderte Ella sich, weil sie glaubte, dass die beiden eine gewisse Freundschaft verband.

»Die Briten werden Ihnen Fragen stellen, wenn Sie hierbleiben«, erklärte er und reichte ihr die Hand, um sie auf sein Pferd zu ziehen.

Ella zögerte keinen Augenblick, denn »weitere Fragen« klangen brisant. Compton könnte erfahren, was passiert war, und was er wusste, das wusste Marjory sicher bald auch.

Obwohl es vor dem Hospital ruhig war und keiner der britischen Offiziere in Sicht, gab Amar dem Pferd die Sporen und ritt so schnell los, als wäre der Teufel hinter ihnen her.

Angeblich hatte sich hierher noch keine britische Seele verirrt. Die Lichtung an einem im Dschungel versteckten kleinen See, der von Quellwasser aus einem Wasserfall gespeist und vom nahezu vollen Mond fahl beleuchtet wurde, lag nur einen Steinwurf vom Stadtrand entfernt. Der See wurde Amars Worten nach ausschließlich von Einheimischen aufgesucht.

Ella hatte eigentlich damit gerechnet, dass Amar sie zurück zum Haus der Fosters bringen würde. Die Erklärung, warum sie hier Halt machten, kam prompt.

»Ich fürchte, ich bin Ihnen eine Erklärung schuldig, und wer weiß, ob Ihr nächtlicher Ausflug nicht doch inzwischen bemerkt wurde. Ich könnte vielleicht nicht mehr ungestört mit Ihnen reden.«

Der Gedanke, dass Marjory am Ende doch nach ihr gesehen hatte oder Jaya noch einmal vorbeigekommen war, um das Teegeschirr abzuholen, war Ella bereits gekommen.

»Der Offizier sagte mir, dass Mohan ein Rebell sei und man Waffen bei ihm gefunden hätte, aber ich dachte, er sei ein einfacher Arbeiter auf der Plantage.« Ella äußerte frei ihre Gedanken, während sie die wenigen Schritte zum Seeufer gingen.

Amar war anzusehen, dass er es sich nicht leicht machte. Er fing erst an zu sprechen, als sie das Ufer erreichten.

»Die Offiziere haben recht.«

»Ein Rebell? Was heißt das?«

»Widerstand gegen die britische Okkupation.« Die Art, wie Amar das letzte Wort betonte, machte klar, dass er die Briten ebenfalls nicht besonders schätzte.

»Mit Waffengewalt gegen die Engländer vorgehen?« Ella konnte kaum glauben, was sie da hörte.

»Sie beuten unser Land aus, seit vielen Jahren schon, und das alles unter dem Deckmantel von Handel und Verträgen.« Aus Amars Stimme war Resignation und Wut zugleich herauszuhören.

»Und eure Landesfürsten, die Sultanate? Eigentlich müssten sie doch dagegen vorgehen«, überlegte Ella laut.

»Sie waren es doch, die mit den Engländern Verträge geschlossen haben! Sie haben unser Land verkauft. Erst die Portugiesen, dann die Holländer und jetzt die Engländer.«

»Sind Sie etwa auch …?« Ella wagte es nicht, die Frage zu vollenden.

Amar nickte.

»Aber es muss doch auch noch andere Mittel und Wege geben.« Kaum ausgesprochen, wurde Ella klar, dass ihr selbst ad hoc nichts Besseres einfiel.

»Sie nehmen uns nicht ernst, halten uns für Wilde. Wer Glück hat, findet Arbeit auf einer Plantage oder eine Anstellung in den Fabriken. Das ist aber nicht das Leben, das wir führen wollen, und die Rohstoffe, Zinn, Kautschuk … die gehören uns und nicht den kolonialen Besatzern«, erklärte Amar mit wütender Stimme.

Dagegen ließ sich nichts einwenden.

»Und was soll es bringen, sich mit Waffen gegen sie zu erheben? Die Briten sind mit Sicherheit in der Überzahl, und selbst wenn ihr es schafft, alle zu erschießen – es kommen neue Schiffe mit noch mehr Soldaten und dann herrscht Krieg.«

Amar nahm sich ihre Worte zu Herzen und zuckte ratlos mit den Schultern.

»Ich weiß auch nicht, was ich in einer solchen Situation tun würde, aber auf jeden Fall verabscheue ich Gewalt«, sagte Ella.

»Die Waffen … Sie sind nur zu unserem Schutz«, erklärte Amar.

»Zum Schutz?«

»Warum sind so viele Plantagen in britischer Hand? Sie wollen mehr und noch mehr. Sie bedrohen die kleinen Farmer, die ihr Land nicht hergeben wollen. Sie jagen ihnen Angst ein und drohen damit, dass sie die Plantage abbrennen, wenn sie nicht verkaufen. Wir wollen uns schützen. Wie soll das ohne Waffen gehen?«

»Sich nicht einschüchtern lassen. Keine Angst vor ihnen zeigen«, behauptete Ella aus voller Überzeugung. Da musste sie ja nur an ihre Begegnung mit Compton denken.

Auch darüber schien Amar nachzudenken. Sein Blick war für eine Weile auf das fahle Grau des Sees gerichtet, bevor er sich ihr wieder zuwandte.

»Sie sind eine sehr mutige und kluge Frau«, sagte er. In seinen Augen las sie Respekt und Bewunderung zugleich, doch auch wieder jenes Gefühl der Verbundenheit und der Wärme, das mit nur einem Wimpernschlag einfach alle belastenden Gedanken beiseitewischen konnte. Warum nur hatte dieser Vorfall den wunderschönen Abend ruinieren und sie so brutal aus ihren Träumereien reißen müssen? Unter anderen Umständen hätte dieser wunderschöne Ort ihre wachsenden Gefühle für diesen Mann beflügelt. »Nicht heute, nicht hier.« Obwohl Ella sich das sagte, spürte sie das Verlangen, ihn zu küssen. Warum nur konnten sie ihre Blicke nicht voneinander lösen?

»Wir sollten zurück …«, sagte Ella. Sie sagte dies nicht, weil sie Angst davor hatte, dass ihr Ausflug herauskommen könnte, oder weil sie sich nach dem Oleanderhaus sehnte. Es war die Angst davor, ihren Gefühlen freien Lauf zu lassen, für einen Rebellen, der aufrichtig war und sich ihr offenbart hatte. Und gerade deshalb fühlte sie sich nun noch stärker zu ihm hingezogen.

Ella blickte auf die Standuhr des kleinen Salons, die man von ihrem Schlafgemach aus durch die offen stehende Tür sehen konnte. Es war bereits halb neun Uhr morgens. Die Aufregung des gestrigen Abends hatte ihren Tribut gefordert, zumal Amar sie am Vorabend erst weit nach Mitternacht zurück zur Plantage gebracht hatte – unentdeckt, denn Amar kannte Wege, auf denen ihnen garantiert keine Menschenseele entgegenkam. Der Rand des Waldes war jedoch weit einsehbar. Ihre Verabschiedung war dementsprechend knapp ausgefallen.

»Geben Sie auf sich acht.« Seine Worte hallten immer noch nach. Das Gleiche hätte sie ihm auch sagen können, denn wahrscheinlich würden die Briten herausfinden, dass eine Verbindung zwischen ihm und Mohan bestand. Ella hoffte inständig, dass Amar nichts passierte. Auch sie selbst hatte sich in gefährliche Gewässer begeben und das nicht nur, weil sie Mohan geholfen und sich dem Offizier entgegengestellt hatte. Jaya musste gestern noch das Teegeschirr geholt haben. Normalerweise fragte sie bei dieser Gelegenheit nach, ob der Gast des Hauses noch etwas benötigte. Zumindest Jaya musste also mitbekommen haben, dass sie am Abend nicht da gewesen war. Doch wem würde Jaya das schon erzählen? Ella beruhigte sich mit diesem Gedanken und stand auf, auch wenn sie sich immer noch so schwer wie ein Sack Blei fühlte. Noch länger liegen zu bleiben, würde sie aber wieder in Erklärungsnot bringen, weil sie sich gestern ja genau wie Heather früh zurückgezogen hatte. Nur noch einmal an das Kissen schmiegen und mit geschlossenen Augen an die schöne Seite des gestrigen Abends denken, an seinen Blick, an den Moment am See, als sie sich nach einem Kuss von ihm gesehnt hatte. Die Träumereien rissen abrupt ab, als es an der Tür klopfte. Jaya musste annehmen, dass sie bereits die Morgentoilette hinter sich gebracht hatte und angezogen war. Sie brachte sicher das Frühstück.

»Ich bin noch im Bad. Stellen Sie das Tablett einfach draußen auf den Tisch«, rief Ella so laut, dass Jaya es nicht überhören konnte. Dass sie heute Morgen erst später kam, deutete ebenfalls darauf hin, dass Jaya im Bilde über ihre gestrige Abwesenheit war. Wer spät zu Bett ging, dem stellte man das Frühstück nicht am frühen Morgen vor die Tür.

Ella vernahm das Geklapper von Porzellan und atmete auf, dass es tatsächlich nur Jaya war.

Einmal wach, war es nicht mehr möglich, sich in die gestrige romantische Stimmung hineinzuträumen. Außerdem fragte Ella sich, wie es überhaupt sein konnte, dass ihr Herz so schnell für ihn hatte Feuer fangen können. Noch vor wenigen Wochen hatte Rudolf um ein Haar das gleiche Feuer entfacht. Wie war es bei ihm gewesen? Ella quälte die Frage, während sie sich im Bad wusch und ihr Haar bürstete. »Anders«, gab sie sich selbst spontan zur Antwort, was sie aber nicht im Geringsten befriedigte. In ihn hatte sie sich doch auch verliebt und ihr Herz hatte nicht langsamer geschlagen. Ella hielt mitten in der Bewegung inne und betrachtete sich im Spiegel. Nein, mit Amar war es mehr, als nur Schmetterlinge im Bauch zu haben. Es war das Gefühl der Nähe und des Vertrautseins, der Wunsch, ihn zu spüren, sich ihm hinzugeben. Bei Rudolf war diese Vorstellung rein erotischer Natur gewesen, eine Gedankenspielerei, aus Triebhaftigkeit geboren. Bei Amar war es eher der Wunsch, ihm noch näher zu sein. Ella erschrak über ihr eigenes Geständnis, denn Amar entstammte nicht nur einem gänzlich anderen Kulturkreis, sondern war auch noch in den Widerstand gegen die Briten verwickelt. Die Gefühle für ihn milderte das aber in keinster Weise. »Seine Offenheit«, sagte sie sich dann. Ein wesentlicher Unterschied zu diesem Betrüger, dem sie auf den Leim gegangen war ... Und dann gab es noch etwas, was anscheinend die durch ihr Haar gleitende Bürste an Gedanken hervorbrachte. Es waren die ehrlichen Gefühle eines einfachen Mannes, der keine Konventionen brauchte und dem jegliches Gepländel darüber fremd war – das genaue Gegenteil von Rudolfs Welt, seinen Standesdünkeln und seinen Komplexen. Amar war einfach nur ein Mensch, der sich nicht irgendwelche Rollen auferlegte, die er erfüllen musste, um einer Frau zu gefallen. Das war es unterm Strich. Sich etwas selbst klarzumachen, war stärkender als ein gutes Frühstück, das sie dennoch sogleich auf der Terrasse zu sich nahm. Lang hielt die Ruhe allerdings nicht, denn eine Kutsche näherte sich dem Haus. Man hörte sie schon von Weitem. Ella rechnete damit, dass die Briten nach ihr suchten. Ein Bissen Toast blieb ihr prompt im Halse stecken. Zu ihrer großen Erleichterung stellte Ella aber fest, dass es die Droschke der Fosters war. Keine Minute später hielt sie vor dem Haus und spuckte Marjory aus. Raj half ihr heraus. Sie mussten in die Stadt gefahren sein, um Einkäufe zu tätigen. Die Ladefläche des Gefährts war mit Säcken und Kisten beladen, die Raj sofort ins Haus trug. Dass Marjory einen Blick zum Oleanderhaus werfen würde, damit hatte Ella gerechnet. Einen Teil der Terrasse konnte man auch vom Haupthaus aus sehen. Es war der Teil, der morgens Sonne abbekam. Hätte sie sich doch nur in den uneinsehbaren schattigen Bereich gesetzt. Ella blieb nichts weiter übrig, als zurückzuwinken. Sie hoffte darauf, dass Marjory erst einmal damit beschäftigt sein würde, die Einkäufe im Haus zu verstauen. Ihr Wunsch ging jedoch nicht in Erfüllung. Sie kam schnurstracks auf sie zu. Ella hatte gerade noch Zeit, den Toast zu verzehren und ihn mit Tee herunterzuspülen.

»Guten Morgen, Ella. Ich hoffe, Sie haben gut geschlafen«, begrüßte sie Marjory.

»Es ist einfach herrlich hier. Vermutlich ist es der Duft des Oleanders. Man verfällt in einen Tiefschlaf, der erholsamer nicht sein könnte«, schwärmte Ella.

Marjory nickte wissend und ließ ihren Blick gedankenverloren über die Oleanderbüsche schweifen.

»Haben Sie noch Tee? Mir wäre jetzt nach einer Stärkung. Mein Mund ist vom vielen Staub dieser Fahrt in die Stadt immer noch ganz ausgetrocknet«, sagte Marjory und folgte Ellas einladender Geste, im Korbstuhl gegenüber Platz zu nehmen.

Ella schenkte ihr sofort Tee ein.

»In der Stadt ist man allem Anschein nach nicht mehr sicher«, fing Marjory an.

Ella warf ihr einen fragenden Blick zu.

»Gestern Nacht gab es einen Tumult am lokalen Markt. Ich weiß es von Edward. Er hat sich übrigens nach Ihnen erkundigt«, sagte Marjory, jedoch nicht im belanglosen Plauderton.

Ellas Hand fing unwillkürlich leicht zu zittern an. Sie hatte Mühe, Marjory die Teetasse zu überreichen, ohne etwas zu verschütten. Dies entging Marjorys wachsamen Augen keinesfalls. Ella versuchte, ihre wachsende Nervosität mit einem gefälligen Lächeln zu überspielen.

»Er hat erzählt, dass einer unserer Arbeiter verletzt wurde. Er soll ein Aufrührer sein und man hat Waffen bei ihm gefunden«, erzählte Marjory.

Ella war klar, dass Compton dann sicher auch von der Europäerin erzählt haben musste, die den »Aufrührer« verarztet und sich seinen Untergebenen entgegengestellt hatte.

Die Art, wie Marjory sie ansah, hatte etwas vertraut Mütterliches, das sie an ihre Adoptivmutter erinnerte. So sah eine Mutter ihr Kind an, von dem sie wusste, dass es etwas ausgefressen hatte. Ella fühlte sich ertappt. Was tun? Gar nicht darauf eingehen und riskieren, bloßgestellt zu werden? Dadurch würde sie Marjorys Vertrauen verlieren. Ella entschloss sich dazu, in die Offensive zu gehen, genau wie sie es früher bei ihrer Adoptivmutter auch immer getan hatte, um eine mögliche Strafe zu vermeiden.

»Ich habe das gestern vor Ort mitbekommen. Ein bedauerlicher Vorfall, der vermutlich allen den schönen Abend ruiniert hat«, sagte Ella.

»Tatsächlich? Sie waren in der Stadt?« Marjory gab sich überrascht.

»Das Schattenspiel … Das Gästehaus empfiehlt es jedem Reisenden und ich muss schon sagen, es war atemberaubend schön«, schwärmte Ella, ohne dabei lügen zu müssen. Zugleich dankte sie dem Herrn erneut, dass sie um glaubwürdige Ausreden nicht verlegen war.

»Eine junge Europäerin soll unseren Arbeiter verarztet haben«, stellte Marjory in den Raum. Es war eigentlich keine Frage. Sie wusste, dass sie dieser Frau gegenübersaß – ein Grund mehr, nicht zu bereuen, die Karten offen auf den Tisch gelegt zu haben.

»Ich habe ihn verarztet. Der Mann wäre sonst verblutet«, gab Ella unverhohlen zu, und zwar aus innerer Überzeugung, die man einer Krankenschwester auch nicht absprechen konnte.

Marjorys Überraschung äußerte sich nur in nach oben gezogenen Augenbrauen.

»Dann bin ich Ihnen zu Dank verpflichtet. So viel ich von Raj weiß, ist er ein fleißiger Arbeiter, sieht man von seiner fragwürdigen Gesinnung ab«, sagte Marjory.

»Glauben Sie wirklich, dass dieser Mann ein Aufrührer ist?« Ella fragte es, um Marjory auf die Probe zu stellen, ob sie ihr nun auch noch politische Motive unterstellte oder glaubte, dass sie sich auf die Seite der Einheimischen schlug. Angesichts ihres an Unhöflichkeit grenzenden Auftritts während des Dinners in Marjorys und Comptons Gegenwart war dies ja denkbar.

»Warum sonst hatte er Waffen bei sich? Malaien gehen nicht auf die Jagd, jedenfalls nicht mit Schusswaffen«, sagte Marjory.

Ella nickte, um ihr Interesse daran zu bekunden.

»So gerne ich ihn nach seiner Genesung und insbesondere, weil er ein fleißiger Arbeiter ist, behalten würde, bin ich gezwungen, ihn zu entlassen. Auch wir Plantagenbesitzer, obwohl königstreue Briten, dürfen nicht in Ungnade bei der Polizei fallen.« Eine britische Plantagenbesitzerin konnte somit wohl gar nicht anders handeln, doch Ella durchschaute Marjorys Lippenbekenntnis. Daher kommentierte sie ihre Ausführungen nicht.

»Es ehrt Sie sehr, dass Sie einem Menschen das Leben gerettet haben, aber wenn man sich mit den Einheimischen über Gebühr abgibt oder sich um sie sorgt, gerät man in diesen Zeiten sehr schnell in Misskredit«, fuhr Marjory in einem unmissverständlichen Tonfall fort.

»Mein Interesse für Politik war schon immer verschwindend gering. Für mich zählt nur der Mensch und ich muss ganz ehrlich gestehen, dass ich es nicht befürworten kann, wenn britische Soldaten auf junge Malaien schießen.« Auch dies machte Ella unmissverständlich klar.

Marjory nickte trotz ihrer gegenteiligen Meinung anerkennend. Was gesagt werden musste, war nun ausgesprochen. Marjory leerte ihre Tasse Tee und erhob sich.

»Heather wartet bestimmt schon voller Ungeduld auf Sie. Ich freue mich wirklich sehr, dass Sie sich so gut verstehen.« Marjory gab sich wie ausgewechselt, als sie das sagte.

Ella hatte den Eindruck, dass ihre Freude darüber nicht gespielt war. Insofern erwiderte sie das Kompliment mit einem herzlichen Lächeln. Sie freute sich ebenfalls darauf, etwas mit Heather zu unternehmen, auch wenn sie den Tag noch viel lieber mit Amar verbracht hätte. Das schien angesichts Marjorys Haltung und den vielen Augen und Ohren, die ihr alles zutrugen, von nun an jedoch schwieriger zu werden.

Kapitel 11

Auch wenn sie am Vortag nicht explizit darüber gesprochen hatten, war Ella klar gewesen, dass Heather wieder zahlreiche Pläne für den Tag schmieden würde. Anscheinend hatte es ihr gutgetan, sich frühzeitig zu Bett zu begeben. Nach dem gestrigen Besuch Comptons hätte Ella nämlich nicht damit gerechnet, Heather derart gut gelaunt anzutreffen. Das war ansteckend und hatte dazu beigetragen, dass die Anspannung des Morgens schlagartig von Ella abgefallen war.

»Lass uns ans Meer fahren.« Heathers Wunsch war Ella Befehl. Hauptsache, sie konnten Zeit miteinander verbringen.

»Das wird dir guttun.« Marjorys Bemerkung hatte dann den heutigen Tagesplan noch zementiert. Dass Heather dem Stallburschen bereits Bescheid gegeben hatte, die Ponys zu satteln, verstand sich von selbst.

Der Ausritt erwies sich diesmal als wesentlich weniger beschwerlich als beim Ausflug ins hügelige Hinterland und war deutlich kürzer. Ella kannte ihn zudem teilweise, weil sie nach Süden in Richtung Singapur ritten. Die Abzweigung zu einem Strand, den Heather in ihrer Kindheit gemeinsam mit ihren Eltern gelegentlich aufgesucht hatte, um sich an der salzhaltigen Meeresluft zu stärken, lag nur wenige Kilometer von Singapur entfernt. Dass Heather nach halber Strecke immer noch nicht damit angefangen hatte, ihr bezüglich ihres gestrigen nächtlichen Ausflugs nach Dshohor Löcher in den Bauch zu fragen, wunderte Ella keineswegs. Marjory hatte ihr sicher brühwarm von ihrem Geständnis erzählt, einen ihrer Arbeiter verarztet zu haben. Andernfalls wäre die Angelegenheit wohl viel früher auf den Tisch gekommen, anstatt Ella mit Kindheitserinnerungen und Schilderungen der hiesigen Strände zu versorgen. Das gemächliche Tempo des Ausrittes auf nun gut befestigten Wegen, die einem keinerlei Achtsamkeit abforderten, nutzte Heather dann doch, um die Geschichte aus erster Hand erzählt zu bekommen.

»Mutter hat mir von den gestrigen Vorfällen am Markt berichtet«, fing Heather an.

Ella nickte nur.

»Der Brite hat tatsächlich auf diesen Mann geschossen? Wie kam es denn dazu?« Heather wollte es nun doch genauer wissen.

»Sie haben Waffen bei ihm gefunden. Angeblich gehört er dem Widerstand an. Mohan ist dann geflohen. Es gab einen Warnschuss, aber er blieb nicht stehen«, schilderte Ella wahrheitsgemäß.

»Dass Menschen zu so etwas fähig sind ... auf andere zu schießen.« Heather zeigte sich tief betroffen und zu Ellas Überraschung ergriff sie sogar Partei für ihren Arbeiter. »Vielleicht würden wir ja genauso handeln, wenn Fremde in unserem Land wären ... Widerstand leisten, uns zur Wehr setzen«, überlegte Heather laut.

»Marjory wird ihn dennoch entlassen«, stellte Ella klar.

»Sie hat keine andere Wahl. Ich glaube, tief in ihrem Inneren versteht sie das auch, aber sie ist eine eingefleischte Royalistin und davon überzeugt, dass wir dem Land keinen Schaden zufügen«, erklärte Heather.

»Sie hat mir angeraten, mich künftig nicht mehr um die Belange der hiesigen Bevölkerung zu kümmern«, erzählte Ella.

»Ein gut gemeinter Rat. Es wird wirklich nicht gern gesehen«, bestätigte Heather.

»Von wem? Von euch Engländern oder auch umgekehrt von den Malaien?«, fragte Ella nach.

Heather lachte nur, was Ella im Moment überhaupt nicht nachvollziehen konnte.

»Warum lachst du?«

»Bist du gestern etwa allein nach Dshohor geritten?« Mit der Frage hatte Ella beim besten Willen nicht gerechnet.

»Natürlich nicht«, sagte Ella.

»Hat Raj dich begleitet?« Heather war anzumerken, dass sie dies nicht ernst meinte.

»Nein.«

Heather schien vor Neugierde zu platzen.

»Hat Marjory mit dir darüber etwa auch schon gesprochen?«, fragte Ella.

»Sie ging davon aus, dass du allein in die Stadt gefahren bist.«

»Marjory? Die hört doch das Gras wachsen«, wunderte Ella sich.

»Du überschätzt sie.« Nun gab Heather sich geheimnisvoll und schaffte es, Ellas Neugier zu beflügeln.

»Nun sag schon …«, spornte Ella sie an.

»Ich hab den Stallburschen heute Morgen gefragt. Er schläft im Nebentrakt, falls ein Feuer ausbricht oder die Pferde bei einem Gewitter anfangen zu scheuen«, erklärte Heather.

»Und, was hat er gesagt?«, hakte Ella nach.

»Nur ein Pferd«, gab Heather schmunzelnd zurück.

»Na also. Dann heißt das ja, dass ich allein geritten bin.«

Heather lachte erneut. Die Unterhaltung amüsierte sie offenkundig immer mehr.

»Amars Pferd fehlte«, sagte Heather dann.

»Jetzt spionierst du mir also schon nach«, warf Ella ihr augenzwinkernd vor.

»Ein hübscher Mann, nicht wahr?«, sagte Heather.

»Du kennst ihn so gut?«, wunderte Ella sich. Amar hatte doch erzählt, dass nur Raj das Anwesen der Fosters betrat und er Heather so gut wie nie zu Gesicht bekommen hatte.

»Wir sind uns einmal in den Stallungen begegnet«, sagte Heather.

Ella war verblüfft, dass ausgerechnet Heather nun anfing, über einheimische Männer zu sprechen.

»Magst du ihn?«, fragte Heather freiheraus.

Ella sah keinen Grund, Heather zu belügen, und nickte.

»Du wärst nicht die Erste, die den hiesigen Männern verfällt.«

»Ich bin ihm nicht verfallen.« Ellas Protest klang selbst in ihren Ohren unglaubwürdig. Sie vermisste ihn ja jetzt schon und fragte sich seit heute Morgen, wie es ihm wohl ging.

»Ein Mann ist keine Gefühle wert«, sagte Heather ganz unvermittelt und mit eingefrorener Miene. Sie erweckte den Anschein, wieder in das bereits erlebte Fahrwasser zu geraten. Ihre Einstellung Männern gegenüber kannte Ella ja mittlerweile, jedoch hatte sie bisher geglaubt, dass Heathers ablehnende Haltung nur englischen Männern galt.

Heather gab ihrem Pferd die Sporen und ritt voraus in Richtung Meer, das nun am Ende des Weges vor ihnen lag und mit schneeweißem Sand und Schatten spendenden Palmen lockte.

Ella wurde aus Heather einfach nicht schlau. Wie konnte jemand so sprunghaft seine Stimmung wechseln? Kaum hatten sie das Meer erreicht und die Pferde in einem schattigen Palmenhain angebunden, schienen ihre Augen wieder heller zu leuchten als die Sonne. Das Thema »Männer« war anscheinend ad acta gelegt. Dabei hatte Ella damit gerechnet, dass Heather sie über ihre Gefühle, die sie Amar entgegenbrachte, weiter ausfragen würde.

»Ist es nicht herrlich hier?«, rief sie stattdessen. Und schon fing Heather an, sich ohne Scham zu entkleiden. Ella hatte nicht damit gerechnet, dass eine Engländerin sich jemals ohne Badekleid ins Wasser begeben würde. Eigentlich hatte sie überhaupt nicht damit gerechnet, im Meer zu schwimmen. Sie hatte ihres jedenfalls nicht dabei.

Keine Minute später hatten die Wellen Heather, wie Gott sie schuf, verschluckt.

»Na komm schon. Hier ist niemand. Und es kommt auch bestimmt niemand«, juchzte Heather aus den Fluten, denen sie sich ausgelassen hingab.

Ella wollte sich lieber selbst davon überzeugen und ließ ihren Blick über die kleine Bucht schweifen, die nur aus drei Palmengruppen zu bestehen schien. Es gab auch nur diesen einen Weg, den sie genommen hatten, also schenkte sie Heather Glauben. Sich ganz zu entblößen, erforderte dennoch Überwindung. Ella tat es und begab sich ebenso in die Fluten. Das Wasser erfrischte und es machte einen Heidenspaß, sich in die leichte Brandung hineinzuwerfen, um sich von den Wellenkämmen davontragen zu lassen. Auch wenn sie anscheinend sonst keine großen Gemeinsamkeiten hatten, die man Schwestern normalerweise unterstellte, in diesem Fall schienen sie tatsächlich wie aus einem Holz geschnitzt. Wie Boote ließen sie sich auf dem Rücken treiben. Ella genoss das Gefühl zu schweben und das Salzwasser auf der Haut.

»Du bist rot«, stellte Ella fest. Heathers Haut war Sonne nicht gewöhnt.

»Am Hals?«

Ella sah genauer hin und erstarrte. Heather hatte einen halbmondförmigen Leberfleck an der gleichen Stelle wie sie selbst. Es konnte keinen Zweifel mehr daran geben, dass sie ihre Halbschwester war.

»Was ist? So schlimm?«, fragte Heather nach, die nun selbst nach der Stelle tastete.

»Nein … aber wir sollten trotzdem in den Schatten gehen.«

Heather watete hinaus und setzte sich auf den Stamm einer Palme, der wie eine naturgeschaffene Bank einen idealen Platz zum Ausruhen bot.

Ella verweilte noch im Wasser und blickte zu ihr, ihrer Halbschwester. So sehr sie diese wachsende Gewissheit auch freute und ihr das Gefühl gab, dass sich die Reise gelohnt hatte, so bitter schien die Erkenntnis, dass sie sich somit eine Art »Stiefmutter« eingehandelt hatte, die Arbeiter auspeitschen ließ und mit der sicher nicht gut Kirschen essen war.

»Komm raus. Wir müssen noch trocknen und sollten nicht zu spät zurück sein«, rief Heather ihr zu.

Ella fiel ein, dass Compton sie ja dazu verdonnert hatte, die Fosters auf den alljährlichen Empfang einer hier lebenden Britin zu begleiten. Familiären Verpflichtungen kam man nach.

Ein formeller Besuch erforderte eine gründliche Vorbereitung – und das nicht nur hinsichtlich der Kleidung. Heathers Vorschlag, möglichst frühzeitig wieder zurück zu sein, hatte sich als richtig erwiesen. Ella war heilfroh, eine empfangstaugliche Robe in ihrem Gepäck zu haben. Ihr blaues Abendkleid, das sie für besondere Anlässe schon während der Überfahrt in der ersten Klasse getragen hatte, war ausgesprochen elegant. Heather hatte ihr mit Haarnadeln ausgeholfen, um die vom Klima begünstigte Lockenmähne zu bändigen. Genau wie Heather hatte sich Ella für eine Hochsteckfrisur entschieden, die es zwei quirligen Locken an ihren Schläfen erlaubte, sich verspielt um die Ohrringe zu kräuseln, die sie sich ebenfalls aus Heathers Schmuckbestand ausgeliehen hatte.

Marjorys Frisur wirkte hingegen streng, genau wie ihr schwarzes Kostüm, Heather eher dezent in ihrem lachsfarbenen Kleid. Sie musste angesichts ihrer perfekten Taille ein Korsett angezogen haben – und das bei der Hitze. Selbst Raj, der zum vornehmen Kutscher der Droschke avanciert war, hatte sich in einen grauen Anzug geworfen, in dem er passabel aussah.

Die gut einstündige Kutschfahrt in den Norden erwies sich als kurzweilig, aber auch als äußerst anstrengend, weil Ella sich Vorträge über das »Who's who« der geladenen Gäste anhören durfte. Marjory referierte, Heather ergänzte. Die vielen Namen von hochrangigen Offizieren, anderen britischen Plantagenbesitzern, den aus dem Norden angereisten Zinnminenbetreibern und wichtigen Kaufleuten konnte sich kein Mensch merken. Ella hatte aus der Lehrstunde lediglich mitgenommen, dass sich bei Mary Bridgewater einmal jährlich die Mächtigen, die dieses Land faktisch regierten, trafen, um sich zu feiern und Geschäfte zu machen. Lediglich die Ausführungen über Mary Bridgewater schienen interessant genug, um sie sich zu merken. Dabei waren sie nur vage, denn niemand schien so recht zu wissen, warum die Dreiundsechzigjährige so viel Einfluss in Malakka hatte. Sie verfügte weder über einen besonderen Rang, noch war sie adelig.

»Man munkelt, Mary sei über fünf Ecken mit dem Königshaus verwandt.« Marjorys Erklärung leuchtete Ella am ehesten ein. Auch Marys Haus hatte Ella sich angesichts der vorherigen Schilderungen prächtiger vorgestellt, auf alle Fälle aber größer und beeindruckender als das der Fosters. Das genaue Gegenteil war der Fall. Es erinnerte Ella sofort an die vielen Cottages des Großbürgertums, die ihr in England begegnet waren. Das Fundament war gemauert. Darüber lag eine Fachwerkkonstruktion aus dunklen Balken und weiß verputzten Fronten. Ein steiles Ziegeldach, aus dem Gauben ragten, thronte darauf. Hier gab es sogar Rasen und wenn es auf der weitläufigen Gartenfläche keine Palmen gegeben hätte, wäre man aufgrund der dem Europäer bekannten Pflanzenarten auf die Idee gekommen, in England zu sein. Rosenbüsche rankten am Haus. Vielleicht lag das auch an der Höhenlage. Es war hier deutlich kühler als im Flachland oder am Meer.

»Klein-England«, gab Ella zum besten, als Raj die Kutsche vor der Zufahrt anhielt, um sie aussteigen zu lassen.

»Sie haben recht. Marys Haus ist hier aber die Ausnahme. Wenn Ihnen eine dreitägige Anreise auf dem Landweg nicht zu beschwerlich erscheint, sollten Sie mit Heather einen Ausflug in die Cameroon Highlands weiter nördlich machen. Dort ist das Klima fast wie in der Heimat, nur dass man dort glücklicherweise auch noch Tee anbauen kann«, sagte Marjory, bevor sie damit begann, nahezu frenetisch in Richtung einer etwa gleichaltrigen Dame zu winken. Das musste die Gastgeberin sein. Sie trug einen Hut, den ein Blumengesteck zierte, welches perfekt zum Blumenmuster ihres Kleides passte. Die wandelnde Blumenwiese ließ sofort zwei uniformierte Briten in weiblicher Begleitung stehen und eilte zu Marjory, um sie und Heather mit einem warmen Lächeln zu begrüßen.

»Mary«, tönte Marjory verzückt, noch während sie von der Droschke stieg.

»Marjory«, kam es nicht minder erfreut zurück. Und dann war Heather an der Reihe. Die Gastgeberin drückte sie, als wäre sie ihr eigenes Kind.

»Lass dich ansehen.« Mary musste die Fosters also schon seit Jahren kennen und eine gute Freundin der Familie sein.

»Wir haben uns erlaubt, eine reizende junge Dame aus Holland mitzubringen. Sie ist unser Gast und uns schon nach kurzer Zeit ans Herz gewachsen.« Marjorys Lobpreisungen waren Ella fast ein wenig peinlich. Daher stellte sie sich gleich selbst vor.

»Ella van Veen.«

»Freut mich sehr. Die Blumenpracht in Ihrem Land ist mir in lebhafter Erinnerung. Was würde ich darum geben, wenn ich hier Tulpen anpflanzen könnte, aber ich fürchte, das Klima eignet sich nicht dafür.« Ella hatte den Eindruck, dass Mary sich aufrichtig über ihren Besuch freute. Es gab Menschen, die von Natur aus Wärme und Herzlichkeit ausstrahlten. Mary Bridgewater gehörte zweifelsohne dazu.

»Dafür ist Malakka mit einer Blütenvielfalt gesegnet, mit der nicht einmal der Blumenmarkt in Rotterdam mithalten kann«, sagte Ella.

»Wie wahr. Ich fürchte, das ist auch der Grund, weshalb ich mich so sehr in dieses Fleckchen Erde verliebt habe«, gestand Mary.

»Mary«, tönte es aus Richtung der Stallungen, wo ankommende Gäste sicher ihre Pferde versorgen ließen. Noch ein Neuankömmling also, der nicht nur aufgrund seiner Körperfülle gewichtig aussah, sondern auch aufgrund seiner Orden, die von seiner uniformierten Brust baumelten.

»Die Gäste … Aber laufen Sie mir nicht davon. Es ist selten, einen wahren Blumenfreund zu treffen, und Sie müssen mir unbedingt vom Blumenmarkt erzählen.« Damit entschuldigte sich Mary, nickte in Richtung von Heather und Marjory und entschwand, um den Gast begrüßen.

»Ich glaube, sie mag dich«, kommentierte Heather.

Ella konnte sich des Eindrucks nicht erwehren, dass Marjory dies mit weniger Wohlwollen bedachte. Schließlich hatte Mary sich länger mit ihrem Gast als mit der anscheinend langjährigen Freundin abgegeben. Vermutlich wurde der Wert eines Gastes hier daran gemessen, mit wem diese geheimnisvolle Mary Bridgewater mehr Zeit verbrachte.

»Wir sollten uns den anderen Gästen anschließen«, schlug Marjory vor.

An sich war das eine gute Idee, doch Ella erspähte im Pulk der um das Buffet versammelten Gäste jemanden, auf den sie ganz und gar nicht erpicht war: Edward Compton. Hoffentlich sprach er sie nicht auf ihren nächtlichen Hilfseinsatz am Markt von Dshohor an.

Ella war es tatsächlich gelungen, sich mit Heather aus den unsichtbaren Zügeln ihrer Mutter zu befreien. Marjory hatte sich bei einer etwa gleichaltrigen Frau, die ebenfalls eine Großgrundbesitzerin war, festgebissen und gar nicht bemerkt, dass Heather ihren Gast, den sie herumzureichen gedachte, entführt hatte, und zwar in Richtung des Gartens, so weit wie möglich von Compton entfernt. Das überraschte Ella nicht, weil Heather diesen Mann ja auch nicht ausstehen konnte.

Heather machte es sich stattdessen zur Aufgabe, Ella ein bisschen koloniale Luft schnuppern zu lassen.

»Die da drüben haben eine Zinnmine im Nordosten. Sie sind so einflussreich, dass jetzt eine Eisenbahnlinie bis zu ihren Minen gebaut wird«, flüsterte Heather ihr zu, als sie auf ein englisches Paar etwa in Marjorys Alter zuschritten. Sie mussten wirklich sehr wohlhabend sein, denn ein junger einheimischer Boy stand unmittelbar neben ihnen und hielt eine Art Sonnensegel über die Dame, damit ihr Teint ja keinen Sonnenstrahl zu viel abbekam. Wie absurd, denn die Sonne würde sowieso gleich untergehen. Hier war imperiale Macht zu spüren und das, obwohl die Gastgeberin das genaue Gegenteil davon ausstrahlte.

»Da sind Sie ja!« Unverkennbar war das Edward Comptons Stimme. Ella traute ihren Augen nicht. Er hatte tatsächlich eigens für sie einen kleinen Teller mit je einem Stückchen von Marys legendären englischen Käsevariationen belegt und sie auch noch liebevoll arrangiert.

»Wir Briten sind in der Welt nicht dafür bekannt, aber geben Sie uns wenigstens eine faire Chance und probieren Sie selbst«, sagte er charmant lächelnd.

Auch Heather kam nicht umhin zu schmunzeln. Anscheinend hatte dieser Compton doch ein paar nette Seiten, auch wenn der Versuch, mit einer Dame zu flirten, indem er sie mit einer Käseplatte verfolgte, etwas unbeholfen wirkte.

Ella probierte nicht nur aus Höflichkeit.

»In der Tat. Der Cheddar schmeckt wie in Ihrer Heimat, vielleicht sogar noch besser«, stellte sie fest.

»Sie kennen England?«, fragte er überrascht. Offenbar hatte Marjory ihm doch noch nicht alles über sie erzählt, wovon Ella bis jetzt ausgegangen war.

»Ich habe dort meine Ausbildung zur Krankenschwester gemacht und England lieben gelernt«, sagte sie wahrheitsgemäß.

»Dann fühlen Sie sich zweifelsohne hier sehr wohl …«, schlussfolgerte er.

»Marys Haus erinnert mich in der Tat an Ausflüge nach Oxfordshire. Dort habe ich ähnliche Häuser gesehen.«

»Letztlich spüren Sie den englischen Geist überall in Malakka«, erwiderte Compton, während Ella sich schon allein aus reiner Höflichkeit gegenüber seiner netten Geste das nächste Käsestück einverleibte und auch Heather eines anbot, die es mit etwas mehr Widerwillen zu sich nahm.

»Ob das so wünschenswert ist …«, deutete sie an, denn auch die putzig auf den Teller drapierten Käsestückchen konnten nicht darüber hinwegtäuschen, dass er derjenige war, der seine Mannen auf junge einheimische »Orang Aslis« schießen ließ. Ein drittes Stück des Käses bekam Ella nun beim besten Willen nicht mehr herunter.

»Schulen, Straßen, Handel … Malakka ging es noch nie so gut«, schwärmte Compton derart überzeugt, dass man schon fast geneigt war, ihm zu glauben.

Ella wusste es aber besser.

»Anscheinend sehen das nicht alle so«, deutete sie an.

Compton lächelte wissend, was Ella nicht verwunderte. Sie hatte ja von Marjory erfahren, dass er über den nächtlichen Vorfall Bescheid wusste.

»Vielleicht haben Sie auch nur den falschen Eindruck gewonnen«, deutete er an.

»Das glaube ich, offen gestanden, nicht.« Ella sah keinen Grund, sich bei Compton Liebkind zu machen.

»Wenn mich Ihr Mut nicht so beeindruckt hätte ... und auch aus Rücksicht auf Marjory habe ich es Ihnen erspart, wegen des Vorfalls am Markt verhört zu werden.« Endlich war es raus. Es gab keinen Grund mehr, nichtssagende Höflichkeiten auszutauschen. Ella konnte Heather sowieso schon ansehen, dass sie in seiner Gegenwart litt. Sie bevorzugte es offenbar zu schweigen, was den Vorteil hatte, dass Käsestücke aller Sorten nach und nach in ihrem Mund verschwanden.

»Ist es etwa ein Verbrechen, einem Verletzten zu helfen?«, fragte Ella freiheraus.

»Keineswegs ... Der Vorfall hat sich erledigt. Lassen Sie uns doch lieber über angenehmere Dinge sprechen. Ich könnte so einer bezaubernden Dame wie Ihnen sowieso nichts übel nehmen.« Ein nettes Kompliment aus seinem Munde. Ella kommentierte es höflich lächelnd.

Heather hingegen reichte Compton den Teller.

»Einfach köstlich, zu köstlich ... Aber der Käse macht durstig. Ich fürchte, ich muss mich auf der Stelle am Buffet mit einem erfrischenden Glas Wein versorgen.« Und weg war sie.

Compton schien auch noch froh darüber zu sein, Ella nun für sich allein zu haben. Sie spürte, dass andere Gäste, überwiegend Offiziere, nun auf sie aufmerksam wurden und anfingen zu tuscheln. Das erzeugte bei Ella Unwohlsein. Am Ende hieß es noch, sie würde mit ihm anbandeln. Der gönnerhafte Blick eines etwa gleichaltrigen Mannes mit Tropenhelm und in kurzen Hosen reichte schon.

»Ich würde Ihnen zu gerne eine Seite des Landes zeigen, die Sie noch nicht kennen. Wenn Sie einmal mit der Eisenbahn quer durch den Dschungel und über Brücken durch tiefe Schluchten gefahren sind, ändern Sie vielleicht Ihre Meinung. Das alles würde es ohne uns gar nicht geben.« Compton erwies sich als unangenehm hartnäckig in seinen Versuchen, um sie und zugleich für die Imperialherren zu werben.

»Ich weiß Ihr Angebot sehr zu schätzen, doch ich fürchte, dass ich mich derart in das Urtümliche und in die hiesig vorherrschende Kultur und ihre Gebräuche verliebt habe, dass ich mir diese Illusion vermutlich nicht nehmen lassen möchte.« Ella hoffte, die Abfuhr so wenig verletzend wie möglich erteilt zu haben. Deutlich genug war sie ja.

»Nur in die hiesige Kultur?«, kam es dann prompt und für Ella völlig überraschend.

»Auch in die Menschen.« Ella blieb bei ihrer Devise, gegenüber Männern wie diesem Compton keine Schwäche zu zeigen, auch wenn sie merkte, dass ihr Puls sich bereits beschleunigte. Am Ende hatte man sie doch zusammen mit Amar gesehen. Selbst wenn: Sie war niemandem Rechenschaft schuldig und schon gar nicht diesem Compton, Governor oder nicht!

Compton nahm es persönlich, weil sein bislang gezeigtes wohlwollendes Lächeln einfror.

»Na, Edward, willst du mich dieser reizenden Dame nicht vorstellen?«, kam von dem Offizier mit kurzen Hosen, der sich zu ihnen gesellte.

»Entschuldigen Sie bitte, meine Herren. Mary verlangt nach mir.« Ella dankte dem Schicksal, dass sie die Gastgeberin am Buffet entdeckt hatte, ausnahmsweise nicht von Gästen belagert.

»Ich komme«, rief sie ganz frech in ihre Richtung, obwohl Mary gar nicht zu ihr hergesehen hatte. Es funktionierte. Mary strahlte übers ganze Gesicht. Für Edward und den anderen Offizier musste es tatsächlich so aussehen, als ob Mary sie hergewunken hatte. Der Wunsch einer Mary Bridgewater war anscheinend auch Edward Compton Befehl. Zumindest blieb ihm nun ein weiterer Gesichtsverlust erspart. Sollte er doch mit dem Clown in kurzen Hosen neben ihm Eisenbahn fahren.

Ella war mittlerweile klar, warum Mary Bridgewater anscheinend so viele Fäden in der Hand hielt. Ihre Beobachtungsgabe war vortrefflich, ihre Menschenkenntnis schier unheimlich. Außerdem wusste sie wirklich über alles und jeden Bescheid. Das machte es leichter, die Puppen tanzen zu lassen. An einem der Fäden hing anscheinend Compton.

»Machen Sie sich nichts daraus. Edward macht jeder hübschen Frau Avancen. Er sollte sich viel lieber einmal fragen, warum niemand an einer Liaison mit ihm interessiert ist.« Mary kam anscheinend immer gleich zum Punkt und hatte sie wohl die ganze Zeit über beobachtet.

Ella war so perplex, dass es Mary offenkundig amüsierte.

»Und dann der Käse. Wie unbeholfen er die Stücke in kleine Würfel geschnitten hat. Er muss tatsächlich einen Narren an Ihnen gefressen haben«, sagte Mary freiheraus.

»Was leider nicht auf Gegenseitigkeit beruht«, stellte Ella postwendend klar.

»Das war offensichtlich«, amüsierte Mary sich. »Sie sollten dennoch versuchen, Ihre Abneigung nicht allzu deutlich zu machen, denn Edward kann wie ein beleidigtes kleines Kind sein. Gerade vor dem Hintergrund Ihrer gestrigen durchaus bewundernswerten Aktion …«

»Sie wissen davon …?«

»Jeder weiß davon und die meisten bewundern Sie«, gestand Mary. Dann schweifte ihr Blick in Richtung des Governors. »Er sieht gerade her. Lächeln Sie ihm einfach versöhnlich zu.«

Ella tat wie befohlen. Marys natürlicher Autorität konnte auch sie sich nicht entziehen. Prompt kam ein Lächeln von ihm zurück, wobei Ella sich sicher war, dass es eher Mary galt.

»Die Männer … man hat schon sein Kreuz zu tragen mit ihnen«, sinnierte Mary, während sie sich Weintrauben vom Buffet zupfte und genüsslich verzehrte.

»Wissen Sie, die meisten der Frauen, die hier leben, sind in dieser Hinsicht nicht mit Glück gesegnet. Ich übrigens auch nicht«, sagte Mary.

»Sie waren oder sind verheiratet?«, fragte Ella.

»Waren! Er hatte eine andere … Ich habe dafür gesorgt, dass er nun in Indien im Sumpf watet und ihn die Moskitos auffressen. Hoffentlich lassen sie nichts von ihm übrig.«

Spätestens jetzt konnte sich Ella ausmalen, über welchen Einfluss Mary verfügen musste. Warum blieb ihr Blick nun ausgerechnet an Heather hängen? Sie stand neben Marjory, schien jedoch in Gedanken und wirkte nicht sonderlich glücklich.

»Heather scheint mit Männern auch nicht das große Los gezogen zu haben«, sagte Ella in der Hoffnung, dass Mary den Faden aufgreifen würde. Sie tat es.

»Hat Sie Ihnen das so erzählt?«, fragte Mary erstaunt nach.

»Nein, aber mir ist aufgefallen, dass sie sehr ängstlich ist und gegenüber Männern sehr zurückhaltend. Ich habe sogar den Eindruck, dass sie sie verabscheut.«

Mary nickte und schien für einen Augenblick nachzudenken.

»Es ist ja kein allzu großes Geheimnis. Die meisten wussten davon …«, fing sie an.

Ella konnte ihre Neugier kaum noch zügeln.

»Er hieß Jack«, erzählte Mary.

»Ein Engländer?«, wollte Ella wissen.

Mary nickte.

»Heather war mit einem Engländer zusammen?« Ella nahm an, dass dieser Jack der Grund dafür war, weshalb Heather sich in Sachen Beziehungen bisher eher abfällig geäußert hatte.

»Ich denke, unsterblich verliebt in ihn trifft es wohl eher«, sagte Mary mittlerweile ein bisschen leiser.

»Hat er sie etwa betrogen?«

»Nein … Soviel ich weiß, wurde er versetzt und nahm dies zum Anlass, seine angeblichen Gefühle für Heather in Luft aufzulösen«, sagte Mary.

Ella starrte auf Heather, der das nun auffiel. Nur um ganz sicherzugehen, dass sie es richtig verstanden hatte, sprach Ella es aus: »Er hat sie einfach so sitzen lassen?«

»Jack hat ihr das Herz gebrochen«, sagte Mary, die es jetzt auch nicht mehr fertigbrachte, in Heathers Richtung zu lächeln. Nun mussten die Weintrauben herhalten. Es sah dann wenigstens so aus, als seien sie beschäftigt, und wer den Mund voll hatte, der redete nicht über andere.

Mary hielt Ella nun auch das Schälchen hin, doch jede Traube würde ihr im Hals stecken bleiben, dessen war sich Ella sicher. Wie musste Heather darunter gelitten haben. Das erklärte ihr Verhalten aber nur teilweise, eigentlich nur Heathers Ansichten über Männer, nicht aber ihre Ängste. Woher kamen der Wankelmut, woher ihre Stimmungsschwankungen? Wieso blieb sie dem Oleanderhaus fern? Konnte es sein, dass ein solch infamer Betrug einen Menschen derart zerbrach? Ella nahm sich vor, dies herauszufinden, so sachte und einfühlsam wie möglich.

Es wäre eine Lüge gewesen zu behaupten, dass der restliche Abend bei Mary nicht auch seine schönen Seiten gehabt hätte. Das lag aber in erster Linie daran, dass sich Compton von ihr ferngehalten hatte und jeder der anwesenden Gäste auf seine Art interessant war, ob der Geschäftsmann aus London, der hier Tuch herstellen ließ, der belgische Ingenieur, der im Gegensatz zu Compton spannende Geschichten vom Bau der Eisenbahn zu erzählen wusste, oder die Gattin eines Plantagenbesitzers, die einheimische Waisen unterstützte und sogar einmal pro Woche unterrichtete. Insbesondere diese Dame rückte die Rolle der Briten im Land in ein anderes Licht. Es gab kein Schwarz und Weiß, jedoch änderte dies nichts an der Tatsache, dass sich eine Nation, die der Briten, an einer anderen bereicherte. Ella hatte daher angesichts der überwiegend positiven Erfahrungen und netten Begegnungen auf der Heimfahrt von Marys Empfang geschwärmt. Dabei war sie überraschenderweise bei Marjory auf taube Ohren gestoßen. Sie hatte sich merkwürdig wortkarg gezeigt. Vermutlich war der Abend für eine Dame ihres Alters zu anstrengend gewesen. Auf einem Teil der Strecke war sie sogar, mit dem Kopf an die Seitenwand der Droschke gelehnt, eingenickt. Lediglich Heather griff den einen oder anderen Faden auf, vor allem Ellas Faszination für Mary, die in einer von Männern dominierten Welt souverän ihren Weg ging.

»Glaubst du wirklich, dass sie mit dem Königshaus verwandt ist?«, fragte Ella.

»Niemand weiß es so genau. Man könnte aber meinen, dass sie die Königin von Malakka ist. Niemand wagt es, gegen sie aufzubegehren«, sagte Heather leise, um ihre Mutter nicht aus dem Schlaf zu reißen.

»Ich finde, sie ist eine sehr herzliche Person«, hielt Ella fest.

»Kein Wunder, dass du dich so gut mit ihr verstehst«, sagte Heather.

Ella nahm das Kompliment gerne entgegen.

»Ihr habt aber noch mehr Gemeinsamkeiten.« Heather senkte die Stimme nun noch etwas mehr.

Ella sah sie nur fragend an.

»Sie hat anscheinend eine Vorliebe für hiesige Männer. Man munkelt, sie habe einen indischen Liebhaber. Mutter glaubt sogar, dass sie heimlich mit ihrem Gärtner zusammen ist.«

»Na, dann haben wir doch keine weitere Gemeinsamkeit«, stellte Ella schmunzelnd fest, weil Heather natürlich auf Amar anspielte, der kein Gärtner war. Schon musste sie an ihn denken und hoffte, dass sie sich bald wiedersehen würden.

»Deine Augen sagen mir aber etwas anderes«, hakte Heather prompt nach.

Ella gab sich kampflos geschlagen und zuckte, die Unschuld vom Lande mimend, mit den Schultern.

Eigentlich hatte Ella sich vorgenommen, Heather in einem ruhigen Moment und vor allem nicht im Beisein von Marjory auf ihre einstige Liebe anzusprechen. Nachdem Marjory aber schon seit geraumer Zeit schnarchte, fasste sich Ella ein Herz, weil sie nun einmal gerade über Herzensangelegenheiten sprachen.

»Solche Dinge passieren nun mal und meistens, wenn man sie am wenigsten erwartet.«

»Der Fluch der Liebe«, sagte Heather.

»War es denn ein Fluch?«, fragte Ella direkt, aber mit Mitgefühl.

Heather schien zu dämmern, worauf Ella hinauswollte, doch anstatt zu antworten, musterte sie sie nur misstrauisch.

»Mary hat angedeutet …«, begann Ella vorsichtig.

»Sie mischt sich immer in Dinge ein, die sie nichts angehen«, kam es prompt und angriffslustig zurück und auch noch in normaler Lautstärke. Hoffentlich wurde Marjory nicht ausgerechnet jetzt wach.

Ella überlegte, einen Rückzieher zu machen, doch wann, wenn nicht jetzt, sollte sie Heather darauf ansprechen?

»Er hat dir sehr wehgetan, hab ich recht?«

Heather schien von einem Moment zum nächsten zu Stein zu werden. Ihre Augen verengten sich zu schmalen Schlitzen, die Ella böse anfunkelten. Aus ihrer Reaktion schloss Ella, dass der Zeitpunkt wohl doch nicht der richtige gewesen war.

»Es tut mir leid … Ich hätte nicht fragen dürfen«, lenkte Ella daher ein.

»Mary Bridgewater ist ein Plappermaul vor dem Herrn. Du solltest nicht alles glauben, was sie von sich gibt, vor allem wenn es Halbwahrheiten sind.«

Ella hatte den Eindruck, dass Heather mit der Stimme ihrer Mutter sprach. Warum es eine Halbwahrheit war, darauf konnte sie sich allerdings keinen Reim machen.

»Mary Bridgewater«, stieß Heather derart fassungslos aus, dass Marjory davon wach wurde. Sie rappelte sich auf und blickte etwas verstört in die Runde.

»Ah … Ihr sprecht über die gute Mary … Ja, ist sie nicht reizend?«, sagte sie.

Ella atmete auf, denn offensichtlich hatte sie sonst nichts von ihrem Gespräch mitbekommen. Sie konnte Heather ansehen, dass diese sichtlich bemüht war, sich zusammenzureißen.

»Ja, eine reizende Dame«, flötete sie mit honigsüßer Stimme, doch mit einem bezeichnenden Blick, der auf Ella gerichtet war.

Kapitel 12

Ella wachte schweißgebadet auf. Das sonst so sanfte und von den Blüten des Oleanders gefärbte Licht blendete heute Morgen so stark, dass sie die Augen zusammenkneifen musste. Der schlimme Traum saß ihr immer noch in den Knochen. Heather war darin in den Armen von Edward Compton gelegen, unbekleidet und am versteckten See, den Amar ihr gezeigt hatte. Erst nachdem Ella sich aufsetzte, war sie in der Lage, die Bilder dieses Traums von sich abzuschütteln. Warum nur hatte sie gestern ihren Mund aufgemacht? Das Rätsel um Heathers Verhalten war dadurch nur noch größer geworden, aber noch viel schlimmer war doch, dass sich Ella ihren Missmut zugezogen hatte. Das war das Allerletzte, was sie wollte.

Dass sie mit ihrer Annahme recht behalten sollte, zeigte sich gleich nach dem Frühstück, das Ella wie jeden Morgen auf der Terrasse zu sich nahm. Sie fühlte sich schuldig, Heather zu nahe getreten zu sein. In einer so delikaten Situation gab es nur zwei Möglichkeiten: entweder etwas Zeit verstreichen lassen, damit sich Heathers Gemüt wieder beruhigte, oder gleich zu versuchen, zur Normalität zurückzukehren. Ella hatte schon ihre Staffelei in der Hand, um sich demonstrativ irgendwo in den Garten zu setzen, und zwar so, dass Heather sie sehen konnte. Sie verwarf den Gedanken aber sofort wieder, weil die innere Unruhe von Minute zu Minute wuchs. Immer wieder blickte sie hinüber zum Haus der Fosters. Um die Zeit wäre sie normalerweise schon längst dort, um Heather zu begrüßen und um Pläne für den Tag zu schmieden. Es regte sich aber nichts dort drüben.

Um der wachsenden Ungewissheit ein Ende zu setzen, ging sie kurz entschlossen hinüber. Zurück zur Normalität. Und danach sah es zunächst auch aus.

»Guten Morgen, Ella.« Jaya begrüßte sie wie immer mit einem warmen Lächeln, das Ella sofort entspannte.

»Ist Heather schon wach?«, wollte Ella wissen.

»Nein, aber ich kann ja mal nach ihr sehen«, bot Jaya an.

»Auf keinen Fall. Der Empfang war gestern sehr anstrengend«, sagte Ella und überlegte schon, ausrichten zu lassen, dass sie in einer Stunde wiederkommen würde, doch Marjory machte ihr einen Strich durch die Rechnung.

»Ella. Kommen Sie doch herein«, tönte es aus dem Salon.

Ella lugte hinein und sah Marjory an ihrem Sekretär am Fenster sitzen. Die Tatsache, dass sie ihr keinen guten Morgen wünschte, ließ nichts Gutes ahnen. Das holte sie jedoch nach, wenngleich alarmierend förmlich, als Ella den Salon betrat und zu ihr ging.

»Heather ist unpässlich. Sie lässt sich entschuldigen.«

Ella schnürte es augenblicklich den Hals zu. Was war nur so schlimm daran, eine erwachsene Frau auf eine unglückliche Liebe anzusprechen? Davon ging die Welt doch nicht unter. Nun gut, Heathers Welt anscheinend schon.

Marjory ging aber zu Ellas Erstaunen gar nicht weiter auf Heathers Unpässlichkeit ein.

»Nichts als Papierkram. Den ganzen Tag«, jammerte Marjory. »Das Anstrengendste ist aber, Entscheidungen zu treffen, ob im Kleinen oder Großen. Noch einen Tee?«, fuhr sie fort.

»Danke, ich hatte gerade einen«, sagte Ella und kam der auffordernden Geste nach, auf dem Sofa neben dem Sekretär Platz zu nehmen.

»Eine Plantage dieser Größe zu führen, ist sicherlich eine beachtliche Herausforderung. Ich zolle Ihnen meinen höchsten Respekt.« Ella hoffte, dass das Gespräch allgemeiner Natur blieb, auch wenn sie an der sichtlichen Anspannung Marjorys ablas, dass es nicht dabei bleiben würde.

»Sie können mir ja mit Rat zur Seite stehen«, sagte Marjory und musterte sie bedeutsam.

»In welcher Angelegenheit könnte eine Krankenschwester Ihnen dienlich sein?« Ella konnte sich keinen Reim auf Marjorys Gerede machen.

»In Personalfragen. Ich stehe vor der schwierigen Entscheidung, jemanden zu entlassen«, erklärte Marjory. Sie lächelte dabei süffisant.

»Mohan?«, fragte Ella nach. Am Ende hatte sich Marjory die Sache doch noch einmal überlegt und er durfte nach seiner Genesung bleiben.

»Diese Entscheidung ist gottlob schon gefallen. Ich kann unmöglich einen Rebellen hier auf der Plantage beschäftigen«, sagte Marjory.

Die Art, wie Marjory sie ansah, und der Umstand, dass sie darüber sprach, konnte nur heißen, dass es nun auch um Amar ging. Wie um alles in der Welt hatte sie herausgefunden, dass er sich ebenfalls im Widerstand gegen die Briten engagierte? Danach zu fragen, hätte allerdings als Eingeständnis seiner Schuld gewertet werden können. Daher beließ Ella es bei einem fragenden Blick.

»Es geht um Amar.« Endlich kam Marjory zum Punkt.

Jetzt nur kein falsches Wort sagen, vor allem nichts Verfängliches, aber auch keine Lüge.

»Er ist einer Ihrer Arbeiter«, stellte Ella fest.

»Sicher … und soviel ich von Edward weiß, hat man ihn des Öfteren mit Mohan gesehen. Die beiden scheinen befreundet zu sein«, sagte Marjory.

Ella hatte Mühe, ihre wachsende Nervosität zu verbergen. Wenigstens sprach Marjory sie nicht darauf an, dass er mit ihr gesehen wurde.

»Ist das ein Grund, um jemanden zu entlassen?«, fragte Ella.

»Ich bin mir nicht sicher. Wie schätzen Sie ihn ein?«

Ella kannte Marjory mittlerweile gut genug, um sicher zu sein, dass sie mehr wusste, als sie vorgab. Hatte Heather ihr davon erzählt, dass sie mit Amar zum Puppenspiel gefahren war? Am Ende auch noch, dass sie Gefühle für ihn hegte?

»Ich fürchte, ich kenne ihn nicht gut genug, um mir ein Urteil darüber zu erlauben«, entgegnete Ella vorsichtig.

»Aber Sie sind doch mit ihm in die Stadt gefahren, oder etwa nicht?«

Ella kam sich gerade vor wie bei einem polizeilichen Verhör. Leugnen war zwecklos.

»Sicher … Ich wollte das Puppenspiel sehen und nicht allein nach Dshohor.« Ella sagte es so, als wäre es das Selbstverständlichste der Welt. Marjory schien ihr das abzukaufen, weil sie nickte und sich dabei sichtlich entspannte.

»Das ist das Dumme an unserer kleinen Welt. Man kann sich nirgendwo hinbewegen, ohne gesehen zu werden. Die Offiziere haben es Compton zugetragen und er mir. Er hält Amar nun für einen Rebellen.«

»Wahrscheinlich hält er jeden Malaien für einen«, konnte sich Ella nicht verkneifen.

»Da könnten Sie recht haben, aber ich bitte Sie, meinen Rat zu beherzigen und künftig Abstand zur hiesigen Bevölkerung zu halten, vor allem zu Amar. Wir könnten alle in Misskredit geraten.«

Ella taxierte Marjory. Wenn sie davon gewusst hätte, dass sie Amar Gefühle entgegenbrachte, hätte sie anders reagiert, dessen war sich Ella sicher. Heather hatte sie also nicht verraten, doch es war nicht auszuschließen, dass die Soldaten sie in jener Nacht zusammen gesehen hatten und ihre Schlüsse daraus zogen. Und wenn Compton davon wusste, würde er nach der Abfuhr, die sie ihm auf dem Empfang bei Mary erteilt hatte, sicherlich nicht erfreut darüber sein, dass sie lieber mit einem Einheimischen zum Puppenspiel ging, als mit ihm eine Eisenbahnfahrt zu unternehmen.

»Sie werden ihn entlassen? Weil Compton ihn verdächtigt? Hat er denn Beweise?«, fragte Ella nach.

»Und selbst wenn, würde er mit Sicherheit nicht mit mir darüber sprechen. Das geht uns auch nichts an. Wir sind auf den Schutz der Krone angewiesen«, erwiderte Marjory unmissverständlich. »Aber Sie könnten ja bei Edward ein gutes Wort für Amar einlegen«, deutete sie dann an.

»Ich?«, fragte Ella verwundert.

»Gehen Sie doch mit ihm in die Oper oder wechseln Sie ein paar nette Worte … Als Frau weiß man doch, wie man einen Mann wie Compton um den Finger wickelt«, gab Marjory mit süffisantem Lächeln zurück.

»Ich fürchte, ich bin gänzlich ungeeignet, um Männern mit verletzter Eitelkeit zu schmeicheln und dabei auch noch falsche Hoffnungen zu wecken.« Auch Ella machte aus ihrem Standpunkt keinen Hehl.

Marjory seufzte und dann rang sie sich ein milde gestimmtes Lächeln ab.»In diesem Fall kann ich Ihre Bedenken durchaus verstehen. Männer sind ein heikles Thema, finden Sie nicht? Was haben Sie heute vor? Wollen Sie malen? Raj fährt in die Stadt. Er könnte Sie mitnehmen.«

Das Thema war offenbar ad acta gelegt. Dass Heather heute anscheinend allein bleiben wollte, ging ebenfalls daraus hervor. Fest stand, dass Ella Amar vor Edward Compton warnen musste.

Ella hatte weder das Bedürfnis zu malen, noch sich von Raj in die Stadt kutschieren zu lassen. Doch hielt sie es für klug, zum Schein auf Marjorys Angebot einzugehen, denn wenn jemand wusste, wo Amar war, dann Raj. Ihn direkt auf Amar anzusprechen, war ausgeschlossen. Es reichte ja schon, wenn Heather und Marjory über ihren nächtlichen Ausflug Bescheid wussten. Ella konnte sich jedoch auch diesmal auf ihre Gabe, sich in Windeseile etwas auszudenken, verlassen.

»Haben Sie heute denn einen Tag frei?«, fragte sie den Hünen, nachdem er ihr überraschenderweise wie ein Gentleman auf die Kutsche geholfen hatte. Es war klar, dass er sie mitnehmen würde. Er tat anscheinend alles, was Marjory sich wünschte oder vorschlug.

»Nein, ich erledige Einkäufe für Mrs. Foster. Ungefähr drei Stunden, dann können Sie wieder mit hierherfahren«, erklärte er.

»Ah, dann passt sicher dieser junge Mann mit der Peitsche auf die Plantage auf«, sagte Ella mit einem unschuldigen Lächeln.

Raj brauchte einen Moment, um zu verstehen, wovon Ella überhaupt sprach.

»Sie meinen Amar?«

Ella zuckte etwas ratlos mit den Schultern, woraufhin Raj zu lachen anfing.

Ella irritierte das sichtlich.

»Wir sprechen also von dem jungen Mann, der junge Damen gerne zum Puppenspiel ausführt«, sagte Raj amüsiert.

»Wie kommen Sie darauf? Hat Mrs. Foster …?«, fragte sie freiheraus, nachdem die Karten auf dem Tisch lagen.

»Mrs. Foster? War sie etwa auch dort?«

Die Gegenfrage verblüffte Ella.

»Ich habe Sie gesehen. Eine wunderschöne Aufführung, nicht wahr?«, fuhr Raj fort.

In diesem Dshohor konnte man sich anscheinend tatsächlich nicht frei bewegen, ohne von jedem beobachtet zu werden.

»Er ist vor Kurzem in die Stadt gefahren. Er will Mohan im Krankenhaus besuchen. Wenn Sie wollen, setze ich Sie dort ab.«

Ella kam aus dem Staunen nicht mehr heraus. Sie hatte diesen Mann gänzlich anders eingeschätzt. Sein nun offenbartes hilfsbereites und freundliches Wesen passte weder zu seinem Furcht einflößenden Äußeren noch zu seinen harten Bestrafungsmethoden.

»Aus Ihnen werde ich nicht schlau«, deutete Ella an.

»Wie meinen Sie das?«

»Bei unserer ersten Begegnung habe ich Sie ganz anders erlebt.«

»Ich tue nur meine Arbeit.«

»Mit harter Hand«, präzisierte Ella.

»Mohan … Er hatte etwas gestohlen …«

»Mir wurde zugetragen, dass er sich nur etwas ausgeliehen hat«, versuchte Ella klarzustellen.

»Der Zweck ist entscheidend. Ich weiß schon seit Längerem, dass er im Widerstand kämpft. Das kann er tun, aber nicht mit der Ausrüstung dieser Farm«, sagte Raj seelenruhig.

Ella konnte dem nichts mehr entgegnen. Sie wunderte sich nur darüber, wie viel der Inder wusste. Seine Nähe zu den Fosters könnte ihr vielleicht noch viel mehr offenbaren. Einen Versuch war es wert. Ella ließ einige Momente des Stillschweigens vergehen, damit ihre Frage etwas beiläufiger wirkte.

»Schade, dass Heather nicht mitkommen wollte. Sie geht wohl nicht so oft aus.«

»Nein, das tut sie nicht.«

»Vielleicht wird man so, wenn man jahrelang auf einer Plantage lebt und der Weg in die Stadt so weit ist«, überlegte Ella laut, auch wenn sie genau wusste, dass dies nicht der Grund sein konnte.

»Denkbar«, kam es zurück.

»Was ich überhaupt nicht verstehe … Sie scheint regelrecht Angst vor manchen Dingen zu haben. Das Gästehaus zum Beispiel …«

Raj sah sie durchdringend an und überlegte sichtlich, ob er darauf überhaupt eingehen sollte.

»Sie ist doch sonst eine so lebhafte Frohnatur«, fügte Ella noch hinzu.

»Vermutlich haben wir alle Angst vor irgendetwas. Wir Inder glauben, es ist Teil unseres Karmas, diese Ängste zu überwinden«, sagte er.

Ella zog daraus den Schluss, dass er sich bewusst bedeckt hielt, denn wie sie wusste, hatte Karma etwas mit dem Vorleben eines Menschen zu tun. Die Inder glaubten an Seelenwanderung – doch was konnte ein Ort wie das Oleanderhaus damit zu tun haben?

»Also könnte es sein, dass sie hier schon einmal gelebt hat?« Ella hoffte, ihm noch ein bisschen mehr entlocken zu können.

»Manchmal hat man auch Angst vor Vergangenem aus dem jetzigen Leben«, sagte er.

»Wie kann man vor einem Haus Angst haben?«

»Sie stellen zu viele Fragen. Manche Dinge beantworten sich von allein.« Raj blockte weitere Fragen mit diesem deutlichen Schlusswort ab.

Ella konnte sich jetzt jedoch gewiss sein, dass er mehr wusste. Anscheinend gebot es seine Solidarität mit den Fosters, dass er nicht mehr preisgab. Weitere Nachfragen wären sinnlos gewesen. Es musste also irgendetwas in diesem Haus passiert sein, vor dem Heather Angst hatte. An einen Fluch glaubte Ella jedenfalls nicht. Es gab genug andere Dinge, vor denen man sich fürchten musste. Davor, dass Amar etwas zustoßen könnte zum Beispiel.

Ella hoffte, dass Raj sein Versprechen hielt, niemandem davon zu erzählen, wo er sie abgesetzt hatte. Obwohl ihr die erste Begegnung mit ihm keinen Anlass dazu gegeben hatte, ihm zu vertrauen, tat sie es mittlerweile doch. Amar musste ihm ebenfalls ein gewisses Maß an Vertrauen entgegenbringen, sonst hätte er wohl kaum verlauten lassen, was er vorhatte. Ihn in diesem kleinen Hospital zu finden, erwies sich als unkompliziert, zumal sich das Pflegepersonal an sie erinnerte. Mohan war im ersten Stock untergebracht. Schon beim Betreten des Hospitals hatte Ella auf einen Blick gesehen, dass hier von fortschrittlicher Gesundheitsversorgung nicht die Rede sein konnte. Es schien auch an Kapazitäten zu fehlen. Einige Krankenbetten standen auf dem Gang. Soweit Ella das im Vorbeigehen einschätzen konnte, lagen leicht verletzte Einheimische darin. Schwere Fälle waren vermutlich in den Zimmern untergebracht. Obwohl das Gebäude sichtlich alt und ein Anstrich dringend nötig war, fiel Ella sofort auf, dass es sauber war. Der Geruch von Desinfektionsmitteln biss hier genau wie zu Hause in der Nase. Es gab aber einen entscheidenden Unterschied. Bisher war ihr noch nie untergekommen, dass ein Krankenzimmer bewacht wurde. Als ob ein Schwerverletzter fliehen könnte. Ella hatte aber nicht vor, sich von dem britischen Offizier, der reglos wie bei der Wachablösung der Queen am Buckingham Palace dastand, abschrecken zu lassen. Sie ignorierte ihn und griff beherzt nach der Türklinke. Die Statue erwachte daraufhin zum Leben.

»Entschuldigen Sie. Es ist nur ein Besucher erlaubt und nur, wenn berechtigtes Interesse vorliegt«, erklärte er.

Ella konnte also sicher sein, dass Amar immer noch bei Mohan war.

»Ich möchte mich nach seinem Gesundheitszustand erkundigen.«

»Ich nehme an, Sie sind nicht verwandt«, sagte der Offizier mit Schnurrbart, den Ella auf Mitte dreißig schätzte.

»Ich habe die Wunde erstversorgt«, erklärte sie ihm.

»Tut mir leid. Ich muss mich an die Vorschriften halten.«

Ella vernahm Schritte auf dem Gang. Sie erkannte sofort Doktor Bagus, der in Begleitung einer Pflegerin war.

»Doktor Bagus.« Ella ließ den Offizier stehen und ging die wenigen Schritte zum anderen Ende des Ganges.

»So früh hätte ich nicht mit einem Besuch gerechnet«, sagte er.

»Ich wollte nach dem Patienten sehen, aber man lässt mich nicht zu ihm«, erklärte Ella.

Der indische Arzt überlegte für einen Moment, bevor er sich an die einheimische Pflegerin wandte.

»Ich komme gleich nach«, sagte er ihr.

»Sie wissen, dass der Mann ein Gefangener ist?«

Ella nickte.

»Die Wunde ist übrigens sehr gut verheilt. Sie tragen einen nicht unerheblichen Anteil daran. Insofern steht es Ihnen zu, den Patienten zu sehen. Folgen Sie mir«, sagte er schmunzelnd.

Seinem entschlossenen Blick nach zu urteilen, rechnete Ella fest damit, zu Mohan vorgelassen zu werden.

»Eine europäische Kollegin. Mir ist ihre Meinung wichtig«, erklärte er dem Offizier, der augenfällig mit sich kämpfte.

»Ich bin keine Besucherin, genau genommen«, fügte Ella noch hinzu.

Nun nickte der Offizier doch.

Doktor Bagus lächelte zufrieden und wandte sich zum Gehen.

»Melden Sie sich bei mir. Zimmer drei im Erdgeschoss«, wies Bagus sie an.

Ella nickte und trat ein.

Im Nu waren zwei ungläubig dreinschauende Augenpaare auf sie gerichtet – die von Mohan und Amar.

Ella überlegte, wer sie gerade mehr anstrahlte, der Patient oder Amar.

»Wie sind Sie hier hereingekommen?«, wollte Amar wissen.

»Und Sie?«

»Ich bin der Arbeitgeber.« Amar sagte es augenzwinkernd, doch Mohan nickte.

»Wie geht es Ihnen?«

»Der Doc meint, ich kann bald wieder aufstehen und gehen«, sagte Mohan.

»Sie werden ihn ins Gefängnis stecken und ihm den Prozess machen.« Amars Lächeln war verschwunden.

»Fünf bis zehn Jahre«, sagte Mohan mit belegter Stimme.

»Wenn die Briten überhaupt noch so lange hier sind.« Amar war der Zorn, den er empfand, ins Gesicht geschrieben.

»Marjory will Sie entlassen und der Governor glaubt, dass Sie auch im Widerstand engagiert sind«, sagte Ella an Amar gerichtet.

»Damit hat er recht, aber nachweisen kann er es mir nicht«, gab Amar zurück.

»Vermutlich halten sie mich auch schon für eine Spionin, zumindest hat mich Marjory gewarnt«, erklärte Ella.

Mohan und Amar tauschten besorgte Blicke. Dabei blieb es, denn die »Besuchszeit« war offenkundig vorüber. Die Tür ging auf. Der britische Offizier forderte sie mit Blicken auf zu gehen.

»Sie sind bald wieder auf den Beinen«, sagte Ella, um zumindest den Anschein einer Stippvisite zu wahren.

Ella drückte Mohans Hand zum Abschied.

»In einer halben Stunde am Marktplatz«, flüsterte sie Amar zu, bevor sie das Zimmer verließ. Ella hielt es für besser, vorzugehen. Man musste dem Eindruck, dass sie mit Rebellen sympathisierte, ja nicht auch noch Vorschub leisten.

Ella hatte von Doktor Bagus nichts anderes erwartet, als auf ihre Erfahrungen im heimatlichen Klinikum angesprochen zu werden. Allerdings musste sie ihn in einer Hinsicht enttäuschen. Ihren Kenntnisstand in vielerlei Bereichen der Naturmedizin verdankte sie nicht einer deutschen Ausbildung und noch nicht einmal nur der in England, auch wenn man dort dieser Behandlungsform gegenüber bereits aufgeschlossener war. Sie hatte überwiegend aus Lehrbüchern gelernt. Hierzulande schienen Ärzte jedenfalls keine Götter in Weiß zu sein. Dafür war Doktor Bagus' Büro viel zu klein und unscheinbar, ja nahezu schmucklos. Ein Schrank, gefüllt mit allerlei medizinischem Instrument, ein Schreibtisch und eine Behandlungsliege, die man in Hamburg schon längst ausgemustert hätte, waren sein »Reich« im Klinikgebäude.

»Mich hat Ihr Ratschlag erstaunt, weil die Myrrhe in Indien bekannt ist. Wir nennen sie Guggul. In der ayurvedischen Medizin wird sie bei Fettleibigkeit verabreicht, bei Gelenkschmerzen und Hauterkrankungen, auch gegen Entzündungen, aber ich hätte nicht gedacht, dass sie äußerlich angewendet auch die Wundheilung begünstigt. In Ihren Breitengraden wächst sie nicht. Woher wissen Sie davon?«

»In England sind die guten Kliniken meist kirchlich. Ich hatte das Glück, für einen Arzt zu arbeiten, der über eine große Sammlung an Rezepturen verfügte, bis zurück ins Mittelalter. Ich erinnere mich noch genau daran, wie Professor Reading es mir erklärt hat. In unserem Glauben gehen wir davon aus, dass das Jesuskind von drei heiligen Königen aus dem Morgenland mit Gold, Myrrhe und Weihrauch beschenkt wurde. Man hat sich seinerzeit mit Myrrhe bedacht, um Gesundheit zu verschenken, und schrieb der Pflanze universelle Heilkräfte zu«, erklärte Ella.

Doktor Bagus war sichtlich beeindruckt.

»Sie scheinen sich ausgiebig mit Naturheilverfahren beschäftigt zu haben«, mutmaßte Doktor Bagus.

Ella nickte wahrheitsgemäß.

»Ich wünschte, Sie könnten uns an Ihrem Wissen teilhaben lassen. Es gibt hier kaum ausgebildete Fachkräfte …«

»Ich fürchte, dass ich dazu nicht lange genug hier sein werde.«

»Was hat Sie nach Dshohor geführt? Eine Rundreise?«

Ella beschloss, ihm angesichts ihrer bisherigen Erfahrungen mit diesem Nest, in dem sich Dinge in Windeseile herumsprachen, nichts von ihren wahren Beweggründen zu erzählen.

»Neugier auf die hiesige Kultur und der Wunsch, neue Erfahrungen und Eindrücke zu sammeln«, sagte sie.

»Das ist ungewöhnlich für eine junge Frau, wenn ich mir diese Bemerkung erlauben darf. Meinen Respekt. Bei unserer ersten Begegnung sagten Sie, dass Sie noch ein wenig länger bleiben würden. Vielleicht reicht die Zeit, um die Schwestern zu unterweisen, zum Beispiel durch einen Vortrag. Sie könnten in den Nebengebäuden wohnen und sich auf diese Weise zugleich die Kosten für die Unterkunft ersparen«, meinte er.

»Ich bin privat untergebracht, nicht weit von hier.«

»Lassen Sie mich raten, bei Mila und Richard. Das sind die einzigen Holländer, die hier in der Nähe wohnen«, sagte er mit einem Lächeln.

»Ich hatte das Vergnügen, sie kennenzulernen, aber ich wohne bei den Fosters.« Ella hoffte, dass keine weiteren Nachfragen kamen, doch da täuschte sie sich.

»Wie geht es Heather? Ist sie wohlauf?«, wollte der Arzt wissen. Ella stutzte, was Doktor Bagus wohl dahin gehend interpretierte, dass sie nicht wohlauf sei, zumindest las Ella das aus seinem besorgten Gesichtsausdruck. Das konnte nur bedeuten, dass er die Familie kannte und wissen musste, dass Heather gesundheitliche Probleme gehabt hatte. Ella nutzte daher die Gunst der Stunde.

»Sie leidet immer noch unter allen möglichen Ängsten. Nicht immer, aber gelegentlich«, sagte Ella.

»Ich nehme an, dass Sie Heather dann näher kennen?«

»Sie ist wie eine Schwester für mich«, sagte Ella wahrheitsgemäß.

»Ich hatte gehofft, dass das nach all den Jahren …« Doktor Bagus schien in Gedanken versunken.

»Sie haben Sie schon einmal behandelt?«, fragte Ella nach.

»Das ist bestimmt schon zwanzig Jahre her. Ich war erst zwei Jahre im Dienst und der englische Hausarzt der Fosters war verstorben. Ich fürchte, Marjory hätte sich sonst keinem farbigen Arzt anvertraut.«

»Ich weiß, Sie unterliegen der Schweigepflicht, aber hatte sie damals schon diese Angstzustände? Ich frage aus Sorge um sie.«

»Mutmaßen dürfen Sie. An meiner Reaktion können Sie Dinge ablesen.«

»Also hatte sie Angstzustände.«

Doktor Bagus deutete ein Nicken an.

»Sie hat das Haus nicht mehr verlassen?«

Kein Widerspruch seinerseits.

»Schlimmeres?«, wollte Ella dann doch wissen.

»Habe ich Ihnen eigentlich schon erzählt, dass wir hier eine spezielle Station für jede Art von Vergiftungen haben? Meist sind es ja Schlangen- oder Spinnenbisse, aber …«

»Gift …? Sie hat versucht, sich das Leben zu nehmen?«

»Sie wissen, dass ich Ihnen das nicht sagen darf«, gab Doktor Bagus just so von sich, dass er damit alles sagte.

»Die arme Heather … Wenn ich nur wüsste, wovor sie solche Angst hat«, sagte Ella mehr zu sich.

»Das konnten wir damals leider nicht in Erfahrung bringen«, seufzte Doktor Bagus.

Ellas Gedanken begannen zu rasen. Heather hatte also tatsächlich versucht, sich das Leben zu nehmen, und das musste in irgendeiner Weise mit diesem Gästehaus zusammenhängen. Warum verließ sie den Ort nicht einfach?

»Wenn man einem Menschen nahesteht, bringt man ihn in den meisten Fällen dazu, sich das Leid von der Seele zu reden. Ich hoffe, dass Sie es schaffen«, sagte Doktor Bagus.

»Ich fürchte, Sie haben etwas gut bei mir«, sagte Ella.

»Es wäre mir ein Vergnügen und ein Segen für die Klinik.«

Ella dachte im Moment eher an den Segen, diesen indischen Arzt kennengelernt zu haben, auch wenn er noch mehr Fragen aufgeworfen hatte.

Nachdem nun sowieso schon bei allen, die es nicht unbedingt wissen sollten, bekannt war, dass sie sich mit Amar das Puppenspiel angesehen hatte, scherte Ella sich auch nicht mehr darum, dass sie weitere Augenpaare verwundert ansahen, als sie schnurstracks zu ihm ging und sich am zentralen Markplatz zu ihm unter eine Schatten spendende Palme setzte.

»Wir sollten von hier weggehen«, sagte er mit Blick auf zwei berittene britische Offiziere, die den Platz überquerten.

»Das kommt nicht infrage«, sagte Ella.

Amar kommentierte das, indem er schmunzelte.

»An Ihnen ist auch eine Rebellin verloren gegangen«, bemerkte er im Flüsterton.

»Man hält mich in meiner Heimat für eine, allerdings konnte ich mir dort bisher den Griff zu den Waffen ersparen«, erwiderte Ella.

Amars Miene wurde schlagartig ernst.

»Sie sollten wieder in die Stadt ziehen. Marjory will keinen Ärger. Sie wird Sie über kurz oder lang sowieso wegschicken, und wenn sie mich entlässt, dann kann ich nicht mehr auf Sie achtgeben«, meinte Amar.

»Sie haben es sich also zur Aufgabe gemacht, auf mich aufzupassen?«, fragte Ella.

Er blieb ihr zwar die Antwort, nicht aber ein allumfassendes Geständnis in Form eines Lächelns schuldig.

Auch Ella hatte ihm ein Geständnis zu machen: »Ich kann noch nicht von dort weggehen.«

»Haben Sie nicht bereits gefunden, wonach Sie gesucht haben?«

»Ja und nein. Ich bin mir sicher, dass Heather meine Halbschwester ist, aber es ist noch nicht offen ausgesprochen. Vielleicht täusche ich mich und verrenne mich ja doch in ein Hirngespinst.«

»Was versprechen Sie sich davon?«, fragte er.

»Klarheit«, sprudelte es aus Ella heraus, aber das war es nicht allein. »Heather scheint krank zu sein. Ich habe das Gefühl, dass sie mich braucht.«

»Sie hat ihre Mutter«, wandte Amar nachdenklich ein.

»Das ist nicht das Gleiche«, erwiderte Ella.

Amar schien in Gedanken.

»Und wenn Sie Heather einfach darauf ansprechen? Ihre Herkunft preisgeben?«

»Ich habe Angst davor und weiß nicht einmal, warum. Wer weiß, vielleicht liegt ja doch ein Fluch auf dieser Familie«, sagte Ella.

Amar zuckte ratlos mit den Schultern.

»Aber es muss irgendetwas mit diesem Gästehaus zu tun haben«, fuhr Ella fort.

»Jedes Geheimnis hinterlässt Spuren«, sagte Amar.

»Ich kenne alle Räume. Da ist nichts.«

»Vielleicht nicht auf den ersten Blick … Womöglich ist etwas hinter dem Haus oder darunter …«, überlegte Amar laut.

»Sie machen mir Angst … Was soll denn darunter sein? Etwa ein Grab?«

»Irgendetwas muss es doch sein, wenn es stimmt, dass sie diesen Ort meidet«, sagte Amar.

»Wenn Sie dort nicht mehr arbeiten, wo kann ich Sie dann erreichen?«, wollte Ella wissen.

»Ich hinterlasse eine Nachricht bei Lee im Gästehaus.«

»Und wo wohnen Sie, wenn Marjory Sie entlässt?«, wollte Ella wissen, weil sie von Raj während ihrer Fahrt nach Dshohor erfahren hatte, dass die meisten Arbeiter in einem Haus ganz in der Nähe der Plantage untergebracht waren.

»Ich komme schon irgendwo unter. Meine Familie lebt an der Ostküste. Ich lasse Sie aber nicht allein … außer Sie schicken mich fort.«

»Glauben Sie wirklich, ich würde Sie fortschicken?«

Statt zu antworten, drückte er fest ihre Hand. Ella fand daran Halt.

Kapitel 13

Raj hatte Ella wie verabredet wieder vor dem Hospital aufgelesen und sich sogar nach dem Gesundheitszustand von Mohan erkundigt. Er schien mit ihm mitzufühlen, obwohl er an strenge Prinzipien glaubte. Dazu gehörte nun mal auch die uneingeschränkte Solidarität mit den Fosters und ein hartes Durchgreifen gegen Arbeiter, die die hiesige Gesellschaftsordnung infrage stellten. Kein weiteres Wort war mehr über Heather gefallen, jedoch nahm Ella das Ende der Kutschfahrt zum Anlass, um Raj in einer anderen Angelegenheit zu befragen.

»Es ist schon komisch. Ich bin noch gar nicht so lange hier und fühle mich in dem Gästehaus wie zu Hause.« Ella entschied sich für einen eher unverfänglichen Einstieg. Die Frage, die sie brennend interessierte, gedachte sie eher en passant zu stellen.

»Alle Gäste der Fosters wissen es zu schätzen«, sagte Raj.

»Hat es eigentlich schon immer so ausgesehen?«

»Das Haus? Natürlich.«

»Nein, ich meine den Garten. Ich habe den Eindruck, dass bis auf den Oleander alles andere wild wächst. Auch hinter dem Haus scheint sich niemand so recht darum zu kümmern«, sagte Ella.

»Ich habe Marjory schon darauf angesprochen, dass sie sich einen Gärtner nehmen soll. Sie macht das nur, wenn sie Zeit hat, und meistens schneidet sie nur den Oleander an der Seite, die man von ihrem Haus aus sieht«, sagte Raj.

»Und innen? War es schon immer so schön eingerichtet?«

»Es waren andere Möbel darin.«

»Dann war es früher gar kein Gästehaus?« Ella ließ nicht locker.

Anstatt die Frage zu beantworten, musterte Raj sie misstrauisch. Dann entspannten sich seine Gesichtszüge und es löste sich ein kaum wahrnehmbares Lächeln.

»Nein.«

»Sicher ein Ort, um zu entspannen.«

»So ist es«, erwiderte er, als die Kutsche die Stallungen erreichte und der Stalljunge sie in Empfang nahm.

Raj stieg sofort ab und erteilte ihm in der Landessprache Anweisungen. Wieder hatte er es geschafft, ihre wichtigsten Fragen unbeantwortet zu lassen. Sein geheimnisvolles Lächeln, als er zum Oleanderhaus hinübersah, hatte aber etwas zu bedeuten. Anscheinend wollte er damit zum Ausdruck bringen, dass sie auf dem richtigen Weg war, sich die richtigen Fragen stellte. Nur was nützten all diese Überlegungen, wenn man nicht einmal den Ansatz einer Vorstellung davon hatte, was das Gästehaus mit Heathers merkwürdigem Verhalten zu tun haben könnte?

Unter normalen Umständen hätte sie Heather bereits an den Stallungen abgefangen, um den Rest des Tages gemeinsam zu verbringen. Sie saß vermutlich immer noch im Haus und schmollte, weil Ella ihr anscheinend zu nahe getreten war. Auch von Marjory war nichts zu sehen. Ella nahm daher in Angriff, sich das Gästehaus näher anzusehen. Einmal dabei, fielen einem tatsächlich Dinge auf, denen man sonst gar keine Beachtung schenkte. Ella stand mitten im Salon und besah sich die Einrichtung. Sie passte zu einem Gästehaus, weil jegliche persönliche Note fehlte, die Wohnräumen individuellem Charme verlieh und etwas über den Menschen aussagte, der darin lebte. Die Möbel hingegen schienen noch aus einer anderen Zeit zu stammen. Gästezimmer richtete man doch in der Regel eher mit robusten Möbeln ein, die weniger verspielt waren. Es gab auch zu viele Möbel, die gar keine Funktion mehr zu haben schienen. Ein Bücherregal, in dem nur drei Bücher über Malakka standen, und eine Abmauerung, auf die man normalerweise Statuen, Vasen oder Bücher stellte, die jetzt aber ohne jeden Schmuck dastand. So wie sich der Raum nun offenbarte, musste er einmal richtig liebevoll eingerichtet gewesen sein. Vielleicht war es ein Refugium für Heather gewesen. Ella überlegte, dass die Fosters zu Lebzeiten ihres leiblichen Vaters bestimmt mehr soziale Kontakte gehabt hatten. So ein Haus etwas abseits vom Trubel bot sich doch förmlich für Privatsphäre an. Ella hätte es an Heathers Stelle wahrscheinlich auch zu ihrem Reich gemacht. Das leuchtete unmittelbar ein, erklärte jedoch nicht, warum Heather davor Angst hatte.

Die weitere Suche im Haus ergab nichts Neues: keine Geheimfächer hinter dem Landschaftsgemälde im Salon oder den Bildern im Eingangsbereich, keine Utensilien in ansonsten sowieso leeren Schubladen. Wenn im Oleanderhaus selbst nichts mehr zu finden war, was Rückschlüsse auf die vormalige Nutzung zuließ, dann vielleicht im kleinen Gartenbereich. Unter den verwachsenen Oleanderbüschen nach irgendetwas zu suchen, machte wenig Sinn. Der Garten hinter dem Haus war hingegen begehbar. Er grenzte an wild wachsende Gummibäume, die sich von der Plantage wohl bis hierher verirrt hatten. Augenfällig war ein Springbrunnen, der jetzt nicht mehr in Betrieb war. Auch wenn die Pflanzen, die ihn umgaben, nur noch Gestrüpp und teilweise vertrocknet waren, konnte man erahnen, dass dieser Ort einmal ein schattiges heimeliges Plätzchen gewesen sein musste, an dem man sich aufhalten konnte, ohne vom Haupthaus aus gesehen zu werden. Auch die inzwischen überwucherte Steinpflasterung wies darauf hin, dass dieser Bereich früher einmal genutzt worden war. Ella setzte sich auf die Steine des Brunnens und stellte fest, dass sie um einige Mutmaßungen reicher, aber dem Rätsel um Heathers Verhalten keinen Deut nähergekommen war. Sie wollte schon aufstehen und zurück ins Haus gehen, da fiel ihr Blick auf einen der Gummibäume. Aus der Ferne sah es so aus, als hätte jemand etwas in die Rinde geritzt, und zwar nicht, um den Baum zum Bluten zu bringen. Ella besah sich die Stelle genauer. Eine Rankpflanze hatte sich um den Stamm gewickelt. Schob man sie zur Seite, war die Kontur der Schnitzerei erkennbar. Sie musste vor Jahren angebracht worden sein, weil die Form nur noch schwach zu erkennen war. Zweifelsohne handelte es sich dabei um ein Herz. Zwei Buchstaben schnitten seine Konturen und vereinigten sich in der Mitte. Es war ein »H« und ein »J« oder »I«. Ella fuhr mit der Hand über das einst dort angebrachte Zeichen einer großen Liebe. Wer das »H« war, lag auf der Hand. Und das »J«? Hatte Mary nicht von einem Jack gesprochen? Ella dämmerte, dass Heathers Ängste damit zusammenhingen. Angst vor der Erinnerung an eine Liebe, die einst zerbrach. Vermutlich würde sie selbst auch Orte meiden, die sie an schmerzliche Begebenheiten erinnerten. Das passte auch zu Doktor Bagus' Andeutungen. Es musste also tatsächlich eine unglückliche Liebe gewesen sein, die Heather vor Jahren zu dem gemacht hatte, was sie heute war. Eine andere Erklärung gab es dafür nicht.

Bis zum späten Nachmittag hatte Ella mit sich gekämpft, um zu entscheiden, ob sie Heather nicht doch direkt auf ihr merkwürdiges Verhalten ansprechen sollte. Kaum war sie zu dem Schluss gekommen, dass dies wohl das Beste war, entschied sie sich dazu, lieber ein paar Tage ins Land streichen lassen. Aber was sollte das bringen? Andererseits konnte es doch nicht so schlimm sein, über eine zerbrochene Liebe zu sprechen. Heather war sicher nicht die einzige Frau, die von einem Mann sitzen gelassen worden war. Ella erinnerte sich nur allzu gut an Geschichten ihrer Kolleginnen, die Ähnliches erlebt hatten. Rückblickend gab es zwei Arten, damit umzugehen. Die einen verdammten Männer bis in alle Ewigkeit, hielten sie für räudige Hunde, die nur auf das Eine aus waren, die anderen suchten die Schuld bei sich und zerflossen förmlich in Selbstmitleid. Wie groß der Schmerz eines zerbrochenen Herzens sein konnte, hatte Ella anhand unzähliger Tränen der Kolleginnen mitbekommen. Sich wegen eines Mannes das Leben nehmen zu wollen, war sicherlich im Bereich des Möglichen, aber setzte eine ziemlich große Enttäuschung und eine vorher besonders innige Beziehung voraus. Letztlich gab ein Gedanke den Ausschlag, um sich doch dazu aufzuraffen, hinüber zum Foster-Haus zu gehen. Allen Kolleginnen hatte es stets gutgetan, sich jemandem anzuvertrauen und den ganzen aufgestauten Schmerz herauszulassen. Warum sollte Heather in dieser Hinsicht anders sein?

Ella war froh, von Jaya an der Tür zu erfahren, dass Marjory sich hingelegt hatte.

»Heather ist auf ihrem Zimmer«, sagte Jaya. »Soll ich Sie melden?«

»Ist das unbedingt erforderlich?«, wollte Ella wissen, denn sie fürchtete, dass Heather sie dann nicht empfangen würde.

»Ein unangemeldeter Besuch ist nicht üblich hier im Haus«, wandte Jaya ein, die sichtlich unter Ellas Idee litt.

»Ich übernehme dafür die Verantwortung«, versicherte Ella ihr.

Jaya brauchte noch einen Moment, um sich dazu durchzuringen, Ella unangemeldet zu Heather gehen zu lassen.

»Das vorletzte Zimmer am Ende des Ganges«, sagte sie dann doch.

250

Obwohl Ella sich einredete, dass sie Heather lediglich einen Besuch abstattete, woran ja nichts Verwerfliches war, fühlte es sich treppauf so an, als würde sie ins Haus der Fosters einbrechen. Sie schlich auf leisen Sohlen, um Marjory nicht zu wecken, und als sie das erste Stockwerk erreichte, suchte sie prompt den Gang nach ihr ab. Darin standen gottlob nur zwei Statuen, die ihr zunächst einen Schrecken eingejagt hatten, weil sie mannshoch waren und sie eine davon für Marjory gehalten hatte. Ellas Herz schlug sowieso schon bis zum Hals, weil man ihre Schritte trotz des im Gang ausgelegten Läufers hören konnte. Der darunter befindliche Holzboden knarrte. Die Anspannung wurde mit jedem Schritt, der sie Heathers Zimmer näher brachte, schlimmer, doch einmal vor ihrer Tür, fasste Ella sich ein Herz und klopfte.

»Heather. Ich bin's. Hast du Zeit?«

Es regte sich nichts von drinnen. Womöglich hatte sich Jaya getäuscht und Heather war gar nicht mehr auf ihrem Zimmer. Ella klopfte gleich noch einmal an. Hoffentlich wurde Marjory nicht davon wach.

»Ella?«, kam es von drinnen.

»Soll ich wieder gehen?«, fragte Ella daraufhin.

Schritte näherten sich der Tür. Heather öffnete und schien zu überlegen, ob sie sie hereinbitten sollte.

»Geht es dir besser?«, wollte Ella wissen.

Heather nickte und bat sie mit einer einladenden Geste nun doch herein.

Ella lag schon auf der Zunge, nachzufragen, warum sie unpässlich gewesen sei, doch nachdem Heather sich denken konnte, dass Ella dies genau wusste, verzichtete sie darauf und besah sich zunächst ihr Zimmer: Ton in Ton aus apricotfarbenen Polstermöbeln, dem dazu passenden Teppich und einem Himmelbett, über dem ein Moskitonetz gespannt war.

»Du hast es wunderschön hier«, sagte Ella.

»Auf dieser Seite des Hauses ist es kühler. Man erträgt die Hitze besser«, erwiderte Heather.

»Du stickst?« Eine angefangene Stickerei war Ella ins Auge gefallen. Heather arbeitete offenbar an einer Decke, auf der man bereits die ersten Oleanderblüten erkennen konnte.

Heather nickte und schien sich etwas zu entspannen.

Ella glaubte, in Heathers Augen wieder den Funken von Lebensfreude zu sehen, den sie an ihr kannte und schätzte.

»Das hier ist schon fertig«, sagte Heather und zog ein besticktes Tuch hervor. Sie musste Tage daran gearbeitet haben und eine Oleanderblüte sah schöner aus als die andere.

»Du liebst diese Blüten, nicht wahr?«

Heather schien ganz unbedacht zu nicken.

»Daher der Oleander am Gästehaus«, sagte Ella.

»Nein, es war Mutters Idee, die Beete damit zu bepflanzen«, sagte Heather.

»Hast du früher darin gewohnt?« Ella hielt ihre Frage für harmlos genug, um in Heather nicht gleich wieder ein Stimmungstief hervorzurufen. Ein Trugschluss, denn ihr Lächeln verschwand augenblicklich. Dennoch nickte sie. Ihren Blick wandte sie dennoch von Ella ab. Sie zog es vor, auf die Stickerei zu starren und mit ihren Händen darüberzufahren.

»Wenn du möchtest, dann sticke ich dir auch etwas«, sagte Heather dann völlig unvermittelt.

Ella ging nicht auf ihr Angebot ein. Sie war dieses Katz- und Mausspiel leid, auch wenn sie ahnte, dass Heather die Erinnerung an damals schmerzen würde. Wenn sie ihren Schmerz doch nur endlich herauslassen könnte.

»Ich hätte mir auch so ein kleines Haus für mich gewünscht. Der Garten hinter dem Haus muss einmal wunderschön gewesen sein. Ich hab mir heute vorgestellt, dort im Schatten zu sitzen und dem Spiel des Wassers zu lauschen. Hattet ihr damals Seerosen in dem Brunnen?«

Heathers Handbewegungen auf dem Tuch wirkten nun fast mechanisch. Sie versteifte zusehends.

»Was hast du, Heather?«

Sie reagierte nicht.

Es hatte keinen Sinn mehr, um den heißen Brei herumzureden. Es war ja auch zu Heathers Bestem.

»Heather. Ich habe das eingeritzte Herz am Baumstamm gesehen.«

Heather begann augenblicklich, am ganzen Körper zu zittern. Sie wurde bleich.

Ella bereute es, damit angefangen zu haben, doch nun war es zu spät.

»Hieß er Jack?«

Heathers Hände krallten sich in das Tuch. Ihr Atem ging schneller. Warum sagte sie nichts?

»Ist das der Grund? Hat er dich verlassen? Deine Liebe verschmäht?«

Heather fing an zu wimmern. Ella konnte sehen, dass ihre Augen feucht wurden.

»Aber das ist doch schon so vielen Frauen passiert.«

Heather versteifte noch mehr. Plötzlich drehte sie sich ruckartig zu ihr um. Ihre Augen funkelten böse, als ob ein Dämon in sie gefahren wäre. Harsch fauchte sie sie an: »Das ist es nicht!«

Ella erschrak so sehr über Heathers heftige Reaktion, dass sie zwei Schritte zurücktaumelte.

Heathers Hände umklammerten das Tuch so fest, dass die Sehnen an ihren Armen hervortraten.

»Geh jetzt!«, verlangte Heather.

»Erzähl es mir. Ich bitte dich. Erzähl es mir. Es wird dir dann besser gehen. Glaub mir.«

Heather zitterte mittlerweile wie Espenlaub. Tränen liefen über ihre Wangen.

»Warum hörst du nicht auf zu fragen? Es ist so schön mit dir, aber du hörst nicht auf.«

»Ich möchte dir helfen, Heather.« Ella ließ nicht locker, auch wenn ihr mittlerweile das Herz blutete, Heather in so einem jämmerlichen Zustand zu sehen.

»Warum tust du mir so weh? Warum lässt du mich nicht in Ruhe?«, wimmerte sie.

»Was immer auch damals passiert ist, ich werde es verstehen. Sag es mir, bitte.«

Ella hatte den Eindruck, als würde Heather einen inneren Zweikampf mit sich ausfechten. Ihr Körper schien wie von Marionetten gelenkt zu sein, wand sich und versteifte dann doch wieder.

Dann wurde ihr Blick starr.

»Raus!« Heather schrie wie eine Furie.

Ella erschrak so sehr, dass sie sich für einen Moment nicht mehr rühren konnte, geschweige denn etwas von sich geben, und sei es nur eine Entschuldigung.

Die Tür flog auf. Ella brauchte sich gar nicht umzudrehen, um zu wissen, dass Marjory sie gehört haben musste.

»Mutter, sag ihr, sie soll gehen.« Aus Heather war ein kleines Mädchen geworden, dem die Tränen über die Wangen kullerten.

Marjory war sofort zur Stelle, um ihr Kind tröstend in den Arm zu nehmen. Heather ließ erst jetzt vom bestickten Tuch ab und schlang sich um die Mutter, an deren Schulter sie hemmungslos weinte.

Ella wünschte in diesem Augenblick, dass sie Heather in Ruhe gelassen hätte. Sie so leiden zu sehen, tat ihr in der Seele weh.

Marjorys Augen wurden zu schmalen Schlitzen, ihr Gesicht zu Stein. Ella konnte ihr ansehen, dass sie ihren Gast in die Hölle wünschte.

»Ich würde es sehr schätzen, wenn Sie unsere Gastfreundschaft nicht mehr länger in Anspruch nähmen«, zischte sie mit schneidender Stimme.

»Heather. Soll ich wirklich gehen?«

Sie antwortete nicht und vergrub sich regelrecht an der Schulter ihrer Mutter.

»Raj wird Sie zurück in die Stadt fahren, und wenn ich Ihnen noch den guten Rat geben darf: Halten Sie sich künftig aus britischen Angelegenheiten heraus.« Marjorys Drohung wurde von ihrem entschlossenen Blick untermalt.

Ella machte auf dem Absatz kehrt und rannte aus Heathers Zimmer. Mit anhören zu müssen, dass Heather nun noch mehr weinte, zerriss ihr fast das Herz.

Ella war immer noch so aufgewühlt, dass sie Mühe hatte, sich auf das Packen ihrer Sachen zu konzentrieren. Es musste schnell gehen, denn Raj stand bereits mit der Kutsche vor dem Oleanderhaus. Ella hatte Jaya kurz nach dem Hinauswurf in Richtung Stallungen laufen sehen. Es konnte Marjory anscheinend nicht schnell genug gehen. Hoffentlich hatte sich Jaya keinen Ärger eingehandelt und würde wegen des unangemeldeten Besuchs nicht die Stelle verlieren. Weil sie nicht zu ihr gekommen war, um sich von ihr zu verabschieden, sah es ganz danach aus, dass sie sich zumindest eine Standpauke hatte anhören dürfen. Vermutlich hatte Jaya auch keinen Mut mehr dazu gehabt, Adieu zu sagen, oder Marjory hatte es ihr verboten. So sehr es Ella auch belastete, Heather so viel Schmerz zugefügt zu haben, so erleichtert war sie nun darüber zu wissen, dass sie nicht hierhergehörte. Der Hass, der ihr von Marjory entgegengeschlagen war, hatte sich unauslöschlich in ihr eingeprägt. So einen Menschen wollte man nicht in seiner Nähe haben. Und Heather? Sollte sie nicht versuchen, um Heathers Freundschaft zu kämpfen, wenn sich die Wogen wieder geglättet hatten? Doch was sollte das bringen?

Marjory hatte zu großen Einfluss auf sie. Wahrscheinlich war sie es auch, die Heather an sich band, sie ans Haus kettete, anstatt sie dazu zu ermutigen, sich ihren Ängsten zu stellen, um wieder wie ein freier Mensch leben zu können, und vor allem wie ein psychisch gesunder. Heather hatte sich vorhin an Marjorys Seite ja wie ein kleines Mädchen benommen. Manchmal war sie trotzig wie beim Umtrunk mit Compton, manchmal fröhlich und unbeschwert wie ein junges Ding, das vergnügt über eine Blumenwiese spazierte. Immer wenn sie mit ihrer Vergangenheit konfrontiert wurde, ging dies mit großem Schmerz einher. Wahrscheinlich flüchtete sie sich deshalb in die vermeintlich heile Welt der Plantage und vermied jedweden Kontakt zu Männern, um ihr Herz zeitlebens vor Gefühlen zu verschließen. Ella ertappte sich erneut dabei, dass sie versteinert vor ihrem Koffer stand. Die vielen Gedanken lähmten sie geradezu.

»Brauchen Sie Hilfe?«, tönte es von draußen. Es war Rajs Stimme. Wahrscheinlich wunderte er sich bereits darüber, wo sie so lange blieb.

Ella musste sich regelrecht dazu zwingen, ihre Schuhe und zwei Blusen – alles andere war bereits gepackt – in den Koffer zu legen. Es hieß Abschied nehmen und genau das fiel ihr so schwer, dass sie erneut reglos vor dem Koffer innehielt. Der Gedanke, Heather vielleicht nie wiederzusehen, schmerzte bis ins Mark. Ella konnte nicht umhin, sich einzugestehen, dass sie sie liebte, sich so tief mit ihr verbunden fühlte, wie man es nur in der eigenen Familie spürte. Tränen stiegen in ihre Augen. Ella holte tief Luft und wischte sie mit dem Ärmel ihrer Bluse trocken. Dann verschloss sie den zweiten Koffer.

Raj klopfte bereits an der Tür.

»Ich bin so weit«, rief sie ihm entgegen.

Raj war anzusehen, dass er unter dieser Situation litt. Wortlos nahm er die Koffer an sich und ging damit hinaus, um sie auf die Kutsche zu laden.

»Was haben Sie getan?«, fragte er dann unvermittelt.

»Was hat sie Ihnen ausrichten lassen?«

Raj zeigte ihr wieder jenen Ansatz eines Lächelns, der ihr das Gefühl gab, dass er mehr wusste, als er ihr bisher offenbart hatte.

»Jemand, der mit dem Widerstand sympathisiert, würde bei den Fosters nicht geduldet«, sagte Raj.

»Das hat Sie Ihnen ausrichten lassen?« Ella konnte kaum glauben, was sie da hörte. Andererseits konnte sie ihm ja schlecht die Wahrheit sagen.

Er nickte betreten, dann sah er ihr direkt in die Augen.

»Ich bin mir sicher, dass Sie das Richtige getan haben.«

»Wie meinen Sie das?«, fragte Ella.

»Sie waren in der Gartenlaube. Ich habe Sie gesehen.«

»Beobachten Sie mich etwa?«

»Wenn ich einen Grund dazu habe«, gab er immer noch kaum wahrnehmbar lächelnd zurück.

Ella versuchte, in seinen Augen zu lesen, wer dieser Raj wirklich war. Ein brutaler Aufseher oder gar ein Freund, der ihr wohlgesinnt war?

»Er hieß übrigens Jack«, flüsterte er dann.

Ella lief es heiß und kalt gleichzeitig über den Rücken, weil er es tatsächlich wusste und ihr auch noch sagte.

»Was hat er ihr angetan?«

Rajs Lächeln verschwand. Er schüttelte nur den Kopf.

»Sie wissen es doch. Bitte sagen Sie es mir.« Ellas verzweifelter Appell verhallte im Nichts.

»Es gibt eine Zeit für alles. Dass Sie hier sind, ist Bestimmung. Niemand kann sich gegen das Vorherbestimmte auflehnen, doch es ist nicht meine Bestimmung, sondern Ihre«, erklärte er.

Ella wusste mittlerweile aus Erfahrung im Umgang mit ihm, dass sie sich erst gar nicht mehr die Mühe machen musste, ihn weiter zu löchern.

Raj half ihr auf die Kutsche.

Ella warf noch einen letzten Blick zurück zum Foster-Haus. Ohne jeden Zweifel stand jemand am Fenster. Es war das Fenster im ersten Stock. Anscheinend nahm Heather auch Abschied. Ella fragte sich, ob Heathers Schmerz größer war als der, den sie im Moment empfand.

Es waren oft die kleinen Dinge, die einem in dunklen Stunden wieder etwas Leben einhauchten. In diesem Fall das Lächeln von Lee. Bei Chinesen wusste man ja nie so recht, ob es nicht das anerzogene Höflichkeitslächeln war, mit dem sie sogar Todfeinde begrüßten. Ob eine solche Sympathiebekundung ehrlich war und von Herzen kam, las man an den Augen ab. Lee freute sich aufrichtig. Ella hatte ihren Besuch »bei Freunden« kurz und schmerzlos als beendet erklärt. Es kamen keine weiteren Nachfragen diesbezüglich, doch erstaunlicherweise lag ein Briefumschlag für sie bereit.

»Der wurde schon gestern abgegeben, aber ich hatte keine Zeit, Sie benachrichtigen zu lassen«, entschuldigte Lee sich, als sie Ella den Umschlag aushändigte.

Schon am Stempel, der wie ein Siegel aussah, war zu erkennen, dass es sich um eine amtliche Mitteilung handeln musste. Ella öffnete den Brief noch am Empfang. Er war von der Polizei. Die Untersuchungsergebnisse der Leichenbeschau lägen vor. Sie möge auf das Revier kommen, um die Angelegenheit persönlich zu besprechen.

»Könnten Sie meine Koffer aufs Zimmer bringen lassen?« Ella wollte keine Zeit mehr verlieren.

Lee nickte.

Zu Fuß war die kurze Strecke zum Polizeirevier schneller zu bewältigen, als auf eine freie Riksccha zu warten. Die Sonne ging bereits unter. Ella hoffte darauf, dass die Dienststelle rund um die Uhr geöffnet war. Auf dem Weg dorthin überlegte sie, woran

Rudolf gestorben sein könnte. Auch wenn die hiesigen klimatischen Verhältnisse für manchen herzkranken Besucher Malakkas sicherlich fatale Folgen hatten, konnte Ella sich dies bei Rudolf beim besten Willen nicht vorstellen. Nicht bei einem jungen Mann, der vor Vitalität nur so gestrotzt und auch auf der anstrengenden Überfahrt nicht das geringste Anzeichen einer Herzschwäche gezeigt hatte, jedenfalls keine, die das Organ betraf.

Keine zehn Minuten später fragte Ella sich im Nebenzimmer der Polizeistation, in das sie gebeten wurde, warum Officer Puteri ungläubig den Kopf schüttelte, als er den Bericht des Amtsarztes in Händen hielt.

»Keine äußeren Verletzungen, auch keine inneren, die als Folge eines Sturzes aufgetreten sein könnten. Kein Insektenbiss, aber auch keine Herzschwäche. Dem Bericht nach war Rudolf von Stetten organisch völlig gesund«, erklärte er.

»Aber an irgendetwas muss er doch gestorben sein«, wandte Ella ein.

»Festzustehen scheint, dass er an Herzstillstand verstorben ist und unter Atemnot gelitten haben muss«, hielt Puteri fest.

»Ich versichere Ihnen, dass Mr. von Stetten kerngesund war. Das ist unmöglich.«

»Für den Arzt gibt es nur eine Erklärung. Er glaubt, dass er etwas Giftiges zu sich genommen hat. Auch das ist kein Einzelfall. Viele Ausländer glauben, dass so manche hiesige Pflanzenart essbar sei, obwohl sie giftig ist.«

»Warum sollte Rudolf irgendetwas vom Straßenrand zu sich genommen haben?«, wandte Ella ein.

»Sie haben recht. Falls es eine giftige Substanz war, so lässt sie sich dem Bericht zufolge nicht nachweisen. Wir tappen also nach wie vor im Dunkeln.«

»Vielleicht eine Unverträglichkeit auf ein Lebensmittel? Hier gibt es so viele Stände, die Essen und Getränke verkaufen«, überlegte Ella laut.

»Ausgeschlossen. Mir ist noch nie ein Fall untergekommen, bei dem sich ein Ausländer beim Verzehr hiesiger Gerichte eine Vergiftung zugezogen hätte. Höchstens Durchfälle, auch einmal eine Lebensmittelvergiftung, wenn das Fleisch verdorben war … aber das hätte der Arzt feststellen können.«

»Aber irgendwie muss er doch das Gift aufgenommen haben.«

Puteri nickte nachdenklich.

»Hatte er Feinde? Geschäftliche Kontakte hier in Malakka?«, fragte er.

»Nicht, dass ich wüsste.« Sollte sie sich ihm offenbaren und von der Suche nach ihrem leiblichen Vater erzählen? Er würde Marjory und Heather dann sicher einen weiteren Besuch abstatten. Dabei käme ans Licht, dass sie eine Deutsche war, die in Heather ihre Halbschwester sah. Nach dem Hinauswurf wollte Ella das erst recht nicht mehr.

»Lassen Sie sich ruhig Zeit. Vielleicht fällt Ihnen ja doch noch etwas ein«, sagte er. Sicherlich hatte er ihr angesehen, dass es in ihr arbeitete.

»Ich weiß nur, dass er zur Foster-Plantage wollte«, rückte Ella dann doch heraus, weil sie ja wusste, dass Puteri das Foster-Haus bereits aufgesucht hatte.

»Dort haben wir schon nachgefragt. Er war bei Marjory Foster, um über den Bezug von Kautschuk zu reden.« Puteri stutzte. »Aber sagten Sie nicht, dass er keine geschäftlichen Kontakte hier in Malakka hätte?«

»Er hat mit mir nie über Geschäftliches gesprochen«, erklärte Ella.

Damit gab Puteri sich zufrieden.

»Wir haben das Pferd gefunden, auf halbem Weg nach Dshohor. Ein einheimischer Junge hat es aufgelesen. Da gibt es noch eine Sache, die mich stutzig macht.«

Ella sah ihn fragend an.

»In den Satteltaschen lag eine Dokumentenmappe aus Leder, aber das Merkwürdige daran ist, dass sie leer war.«

»Sie meinen, jemand hat ihm Dokumente gestohlen?«, mutmaßte Ella.

»Denkbar.«

»Aber was sollen das für Schriftstücke gewesen sein? In seinem Koffer habe ich nur persönliche Dinge, Bücher und Karten gefunden«, sagte Ella.

»Vielleicht eine Lizenz, eine Urkunde, die einen Besitzstand nachweist?«

»Unmöglich. Davon hätte er etwas erzählt oder zumindest angedeutet. Wir haben eine lange Zeit gemeinsam an Bord verbracht.«

Puteri zuckte etwas ratlos mit den Schultern.

»Ich fürchte, wir müssen den Fall abschließen. Es gibt nichts mehr, was wir noch tun könnten«, sagte er.

Was in Gottes Namen könnte Rudolf in seiner Satteltasche mit sich geführt haben? Die Karte hatte er bei sich getragen, seine Geldbörse auch. Ella konnte sich einfach keinen Reim darauf machen.

»Ich nehme an, Rudolf von Stetten soll in die Heimat überführt werden?«, fragte Puteri.

»Sicher«, erwiderte Ella mechanisch, denn darüber hatte sie sich noch gar keine Gedanken gemacht, was sicherlich nicht nur daran lag, dass dies gänzlich sinnlos gewesen wäre, weil das Ergebnis der amtsärztlichen Untersuchung noch nicht vorgelegen hatte. Mit Rudolf hatte sie abgeschlossen und wen hätte sie über seinen Tod informieren sollen? Etwa seine an Vergesslichkeit leidende Mutter Clara? Weitere Verwandtschaft hatte er nicht und Post war überdies wochenlang unterwegs.

»In ein paar Tagen geht ein Schiff zurück in Ihre Heimat. Wenn Sie möchten, kümmern wir uns um die Formalitäten. Sie brauchen Papiere …«

»Danke. Ich weiß das sehr zu schätzen«, sagte sie. Im gleichen Moment überlegte Ella, ob sie nicht auch gleich zurück nach Hamburg fahren sollte, doch dann würde sie Amar vermutlich nie wiedersehen.

»Ich wünsche Ihnen noch eine schöne Zeit hier in Malakka. Werden Sie noch bleiben?«, fragte er, nachdem er sie zur Tür hinausgeleitet hatte.

Ella zuckte unschlüssig mit den Schultern, auch wenn sie wusste, dass sie nicht fahren würde – und das lag nicht nur an Amar. Ein unbestimmtes Gefühl, dass die Zeit für die Abreise noch nicht gekommen war, ließ sich nicht leugnen. Hatte Doktor Bagus ihr nicht angeboten, im Hospital genau das zu tun, wovon sie in ihrer Heimat immer geträumt hatte?

Die schlimmen Neuigkeiten setzten sich bis in die Abendstunden fort. Marjory hatte Amar also tatsächlich entlassen. Es gab keine andere Erklärung für die Nachricht, die Amar ihr wie versprochen bei Lee hinterlassen hatte. Obwohl seiner handschriftlichen Nachricht eine kurze Skizze beilag und die Wegbeschreibung zu seinem neuen Domizil nicht allzu kompliziert aussah, entschied sich Ella dazu, am Straßenrand auf die nächste freie Kutsche zu warten, um sich zu Amar zu begeben. Es lohnte sich, denn die Fahrt war länger als gedacht und verlief außerhalb des Zentrums. Sie hätte sich sicherlich verfahren.

Dort, wo er nun wohnte, sah jedes Haus gleich aus. Hausnummern, wie man es von der Heimat gewohnt war, gab es nicht.

Der chinesische junge Kutscher hielt vor einem Pfahlbau, der einfach, aber sehr gepflegt aussah, genau wie das Grün, das ihn umgab. Genau genommen lag er abseits einer gerade noch befahrbaren Straße im Schatten von riesigen Fächerpalmen. Ein Pferd stand an der Veranda angebunden vor einem Trog mit Heu.

Die Fahrt kostete nur ein paar Ringgit. Ella überlegte, den Fahrer warten zu lassen, bis sie sicher sein konnte, dass Amar hier war, verwarf den Gedanken aber sofort wieder. Wem sonst sollte das Pferd vor dem Haus gehören?

Zunächst sah es aber ganz danach aus, als ob sie sich täuschte. Im Herzstück des Hauses, einem großen Raum mit hoher Decke, die unter einem Spitzdach lag, war er jedenfalls nicht. Ella ließ ihren Blick über die einfache und doch funktionale Einrichtung schweifen. Eine Kochstelle lag in der Mitte des Raumes. Unter dem Dach war eine Öffnung. Dorthinaus konnte der Rauch ziehen. Kissen am Boden ersetzten ein Sofa. Einen Tisch in normaler Höhe gab es daher nicht. Es dauerte eine Weile, um sich an das schummrige Licht im Inneren zu gewöhnen. Erst jetzt entdeckte Ella den Schlafbereich. Eine kleine Treppe führte nach oben zu einer Art Galerie, und als sie stehen blieb, vernahm sie regelmäßige Atemzüge, denen sie folgte.

Amar lag auf einer Bastmatte. Sein Brustkorb hob und senkte sich regelmäßig. Er musste tief und fest schlafen.

Ella setzte sich zu ihm und sah ihn einfach nur an. Seine entspannten Gesichtszüge strahlten Wärme aus. Seine Hand bewegte sich im Schlaf überraschend zielgerichtet. Sie tastete nach ihrer und legte sich darauf. Auf einmal kam Leben in sein Gesicht. Lächelte er im Schlaf?

»Ella.« Wie er ihren Namen sagte, ließ ihr einen wohligen Schauer über den Rücken laufen. Dann schlug er die Augen auf. Sie wirkten nicht verschlafen und hatten ihr Gesicht im Blick.

»Sie haben überhaupt nicht geschlafen«, beschwerte Ella sich.

»Wir Orang Aslis haben ein Gehör wie Hunde«, amüsierte er sich. »Vor allem wir Rebellen. Wir müssen immer auf der Hut sein, weil wir von den Briten gejagt werden.« Dann lachte er.

Ella boxte ihn gegen seine Schulter.

Amar sah sie für eine Weile schweigend an.

»Sie haben die Foster-Plantage verlassen?«, fragte er dann mit ernster Stimme.

»Ich bin dort nicht mehr erwünscht«, sagte Ella wahrheitsgemäß.

»Haben Sie mit Heather gesprochen?«, erkundigte er sich feinfühlig.

Ella nickte und musste sich eingestehen, dass sich der Grund, weshalb sie in dieses Land gekommen war, in Luft aufgelöst hatte.

»Sie tut mir leid. Heather leidet unter vergangenen Ereignissen und ich bin ihr wohl zu nahe gekommen, aber das Merkwürdige daran ist, dass ich froh bin, von dort weg zu sein.«

»Sie meinen, weil Sie nun Ihre Herkunft kennen und es anders ist, als Sie es sich erträumt haben?«, fragte Amar.

»Vielleicht ist es das … Ich frage mich nur, warum er mich weggegeben hat. Ich hätte wie Heather in diesem Haus aufwachsen können, wäre für sie da gewesen und sie für mich.«

»Solche Dinge gibt es auch bei meinem Volk«, sagte Amar.

»Die Männer gehen zu Dirnen und geben deren Kinder dann weg?«

Amar setzte sich auf und schien zu versuchen, sich an etwas zu erinnern.

»In dem Dorf, aus dem ich komme, wäre eine Frau bei der Geburt ihres ersten Sohnes fast umgekommen. Ihr Mann wollte noch ein Kind. Sie empfing es, aber ihr Leben stand wieder auf Messers Schneide. Es musste herausgeschnitten werden. Die Frau war danach verunstaltet. Sie wollte das Kind töten und da hat der Mann es einer Pflegefamilie gegeben.«

Ella kannte ähnliche Geschichten, die man in einem großen Klinikum vom Hörensagen mitbekam. Natürlich konnte es alle möglichen anderen Erklärungen geben, aber zumindest eine schied aus: Marjory konnte nicht ihre leibliche Mutter sein.

»Bei den Briten kommt es wohl häufiger vor als bei uns, dass jemand ein uneheliches Kind mit einer Einheimischen zeugt. Die englischen Waisenhäuser sind bestimmt gefüllt mit solchen Kindern. Waren Sie im Waisenhaus?«, fragte Amar.

»Nein, mein Vater hat sich als mein leiblicher ausgegeben. Ein deutscher Hochseekapitän hat diese Version gestützt. Falsche Papiere wurden ausgestellt. Nach außen haben meine Eltern von einer Adoption gesprochen und mir haben sie auch nicht die Wahrheit gesagt. Richard hat wohl eine Rente für mich bezahlt. Warum das so war, weiß ich bis heute nicht.«

Amar zeigte sich überrascht.

»Aber wie ging das damals genau vonstatten? Ein Brite, der in Malakka lebt, sucht sich eine deutsche Familie? Er hätte Sie auch in der Wildnis, vor einer Kirche … einem Tempel aussetzen können oder in ein hiesiges Waisenhaus geben«, fragte Amar zu Recht.

Amars Gedankengänge brachten eine neue Möglichkeit zutage.

»Wenn Richard Foster mein Vater war … Mein deutscher Vater war Seemann. Vielleicht hat Richard mich am Hafen in Singapur ausgesetzt, in der Hoffnung, dass mich dort jemand findet und in ein hiesiges Waisenhaus bringt.«

»Aber warum sollte er dann eine Rente für Sie bezahlen?«, fragte Amar.

Ella seufzte. Sie wusste es nicht.

»Rudolf … Wahrscheinlich kannte er die Wahrheit, auch wenn ich nicht weiß, woher«, sagte Ella mehr zu sich.

Amar sah sie fragend an.

»Er wusste, warum ich hier bin. Er hatte die Foster-Plantage schon in seiner Karte eingezeichnet, noch bevor wir uns überhaupt auf die Suche machten.«

»Sie glauben, dass Rudolf Marjory erpresst hat, damit nicht herauskommt, dass Sie Richards uneheliches Kind sind? Aber woher soll er denn das gewusst haben? Was haben Sie ihm erzählt?«, fragte Amar.

»Rudolf wusste angeblich nur, dass ich adoptiert wurde. Dass Gelder aus Penang für mich flossen, für meinen Unterhalt, das wusste er von mir.« Ella seufzte. Ihre Gedanken drehten sich nur noch im Kreis. Es ergab alles keinen Sinn mehr.

»Die Polizei glaubt, Rudolf sei vergiftet worden«, erklärte Ella.

»Marjory ist die Rechtschaffenheit in Person. Man hat Rudolf auf der Plantage gesehen. Sie würde sich nie einem solchen Risiko aussetzen«, gab Amar überzeugt von sich.

Seine Logik war unbestechlich, doch sie trug auch nicht dazu bei, sich Klarheit über die damaligen Ereignisse zu verschaffen.

In solchen Momenten war es das Beste, in den Arm genommen zu werden, ohne weitere Worte. Es tat so gut, sich an seiner Schulter anzulehnen und seine Hand zu spüren, die sie sanft streichelte. Dieses Gefühl der Nähe war fast noch schöner als das Prickeln, das seine Berührungen normalerweise in ihr auslösten. Einfach nur festgehalten zu werden, wenn sie keinen Halt mehr fand, war genau das, was Ella in diesem Moment brauchte.

Kapitel 14

Ella vermisste das farbige Licht am Morgen, den seidigen Schein der Oleanderblüten und ihren Duft. Stattdessen trug ein sanfter Windzug, der im Haus vom Eingang bis zum Dach hinaufzirkulierte, den Duft von Jasmintee an ihr Nachtlager, das sich als mindestens so bequem wie das Bett im Oleanderhaus erwiesen hatte. Es war trotzdem ungewohnt, faktisch auf dem Boden zu nächtigen, auch wenn eine geflochtene Matte und eine Art Matratze auf den ersten Blick nicht den bequemsten Eindruck erweckten. Ella richtete sich auf und blickte nach unten zur zentralen Feuerstelle. Amar bereitete Tee zu und schnitt Früchte, die er auf zwei Schalen verteilte.

»Guten Morgen, Ella. Hast du gut geschlafen?«

Die neue Anrede freute sie. Angesichts seiner gestrigen Fürsorge und Gastfreundschaft hatte Ella gestern darauf bestanden, sich nicht mehr länger zu siezen. Es fühlte sich unangebracht an.

Sie erwiderte den Gruß mit einem Lächeln und bereute es keineswegs, bei ihm geblieben zu sein, und dies nicht nur, weil er ihr beteuert hatte, dass sie hier sicher seien, da die Briten das Haus bereits mehrfach abgesucht hatten. Es war schließlich Mohans Heim, das Erbe seiner verstorbenen Eltern. Er selbst konnte ja nicht damit rechnen, so schnell auf freien Fuß zu kommen, und es stand leer. Warum sich der junge Mann im Widerstand engagierte, hatte Amar ihr gestern Nacht noch erzählt. Mohans Vater war in der Zinnmine ums Leben gekommen. Niemand scherte sich dort um die Sicherheit der Arbeiter. Man hatte ihn nicht rechtzeitig ins Krankenhaus gebracht. Mohans Mutter war schwer krank und ohne den Verdienst des Vaters hatte das Geld für eine medizinische Behandlung nicht mehr gereicht. Dinge zeigten sich oft in einem ganz anderen Licht, wenn man die Hintergründe kannte.

»Esst ihr Deutschen auch Eier zum Frühstück wie die Engländer? Aber Speck habe ich keinen«, sagte Amar.

»Das hätte mich auch gewundert«, gab sie zurück. Amar war Muslim. Sie aßen kein Schweinefleisch. Auch darüber hatten sie gestern Nacht draußen im Freien gesprochen. Amar liebte es, von seiner Heimat und ihrem Brauchtum zu erzählen. Dazu gehörte die Religion. Den Briten sei der Einzug des Islam bis heute ein Dorn im Auge. Angeblich gab es ihn bereits seit fünfhundert Jahren in Malakka. Arabische, persische und indische Händler hatten den Islam eingeführt und den Buddhismus und Hinduismus verdrängt, wobei die Chinesen und Inder nach wie vor ihre Religion frei ausleben konnten. Die vielen Tempel beider Religionen, die Ella bisher gesehen hatte, sprachen dafür.

»Deswegen liebe ich dieses Land so. In Europa gab es Kriege nur, weil die alten Christen anderer Meinung als die neuen Christen waren.« Amar war der Widerstreit der Katholiken und Protestanten bekannt. Es war wirklich erstaunlich, wie viel er über Europa wusste.

»Magst du jetzt Speck oder nicht? Ich hol dir welchen. Zwei Häuser weiter wohnt eine chinesische Familie«, rief er hinauf zur Balustrade, hinter der Ella hervorlugte und ihn gedankenverloren beim Zubereiten des Frühstücks beobachtete.

»Nein, ich bin Deutsche. Wir essen sowieso viel lieber Brot mit Marmelade zum Frühstück«, gab sie amüsiert zurück.

»Ich habe keine Marmelade, aber ich fahre auch nicht in die Stadt, um bei Briten welche zu kaufen.«

»Die haben ohnehin keine deutsche Marmelade, sondern nur englische. Die ist bitter. Wie kann man Orangenmarmelade nur so bitter zu sich nehmen?«, wunderte Ella sich.

»Oh, ich sehe schon. Es wird schwer, es dir recht zu machen.«

Ella musste unwillkürlich lachen. Amars Humor und seine Fürsorge – und sei es nur, um ihr das perfekte Frühstück zuzubereiten – waren Balsam für ihre Seele.

»Es ist mir alles recht«, sagte sie.

»Curry zum Frühstück mit Fladenbrot, aber mit Eiern?«

Für Ella schwer vorstellbar, doch sie nickte tapfer.

»Ich könnte mir nichts Besseres vorstellen«, gab sie ihm augenzwinkernd zu verstehen.

»Na, dann komm …«

Ella ließ sich das nicht zweimal sagen und eilte die Holzstufen nach unten.

Frisch gepresster Mangosaft in einer Karaffe und das Fladenbrot standen auf dem niedrigen Tisch bereit. Amar servierte die Eier und etwas Hähnchencurry, aber gottlob nicht auf einem Palmblatt, sondern auf normalen Tellern.

»Ich hoffe, es ist alles zu Ihrer besten Zufriedenheit, Ma'am«, scherzte er und unterstrich es mit einer untertänigen Geste. Er nickte mit vor dem Kopf gefalteten Händen, so wie es indische Dienerschaft tat.

Ella schätzte an ihm besonders, dass er sie unentwegt aufheiterte.

»Ich bin glücklich, dass du wieder lachen kannst«, sagte er mit ernster Stimme. Erneut las sie in seinen Augen Fürsorge und Zuneigung. Am Vorabend hätten sie sich beinahe just in so einem Moment geküsst, kurz bevor sie sich für die Bettruhe nach oben begeben hatte.

»Warum hast du es nicht getan?«, fragte sie sich. Vielleicht, weil er sie nicht drängte. Womöglich aber auch, weil dieser Moment mit jeder Minute, die sie wartete, versprach, umso schöner zu werden.

»Es ist wirklich gut«, sagte er. Anscheinend interpretierte er ihre gedankliche Abwesenheit als Zögern, das exotisch anmutende Frühstück zu sich zu nehmen.

Ei mit Curry-Chicken am frühen Morgen. Sie probierte es ihm zuliebe und war froh, dass sie nicht lügen musste, weil es tatsächlich sehr schmackhaft war. Amar hätte sie sowieso durchschaut. Umgekehrt hatte sie auch das Gefühl, ihn durchschauen zu können. Zwar aß er sein Frühstück mit Appetit, doch da er vor sich hinstarrte und die Augen etwas zusammenkniff, war er in Gedanken sicher woanders.

»Schmeckt es dir etwa nicht?« Im Prinzip hätte Ella ihn auch fragen können, woran er gerade dachte.

Amar brauchte ein paar Momente, bevor er antwortete.

»Sie werden ihn hinrichten«, murmelte er. Es war offensichtlich, dass er Mohan damit meinte. »Ich habe es gestern erfahren.« Nun rückte er endlich damit heraus. Auch am Vorabend war Ella aufgefallen, dass er immer wieder bedrückt gewesen war und darüber hinweggelächelt hatte, vermutlich nur, damit es ihr gut ging.

»Aber man hat doch lediglich zwei Waffen bei ihm gefunden. Das hast du doch selbst gesagt.«

»Sie wollen ein Exempel statuieren.« Amar bekam nun keinen Bissen mehr herunter.

Ella ging es nicht anders.

»Können wir irgendetwas dagegen tun? Kann sich den Briten denn niemand entgegenstellen?«

Amar schüttelte den Kopf.

»Und der hiesige Sultan? Es ist doch sein Land. Es ist sein Volk.« Ella fiel es schwer zu glauben, dass die Briten wirklich tun konnten, was sie wollten.

»Er würde es nicht wagen, sich gegen sie zu stellen. Was erwartest du denn von jemandem, der sein eigenes Land verkauft?«

»Aber es muss doch irgendeine Möglichkeit geben.« Ella war nicht bereit, einfach hinzunehmen, dass Mohan sterben sollte.

»Es gäbe eine«, sagte Amar geheimnisvoll.

»Und die wäre?«

»Du möchtest ihm wirklich helfen?«, wollte sich Amar versichern.

»Natürlich.«

»Morgen wird er ins Gefängnis verlegt. Die Kutschen nehmen immer den gleichen Weg, aber manchmal auch einen anderen, näher am Stadtrand. Wenn wir es schaffen würden, dass sie den anderen Weg nehmen ...«, deutete er an.

»Habt ihr darauf denn Einfluss? Entscheiden das nicht die britischen Offiziere?«, fragte Ella.

»Nein. Der Transport wird vom Krankenhaus organisiert. Ein Offizier begleitet die Kutsche lediglich.«

»Und wer plant den Transport?«, wollte Ella wissen.

»Was glaubst du, warum ich zu Mohan durfte?«, fragte er.

»Er hat keine Angehörigen und du warst Aufseher bei seinem Arbeitgeber. Das hast du mir jedenfalls so erklärt.«

Amar schüttelte den Kopf.

»Bagus hasst die Briten wie wir alle.«

»Gehört er etwa auch zum Widerstand?«, fragte Ella fassungslos.

Amar nickte.

»Wenn du uns helfen möchtest, dann überbringe ihm eine Nachricht. Mich wird man beobachten und sich fragen, was ich bei Bagus zu suchen habe. Du musst es aber nicht tun … Ich möchte nicht, dass du dich in Gefahr bringst.«

Ella war klar, dass sie mit dieser Aktion Kopf und Kragen riskierte. Andererseits gedachte sie nicht tatenlos mit anzusehen, wie an einem jungen Mann ein tödliches Exempel statuiert wurde.

»Ich tue es«, sagte sie kurz entschlossen.

»Übergib ihm nur die Nachricht. Ich schreibe alles auf einen Zettel. Ich beschreibe ihm, wohin die Kutsche fahren soll. Mit deiner Hilfe können wir Mohan befreien. Ein Schiff wartet auf ihn an der Küste. Es bringt ihn nach Sumatra und dann nach Siam. Dort ist er vorerst in Sicherheit«, erläuterte Amar.

Trotz ihrer freiwilligen und aus voller Überzeugung gewährten Unterstützung musste Ella erst einmal tief Luft holen. Aus ihr war über Nacht ein Mitglied der Rebellion geworden.

Ella war heilfroh darüber, einen glaubwürdigen Vorwand zu haben, um Doktor Bagus aufzusuchen. Schließlich ging es um den seinerseits geäußerten Wunsch, hier arbeitendes Pflegepersonal zu unterweisen. Dementsprechend kurz war die Wartezeit vor seinem Büro, die sich Ella damit vertrieb, den Klinikbetrieb, der sich im Gang vor ihr abspielte, mitzuverfolgen. Auffällig war, dass hier mehr gelächelt wurde als in heimatlichen Gefilden. Der Umgang mit den Patienten schien herzlicher zu sein. Das Einzige, was Ella an dieser Klinik missfiel, war die äußerst unbequeme Holzbank, auf der sie saß.

Die Pflegerin, bei der Ella sich angemeldet hatte, musste Doktor Bagus mitgeteilt haben, weshalb sie hier war. Anders ließ es sich nicht erklären, dass er sie mit einem strahlenden Lächeln begrüßte.

»Es freut mich sehr, dass Sie sich die Zeit für mein Anliegen nehmen. Offen gestanden hätte ich nicht gedacht, dass wir uns so schnell wiedersehen.« Mit einer einladenden Geste bat er sie in sein Büro.

Ella überlegte, wie sie ihm am besten ihr wahres Anliegen erklären konnte, denn der Grund ihres Besuches war tatsächlich ein gänzlich anderer.

»Sie haben recht. In so kurzer Zeit konnte ich mir noch keine Gedanken machen, welche Inhalte für das hiesige Pflegepersonal am geeignetsten erscheinen«, sagte Ella.

Doktor Bagus reagierte überrascht, bot ihr die Sitzgelegenheit vor seinem Schreibtisch an und nahm dann selbst Platz.

»Was kann ich für Sie tun?«, fragte er gespannt.

»Amar schickt mich. Es geht um Mohan«, gestand Ella, um gleich zum Punkt zu kommen. Sie hoffte, dass er aus den beiden Namen die richtigen Schlüsse ziehen würde.

Doktor Bagus musterte sie nun doch etwas argwöhnischer als gedacht.

»Sie wissen, dass Mohan eine aus meiner Sicht unangemessen hohe Strafe droht?«, fragte er vorsichtig nach, um zu prüfen, ob er sie richtig verstanden hatte. Seine Nachfrage bestätigte Ella ihrerseits, dass sie ihm vertrauen konnte.

»Es geht um den Transport ins hiesige Gefängnis«, sagte sie und zog aus ihrer ledernen Umhängetasche einen Zettel hervor, den Amar ihr mitgegeben hatte. Eine Skizze nahm einen Großteil davon ein.

Doktor Bagus studierte sie eingehend.

»Teilen Sie Amar bitte mit, dass ich alles Nötige veranlassen werde«, sagte er.

Ella konnte immer noch kaum glauben, dass ein Arzt in seiner Position sich im Widerstand gegen die Briten engagierte.

»Warum tun Sie das? Es ist nicht als Vorwurf gemeint, sonst wäre ich ja nicht hier«, sagte Ella.

»Warum tun Sie es? Sie sind nicht einmal von hier«, kam schmunzelnd zurück.

»Weil ich es als ungerecht empfinde, was man Mohan antun will. Er ist ein junger Mann und seine Beweggründe sind allzu verständlich«, erklärte Ella.

»Ist das wirklich der einzige Grund?«, wollte Doktor Bagus wissen. Damit spielte er sicher auf eher persönliche Gründe an. Er konnte sich ausmalen, dass sie viel für Amar empfand und ihn daher unterstützte, doch da es noch andere Gründe gab, griff Ella diesen Faden nicht auf.

»Ich habe bestimmt noch keinen hinreichenden Einblick in das hiesige Regiment der Briten, aber was ich bisher mitbekommen habe, reicht mir bereits, um mein Verhalten gegenüber meinem Gewissen zu rechtfertigen.« Ella konnte es ihm nicht besser erklären, ohne auch noch gleich Compton zu erwähnen.

Doktor Bagus nickte nachdenklich, bevor er fortfuhr.

»Sie gehen viel lieber zu ihren Ärzten, weil sie ihre Medizin für überlegen halten, aber wenn Not am Mann ist, dann rufen sie uns. Vor Jahren, als ich hier anfing, wurde ein schwer verletzter junger Arbeiter eingeliefert. Mein Vorgänger behandelte dennoch erst die einfache Schnittverletzung einer hier lebenden Britin, weil sie sich beschwert hatte. Der junge Mann starb. Er hätte ihn retten können.«

Mehr gab es nicht mehr zu sagen. Ella nickte verständnisvoll.

Doktor Bagus ließ den Zettel in seinem Kittel verschwinden.

»Ich würde mich trotzdem freuen, wenn wir uns noch einmal bei anderer Gelegenheit begegnen würden.«

»Ich verspreche es Ihnen«, sagte Ella und hoffte, dass bald etwas mehr Ruhe in ihr Leben einkehren würde, denn nichts wollte sie in Zukunft lieber tun, als ihr Wissen weiterzugeben.

Vor ihrem Entschluss, Mohan zu helfen, hätte es Ella bestenfalls echauffiert, in der Stadt auf Edward Compton zu treffen. Nun sah die Sache allerdings anders aus. War es das schlechte

Gewissen oder der Instinkt einer frisch gebackenen Rebellin, was ihren Puls bei seinem Anblick automatisch beschleunigte und den Wunsch, sich möglichst diskret aus dem Staub zu machen, in ihr potenzierte? Letzteres schien ein aussichtsloses Unterfangen zu sein, denn um zu ihrem Pferd zu gelangen, musste sie zwangsläufig den kleinen Platz vor dem Hospital überqueren. Inmitten von wenigen Passanten, deren Hautfarbe dunkel war, fiel ein weißer Fleck auf, der sich zudem schnell bewegte, auch wenn Compton in ein Gespräch mit einem seiner jüngeren Offiziere vertieft war. Die beiden standen an einem Kramerladen. Weil der Jüngere beherzt in einen Apfel biss und eine Tüte in der Hand hielt, ging Ella davon aus, dass sie gerade eine kleine Mittagspause machten. Nach einer weiteren Razzia sah es zumindest nicht aus. Ertappt zu werden, wie sie das Hospital verließ, würde ihn bestimmt auf dumme Gedanken bringen. Aber – war Angriff nicht die beste Verteidigung?

»Edward«, rief sie daher, ekstatische Verzückung heuchelnd, über den halben Platz, sodass er sie nun zwangsläufig entdecken musste. Dementsprechend verdattert sah er drein. Der Überraschungsmoment war also gelungen. Es verstand sich von selbst, dass er seinen Begleiter links liegen ließ und sich schnellen Schrittes zu der Dame bewegte, die ihm aufgrund ihres Lächelns überraschendes Wohlwollen signalisierte – auch wenn es aufgesetzt war. Auf Distanz würde er es sicher nicht bemerken.

»Was führt Sie in die Stadt?«, fragte er, offensichtlich begeistert davon, sie wiederzusehen. Seinen Blick hatte er kurz zuvor auf das Hospital gerichtet. Aus Ellas Richtung kommend, konnte man nur dieses Gebäude verlassen haben. Ella servierte ihm daher eine maßgeschneiderte Antwort, um selbst den geringsten Anflug einer möglichen Querverbindung zwischen ihr und einem Krankenbesuch bei Mohan im Keime zu ersticken.

»Ich habe Doktor Bagus einen Besuch abgestattet. Wie es scheint, weiß er meine Kenntnisse der Naturmedizin sehr zu schätzen, und offen gestanden interessiere ich mich für die hiesige indische Medizin.«

»Doch nicht etwa für diese Scharlatanerie, die sich hierzulande Ayuvada nennt?«

»Nein, eher für den Ayurveda. Die indische Heilkunst ist in unserer Heimat leider nicht so bekannt«, korrigierte sie ihn, charmant seine Unwissenheit touchierend.

»Verstehe …«

»Ich werde das Personal in der Homöopathie unterweisen. Das kommt letztlich allen hier zugute«, fuhr Ella fort.

»Ich fürchte, das ist vergebliche Liebesmüh«, gab er in seiner überheblichen Art von sich. Bevor er wieder in einen Sermon über die geistig minderbemittelten und faulen Bumiputras oder Orang Aslis verfiel, zog sie ihm den Zahn am besten gleich, ohne seine »Überlegenheit« zu demontieren.

»Sie dürfen nicht vergessen, dass das Pflegepersonal in der Regel über eine gute Schulausbildung verfügt und in einem Hospital keine Tagelöhnerei mit unausgebildeten Eisenbahnarbeitern betrieben wird«, erläuterte Ella.

Wie einfach man Männer, die so primitiv wie er gestrickt waren, doch lenken konnte. Compton zeigte sich sogar beeindruckt.

»Da mögen Sie sicher recht haben.« Hatte er das jetzt wirklich gesagt, ohne sich dabei in die Zunge zu beißen? Vermutlich würde er ihr jedes Kompliment der Welt zugestehen, solange sie ihn anhimmelte und ihr Lächeln beibehielt.

»Mein Angebot gilt noch. Sagen Sie nicht Nein. Sie verpassen sonst eine Fahrt durch atemberaubende landschaftliche Schönheit, wobei ich wahrscheinlich währenddessen keine Augen dafür haben werde.« Compton konnte hartnäckig sein. Ihm in Aussicht zu stellen, nun doch diese Eisenbahnfahrt in seiner Begleitung zu unternehmen, konnte jedoch nicht schaden.

»Im Moment bin ich zu beschäftigt, aber Sie werden doch sicher noch öfters in den Norden unterwegs sein«, gab sie zurück.

»Wie wahr ... Ich nehme Sie beim Wort.« Aus seinem Mund klang es wie eine Drohung.

»Kann ich Sie ein Stück mitnehmen? Marjory freut sich immer, wenn ich sie besuche.« Daraus schloss Ella, dass er noch nichts von ihrem Rückzug in die Stadt wusste.

»Heather ist etwas unpässlich. Ich bleibe für ein paar Tage hier. Die hiesige chinesische Pension hinter dem Palast ist einfach bezaubernd. Sie können mich dort jederzeit erreichen«, sagte Ella, weil sich Lee dazu bereit erklärt hatte, Nachrichten für sie anzunehmen und aufzubewahren.

»Ich wünschte, Sie würden mich bereits morgen begleiten«, sagte Compton mit tiefem Bedauern.

»Sie fahren schon morgen?«, fragte sie beiläufig nach. Informationen dieser Art konnten für die Befreiungsaktion von Mohan von Interesse sein.

»Die britische Armee muss ausbaden, was die Einheimischen verbocken. Ein Teil einer Brücke ist eingestürzt. Sie sind unfähig, die Bruchstelle zu reparieren«, sagte Compton.

»Die Armee rückt aus, um eine Brücke zu reparieren?«

»Natürlich nicht das ganze Regiment, aber wir werden wohl zwei Dutzend Mann brauchen.«

»Und wer soll dann hier auf uns aufpassen?«, fragte Ella, das schutzbedürftige Fräulein mimend.

»Machen Sie sich keine Sorgen. Hier in Dshohor sind Sie absolut sicher.«

»Das beruhigt mich zu hören.«

Compton konnte sich einfach nicht von ihr loseisen.

»Edward!«, tönte es gottlob vom jüngeren Offizier.

»Officer Bennett ist mein wandelnder Terminkalender«, sagte Compton. Er seufzte und verneigte sich tief vor ihr.

»Ich wünsche Ihnen einen schönen Tag«, verabschiedete er sich.

»Ebenso und eine schöne Reise.« Ellas Wunsch war umso überzeugender, weil er von Herzen kam.

Ella hatte sich vorgenommen, möglichst schnell zurück zu Amar zu fahren, um ihm Bescheid zu geben, dass sie Bagus getroffen und ihre Mission erfüllt hatte. Da sie im Moment jedoch bei Amar wohnte, auch wenn sie nicht wusste, für wie lange, war ein Besuch in Lees Pension unumgänglich gewesen, um sich ihre Koffer zu holen. Bei der Gelegenheit war Ella eingefallen, dass sie die in Singapur angemietete Kutsche nicht mehr benötigte, da sie fortan Mohans Kutsche zur Verfügung hatte, mit der sie auch in die Stadt gefahren war.

Lees Vorschlag löste auch dieses Problem: »Ich gebe sie morgen einem Gast mit, der nach Singapur will. Er kann sie zurückbringen.«

Ella rechnete sich aus, wie viel Tage sie noch dafür zu bezahlen hatte, und reichte Lee das Geld. Es war zu viel, doch Ella bestand darauf, dass Lee die Differenz für ihre Dienste behalten konnte. Es galt, keine Zeit mehr zu verlieren, denn Amar wartete bestimmt schon ungeduldig auf sie.

Ella glaubte nach ihrer Rückkehr aus der Stadt, ein Nervenbündel vor sich zu haben. Sie hatte Amar bereits auf dem Weg zu Mohans Haus heimlich dabei beobachtet, wie er nervös von einer Palme zu anderen lief. Amar tat ja gerade so, als hätte sie ein Attentat auf Compton verüben wollen. Einen Zettel zu überbringen, war keine große Sache, auch wenn Mohans Leben wahrscheinlich daran hing. Sie umarmte ihn und er beruhigte sich etwas. Die Anspannung fiel aber erst gänzlich von ihm ab, als sie ihm drinnen im Haus versicherte, dass alles problemlos verlaufen war und Bagus ihnen helfen würde. Ihre Begegnung mit Compton versetzte ihn jedoch wieder in Unruhe.

»Und Compton hat dich am Hospital gesehen?«, fragte er gleich nach.

»Ich habe mit ihm geflirtet, wie es sich für eine schwache Frau gehört, die zu einem großartigen mächtigen Mann wie ihm aufschaut«, führte Ella süffisant lächelnd aus, in der Hoffnung, Amar mit Humor etwas aufzulockern.

Für einen Moment fürchtete Ella, er würde ihr Glas über den Rand hinaus mit Saft aus der Karaffe befüllen. Dann erkannte Amar die Ironie und lächelte erleichtert. Der Fruchtsaft fing sich im Glas und nicht auf dem Tisch. So angespannt kannte sie ihn gar nicht. Amar schien sich tatsächlich große Sorgen und Selbstvorwürfe gemacht zu haben. Viel größere Sorgen machte sie sich aber um ihn.

»Wirst du morgen bei der Aktion mit dabei sein?«, fragte sie, während sie auf einem der Sitzkissen am Boden Platz nahm.

Amar musste nichts mehr darauf sagen. Sie sah es ihm an.

»Und wenn sie dich auch noch festnehmen?«

»Dazu müssen sie mich erst einmal kriegen. Normalerweise wird so ein Transport nur von einem Offizier begleitet. Wir sind zu fünft. Was soll da schon großartig passieren?«

»Seid ihr bewaffnet?«

»Nein. Keine Schusswaffen.«

»Und wenn doch etwas schiefgeht?«, fragte Ella.

Amar sagte nichts darauf, sondern setzte sich zu ihr und nahm sie in den Arm.

Gerade weil Ella diese Nähe so sehr genoss, wuchs die Angst um ihn umso mehr. Das schien er zu spüren, denn er zog sie noch näher an sich heran. Warum nur fühlte es sich wie ein Abschied an?

»Es wird mir nichts passieren. Ich verspreche es.« Amars Ruhe und seine starken Arme an ihrem Körper zu spüren, machten es Ella glauben.

Dann fing er an, mit seinen Händen an ihrem Rücken entlangzufahren, sie zu streicheln. Eine Hand fuhr hoch an ihren Hals, berührte ihr Haar. Er schmiegte sich ganz eng an sie. Die starken Gefühle, die er bei ihr auslöste, waren nun noch viel intensiver als jemals zuvor. Was, wenn er morgen nicht mehr zurückkäme? Sie würde diese Nähe nicht mehr erleben, seinen Atem nicht mehr spüren, wie er sich auf ihren Körper übertrug und ihren eigenen nun beschleunigte, genau wie ihren Herzschlag. Dieses Gefühl von Sehnsucht las er in ihren Augen, als er sich zu ihr drehte und durch ihr Haar fuhr. Ella spürte, dass er sich genauso nach der Berührung ihrer Lippen sehnte wie sie sich nach seinen. Vielleicht das letzte Mal! Der Gedanke legitimierte, es alles einfach nur geschehen zu lassen.

Seine Lippen fühlten sich zunächst rau an, doch dann, als sie sich enger berührten und begannen, sich zu erkunden, sich benetzten und eine Ewigkeit aufeinander verharrten, konnte Ella sich keine zärtlichere Berührung denken. Ihr Herz pochte bis zum Hals, den er küsste. Ella wagte es, ihn nun auch zu berühren, ihn vom Kopf abwärts zu streicheln. Ein wohliger Laut drang aus seiner Kehle. Ella hatte das Gefühl, dass seine Muskeln sich anspannten, als sie an seinem Rücken entlangfuhr.

Dann erkundete er sie. Noch nie hatte sie ein Mann an den Brüsten berührt. Ein heißer Schauer schoss in ihren Unterleib. Dass er ihr unentwegt direkt in die Augen sah, verstärkte den Wunsch, sich ihm hinzugeben.

Ella ließ es zu, dass er ihr die Bluse vom Körper streifte und sie liebkoste, sie an den Brüsten küsste. Dann führte er ihre Hand an seine Hüfte, dort, wo ein Knoten das Tuch zusammenhielt, das er um seine Lenden gewickelt hatte. Ella zog daran, erkundete seine Männlichkeit. Das Tuch glitt von allein zu Boden, genau wie der Rock, den er ihr vom Leib streifte. Ella hatte nur noch den Wunsch, ihn noch näher zu spüren, sich mit ihm zu vereinigen, doch er hörte nicht auf, sie zu streicheln, überall.

Ella hatte das Gefühl zu verglühen und genoss dennoch jede Sekunde dieser süßen Qual, weil ihr Verlangen nach ihm in ihrem Körper immer intensivere Wellen schlug und sie glaubte, jeden Moment in einem Meer aus Leidenschaft zu versinken.

Dann fanden ihre Körper zueinander, im Gleichklang der Bewegungen, genau wie Ella es von ihren Herzen bereits kannte. Doch es waren nicht mehr zwei Herzen, die aneinanderpochten. Sie wurden zu einem Ganzen, einem Körper, einer Seele, die sich im Meer der Glückseligkeit treiben ließen.

Ella war bereits mit den ersten Sonnenstrahlen wach geworden und genoss es, Amar neben sich zu spüren. Irgendwann in der Nacht hatte er sich an ihren Rücken geschmiegt und seinen Arm um sie gelegt. Er schien sie gar nicht mehr loslassen zu wollen, denn sie lagen immer noch so da. Der Rhythmus seines gleichmäßigen Atems übertrug sich auf diese Weise wie ein stummes Wiegenlied, das sie entspannte. Ella konnte sich nicht erinnern, jemals so ein perfektes Gefühl von Geborgenheit empfunden zu haben. Bis zu diesem Moment hätte sie es uneingeschränkt bejaht, ein glücklicher Mensch gewesen zu sein. Es hatte ihr doch an nichts gefehlt. Diesen Gedanken machte er jedoch mit nur einem Handstreich zunichte. Eine kleine Berührung auf ihrem Bauch genügte, um einzusehen, dass ihr all das gefehlt hatte. Was man nicht kannte, vermisste man nicht. Ella legte ihre Hand auf die seine, als ob sie ihn festhalten wollte. Dieses schöne Gefühl durfte einfach nie wieder vergehen. Seine Berührungen und Küsse, ihn neben sich zu spüren, schien alles Glück, das sie zuvor als solches bezeichnet hätte, zu bloßer Zufriedenheit zu degradieren. Und diese Einsicht wurde noch deutlicher, als er sich rekelte und sie vom Hals abwärts bis zum Rücken küsste. Es dauerte nicht lange, da konnte sie spüren, dass er sie wieder begehrte. Ella konnte gar nicht anders, als seine Küsse zu erwidern, doch sie wusste, dass dieser schöne Moment bald ein jähes Ende finden würde. Er wusste es auch, weil er sich seufzend von ihr löste.

»Ich darf nicht zu spät kommen«, hauchte er ihr zu.

Ella nickte tapfer. Schon stieg erneut die Sorge um ihn empor.

»Du musst mir versprechen, dass du auf dich achtgibst«, verlangte Ella.

»Es wird alles gut – oder glaubst du, dass ich ins Gefängnis möchte? Ich wäre dann nicht mehr bei dir.« Amars Begründung war glaubhaft. Ella beruhigte sie dennoch kaum. Mohans Befreiung war alles andere als ungefährlich.

»Nimm mich mit in die Stadt. Wenn ich hierbleibe, verliere ich vor Sorge meinen Verstand.«

Amar nickte und erhob sich. Er stand vor ihr, wie Gott ihn geschaffen hatte. Ella empfand keine Scham mehr, ihn so anzusehen. Dann reichte er ihr seine Hand, um ihr beim Aufstehen zu helfen. Weiße Haut berührte dunkle. Nun war Ella es, die sich von ihm löste. Es blieb nicht mehr viel Zeit und Amar brauchte einen klaren Kopf.

Kapitel 15

In Dshohor nur ziellos herumzuirren, um Zerstreuung zu finden, war zwar besser, als im Garten von Mohans Haus auf Amars Rückkehr zu warten, jedoch auch nicht sehr ersprießlich. Ein Grund für eine Fahrt in die Stadt hatte sich aber schnell während des Frühstücks gefunden. Mohans Lebensmittelvorrat war nicht der ergiebigste. Sogar Salz war ihnen ausgegangen. Eine Einkaufsliste zu erstellen, lenkte ab, und indem sie all jene Dinge besorgte, die sie brauchten, ließ sich die Zeit bis mittags überbrücken, ohne sich stundenlang mit der Frage zu quälen, ob Amar etwas geschehen würde.

Mohans Kutsche war sehr klein und so wendig, dass sie ein Pferd auch über teilweise unwegsameres Gelände in die Stadt ziehen konnte.

Schon am Stadtrand hatten sie sich getrennt. Der Weg zum Zentrum lag zwar ungefähr in der gleichen Richtung wie das Hospital, doch die Befreiungsaktion würde im Westen Dshohors stattfinden. Ella war froh, dass Amar sie in den Befreiungsplan eingeweiht hatte. Fünf maskierte Männer würden der Kutsche auflauern. Ein Obsthändler, der zu ihnen gehörte, würde sich mit einem fahrbaren Obststand der Kutsche entgegenstellen und für Ablenkung sorgen, während die anderen, die allesamt

Masken tragen würden, den Überraschungsmoment nutzen wollten. Immerhin eines war beruhigend zu wissen: Amar würde Mohan nicht bis ans Meer begleiten und daher versuchen, sie mittags wieder in der Stadt zu treffen. Um diese Zeit müsste bereits ein Segelboot auf Mohan warten und ihn dann sicher nach Sumatra bringen. Von dort sollte es ihm gelingen, sich nach Siam durchzuschlagen. Das Wenige, was sie wusste, reichte schon, um sich auf dem Weg ins Zentrum unentwegt vorzustellen, was alles schiefgehen könnte.

Ella musste sich regelrecht dazu zwingen, in den lokalen Kramerladen zu gehen, um ihre Einkäufe zu erledigen. Am liebsten wäre sie in die andere Richtung gefahren – natürlich eine törichte Entscheidung. Es war wichtig, dass sie in Dshohor »gesehen«, vielmehr wahrgenommen wurde. Wer hier in einem der Lebensmittelläden einkaufte, der war in Dshohor ansässig. Reisende pflegten diese Orte allenfalls für den Erwerb von etwas Reiseproviant aufzusuchen oder um ein Getränk zu kaufen. Allein schon Ellas lange Einkaufsliste gab sie als jemanden preis, der nicht auf der Durchreise war.

»Sie sind noch nicht so lange hier?« Die ungezügelte Neugier der chinesischen Verkäuferin sorgte wenigstens für Ablenkung.

»Lassen Sie mich raten. Sie sind die Nachfolgerin der Jonkers«, spekulierte die quirlige Chinesin, die Ella mit ihrem geflochtenen Zopf und dem Deckelhut daran erinnerte, wie sie sich in der Kindheit Chinesen vorgestellt hatte.

»Viele Holländer gehen zurück in die Heimat, wenn sie alt werden. Ist das nicht komisch? Erst nehmen sie den weiten Weg hierher auf sich und dann …«, wunderte die Chinesin sich.

»Und Sie? Wollen Sie hierbleiben?«, fragte Ella.

»Malakka ist meine Heimat. Wir sind schon seit vielen Generationen in Dshohor«, sagte sie, als wäre es das Selbstverständlichste der Welt.

»Eines Tages ist Malakka eine chinesische Kolonie«, fuhr die Chinesin fort, während sie das Obst in Papier wickelte.

»Das werden die Briten wohl nicht zulassen«, gab Ella mit einem Schmunzeln zurück.

»Die sind eines Tages weg. Glauben Sie mir«, war sich die chinesische Verkäuferin sicher.

»Und die Einheimischen?«

»Die kriegen weniger Kinder und sind nicht so geschäftstüchtig.« Die Art, wie die Chinesin lachte, munterte Ella auf. Vielleicht behielt sie ja damit recht, doch noch war das Land unter dem Zepter der englischen Krone. Ellas Gedanken waren sofort wieder bei Amar. Ohne die Liste hätte sie wohl die Hälfte vergessen. Mithilfe der tüchtigen Chinesin hatte sie bald alles, was ein Haushalt brauchte. Was für ein süßer Gedanke, mit Amar für alle Zeiten in diesem Haus zu leben. Gerade weil er so süß war, empfand sie den bitteren Nachgeschmack umso deutlicher. Halb zehn – zumindest auf der Uhr, die über der Ladentheke hing. Gegen zehn müsste Mohan frei sein. Was sollte sie nur bis dahin tun? Die Einkäufe waren eingetütet und ein junger chinesischer Helfer aus dem Geschäft war dabei, sie auf die Kutsche zu verladen.

Ella beschloss beim Bezahlen, schon früher zu ihrer alten Pension zu gehen. Dort hatten Amar und sie vereinbart, sich gegen Mittag zu treffen. Vielleicht gab es Neuigkeiten bezüglich Rudolfs Überführung. Officer Puteri hatte versprochen, sich um alles zu kümmern und eine Nachricht zu hinterlassen. Weil die Pension ganz in der Nähe war, hatte Ella tatsächlich keine zehn Minuten später an der Rezeption eine Nachricht in der Hand, allerdings nicht von Puteri. Ella war mehr als nur überrascht, als sie »Otto Ludwig« auf dem Briefumschlag las.

»Er wohnt für zwei Tage hier«, erklärte Lee, die sich allem Anschein nach über ihren Stammgast freute.

Ella nahm den Brief an sich, öffnete ihn beim Hinausgehen und setzte sich an den Springbrunnen im Innenhof, um ihn zu lesen.

Wertes Fräulein Kaltenbach,

meine schlimmsten Befürchtungen, dass Sie nicht mehr zugegen sein werden, wenn ich Dshohor erreiche, schienen sich bewahrheitet zu haben, doch man hat mir zu meiner Erleichterung mitgeteilt, dass Sie über die Rezeption immer noch zu erreichen sind. Auch nach Ihrem Begleiter habe ich gefragt. Ich stehe immer noch unter Schock. Lee hat mir zugetragen, dass er verstorben sei. Auch wenn ich hoffe, Ihnen persönlich mein Beileid zum Ausdruck bringen zu können, möchte ich es Ihnen vorweg in dieser Nachricht kundtun.

Meine Reise nähert sich dem Ende. Die Geschäfte waren erfolgreich, doch ich kann nicht abreisen, ohne vorher mit Ihnen gesprochen zu haben. Es gibt etwas, was Sie wissen sollten, und es ist zu heikel, um es schriftlich niederzulegen. Heute Abend gibt es ein Fest bei den Hamiltons. Tony und Victoria sind meine treuesten Lieferanten. Sie feiern das fünfzigjährige Bestehen ihrer Plantage. Es sind wirklich sehr angenehme Leute. Ich solle Freunde mitbringen. Nun weiß ich nicht, ob ich Ihnen diesen Status aufbürden darf, aber ich würde mich freuen, wenn Sie die Einladung in meiner Begleitung wahrnehmen würden.

*Die Hamiltons haben ausdrücklich erwähnt,
dass jeder willkommen sei, also zögern Sie
nicht, sich ebenfalls allein oder in Begleitung
dort hinzubegeben. Wir finden schon eine
Gelegenheit, um in Ruhe zu reden. Die
Wegbeschreibung ist auf der Rückseite. Ich
freue mich auf ein Wiedersehen.*
Ihr tief ergebener Otto Ludwig.

Ella kam nicht mehr dazu, die Wegbeschreibung zu lesen, denn
mehrere Schüsse knallten wie Peitschenschläge aus der Ferne.
Ella fuhr ein kalter Schauer über den Rücken. Ihre Hände
begannen zu zittern. Es gab nur einen denkbaren Grund, weshalb sie ausgerechnet um diese Zeit fielen. Kurz vor zehn hatte
Lee ihr Ottos Brief überreicht. Es musste etwas Schlimmes passiert sein, dessen war sie sich sicher.

Amar hatte Ella ausdrücklich darum gebeten, vor der Pension
auf ihn zu warten. Das war nun ein Ding der Unmöglichkeit.
Es bedurfte keiner besonderen Vorstellungskraft, um sich aus-
zumalen, dass bei der Befreiung etwas schiefgegangen war. Wo
genau der Plan aus dem Ruder gelaufen sein konnte, wusste Ella
nicht, doch es genügte, einigen Schaulustigen hinterherzueilen,
um das herauszufinden. Dass sie dabei berittene lokale Polizei
überholte, bestätigte, dass sie sich an den richtigen Ort begab,
und der lag in Richtung des Hospitals.

Ihre schlimmsten Befürchtungen schienen sich keine zehn
Minuten später zu bewahrheiten. Schon von Weitem sah Ella
eine Droschke der Polizei mitten im Weg stehen. Polizisten ver-
trieben die ersten Schaulustigen. Damit wurde der Blick auf die
Straße frei. Was sie sah, traf sie mit der Wucht eines Schlages.
Vor ihr lag zwischen verteiltem Obst der reglose Körper eines

Einheimischen. Das war aufgrund seiner Hautfarbe zu erkennen. Ella hoffte so sehr, dass es sich nicht um Amar handelte, doch dass ihr Stoßgebet nicht umsonst war, wurde erst klar, als einer der Polizisten zur Seite trat und Ella mehr als die Beine des am Boden Liegenden sah. Er hatte Amars Statur, doch er trug andere Kleidung, und erst, als die beiden Polizisten zum Straßenrand auswichen, damit sich ein Arzt nähern konnte, war Ella in der Lage, sein Gesicht zu sehen. Gott sei Dank, es war nicht Amar! Einer der Polizisten hielt eine Maske in der Hand. Wahrscheinlich hatten sie sie dem Toten kurz zuvor abgenommen.

Ella konnte die Last, die von ihr abfiel, fast körperlich spüren. Sie wagte es, ein paar Schritte nach vorne zum Ort des Geschehens zu gehen, und dann konnte sie sich ausmalen, wer auf den jungen Mann geschossen haben musste. Ein britischer Offizier trat vor die Droschke. Er trug eine Waffe bei sich.

Noch ein paar Schritte. Die Polizei vernahm den Obsthändler, der Amars Ausführungen zufolge ja mit von der Partie war, sowie Passanten, die den Vorfall offenbar gesehen hatten. Ein Mann, der neben der Kutsche stand und sich um die Pferde kümmerte, wurde ebenfalls befragt. Das musste ein Kutscher der Klinik sein. Einer der Polizisten drehte sich in ihre Richtung. Es war Puteri. Ella unternahm erst gar nicht den Versuch, sich abzuwenden oder sich hinter zwei Einheimischen zu verstecken. Sie war die einzige Weiße hier. Sein Blick war auf sie gerichtet. Er lächelte ihr zu, bevor er wieder ein paar Worte mit seinem Kollegen wechselte. Schlimmer wäre es gewesen, wenn Compton sie gesehen hätte, doch viel besser war es nun auch nicht. Hätte Puteri doch nur nicht so auffällig lange zu ihr hergesehen, denn der Offizier drehte sich nun ebenfalls zu ihr um. Ella erkannte ihn. Es war der junge Mann, den sie in Begleitung von Edward Compton am Vortag gesehen hatte, der »wandelnde Terminkalender« namens Bennett. Sein Blick verharrte auf ihr, und dass er stutzig geworden war und nun überlegte, konnte Ella ihm ansehen. Sich jetzt von hier fluchtartig wegzubewegen, würde noch mehr Verdacht erregen. Ella entschied sich daher dazu, genau wie alle anderen die Schaulustige zu geben. Niemand konnte ihr das anlasten.

Eine sich nähernde Droschke des Hospitals fuhr auf die Schaulustigen zu. Sofort waren zwei junge einheimische Polizisten zugegen, die die Menschen aufforderten, den Weg frei zu machen und zur Seite zu treten. Ella erkannte Personal der Klinik. Sie musste genau wie alle anderen ein paar Schritte zurückgehen, um eine Gasse zu bilden. Sie waren sicher da, um den Toten zu bergen. Auch die Polizei hatte die Straßenseite zu wechseln, damit die Kutsche des Hospitals den Toten erreichen konnte. Auf diese Weise konnte Ella einen weiteren Blick erhaschen. Etwas an einer Mauer, die von Gräsern und Ranken bewachsen war, irritierte sie. Täuschte sie sich oder lag dort eine weitere Maske? Einer der fünf an Mohans Befreiung Beteiligten musste sie verloren haben – vielleicht sogar Amar. Ella überlegte, ob sie sich an den Schaulustigen vorbeidrängen konnte, um irgendwie an diese Maske zu gelangen, doch weitere Überlegungen in diese Richtung entpuppten sich als zwecklos. Einer der Polizisten wurde nun ebenfalls darauf aufmerksam und nahm sie an sich. Daraufhin setzte sich Officer Bennett in Bewegung. Weil der Polizist ihm die Maske hinhielt und Bennett nickte, konnte Ella davon ausgehen, dass er sie eben identifiziert hatte und von dem Tathergang erzählte. Ella hoffte inständig, dass es nicht Amar war, der sie auf der Flucht verloren hatte und dessen Gesicht den Schaulustigen nun bekannt sein könnte.

Hier gab es nichts mehr zu sehen. Ella nickte erneut in Puteris Richtung, als sich ihre Blicke kreuzten. Sie brauchte sich gar nicht mehr vorzunehmen, möglichst unauffällig, also langsam und ohne Eile zurückzugehen. Die Angst um Amar sorgte dafür, dass sie eine Art Lähmung befiel. Es kostete Mühe, einen Schritt vor den anderen zu setzen. Was, wenn sie ihn gesehen hatten? Und noch war nicht einmal sicher, dass es nicht noch mehr Tote gab. Sie hatte ja nur einen Teil der Straße gesehen.

Wenn man eine Stunde wie versteinert auf der Abmauerung eines Springbrunnens saß und durch das Eingangsportal einer Pension auf einen leeren schattigen Platz unter einem Baum starrte, war die Erleichterung natürlich groß, wenn dort endlich jemand kam, der nach einem Ausschau hielt. Den ersten Impuls, sofort aufzuspringen, zu Amar zu eilen und ihm in die Arme zu fallen, unterband aber nicht die Vernunft, sondern der blanke Zorn auf ihn und auf sich selbst. Hätte sie ihm die Aktion doch nur ausgeredet! Der auf dem Fuß folgende Gedanke an Mohans Schicksal dämpfte die Wut jedoch gleich wieder. Es war schließlich richtig, was sie getan hatten. Ob ihm wohl die Flucht gelungen war?

Ella stand auf, überquerte die Straße und ging die wenigen Schritte zu Amar. Sein befreites Lächeln zu sehen, überwog im Moment einfach alles.

»Da bist du ja«, sagte er nur, doch sein Lächeln wollte angesichts seiner sichtlichen Anspannung nicht so recht erstrahlen.

»Komm, lass uns fahren«, schlug er vor, erhob sich und ging mit ihr zurück zur Pension.

Ella holte die Kutsche aus dem Innenhof. Das Pferd hatte sie bereits eingespannt. Sie brannte darauf zu erfahren, was bei der Befreiungsaktion aus dem Ruder gelaufen war. Allerdings musste sie dazu warten, bis sie den Markt verlassen hatten. Allein schon, dass Amar sich umgesehen hatte, um festzustellen, ob Polizei in der Nähe war, verstand Ella als Aufforderung, nicht sofort nachzuhaken.

Kaum hatten sie die Straße, die zu Mohans Haus führte, erreicht, fing er dann von sich aus an zu erzählen.

»Es lief alles wie geplant. Bujan, Suib, Tenuk und ich haben auf die Kutsche gewartet. Ahads Wagen mit Früchten stoppte die Kutsche. Er ist dort oft mit seinem Stand auf Rädern unterwegs. Es passierte ein kleines Missgeschick, das niemandem ungewöhnlich erschien. Die Früchte fielen zu Boden. Er hat sich Zeit gelassen, sie aufzuheben. Dann wurde der Offizier ungeduldig und stieg ab, genau wie wir es wollten. Aber dann liefen Kinder vorbei. Der Offizier hat sich zu früh umgedreht. Suib war schon aus seiner Deckung hervorgekommen. Der Offizier war gewarnt, zückte die Waffe, und als dann die anderen beiden kamen, hat er auf Suib geschossen. Er blieb reglos am Boden liegen. Bujang und Tenuk konnten dem Offizier die Waffe entreißen. Ich habe Mohan rausgeholt. Die Pferde standen hinter der Böschung. Mohan hatte Handschellen an. Ich musste ihn auf das Pferd hieven. Und dann habe ich ihn zum Übergabepunkt gebracht. Tenuk bringt ihn zur Küste.«

»Hat dich jemand gesehen?«, wollte Ella wissen.

»Nein, sicher nicht. Und selbst wenn: Ich trug die Maske.«

Ella fiel augenblicklich ein Stein vom Herzen, doch dies hieß zwangsläufig, dass einer der anderen gesehen wurde.

»Es lag eine Maske im Gestrüpp«, sagte Ella.

Amar wirkte besorgt und überlegte für einen Moment, bevor er fortfuhr: »Das heißt, Bujang muss sie im Handgemenge verloren haben. Tenuk hatte sie noch auf. Das weiß ich ganz sicher.«

»Kann man dich mit den beiden in Verbindung bringen?« Ellas Sorge wuchs ins Unermessliche.

»Nein. Sie arbeiten im Moment auf anderen Plantagen … Wer außer dem Kutscher der Klinik und dem Offizier könnte ihn noch gesehen haben? Selbst wenn … Wer kennt schon alle Plantagenarbeiter in der Stadt? Sie können nicht jeden in der Gegend befragen und alle Plantagen absuchen. Es ging auch so schnell. Die beiden sind geflohen. Außerdem müssten sie auch noch passende Gesichter zu der Maske finden«, sagte Amar.

»Wie meinst du das?«

»Es sind traditionelle Masken aus Holz. Sie müssen passgenau sitzen. Wir haben sie untereinander probiert. Mir passte nur eine. Durch die anderen hätte ich weder etwas gesehen, noch Luft bekommen«, sagte er.

Ella brauchte eine Weile, um all das zu verarbeiten.

»Nun hat doch jemand mit seinem Leben bezahlt«, stellte Ella dann fest.

Amar schwieg. Er litt sichtlich unter der Situation.

Ella erinnerte sich an das, was ihr die chinesische Verkäuferin gesagt hatte, an ihre Gelassenheit, was die britische Kolonie Malakka betraf.

»Vielleicht ist es besser, sich mit den Briten zu arrangieren oder eine andere Form von Widerstand zu leisten. Es werden sonst noch mehr Menschen sterben«, sagte Ella.

»Einfach nichts tun?«, fragte Amar resigniert.

»Sie werden nicht für immer hier sein. Dafür seid ihr zu viele.«

Amar schien dieser Gedanke zu beschäftigen. Er sagte nichts mehr darauf, aber genoss es sichtlich, dass sie sich an ihn schmiegte. Obwohl sie es war, die sich an ihm anlehnte, spürte Ella genau, dass er in diesem Moment Halt an ihr suchte.

Ella hatte lange überlegt, ob sie allein zum Fest der Hamiltons gehen sollte. Es war nur allzu verständlich, dass Amar im Moment mit sich selbst beschäftigt war, mit der Trauer um Suib, mit der Sorge um Mohan und sicherlich auch damit, sich zu überlegen, ob der Preis für den Widerstand gegen die Briten nicht zu hoch gewesen war. Erfahrungsgemäß war es aber genau in solchen Momenten gut, sich mit gänzlich anderen Dingen zu beschäftigen. Amar konnte an der Situation sowieso nichts mehr ändern.

Hinzu kam ja noch, dass Otto sie unbedingt sehen und mit ihr sprechen wollte. Ellas gleich nach der Rückkehr in Mohans Haus unterbreiteter Vorschlag, gemeinsam zum Fest der Hamiltons zu gehen, war dennoch auf Zurückhaltung gestoßen, aber aus ganz anderen Gründen, als Ella sich ausgemalt hatte.

»Sie werden über uns reden.« Mehr hatte Amar gar nicht sagen müssen. Aufgrund ihrer bisherigen Erfahrung war Ella selbstverständlich klar, dass es hierzulande sicherlich als unschicklich erachtet wurde, wenn eine Europäerin mit einem Einheimischen auf einem Empfang erschien. Doch erstens war sie keine Britin, sondern galt als Holländerin, und zweitens hatte Ella nicht die Absicht, ihre Gefühle für Amar zu verstecken. Es würde in so einem Fall ja noch viel mehr geredet, weil sie früher oder später gesehen wurden. Am besten, man entzog dem Gerede über eine Europäerin, die sich heimlich einen einheimischen Liebhaber hielt, gleich frühzeitig jegliche Grundlage. Dieses Argument hatte Amar schließlich überzeugt, aber nur für ein paar Minuten. Er blickte etwas ratlos an sich herab und zupfte an seiner Hose aus Leinen herum.

»Und was soll ich anziehen? Ich kann doch nicht mit meiner Arbeitskleidung auf den Empfang gehen.« Amars Einwand war nicht von der Hand zu weisen, doch auch dafür bot sich eine Lösung an.

»Die Anzüge von Rudolf müssten dir passen.« Ellas Feststellung ließ Amar förmlich erstarren. Der Gedanke, die Kleidung eines Toten zu tragen, behagte ihm offensichtlich ganz und gar nicht.

»In zwei Stunden schneidert dir niemand einen Anzug«, kommentierte Ella lächelnd.

Amar nickte schulterzuckend. Was blieb ihm auch anderes übrig?

Sie hatten keine Zeit, Rudolfs in der Pension deponierte Koffer zu holen und sie zu Mohans Haus zu bringen, um dort in Ruhe eventuell hier und da noch einen Abnäher anzubringen. Ella vertraute darauf, dass sie Amars Statur richtig einschätzte. Leider war dem nicht so, wie sich kurze Zeit später in einem der nicht belegten Räume, die ihnen Lee zur Anprobe zur Verfügung gestellt hatte, herausstellte. Die Beinlänge von Rudolfs Hosen passte, allerdings war der Bund viel zu weit. Otto konnte ihnen auch nicht weiterhelfen. Erstens hätte Amar zweimal in seine Hosen gepasst und zweitens war er bereits auf dem Empfang, wie Lee ihnen an der Rezeption mitgeteilt hatte.

»Warten Sie. Ich habe Nähzeug hier.« Lee bot ihnen unaufgefordert ihre Hilfe an und kam keine fünf Minuten später mit dem Handwerkszeug einer Näherin wieder. Amar zog die Hose aus, nachdem Lee sich umgedreht hatte.

»Das habe ich von meiner Mutter gelernt«, erklärte sie, während sie Nadeln am Hosenbund anbrachte.

In der Zwischenzeit probierte Amar das Schuhwerk. Ein Paar war groß genug, damit er sein Gesicht nicht schmerzerfüllt verziehen musste, wie es bei der Anprobe der anderen Schuhe der Fall gewesen war. Ella hatte jedoch nicht bedacht, dass hiesige Männer in der Regel und aufgrund der ganzjährig hohen Temperaturen kein geschlossenes festes Schuhwerk trugen. Dementsprechend verunsichert waren Amars erste Gehversuche. Elegante Schuhe zu weißer Leinenunterwäsche machten aus ihm einen Storch im Salat. Ella hatte Mühe, sich das Lachen zu verbeißen.

Lee hatte es tatsächlich geschafft, in so kurzer Zeit einen Abnäher zu setzen. Amar schlüpfte in die Hose, in eines von Rudolfs weißen Hemden und in das Jackett. Lee hatte sich währenddessen wieder umdrehen müssen.

»Sie sehen aus wie ein richtiger englischer Gentleman«, stieß sie begeistert aus, nachdem er in kompletter Montur vor ihnen stand.

Ella konnte sich dem nur anschließen.

Amars verdutzter Gesichtsausdruck machte deutlich, dass er den »britischen Gentleman« nicht als Kompliment nahm. Dennoch schien er sich im Spiegel zu gefallen. Er hatte auch allen Grund dazu, denn er sah einfach umwerfend aus und der Anzug stand ihm zweifelsohne besser als Rudolf.

Ella hatte nicht die geringste Ahnung, was bei den Hamiltons auf sie zukommen würde, hoffte allerdings darauf, dass deren Feier weniger formell war als der Empfang bei Mary Bridgewater. Dass jeder eine Begleitung seiner Wahl mitbringen durfte, deutete darauf hin. Dennoch hätte Ella es bevorzugt, wenn Otto in seinem Brief eine bestimmte Uhrzeit genannt hätte, um sich mit ihm zu treffen. Gemeinsam in seiner Begleitung dort anzukommen wäre Ella lieber gewesen.

Amar kannte die Plantage vom Hörensagen. Die Hamiltons waren aus Schottland und galten als fleißige und herzensgute Menschen, von denen er bisher nur das Beste gehört hatte. Ihre Plantage war um ein Vielfaches kleiner als die der Fosters. Das merkte man daran, dass die Fahrt durch den Wald aus Gummibäumen in geschätzt zehn Minuten bereits auf eine Lichtung führte, in deren Mitte ein im Vergleich zum Foster-Anwesen recht einfaches zweistöckiges Haus stand. Es schien aus Holz zu sein. Ein Schuppen war daran angebaut. Obwohl es alles andere als pompös war, befand Ella, dass es Charme hatte. Die große Veranda war bereits von zahlreichen Gästen belagert. Girlanden baumelten von einem Pfosten zum anderen. Die Feier hatte etwas von einem Kindergeburtstag. Im Garten, von Fackeln erleuchtet, wimmelte es nur so von Gästen allen Alters. Schon auf den ersten Blick war zu erkennen, dass es wenig formell zuging. Im Gegensatz zum Empfang bei Mary Bridgewater waren auch Chinesen geladen. Fein gekleidete Inder und Malaien standen am Buffet, das sich über bestimmt fünf Meter mitten im

Garten erstreckte. Das Schöne war, dass niemand von ihnen Notiz nahm. Es gab kein Empfangskommando und keine Verpflichtung, irgendjemandem die Hand zu schütteln.

Ein paar Meter neben ihrer Kutsche kam eine weitere an. Ein gemischtes Ehepaar, ein Chinese in Begleitung einer Einheimischen, stieg aus. Auch sie hatten sich schick gemacht. Wenn Compton hier gewesen wäre, hätte er seine Meinung über »Bumiputras« und »Orang Aslis« wohl geändert. Ella war allerdings auch erstaunt darüber. Es konnte sich ja nicht jeder Einheimische wie Amar nur »verkleidet« haben.

»Du wirst überhaupt nicht auffallen«, merkte Ella an, weil Amars Blick ebenfalls an dem Paar neben ihnen kleben geblieben war und sie ihm angesehen hatte, dass auch er überrascht gewesen war. Ein Fest bei den Hamiltons ließ auf einen bunten Abend hoffen.

Die ersten neugierigen Blicke ließen trotzdem nicht lange auf sich warten. Man registrierte, dass ein »Mischpaar« zugegen war. Ella rechnete damit, dass die Leute anfingen zu tuscheln. Sie taten es nicht. Stattdessen nickten alle möglichen Gäste, an denen sie vorbeischritten, wohlwollend zum Gruß. Das andere gemischte Paar gesellte sich ebenfalls zu den anderen Gästen. Sie hatte anscheinend der Himmel geschickt, denn Amar entspannte sich zusehends.

Sagte man nicht immer, dass »Kleider Leute machten«? In Amars Fall schien das jedenfalls zu stimmen. Auch wenn sie seinen Arm viel lieber um ihre Hüfte geschwungen gespürt hätte, registrierte Ella mit Freude, dass er sich zum Gentleman gemausert hatte. Er hielt ihr den Arm hin, damit sie sich bei ihm einhängen konnte. Das Gleiche hatte das Paar vor ihnen gemacht. Er lernte schnell.

»Ich bin auf Otto gespannt«, sagte Amar. Ella hatte ihm auf der Herfahrt von ihm erzählt, seiner geselligen Art und auch, dass er mit Rudolf ins Gehege geraten war.

Ella hielt sofort nach ihm Ausschau, doch im schummrigen Fackellicht konnte sie ihn nirgends entdecken. Er konnte sonst wo stecken.

»Am besten gehen wir gleich zum Buffet«, sagte Ella aus Erfahrung. Dort, wo es etwas zu essen und zu trinken gab, stand man, um zu sehen und gesehen zu werden. Außerdem hatte die Anfahrt über staubige Straßen ihre Kehle ausgetrocknet und diese schrie förmlich nach einem Glas Wein.

Kaum in den Schein der ersten Fackeln eingetaucht, kamen nun doch die ersten erstaunten Blicke. Erwartungsgemäß wurde auch getuschelt, doch hatte Ella das Gefühl, dass es eher Erstaunen war. Zweifelsohne hatte sich hier ein ganz anderer Menschenschlag eingefunden als bei Mary Bridgewaters Empfang.

»Da sind Sie ja endlich«, hörte Ella eine weibliche Stimme rufen, die sie kannte.

Aus dem Halbdunkel eilte ihr ausgerechnet Mary entgegen. Auch ihr stand die Überraschung, Ella in Begleitung eines dunkelhäutigen Mannes zu sehen, ins Gesicht geschrieben. Sie schien sich aber schnell zu fangen, musterte Amar und schenkte ihm das Lächeln einer Frau, die den Anblick eines hübschen jungen Mannes zu schätzen wusste.

»Otto hat mir gesagt, dass Sie kommen werden … Aber wollen Sie mich nicht vorstellen?«, verlangte Mary.

»Das ist Amar«, sagte Ella, immer noch perplex darüber, dass Mary und Otto sich kannten. Andererseits, wen kannte Mary nicht?

»Sehr erfreut«, gab Mary zurück. Dann musterte sie Ella, als ob sie sich versichern wollte, ob sie tatsächlich mit einem Einheimischen liiert war. Warum sonst sollte sie sich bei ihm einhängen?

»Ist Otto noch nicht da?«, fragte Ella.

»Er treibt sich mit diesen langweiligen, Zigarre rauchenden Schotten irgendwo im Haus herum. Ich habe es da drinnen nicht mehr ausgehalten. Männer … Gib ihnen Zigarren und schottischen Whisky und sie versammeln sich wie ein Rudel Wölfe.«

»Kennen Sie Otto schon lange?«, wollte Ella wissen.

»Keineswegs. Er hat Victoria und Tony von Ihnen erzählt, und wenn Victoria etwas weiß, dann weiß es ihre beste Freundin auch.«

Ella wurden die Zusammenhänge klar. Dass Mary sich in dieser eher ungezwungenen Gesellschaft wohlfühlte, wunderte sie keineswegs.

»Geben Sie es zu. Sie hätten nicht mit mir gerechnet«, sagte Mary freiheraus.

Ella nickte.

»Manche Begegnungen sind schicksalhaft. Zumindest glauben die Inder das. Kommen Sie, ich muss Ihnen unbedingt die Hamiltons vorstellen. Sie werden Sie sofort ins Herz schließen. Wo sind sie denn nur?« Mary suchte den Garten nach ihnen ab, jedoch ohne Erfolg.

»Möchten die Damen etwas trinken?«, fragte Amar. Man konnte glauben, er sei ein englischer Mann von Welt.

»Einen Gin«, sagte Mary hocherfreut über seine Manieren.

»Und ein Glas Wein für dich«, schlug Amar vor. Es war leicht, das zu erraten. Er hatte mitbekommen, dass sie in Dshohor drei Flaschen des hiesigen Reisweins gekauft hatte.

Mary sah ihm fasziniert nach, als er in Richtung Buffet verschwand.

»Ein hübscher Mann … Jung müsste man noch einmal sein. Was macht er? Ein Arzt vielleicht?«

Ella amüsierte sich. Amar schien genau Marys Geschmack zu sein.

»Nein. Er hat auf der Plantage der Fosters gearbeitet.«

Das überraschte Mary nun doch sichtlich. Sie erholte sich davon aber schnell.

»Ich finde Ihren Mut bewundernswert. Ich hätte mich das in Ihrem Alter nicht getraut … aber das waren ja noch andere Zeiten«, sagte Mary. »Wie geht es Marjory und Heather?«, wollte sie dann wissen.

»Ich wohne nicht mehr bei ihnen.«

»Tatsächlich?« Mary musterte Ella eindringlich. Das war naheliegend, weil sie ja einige delikate Andeutungen bezüglich Heathers Vergangenheit gemacht hatte. Mary konnte man nichts vormachen, daher verzichtete Ella darauf, sich eine Ausrede auszudenken.

»Mir hat es einfach keine Ruhe mehr gelassen, was Sie mir sagten, und im Garten vor dem Gästehaus habe ich ein eingeritztes Herz gesehen. Darin standen die Buchstaben ›H‹ und ›J‹. Jack. Ich habe Heather darauf angesprochen. Das hätte ich wohl nicht tun sollen. Ich glaube, sie möchte, dass ich sie künftig in Ruhe lasse.«

Mary nahm das sichtlich mit.

»Und ich dachte schon, es hätte etwas damit zu tun, dass Sie keinen Hehl aus Ihrer beneidenswerten Affinität zu Ihrem bezaubernden Begleiter machen …«, sagte Mary.

»Nein. Das ist es ganz sicher nicht«, versicherte ihr Ella.

»Ich werde bei Gelegenheit mit Marjory darüber sprechen. Es kann ja nicht sein, dass Heather sich einsperrt nur wegen diesem gottverdammten Jack … Sie sollte hierherkommen, am Leben teilhaben. Schotten sind sowieso gute Liebhaber«, merkte Mary augenzwinkernd an.

»Wenn ich nur dahinterkäme, warum Heather so traurig ist«, sagte Ella.

Mary wurde für einen Moment ernst.

»Wir haben alle unsere kleinen Geheimnisse. Sie doch auch, oder etwa nicht?« Mary schmunzelte, als sie das sagte. Es klang keineswegs bedrohlich, daher fragte Ella nach, was sie damit meinte.

»Geheimnisse?«

»Sie sind doch nicht rein zufällig bei Marjory aufgetaucht, oder?«

Ella wurde es siedend heiß, auch wenn sie nicht das Gefühl hatte, dass Mary etwas Böses im Schilde führte.

»Nun machen Sie nicht so ein Gesicht. Meine Lippen sind versiegelt wie ein Grab. Ich spüre, wenn ich einen guten und liebenswerten Menschen vor mir habe. Sie sind ein solcher Mensch und ich bin mir sicher, dass Sie keine niederen Beweggründe dazu angetrieben haben.«

»Aber …«, wandte Ella ein, darum bemüht, Mary eine Erklärung abzuringen.

»Nichts aber … Es wird Zeit, dass ich Ihnen Otto aus dieser Räuberhöhle hole. Wenn wir noch länger warten, ist er so betrunken, dass er vermutlich gar nicht mehr weiß, warum er hier ist.«

Mary setzte sich aber erst in Bewegung, nachdem ihr Amar galant das Ginglas gereicht und sie ihn noch einmal ausgiebig gemustert hatte. Das war der Blick einer Frau, der man nachsagte, sich einen indischen Liebhaber zu halten, amüsierte Ella sich.

Otto musste anscheinend schon im Delirium sein, denn es war bereits eine gute Viertelstunde vergangen, seitdem Mary hinter der Tür zur Veranda verschwunden war. Ella hatte die Zeit genutzt, um ein paar Worte mit Victoria Hamilton zu wechseln, was nicht so einfach gewesen war, weil der schottische Akzent sie sehr forderte. Es klang manchmal gar nicht mehr nach der englischen Sprache. Ella wunderte es zudem nicht, dass Mary und Victoria sich so gut verstanden. Sie schienen aus demselben Holz geschnitzt zu sein, waren also alles andere als steif und statusbewusst. Ein Mann wie Compton würde hier ausgesprochen unangenehm auffallen, überlegte Ella.

Mary hatte es dann doch geschafft, Otto aus dem »Raucherzimmer« zu zerren. Er winkte ihnen von der Veranda aus regelrecht frenetisch zu.

»Otto hat mir schon erzählt, dass er sich sehr freut, Sie wiederzusehen. Er hat von der Überfahrt regelrecht geschwärmt«, sagte Victoria.

Ella überlegte, dass er dann vermutlich einige Teile, die die Missstimmung zwischen ihm und Rudolf betrafen, ausgelassen haben musste.

»Fräulein Kaltenbach«, rief er ihr quietschvergnügt entgegen.

Ella fror regelrecht ein. Sie hatte sich bei Mary Bridgewater ja als Holländerin namens van Veen vorgestellt.

Otto kam derart überschwänglich auf sie zu, dass er ihr Gemüt trotz der nun äußerst widrigen Umstände aufhellte.

Mary erreichte sie nun ebenfalls.

»Otto hat mir erzählt, dass er viel mit Fräulein Kaltenbach zu besprechen hat«, sagte Mary geradeheraus und zwinkerte Ella dabei zu. Das meinte Mary also mit dem »kleinen Geheimnis«.

Da Ella sich nicht bei Amar eingehängt hatte und der neben Victoria Hamilton stand, schenkte Otto Amar lediglich ein höfliches Nicken zum Gruß.

»In der Tat. Sie müssen mir einfach alles erzählen, was Ihnen widerfahren ist«, verlangte Otto.

»Kommen Sie, Amar. Ich muss Sie unbedingt meiner Bridgerunde vorstellen.« Und schon hatte Victoria sich bei Amar eingehängt. Dass Mary sich den beiden anschloss, wunderte Ella keineswegs. Der Arme sah so aus, als würden zwei Damen ihn abführen. Seinen hilfesuchenden Blick kommentierte Ella mit einem neckischen Lächeln, das Otto auffiel.

Sein fragender Blick genügte, um auch Amar auf die Liste der Dinge zu setzen, über die sie mit Otto sprechen wollte.

»Ich denke, es gibt wirklich viel zu erzählen«, sagte Ella und überlegte, wo sie am besten anfangen sollte.

Ursprünglich hatte Ella sich vorgenommen, die Ereignisse der letzten Tage in Chronologie abzuarbeiten, doch letztlich stach ein Punkt heraus – Rudolfs Tod. Und der hinderte sie gerade daran, den kleinen Spaziergang durch den Garten fortzusetzen. Otto stand immer noch wie angewurzelt da. »Vergiftet?« An der Einschätzung des Amtsarztes hatte Otto sichtlich zu knabbern. Dass er sich gleich einen Whisky vom Tablett eines vorbeischlendernden Bediensteten schnappte, war allzu verständlich.

»Vermutlich hat Rudolf irgendetwas zu sich genommen, was toxisch ist.« Ella gab die Vermutung von Officer Puteri wieder.

Otto leerte das Whiskyglas und starrte für einen Moment nachdenklich ins Leere.

»Angeblich käme das immer wieder vor, dass Reisende glauben, eine Frucht sei essbar, und dann …«, fuhr Ella fort.

»Das ist doch blanker Unsinn«, unterbrach Otto sie. »Sind Sie denn schon einmal in Versuchung geraten, irgendeine Ihnen unbekannte Frucht von einem Strauch zu pflücken?«, fragte er.

Ella verneinte die Frage.

»Aber wie kam das Gift dann in seinen Körper?«, überlegte Otto laut.

»Kein Insekten- oder Spinnenbiss«, stellte Ella klar.

»Ein Überfall? Ich weiß, dass Einheimische früher mit Blasrohren auf die Jagd gingen. Darin waren kleine, in Gift getränkte Pfeile. Ein kleiner Pikser genügt und Sie sind nach Sekunden tot. Vielleicht hat der Amtsarzt den Einstich übersehen«, spekulierte Otto.

»Einen Überfall können wir ausschließen, weil er seine goldene Uhr noch bei sich hatte, als man ihn fand«, hielt Ella fest.

»Wo ist das denn passiert?«, wollte Otto wissen.

»Er war auf dem Weg zu den Fosters. Sie standen ja auf der Liste, die wir von Ihnen bekommen haben, aber das Merkwürdige ist, dass er diese Plantage auf einer eigenen Karte markiert hatte. Das ergibt alles keinen Sinn. Als wir hier in Malakka ankamen, sind wir durch die Foster-Plantage gefahren und man hatte uns gesagt, dass es dort keinen Richard Foster gäbe. Warum markierte Rudolf dann noch die Position dieser Plantage? Ich dachte zuerst, er würde einzelne Markierungen in die andere Karte übertragen, um Schritt für Schritt alle infrage kommenden Punkte anzufahren … damit die Karte übersichtlicher wird. Die Kringel haben sich im Süden ja schon überschnitten und man konnte die Straßennamen und Orte teilweise gar nicht mehr lesen.«

»Das glaube ich nicht. Ich denke, er hat sie bereits vorher markiert. Warum das so ist, kann ich Ihnen allerdings nicht sagen. Es ist eher so ein Gefühl und es passt perfekt zu dem, was ich über ihn herausgefunden habe.«

Ella wurde hellhörig und sah Otto mehr als nur erstaunt an.

»Mir hat das einfach keine Ruhe gelassen. Die Rennbahn. Er hat viel Geld verwettet und dann diese äußerst unglaubwürdige Geschichte mit dem Überfall in den Stallungen …«

»Ja, mittlerweile sehe ich das genauso. Ich habe nämlich den Wettschein gefunden und raten Sie, wo?«

Otto zuckte fragend mit den Schultern.

»In seinem Geldbeutel, der ihm ja angeblich gestohlen wurde.«

Otto nickte wissend.

»Dann habe ich mich in ihm also wahrlich nicht getäuscht«, stellte Otto fest.

»Rudolf hat sein Geld verspielt und wollte sich von mir finanzieren lassen, ohne dabei sein Gesicht zu verlieren.«

»So sehe ich das auch. Rudolf ist aber darüber hinaus noch ein Betrüger und Hochstapler«, ergänzte Otto.

»Wie kommen Sie denn darauf?«, wunderte Ella sich. Ottos scharfe Einschätzung passte dann doch nicht so ganz zu dem Rudolf von Stetten, den sie kannte.

»Ich habe Erkundigungen eingeholt. Bei meinen Kontakten in Hamburg. Mein langjähriger Freund Gustav arbeitet in einer Auskunftei. Ich kann Ihnen versichern, dass Rudolf von Stetten – nennen wir es getrost so – pleite war.«

»Rudolf?« Nun war Ella es, die stehen blieb.

»Nach dem Tod seines Vaters hat er die Firma übernommen. Sie waren schon ein Jahr zuvor nicht mehr so gut im Geschäft. Das Geschäftsmodell rentierte sich nicht. Die Firma setzte auf Bestandsimmobilien in teuren Vierteln. Sie können sich ja ausrechnen, wie oft dort etwas verkauft wird. Rudolf hat die ersten Wechsel platzen lassen. Man munkelt, er sei eine Spielernatur gewesen. Der Besuch auf der Pferderennbahn passt perfekt in dieses Bild«, führte Otto aus.

»Sie meinen, er hat das Vermögen der von Stettens verspielt?«

»Anzunehmen … aber es ist noch viel verwerflicher, sich dann Frauen auszusuchen, auf deren Kosten er leben kann«, fuhr Otto fort.

»Das kann nicht sein. Er war ein guter Freund der Familie. Er wusste, dass wir uns den für unsere Verhältnisse hohen Lebensstandard nur aufgrund einer Rente leisten konnten. Es hat sich herausgestellt, dass es gar keine Rente war, sondern Zahlungen aus Penang. Mehr wusste Rudolf nicht, also konnte er doch gar nicht davon ausgehen, dass bei mir viel Geld zu holen ist.«

»Eine Rente aus Penang? Das hatten Sie mir seinerzeit nicht eröffnet«, sagte er.

»Es hätte nichts daran geändert, mich auf die Suche nach meinen leiblichen Eltern zu begeben«, erwiderte Ella wahrheitsgemäß.

Nun kam Otto sichtlich ins Grübeln. Seine Gedanken schienen sich mittlerweile genauso im Kreis zu drehen wie ihre.

»Es gibt nur eine Erklärung. Er muss irgendwie in Erfahrung gebracht haben, dass Sie in Wirklichkeit die Tochter eines vermögenden Engländers sind. Dann ergibt alles auf einen Schlag Sinn. Er begleitet Sie auf dieser Reise, wissend, wer Ihr Vater ist, und sucht die Familie dann auf. Aber sagten Sie nicht vorher, dass es gar keinen Richard Foster gab?«

»Doch, es gab ihn, aber er ist bereits verstorben und ich bin mir fast sicher, dass er mein Vater war.«

»Wie können Sie sich da so sicher sein?«

»Sie haben noch eine Tochter, Heather. Sie hat einen Leberfleck an genau der gleichen Stelle wie ich. Ich habe einige Tage bei ihnen gewohnt, mich als Durchreisende ausgegeben und ihre Gastfreundschaft in Anspruch genommen. Dabei kam ich Heather so nah ...«

»Dann hat er vermutlich die noch lebenden Fosters konfrontiert, am Ende sogar erpresst ...«, überlegte Otto laut.

»Das ist denkbar.« Ella dämmerte, dass es damit ein Motiv gab, um Rudolf aus dem Weg zu räumen.

»Gut möglich, dass diese Foster oder jemand in ihrem Auftrag Rudolf beiseitegeschafft hat.« Otto zog logische Schlüsse, aber es widerstrebte ihr, seinen Überlegungen zu folgen.

»Das kann nicht sein. Marjory Foster ist eine verhärmte, aber auch sehr korrekte Person, die ihre Tochter über alles liebt. So etwas traue ich ihr nicht zu. Angenommen, Sie haben recht und er hat vor der Abreise mehr gewusst als ich: Wie um alles in der Welt hätte er denn beweisen wollen, dass ich Richard Fosters Tochter bin?«

Otto blieb wieder stehen und geriet ins Grübeln.

»Ich fürchte, ich brauche noch einen weiteren Whisky«, kommentierte er die verzwickte Situation, die – wie immer man die Umstände und Gründe auch drehte und wendete – einfach keinen rechten Sinn ergab, auch wenn es einen Zusammenhang zwischen Rudolfs Tod und den Fosters geben musste.

Ella war froh darüber, dass die »Bridgerunde« Amar wieder entlassen hatte und er ihr nun Gesellschaft leisten konnte. Vermutlich hätte Otto es noch geschafft, Ella dazu zu überreden, sich ebenfalls dem hochprozentigen Gebräu aus dem schottischen Hochland hinzugeben. Ellas Hoffnungen, an Amars Seite wieder Halt zu finden, schienen aber wenig realistisch zu sein, denn er war in Begleitung von Mary, die ihn sozusagen wieder bei ihr ablieferte.

»Otto, Sie müssen sich unbedingt mit Amar unterhalten. Er arbeitet seit Jahren auf einer Kautschukplantage, und offen gestanden habe ich noch niemanden kennengelernt, der sich so gut mit der Aufzucht und der Ernte auskennt.« Es war nicht schwer, Marys Manöver zu durchschauen. Letztlich, wie sich aus Marys Blick schließen ließ, ging es ihr mit Sicherheit darum, mit Ella unter vier Augen zu sprechen. Was sie von ihr wissen wollte, konnte Ella sich denken.

Otto und Amar schienen gleichermaßen überrascht über Marys Absicht zu sein. Vor allem Otto war anzusehen, dass er Amar nicht so recht einzuordnen wusste.

Ella setzte schon dazu an, ihm zu erklären, dass er ihr Begleiter war, doch Mary hielt die Klärung einer anderen Angelegenheit offenbar für wichtiger, weil sie sich nun bei ihr einhängte.

»Sind Sie hier im Süden tätig?« Otto eröffnete gottlob das Gespräch.

»Ich muss Ella unbedingt von meinem selbst gebrannten Sherry kosten lassen«, sagte Mary charmant, bevor sie Ella abführte, wie Victoria es vorhin bei Amar getan hatte.

Otto schien dies unmittelbar einzuleuchten. Amar hingegen wandte seinen fragenden Blick erst von Ella ab, als sie ihm zunickte.

»Ich kann mir denken, worüber Sie mit mir sprechen möchten«, sagte Ella, nachdem sie sich ein paar Schritte von den beiden entfernt hatten.

»So? Worüber denn?«, fragte Mary amüsiert.

»Vielleicht darüber, dass Holländer Sherry genauso schätzen wie die Briten?«, sagte Ella augenzwinkernd.

Mary lachte freiheraus.

»Eigentlich hatte ich mir vorgenommen, die Angelegenheit auf sich beruhen zu lassen, doch ich leide unter chronischer Neugier. Aber Sie müssen nicht darüber sprechen, wenn Sie nicht möchten«, stellte Mary klar.

»Es würde mein Gewissen erleichtern, denn ich habe mich bereits auf Ihrem Empfang äußerst unwohl gefühlt, vorzugeben, jemand anderes zu sein.«

»Es ist zumindest etwas ungewöhnlich«, räumte Mary ein.

Ella überlegte, welche Ausrede sie Mary auftischen konnte. Sie entschloss sich für die Wahrheit, jedenfalls einen Teil davon.

»Es war Amars Idee. Mein Reisebudget ist beschränkt und er hat mir davon erzählt, dass die Fosters gelegentlich Gäste aufnehmen. Zuletzt eine Holländerin.« So viel zum Thema Wahrheit, sagte Ella sich.

»Ja, ich habe davon gehört. Sie muss eine ganz reizende Person gewesen sein.«

»Wissen Sie, ich war lange in England und mir sind gewisse Animositäten gegenüber den Deutschen nicht entgangen«, deutete Ella an.

»Und da haben Sie sich gedacht, sich lieber als Holländerin auszugeben.« Marys Schlussfolgerung hatte Ella heraufbeschworen, insofern konnte sie sie guten Gewissens bejahen.

»Was für eine verrückte Idee. Andererseits … Es stimmt …
Kaiser Wilhelm ist bei den Briten nicht sonderlich beliebt. Und
ganz offen gestanden sehe ich sein Weltmachtstreben auch etwas
mit Sorge. Wir Briten haben wohl Angst, dass er dem Empire
eines Tages den weltpolitischen Rang und die Vormachtstellung
auf hoher See ablaufen wird«, sagte Mary.

Ella dankte wie schon so oft dem Herrn, dass sie auch diesmal den Kopf erfolgreich aus einer vermeintlichen Schlinge
hatte ziehen können, und hoffte darauf, dass sich das weitere
Gespräch in weltpolitische Gefilde verlieren würde. Dank Ottos
Tischgesprächen an Bord der *Stettin* fühlte Ella sich dem sogar
gewachsen, doch es kam anders: Mary lachte plötzlich in sich
hinein.

»Sie werden nicht glauben, was ich mir die ganze Zeit über
gedacht habe«, fing sie an.

Ella hatte keine Ahnung, worauf Mary hinauswollte, doch
ihr wurde augenblicklich heiß.

»Sie und Heather. Sie sind sich so ähnlich, dass ich zunächst
dachte, Sie seien Schwestern«, sagte Mary amüsiert.

Ella wurde schlecht. Sie holte tief Luft und hoffte, dass das
Gespräch nicht doch noch entgleisen würde. Schließlich waren
Marjory und Mary befreundet.

»Ich habe Richard, also Marjorys verstorbenen Mann, ja
gottlob nie persönlich kennengelernt, aber man sagte ihm so
einiges nach.«

»Sie meinen, dass er es mit der Treue nicht so ganz genau
nahm?«, hakte Ella nach.

»Das würde allerdings erklären, warum Sie Heather so ähnlich sehen. Meine Fantasie ist wohl mit mir durchgegangen. Ich
hatte mir schon ausgemalt … Ach, absurde Idee …«, wiegelte
Mary ab.

»Nun sagen Sie schon«, drängte Ella, um Haltung bemüht,
denn mittlerweile war sie klitschnass geschwitzt.

»Ich habe es in meiner eigenen Familie erlebt. Mein Bruder … er nahm es auch nicht so genau mit der Treue, und eines Tages stand eine junge Dame vor unserem Haus. Ihre Mutter war verstorben und hatte ihr am Sterbebett eröffnet, wer ihr leiblicher Vater ist. Sie hatte sich auch nicht unter ihrem richtigen Namen vorgestellt«, erklärte Mary.

»Das ist schier unglaublich.« Ella schaffte es gerade noch, diese Floskel von sich zu geben.

»Da dachte ich … verstehen Sie?«, deutete Mary an.

Das Thema musste schleunigst vom Tisch. Gott sei Dank gab es bestimmt noch einiges, was Mary über die Fosters zu erzählen wusste.

»Dann kennen Sie Marjory noch nicht so lange?«, fragte Ella.

»Offen gestanden kennt niemand sie länger als ich. Nach Richards Tod pflegte sie kaum noch gesellschaftliche Kontakte. Ihr Mann muss ein sehr unangenehmer Zeitgenosse gewesen sein«, eröffnete Mary.

Ella malte sich gerade aus, wie sehr Heather unter so einem Vater gelitten haben musste.

»Erst Jahre nach seinem Tod hat sich Marjory wieder um … nennen wir es einige wichtige gesellschaftliche Kontakte bemüht. Sie stand ja allein da mit der Plantage, und ohne in die hiesige Gesellschaft eingebunden zu sein, wird es schwierig.«

»Und Marjory hat Ihnen gegenüber von ihrem Mann erzählt? Hatte sie den Verdacht, dass er sie betrogen hat?«, wollte Ella wissen.

»Interessant, dass Sie mich das fragen. Nein, offen gestanden haben wir so gut wie nie über Richard gesprochen«, wunderte Mary sich.

»Aber Sie sind doch eng mit ihr befreundet. Zumindest hat Marjory das mir gegenüber angedeutet.«

»Sicher. Uns verbindet eine gemeinsame Leidenschaft und denken Sie jetzt bitte nicht an das Falsche«, amüsierte Mary sich.

Ella wusste, dass sie auf einheimische Liebhaber anspielte.

»Wir lieben die Oleanderzucht. Sie haben ja sicher gesehen, wie prächtig er auf Marjorys Anwesen gedeiht.«

»Ich habe noch nie so ein schönes Haus gesehen. Fast wie ein Märchenschloss«, gestand Ella ein.

»Das Verrückte dabei ist, dass er an meinem Haus nicht so recht blühen will. Ich habe lediglich ein kleines Beet im Garten, wo er sich einigermaßen hält«, seufzte Mary.

»Und nun zum Sherry«, fuhr sie fort, als sie die Veranda erreichten. »Victoria und die gesamte Bridgerunde sind bereits abhängig davon. Man sagt mir nach, dass mein Sherry schlimmer sei als das Opium der Chinesen«, amüsierte Mary sich und steuerte auf eine Karaffe zu, die auf einem kleinen Beistelltisch stand.

Egal, wie dieser Sherry schmeckte, Ella nahm sich vor, sich mehr als ein Glas davon zu genehmigen.

Kapitel 16

Ella musste tief in der Nacht und nach endlosen Spekulationen mit Amar über die Fosters und Rudolfs Tod wider Erwarten doch noch eingeschlafen sein – aus purer Erschöpfung. Nicht einmal seine Nähe und Trost spendende Worte hatten die schnelle Fahrt des Gedankenkarussells in ihrem Kopf verlangsamen können. Amars Ansicht nach lohnte es sich nicht, weiter darüber nachzudenken. Manche Dinge müsse man einfach ruhen lassen. Diesen frommen Vorsatz in die Tat umzusetzen, war ihm allerdings auch nicht leichtgefallen. Sein Versprechen, dass im Licht eines neuen Tages alles nur noch halb so belastend sein würde, löste sich nicht ein, denn mit den ersten Sonnenstrahlen, die auf ihr Nachtlager fielen, kamen die Gedanken zurück. Das lag mit Sicherheit auch daran, dass sie das Gespräch mit Otto aufgewühlt hatte. Auch die Erfahrungen als Europäerin an Amars Seite, über die sie bis spät in die Nacht gesprochen hatten, beschäftigten sie. Die Gäste bei den umgänglichen und unkomplizierten Hamiltons waren sicher nicht repräsentativ für Malakka, dennoch war es eine schöne Erfahrung, nun zu wissen, dass es Menschen gab, die ihn nicht zum Liebhaber degradierten und sie nicht zum leichten Mädchen, das als Durchreisende auf Abenteuer mit hiesigen Männern aus war. Otto hatte ihr Geständnis, dass sie und Amar ein Paar waren, ohne Gesichtsentgleisung hingenommen, was sicherlich auch seinem Whiskykonsum zuzuschreiben war. Ihr war es nach Marys Sherry auch leichter über die Lippen gekommen. Otto schien Amar zu mögen und hatte lange mit ihm gesprochen – natürlich über Kautschuk.

Der neue Tag vertrieb all diese Gedanken nicht, doch Amars verschlafener Augenaufschlag tat es. Sein Kuss stoppte zumindest in diesem Augenblick das wilde Durcheinander in ihrem Kopf.

»Wann möchtest du losfahren?«, fragte er.

»Am liebsten gar nicht«, gab Ella zurück. Das lag in diesem Fall nicht daran, dass sie am liebsten den ganzen Tag untätig in Amars Armen gelegen wäre, sondern weil ihr eine äußerst unangenehme Pflicht bevorstand, von der sie noch gestern Nacht erfahren hatte, weil Otto mit ihnen zurück nach Dshohor gefahren war. Lee hatte Ella gleich die Nachricht von Officer Puteri übergeben. Gegen ein Uhr nachmittags würde ein Schiff Rudolfs sterbliche Überreste zurück ins Kaiserreich bringen. Es galt noch, Papiere zu unterschreiben. Ella hielt es daher für besser, lieber früher am Hafen von Dshohor zu sein. Von dort würde der Sarg nach Singapur gebracht werden, um mit einem Dampfer die Heimreise anzutreten.

»Ich werde dich begleiten.« Ella hatte gehofft, dass Amar das sagen würde, denn der Abschied würde ihr bestimmt schwerfallen, vor allem vor dem Hintergrund dessen, was Ella am Vorabend von Otto erfahren hatte.

»Warst du in ihn verliebt?«

Ella hatte sich schon die ganze Zeit gefragt, wann Amar ihr diese Frage stellen würde, und sie sah keinen Grund, ihm nicht die Wahrheit zu sagen, auch wenn das Thema für ein Frühstück in Eile nicht unbedingt geeignet war.

»Verliebt ja, aber ich konnte keine tieferen Gefühle zulassen«, erklärte Ella.

»Wie meinst du das?« Amar konnte ja tatsächlich eifersüchtig sein.

»Es ist mir erst auf der Überfahrt nach Singapur bewusst geworden. Immer wenn es einen Moment der Nähe gab, dann hat es sich nicht mehr richtig angefühlt«, gestand sie offen ein.

»Vielleicht hast du gespürt, dass etwas an ihm nicht stimmt.« Amars Schlussfolgerung war naheliegend, auch wenn sie sich das bisher noch nicht vollends bewusst gemacht hatte.

»Und warum hast du dich in ihn verliebt?« Amars Hartnäckigkeit irritierte sie.

»Er war ein Schwarm ... aus gutem Haus. Rudolfs Familie war mit meiner befreundet. Er sah gut aus und ... er hat mich ausgeführt ...« Ella wurde in dem Moment klar, dass es vor allem sein gesellschaftlicher Stand gewesen war, der sie zunächst angezogen hatte.

Amar nickte nachdenklich.

»Ich war eine einfache Pflegerin in einem Krankenhaus. Wenn sich ein Mann von Welt für einen interessiert ... Ich bin ins Träumen geraten ... und dann war er für uns da, als Vater verstarb«, versuchte Ella sich zu rechtfertigen.

»Ich bin auch nur ein einfacher Plantagenarbeiter. Kein Mann von Welt.« Ein Hauch von Traurigkeit schwang in seiner Stimme mit. Wollte er jetzt etwa andeuten, dass er nicht gut genug für sie war? So ein Unsinn!

»Er war ein Hochstapler ...«, stellte Ella klar.

Amar schien sich das wirklich zu Herzen zu nehmen, dass er kein »von Stetten« war, auch wenn dieser sich als Betrüger entpuppt hatte.

»Aber wenn doch eines Tages wieder ein Mann käme, der dir all das bieten kann? Die Welt, viel Geld und ...«

»Sieh mich an«, verlangte Ella, weil Amar mittlerweile mit den aufgeschnittenen Mangoscheiben auf seinem Teller sprach. Er leistete ihrer Aufforderung Folge.

Ella sagte nichts mehr, sondern sah nur direkt in seine Augen. Sie spürte regelrecht, dass er in ihren las. Er musste darin sehen, wie viel sie für ihn empfand.

»Ich liebe dich«, sagte Ella trotzdem, weil es ihr in diesem Moment richtig zu sein schien und es ihr ein Bedürfnis war, ihm das zu sagen.

Amars Augen glänzten vor Rührung und Glück.

»Und du? Diese ganzen Bridgetanten haben dich doch mit Blicken fast aufgefressen …«

»Ich finde dieses englische Spiel langweilig.« Amar war Gott sei Dank wieder aus seinem melancholischen Schlummer erwacht und grinste sie an.

»Aber diesen Anzug gestern … Oft ziehe ich das nicht mehr an. Und ich habe Blasen an den Füßen«, beschwerte er sich.

»Schade … Du hast ausgesehen wie ein Mann von Welt.« Ella handelte sich prompt ein Mangogeschoss ein. Wie tat das gut, einfach wieder einmal unbeschwert zu lachen.

Der Hafen von Dshohor bestand nur aus drei kleinen Landestegen und spielte als Handelshafen so gut wie keine Rolle. Große Segler und Dampfer suchte man hier vergebens. Laut Puteris Anweisungen sollte sie sich am ersten Steg einfinden und Ella musste gar nicht lange nach dem Treffpunkt suchen. Puteri erwartete sie bereits. Rudolf auch, und zwar in einem hölzernen Sarg, der auf der Ladefläche der Polizeikutsche lag.

Amar steuerte die Kutsche auf den Landesteg zu, an dem ein kleines Segelboot für den Abtransport der Leiche nach Singapur bereitstand.

»Halt hier an«, verlangte Ella.

Amar zog sofort an den Zügeln und brachte die Kutsche zum Stehen.

»Ich schaffe das allein«, sagte Ella, als Amar Anstalten machte, ebenfalls von der Kutsche zu steigen. Er nickte.

Amar schien instinktiv zu spüren, dass dies eine Angelegenheit war, die nur sie etwas anging und ein früheres Kapitel in ihrem Leben betraf. Auch war es im Hinblick darauf, dass Puteri mit Sicherheit die Befreiung von Mohan untersuchte, klüger, sich nicht mit einem Einheimischen sehen zu lassen, den er mit der Befreiung in Verbindung bringen konnte.

»Miss Kaltenbach.« Puteris Stimme war gedämpft. Immerhin hatte er die Aufgabe, eine verstorbene Person, die sie kannte, zu übergeben.

»Sie reisen ohne Koffer?«, fragte er und blickte in Richtung der Kutsche, die Amar zur Seite gefahren hatte, um die Zufahrt zu den Landestegen frei zu machen.

Ella überraschte die Frage.

»Ich hatte keine Pläne, abzureisen«, sagte Ella wahrheitsgemäß.

Puteri runzelte sicher die Stirn, weil sie ihn ja bei ihrer letzten Begegnung noch im Unklaren darüber gelassen hatte, ob sie hierbleiben oder zurück nach Hamburg fahren würde. Anscheinend hatte er mit Letzterem gerechnet.

»Ich war der Annahme, dass Ihnen Mr. von Stetten nahesteht. Verzeihen Sie bitte«, sagte er prompt, obwohl sie Rudolf ihm gegenüber ja bereits als Reisebegleitung bezeichnet hatte. Offenbar hatte er ihr das nicht so ganz abgenommen.

»Es fällt mir auch so schon schwer genug«, hielt sie Puteri vor, woraufhin er verständnisvoll nickte und eine Dokumentenmappe hervorzog, in der zwei in der Landessprache bedruckte Blätter steckten.

»Ich muss Sie bitten, diese Dokumente zu unterschreiben. Sie bestätigen, dass die hiesige Polizei den Leichnam freigegeben hat und er nach Hamburg überführt werden darf.«

Ella zögerte.

»Ich hätte an sich keine rechtliche Veranlassung, dies zu tun. Ich bin mit Mr. von Stetten nicht verwandt.«

Puteri nickte.

»Es geht nur darum, dass jemand, der ihn kennt, die Übergabe bestätigt«, versicherte er ihr glaubhaft.

Ella unterschrieb und reichte Puteri die Papiere.

»Ich danke Ihnen. Wenn Sie irgendein Anliegen haben oder Hilfe benötigen – bitte wenden Sie sich an mich«, sagte er. Irgendetwas schien noch durch seinen Kopf zu geistern.

»Die verlorenen Dokumente. Sie wurden nicht aufgefunden«, sagte er unvermittelt. Ella konnte ihm nicht folgen.

»Die aus der Mappe, die wir in der Satteltasche seines Pferdes gefunden haben. Wir haben Arbeiter befragt und waren noch einmal bei den Fosters. Es hätte ja sein können, dass er etwas dort gelassen hat. Geschäftliche Informationen oder ein Angebot. Danach hatte ich bei meinem ersten Besuch nicht gefragt«, erklärte er sich.

Ellas Magen zog sich zusammen. Wenn er noch einmal bei den Fosters gewesen war, hatte er mit Sicherheit ihren Namen erwähnt.

»Ich nehme an, die Suche war ergebnislos«, sagte Ella.

»Leider. Mrs. Foster schien gar nicht zu wissen, dass er nicht allein hier war. Sie lässt Ihnen unbekannterweise ihr herzliches Beileid ausrichten.«

Es fühlte sich so an, als würde eine eiskalte Hand an ihre Kehle fassen. Ella hoffte, dass Puteri ihre Blässe mit dem Umstand erklärte, dass sie sich von einem Toten zu verabschieden hatte. Was hatte »unbekannterweise« zu bedeuten?

»Danke.« Mehr brachte Ella nicht mehr heraus.

Puteri nickte, steckte die Dokumente ein und bestieg seine Kutsche. Bevor er abfuhr, schenkte er ihr noch ein aufmunterndes Lächeln. Es verfehlte seinen Zweck. Ella versuchte, in Ruhe zu rekapitulieren, was er Marjory alles erzählt haben konnte. Mit an Sicherheit grenzender Wahrscheinlichkeit, dass Rudolf in weiblicher Begleitung gewesen war und diese in Lees Pension gewohnt hatte. Anhand dessen konnte sich Marjory ja schon ihren Teil denken, weil sie ihre Koffer aus Lees Pension hatte holen lassen. Ella wurde schlecht. Zugleich fragte sie sich aber, warum Marjory in diesem Fall Beileid an eine Unbekannte ausrichten ließ. Vermutlich war es ihr nicht recht, dass Puteri einen Zusammenhang zwischen ihrer Besucherin und Rudolf herstellte. Die Konsequenzen daraus waren noch nicht absehbar.

Zwei einheimische Matrosen, die Ella bisher noch gar nicht wahrgenommen hatte, kauerten in der Hocke vor der Kutsche. Sie sahen sie fragend an und schienen darauf zu warten, dass Ella sich vom Leichnam in irgendeiner Form verabschiedete.

Sie stand regungslos vor der Ladefläche der Kutsche. Sollte sie nun etwa ein Gebet sprechen? Ihr fiel keines ein. Ein Vaterunser? Nicht für Rudolf, der sie so schamlos betrogen hatte. Warum hörten die beiden nicht auf, sie so erwartungsvoll anzustarren?

Ella entschied sich dazu, Rudolf noch eine letzte Nachricht mit auf den Weg zu geben.

»Ich weiß nicht, warum du es getan hast, aber möge der Herr deiner Seele gnädig sein«, flüsterte sie. Dann bekreuzigte sie sich, aber nicht, weil ihr danach war, sondern um den beiden Seeleuten zu signalisieren, dass sie ihre Arbeit verrichten konnten.

Das Signal hatten sie offenbar verstanden. Sie standen auf und stiegen auf die Ladefläche, um den Sarg herunterzuhieven. Am Ende des Steges wartete das Segelboot darauf, Rudolfs sterbliche Überreste aufzunehmen.

Ella wandte sich ab und sah hinauf zu Amar. Vermutlich hatte ihn Puteri auf die Distanz gar nicht erkennen können. Ihre Kutsche stand zudem unter einem Palmenhain. Sein Gesicht war von hier aus kaum zu erkennen. Puteri hielt ihn wahrscheinlich für einen Kutscher, der sie hierhergebracht hatte. Sicherheitshalber suchte sie den Weg, der hinunter zum

Hafen führte, nach seiner Kutsche ab. Sie bahnte sich bereits ihren Weg nach oben. Dabei blieb Ellas Blick an einem zweiten Gefährt hängen. Es stand kurz vor der Biegung, die hinunter zum Hafen führte, am Straßenrand. Ella traute ihren Augen nicht. Es war zweifelsohne die Droschke der Fosters.

Nachdem sich Amar auch sicher war, oben am Straßenrand die Droschke der Fosters erkannt zu haben, brannte Ella darauf herauszufinden, was die dort zu suchen hatte.

»Sie spioniert dir nach.« Amars Vermutung lag auf der Hand. Marjory musste von Puteri erfahren haben, wo und wann Rudolf überführt wurde. Warum interessierte sie das? Wollte Marjory in Erfahrung bringen, ob Ella Malakka verließ? Ihr wie immer geartetes Interesse schien sich aber mittlerweile erledigt zu haben, weil sie sich schon wieder in Bewegung gesetzt hatte und in Richtung der Hauptstraße fuhr, die gen Norden führte.

Amar war sich sicher, dass sie die schwere Droschke der Fosters mit ihrer leichten und viel wendigeren einholen konnten. Dennoch war das ein nicht ganz ungefährliches Unterfangen, weil die Serpentine hinauf zum Hauptweg fortwährend an sehr steilen Stellen vorbeiführte, an denen man besser langsam und mit Bedacht fuhr. Amar schien sich nicht darum zu scheren. Dass ihre Kutsche so schnell fahren konnte, hätte Ella nicht gedacht. Schon kam eines der Räder ins Rutschen und verfehlte den Abgrund nur knapp.

Ella hatte den Eindruck, dass die Droschke vor ihnen nun beschleunigte. Noch trennten sie zwei Serpentinen, doch sie waren bereits nah genug, um zu erkennen, dass Raj die Droschke lenkte – wer auch sonst? Solange die Strecke noch bergauf ging, hatten sie bessere Chancen, sie einzuholen. Und es gelang. Der Abstand verringerte sich zusehends und nach der nächsten Biegung fuhr sie unmittelbar vor ihnen.

»Wir müssen sie vor der Straße einholen«, rief Amar gegen den Lärm der Hufe und Räder auf dem trockenen Boden an. Immer mehr Staub wirbelte auf und hüllte sie ein. Ella hielt sich ein Tuch vor die Nase. Der Staub biss in den Augen.

Spätestens, als Raj sich nach ihnen umdrehte, war klar, dass er wusste, wer hinter ihnen fuhr und dass sie vorhatten, die Droschke abzufangen. Weil der Weg immer noch steil war, gab es für Raj keine Möglichkeit, die Droschke weiter zu beschleunigen. Sie war einfach zu schwer. Stattdessen versuchte er, sie von links nach rechts zu steuern, um somit zu verhindern, dass sie an ihr vorbeifahren konnten. Eine andere Möglichkeit, die Droschke aufzuhalten, um Marjory zur Rede zu stellen, gab es ja nicht.

Rajs Versuch misslang. Um ein Haar verlor die Droschke das Gleichgewicht. Sie fuhr für einen Moment nur noch auf zwei Rädern und neigte sich in Richtung Abgrund. Raj gab seine Fahrt in Schlangenlinien daher auf, was Amar die Gelegenheit verschaffte, noch vor der Abbiegung zur Hauptstraße an der Droschke der Fosters vorbeizuziehen. Dann riss er an den Zügeln. Das Pferd ihrer Kutsche scheute und bäumte sich auf, doch ihr Gefährt kam zum Stillstand. Sie rollte so aus, dass sie quer zur Droschke der Fosters stand. Raj musste bremsen, um eine Kollision zu vermeiden.

»Was soll das?«, rief er wütend.

Ella stieg ab. Amar folgte ihr.

»Ich möchte Marjory sprechen. Jetzt sofort.« Ella ersparte sich die Frage, ob sie überhaupt darinsaß, denn falls Marjory nur Raj zum Hafen geschickt hätte, wäre er mit seinem Pferd unterwegs gewesen.

»Fahren Sie weiter. Sie haben kein Recht, uns aufzuhalten«, erwiderte Raj.

Ella war sich sicher, dass er sich nicht anders verhalten konnte und sein rauer Tonfall lediglich dem Umstand geschuldet war, dass Marjory in der Kutsche saß. Dementsprechend ignorierte Ella seine Aufforderung.

Raj sprang vom Kutschbock und stellte sich ihr entgegen. Nun hatte auch Amar ihn erreicht.

»Marjory. Ich weiß, dass Sie da drin sind. Ich hatte Sie bisher nicht als feige Person eingeschätzt«, rief Ella in Richtung der Droschke.

»Versuch du, sie zur Vernunft zu bringen«, wies Raj seinen ehemaligen Vorarbeiter an.

»Sie hat gute Gründe«, erwiderte Amar.

»Ich muss darauf bestehen, dass ihr geht«, drohte Raj in autoritärem Tonfall, doch Ella konnte ihm anmerken, dass er sichtlich unter der Situation litt. Der Spagat zwischen der Pflicht, seiner Herrschaft treu zu dienen, und einer gewissen Sympathie, die er Ella gegenüber ja bereits an den Tag gelegt hatte, forderte ihn.

»Lass uns durch«, verlangte Amar.

Schon packte Raj ihn am Kragen seines Hemdes, doch Amar wusste sich zu wehren, auch wenn Raj um gut einen Kopf größer war. Amar löste sich aus Rajs Umklammerung und stieß ihn mit überraschend großer Wucht zur Seite. Raj war aber schnell wieder auf den Beinen und versuchte nun, sich mit seinem vollen Gewicht auf Amar zu werfen. Dieser sprang blitzschnell zur Seite. Die Wucht des Angriffs lief ins Leere. Raj fand gerade noch Halt an einem Rad der Droschke, die nun ins Wanken kam.

»Hört auf!« Marjorys Befehl aus dem Inneren der Droschke war unüberhörbar.

Dann stieg sie aus und baute sich vor Ella hasserfüllt auf.

»Sie machen einen großen Fehler, Fräulein Kaltenbach.« Ihre schneidende Stimme untermalte die Drohung.

Auch Amar und Raj blieben wie angewurzelt stehen.

»Was wollten Sie am Hafen?«, fragte Ella geradeheraus. Marjory kaufte ihr nicht den Schneid ab.

»Mich versichern, dass Sie endlich aus unserem Leben verschwinden«, zischte Marjory.

»Warum? Was habe ich Ihnen und Heather denn getan?«, wollte Ella wissen.

»Angelogen haben Sie uns. Ihr ganzes Theater. Eine Holländerin haben Sie uns vorgegaukelt, nur um sich unser Vertrauen zu erschleichen.«

Dem konnte Ella nicht widersprechen, noch nicht einmal mit einer Ausrede.

»Sie mischen sich in Dinge ein, die Sie nichts angehen.«

»Was wollte Rudolf von Ihnen? Was hat er Ihnen erzählt? Sie können vielleicht die Polizei hinters Licht führen, mich nicht. Ich weiß, warum er Sie aufgesucht hat. Hat er Geld verlangt? Wie viel wollte er denn haben?« Ella spürte Wut in sich hochsteigen. Dementsprechend aggressiv war nun ihr Tonfall.

Marjory fror förmlich ein.

»Er hat nichts als blanken Unsinn von sich gegeben«, sagte Marjory kalt.

»Musste er dafür mit seinem Leben bezahlen? Haben Sie jemanden auf ihn gehetzt, um ihn zu vergiften?« Ella redete sich in Fahrt.

»Zügeln Sie Ihre rege Fantasie und nehmen Sie das nächste Schiff zurück in Ihre Heimat. Sie haben hier nichts mehr verloren. Andernfalls ... nun, es gibt Mittel und Wege ... Und nun sagen Sie dem Rebellen, der Ihnen offenbar den Kopf verdreht hat, er soll den Weg frei machen«, befahl Marjory und machte Anstalten, wieder in ihre Droschke zu steigen.

»Warum haben Sie solche Angst vor der Wahrheit?«, rief Ella ihr nach.

Marjory hielt mitten in der Bewegung inne, wandte ihr aber immer noch den Rücken zu. Ella konnte ihr ansehen, dass sie innerlich bebte.

»Wie können Sie nur so herzlos sein? Richard ist mein Vater, nicht wahr? Sie ertragen diesen Gedanken nicht. Haben Sie etwa darauf bestanden, dass Richard sich eines unehelichen Kindes entledigt? Warum haben Sie solche Angst?«, fuhr Ella sie an.

»Was wollen Sie? Geld?«, raunte Marjory, ohne sich zu Ella umzudrehen.

»Ich habe meine Familie gesucht … aber was ich gefunden habe, widert mich an. Geld? Richard hat doch schon genug bezahlt.«

Marjory schwieg für einen Moment, dann drehte sie sich doch zu Ella um. Sie erweckte den Anschein, auf einen Schlag um Jahre gealtert zu sein. Ella hatte noch nie zuvor in ihrem Leben ein so hasserfülltes Gesicht gesehen. Dieser Hass schien Marjory regelrecht zu zerfressen. Man sah es, weil ihr Gesicht die Farbe von weißem Oleander annahm und sie am ganzen Körper bebte.

»Verschwinden Sie!«, stieß sie aus heiserer Kehle aus, dann stieg sie ein.

Raj warf Ella einen schier verzweifelten Blick zu, nachdem Marjory nach ihm gerufen hatte. Er musste der Aufforderung, loszufahren, nachkommen.

»Bitte mach den Weg frei«, sagte er zu Amar, der sich bei Ella mit Blicken rückversicherte, ob er Rajs Wunsch nachkommen sollte.

Ella nickte, woraufhin Amar den Kutschbock bestieg und ein paar Meter zur größeren Straße weiterfuhr, um der Droschke der Fosters die Durchfahrt zu ermöglichen.

Täuschte sie sich, oder konnte Ella ein Schluchzen aus dem Inneren der Droschke hören?

Ella ging zurück zu ihrer Kutsche.

Amar reichte ihr die Hand, um ihr beim Aufstieg zu helfen.

Die Droschke der Fosters fuhr vorbei, doch just in dem Moment, als sie nur noch wenige Meter von der Hauptstraße entfernt war, riss jemand die Tür auf.

Ella blieb fast das Herz stehen, denn es war Heather, die zu ihr zurückblickte. Sie schien verzweifelt und rief nach ihr. »Ella!«

Heathers Ruf klang wie der Aufschrei eines verwundeten Tieres. Dann rief sie noch einmal nach ihr, aber bereits mit viel schwächerer Stimme. Hände, die aus schwarzem Stoff ragten, zerrten an ihr. Ella konnte sehen, dass Heather weinte, doch dann zog ihre Mutter sie hinein. Die Tür schloss sich in dem Moment, als die Droschke in die Hauptstraße abbog.

»Nein!« Heather war noch zu hören, obwohl sich die Droschke schnell entfernte.

Ella saß wie gelähmt auf dem Kutschbock. Amar legte sofort seinen Arm um sie.

Heathers verzweifelter Aufschrei war so markerschütternd gewesen, dass Ella immer noch zitterte.

»Du musst versuchen, sie zu vergessen. Versprich mir das«, verlangte Amar.

»Wie kann ich das?« Aus Ellas Augen lösten sich Tränen. »Sie ist doch meine Halbschwester und du hast doch gesehen, wie sie unter ihrer Mutter leidet«, schluchzte Ella auf.

»Heather ist eine erwachsene Frau«, sagte Amar mit ruhiger Stimme.

Auch wenn Ella wusste, dass Amar in jeder Hinsicht recht hatte, Heathers Schrei klang ihr noch immer in den Ohren. Wie konnte sie das jemals vergessen?

Ella lag schon seit mindestens einer Stunde völlig entkräftet in Amars Armen und starrte von der Veranda des Hauses aus auf die Palmwedel, die der Wind sanft wiegte und die dabei ein Geräusch erzeugten, das sie an Meeresbrandung erinnerte.

Trotz dieser friedlichen Stimmung kam Ella nicht zur Ruhe. Es fühlte sich so an, als ob Heathers Schmerz auf sie übergegangen war. Warum nur quälte Marjory sie so sehr? Im Haus der Fosters war davon nichts zu spüren gewesen.

Amar dachte auch an nichts anderes mehr.

»Sie war wie von Sinnen. Ich frage mich auch, wovor Marjory solche Angst hat«, grübelte Amar.

»Vielleicht vor der Schande … Sie will nicht, dass man über sie redet, sie bedauert, weil ihr Mann sie betrogen hat, aber auch das ergibt irgendwie keinen Sinn. Man hat doch schon seit Langem über ihn geredet. Mary hat mir erzählt, dass Richard als jemand galt, der es mit der Treue nicht so ernst nahm. In diesen Kreisen hätte man darüber hinweggesehen«, überlegte Ella laut.

»Und er ist doch schon seit vielen Jahren tot. Nach ihm kräht doch kein Hahn mehr. Als ich bei den Fosters anfing, wusste ich nicht einmal, wie er hieß«, sagte Amar.

»Der Name ist tatsächlich nie gefallen?«, hakte Ella nach.

»Nein, wenn ich es dir doch sage.«

»Dann hat sie ihm wohl nie verziehen und wollte ihn aus ihrem Leben streichen. Rudolf hat sie wieder an die damaligen Geschehnisse erinnert und die alten Wunden aufgerissen«, schlussfolgerte Ella, auch wenn sie tief in ihrem Inneren spürte, dass diese Überlegung zu einfach war.

»Du glaubst also tatsächlich, dass sie etwas mit Rudolfs Tod zu tun haben könnte? Aus Angst, dass die alte Geschichte wieder ans Licht kommt?«, fragte Amar.

»Vielleicht sollten wir zur Polizei gehen. Officer Puteri hat mir seine Hilfe angeboten«, schlug Ella vor.

»Und was soll das bringen? Er könnte es nicht beweisen. Der Arzt hat nur gesagt, dass er Symptome wie bei einer Vergiftung feststellen konnte. Es hat keinen Sinn mehr, darüber nachzudenken. Das Leben wird sie schon strafen, irgendwie, wenn sie es überhaupt getan hat«, sagte Amar.

Ella wusste, dass er recht hatte, und schob diese Überlegungen zur Seite, doch davon bekam sie nach kurzer Zeit Kopfschmerzen. Sie versuchte, sich mit dem Gedanken anzufreunden, dass sie die Wahrheit vermutlich nie erfahren würde. Lediglich eine Halbschwester zu haben, hielt Ella für so gut wie sicher, und die war in unerreichbare Ferne gerückt.

»Die Reise … Alles sinnlos …«, sinnierte Ella niedergeschlagen.

»Und was wirst du jetzt tun? Fährst du wieder zurück nach Hamburg?«, fragte Amar daraufhin besorgt, während seine Hand durch ihr Haar fuhr.

»Was redest du für dummes Zeug? Warum sollte ich zurückwollen?«

Amar lächelte erleichtert und küsste sie auf die Stirn.

»Außerdem kann ich hier arbeiten und wohl noch mehr bewegen als in Hamburg bei dieser sturen Ärzteschaft.«

»Und ich dachte, du würdest meinetwegen hierbleiben.«

»Deinetwegen?«, fragte Ella schmunzelnd und handelte sich damit einen zweiten Kuss ein, diesmal aber auf den Mund. Und dieser Kuss schaffte es, sie für einen Moment alles vergessen zu lassen. Der einlullende Gesang der Palmen tat sein Übriges, doch plötzlich gesellte sich das Klappern von Kutschrädern und das Geräusch von Pferdehufen störend hinzu. Man hörte sie schon von Weitem kommen, doch sobald eine Kutsche an der kleinen Zufahrt zu Mohans ehemaligem Haus vorbeifuhr, entfernte sich das Geräusch normalerweise schneller, als man es vorher vernommen hatte. Das geschah diesmal jedoch nicht. Die Geräusche wurden lauter. Es konnte keinen Zweifel daran geben, dass sich eine Kutsche ihrer Bleibe näherte.

Amar ließ von ihr ab und blickte hinaus zur Straße. Ella folgte seinem Blick und traute ihren Augen nicht.

Eine große Droschke fuhr vor. Ein britischer Soldat saß auf dem Kutschbock. Drei weitere bewaffnete Soldaten und Officer

Bennett stiegen aus. Man musste kein Hellseher sein, um zu ahnen, dass dies nichts Gutes zu bedeuten hatte.

Ella folgte Amar nach draußen.

»Ich muss Sie festnehmen«, sagte Bennett, der sich vor Amar aufgebaut hatte.

Amar war mindestens so perplex wie Ella. Die Festnahme musste in Zusammenhang mit Mohans Befreiungsaktion stehen – aber man hatte Amar doch gar nicht gesehen? War das der Grund, weshalb er so ruhig blieb?

»Was wird mir denn vorgeworfen?«, fragte er.

»Rädelsführerschaft im Widerstand, Rebellion gegen die englische Krone und Beteiligung an der Befreiung eines Gefangenen der britischen Armee«, erwiderte Bennett förmlich.

Ella blieb fast das Herz stehen.

»Ich muss Ihnen Handschellen anlegen«, sagte der Offizier und zückte den eisernen Schmuck der Gefangenen.

Amar ließ es über sich ergehen.

»Wohin bringen Sie ihn?«, wollte Ella wissen.

»Ins Gefängnis nach Dshohor.«

»Wer hat den Haftbefehl erlassen?«, fragte Ella, weil sie sich darüber wunderte, dass man ihn ins hiesige Gefängnis brachte, obwohl bei der Verhaftung keine Polizei anwesend war.

»Der Governor persönlich.«

Compton steckte also dahinter. Amar hatte nur ein verächtliches Lächeln dafür übrig.

»Mach dir keine Sorgen. Die Vorwürfe sind absurd. Es wird sich alles aufklären«, versuchte Amar sie zu beruhigen.

Ella griff nach seiner Hand. Hoffentlich nicht das letzte Mal.

Amar sah ihr direkt in die Augen, bevor er in die Kutsche stieg. Sein Lächeln sollte sie aufmuntern, doch Ella hatte trotzdem Angst, dass sie ihn nie wiedersehen würde.

Kapitel 17

Allein hier in Mohans Haus unverrichteter Dinge zu verharren und auf bessere Zeiten zu warten, kam nicht infrage. Ella machte sich sofort auf den Weg in die Stadt, um mit Edward Compton persönlich zu sprechen. Er hatte die Verhaftung schließlich veranlasst. Während der Kutschfahrt überlegte sie sich, ob sie nicht doch besser zunächst mit Officer Puteri sprechen sollte. Immerhin untersuchte die hiesige Polizei den Überfall auf den Gefangenentransport; doch was konnte Puteri schon gegen den Willen des hiesigen Governors ausrichten? Ella machte sich ebenso klar, dass sie bei Compton vermutlich auch dann gegen eine Mauer lief, wenn sie ihm ihre Hand anbot, um fortan lebenslang mit ihm in seiner heiß geliebten Eisenbahn durch den Norden der Halbinsel zu fahren. Vielleicht gelang es ihr aber herauszufinden, was die Briten gegen Amar in der Hand hatten.

Der Sitz des Governors war in der Karte eingezeichnet. Ein kurzer Blick darauf hatte genügt, um daraus zu ersehen, dass das Haus in der Nähe des Stadtzentrums von Dshohor zu finden war.

Schon aus der Ferne stellte Ella fest, dass sein hiesiger Amtssitz zu Comptons herrschaftlichem Getue passte.

Wahrscheinlich stand in Singapur dann ein Königspalast, denn dort residierte er als Governor ja für gewöhnlich. Das zweistöckige Steinhaus war pompös. Die Flagge des Empires hing über dem Eingang. Der dahinterliegende Garten wurde von einem gut zweieinhalb Meter hohen Eisenzaun mit scharfen Lanzen umzäunt.

Ella hielt die Kutsche davor an und ging die wenigen Meter zu Fuß zum Eingang der Villa, der bewacht wurde, als würde Queen Victoria höchstpersönlich darin residieren. Ella ließ sich davon jedoch nicht abschrecken.

»Ich möchte zu Edward Compton«, sagte sie einem der beiden jungen Soldaten, die mit einem Gewehr bewaffnet vor dem Eingang standen.

Er musterte sie nur abfällig.

»Sind Sie angemeldet?«, wollte er wissen.

»Nein, aber wir sind sehr gut bekannt«, gab Ella ihm zu verstehen.

Es wirkte. Der andere Offizier verschwand daraufhin im Inneren des Gebäudes.

Ella nutzte die Zeit, um ihr Pferd mit Wasser zu versorgen. Ein Trog, in dem frisches Wasser sprudelte, befand sich in unmittelbarer Nähe des Gebäudes. Sicherheitshalber lugte sie immer wieder zum Eingang, um zu sehen, ob der Offizier wieder zurück war.

Er winkte ihr schneller als gedacht zu, eine eher auffordernde denn höfliche Geste. Egal. Hauptsache, Compton würde sie empfangen.

Er ließ sie in seinem Büro warten. Männer, die gerne ihre Macht demonstrierten, liebten offenbar Spiele dieser Art. Das gab Ella Zeit, die Einrichtung ausgiebig zu mustern. Die Möbel wirkten wie die eines französischen Monarchen. Das Holz war goldverziert. Ein Porträt von Queen Victoria hing in Öl an der Wand. Ein Kronleuchter an der Decke durfte nicht fehlen.

Anscheinend gefiel er sich in der Rolle eines absolutistischen Herrschers.

»Ah, Miss Kaltenbach«, begrüßte er sie, nachdem er den Raum durch eine andere Tür, die zu einem Besprechungszimmer führte, betreten hatte.

Das fing ja schon mal gut an. Marjorys Kommunikationswege waren kürzer als gedacht. Er war also im Bilde.

»Ich habe schon mit Ihrem Besuch gerechnet. Vielleicht einen Tee?«, fragte er, bevor er sie in einer höflichen Geste darum bat, Platz zu nehmen, und sich gleich selbst setzte. Ella bevorzugte es, stehen zu bleiben.

»Sehr freundlich von Ihnen, aber nein danke. Ich bin hier, weil ich mit Ihnen über einen Mann sprechen möchte, den Ihre Offiziere heute festgenommen haben.«

»Ich weiß, ich weiß … Aber wollen wir die Dinge nicht lieber bei ihrem Namen nennen?« Sein süffisantes Grinsen war schier unerträglich.

»Amar«, sagte sie daraufhin.

»Ihr Lebensgefährte oder ist er nur ein Liebhaber?«, fragte Compton, Desinteresse mimend. Er wusste also auch in dieser Hinsicht Bescheid. Das war schon allein deshalb nicht verwunderlich, weil sie bei seiner Verhaftung in Mohans Haus zugegen gewesen war. Auch Marjory könnte ihn mittlerweile mit dieser Information versorgt haben. Herauszureden brauchte sie sich jetzt nicht mehr. Ella hätte es schon allein aus Prinzip nicht getan.

»Ersteres ist zutreffend«, stellte Ella daher in aller Deutlichkeit klar.

»Sie sollten das nicht zu laut sagen. Als Deutsche genießen Sie hier sicherlich einen anderen Status. Sie sind Gast hier, aber überspannen Sie den Bogen nicht. Sie könnten sich der Mittäterschaft schuldig machen«, führte Compton selbstgefällig aus.

»Dazu müsste Amar erst einmal eine Tat begangen haben, finden Sie nicht?«

»Wir haben eindeutige Beweise … Außerdem frage ich mich, wie es kommt, dass man Sie bei dem Überfall auf die Kutsche am Ort gesehen hat.«

»Was wollen Sie damit andeuten?«

»Das fragen Sie noch?« Comptons überhebliche Art war abstoßend.

»Halb Dshohor war dort. Jeder, der die Schüsse gehört hat«, versuchte Ella sich zu rechtfertigen.

»Mag sein … Aber wenn ich Ihnen einen guten Rat geben darf, Miss Kaltenbach, es wäre besser für Sie, wenn Sie das Land verließen. Mein Wohlwollen ist nicht unbegrenzt.« Compton genoss es offensichtlich, ihr zu drohen und den starken Mann zu spielen.

»Ich hoffe, dass aus Ihnen nicht verletzte Eitelkeit spricht. Sie würde einem Mann Ihres Formats nicht gut zu Gesicht stehen«, konterte Ella. Wie man mit so aufgeblasenen Männern umzugehen hatte, wusste sie von ihren vielen Kämpfen mit den Halbgöttern in Weiß. Er war nicht anders gestrickt. »Ich hoffe, dass in den britischen Kolonien Angeklagten ein fairer Prozess gemacht wird. Alles andere wäre Barbarei«, fuhr sie fort.

»Aber sicher doch. Wir Briten sind für unsere Fairness weltweit bekannt. Das liegt uns im Blut«, sagte Compton so zynisch, dass er Ella immer mehr anwiderte.

»Ich danke Ihnen für die Güte, mich empfangen zu haben.« Ella unternahm erst gar keinen weiteren Versuch mehr, ihm Informationen über die Hintergründe der Verhaftung zu entlocken. Es genügte zu wissen, dass er vermeintliche Beweise hatte. Im Übrigen waren die Fronten nun klar abgesteckt.

»Einen schönen Tag«, wünschte sie ihm, auch wenn sie dabei an Pest und Cholera dachte und die Hölle, in die er fahren sollte. Solange Menschen wie er das Land regierten, war es nur allzu verständlich, dass sich die Einheimischen gegen die Krone erhoben.

»Ebenso«, kam es zurück.

Ella machte auf dem Absatz kehrt und ging. Sie musste unbedingt herausfinden, welche Beweise man gegen Amar in der Hand hielt. Vorher brauchte sie sich gar nicht darum zu kümmern, einen Anwalt aufzusuchen, der ihn vor Gericht vertreten würde.

Wenn man über wohlwollende Kontakte verfügte, dann sollte man diese auch nutzen. Auch das hatte Ella in ihrer Zeit in einem Großklinikum gelernt. Amar saß im Gefängnis. Es unterstand der hiesigen Polizei. Hatte Officer Puteri ihr nicht angeboten, sich jederzeit an ihn wenden zu können, falls sie Hilfe benötigte? Er war zudem ein Bumiputra, sprich, einer von Amars Landsleuten. Auch wenn die Polizei dem Governor zumindest politisch gesehen unterstand, so konnte Ella sich lebhaft vorstellen, dass sie die Briten lieber heute als morgen loshaben wollten, genau wie anscheinend jeder in diesem Land. Wo das hiesige Polizeirevier lag, wusste Ella ja bereits aus ihren vorherigen Besuchen. Es war mit der Kutsche nur ein Katzensprung von Comptons »Palast« aus und wie nicht anders zu erwarten war, nahm sich Puteri Zeit für sie.

Der kleine schmucklose Nebenraum, in dem gerade mal ein Schrank und ein Tisch mit zwei Stühlen standen, war Ella lieber als der Prunk von vorhin. Und das lag vor allem an Puteris einnehmendem Lächeln, mit dem er sie empfangen und ihr in einer einladenden Geste angeboten hatte, Platz zu nehmen.

»Sie sind wegen dem Inhaftierten hier, Amar, habe ich recht?«, fragte er ganz offen.

»Woher wissen Sie …?«

Puteri lächelte, jedoch nicht die Spur überheblich.

»Ich habe Augen im Kopf. Hat er Sie nicht zum Hafen

gefahren? Wir Polizisten haben ein sehr gutes Personengedächtnis und einen gewissen Spürsinn«, deutete er an.

»Spürsinn?« Ella fragte sicherheitshalber nach. Es sah ja fast danach aus, als würde er über ihre Lebensverhältnisse bestens Bescheid wissen.

»Sie sind noch hier im Land ... Im Protokoll steht, dass Sie bei seiner Verhaftung anwesend waren. Außerdem hat Amar auf der Foster-Plantage gearbeitet ...« Sein wohlwollendes Lächeln hielt an.

Ella seufzte und nickte.

»Machen Sie sich keine Sorgen. Ihm geht es gut. Er ist in einer Einzelzelle untergebracht. Wir behandeln unsere Gefangenen anständig«, erklärte er von sich aus.

»Mir sind die Vorwürfe, die man gegen Amar erhebt, bekannt und ich werde versuchen, einen guten Anwalt ausfindig zu machen, doch dafür muss ich wissen, welche Beweise man gegen ihn in der Hand hält.«

Puteris Miene verfinsterte sich.

»Ich fürchte, das übersteigt meine Kompetenzen«, sagte er in aller Offenheit.

»Aber es ist doch völlig absurd. Amar ist ein Plantagenarbeiter. Man wirft ihm vor, der Anführer der Rebellion zu sein.«

»Natürlich ist das absurd, weil es keine Rebellion gibt, sondern nur einzelne, die den Mut haben, gegen die Briten aufzubegehren«, sagte Puteri.

»Wieso hält man ihn dann fest?«

»Aus unserer Sicht geht es in erster Linie um die Befreiung eines Gefangenen. Sie wissen, wovon ich spreche.« Puteri musste davon ausgehen, weil er sie ja kurz nach der Befreiungsaktion am Ort des Geschehens gesehen hatte.

»Mohan«, sagte Ella ohne Umschweife.

»Angeblich standen sie sich nah, eine Freundschaft, die Amar nun zur Last gelegt wird«, erklärte der Officer.

»Amar war sein Vorgesetzter. Deshalb hat er sich um ihn gekümmert, als er im Krankenhaus lag«, erläuterte Ella.

»Das ist auch nicht das Problem.«

»Was denn dann?«, fragte Ella.

»Die Männer, die die Kutsche überfielen, waren maskiert, doch einer hat die Maske wohl verloren. Amar wurde gesehen. Man hat ihn als einen der Täter identifiziert.«

Ella glaubte nicht, was sie da hörte. Sie wusste, dass Amar die Maske nicht verloren hatte. Damit war klar, dass Compton Amar die Schuld in die Schuhe schieben wollte. Nur konnte sie Puteri dies so nicht sagen, weil sie damit gleichzeitig zugeben würde, mit Amar über den Überfall gesprochen zu haben. Sie würde ihn und sich selbst belasten. Doch es gab einen anderen Weg, Zweifel in Puteri zu wecken.

»Wer war der Offizier? Etwa der Mann, der die Kutsche fuhr? Officer Bennett?«, fragte sie.

Puteri bejahte.

»Er ist ein enger Vertrauter von Compton. Ich fürchte, Compton hat persönliche Gründe, um Amar zu schaden«, gab Ella ihm zu verstehen.

Das schien Puteri zu überraschen.

»Welche Gründe könnten das sein?«, fragte er.

»Englische Männer seines Kalibers leiden unter extremer Eitelkeit. Er hat um mein Herz geworben, allerdings vergebens.«

Puteri zog eine Augenbraue hoch. So ganz überzeugend fand er das Motiv wohl nicht.

»Als wir uns am Hafen begegneten. Sie müssen doch eine große Droschke am Wegrand stehen gesehen haben, als Sie zurückfuhren?«

Puteri nickte, schien sich daran zu erinnern.

»Es war die Kutsche von Marjory Foster«, sagte Ella.

»Und was hat das mit Compton oder Amar zu tun?«

»Sie kennen die Hintergründe, weshalb ich hier bin, nicht zur Gänze«, holte Ella aus.

»Ich höre«, sagte Puteri etwas irritiert.

»Ich bin mit Rudolf hierhergekommen, um meinen leiblichen Vater zu suchen. Ich glaube mittlerweile, dass es Richard Foster war. Wahrscheinlich hat er meiner Adoptivfamilie monatlich eine horrende Summe überwiesen. Rudolf muss davon gewusst haben, noch bevor es sich mir selbst erschloss. Daher fuhr er zur Foster-Plantage. Rudolf war ein Spieler, der Geld brauchte. Ich fürchte, er hat Marjory erpresst. Am Hafen habe ich sie damit konfrontiert, weil ich glaube, dass sie mit Rudolfs Tod zu tun hat. Sie hat mir gedroht, genau wie Compton, als ich vorhin bei ihm war. Er ist ein enger Freund der Fosters. Ich appelliere an Ihren, wie nannten Sie es vorhin … Spürsinn?«

Puteris Augen waren während Ellas Ausführungen immer größer geworden. Nun stand auch noch sein Mund halb offen. Er brauchte einen Moment, um sich wieder zu fangen.

»Was Sie da sagen … das sind schwerwiegende Anschuldigungen!«

»Marjorys Verhalten lässt darauf schließen, dass sie der Wahrheit entsprechen«, versicherte Ella ihm.

»Denkbar … durchaus denkbar … Aber was ändert das an der Sachlage, dass Amar bei dem Überfall gesehen wurde?«, überlegte Puteri laut.

Ella bedauerte es erneut, Puteri nicht einfach sagen zu können, dass Bennett nur Bujang gesehen haben konnte.

»Was wird mit ihm passieren?«, fragte Ella stattdessen.

Puteri zögerte, ihre Frage zu beantworten. »Sie werden ihn erschießen«, sagte er dann mit betretener Miene.

Ella schnürte es augenblicklich die Luft ab.

»Die Geschworenen könnten das allerdings anders sehen. Es wird ein Gerichtsverfahren geben«, sagte Puteri.

Ella hoffte nicht darauf, weil sie um Comptons Einfluss wusste, und suchte verzweifelt nach einer Lösung. Sie konnte sich doch sonst immer auf ihre Einfallsgabe verlassen. Es musste doch eine Möglichkeit geben, seine Unschuld zu beweisen. Und diese Möglichkeit lag unmittelbar vor ihr im geöffneten Schrank, den sie sofort fixierte.

»Ist das die Maske, die Sie gefunden haben?«, fragte sie ihn.

»Ich hätte Ihnen das gar nicht sagen dürfen«, sagte Puteri.

»Seien Sie froh, dass Sie es getan haben.«

Der Officer sah sie verwirrt an.

»Es ist doch eine starre Holzmaske, oder?«

Puteri nickte.

»Dürfte ich Sie bitten, diese Maske aufzusetzen?«, bat Ella ihn.

Puteri zögerte, doch Ella konnte ihm ansehen, dass er neugierig darauf war, worauf sie hinauswollte.

Er stand auf, ging zum Schrank und nahm die Maske an sich.

»Versuchen Sie es«, forderte Ella ihn auf.

Puteri versuchte sie anzulegen. Es blieb bei dem Versuch, denn sie passte nicht. Er versuchte es erneut. Entweder sahen seine Augen heraus oder er bekam keine Luft. Er legte sie dann zur Seite und musterte sie für einen Moment, bevor sich ein Lächeln aus seinen Mundwinkeln löste.

»Sie haben das Herz einer Löwin und einen messerscharfen Verstand«, sagte er lächelnd. »Ich werde veranlassen, dass man Amar diese Maske aufsetzt.«

»Ich bin mir sicher, dass sie nicht passt. Dann wäre nachgewiesen, dass Bennett eine Falschaussage gemacht hat, um Amar etwas in die Schuhe zu schieben, und das auch noch aus niederen Beweggründen und mit Compton als Drahtzieher«, schlussfolgerte Ella.

»Ich kann mich nicht offen mit dem Governor anlegen«, sagte Puteri.

»Ein Offizier kann sich im Eifer des Gefechts doch auch getäuscht haben. Die Sonne stand tief. Sie blendete ihn …«

Puteri lächelte. Er schien sie zu bewundern, aber auch erleichtert darüber zu sein, dass er einem seiner Landsleute helfen konnte.

»Kommt er frei, wenn ich recht habe?«

Puteri nickte.

»Ich würde sogar persönlich vor Gericht aussagen«, versicherte er ihr.

»Aber ist das Gericht neutral?« Ella machte sich angesichts des Einflusses der Briten Sorgen.

»Amar ist Zivilist. Er unterwirft sich somit der hiesigen Gerichtsbarkeit. Wir untersuchen den Vorfall. Wenn seine Unschuld bewiesen wird, haben die Briten keine Handhabe … nicht offiziell …«

»Wie meinen Sie das?«, fragte Ella.

»Glauben Sie, Compton lässt ihn am Leben? Sie sollten in Erwägung ziehen, alles für eine Flucht vorzubereiten. Dafür haben Sie zwei Tage«, sagte er.

»Zwei Tage?«

»Der Gerichtstermin ist in drei Tagen. Offenbar geht es Compton um eine schnelle Verurteilung«, sagte Puteri. Dann spielte er nachdenklich mit der Maske in seiner Hand.

»Wenn sie ihm nicht passt, ja, dann ist eine Verurteilung ausgeschlossen«, stellte er nahezu amüsiert erneut fest. Anscheinend gefiel ihm der Gedanke, Compton vor Gericht auflaufen zu lassen.

»Sie müssen sich um einen Anwalt kümmern. Der hiesige Pflichtverteidiger tendiert dazu, sich keinen Ärger einhandeln zu wollen«, riet Puteri ihr an.

»Können Sie mir einen empfehlen?«

»Es gibt eine Kanzlei am Ende des Marktes. Sulung bin Osman ist ein guter Anwalt. Ob er einen Fall dieser Art übernehmen wird, kann ich Ihnen nicht sagen. Ich wünsche Ihnen jedoch viel Glück.«

Ella war so gerührt, dass er dazu bereit war, Amars Leben zu retten, dass sie spontan nach seiner Hand griff und sie festhielt – eine Geste des Dankes, die Puteri sichtlich rührte.

»Ein Mann, der das Glück hat, eine Frau wie Sie an seiner Seite zu haben, kann kein böser Mensch sein. Sie würden ihn dann nicht lieben«, sagte Puteri.

»Danke.« Ella hoffte, dass Puteri sein Versprechen hielt.

Puteris Befürchtungen, dass ein hiesiger Anwalt nicht sonderlich darauf erpicht sein würde, sich mit dem Governor persönlich anzulegen, schienen sich zu bewahrheiten. Die erste Absage hatte Ella sich bereits eingehandelt. Sulung bin Osman war zwar so freundlich gewesen, sie auf Empfehlung von Officer Puteri zu empfangen, jedoch aufgrund terminlicher Engpässe nicht in der Lage, Amar vor Gericht zu vertreten. Auch wenn diese Begründung angesichts eines so kurzfristig angesetzten Gerichtstermins durchaus glaubhaft war, hatte Ella ihm, als der Name Compton fiel, angemerkt, dass er nicht gedachte, sich die Finger schmutzig zu machen. Zwei Empfehlungen seiner Kanzlei waren ebenfalls im Sande verlaufen – aus den gleichen Gründen. Allerdings hatte sich der Hinweis der zuletzt aufgesuchten Kanzlei als hilfreich erwiesen. Eine international tätige Kanzlei, die auch Geschäfte von Engländern und Ausländern abwickle, würde Amar eher vertreten, weil sie keine Repressalien zu befürchten hätte. Namen hingegen waren keine gefallen. Der einzige ihrer Bekannten, der wissen konnte, welche Kanzleien im »großen Geschäft« mitmischten oder der es zumindest herausfinden konnte, war Otto.

Es hatte sich gelohnt, in Lees Pension geschlagene zwei Stunden auf ihn zu warten und ihn über die jüngsten Geschehnisse in Kenntnis zu setzen.

Otto sah genau wie sie selbst einen Zusammenhang zwischen Marjorys Drohung und Amars Inhaftierung. Ihr zu helfen, war nun offenbar »Chefsache«. Er erklärte ihr auch, warum international agierende Kanzleien nichts zu befürchten hatten.

»Jeder hat irgendwo Dreck am Stecken, wenn es um das große Geld geht. Natürlich unterliegen Anwälte der Schweigepflicht, doch niemand würde es wagen, gegen einen Anwalt vorzugehen, der Einblick in gewisse Dinge hat, die sich am Rande der Legalität bewegen. Niemand will Schwierigkeiten, verstehen Sie?«, sagte er, bevor er an seinem Reiswein nippte, den er sich gleich nach Ellas Ausführungen in dem kleinen Restaurant in der Nähe von Lees Pension bestellt hatte.

»Und haben Sie schon einen bestimmten Anwalt im Sinn?«, wollte Ella wissen.

»Ich werde noch heute Nachmittag Henry Jones kontaktieren. Er wickelt all meine Verträge ab, hat eine Kanzlei in London und in Singapur. Außerdem vertritt er hier alles, was Rang und Namen hat. Er schuldet mir was«, sagte er.

Ella sah ihn überrascht an.

»Eine Hand wäscht die andere. Sein Sohn macht in Zinn und möchte im Kaiserreich Fuß fassen«, erzählte er mit einem raffinierten Lächeln.

»Sie haben ihm geholfen?«

»Natürlich. Es erleichtert einiges und in Ihrem Fall kann es sogar lebensrettend sein«, stellte Otto fest.

»Officer Puteri meinte, dass uns ein Freispruch nichts nützt. Er hat mir geraten, das Land zu verlassen.«

»Das ist sehr weise, zumindest solange Compton hier Governor ist«, sagte Otto.

»Aber wie soll ich das anstellen?«

Otto lächelte ganz entspannt und nippte abermals in aller Seelenruhe an seinem Wein.

»Ihnen ist doch klar, dass Sie sich so schnell wie möglich in politisch neutrale Gefilde begeben müssen«, riet er ihr.

»Daran habe ich gedacht, aber erstens wird Singapur nicht täglich von der kaiserlichen Postschiffflotte angefahren und zweitens gehe ich davon aus, dass Comptons Einfluss bis nach Singapur reicht.«

»Völlig richtig bemerkt.«

»Was schlagen Sie vor?«

»Die Ostküste, meine Liebe. Nur die Ostküste.«

»Das heißt?«, hakte Ella nach.

»Deutsche Frachter nehmen in einem kleinen Fischernest namens Mersing Rohstoffe und Lebensmittel auf, um dann weiter nach Deutsch-Neuguinea zu fahren. Von dort kommen Sie zurück nach Hamburg. Der nordöstliche Teil der Insel heißt nicht umsonst Kaiser-Wilhelms-Land. Dort sind Sie erst einmal in Sicherheit.«

Aus Ottos Mund klang alles so einfach. Einerseits hatte dies auf Ella eine beruhigende Wirkung, andererseits warf es neue Fragen auf.

»Und wie gelangen wir nach Mersing?«

»Die Straßen sind einigermaßen gut ausgebaut, aber es gibt Kontrollen. Compton ist gerissen. Er weiß ja jetzt, dass Sie Deutsche sind, und könnte auf den verwegenen Gedanken kommen, dass Sie sich an die Ostküste absetzen werden – aber dem ließe sich vorbeugen«, sagte Otto. Dem emsigen Geschäftsmann schien es das größte Vergnügen zu bereiten, den Engländern ein Schnippchen zu schlagen.

»Also eine unwegsamere Route in Kauf nehmen?«, schlussfolgerte Ella.

»Auch, jedenfalls um die bekannten Kontrollpunkte zu umgehen. Sie müssen aber zunächst eine falsche Spur legen.«

Ella konnte sich beim besten Willen nicht denken, was Otto damit meinte.

Er sah es ihr an.

»Das nächste Postschiff ins Reich fährt in fünf Tagen zurück in die Heimat. Reservieren Sie zwei Tickets auf Ihren Namen. Das ist das Erste, was Comptons Leute kontrollieren werden. Er wird annehmen, dass Sie Malakka auf diesem Weg verlassen wollen.«

Ella war perplex. Otto präsentierte sich als der geborene Stratege und gefiel sich in dieser Rolle immer besser.

»Ich zeichne Ihnen die Schleichwege auf eine Karte. Ich kenne die Strecke, bin sie selbst schon mehrere Male gefahren und weiß, worauf man achtgeben muss. Sie werden sehen, die Flucht wird gelingen.« Dann hielt Otto ihr das Weinglas hin. Ella hatte bis eben noch keinen Schluck zu sich genommen. Ob es wohl Glück brachte, jetzt schon darauf anzustoßen? Ottos sprühender Optimismus brachte sie dann doch dazu.

Ella ließ die Kutsche in der Nähe von Mohans Haus stehen, weil sie es sich nicht leisten konnte, wertvolle Zeit verstreichen zu lassen. Henry Jones war Ottos Angaben zufolge meist bis in die frühen Abendstunden in seinem Büro in Singapur anzutreffen. Mit der Kutsche war das nicht zu schaffen, aber mit einem Pferd.

Ella ritt so schnell, als wäre der Leibhaftige hinter ihr her. Um ihn gedanklich heraufzubeschwören, genügte es ja, an Compton zu denken. Die Fährfahrt mit eingerechnet war es noch eine gute Stunde bis zum Zentrum, wo Jones sein Büro hatte. Es gelang.

Dass Henry Jones eine florierende Kanzlei führte, sah man bereits von außen. Das vierstöckige Gebäude hätte genauso gut auch in London oder an der Alster in den vornehmsten Geschäftsvierteln stehen können. Compton wäre vor Neid erblasst, denn sein »Palast« in Dshohor nahm sich dagegen etwas bescheidener aus.

»Otto Ludwig schickt mich.« Ottos Rat erwies sich als Schlüssel, um die große Flügeltür, die zu Jones' Büro führte, zu öffnen. Nachdem er sie nur etwa eine Viertelstunde darin warten ließ, ging Ella davon aus, dass er ihr Gehör schenken würde. Der hagere Brite mit Vollbart, der ihm bis zu seiner Brust reichte, tat es, nachdem sie beste Grüße von Herrn Ludwig ausgerichtet hatte. Im Gegensatz zu den Anwälten, die sie zuvor aufgesucht hatte, nahm Jones sich Zeit zuzuhören. Der Sachverhalt konnte heikler nicht sein, veranlasste ihn jedoch nur dazu, einmal die Augenbrauen zu heben. Ansonsten machte er sich im Stillen Notizen.

»Mein liebes Fräulein Kaltenbach. Ich nehme an, Ihnen steht der Angeklagte sehr nah.« So wie er es sagte, war es sicher als Frage gemeint, die Ella natürlich bejahte.

»Wo haben Sie Otto kennengelernt?«, wollte er dann wissen. Ella hatte eigentlich damit gerechnet, dass er weitere Fragen zu Amars Fall stellen würde.

»Auf der Überfahrt von Hamburg«, erwiderte sie wahrheitsgemäß.

»Ein sehr emsiger Zeitgenosse und sehr unterhaltsam …«, sagte er mehr zu sich, dann lehnte er sich zurück und blickte auf seine Notizen.

»Ich nehme an, Sie sind bei mir, weil kein anderer Anwalt sich dieses Falles annehmen wollte«, sagte er.

Auch dies bejahte sie.

»Dabei ist der Sachverhalt so eindeutig. Wenn diese Maske nicht passt, muss das Gericht ihn freisprechen … Aber Sie sagten, dass der Governor …«, murmelte Jones in Gedanken.

»Edward Compton.« Ella sprach seinen Namen mit größtmöglicher Verachtung aus.

»Ich weiß. Ein eher unangenehmer Zeitgenosse, wenn ich mir die Bemerkung erlauben darf.«

»Werden Sie das Wagnis eingehen, den Fall zu übernehmen?«

Jones schmunzelte.

»An sich wäre es nicht ratsam, sich mit einem Governor anzulegen«, deutete er an.

Ella stockte fast der Atem.

»Wir haben bereits gegen eine Firma prozessiert, an der er beteiligt ist. Zinn. Das große Geschäft. Sie glauben gar nicht, wie viel für Lizenzen bezahlt wird«, sagte er.

»Und die Lizenzen verteilt der Governor?«, fragte Ella sachte an. Anscheinend war Compton auch noch korrupt.

»Er weiß, dass wir es wissen«, bestätigte Jones.

Ella atmete augenblicklich wieder auf. Wie sich ihr die Situation nun darstellte, schien Jones unantastbar zu sein.

»Sie nehmen den Fall also an?«, fragte sie dennoch sicherheitshalber nach.

»Haben Sie eine Sekunde daran gezweifelt?«

Ella zuckte ratlos mit den Schultern.

»Täusche ich mich, oder waren Sie bei Mary Bridgewaters Empfang?«, wollte Jones wissen.

»Sie etwa auch?« Ella konnte ihre Überraschung kaum verbergen.

»Natürlich. Wir kümmern uns um all ihre Belange. Sie ist eine reizende Dame und äußerst einflussreich.«

Ella fragte sich, warum er es erwähnt hatte. Wäre er nicht so offensichtlich bei der Sache gewesen, hätte sie es einfach als Randbemerkung angesehen und ihr keine Bedeutung beigemessen.

»Sie waren an dem Abend in Begleitung«, erinnerte er sich.

»Ja, die Fosters.«

»Sie haben eine Plantage in der Nähe von Dshohor, nicht wahr?«

»Sie kennen die Fosters?« Ella konnte sich keinen Reim aus Jones' Andeutungen machen.

»Nein, nicht persönlich«, gestand Jones ein.

Ella fand, dass das Gespräch kuriose Züge annahm.

»Das Merkwürdige ist, dass fast niemand die Fosters so recht kennt. Früher muss das wohl einmal anders gewesen sein«, sagte Jones.

»Das hat mir Mary auch so zugetragen. Warum beschäftigt Sie das?« Ella musste es einfach wissen.

»Würden Sie mir erlauben, Ihnen eine persönliche Frage zu stellen?«, fragte der Anwalt.

Ella wurde augenblicklich heiß. Was wollte Jones nur von ihr?

»Wann sind Sie geboren?«, fragte er.

»Warum wollen Sie das wissen?«, gab Ella zurück.

»Sie müssen nicht darauf antworten, aber ich darf Ihnen versichern, dass ich nur die allerbesten Absichten hege. Meine anwaltliche Schweigepflicht verbietet es mir, Ihnen die Gründe dafür offenzulegen«, versuchte Jones sich zu erklären.

Ella musterte ihn und vertraute auf ihre Menschenkenntnis. Außerdem hatte er sich bereit erklärt, Amar zu vertreten. »Achtzehnhundertsiebenundsiebzig«, sagte sie wahrheitsgemäß.

»Sie sind ein Adoptivkind?«

Ella verschlug es förmlich für einen Moment die Sprache.

»Wie kommen Sie darauf?«, fragte sie dann.

Jones holte tief Luft und schien zu überlegen, wie weit er gehen durfte.

»Sie sind der Grund für ein anderes Mandat, das ich mir zunächst gar nicht begreiflich machen konnte«, erklärte er.

Ella überlegte fieberhaft, warum eine Kanzlei in Singapur Interesse an ihr bekundete. Hatte er nicht vorher nach Mary gefragt?

»Mary Bridgewater?«, wollte Ella wissen.

»Wie ich Ihnen schon sagte, darf ich Ihnen darüber keine Auskunft geben, aber wenn es so wäre, könnte es durchaus sein, dass mich so ein Umstand noch eher dazu hätte bewegen können, diesen Fall anzunehmen als eine äußerst glückliche Geschäftsbeziehung zu meinem hochgeschätzten Otto.« Ein süffisantes Lächeln rundete seine Aussage ab.

Ella ersparte es sich, weiterzubohren. Aus irgendeinem Grund musste Mary bei ihm Erkundigungen über sie eingeholt haben. Welcher Art, würde er ihr sowieso nicht kundtun.

»Ich werde heute noch die anwaltliche Vertretung anzeigen. Machen Sie sich keine Sorgen. Compton würde seine eigene Karriere nicht um einer kleinen Wunde der Eitelkeit willen aufs Spiel setzen.«

Er erhob sich und reichte ihr die Hand, was für Engländer äußerst unüblich war. Ella schüttelte sie dankbar.

Kapitel 18

Die Reservierung zweier Tickets zweiter Klasse auf dem nächsten Dampfer der Reichspostlinie hatte problemlos auch noch nach dem Termin mit Jones geklappt, weil die Ticketbüros in Singapur bis spätabends geöffnet waren. Eine Anzahlung hatte genügt, um sich zwei Plätze zu sichern. Compton würde nun annehmen müssen, dass sie auf diese Weise das Land verlassen wollte.

Zurück in Dshohor gab es für Ella nur noch eines zu tun: Sie musste Amar von ihren gemeinsam mit Otto ausgeheckten Plänen berichten und ihm natürlich die frohe Botschaft überbringen, dass er aller Wahrscheinlichkeit nach freikam. Amar hatte sicher schreckliche Stunden hinter sich, Stunden der Angst und der Ungewissheit. Dass Compton ihn mit einer Falschaussage von Bennett belasten würde, hatte er bei seiner Verhaftung sicherlich nicht in Betracht gezogen.

Auf dem Weg zum Gefängnis hoffte Ella inständig, dass sie Puteri zu so später Stunde antreffen würde. Ob einer seiner Kollegen sie zu Amar in die Zelle lassen würde, war fraglich. Sie hatte Glück und es bedurfte auch gar keiner großartigen Erklärungen, um Puteri darum zu bitten, ihr einen Besuch zu ermöglichen. Anhand von Puteris erfreuter Reaktion auf ihren

Bericht über das Treffen mit Jones wurde Ella vollends klar, dass er einer der einflussreichsten Anwälte Singapurs sein musste. Er hatte sich dennoch darüber gewundert, dass eine Kanzlei, die sich so gut wie nie in die Belange Einheimischer einmischte, Amar vor Gericht vertreten würde. Die genauen Umstände, die dazu geführt hatten, behielt Ella für sich, auch den konkreten Fluchtplan Ottos. Es schien ihr nicht ratsam, das Wohlwollen eines Beamten überzustrapazieren: Diese Informationen hätten ihn aller Wahrscheinlichkeit nach in einen unüberwindbaren Gewissenskonflikt gebracht, auch wenn er ihr ja selbst nahegelegt hatte, das Land nach einem Freispruch so schnell wie möglich zu verlassen.

Was hinter den Gefängnismauern vorging, entzog sich der Gewalt der britischen Armee. Offiziell führte Puteri eine Befragung durch, für die eine wichtige Zeugin mit zugegen sein durfte.

»Ich kann Ihnen aber nicht mehr als zehn Minuten einräumen«, sagte Puteri, als sie am Ende eines spärlich beleuchteten Ganges die Zelle erreicht hatten, in der Amar untergebracht war.

Puteri sperrte sie auf und gab ihr in einer einladenden Geste zu verstehen, dass sie eintreten könne.

»Ich warte hier. Sie können ungestört reden, aber tun Sie es leise, denn man hört hier draußen jedes Wort, wenn man will«, flüsterte er ihr zu. Puteris Angebot, sie nicht zu belauschen, bestätigte Ellas Annahme, dass er so wenig wie möglich von dem wissen wollte, was sie mit dem Gefangenen zu besprechen hatte.

Amar waren die seelischen Qualen der letzten Stunden anzusehen. Auch wenn er bei ihrem Anblick wieder lächelte und sich sofort erhob, um sie in die Arme zu schließen, war das Leuchten seiner Augen erloschen. Zwar machte die Zelle einen sauberen Eindruck und die Pritsche sah einigermaßen bequem aus, doch wie ein Tier hinter einem vergitterten Fenster eingesperrt zu sein, hinterließ bei jedem Spuren. Er klammerte sich regelrecht an sie.

»Ich hatte solche Angst, dich nie wiederzusehen«, sagte er, bevor er anfing, sie zu küssen und zu streicheln.

»Geht es dir gut?«, fragte ausgerechnet Amar, nachdem er sich von ihr gelöst hatte und sie im Licht der Petroleumlampe, die von der Decke hing, musterte.

»Mach dir keine Sorgen. Einer der besten Anwälte wird dich vertreten. Ich habe mit Puteri gesprochen. Die Maske ...«

»Ich weiß. Ich musste sie aufsetzen, aber sie hat nicht gepasst«, wusste Amar zu berichten. Dass er dabei schmunzelte, wertete Ella als gutes Zeichen. Ihm schien zu dämmern, dass es doch noch Hoffnung gab, einer Verurteilung zu entgehen.

»Bei dem, was mir alles vorgeworfen wird, hätte ich nicht damit gerechnet, dass die Maske als Beweis überhaupt eine Rolle spielt. Ich hätte auch nicht gedacht, dass die Polizei auf den Gedanken kommt ...«, sagte Amar.

»Das war auch nicht die Polizei ...«, deutete Ella an.

Amar musterte sie erstaunt.

»Du hast ...?«

»Ich sah sie bei ihm im Büro und da fiel mir ein, was du mir über die Beschaffenheit der Masken gesagt hast«, erklärte Ella.

Amar schüttelte ungläubig den Kopf und fuhr ihr zärtlich durchs Haar.

»Was würde ich nur ohne dich tun?«, sagte er.

Amars verliebter Blick sprach Bände, doch um darin zu versinken, blieb keine Zeit.

»Ich bin schon froh, dass wir einen Punkt der Anklage widerlegen können«, sagte Ella.

Amars zuversichtliches Lächeln war dennoch ungebrochen. Er glaubte offensichtlich, dass mit einem Freispruch alles geklärt war und sie danach in Sicherheit sein würden.

»Officer Puteri ist sich sicher, dass Compton uns nicht in Ruhe lassen wird. Wir müssen von hier weg. Ich habe Tickets für eine Überfahrt nach Hamburg reserviert, aber nur zum Schein, um Compton in die Irre zu führen. Wir müssen zur Ostküste. Von dort kann uns ein deutscher Frachter mitnehmen, in eine deutsche Kolonie. Es war Ottos Idee. Er will uns helfen, aber wir müssen mitten durch den Dschungel … Wir haben nur die Kutsche von Mohan. Ich weiß nicht, ob sie sich für die Fahrt querfeldein eignet, und dann muss ich mir noch überlegen, was ich für unterwegs alles besorgen muss …« Ella war sich der zehn Minuten, die sie hatten, bewusst. Alles musste so schnell wie möglich geklärt werden.

Amar war mittlerweile sprachlos und sah sie ungläubig an. Ella erstaunte dies nicht, weil sie selbst kaum glauben konnte, was sie in den letzten Stunden alles bewerkstelligt hatte.

»Warum sagst du nichts? Willst du etwa hierbleiben?«, fragte sie ihn.

Amar fand wieder Worte: »Bujang kann dir helfen. Er sollte uns begleiten.«

»Aber ist er nicht auch auf der Flucht? Er war es doch, der die Maske verloren hat. Man hat ihn sicherlich gesehen«, wisperte Ella nun noch etwas leiser, obwohl sie Puteri vertraute. Immerhin sprachen sie über einen der Befreier Mohans.

»Er wird uns trotzdem helfen. Sein Vater ist schwer krank. Er ist hier, aber versteckt sich. Bujang kennt den Urwald, weiß um seine Tücken. Er geht oft zur Jagd. Mohan hat es seiner Ortskenntnis zu verdanken, dass er frei ist. Er hat den Fluchtweg geplant«, sagte Amar ebenso leise.

»Wo finde ich ihn?«, wollte Ella wissen.

»Du musst aber sehr vorsichtig sein. Ich weiß nicht, wie viel Comptons Leute über uns wissen. Er war mal für kurze Zeit auf der Foster-Plantage. Vielleicht haben sie gefragt, wer

Mohan kannte, und überwachen ihn. Am Ende überwachen sie dich auch«, sagte Amar.

»Uns bleibt wohl keine andere Wahl«, erwiderte Ella.

»Sein Haus liegt etwa eine Meile nördlich von Mohans. Es hat eine rote Fassade. Er lebt bei seinen Eltern. Du musst ihnen sagen, dass ich dich schicke, sonst sagen sie, dass er nicht da ist. Du musst nur der Straße folgen, die an einem kleinen Wasserfall vorbeiführt.«

Amar sah sie besorgt an.

»Versprich mir, dass du vorsichtig bist«, verlangte er.

Dann klopfte es an der Tür. Die Zeit war um.

Amar nahm sie wortlos in den Arm.

Ella sog die Nähe dieser Umarmung in sich auf. Es würde die letzte für zwei Tage sein.

Es war mit Sicherheit kein Zufall gewesen, dass bereits gestern Nacht eine Kutsche ungewöhnlich lange an der Straße zu Mohans Haus gehalten hatte. Die Uniformen hatte sie auch aus der Distanz gut erkannt. Nachdem der Schein der Petroleumlampen bis auf die Straße leuchtete und Teile des Hauses einsehbar waren, hatte sich die Kutsche wieder entfernt. Compton ließ also überprüfen, ob sie noch im Lande war. Ella fragte sich, während sie zum Frühstück ein wenig Obst zu sich nahm, wie sie es fertiggebracht hatte, letzte Nacht überhaupt noch Schlaf zu finden, weil sie bei jedem noch so harmlosen Geräusch zusammengezuckt war und dann wieder wach gelegen hatte. Es gab an sich keinen Grund, ihr etwas anzutun, doch wer wusste schon, was in Compton vorging und wie weit er gehen würde? Ella beschloss daher, keine weitere schlaflose Nacht mehr zu riskieren, packte den kleinen ihrer beiden Koffer und machte sich auf den Weg in die Stadt, um bei Lee Unterschlupf zu finden. Auch für Compton müsste dies schlüssig erscheinen. Er musste ja davon ausgehen, dass Amar verurteilt wurde und sie das Land so oder so verlassen würde. Außerdem waren Lee und Otto dort. Beiden vertraute sie. Damit ergab sich aber ein neues Problem. Amar hatte ihr das Haus von Bujang beschrieben. Es lag außerhalb, genau wie Mohans Unterkunft. Um es zu erreichen, blieb ihr nichts anderes übrig, als erneut quer durch die halbe Stadt zu fahren, ohne dabei gesehen zu werden. Am liebsten hätte sie gleich mit Otto gesprochen. Auf seinen Ideenreichtum und seine Finesse konnte man bauen, doch Lee erwartete ihn erst am Abend zurück. Er sei geschäftlich unterwegs. Das war zu spät, denn mitten in der Nacht bei Bujangs Eltern vorstellig zu werden, sofern Ella den Weg bei Dunkelheit überhaupt fand, schien zu riskant zu sein.

Weitere Schwierigkeiten gesellten sich hinzu. Während Ella sich auf ihrem Zimmer eingerichtet hatte, musste einer von Comptons Offizieren nach ihr gefragt haben – das war der Grund, weshalb Lee sie aufgesucht hatte, um sie gleich darüber zu informieren.

Die Aufregung über den Besuch des britischen Offiziers stand Lee immer noch ins Gesicht geschrieben.

Ella war ihr eine Erklärung schuldig und die durfte nicht allzu sehr ins Detail gehen. Zwar hatte Lee ihr bisher zuverlässig alle Nachrichten zukommen lassen und sich stets als hilfsbereit gezeigt, doch wer wollte sich schon Ärger mit dem Governor einhandeln?

»Ich werde überwacht«, gestand Ella ganz offen.

Es kam selten vor, dass Lee ihr Lächeln verlor.

Ella setzte sich auf das Bett und bat Lee mit einer einladenden Geste, ebenfalls Platz zu nehmen. Ihrem Wunsch kam Lee nach.

»Amar wurde verhaftet, weil die Briten glauben, dass er an der Befreiung eines Gefangenen beteiligt war. Übermorgen ist der Prozess. Sie werden ihn nicht verurteilen können, weil sie keine stichhaltigen Beweise haben, aber er ist dem hiesigen

Governor ein Dorn im Auge. Ich übrigens auch.« Ella hoffte, dass sie Lees Wohlwollen nicht verlor.

Die Chinesin sagte nichts darauf. Das Wenige, was sie nun wusste, war für eine friedliebende Pensionsbesitzerin wahrscheinlich schon zu viel.

»Sie werden immer wieder nach mir fragen oder die Pension beobachten«, fuhr Ella fort.

Lee nickte nachdenklich. Sie malte sich vermutlich gerade aus, was Ella ihr abverlangen würde. Ihr Gast konnte ja nur dann die Pension für längere Zeit verlassen, wenn Lee für sie log. Vielleicht tat sie es, wenn ihr klar wurde, welche Gefahr im Raum stand. Ella entschied sich daher dazu, Lee reinen Wein einzuschenken.

»Officer Puteri glaubt, dass wir nach einem Freispruch hier nicht mehr sicher sind. Amar und ich müssen das Land verlassen, aber dafür muss ich einiges vorbereiten. Am besten wäre es, wenn sie gar nicht mitbekämen, dass ich die Pension verlasse«, sprach Ella unmissverständlich aus.

Wieder nickte Lee, doch ihr Schweigen kam zu einem Ende.

»Ich kann ja vermuten, dass Sie auf Ihrem Zimmer sind, und nachts lassen Sie das Licht an«, sagte sie. Beruhigend daran war, dass Lee ihr Lächeln eben wiedergefunden hatte.

»Ich danke Ihnen von Herzen«, sagte Ella.

Lee runzelte dann aber doch die Stirn und schien für einen Moment etwas zu überlegen. Ella störte sie dabei besser nicht.

»Aber wie wollen Sie die Pension verlassen, ohne dabei gesehen zu werden?«, fragte Lee, nachdem sich ihre Gesichtszüge wieder geglättet hatten.

»Sie werden mich ja nicht ununterbrochen beobachten oder nach mir fragen«, erwiderte Ella, obwohl sie sich diese Frage selbst noch nicht beantwortet hatte.

»Einer sitzt immer noch auf der anderen Straßenseite«, merkte Lee etwas beunruhigt an.

Nun war Ella es, die in nachdenkliches Schweigen verfiel. Wäre sie doch nur in Mohans Haus geblieben! Aber wer sagte denn, dass sie dort nicht auch nahezu rund um die Uhr überwacht worden wäre … Vielleicht sollte sie sich unter das Verdeck einer Kutsche begeben, um auf diese Weise unbeobachtet die Pension zu verlassen. Über das Dach verschwinden? Darauf warten, dass ihr Bewacher einem natürlichen Bedürfnis nachkommen musste? Ella merkte, dass ihr eben die Ideen ausgingen.

»Die Pension hat einen zweiten Ausgang. Sie kommen im Restaurant meines Bruders heraus. Auf der anderen Seite.«

Ella konnte Lees Hilfsbereitschaft kaum fassen.

»Aber die Straße ist sehr belebt und Sie könnten immer noch gesehen werden.« Lees Einwand war berechtigt, musste Ella zugeben.

»Stehen Sie auf«, wies Lee sie an.

Ella tat, wie ihr geheißen, auch wenn sie keine Ahnung hatte, warum Lee das von ihr verlangte.

Die Chinesin musterte sie und fixierte erst Ellas Taille, dann ihren Arm. Die Brummlaute, mal erfreut, mal skeptisch, die Lee von sich gab, irritierten Ella.

»Ihre Haare sind lang genug, aber es gibt in meiner Heimat keine Menschen mit Ihrer Haarfarbe«, überlegte Lee laut.

Ella dämmerte, was Lee vorschwebte, auch wenn sie beinahe nicht glauben konnte, wie weit Lee zu gehen bereit war, um ihr zu helfen.

»Sie wollen doch unbeobachtet hier raus, oder etwa nicht?«, fragte die ideenreiche Chinesin. »Ich weiß, wie man Haare färbt. Eines meiner älteren Kleidungsstücke könnte Ihnen passen. Können Sie einen Zopf flechten?«, fragte Lee geradeheraus.

Ella konnte es sich trotz der Ernsthaftigkeit der Situation nicht verkneifen zu lachen. Lee hatte wohl eben beschlossen, aus ihr eine Chinesin zu machen.

Ella besah sich im Spiegel ihres Zimmers und amüsierte sich über ihr Erscheinungsbild. Sie erkannte sich selbst nicht wieder. Lee hatte ganze Arbeit geleistet und nun wusste Ella auch, wie sich der umgedrehte Teller auf dem Kopf anfühlte und warum er nicht ständig herunterfiel. Ein Band hielt ihn am Kinn. Lee hatte ihr den größten aus ihrer Kollektion verpasst, weil dieser den Vorteil hatte, einen möglichst großen Teil des Gesichts zu verdecken. Er fungierte somit wie eine Tarnkappe. Die Kleidung bedeckte weitgehend den Körper, was bei hiesigen Chinesen nicht ungewöhnlich war. Die Haare waren dunkel gefärbt und zu einem Zopf gebunden, der hinter dem »Deckel« hervorlugte. Dank Lees weißem Puder war nichts mehr von ihrer inzwischen in hiesigen Breitengraden erworbenen gesunden Gesichtsfarbe übrig. Ella zog sich die Augen mit den Fingern zur Seite und musste unwillkürlich schmunzeln, weil sie wie eine chinesische Prinzessin aussah. Auch Lee schien mit ihrem Werk zufrieden zu sein. Ihr Blick sprach Bände, als Ella die Rezeption erreicht hatte.

»Wir müssen uns beeilen. Mein Bruder weiß Bescheid. Kommen Sie!«

Lee ging in Richtung ihrer Küche voraus und öffnete eine Tür, die den Blick auf einen schummrigen Gang freigab.

Ella folgte ihr die wenigen Meter, bis sie in einer anderen, viel größeren Küche angelangt waren. Ein rundlicher Chinese, der Lees Bruder sein musste, winkte sie herein und bedeutete ihnen, sich zu beeilen. Nach nur wenigen Schritten hatten sie den Restaurantbereich erreicht, der unmittelbar hinter Lees Rezeptionstresen lag. Am frühen Vormittag war noch kein Gast zugegen. Vor der Tür wartete bereits eine Kutsche, die noch viel kleiner war als die von Mohan. Die hatte Ella für alle Welt ersichtlich im Innenhof der Pension stehen lassen.

»Viel Glück«, gab ihr Lee mit auf den Weg, nachdem Ella die Kutsche bestiegen und die Zügel in der Hand hatte.

Soweit hatte alles geklappt, jedoch stand Ella der brisante Teil noch bevor. Sie konnte die Sackgasse, in der das Restaurant lag, nur zur Hauptstraße hin verlassen. Bis vor wenigen Minuten, ihrem letzten Blick aus dem Fenster ihres Zimmers, war vor der Pension noch ein junger Offizier umhergeschlendert. Ella vertraute zwar auf ihre Verkleidung, spürte ihr Herz jedoch trotzdem schneller pochen, als sie in die Hauptstraße abbog. Ella wagte erst nach gut einer Minute, sich umzudrehen. Niemand, der ihr verdächtig erschien, folgte ihr. Lediglich eine Lastkutsche, die Viehfutter geladen hatte, war hinter ihr abgebogen. Der Abstand wurde immer größer, weil ihre Kutsche kleiner und somit schneller war.

Nach wenigen Minuten bog Ella von der Hauptstraße ab und fuhr an Mohans Haus vorbei – mit gesenktem Haupt, auch wenn Comptons Leute sie ja in der Pension vermuten würden. Amars Wegbeschreibung folgend, musste bald ein kleiner Wasserfall auftauchen. Es stimmte. Nun hatte sie nur noch eine Reihe von Häusern abzufahren, bis ein auffallend rot bemaltes in Sicht kam.

Das Haus von Bujangs Eltern wirkte wie ein europäisches Holzhaus, das man gelegentlich in ländlichen Gegenden im hohen Norden sah. Im Gegensatz zu Mohans elterlicher Unterkunft verfügte es über Fenster und eine Tür, die das Innenleben dahinter verbarg. Unmittelbar davor war eine Bucht am Wegrand, in der Ella die Kutsche abstellte und abstieg. Auf den wenigen Metern zum Haus fiel Ella auf, dass jemand sie vom Fenster aus beobachtete. Der Vorhang bewegte sich. Amar hatte sie ja bereits vorgewarnt. Allem Anschein nach ließ man in Bujangs Haus tatsächlich äußerste Vorsicht walten. Ella ging trotzdem zur Tür und klopfte. Sie ging einen Spaltbreit auf. Aus dem Halbdunkel nahm Ella eine dunkelhäutige Gestalt wahr.

»Was wollen Sie?«, fragte eine weibliche Stimme.

Weil Ellas Augen sich an das Licht gewöhnt hatten, konnte sie nun eine ältere Frau erkennen.

»Amar schickt mich. Ich möchte zu Bujang«, sagte Ella.

Für eine Weile herrschte Stille. Die Frau verharrte an der Tür.

»Wer sind Sie? Warum tragen Sie die Kleidung der Chinesen?«, fragte sie misstrauisch.

Ella verwunderte die Frage nicht, denn aus der Nähe betrachtet konnte sie ihre europäische Herkunft nicht leugnen.

»Sie sollten gehen. Das Haus wird seit Tagen überwacht. Sehen Sie nicht in Richtung der Scheune. Kennen Sie den kleinen See in der Nähe?«, fragte Bujangs Mutter.

Ella nickte.

»Bujang wird Sie in einer halben Stunde dort treffen. Warten Sie … Ich gebe Ihnen jetzt zwei Körbe mit. Dann sieht es so aus, als würden Sie etwas abholen«, sagte sie.

Ella konnte förmlich spüren, dass sie beobachtet wurde, wagte es aber nicht, sich umzusehen, während Bujangs Mutter im Inneren des Hauses verschwand. Sie kam keine Minute später zurück, setzte ein überschwänglich freundliches Lächeln auf und reichte Ella zwei leere Körbe.

Ella nahm sie an sich und verneigte sich mehrfach, weil sie dies bei Chinesen, die sich bedankten, bereits gesehen hatte. Dann trug sie die Körbe zur Kutsche. Als sie aufstieg, streifte ihr Blick zwangsläufig die Scheune. Dahinter stand zweifelsohne eine Kutsche. Ella wendete ihre Kutsche und fuhr den Weg zurück.

Es war nur ein kurzes Stück zu dem See, den ihr Amar ja bereits gezeigt hatte. Ella hoffte, dass ihr dorthin niemand folgen würde. Ihr Wunsch ging in Erfüllung. Sie war aber nicht die Einzige vor Ort. Einheimische Kinder sprangen am anderen Seeufer vergnügt ins Wasser. Ihre Mütter saßen dort auf einer Bastmatte. Sie aßen Früchte und nahmen kaum Notiz von ihr.

Ella begab sich zum Ufer des Sees und vertrieb sich die Zeit damit, sich an ihre Begegnung mit Amar unweit der Stelle, an der sie nun saß, zu erinnern. Es war so ein schöner Moment gewesen. Hoffentlich gelang ihnen die Flucht.

»Ella?« Eine männliche Stimme rief kurze Zeit später nach ihr. Das musste Bujang sein. Amar hatte demnach schon vor Tagen von ihr erzählt. Eine andere Erklärung dafür, dass er ihren Namen kannte, gab es nicht.

Ella drehte sich um und erblickte einen Mann, der in etwa Amars Größe hatte und so alt sein musste wie er. Ansonsten hatten sie allerdings nicht viel gemein. Obwohl Ella dem Begriff »Orang Asli« aufgrund Comptons missbräuchlichem und abwertendem Gebrauch abweisend gegenüberstand, drängte er sich in diesem Fall förmlich auf. Bujangs Gesichtszüge hatten etwas Urtümliches und Wildes an sich. Markant war der dominante Stirnknochen, unter dem die Augen tief in den Höhlen lagen. Die buschigen Augenbrauen und das zottelige Haar taten ihr Übriges. So hatte sie sich als Kind immer die Ureinwohner in diesen Breitengraden vorgestellt. Sein Lächeln war trotzdem einnehmend.

»Wie geht es Amar?«, fragte er.

»Er sitzt im Gefängnis.«

»Ich weiß«, sagte er und setzte sich zu ihr. Dabei ging er in die Hocke, was den Eindruck seiner Urtümlichkeit für Ella noch verstärkte.

»Übermorgen wird ihm der Prozess gemacht. Er hat einen guten Anwalt. Wir hoffen auf einen Freispruch, doch dann müssen wir so schnell wie möglich das Land verlassen«, erklärte Ella.

»Sie wollen nach Siam wie Mohan?«, fragte er.

»Nein, über die Ostküste, nach Mersing. Doch dafür brauche ich Ausrüstung, eine Kutsche, die für Fahrten querfeldein geeignet ist, und Pferde.«

»Das kann ich besorgen. Wasservorräte, Lebensmittel … Sie werden gute zwei Tage unterwegs sein«, sagte er.

»Damit habe ich gerechnet«, sagte Ella, weil sie bereits die Karte studiert hatte.

»Die Strecke ist gefährlich.«

»Ich weiß. Sie wird kontrolliert«, sagte Ella.

»Das meine ich nicht. Sie werden durch den Urwald müssen. Amar kennt die Gefahren nicht.«

»Wir haben keine andere Wahl«, sagte Ella.

»Ich werde Sie begleiten«, sicherte Bujang ihr zu.

Ella sah ihm direkt in die Augen. Er war dazu entschlossen, ihnen zu helfen.

»Ich besorge alles. Wir treffen uns hier. Übermorgen um die Mittagszeit bin ich hier und warte, sagen wir ab elf.«

»Ich weiß nicht, wie ich Ihnen danken soll.«

»Amar ist mein Freund. Der Engländer unser Feind«, erklärte er.

Ella wusste, dass Bujang damit Compton meinte.

Fast schien es so, als habe Lee sich ebenfalls der Rebellion angeschlossen. Anders ließ sich nicht erklären, dass sie Ella nach erfolgreicher Rückkehr in der kleinen Pensionsküche vor Freude gleich in die Arme gefallen war. Besser hätte es nicht laufen können. Niemand hatte auf der Straße Notiz von ihr genommen, noch nicht einmal die Gäste des inzwischen gut gefüllten Restaurants. Wer kümmerte sich schon um eine »Chinesin«, die in einem Restaurant mit zwei Körben verschwand?

»Und wie kriege ich die Farbe jetzt wieder aus meinen Haaren?«, wollte Ella nun aber schon wissen. In diesem Zustand konnte sie sich unmöglich sehen lassen.

Lee lachte nur und gab ihr mit einer einladenden Geste zu verstehen, ihr in Richtung Küche zu folgen. Dort stand eine Schüssel mit trüber Lauge. Lee hatte wirklich an alles gedacht.

»Es ist Farbe von Wurzeln. Wir müssen die Haare damit waschen«, erklärte Lee.

Ella tauchte ihren Kopf in die Lauge und setzte bereits dazu an, ihr Haar zu waschen, doch Lees Hände waren schneller. Ella ließ es sich gefallen. Sie musste unwillkürlich an ihre Kindheit denken. Ihre Adoptivmutter hatte ihr ebenfalls auf diese Weise die Haare gewaschen und war dabei im Gegensatz zu Lee nicht gerade zimperlich mit ihr umgegangen.

Die Tönung färbte die Lauge dunkel und Lee spülte mit lauwarmem Wasser aus zwei Krügen den Rest aus Ellas Haar. Die Chinesin hatte auch daran gedacht, Ellas Kleidung parat zu legen. Mittlerweile wunderte es Ella nicht mehr, dass sie in der hiesigen Geschäftswelt so erfolgreich Fuß gefasst hatte. Organisationsstärke und Schnelligkeit zeichneten sie aus.

»Otto ist auf seinem Zimmer«, sagte Lee, nachdem Ella sich umgezogen hatte. Wahrscheinlich hatte sie ihm bereits gesagt, dass ihr Gast ihn sprechen wollte. Auf Lee war wohl in wirklich jeder Hinsicht Verlass.

Das Gleiche ließ sich allerdings auch von Otto sagen. Er war bestens im Bilde und überprüfte gleich noch einmal die Fluchtroute gen Osten. Ella hatte bei einem Gespräch auf seinem Zimmer ergänzt, was er noch nicht wusste. Auch er hatte die nahezu konstante Überwachung mitbekommen und daher vorgeschlagen, demonstrativ einen Spaziergang hinüber zum zentralen Platz zu unternehmen. Schließlich sollten Comptons Leute sehen, dass sie hier war. Auch ihm schien es sichtliches Vergnügen zu bereiten, ihr zu helfen. An seiner Seite keine vier Meter an einem der Offiziere vorbeizuschlendern und ihm nicht einmal Beachtung zu schenken, war nur möglich, weil

Otto sich rege mit ihr unterhielt – natürlich über das Wetter, als sie in Hörweite gewesen waren.

»Beschweren Sie sich nicht. In Hamburg erwartet Sie wieder ein grauer Himmel. Genießen Sie Ihre letzten Tage in diesem wunderbaren Land«, hatte er ganz bewusst und deutlich vernehmbar von sich gegeben. Comptons Schergen waren also informiert. Er wechselte das Thema, als er sich sicher sein konnte, dass sie außer Hörweite waren. Wie Ella aus den Augenwinkeln mitbekam, ging ihnen auch niemand hinterher.

»Sie haben erwähnt, dass Mary Bridgewater auch Klientin bei Jones ist.« Ella gedachte, nun auch diesen Punkt anzusprechen. Otto kannte sowohl Mary als auch Jones. Sie hoffte, dass er sich einen Reim auf das mysteriöse Verhalten des Anwalts machen konnte.

»Ich glaube, es gibt hier im Süden niemanden mit gesellschaftlichem Einfluss, der nicht von seiner Kanzlei vertreten wird«, erwiderte Otto.

»Er hat mich nach meinem Geburtsdatum gefragt«, erzählte Ella.

»Um Personalien aufzunehmen?«, hakte Otto erstaunt nach.

»Nein. Es muss etwas mit Mary Bridgewater und den Fosters zu tun haben. Sie scheint Erkundigungen über mich einzuziehen oder über die Fosters. Zumindest habe ich das seinen Andeutungen entnommen.«

Otto runzelte die Stirn und ging ein paar Schritte schweigend neben ihr her.

»Mary weiß um Ihre wahre Identität. Sie ist eine sehr wissbegierige Person. Man könnte es auch als angeborene Neugier bezeichnen. Vermutlich wird man nur dann so einflussreich, wenn man sich Informationen über den einen oder anderen beschafft …«, sagte er gedankenverloren.

»Ich habe ihr auf dem Fest der Hamiltons nicht erzählt, warum ich hier bin. Wir haben aber über die Fosters gesprochen. Sie meinte, dass Marjory erst Jahre nach Richards Tod wieder gesellschaftlich in Erscheinung getreten ist und dass Richard früher als Lebemann bekannt war … aber jetzt fällt es mir wieder ein … Mary hat auch erwähnt, dass ihr die Ähnlichkeit zwischen mir und Heather aufgefallen war. Sie hielt es zwar für verwegen, aber glaubte, dass dies der Grund dafür sei, dass ich bei den Fosters war«, erinnerte Ella sich.

»Sie will sich Gewissheit darüber verschaffen, ob Sie Richards uneheliches Kind sind«, vermutete Otto.

»Aber was verspricht sie sich davon?«, überlegte Ella laut.

»In diesem Fall sehe ich offen gestanden keinen anderen Grund, als dass sie Ihnen helfen will.«

Ella blieb nichts anderes übrig, als sich damit zufriedenzugeben. Wenn Otto es sich nicht erklären konnte, dann hatte es keinen Sinn, sich selbst weiterhin den Kopf darüber zu zermartern.

»Lassen Sie uns gemeinsam essen. Ich kann zwar mittlerweile kein Curry mehr sehen, aber zu Hause werde ich es wieder vermissen«, sagte Otto.

»Sie reisen morgen ab, nicht wahr?«

»Leider lässt sich die Reise nach Siam nicht mehr verschieben. Geschäfte. Ich wäre zu gern noch hiergeblieben, um Ihnen in der einen oder anderen Form Beistand zu leisten«, gab Otto seufzend zu verstehen.

»Was halten Sie von chinesischem Essen? Ich finde, Lees Bruder hat sich eine hohe Zeche verdient«, sagte Ella.

»Eine vorzügliche Idee«, befand Otto und reichte ihr galant den Arm, um sie dorthin zu begleiten.

Das gemeinsame Essen hatte sich nicht nur in kulinarischer Hinsicht als vortreffliche Wahl entpuppt. Die vielen

Geschichten, die Otto in petto hatte, vor allem über seine hiesigen Erlebnisse während der geschäftlichen Rundreise, hatten Ella an die lange Schiffspassage erinnert. Er schaffte es mit seiner angenehmen Art, einen zu zerstreuen.

»Sie glauben nicht, wie viele Geschäftsleute daran scheitern, dass sie sich nicht mit den lokalen Gepflogenheiten arrangieren. Es gibt ein paar Grundregeln, mit denen man als Ausländer Eindruck schindet. Sie sollten zum Beispiel nie mit dem Fuß direkt auf einer Türschwelle stehen, sondern mit Bedacht darüberschreiten. Speziell im Umgang mit Chinesen ist es wichtig, dass sie niemals das Gesicht verlieren. Sie mögen keine Rechthaberei.« Otto war wieder in seinem Element.

»Niemals mit Fußsohlen auf Menschen zeigen, immer nur die rechte Hand reichen oder damit etwas berühren«, fuhr Ella fort.

»Ich sehe schon. Sie haben hier schon einiges aufgeschnappt«, amüsierte er sich, doch dann wurde seine Miene ernst.

»Sie müssen mir schreiben, wie es Ihnen ergangen ist«, verlangte er.

»Sie können sich darauf verlassen«, sicherte Ella ihm zu und verlangte per Handzeig nach der Rechnung, bevor er ihr seine Visitenkarte reichte.

Ella steckte die Karte gleich ein und wurde sich wie bei ihrem Abschied nach der Schiffspassage bewusst, wie sehr ihr Otto ans Herz gewachsen war.

Der Spaziergang zurück zur Pension war viel zu kurz. Ottos Gegenwart gab Ella nicht nur Halt. Er lenkte sie ab von all den Problemen, die noch bevorstanden.

Auf den letzten Metern, vorbei an einem anderen Offizier, der wohl den Dienst mit seinem Kollegen getauscht hatte, stand wie gehabt Pflichtkonversation auf dem Programm. Diesmal ging es nicht um das hiesige Wetter, sondern um das deliziöse

Essen, das Otto in ausufernden Tönen lobte. Obwohl es noch recht früh am Abend war, hatte Ella Verständnis dafür, dass Otto sich auf sein Zimmer zurückzuziehen gedachte.

»Ich muss noch packen und morgen geht das Schiff um sechs in der Früh«, hatte er ihr zu verstehen gegeben, als sie den Innenhof der Pension erreicht hatten.

»Wahrscheinlich werden wir uns erst wieder auf heimatlicher Erde sehen«, sagte er.

»So Gott will. Ich hoffe es sehr«, erwiderte Ella.

»Ich wünsche Ihnen alles Glück der Welt«, kam es von Herzen. Ella konnte gar nicht anders, als sich von ihm drücken zu lassen. Dann ging er hinein.

Kurz überlegte sie, sich ebenfalls gleich hinzulegen, doch an Schlaf war im Moment noch nicht zu denken. Sie setzte sich an den Rand des Brunnens im Innenhof der Pension, um für einen Moment dem beruhigenden Plätschern des Wassers zu lauschen. Von dort aus konnte sie auf die Straße blicken. Der Offizier lief immer noch auf und ab. Wie eine Schwerverbrecherin ließ Compton sie observieren. Noch zwei Nächte, dann war diese nervenaufreibende Situation hoffentlich vorbei.

»Ella«, kam es plötzlich von drinnen. Lee rief nach ihr. Vermutlich hatte Otto ihr Bescheid gegeben, dass er sie hierher begleitet hatte.

Ella stand auf und ging hinein.

Lee hielt einen Umschlag in der Hand, den sie Ella reichte. Das konnte nur eine Nachricht von Henry Jones sein. Wer sonst würde ihr einen Brief schicken?

»Der Brief wurde vor ungefähr einer Stunde abgegeben.«

Ella besah sich die Schrift. Ein offizielles Schreiben konnte es nicht sein, weil nur ihr Vorname darauf stand. Die Schrift wirkte schwungvoll, als ob eine Frauenhand den Namen darauf geschrieben hätte.

»Wer hat den Brief abgegeben?«, wollte Ella wissen.

»Ein hochgewachsener Mann, vermutlich ein Inder. Er hat sich mir namentlich nicht vorgestellt, und als ich nach seinem Namen fragte, meinte er, Sie würden ihn kennen und wüssten, wer er sei. Und dann soll ich Ihnen noch etwas ausrichten. Wenn Sie es nach der Lektüre des Briefes für nötig erachten, sollen Sie ihn morgen im großen indischen Tempel treffen, um zwölf.«

Ella kannte nur einen hochgewachsenen Inder. Raj musste den Umschlag vorbeigebracht haben.

Ella starrte auf den Umschlag. Es schien etwas Bedrohliches von ihm auszugehen. Ihre Hände begannen vor Aufregung zu zittern.

Lee bemerkte es und sah sie besorgt an.

»Ich mache ihn auf meinem Zimmer auf«, sagte Ella.

Lee reichte ihr den Schlüssel.

»Wenn Sie etwas brauchen …«, bot Lee ihr an.

Ella nickte dankend und eilte die Treppe hinauf.

Hatte Marjory ihr etwa geschrieben? Er musste von Marjory oder Heather sein.

Ellas Hand zitterte mittlerweile so stark, dass sie den Schlüssel kaum noch ins Schloss brachte. Als die Tür aufsprang, ging Ella direkt zu ihrer Kommode, auf der Haarnadeln lagen, mit denen sie den Briefumschlag öffnete. Darin lagen zwei oder drei Seiten gefaltetes Papier. Es fühlte sich so an, als ob es alt sei, rau und grob in der Struktur. An den Rändern war es ausgefranst, fast so, als hätte jemand Seiten aus einem Buch herausgerissen. Ein mit der Schreibmaschine erstellter Text auf Englisch lag dabei. Ella eilte zum Fenster und faltete die Seiten des Originaldokuments zuerst auf. Was sie sah, ließ sie vor Schreck erstarren. Sie kannte die Schrift. Zweifelsohne hielt sie Vaters Tagebucheinträge in Händen.

Kapitel 19

Singapur am 21. Mai 1877

Meine Hand zittert immer noch. Versuche trotz alledem, das Wichtigste festzuhalten, auch wenn es Wichtigeres gibt, doch wie es dazu kam, gehört dazu. Die Macht der Gewohnheit führt die Feder. Wer weiß, wie lange das Kind schläft. Ich muss mich beeilen.

Kapitän von Stetten setzt die gute Tradition fort. Landgang für alle, wenn es am nächsten Tag wieder auf große Fahrt geht. Die meisten landen im Hurenhaus. Die Chinesinnen sind willig und billig. Johansson reißt schon den ganzen Vormittag Witze über diesen dummen Reim. Ich gehe zum Friseur. Die Inder verstehen sich darauf, wissen auch zu rasieren. Schon heißt es, dass ich mich auch für das Hurenhaus herrichte. Ich lasse die Meute allein ziehen, laufe lieber durch den Markt. Dort ein Geschenk für Rosa gekauft. Indische Seide. Sie liebt Rot. Wie üblich noch am Wasser entlangspaziert. Immer wenn ich herkomme, wird etwas Neues gebaut. Kein Mensch versteht, warum hier alle herwollen. Es ist drückend schwül. Man wird selbst tagsüber der Moskitoplage kaum Herr. Beim Chinesen sind keine

Stechmücken. Dort brennen Stäbchen. Sie qualmen alles ein. Das vertreibt die Plagegeister. Bald ist hier sowieso alles in Chinesenhand.

Kurz am Strand geschlafen. Knut und Johansson haben mich entdeckt. Soll mit in die Stadt gehen. Gegen ein Bier habe ich nichts einzuwenden. Dabei bleibt es nicht. Ein Saufgelage wird's. Morgen wieder lange Mienen. Der Preis für den Rausch ist hoch. Ich zahle aber einen anderen Preis. Schlafe ein. Sie vergessen, mich zu wecken. Lassen mich einfach in einer Ecke liegen. Besoffenes Pack. In ein paar Stunden laufen wir aus. Bald setzt die Dämmerung ein. Es ist so still am Hafen, doch dann hör ich den Schrei, denke mir, dass er von einem der Stege hinter dem Schiff kommen muss. Es ist die Stimme eines Säuglings. So laut, so verzweifelt. Was geschieht da? Ich laufe hin, sehe eine schwarze Droschke und dann ihn. Schwarzer Umhang, Hut. Wie ein feiner Gentleman. Vor ihm liegt ein Korb. Darin muss das schreiende Kind sein. Er beachtet es nicht. »Was machen Sie da?«, rufe ich. Warum ist sonst niemand in der Nähe? Auf dem Segler brennt kein Licht. Wo ist der Maat, der Wache halten soll? Der Mann in Schwarz beachtet mich nicht, will einsteigen. Ich erreiche die Droschke. Es ist tatsächlich ein Säugling im Korb. Wieder diese Schreie. Ich packe ihn am Mantel, noch bevor er die Tür schließen kann, zerre ihn heraus. Noch nie habe ich Augen so bösartig aufblitzen sehen. Er stößt mich zurück. Werde wütend. Ich lasse ihn nicht davonkommen. Schmeiße mich mit meinem ganzen Gewicht auf ihn, verpasse ihm eine, zwei, drei. Er liegt benommen am Boden. Ich will wissen, warum er das Kind hier aussetzt. Er antwortet nicht. Ich suche in seinem Jackett nach seiner Brieftasche. Er versucht sich zu wehren, doch ist zu schwach. Kein Mumm in den Knochen, hat feingliedrige Hände wie eine Frau. Er muss einen Ausweis bei sich haben. Jeder muss hier einen Ausweis bei sich tragen. Meine Knie drücken seine Arme zu Boden. Er wimmert vor Schmerz. Ein Engländer. Ich lese den Ausweis. Richard Foster heißt er. Geld will er mir geben, alles was er hat. »Wessen Kind ist das?« Er antwortet nicht. Ein Notfall, behauptet er. In ein Krankenhaus will er es nun bringen oder in ein Waisenhaus. Es schreit und schreit. Ich glaube ihm kein Wort. Ich sehe hinüber. So ein hübsches Baby. Es sieht mich, hört auf zu schreien. Noch mehr Geld will er besorgen, wenn ich ihn gehen lasse. Er ist reich. Das Kind. Von einer Dirne. Untergejubelt will sie es ihm haben. Einfach in seine Kutsche gelegt. Ich weiß, dass er lügt. Er fleht mich an. So viel Geld, wie ich möchte, will er mir geben. So böse Augen, falsch, doch die Augen des Kindes blicken mich an. Ein Findelkind. Nicht das erste von einem Matrosen. Seine Lüge zu meiner machen? Rosa wäre glücklich. Ich muss nicht weiter über-legen, sage ihm, dass ich mich kümmere, doch er muss dafür bezahlen. Er geht darauf ein. Den Ausweis will er wieder-haben. Er kriegt ihn erst, wenn er zahlt. Sein hasserfüllter Blick widert mich an. Ich lasse ihn aufstehen. Wie ich heiße, will er wissen. Schnell! Er notiert meinen Namen und die Hamburger Adresse, will morgen zur Hongkong-Bank gehen, alles anonym, ein Nummernkonto. Er verspricht genug Geld für das Kind. Den Ausweis bekommt er per Post, wenn das Geld kommt. Drohe ihm, alles öffentlich zu machen. Er hat keine andere Wahl. Denn davor hat er Angst. Foster sieht nicht einmal mehr hinüber zu dem Bündel, das im Korb liegt. Er steigt ein. Dann fährt er los. Das Kind ist ruhig. Weiß es, dass es nun in guten Händen ist? Es schreit nicht mehr.

    Ich muss mit von Stetten sprechen. Er wird mir helfen. Sie werden über mich lachen, glauben, dass ich bei unserer letzten Fahrt vor neun Monaten doch heimlich im Hurenhaus war. Es ist mir egal. Rosa wird es glücklich machen. Wird er zahlen? Er muss. Niemand kann ein Kind verschwinden

*lassen, ohne Spuren zu hinterlassen. Es ist von einer Dirne,
die es nicht haben will. Und wenn nicht? Eine Mutter, die ihr
Kind weggibt, ist nicht besser als eine Dirne. Aber das Kind
sieht nicht so aus, als ob es von einer Chinesin wäre. Nun gut,
es gibt auch englische und holländische Freudenmädchen.
Gescheiterte Frauen, die sich für Geld hingeben. Das muss
es wohl gewesen sein.*

*Wir haben Ziegenmilch in der Kajüte. Es wird Hunger
haben. Ich ...*

Ella starrte immer noch auf die Tagebuchseiten ihres Vaters. Der
Schmerz, der sie beim Lesen der Zeilen befallen hatte, war immer
noch spürbar. Er schien die Seele zu lähmen. Ihre Atmung war
flach. Ihre ganze Welt bestand nur noch aus diesen Seiten in ihrer
Hand. Ella roch förmlich die salzhaltige Luft eines Hafens, die
sich mit dem Geruch von Fisch vermischte. Sie spürte den harten
Korb gegen ihren Rücken drücken, sah den Sternenhimmel über
ihr, den eine riesige Wand aus Holz in zwei Teile schnitt. Diese
furchtbare Angst. Sie spürte sie. Die Angst war so stark, dass sie
sich nicht mehr in der Lage fühlte, sich zu bewegen, sich von der
Bettkante zu erheben. Eine Dirne. Ihre Mutter eine Dirne. Nun
war es gewiss. Es nur zu vermuten, als eine Möglichkeit anzusehen, tat nicht so weh, wie der Wahrheit ins Auge blicken zu
müssen. Ella fröstelte, obwohl es warm im Zimmer war. Nun
lösten sich Tränen aus ihren Augen. Sie tropften auf das Papier.
Die Tinte verlief auch noch nach all den Jahren. Ella legte die
Tagebucheinträge schnell zur Seite. Richard war also ihr Vater.

Ella wischte sich die Augen trocken. Endlich Gewissheit,
doch wie viel Gewissheit hatte sie wirklich? Nun wusste sie,
weshalb Vater sie um Vergebung gebeten hatte, dabei gab es
doch nichts zu verzeihen. Ella überlegte, die Zeilen noch einmal
zu lesen, doch sie ließ sie liegen. Sie musste zu sich kommen,
wieder versuchen, klar zu denken.

Ella ging zur Waschschüssel und befüllte sie aus dem Krug. Das Wasser tat gut. Es schien den Schmerz mit sich fortzuspülen, auch wenn er immer noch dumpf wahrnehmbar war. Ella versuchte sich zusammenzureißen, ging zum Fenster, um tief Luft zu holen.

Dort stand immer noch der Offizier. Er erinnerte sie daran, dass sie allen Grund dazu hatte, wieder einen klaren Kopf bekommen zu wollen. Am Vergangenen ließ sich nichts mehr ändern. Besser nach vorne blicken! Doch damit tauchten die nächsten Fragen auf: Warum hatte Raj ihr diese Seiten gebracht? Auf wessen Geheiß? Heather konnte Raj nicht geschickt haben, zumindest sah Ella keinen Grund dafür. Hatte Raj die Einträge etwa gefunden? Dachte sie viel zu kompliziert? Wollte er ihr helfen? Vielleicht war es so, denn warum sonst hatte er ein Treffen vorgeschlagen?

Ellas Blick fiel erneut auf die Tagebuchseiten ihres Vaters. Dass eine englische Übersetzung beilag, belegte Rudolfs dunkle Absichten. Die ganze Zeit über hatte er Bescheid gewusst. Dann musste Vater tatsächlich das fehlende Tagebuch irgendwo bei den von Stettens versteckt haben. Ella erinnerte sich daran, dass Vater mit Kapitän von Stetten eng befreundet gewesen war. Er wusste von dem Findelkind, hatte Vater dabei geholfen, sich als Erzeuger auszugeben und die dafür notwendigen Papiere zu fälschen. War es da nicht naheliegend, das Tagebuch bei einem Vertrauten zu deponieren? An einem geheimen Ort? Vielleicht war Rudolf nach dem Tod seines Onkels darauf gestoßen und hatte sich ausgemalt, den großen Reibach zu machen, weil er selbst alles verspielt hatte? Gut möglich, dass er erst nach Vaters Tod danach gesucht hatte und fündig geworden war – der wahre Grund für sein Angebot, sie auf der Reise nach Malakka zu begleiten. Aus der vermeintlich guten Partie war die potenzielle Erbin einer Plantage geworden, ein Schlüssel, um sich Erpressungsgelder

368

zu sichern. Der Gedanke schien so ungeheuerlich, dass sie ihn immer noch kaum glauben konnte, auch wenn Otto bereits in diese Richtung gedacht hatte. Wenn Rudolf dieses Dokument aber bei sich getragen hatte, als er bei den Fosters gewesen war, würde es den Verdacht erhärten, dass er ermordet worden war. Doch von wem und vor allem wie?

Ella ließ sich völlig entkräftet zurück auf das Bett sinken. Die Tagebuchseiten ihres Vaters hatten auf einmal ihren Schrecken verloren. Sie nahm die Seiten an sich und fuhr in einer zärtlichen Geste darüber. Vielleicht sah er ihr ja gerade von oben zu. Dann musste er auch hören, was sie sich gerade dachte. »Es gibt nichts zu verzeihen. Ohne dich wäre ich womöglich nicht mehr am Leben«, sagte sie zu sich und spürte dabei eine gewisse Leichtigkeit und wohltuende Wärme aufsteigen, die sich, vom Bauch ausgehend, über den ganzen Körper erstreckte und sie immer mehr entspannte.

Der nächste Morgen hielt gleich zwei Nachrichten für Ella parat. Eine war von Puteri, die andere von Jones. Der Prozess fand morgen um neun Uhr statt. Jones wollte sie eine halbe Stunde vorher treffen und hatte bereits mit Puteri Kontakt aufgenommen. Es waren gute Nachrichten, die dafür sorgten, dass sich bei Ella nach all der Aufregung des gestrigen Abends sogar wieder ein gesundes Hungergefühl einstellte.

Während des späten Frühstücks, das sie im Innenhof der Pension zu sich nahm, überlegte Ella, ob sie es tatsächlich wagen sollte, sich allein mit Raj zu treffen. Otto war bereits abgereist und Amar saß im Gefängnis. Ella traute Lee zwar mittlerweile zu, dass sie ihretwegen sogar die Pension für eine Stunde unbewacht lassen würde, um sie zu begleiten, oder ihren Bruder um Hilfe bat, aber Ella verzichtete dann doch darauf, sie zu fragen. Was sollte ihr schon passieren? Eine weitere Maskerade war ebenso wenig erforderlich. Schließlich war es üblich, dass

Reisende sich Sehenswürdigkeiten ansahen. Ein indischer Tempel gehörte dazu.

Auf ihrem Zimmer zu warten, bis es halb zwölf war, hätte sie nur verrückt gemacht. Ella hielt es daher für besser, Mohans Kutsche in der Pension zu lassen und durch die Stadt zu schlendern. Auf diese Weise brauchte sie länger bis zum Tempel, der am anderen Ende der Stadt lag. Es verwunderte sie keineswegs, dass der Offizier auf sie aufmerksam wurde, als sie die Pension verließ. Würde er sie verfolgen? Er tat es nicht. Wie es schien, war es Compton nur wichtig zu wissen, dass sie noch in Dshohor war. Hätte sie die Kutsche genommen, wäre die Reaktion des Offiziers bestimmt eine andere gewesen.

Ella stellte auf ihrem Weg quer durch die Stadt fest, dass sie weniger neugierige Blicke erntete als kurz nach ihrer Ankunft. Sie selbst hatte sich an das eine oder andere bereits gewöhnt, sei es die Architektur der Häuser, die Essensstände mit ihren verlockenden Düften, ein Schuhputzer, der am Straßenrand kauerte, oder die Rikschas, die an ihr vorbeifuhren. Es fühlte sich alles schon so vertraut an. Strahlte man dieses Gefühl am Ende aus? Auch sie selbst schien in den Augen der anderen bereits ein ganz natürlicher Teil dieser Welt geworden zu sein. Nun lernte sie eine neue Welt kennen: Im Inneren eines indischen Tempels war sie bis jetzt noch nie gewesen. Sie wirkten ihrer Erinnerung nach von außen schmuckloser als die der Chinesen mit ihren roten Dächern, die golden verziert waren. Der »große Tempel« machte da keine Ausnahme. Eine schlichte weiße Mauer umgab ihn, allerdings erwies sich das Eingangsportal als äußerst beeindruckend. Es war praktisch ein pyramidenförmig gestufter Turm, der überbordend mit bunt bemalten Ornamenten bedeckt war, die Figuren, Pferde, lokale Flora und alle möglichen Fabelwesen darstellten. Ella ging hinein und erlebte die nächste Überraschung im Innenraum. Gotteshäuser, die sie in Deutschland und

England besucht hatte, waren jedenfalls strukturierter. Hier gab es weder Bänke noch einen zentralen Altar, vielmehr mindestens ein Dutzend kleinerer Podeste, auf denen indische Gottheiten standen. Inder behängten sie mit Blumenkränzen, was für eine fröhliche Stimmung sorgte und nichts mit der eher düster-drückenden Atmosphäre einer Kirche in der Heimat gemein hatte. Die Blumen verströmten ihren süßlichen Duft. Der Boden war gekachelt und die Wände mit kleinen bunten Mosaiken versehen, genau wie die Säulen, die den Raum stützten. Als ob diese Sinne raubende Wucht an Farben noch nicht genug gewesen wäre, hingen an den Wänden auch noch Gemälde weiterer Figuren, die Gottheiten sein mussten. Eine war richtig drollig anzusehen. Ein Elefantenkopf thronte auf einem eher füllingen Körper, der gleich noch wuchtiger wirkte, weil an ihm besonders viele Blumenkränze hingen. Eine Mutter hob ihren etwa fünfjährigen Jungen in die Höhe, damit er ebenfalls einen Kranz darumlegen konnte. Ella stand dabei im Weg, sodass die Inderin sie auf Englisch ansprach, damit sie zur Seite trat: »Sorry, would you mind?«

Ella nutzte die Gelegenheit, um nachzufragen, wie diese Gottheit hieß. »What's his name?«

»Ganesha. The God for wisdom and success«, erklärte die Inderin.

Ganesha hieß er also und wahrscheinlich war die Blumengabe dazu gedacht, ihrem Sohn Weisheit und Erfolg zu schenken.

Ella schritt die Reihen der Gottheiten weiter ab, doch weit kam sie nicht, weil sich aus dem Halbdunkel eine hochgewachsene Gestalt zu ihr gesellte, die sie erkannte.

»Ich danke Ihnen, dass Sie gekommen sind«, sagte Raj.

Ella verweilte gerade unter dem Gemälde einer bildhübschen Inderin, die auf einem Löwen ritt und einen Speer in der Hand hielt.

»Sie ist wunderschön«, sagte sie. Das Gemälde der Frau faszinierte sie.

»Sie heißt Durga, die Gottesmutter. Sie zerstört das Böse und ist die Beschützerin der Gerechten«, erklärte Raj unaufgefordert.

»Vielleicht hat sie Sie geschickt«, sinnierte er geheimnisvoll, während er seinen Blick auf dem Gemälde ruhen ließ.

»Wer hat Ihnen den Umschlag gegeben?«, wollte Ella sogleich wissen.

»Es war Heather«, gab er ohne Umschweife zu.

Ella brauchte eine Weile, um das zu verdauen. Warum um alles in der Welt hatte ihre Halbschwester das getan? Ella hoffte, dass Raj ihr weiterhin Rede und Antwort stand und nicht wieder damit anfing, sie mit vagen Andeutungen kurzzuhalten.

»Wissen Sie, was in dem Umschlag steckte?«

Raj nickte nur. Wie konnte er angesichts seiner Kenntnis davon so ruhig bleiben?

»Heather hat diese Seiten im Haus gefunden. Marjory hatte sie im Safe, doch Heather wusste, wo ihre Mutter den Schlüssel aufbewahrt«, erklärte Raj.

»Rudolf hat sie also tatsächlich erpresst.« Ella konnte sein bösartiges Spiel immer noch nicht fassen. Es zu vermuten, war eine Sache, Gewissheit zu haben, eine andere.

»Das ist naheliegend«, gab Raj knapp zurück. Er bedeutete Ella, ihm in den hinteren Bereich des Tempels zu folgen. Dort tummelten sich weniger Menschen. Ihr Gespräch war nicht für jedermanns Ohren gedacht.

»Es gab einen Streit. Ich habe ihre Stimmen bis nach draußen gehört. Heather lief weinend aus dem Haus und hat sich mir anvertraut. Sie möchte von hier weg. Heather will gemeinsam mit Ihnen das Land verlassen und ihrer Mutter für immer den Rücken kehren.«

»Was? Aber warum? Glaubt sie etwa auch, dass ihre Mutter Rudolf ermordet hat?« Ella hatte noch tausend andere Fragen, doch diese interessierte sie am brennendsten.

Raj antwortete nicht und verzog keine Miene.

»Weiß Marjory, dass Heather an ihrem Safe war?«, fragte Ella beunruhigt.

»Nein, jedenfalls noch nicht. Heather würde sich damit in große Schwierigkeiten bringen.«

»Warum hat sie überhaupt danach gesucht?«, wollte Ella wissen.

Raj war anzusehen, dass er unter enormem inneren Druck stand und ihn das Schweigen Kraft kostete. Aber inzwischen rückte er ja doch mit einigen Antworten heraus. Ella hörte daher nicht auf, ihm weitere Fragen zu stellen.

»Und warum lässt sie mir die Tagebuchseiten zukommen?«

»Heather möchte, dass Sie die Wahrheit erfahren«, sagte Raj.

»Welche Wahrheit? Ich weiß doch schon, dass Richard mein leiblicher Vater war«, echauffierte Ella sich.

»Die Wahrheit ist nicht immer das, wonach es aussieht«, gab er geheimnisvoll zurück.

Ella spürte Wut in sich aufsteigen. Er fing schon wieder damit an.

»Sie wissen es doch. Ich glaube, Sie wissen mehr, als Sie mir sagen wollen«, warf sie ihm vor.

»Es geht nicht darum, was ich Ihnen sagen will, sondern was ich Ihnen sagen darf«, versuchte er sich zu rechtfertigen.

»Hat Heather das von Ihnen verlangt oder ist es Ihre Treue, die Sie Marjory, wie man hört, geschworen haben?«, fragte Ella.

»Es steht mir nicht zu. Heather möchte Ihnen alles erklären.« Raj hatte eben erneut seine Lippen versiegelt. »Wann fahren Sie zurück in Ihre Heimat?«, wollte er dann aber noch wissen.

»Ich kann nicht zurück. Amar sitzt im Gefängnis. Man wirft ihm Hochverrat, Rebellion und die Befreiung eines Gefangenen vor. Die Chancen stehen gut, dass er freikommt, aber Compton wird uns nicht in Ruhe lassen. Sein Leben ist in Gefahr. Wir müssen das Land verlassen«, erklärte sie ihm.

Raj verstand und nickte.

»Was soll ich Heather sagen? Möchten Sie sie überhaupt sehen?«, fragte Raj.

»Natürlich möchte ich das«, sagte Ella. Sie konnte immer noch kaum glauben, dass Heather den Mut gefasst hatte, sich von ihrer Mutter zu lösen. Andererseits musste sie im Moment ja davon ausgehen, dass ihre eigene Mutter eine Mörderin war.

»Wie wollen Sie von hier wegkommen?«, fragte Raj.

Konnte sie ihm wirklich vertrauen? Ella zog für einen kurzen Moment sogar die Möglichkeit in Betracht, dass alles nur eine einzige Falle war, doch dieser Gedanke war wenig wahrscheinlich, weil die Tagebuchseiten ihres Vaters Marjory belasteten.

»Über die Ostküste. Ein Ort namens Mersing. Von dort mit einem deutschen Frachter nach Deutsch-Neuguinea. Er legt in zwei Tagen dort an«, offenbarte sie ihm.

»Wie kommen Sie dorthin? Auf dem Landweg?«, wollte Raj wissen.

»Es gibt keine andere Möglichkeit. Ich werde überwacht und wenn ich im Hafen nach einer Fähre Ausschau halte, bekommt Compton das mit«, erklärte Ella.

»Heather könnte aber eine der regulären Verbindungen zur Ostküste nehmen. Ich kenne Mersing. Es gibt dort nur eine Pension. Heather soll dort auf Sie warten«, schlug er vor.

»Und wenn sie sich uns morgen anschließt?«, fragte Ella aus Sorge um ihre Halbschwester, aber auch, weil sie dann früher erfahren könnte, warum Heather ihr die Tagebuchseiten ihres Vaters hatte zukommen lassen.

»Ich fürchte, Heather kann nicht mehr so lange warten. Marjory kümmert sich jeden Morgen um die Geschäfte. Sie öffnet dann den Safe. Heather muss bis dahin das Haus verlassen haben.« Rajs Sorge leuchtete Ella ein.

»Wann ist morgen die Verhandlung?«, fragte er.

»Um halb zehn«, erwiderte sie. Eine entsprechende Benachrichtigung Puteris hatte ihr Lee heute Morgen noch vor dem Frühstück überreicht.

»Warum wollen Sie das wissen?«, fragte Ella.

»Ich vermute, dass ich auch zugegen sein werde. Wie ich Marjory einschätze, wird sie es sich nicht entgehen lassen«, sagte Raj.

Auch das noch. Ella war alles andere als erpicht darauf, dieser Frau noch einmal im Leben zu begegnen.

Raj hatte sie gebeten, den Tempel nicht gemeinsam zu verlassen. Auf den Gedanken wäre Ella sowieso nicht gekommen, weil sie sich nicht sicher sein konnte, wer sie sah oder ob ihr nicht doch jemand gefolgt war. Es gab aber noch einen zweiten Grund, weshalb sie noch geblieben war. Dieser Ort schien in seinem überbordenden Farbspiel genau das passende Pendant für die vielen Gedanken zu sein, die in ihrem Kopf herumschwirrten. Es war ein bunter Albtraum und alle Figuren dieses Tempels schienen in ihrem Leben derzeit zu existieren, sogar Marjory als finstere Gestalt mit bösen Augen, die von Schlangen umgeben war. Das Gemälde einer zerbrechlichen jungen Frau, die einer Gottheit mit gleich mehreren Armen offenbar eine Opfergabe machte, erinnerte sie an Heather. Eine mit Säbeln bewaffnete Affenarmada auf dem nächsten Gemälde ließ sie an die Briten denken. Seine eigenen Gedanken in diese Abbilder hineinzuprojizieren und ihnen einfach freien Lauf zu lassen, löste ihre innere Anspannung und schaffte inmitten des Chaos Distanz. Als

Ella im Begriff war zu gehen, hielt ihr eine in Tücher gehüllte alte Inderin, deren Gesicht von der Sonne gezeichnet und vertrocknet wie eine Rosine war, einen Blumenkranz entgegen. In einer Holzkiste lagen weitere. Sie verkaufte sie an die Gläubigen. Ella erwarb einen und überlegte, wo sie ihn am besten anbrachte. Und noch einmal war es Durga, die hübsche Reiterin auf dem Löwen, die Ella ins Auge sprang. Ob sie wohl auch Gebete einer Christin erhörte? Ella legte den Kranz unter ihr Abbild und hoffte inständig, dass das Böse diesmal keinen Sieg davontrug.

Ein Besuch bei Puteri erschien Ella einen Tag vor Prozessbeginn und angesichts seines Gesprächs mit Jones, das mittlerweile stattgefunden haben musste, notwendig. Und Puteris gute Neuigkeiten, vielmehr die des Anwalts, reichte sie gerne an Amar weiter. »Die Maske wird vor Gericht als Beweismittel zugelassen«, war das Erste, was sie Amar offenbarte, nachdem er sie aus der innigen Umarmung entlassen hatte. Doch es gab noch mehr Neuigkeiten, über die er Bescheid wissen musste. Die Schilderung ihrer Begegnung mit Raj folgte.

Amar hatte mittlerweile auf der Pritsche Platz genommen – erschlagen von der Fülle an neuen Erkenntnissen, die sowohl das Tagebuch ihres Vaters als auch das Treffen mit dem Inder im Tempel mit sich gebracht hatten. Und all das in zehn Minuten. Mehr Zeit konnte Puteri ihnen auch diesmal nicht geben, ohne sich dem Vorwurf der Begünstigung auszusetzen. Und noch war nicht alles besprochen, was Ella auf dem Herzen lag.

Amar ging es nicht anders.

»Hast du Puteri vom Tagebuch deines Vaters erzählt?«, fragte er.

»Nein.« Ella hatte sich nach reiflicher Überlegung vorhin dagegen entschieden.

»Warum nicht?« Amar verstand die Welt nicht mehr. »Es hätte Marjory belastet.«

»Raj vermutet, dass sie morgen anwesend sein wird. Puteri gegenüber habe ich bereits meinen Verdacht geäußert, dass Marjory mit Rudolfs Tod zu tun haben könnte. Wenn ich ihm nun auch noch ein Motiv liefere, dann ist sie morgen in Haft. Nichts würde ich mir mehr wünschen, aber dann hätte ich während der Gerichtsverhandlung nichts mehr gegen sie in der Hand«, versuchte Ella ihm klarzumachen.

Amar erweckte nicht den Eindruck, dass er ihr folgen konnte.

»Ich bin mir sicher, dass sie hinter deiner Inhaftierung steckt. Sie will mir indirekt Schaden zufügen und erzwingen, dass ich das Land verlasse.«

Amar nickte nachdenklich.

»Dazu braucht sie aber Compton. Ich weiß nicht, welche Steine sie mir morgen noch in den Weg legt, aber es kann nichts schaden, einen Trumpf gegen sie im Ärmel zu haben«, sagte Ella.

»Aber warum macht Heather das? Was bewegt eine Tochter dazu, die eigene Mutter zu belasten?« Amar schien dies mindestens so zu beschäftigen wie sie selbst.

»Sie muss davon überzeugt sein, dass Marjory mit Rudolfs Tod zu tun hat«, erklärte Ella.

Amar schien darüber nachzudenken. So ganz hatte ihn ihre Ansicht offenkundig nicht überzeugt.

»Marjory ist ihre Mutter …«, gab er zu bedenken.

Sein Einwand war nicht von der Hand zu weisen. Ella rief sich in Erinnerung, wie liebevoll sie miteinander umgegangen waren. Heather schien Marjorys Ein und Alles zu sein.

»Es muss etwas Schlimmeres passiert sein. Etwas, von dem wir noch nichts wissen«, spekulierte er.

Und dann klopfte es auch schon wieder an der Tür. Ende der Besuchszeit. Während Amar sie zum Abschied umarmte, hoffte Ella, dass es das letzte Mal war, dass sie ihn hinter Gittern aufsuchen musste.

Ella hatte es am nächsten Morgen in der Pension einfach nicht mehr ausgehalten. Obwohl sie wusste, dass sie mindestens eine halbe Stunde zu früh am Gerichtsgebäude sein würde, war ihr nichts mehr eingefallen, womit sie sich beschäftigen oder worüber sie sich mit Lee noch hätte unterhalten können. Die Chinesin war dennoch ein Segen und das nicht nur, weil sie sich beim Frühstück zu ihr gesellt hatte, um ihr Mut zuzusprechen. Ihre Kenntnis um chinesische Kräuter hatte es überhaupt erst ermöglicht, dass Ella letzte Nacht Schlaf gefunden hatte. Bis tief in die Nacht hatte Ella immer wieder Vaters Tagebuchseiten gelesen und dabei festgestellt, dass der Schmerz, der damit einherging, schwächer geworden war. Ein anderes Gefühl hatte die Oberhand gewonnen. Es war die Wut auf Richard Foster. Ella tastete sofort nach Rudolfs Dokumentenmappe, die sie sich von Puteri hatte geben lassen, als ob sie daran Halt finden würde.

Mittlerweile spazierte Ella bestimmt schon zum zweiten Mal um das Gerichtsgebäude, das dem schmucklosen Polizeihauptquartier angeschlossen war. Puteri hatte ihr gestern noch erklärt, dass die hiesigen Gerichte nach dem englischen Prinzip einer Jury funktionierten. Der Richter konnte lediglich das Strafmaß festsetzen, den Beschuldigten aber nicht für schuldig oder unschuldig erklären. Ella hatte vom Jury-System der englischen Gerichte gehört. Jones hatte die Aufgabe, die Geschworenen von Amars Unschuld zu überzeugen.

Inzwischen saß Ella wieder auf ihrer Kutsche. Nach Amar brauchte sie nicht Ausschau zu halten. Das Polizeigebäude und der High Court, wie sich das hiesige Gericht offiziell nannte, waren miteinander verbunden. Ella nutzte die Zeit, um sich zu überlegen, wie sie am schnellsten und vor allem sichersten die Stadt verlassen konnten, um Bujang zu treffen. Die Straße vor dem Gebäude war breit und belebt. Compton konnte sie hier nicht abfangen, aber wie ging es weiter, wenn sie den Stadtrand erreicht hatten? Puteri hatte ihr zu verstehen gegeben, dass sich die Polizei nicht gegen Army Officers erheben durfte. Mit anderen Worten: Er würde ihr nicht helfen können. Ella machte sich darüber mehr Sorgen als über den Ausgang der Verhandlung.

Jones war immer noch nicht in Sicht, doch dafür sah Ella die altvertraute Droschke der Fosters. Raj saß auf dem Kutschbock. Er steuerte sie direkt vor den Eingang des Gebäudes, stieg ab und half Marjory heraus. Ella verspürte sofort einen Krampf im Magen und tastete unwillkürlich nach der Dokumentenmappe.

»Miss Kaltenbach. Ich wusste, dass ich auf deutsche Pünktlichkeit bauen kann.« Jones kam zu Fuß und stand wie aus dem Nichts neben ihrer Kutsche.

»Ich war bereits beim Staatsanwalt. Es gibt nur einen Zeugen namens Bennett, diesen Offizier, der Amar angeblich gesehen hat. Ich freue mich jetzt schon darauf, mit ihm im Zeugenstand zu plaudern.« Jones gab sich derart siegessicher, dass Ella fest davon überzeugt war, bald eine Sorge weniger zu haben.

Jones hatte dafür gesorgt, dass Ella einen Platz in der ersten Reihe bekam. Auch wenn ihr beim Anblick von Marjory regelrecht übel wurde, wollte sie so nah wie möglich bei Amar sein. Er saß, flankiert von einem Polizisten, in einem hölzernen Vorbau, einer Art Loge für Angeklagte – wahrlich kein Privileg. Die Geschworenen hatten rechter Hand auf Bänken Platz genommen. Der Ankläger und Jones teilten sich einen langen Tisch unmittelbar vor Ellas Sitzreihe.

Marjory konnte es sich kurz vor Beginn der Verhandlung nicht verkneifen, einen Seitenblick zu Ella zu werfen. Ella hatte ihn zunächst nur gespürt und dann aus den Augenwinkeln bemerkt. Sie hatte sie hasserfüllt angesehen und sich sogleich wieder abgewandt, um sich auf die Begrüßung durch den anwesenden Richter, einen älteren Herrn, der eine weiße Perücke trug, zu konzentrieren. Ella hätte ihrem Blick standgehalten, weil sie ausnahmsweise mehr wusste als die stets in Schwarz gekleidete Plantagenbesitzerin. Marjory hatte bestimmt nicht die leiseste Ahnung, dass Heather vermutlich schon längst am Hafen in Singapur war, um ihre Mutter für immer zu verlassen, ebenso wenig davon, was sich in Ellas Mappe befand. Dass sich Compton kurz vor der Begrüßung des Richters zu Marjory auf einen freien Platz gesellt hatte, wunderte Ella nicht.

Die verlesene Anklageschrift hörte sich wie eine nicht enden wollende Farce an. Kein Wunder, dass Jones bereits die Augen verdrehte.

»Nicht schuldig.« Jones' Statement war derart überzeugend, dass es nicht nur Ella, sondern auch die Geschworenen sichtlich beeindruckte. Doch dann erhob sich der Staatsanwalt und trug den Hergang von Mohans Befreiung vor. Dann wurde Bennett, den Ella seinerzeit am Ort des Geschehens gesehen hatte, in den Zeugenstand gerufen. Ellas Einschätzung nach wirkte er nervös und suchte unentwegt Blickkontakt zu Compton. An ihm suchte er offenbar Halt. Als er den Tathergang schilderte, wirkte Bennett jedoch wieder gefasster und ruhiger, was Ella nicht wunderte, weil er dabei ja nicht lügen musste. Ella kannte den Ablauf bereits von Amar, und das, was der Mann schilderte, deckte sich in etwa mit dem, was sie bereits wusste. Das Entscheidende kam jedoch zum Schluss.

»Können Sie den Mann identifizieren, der die Maske auf der Flucht verloren hat?«, fragte der Staatsanwalt, eine hagere Gestalt, die ihr auf Anhieb unsympathisch war.

Bennett nickte und deutete mit dem Finger auf Amar.

»Keine weiteren Fragen, Euer Ehren.«

Ella wusste nicht, was sie wütender machte – das siegessichere Lächeln des Staatsanwalts oder das triumphale Funkeln in Comptons Augen.

Jones erhob sich und ging erst einmal zu den Geschworenen, die er eingehend musterte. Dann wandte er sich an den Zeugen, blieb aber bei den Geschworenen stehen. Anscheinend wollte er den Anschein erwecken, dass er auf ihrer Seite stand. Jones war mit Sicherheit ein sehr geschickter Verteidiger.

»Sie sind Offizier der britischen Armee?«, fing er an zu fragen.

Der Offizier bejahte. Noch blieb er ruhig.

»Müssen Sie Befehle ausführen, die man Ihnen gibt?«, fragte er dann weiter.

»Ja, Sir.«

»Einspruch«, kam es von Seiten des Anklägers. »Diese Frage hat keine Relevanz.«

Der Richter blickte fragend zu Jones.

»Ich werde dem Gericht nachweisen, dass sie Relevanz hat«, sagte er und sah dann augenfällig zu Compton und Marjory, die sich zunächst nicht davon beeindrucken ließen.

Ella konnte dem Offizier ansehen, dass er nun doch nervös wurde und anfing zu transpirieren. Das war nicht verwunderlich, denn Compton hatte ihn dazu angestiftet zu lügen, und genau auf diese Schwachstelle zielte Jones offenkundig ab.

»Hat Ihnen jemand befohlen, den Angeklagten als einen der an der Entführung Beteiligten zu identifizieren?«, fragte Jones.

Ein Raunen ging durch den Saal.

»Das ist doch unerhört«, rief Compton in den Tumult hinein.

»Ruhe …« Der Richter sorgte dafür mit einem Hammer, den er kräftig auf den vor ihm stehenden Holzklotz schlug.

»Natürlich nicht«, rang sich Bennett ab.

»Das freut mich zu hören«, sagte Jones und warf erneut einen eindeutigen Blick auf Compton, der sich in seiner gottgleichen Selbstgefälligkeit und Allmacht anscheinend immer noch sicher fühlte. Lediglich Marjory fing an, auf ihren Lippen herumzubeißen.

»Können Sie auch die Maske identifizieren, die der Angeklagte getragen haben soll?«

Bennett nickte.

Dann ging Jones zu einem Tisch, auf dem die Maske lag. Er nahm sie und reichte sie dem Offizier.

»Ist sie das?«

Der Offizier besah sie sich und nickte.

»Sind Sie ganz sicher?«

»Natürlich«, bestätigte er.

Jones nahm die Maske wieder entgegen und ging damit zu den Geschworenen.

»Würden Sie diese Maske einmal aufsetzen?«, fragte er einen der jüngeren Männer.

»Einspruch. Was soll dieses Spiel?«, kam es von Seiten der Anklage.

»Abgelehnt. Ich bin gespannt, worauf Mr. Jones hinauswill«, sagte der Richter.

Der junge Geschworene versuchte, sich die Maske aufzusetzen.

»Tut mir leid. Sie passt nicht so recht«, gestand er nach einem gescheiterten Versuch, sich hinter der Fratze aus Holz zu verbergen, ein.

Jones nahm sie wieder und ging damit zu Amar.

»Könnten Sie die Maske einmal aufsetzen?«

Amar versuchte es, jedoch ebenfalls ohne Erfolg.

»Diese Maske ist aus Holz gefertigt. Sie ist starr. Sie muss passgenau sein, weil man sonst nichts sieht. Die Augenabstände müssen passen. Die Löcher zum Atmen müssen passen.« Dann drehte er Amars Kopf so, dass die Geschworenen sein Profil sehen konnten.

»Sehen Sie.« Jones deutete auf den Profilverlauf der Maske. »Sie passt nicht.«

Abermals ging ein Raunen durch den Gerichtssaal.

»Bleiben Sie dabei, dass Sie diesen Mann gesehen haben? Sie wissen, welche Konsequenzen Ihnen drohen, wenn man Sie vereidigt. Und ich werde verlangen, dass man Sie vereidigt. Außerdem sind Sie Offizier der Krone. Allein diesem Status verdanken Sie dann noch viel härtere Konsequenzen«, drohte Jones mit bissiger Stimme.

Bennett war inzwischen schweißgebadet.

Auch der Richter wurde darauf aufmerksam. Jeder konnte es sehen.

»Bleiben Sie bei der Aussage, oder wollen Sie das Ganze noch einmal überdenken? Sehen Sie sich Amar genau an. Ist es nicht so, dass für uns Briten die hiesige Bevölkerung irgendwie gleich aussieht? Dann das Handgemenge. Sie haben doch vorhin gesagt, dass alles so schnell ging. Sind Sie sich immer noch sicher, diesen Mann gesehen zu haben?«, fuhr Jones ihn an, den Blick dabei fest auf die Geschworenen gerichtet.

Der Offizier suchte dagegen Blickkontakt mit Compton und verlor dann gottlob die Nerven.

»Nein. Ich kann mir nicht sicher sein«, gestand Bennett ein.

Die Geschworenen tauschten vielsagende Blicke.

Jones lächelte siegesgewiss, aber nicht überheblich, blickte zu Compton und sagte dann: »Keine weiteren Fragen, Euer Ehren.«

Ella konnte Compton ansehen, dass er innerlich glühte.

»Als Nächstes wird der Angeklagte in den Zeugenstand gerufen«, kündigte der Richter an, nachdem Bennett sich wie ein Hund mit eingezogenem Schwanz wieder auf seinen Platz begeben hatte, einer Bank, die gegenüber der Jury stand.

Sofort trat der Staatsanwalt vor und wandte sich an Amar, der nun im Zeugenstand unmittelbar neben dem Richter saß.

»Kommen wir zum zweiten Anklagepunkt. Es geht um Hochverrat. Ihnen wird vorgeworfen, der Anführer von Aufwieglern und Rebellen zu sein, die zum Ziel haben, die hier herrschende friedliche Grundordnung zu zerstören.«

Jones verdrehte erneut die Augen und warf Ella einen aufmunternden Blick zu.

»Das ist nicht wahr«, sagte Amar. Da er dabei nicht lügen musste, klang es glaubwürdig. Der Anführer war er ja nicht, weil es gar keinen gab, wie Ella von Puteri wusste.

»Es gibt eine Aussage des vormals Inhaftierten Mohan bin Bhatak, die er dem Governor persönlich gegenüber geäußert hat«, führte der Ankläger aus.

Jones warf Ella einen fragenden und sichtlich irritierten Blick zu. Er schien nun doch besorgt zu sein.

»Das kann nicht sein«, flüsterte sie ihm zu.

»Sie bleiben also dabei und beteuern Ihre Unschuld?«, fragte der Staatsanwalt.

»Ja, das tue ich«, sagte Amar erhobenen Hauptes.

»Keine weiteren Fragen. Ich bitte das hohe Gericht, den Governor in den Zeugenstand zu rufen«, verlangte der Staatsanwalt, während Amar sich wieder an seinen Platz begab.

»Davon wusste ich nichts«, sagte Jones an Ella gewandt.

»Keine Sorge. Es wird nicht dazu kommen«, kündigte Ella an.

Ella suchte nun Blickkontakt zu Marjory. Die schenkte ihr ein triumphales Lächeln. Doch das gedachte Ella, ihr auszutreiben. Blitzschnell zog sie die Mappe hervor, und zwar so, dass die Hexe sie sehen musste. Dann fingerte Ella genüsslich, aber mit zitternden Händen die drei Tagebuchseiten ihres Vaters hervor. Sie musste gar nichts dazu sagen. Es genügte, diese Seiten fast wie ein Pendel hin und her zu bewegen.

Marjory wurde augenblicklich schreckensbleich. Ihre Augen weiteten sich und waren starr auf die Papiere gerichtet.

»Governor Compton. Wenn ich Sie nun in den Zeugenstand bitten dürfte.« Der Richter wurde allmählich ungeduldig.

Compton war bereits dabei, sich zu erheben, doch Marjorys Hand krallte sich förmlich in seinen Arm. Sie flüsterte ihm etwas ins Ohr.

Nun starrte auch Compton auf die drei Seiten, die Ella demonstrativ in die Richtung der beiden hielt, selbst aber so tat, als würde sie nur harmlose Notizen überfliegen. Sie lachte diesmal gerne hinüber zu Compton. Auch er hatte einige Nuancen seiner sonst so gesunden Gesichtsfarbe verloren.

»Governor Compton?«, fragte der Richter etwas irritiert nach.

Compton winkte den Staatsanwalt zu sich und tuschelte mit ihm.

Die graue Eminenz wandte sich umgehend an den Richter.

»Governor Compton steht dem Gericht nicht mehr als Zeuge zur Verfügung. Er hätte kein Verhör durchführen dürfen. Nach englischem Recht liegt ein Formfehler vor. Seine Aussage wäre gänzlich sinnlos«, erläuterte der Staatsanwalt.

Der Richter musterte erst Compton, dann Jones, der ihm ein wissendes Lächeln schenkte.

»In diesem Fall gibt es für die Geschworenen nichts mehr zu entscheiden. Die Anklage wird fallen gelassen, und zwar in allen Punkten.« Sichtlich entnervt schloss er die Sitzung mit einem Hammerschlag.

Marjory erhob sich mit starrem Blick, ging an Compton vorbei und eilte aus dem Saal.

Amar strahlte. Er sah so aus, als ob er jeden Moment von seinem Platz aufspringen und Ella in die Arme fallen würde. Ella ging es genauso, doch sie war sich bewusst, dass der weitaus schwierigere Teil noch vor ihnen lag, und in Anbetracht des hasserfüllten Blickes, den ihr Compton zugeworfen hatte, bevor er wutentbrannt aus dem Saal stürmte, war das vermutlich die Hölle auf Erden.

Kapitel 20

Über dem Gerichtsgebäude schien die Luft förmlich zu knistern wie vor einem Gewitter, obwohl der Prozess gut ausgegangen war und Ella in Amars und Jones' Begleitung unbehelligt den Gerichtssaal hatte verlassen können.

Jones amüsierte sich noch immer über Comptons Gesichtsverlust. Jeder hatte ihn registriert, denn die Begründung des Anklägers, warum Compton auf die Aussage verzichtete, war für jedermann eine durchschaubare Ausrede gewesen.

»Was hatten Sie in der Hand?«, wollte Jones dann doch wissen, als sie die Treppenstufen des Gebäudes erreicht hatten.

Ella sah keinen Grund dafür, es ihm zu verschweigen.

»Das Testament meines Vaters«, sagte sie wahrheitsgemäß.

Jones war perplex und sah sie fragend an.

»Ein belastendes Dokument. Mir war klar, dass Marjory Foster Compton dazu angestachelt hat, Amar festzusetzen. Es wurde in ihrem Haus gefunden und derjenige, der sie wahrscheinlich damit erpresst hat, dass ich die uneheliche Tochter ihres verstorbenen Mannes bin, ist tot.«

Jones hatte in seinem Anwaltsleben sicherlich schon einiges gehört und erlebt. Das verblüffte ihn dann doch.

»Warum haben Sie mir das nicht vorher gesagt? Ich hätte auch noch Mrs. Foster in den Zeugenstand gerufen.«

»Mir wurde das Dokument erst gestern zugespielt und offen gestanden bin ich nicht davon ausgegangen, dass Compton so weit gehen würde, sich zu einer Falschaussage hinreißen zu lassen«, erklärte Ella.

»Das ist in der Tat ungewöhnlich für einen Governor. Ich frage mich, was Marjory gegen ihn in der Hand hat. Es war ja offensichtlich, wer ihn zum Schweigen gebracht hat«, wunderte er sich.

Ella fragte sich das auch, doch stellte sie diese Überlegung zurück. Es gab im Moment Wichtigeres zu tun.

»Amar und ich müssen so schnell wie möglich das Land verlassen. Ich fürchte, ich kann für Ihre Dienste erst in ein paar Tagen aufkommen.«

»Das müssen Sie nicht. Sämtliche Kosten wurden bereits übernommen«, erwiderte Jones.

Nun blickte Ella ihn perplex an.

»Unterliegt es erneut Ihrer Schweigepflicht oder können Sie mir sagen, von wem?«

»Nicht unbedingt«, erwiderte Jones.

»Etwa Otto Ludwig?«, fragte Ella.

»Das wäre Otto zuzutrauen, aber er war es nicht. Mary Bridgewater hat mich angewiesen, ihr alle Kosten in Rechnung zu stellen.«

Ella war sprachlos.

Amar zeigte sich nicht minder überrascht. »Warum tut sie das?«, wollte er wissen.

»Das wiederum hängt mit meinem anderen Mandat zusammen und …« Weiter sprach er nicht.

»Darüber dürfen Sie mir keine Auskunft geben, habe ich recht?«, mutmaßte Ella.

»Sie sagen es.«

Jones reichte ihr die Hand.

»Ich wünsche Ihnen alles Gute und geben Sie gut auf sich acht«, sagte er, bevor er auch Amar zum Abschied die Hand reichte. Dann winkte er eine Rikscha herbei und stieg ein.

»Wir sollten keine Zeit mehr verlieren. Bujang wartet bestimmt schon auf uns am See und ich muss noch meine Sachen von der Pension holen«, sagte Ella.

Warum Amars Augen plötzlich groß wurden, erschloss sich ihr erst, als sie seinem Blick folgte.

Compton reichte Marjory die Hand, um ihr in die Droschke zu helfen. Soweit Ella dies aus der Distanz richtig einschätzen konnte, stieß Marjory gerade einen Fluch aus und wehrte seine hilfreiche Geste ab. Wo war eigentlich Raj? Normalerweise war das doch seine Aufgabe. Ella suchte den Vorplatz nach ihm ab. Er war spurlos verschwunden.

Compton schien noch etwas zu Marjory zu sagen, dann stieg er selbst auf den Kutschbock. Bevor er abfuhr, sah er zu Ella. Auch auf die Entfernung lief es ihr bei seinem rachsüchtigen Blick eiskalt den Rücken hinunter.

»Wenn er sie fährt, dann verschafft uns das Zeit«, kommentierte Amar.

Ella hoffte, dass er damit recht behalten würde.

Zurück in der Pension kam es Ella merkwürdig vor, Lee nicht an der Rezeption vorzufinden. Vielleicht war sie auf einem der Zimmer. Abzufahren, ohne sich bei ihr zu verabschieden, kam nicht infrage. Ella beschloss, erst einmal ihren zweiten Koffer zu holen. Unter Umständen tauchte Lee in der Zwischenzeit ja wieder auf. Der Schlüssel ihres Zimmers hing an einem der Haken. Ella nahm ihn an sich und ging die Treppen nach oben.

Amar folgte ihr. Plötzlich hielt er mitten in der Bewegung inne und bedeutete ihr, ebenfalls stehen zu bleiben. Ella vernahm das Knarren auf der Treppe ebenso. Obwohl sie es für wahrscheinlich hielt, dass Lee dort oben herumgeisterte, beunruhigte sie das Geräusch nicht minder. Wenn jemand im oberen Stockwerk umherlief, dann würde man die Schritte auch weiterhin hören, doch es blieb bei diesem einen Knarren, als ob jemand es vermeiden wollte, wahrgenommen zu werden.

Amar lauschte dementsprechend angestrengt nach oben, ging vor und erreichte ihre Zimmertür.

Ella folgte ihm dorthin, zögerte jedoch, die Tür aufzuschließen. Das ungute Gefühl blieb.

Amar sah sie bedeutsam an und nickte, als wollte er ihr sagen, dass sie aufsperren könne.

Dann ging alles ganz schnell. Eine vermummte Gestalt schoss aus ihrem Zimmer und schlug Amar die Faust in die Magengrube. Er ging sofort zu Boden und krümmte sich vor Schmerz. Noch ehe Ella Amar zu Hilfe kommen konnte, hatte sie ein weiterer Angreifer erreicht, der die Treppe heruntergeeilt war. Er entriss ihr Rudolfs Dokumentenmappe, zerrte Ella in das Zimmer und warf sie auf das Bett.

Ella nahm erst jetzt wahr, dass es keine Einheimischen waren. Die Häupter der Angreifer waren mit einem Tuch verhüllt, doch die Haut um die Augen war hell. Das mussten Comptons Häscher sein.

Vom Gang vernahm Ella die Geräusche eines Zweikampfs. Sie wollte sich aufrichten, um zu sehen, was vor sich ging, doch der Vermummte warf sich auf sie. Seine Hände umschlangen ihre Kehle wie ein Schraubstock. Verzweifelt versuchte Ella, sich zu wehren, doch der Griff um ihre Kehle wurde immer enger. Sie versuchte, die Lampe vom Nachttisch zu erreichen, wand sich, um ihre Position zu verändern, und es gelang. Ella schlug ihm den eisernen Stumpf der Lampe mit letzter Kraft gegen den Kopf. Der Mann ließ von ihr ab und geriet ins Taumeln. Er fasste sich mit schmerzverzerrtem Gesicht an die Stelle, die sie getroffen hatte.

Ella sprang vom Bett auf, um Amar im Gang zu Hilfe zu eilen, doch der Vermummte fing sich und schmiss sich erneut auf sie.

Ella ging zu Boden. Sie schaffte es dennoch, sich aus seinem Klammergriff zu befreien, ihn abzuschütteln und sich aufzurichten. Da spürte sie seine Hand, die sich um ihr Fußgelenk klammerte. Der Angreifer versuchte, sie erneut zu Fall zu bringen.

Ella fand Halt an der Tür und schaffte es, das Gleichgewicht zu halten. Sie konnte Amar und den anderen Vermummten sehen. Die beiden standen sich ineinander verkeilt gegenüber. Amars Hand umklammerte die des Angreifers, die ein auf Amars Brust gerichtetes Messer hielt.

Der zweite Versuch, Ella zu überwältigen, gelang. Geistesgegenwärtig drehte sie sich auf den Rücken und noch bevor sie das Gewicht des Angreifers zu Boden drücken konnte, stieß sie ihm mit aller Kraft den Fuß an den Oberkörper, jedoch vergeblich. Er setzte sich auf sie. Ella versuchte, sich mit Händen und Füßen zu wehren, um zu verhindern, dass er ihre Arme fixieren konnte.

Da vernahm sie weitere Schritte auf der Treppe. Zweifelsohne stürmte jemand nach oben. Es mussten noch mehr von Comptons Leuten sein. Ella sah aus den Augenwinkeln nur einen dunklen Schatten.

Auch der Vermummte blickte nun irritiert hinaus zum Gang. Ella nutzte den günstigen Moment und trat nun mit voller Wucht nach ihm. Der Schlag traf ihn diesmal mitten ins Gesicht. Er taumelte nach hinten und prallte gegen das Eisengestell des Bettes. Dort blieb er benommen liegen.

Ella vernahm ein Knacken und Krachen vom Gang, richtete sich auf und blickte nach draußen.

Amars Angreifer lag leblos am Boden. Schwarze Hände hielten seinen Kopf immer noch fest, der nun seltsam verdreht auf seinen Schultern saß. Die Hände gehörten Raj. Er ließ den Mann fallen und stürmte in ihr Zimmer.

Ellas Angreifer kam zu sich und tastete nach dem Messer an seinem Gürtel.

Raj stürmte herein, entriss es ihm und schlug ihm die Faust ins Gesicht. Der Vermummte rührte sich nicht mehr.

»Wir müssen weg. Schnell«, wies Raj sie an und reichte Ella die Hand, um ihr aufzuhelfen.

Ella war unfähig, sich zu bewegen. Erst als Amar allem Anschein nach unversehrt hereinkam, fiel die Lähmung von ihr ab.

Ein Toter lag auf dem Gang vor ihrem Zimmer und sobald der andere Vermummte zu sich kam, würde eine Hetzjagd auf sie beginnen.

Ella und Amar eilten die Treppe hinunter. Raj trug ihren Koffer nach unten.

»Was ist mit Lee?«, fragte Ella in Sorge, dass sie ihr etwas angetan hatten.

Ihr dämmerte, dass Comptons Schergen die Chinesin aus dem Weg geräumt haben mussten. Sie musste einfach Gewissheit haben, ob sie noch lebte. Vielleicht hatten sie Lee überwältigt und in eines der Zimmer gesperrt oder in die Küche. Ella sah dort zuerst nach. Die Tür zum Gang, der in die Küche des Restaurants ihres Bruders führte, war nicht verschlossen.

Lee lag dort gefesselt und geknebelt.

Amar zog gedankenschnell ein Messer aus einem hölzernen Küchenblock und schnitt ihr die Fesseln auf, während Ella den Knebel löste und von Lees Kopf zog.

Lee japste nach Luft und brauchte einen Moment, um sich zu fangen.

»Es ging so schnell ...«, stammelte die Chinesin, bevor sie sich erhob und Ella erst einmal von Kopf bis Fuß musterte. »Ihnen ist nichts passiert«, stellte Lee erleichtert fest.

»Sie müssen zur Polizei gehen. Sagen Sie, dass Sie überfallen wurden. Verlangen Sie Officer Puteri. In Notwehr ist einer der Männer ums Leben gekommen«, wies Ella sie an.

»Einer der Männer ist gestürzt. Er hat sich dabei das Genick gebrochen«, erklärte Amar. Dass Raj ihn in Notwehr getötet hatte, musste auch Lee nicht wissen.

Lee nickte. Ella wusste, dass sie sich auf sie verlassen konnte.

»Es tut mir so leid, Lee. Ich hätte nicht gedacht, dass sie uns hier auflauern«, sagte Ella.

»Schon gut«, rang sich Lee tapfer ab. »Viel Glück«, wünschte sie Ella.

Auch wenn Amar schon ungeduldig nach ihrer Hand griff, um sie nach draußen zu zerren, ließ Ella es sich nicht nehmen, Lee noch einmal kurz zum Abschied in den Arm zu nehmen. Sie hatten ihr so unendlich viel zu verdanken.

Ella wunderte es keineswegs, dass Raj sie darum gebeten hatte, ihn mitzunehmen. Er hatte sich auf ihre Seite geschlagen und steuerte nun die Kutsche, mit der sie zum Treffpunkt am See unterwegs waren. Einer der Angreifer lebte. Er würde ihn beschreiben. Eine Verhaftung und die Todesstrafe waren Raj damit sicher. Warum Raj ihnen in Lees Pension zu Hilfe geeilt war, hatte Ella gar nicht erst fragen müssen. Er erklärte es während der Fahrt von sich aus.

»Ich habe gehört, wie Compton mit zwei seiner Männer gesprochen hat. Es ging um ein Dokument. Sie sollten zur Pension gehen und es sich holen. Koste es, was es wolle«, erzählte Raj.

»Warum tun Sie das für mich?«, wollte Ella nun endlich wissen.

»Heather ist nicht mehr im Haus. Es gibt keinen Grund mehr für mich dortzubleiben. Marjory wird sich für das, was sie getan hat, verantworten müssen. Was soll ich dann noch dort?«, erwiderte er.

»Heather ist sicher unterwegs an die Ostküste?«, wollte Ella wissen.

»Ich habe sie selbst zum Hafen gefahren. Machen Sie sich keine Sorgen«, sagte er.

Ella überlegte, ob sie ihn mit weiteren Fragen behelligen sollte, doch dazu fehlte ihr im Moment die Kraft. Rajs ganze Aufmerksamkeit galt sowieso der Straße, den Häusern und uneinsehbaren Stellen des üppiger werdenden Grüns, an denen sie vorbeifuhren und hinter denen Gefahren lauern konnten. Ein Messer lag griffbereit.

Die Sorge, in eine Kontrolle zu geraten, noch bevor sie den See erreichten, war auch Amar anzusehen. Er saß angespannt auf der Ladefläche.

Kaum waren sie in den kleinen Weg durch den Wald eingebogen, entspannten sich Amars Gesichtszüge deutlich. Keine fünf Minuten später war klar, dass sie die erste Etappe ihrer Flucht erfolgreich hinter sich gebracht hatten.

Eine robust wirkende Kutsche stand mitten im Wald vor dem See. Ihre Ladefläche war mit allerlei Lebensmitteln ausgestattet. Zwei Pferde waren vor sie gespannt.

Bujang wurde auf sie aufmerksam und winkte ihnen zu. Sein Lächeln fror ein, als er sie in Begleitung eines Unbekannten sah.

»Raj. Er hat uns das Leben gerettet. Er wird mit uns kommen«, erklärte Amar kurzerhand.

Bujang reichte dem Hünen daraufhin die Hand.

Ella wurde auf ein drittes Pferd aufmerksam. Es stand neben Bujangs Kutsche und trug beladene Satteltaschen.

»Meine Mutter wird eure Kutsche am Abend abholen und das Pferd versorgen«, erklärte Bujang.

Ella beeindruckte, dass er an einfach alles gedacht hatte. Damit stiegen ihre Chancen, dass die Flucht an die Ostküste glückte.

Ella hoffte, dass sie noch möglichst lange auf befestigten Straßen fahren konnten. Das erste Drittel der Strecke war flach und ermöglichte ein schnelles Vorankommen, auch wenn Ella den Eindruck hatte, dass die Sträucher am Wegrand immer dichter wurden und die Straße sich verengte. Dann versperrte plötzlich ein vom Blitzschlag gefällter Baumstamm den Weg. Auch daran hatte Bujang gedacht. Schweres Werkzeug, eine Axt und eine Säge hatte er mit aufgeladen.

Bujang wusste auch genau, wo die Kontrollpunkte lagen, und war sich sicher, sie gefahrlos umfahren zu können. Er ritt voraus, weil man eine Kutsche schon von Weitem hörte und er sich mit dem Pferd abseits der Straße bewegen konnte.

Ellas Sorgen zerstreute er damit nicht, denn spätestens seit dem Vorfall in der Pension konnte Compton nicht mehr davon ausgehen, dass Ella so naiv war, ihre Reservierung für die Überfahrt nach Hamburg in Tickets einzulösen, um den Heimweg mit einem Passagierschiff, noch dazu in Amars Begleitung, anzutreten.

»Ob Compton wohl die Kontrollposten informiert hat?« Ella warf die Frage in die Runde.

»Um die Posten zu warnen, hätten britische Soldaten an uns vorbeireiten müssen.« Amars Ansicht leuchtete Ella ein.

»Vielleicht hat er sie trotzdem informiert. Er ist gerissen. Am Ende hat er nie damit gerechnet, dass ihr den Dampfer nehmen wollt. Der Weg hier ist außerdem die einzige Möglichkeit, um an die Ostküste zu gelangen«, kommentierte Raj.

»Aber wieso soll er denn darauf kommen, dass wir ausgerechnet dorthin wollen?«, wandte Ella ein.

»Aus dem gleichen Grund, weshalb Otto es vorgeschlagen hat. Ich weiß, dass auch in Penang deutsche Frachter anlegen, aber der Weg dorthin wäre viel zu weit. Wir sollten deshalb sehr vorsichtig sein«, sagte Amar.

Bujang kam keine Minute später wieder zurück.

»Drei Soldaten. Sie sind bewaffnet«, sagte er nur.

Ella hatte gehofft, dass der erste Posten erst wesentlich später kommen würde. Da hatten sie nun eine Kutsche, die auch für unwegsames Gelände geeignet war, und mussten sie noch vor Erreichen der schwierigen Passage stehen lassen, weil es damit keine Möglichkeit mehr gab, durch das Dickicht zu fahren. Leider hatte Bujang nicht voraussehen können, dass sie zu viert waren. Sie hatten nur drei Pferde. Es blieb ihnen also gar nichts weiter übrig, als zu zweit auf einem zu reiten.

Raj beanspruchte aufgrund seines Körpergewichts ein Pferd für sich allein. Ella und Amar mussten sich eines teilen.

Proviant, Decken und das Notwendigste für die Nacht galt es nun auf drei Pferde zu verteilen. Die Satteltaschen waren groß genug, um alles darin zu verstauen.

Es dauerte eine weitere halbe Stunde, um die Kutsche ein Stück in den Wald hineinzuziehen. Sie konnten sie unmöglich mitten auf dem Weg stehen lassen. Die drei Männer schafften es, sie gute zehn Meter zu bewegen, bevor die Räder im Morast stecken blieben. Bujang und Raj bedeckten sie mit Blätterwerk und Farnen, sodass niemand, der vorbeiritt, darauf aufmerksam wurde.

Amar verwischte mit buschigem Geäst die Spuren, die die Räder auf dem Weg hinterlassen hatten, bevor er auf eines der Pferde stieg und Ella heraufhalf.

Bujang ritt wie bisher auch voraus, Ella und Amar folgten, Raj bildete den Abschluss.

An ein zügiges Vorankommen war nun selbst ohne Kutsche nicht mehr zu denken. Der Boden war uneben. Adrige Wurzeln der Baumstämme zerfurchten ihn. Farne überwucherten einfach alles und machten den Untergrund somit unberechenbar. Es gab keinen Weg mehr, dem sie folgen konnten, noch nicht einmal einen Trampelpfad, und es ging steil nach oben. Es blieb ihnen gar nichts anderes übrig, als auf Bujangs Instinkte und den der Pferde zu vertrauen, um einen Fehltritt zu vermeiden. Angeblich würden sie nach wenigen Minuten auf einen Jagdpfad stoßen, den Einheimische auf der Suche nach Wild nutzten. Er führte hinauf zum Gipfel der Anhöhe. Bujang fand ihn, jedoch entpuppte er sich als noch fordernder. Es ging fortan stetig steiler nach oben. Die Bewaldung wurde dichter und ständig schlugen ihnen Äste und Gestrüpp entgegen. Spinnennetze hingen zwischen Zweigen und Schlingpflanzen. Ella hatte den Eindruck, dass mit jedem Meter, den sie vorankamen, die Stimmen des Urwalds deutlicher vernehmbar wurden. Es war ein unwirkliches Konzert aus den Rufen von Vögeln und den Schreien von Affen.

Auch wenn sie bereits am Kontrollposten vorbeigeritten waren, führte nun vorerst kein Weg mehr zurück auf die Straße, es sei denn, sie würden einen noch steileren Rückweg nach unten wählen, was für die Pferde kaum machbar war. Noch eine halbe Stunde lag vor ihnen, um den Hügel zu erreichen.

Ein beißender Geruch stieg Ella in die Nase. Er wurde immer penetranter, als sie einen Bachlauf erreichten, der gute zehn Meter unten ihnen lag. Die Pflanzen waren an dessen Ufer niedergetrampelt.

Bujang hob die Hand und forderte sie auf, stehen zu bleiben, dann lauschte er in den Wald hinein.

Erst hörte Ella ein tiefes, kehliges Fauchen, dann sah sie das Blut am Bachlauf. Der Hinterlauf eines erlegten Tieres ragte hinter einem Busch hervor. Ella wusste, dass es in Malakka Tiger gab. Es war zweifelsohne einer in der Nähe.

Raj hatte sofort seine Machete in der Hand und suchte den Wald nach dem Tier ab. Bujang hingegen stieg ruhig ab und griff in seine Satteltasche, aus der er etwas zog, was wie ein Bambusstamm aussah. Er schien hohl zu sein.

Erneut hallte die Respekt einflößende Stimme des Raubtiers durch den Wald, nun noch deutlicher vernehmbar.

Das Tier musste näher gekommen sein. Alle anderen Geräusche verstummten. Ein Papageienschwarm flatterte aus den Baumkronen und verschwand gen Himmel.

Bujang hielt das Rohr in der Hand und legte behutsam einen Pfeil hinein.

Die Pferde wurden zunehmend unruhiger, begannen, mit ihren Hufen zu scharren.

»Er will zu seiner Beute«, flüsterte Bujang ihnen zu.

Wenn er recht behielt und das Raubtier von der anderen Seite des Bachlaufs kam, würde es sie vielleicht hinter den Büschen nicht sehen.

Das Gebüsch auf der anderen Seite des Flusslaufes bewegte sich und es dauerte nicht mehr lange, bis Ella das gestreifte Fell der Raubkatze sah. Ihr Herz pochte bis hinauf zum Hals. Sie klammerte sich an Amar.

»Der Wind kommt aus seiner Richtung. Er kann uns nicht wittern«, flüsterte Amar ihr zu.

Bujang kletterte flink auf einen der Bäume. Einer der dicken Äste reichte bis fast hinunter zum Bachlauf. Dorthin begab sich die Raubkatze mit geschmeidigen Bewegungen. Sie schritt geradewegs auf das erlegte Tier zu und zerrte es hinter dem Busch hervor. Auf den ersten Blick sah es aus wie ein Wildschwein. Die Flanke des Kadavers war schwarz, der Bauch hingegen weiß. Am Hals des Tieres klaffte eine blutige Wunde. Es hatte einen kleinen Rüssel. Ella erinnerte sich an die Reiseberichte, die sie während der Überfahrt gelesen hatte. Das erlegte Tier musste ein Tapir sein.

Noch war der Tiger mit seiner Beute beschäftigt, riss ein weiteres Stück aus dem Körper, doch dann hielt er mitten in der Bewegung inne und schien zu lauschen. Sein riesiger Schädel drehte sich genau in ihre Richtung. Schon spannten sich seine Muskeln, bereit zum Sprung, doch dazu kam es nicht mehr. Etwas traf den Tiger am Hals. Er brüllte und fletschte die Zähne.

Ein zweites Mal wurde er getroffen. Erst jetzt erkannte Ella, dass zwei Pfeile in seinem Hals steckten. Seine Tatzen schlugen danach. Er musste wissen, wo der Angreifer war. Mit einem Sprung hatte der Tiger den Baum erreicht, auf dem Bujang saß. Das Tier versuchte, den Baumstamm zu erklimmen.

Bujang schrie den Tiger an, vermutlich um ihn anzustacheln, immer weiterzuspringen, damit er schneller ermüdete.

Das Raubtier brüllte und unternahm noch einen Versuch, einen der oberen Äste zu erreichen. Seine Krallen fanden Halt am Stamm, doch der Tiger rutschte erneut ab. Ihm schienen die Kräfte auszugehen. Ein zweiter Anlauf gelang nicht mehr. Der Tiger fing an zu torkeln. Sein linker Hinterlauf knickte ein.

»Das Gift von den Pfeilen. Es wirkt nur langsam«, sagte Amar.

Dann blickte das Raubtier in ihre Richtung. Es musste sie sehen. Schon rappelte es sich auf und versuchte, sie zu erreichen.

Bujangs Pferd scheute, ging durch und lief in den Dschungel. Amar und Raj hatten Mühe, ihre Pferde ruhig zu halten.

Raj hielt die Machete fest in seiner Hand umklammert, bereit, damit zuzuschlagen.

Ella konnte die Ausdünstungen des Tigers bereits riechen, doch er schaffte es nicht mehr, die Distanz zu überwinden. Beide Hinterläufe knickten nun ein. Das Tier rutschte ab. Sein erschlaffender Körper rutschte zurück zum Bachlauf.

Bujang kletterte daraufhin den Baum herunter.

»Er kann uns nichts mehr tun«, sagte er.

»Wird er sterben?«, fragte Ella.

»Wahrscheinlich nicht. Um ein Tier dieser Größe zu erlegen, braucht es mehr. Drei oder vier der Pfeile …«, erklärte Bujang.

Nun wurde Ella vollends klar, warum sie keine Schusswaffen dabeihatten. Seit Mohans Verhaftung wusste sie, dass der

Widerstand über welche verfügte, doch ein Schuss war meilenweit zu hören – ein Blasrohr aber nicht.

Ella war sich so gut wie sicher gewesen, den Abstieg mit den Pferden nicht zu schaffen, als sie den Hügel erreicht hatten, denn vor ihr lag dichter Urwald, so weit das Auge reichte. Bujangs Ortskenntnis war es zu verdanken, dass sie den Weg zurück zur Verbindungsstraße dennoch sicher erreichten. Es blieb dabei, dass er vorritt, um nach weiteren Kontrollposten Ausschau zu halten, auch wenn auf diesem Streckenabschnitt normalerweise niemand kontrollierte.

Mit Einsetzen der Dämmerung hatte es keinen Sinn mehr, weiterzureiten. Ella wäre dazu auch nicht mehr in der Lage gewesen. Die Strapazen des Ausritts hatten ihre Spuren hinterlassen. Einfach alles tat ihr weh. Unentwegt die Bewegungen des Pferdes ausgleichen zu müssen, weil das Gelände unwegsam war, strengte jeden einzelnen Muskel an. Den anderen erging es sicher ähnlich, denn es wurde so gut wie gar nicht mehr gesprochen, lediglich das Notwendigste, um gemeinsam das Essen zuzubereiten, sich Blechteller zu reichen und das Nachtlager aufzuschlagen.

Bujang hatte eine kleine Lichtung dafür auserkoren. Auf ein Feuer mussten sie verzichten. Man würde es sehen können. Brot, getrockneter Fisch und Früchte sorgten dennoch für ein den Umständen entsprechend nahezu opulentes Mahl, das sie jedoch mit Ameisen teilten.

Ella war sich sicher, keinen Schlaf zu finden. Nicht nur die Ameisen ließen sie nicht in Ruhe, obwohl kein einziger Krümel mehr auf ihrer Kleidung oder der Decke sein konnte, sondern vor allem die Stechmücken, die wohl beschlossen hatten, sie bei lebendigem Leib aufzufressen. Doch auch dafür war Bujang gewappnet: Er steckte Räucherstäbchen in den Boden, die Ella schon in den chinesischen Tempeln gesehen hatte. Gleich vier an jeder Seite ihrer Bastmatte und noch zwei nahe an den Füßen sorgten für jede Menge Rauch, leider auch für einen süßlichen Gestank, der das Atmen erschwerte. Es wirkte. Die Plagegeister zogen sich zurück.

Amar war bereits an ihrer Seite eingeschlafen, nicht ohne ihr vorher zu versichern, dass sie es schaffen würden, unbehelligt die Ostküste zu erreichen. Seine Zuversicht gab ihr die nötige Sicherheit, um schläfrig zu werden. Dass er sich an sie schmiegte, ebenso. Der süßliche Geruch der Stäbchen, der aus ihrem Nachtlager einen chinesischen Tempel machte, trübte die Sinne. Das Letzte, was Ella bewusst wahrnahm, war Bujangs Silhouette, die sich gegen den Mond abzeichnete. Er versorgte die Pferde mit Wasser. Wurde dieser Mann denn nie müde?

Am nächsten Morgen hatte es sich als weitaus weniger schwieriges Unterfangen herausgestellt, den zweiten regulären Kontrollposten zu umgehen. Das Gelände war wieder eben, und um einen großen Bogen um die zwei Uniformierten zu schlagen, reichte es, sich im Schutz der Bewaldung nur etwa hundert Meter abseits der Straße auf leicht passierbares Gelände zu begeben. Nach etwa einem Kilometer waren sie wieder an der ausgebauten Straße angelangt. Dass sie sich bereits in der Nähe des Hafenortes befanden, konnte Ella schon allein daran erkennen, dass ihnen nur eine gute Viertelstunde später zwei Bauern entgegengekommen waren. Ihre Wasserbüffel zogen schwere, mit großen Bottichen beladene Kutschen, die auf den Feldweg einer vor ihnen liegenden Palmenplantage bogen. Hier wurde sicher Palmöl gewonnen. Die einheimischen Bauern hatten ihnen keinerlei Beachtung geschenkt.

Von der nächsten Anhöhe aus war bereits in der Ferne das Meer zu sehen. Ella hoffte darauf, Mersing ohne weitere Komplikationen zu erreichen. Und es gelang. Der tropische Dschungel dünnte sich aus. Palmen und Sträucher, die in den

Ort hineinwuchsen und sich bis hinunter zum Meer erstreckten, lösten ihn ab. Ein Dorf mit schätzungsweise einhundert kleinen Holzhütten, von denen die meisten bis zum Strand reichten, kam in Sicht.

»Wir haben es geschafft«, stieß Amar voller Zuversicht aus. Ella freute sich mit ihm, war in Gedanken aber bereits bei Heather. Hatte sie es ebenfalls bis hierher geschafft? Was würde sie ihr sagen? Die Ungewissheit dämpfte sogar die Freude darüber, dass rechter Hand am kleinen Hafen bereits der deutsche Frachter an einem der beiden größeren Stege angelegt hatte. Er würde sie außer Reichweite der Briten bringen. Ein zweites kleineres Segelboot lag dem Großsegler gegenüber. Nur ein Einheimischer mit Kapitänsmütze befand sich an Bord. Vielleicht war es das Boot aus Singapur, das den Ort täglich anfuhr, überlegte Ella. Einen eigenen Bereich für die Fischerei schien es hier nicht zu geben. Die hiesigen Seeleute vertäuten ihre über die Bucht versprengten Boote an Pfählen, die aus dem Wasser ragten, oder direkt an den Stegen der wenigen Häuser, die auf Stelzen ans Ufer gebaut waren.

»Das Gästehaus liegt am Ortsrand«, wies Raj sie an, als sie die ersten Häuser Mersings erreicht hatten. Bis dahin waren es nur noch ein paar hundert Meter, und bevor sie Heather nicht gefunden hatten, brauchten sie sich nicht zum Landesteg zu begeben, um eine Fahrt nach Deutsch-Neuguinea zu organisieren.

Nur noch drei Häuserblocks mit Lebensmittelläden und Geschäften für den Bedarf der hiesigen Fischer trennten sie von ihrem Ziel. Es lag am Ende der schlammigen Straße und hob sich nicht nur aufgrund seiner Größe deutlich von den anderen ab. Das Gästehaus verfügte über eine Veranda und erweckte den Eindruck, als hätte man mehrere Bungalows aneinandergereiht. Ella schätzte, dass es sieben Zimmer sein mussten, sofern der erste Gebäudeabschnitt nicht die Rezeption war. Drei Einheiten schienen bewohnt zu sein. Vor einer hing Wäsche an einem gespannten Seil. Die Tür einer zweiten Einheit stand offen, und weil Geschirr auf dem Tisch der dritten stand, war diese wohl auch in Gebrauch.

»Es ist nett hier … direkt am Meer«, sagte Ella an Amar gerichtet, um ihre wachsende Unruhe mit trivialer Konversation im Zaum zu halten.

»Nichts Komfortables, aber vor allem für Geschäftsleute auf der Durchreise bestens geeignet«, erklärte Raj, der ihre Bemerkung aufgeschnappt hatte.

Ella überlegte, warum Heather nicht schon längst auf einer der kleinen Veranden saß und ungeduldig auf sie wartete. Vielleicht erschien ihr das zu unsicher und sie wollte nicht gesehen werden.

Bujang verlangsamte sein Pferd und sah sich um. Ohne ein Wort zu verlieren, bog er nach links in eine kleine Gasse, die zu den Wohnhäusern führte. Ganz sicher war das nur eine reine Vorsichtsmaßnahme, genau wie er es auf ihrem bisherigen Weg auch immer getan hatte.

Raj stieg als Erster ab und nahm die Zügel von Amars Pferd in Empfang.

Ella überlegte derweil, in welchem der Zimmer Heather auf sie warten würde. Wieso kam sie nicht heraus? Bekam man hier etwa gar nicht mit, wenn jemand ankam? Vermutlich nicht, weil die Brandung laut genug war, um alle anderen Geräusche zu übertönen.

Raj ging sofort in den ersten Bau. Dort befand sich allem Anschein nach die Rezeption.

Ellas Geduld wurde nicht auf eine allzu lange Probe gestellt. Raj kam keine Minute später wieder heraus. Dass er lächelte, was bei ihm selten vorkam, wertete sie als gutes Zeichen.

»Heather ist im letzten Zimmer. Nummer sechs«, sagte er.

Ella fiel augenblicklich ein Stein vom Herzen.

»Möchtest du allein …«, setzte Amar an zu fragen.

Ella griff demonstrativ nach seiner Hand. Sie spürte, dass ihre Knie dennoch weich wurden. Sie war im Streit mit Heather auseinandergegangen und erinnerte sich noch allzu gut an ihre letzte Begegnung, an den verzweifelten Schrei einer Frau, die fürchtete, ihre Schwester nie wiederzusehen.

Warum hörte Heather die Schritte vor der Tür nicht? Sie musste sich wohl hingelegt haben und schlafen. Ella versuchte, in das Zimmer zu lugen, doch ein dünner Vorhang versperrte die Sicht.

Ella klopfte an.

»Ich warte hier«, sagte Raj.

Dann vernahm Ella Heathers Stimme.

»Ella«, drang es von drinnen.

Warum kam sie nicht zur Tür? Ella tauschte Blicke mit Raj und Amar. Die beiden wirkten mindestens so beunruhigt wie sie selbst.

Amar öffnete dann die Tür.

Heather saß an einem Tisch in der Mitte des Raums und erhob sich, als auch Ella an der Türschwelle stand. Kein Anzeichen von Freude. Kein Lächeln. Kein Wort.

»Heather, ist alles in Ordnung?«, fragte Ella, die Heathers Reglosigkeit und Schweigen dermaßen überraschte, dass sie es gar nicht wagte, den Raum zu betreten.

Amar tat es und obwohl Raj angekündigt hatte, draußen zu warten, schritt er an Ella vorbei und warf sich mit voller Wucht gegen die Tür. Sie schlug nicht an der Wand an, sondern federte, gefolgt von einem dumpfen Aufschrei, zurück. Officer Bennett taumelte aus seinem Versteck hervor. Raj packte ihn sofort am Kragen und drückte ihn gegen die Wand.

Bennett versuchte, die Waffe an seinem Halfter zu erreichen, doch Raj war schneller. Er schlug Bennetts Hand gegen die Kante des Türpfostens und streckte ihn mit der Faust nieder. Bennetts Revolver fiel zu Boden.

Heather stand wie erstarrt da. Sie bebte vor Angst. Noch bevor Amar nach der Waffe greifen konnte, trat Compton aus dem Dunkel des Waschraums hervor, die Waffe dabei auf Heather gerichtet.

Ella stockte der Atem.

»Wenn Sie sich ruhig verhalten, wird Ihnen nichts geschehen«, sagte er. »Die Waffe zu mir. Treten Sie sie in meine Richtung«, forderte er Amar auf. Der zögerte, tat dann aber doch, was von ihm verlangt wurde.

Compton ging in die Hocke, hob Bennetts Revolver auf und steckte ihn in das Halfter an seinem Gürtel.

»Ich will die Mappe mit dem Testament«, verlangte er.

»Sie ist in der Satteltasche«, erwiderte Ella wahrheitsgemäß.

»Raj soll sie holen«, befahl Compton.

Der Inder setzte sich erst in Bewegung, als Ella ihm zunickte.

»Sie scheinen keine sehr hohe Meinung von der britischen Armee zu haben, Miss Kaltenbach. Haben Sie mich wirklich für so dumm gehalten? Das grenzt an eine Beleidigung.« Compton schmunzelte auf unerträglich herablassende Art und Weise. »Ich kenne nämlich niemanden, der sich eine Überfahrt nach Hamburg nur reservieren lässt. Man fährt oder fährt nicht. Und die gute Heather …« Compton fuhr ihr dabei übers Haar. Heather zuckte bei seiner Berührung zusammen und zitterte nun sichtbar wie Espenlaub.

»Das ist das Fatale, wenn man als Frau allein reist, noch dazu als hellhäutige. Ich musste mich nur am Hafen umhören, ob sie sich ein Ticket gekauft hat«, fuhr Compton fort.

Ella spürte Wut in sich aufsteigen. Sie überwog die Angst.

»Warum tun Sie das? Was geht Sie das Testament meines Vaters an?«, zischte Ella.

»Ich finde, Sie sind nicht in der Position, um Fragen zu stellen«, erwiderte Compton süffisant.

Raj kam wieder herein. Er hatte die Mappe gefunden und ging zu Compton, gemächlich und sicherlich auch aus Respekt vor der Waffe, die Compton immer noch auf Heather gerichtet hielt. Doch dann sprang Raj blitzschnell nach vorn und schleuderte die Mappe gegen Comptons Revolver. Ein Schuss löste sich, verfehlte jedoch sein Ziel. Raj nutzte den Überraschungsmoment und stürzte sich auf Compton. Noch bevor er erneut schießen konnte, schlug Raj ihm den Revolver aus der Hand. Compton ging zu Boden.

Ella hatte die gleiche Schreckensstarre erfasst wie Heather, die es immer noch nicht schaffte, sich zu rühren.

Amar versuchte, Comptons Revolver von der anderen Seite des Tisches aus zu erreichen.

Raj und Compton rangen miteinander. Für einen kurzen Moment gelang es Compton, sich aus Rajs Klammergriff zu lösen. Er hatte den Revolver schneller in der Hand, als Amar ihn zu fassen bekam. Dann löste sich ein Schuss.

Raj sackte leblos in sich zusammen.

Compton richtete die Waffe sofort auf Amar, der mitten in der Bewegung innehielt und seine Hände hob.

»Ich sollte Sie beide erschießen«, schleuderte ihnen Compton entgegen, während er sich erhob und seinen Revolver unentschlossen zwischen Ella und Amar hin- und herpendeln ließ. Er entschied sich für Amar. Schon lag sein Finger am Abzug, doch dann zuckte Compton regelrecht zusammen. Mit der linken Hand fasste er sich an den Hals. Ein Pfeil steckte darin und ein zweiter folgte. Er traf seine Halsschlagader. Blut sickerte in einem feinen Faden aus der Wunde. Compton rang bereits um Gleichgewicht.

Erst jetzt sah Ella das Blasrohr aus dem rückwärtigen Fenster ragen. Ein dritter Pfeil traf Compton erneut am Hals. Er hatte keine Kraft mehr, die Waffe zu halten, und sackte in die Knie. Dabei drehte er sich in Ellas Richtung. Seine Augen waren weit aufgerissen. Compton japste nach Luft, versuchte, mit einer Hand die Tischkante zu erreichen, um daran Halt zu finden, jedoch ohne Erfolg. Er fiel zu Boden. Sein Körper fing an zu krampfen. Es dauerte nicht lange, bis Compton seinen letzten Atemzug tat.

Heather wollte sich anscheinend vergewissern, ob er wirklich tot war. Sie erwachte aus ihrer Starre und beugte sich über seinen leblosen Körper. Dann füllten sich ihre Augen mit Tränen.

Ella ging zu ihr und griff nach ihrer Hand.

»Ich hab ihm doch nichts getan«, schluchzte Heather.

Ella nahm das immer noch vor Angst schlotternde Wesen in den Arm.

»Es ist vorbei, Schwester«, hauchte sie ihr ins Ohr.

Ella hatte gehofft, dass sie ihre Umarmung beruhigen würde. Sie konnte Heathers Herzschlag spüren, auch dass sie immer noch am ganzen Körper bebte. Warum beruhigte sie sich nicht? Weitere Tränen flossen, als sie sich von Ella löste, um ihr direkt in die Augen zu sehen. Heather wirkte verzweifelt.

»Ich bin nicht deine Schwester«, sagte sie dann.

Nun war Ella es, die erstarrte. Sie tauschte Blicke mit Amar. Auch er schien die Welt nicht mehr zu verstehen.

Kapitel 21

Ella hatte vom Besitzer der Pension erfahren, dass er bereits seinen Sohn damit beauftragt hatte, den kurz vor Mersing liegenden Kontrollposten der Briten über die jüngsten Ereignisse in seinem Haus zu informieren. Ein riskantes Unterfangen, denn es war ja nicht auszuschließen, dass Compton die Soldaten doch instruiert hatte, nach ihnen Ausschau zu halten, um sie festzusetzen. Zu Ellas Erleichterung war Compton jedoch direkt mit dem Schiff nach Mersing gekommen. Ironischerweise hätten sie sich also die Mühe, sich durch den Dschungel zu schlagen, ersparen können. Da es in Mersing keine lokale Polizeistation gab, war es sowieso unumgänglich gewesen, Comptons Tod den einzigen Amtsträgern in der Nähe mitzuteilen.

Amar hatte Officer Bennett gefesselt und in einen Schuppen der Pension gesperrt, weil es gute zwei Stunden bis zum Eintreffen der Soldaten dauern würde. Nun war Bennett es, der auf der Anklagebank sitzen würde, doch das war das Geringste, was Ella im Moment beschäftigte. Alles, woran sie bisher geglaubt hatte, war wie ein Kartenhaus in sich zusammengefallen. Das Gleiche galt für Heather; aber mit jedem Wort, das sie während ihres Spaziergangs vom Hafen hinüber zum Strand am Ende der Bucht von sich gegeben hatte, schien es ihr besser zu gehen. Ella merkte ihr an, dass sie sich jahrelange Qualen von der Seele redete. Heather hatte erst nicht gewusst, wo sie überhaupt anfangen sollte, sich jedoch für eine Chronologie der Ereignisse entschieden, denn Ausgangspunkt allen Unheils war Jack gewesen.

»Du hattest recht und deshalb konnte ich deine Nähe nicht mehr ertragen«, gestand Heather zu Beginn des Gesprächs.

»Jack war also deine große Liebe?«, wollte Ella sich versichern.

Heather nickte. Ein bitteres Lächeln huschte über ihre Lippen, doch es schien ihr nicht mehr wehzutun, über ihn zu sprechen, weil sie von sich aus weitererzählte.

»Wir sind uns am Hafen begegnet. Ein schnittiger Offizier. Er war älter als ich. Ich hab mich trotzdem Hals über Kopf in ihn verliebt und er sich in mich. Mein Gott, ich war gerade mal siebzehn … Wir mussten unsere Liebe geheim halten. Nur Mutter hat es mitbekommen. Eine Mutter merkt das. Vater durfte davon nichts erfahren. Es ging einige Wochen gut. Ich war so glücklich, auch wenn wir uns nicht so oft sehen konnten. Du kennst unser Liebesnest.«

»Das Oleanderhaus?«, fragte Ella.

»Es war meine ganze Welt. Mutter wusste davon und hat uns gewähren lassen. Ich hab davon geträumt, ihn zu heiraten, mit ihm nach England zu gehen, doch dann war auf einen Schlag alles vorbei.« Heather lachte bitter auf.

»Ich war mit dir schwanger … und ab dem Moment verhielt er sich merkwürdig … Ob er sich denn nicht darüber freue, wollte ich wissen. ›Natürlich freue ich mich‹, hat es geheißen, aber es hätte ihn überrascht … und dann wurde er nach Sumatra versetzt. Wir hatten gar keine Zeit mehr, über unsere Zukunft zu sprechen …«

Ella spürte, dass Heather ihre Hand nun fester hielt. Es wühlte sie immer noch sichtlich auf.

»Jack hatte mir versprochen, dass er mit dem Governor sprechen würde und dass er wieder nach Malakka wollte, aber er kam nicht mehr zurück.« Heather brauchte nun doch mehrere Atemzüge, um weitersprechen zu können.

»Was ist passiert?«, wollte Ella wissen.

»Sein Schiff. Es geriet in einen Sturm …«, fuhr Heather fort.

Sie gingen ein paar Schritte schweigend nebeneinander her. Ella war vollkommen aufgewühlt von Heathers Worten. Es war schier unglaublich – nun kannte sie ihre leibliche Mutter und verstand die große Vertrautheit, die sie immer in ihrer Nähe verspürte. Auch Heathers heftige Reaktionen, als Ella sie auf ihre große Liebe angesprochen hatte, erklärten sich nun von selbst. Sie konnte den Schmerz, den Heather damals empfunden haben musste, förmlich körperlich spüren.

»Vater wollte, dass ich zu einem chinesischen Arzt gehe. Ich sollte dich nicht austragen, aber Mutter war dagegen. Viele Frauen sterben bei so einem Eingriff. Dann mussten wir ihm versprechen, dass du in ein Waisenhaus kommst. Vater sah sich ruiniert, wenn herausgekommen wäre, dass ich ein uneheliches Kind in mir trage. Die Leute hätten Fragen gestellt. Es hätte geheißen, dass ich Jack, einen hochrangigen Offizier, verführt habe. Vater hatte Angst vor Ächtung und ich war ja selbst noch fast ein Kind. Ich durfte das Haus nicht mehr verlassen. Niemand sollte mich sehen«, fuhr Heather fort.

»Du warst neun Monate eingesperrt?«, fragte Ella fassungslos.

Heather nickte schweren Herzens.

»Eine chinesische Hebamme brachte dich zur Welt. Es war der glücklichste Moment meines Lebens. Mutter hat wieder und wieder mit Engelszungen auf Vater eingeredet und es geschafft, sein Herz zu erweichen. Sie wollten es so aussehen lassen, als hätten sie aus Gründen der Wohlfahrt das Kind eines

Matrosen adoptiert. Du kannst dir nicht vorstellen, wie erleichtert ich war«, fuhr Heather fort.

»Aber warum hat dein Vater mich dann in einem Korb am Hafen abgelegt?«, fragte Ella mit zitternder Stimme.

»Davon wusste ich damals nichts. Ich habe erst aus dem Tagebuch deines Adoptivvaters davon erfahren. Du warst eines Nachts einfach weg. Die Scheibe unserer Verandatür war eingeschlagen. Vater hat die Polizei gerufen. Sie haben mir erzählt, dass dich jemand entführt hat, und sie schoben es auf die Chinesin, weil sie Kinder aus Bordellen zur Welt bringt. Hier wird mit solchen Kindern gehandelt. Sie haben mich in dem Glauben gelassen, dass du mir gestohlen wurdest.«

Heather konnte ihre Tränen nicht mehr unterdrücken, doch sie riss sich zusammen und wischte sie aus ihrem Gesicht.

Ella schlang einen Arm um sie und versuchte zugleich, ihre eigenen Tränen zu unterdrücken.

»Als du hier warst, habe ich sofort diese Nähe gespürt, aber ich konnte sie mir nicht erklären. Du hast mir solche Angst gemacht mit all deinen Fragen … doch dann am Hafen, als du mit Mutter gestritten hast … Ich hab mich danach unentwegt gefragt, warum du glaubst, dass Richard dein Vater ist und er für dich bezahlt haben soll … Dann, abends, saß Mutter im Salon. Der Safe war geöffnet. Sie hielt die Tagebuchseiten deines Vaters in Händen. Sie wirkte wie versteinert. Da fiel mir ein, dass du von diesem Deutschen erzählt hast und glaubtest, dass er Mutter erpresst haben soll. Ich habe gewartet, bis sie schlief. Sie wusste nicht, dass ich das Versteck für den Safeschlüssel kannte. Ich las die englische Übersetzung des Tagebuchs und dann wurde mir klar, dass du meine Tochter bist.«

»Glaubst du, Marjory hat davon gewusst, dass dein Vater mich am Hafen ausgesetzt hat?«, wollte Ella wissen.

»Ich weiß es nicht, doch wahrscheinlich wusste sie es, allein schon wegen der monatlichen Zahlungen. Warum sonst hatte sie solche Angst davor, dass die Wahrheit ans Licht kommt?«

»Vielleicht wollte sie dir den Schmerz ersparen«, überlegte Ella laut, auch wenn sie nicht vorhatte, Marjory in irgendeiner Form in Schutz zu nehmen.

»Ich weiß es einfach nicht«, sagte Heather erneut. Ihr Blick war dabei starr auf das Meer gerichtet, als ob sie dort eine Antwort darauf finden würde.

»Möglicherweise kann uns Mary dabei helfen, die ganze Wahrheit herauszufinden«, sagte Ella.

Heather sah sie überrascht an.

»Sie hat durch einen Anwalt Erkundigungen über mich und wahrscheinlich auch über deine Familie einholen lassen. Ich möchte die Wahrheit wissen, einfach alles«, sagte Ella.

»Und dann? Wirst du wieder zurück nach Hamburg fahren?«, fragte Heather und sah ihr dabei direkt in die Augen. »Nein, du wirst bleiben, aber nicht nur meinetwegen«, gab sie sich selbst die Antwort und warf einen bezeichnenden Blick zurück auf die kleine Hafenstadt. In der Ferne konnte man Amar erkennen, der bei den Pferden auf das Eintreffen der englischen Soldaten wartete.

»Allein schon deinetwegen«, stellte Ella klar.

Heather wenigstens wieder schmunzeln zu sehen, bewies, dass sie die richtige Entscheidung getroffen hatte.

So beschwerlich die Anreise gewesen war, so kurz und unkompliziert gestaltete sich die Rückreise auf dem Seeweg um die Südspitze der Halbinsel, allerdings in Begleitung zweier britischer Soldaten, denen sie den Vorfall und die Umstände von Comptons Tod – letztlich war es Notwehr – glaubhaft hatten schildern können. Der Segler, der neben dem Frachtschiff am Hafen gelegen hatte, gehörte zur britischen Marine. Damit waren Compton und Bennett nach Mersing gefahren. Das

Schiff würde sie, sofern der Wind sich gnädig zeigte, bis spätestens zum Einsetzen der Dämmerung zurück nach Dshohor bringen. Dass ein Segler der Armee vor Anker lag, hatte ihre, Amars und Heathers Glaubwürdigkeit bei den Soldaten untermauert. Es waren dennoch zwei weitere Stunden vergangen, bis alles zu Protokoll gegeben war. Bujang hatte nichts zu befürchten, allerdings musste er sie mit nach Dshohor begleiten, weil nur die dortige Polizei die Hintergründe abschließend klären konnte.

Zwei Leinensäcke mit den sterblichen Überresten von Compton und Raj sowie einen Gefangenen, der sich im Laderaum des Schiffes bereits an sein künftiges Leben in einer dunklen Zelle gewöhnen durfte, hatten sie mit an Bord. Die Tragik von Rajs Tod und der Umstand, dass er ihnen in selbstloser Weise das Leben gerettet hatte, war Ella erst, nachdem sie das Gespräch mit Heather einigermaßen verdaut hatte, vollumfänglich zu Bewusstsein gekommen. Er schien an die Schicksalhaftigkeit des Lebens geglaubt zu haben, dass alles vorherbestimmt war. Zwar hatte Raj es nicht als seine Aufgabe angesehen, die Wahrheit über die Fosters ans Licht zu bringen, aber indirekt hatte er doch dazu beigetragen.

Amar war auch zwei Stunden nach der Abfahrt immer noch anzusehen, dass ihm Heathers Eröffnungen naheingen. Er verfügte über genug Feingefühl, um sich zurückzunehmen. Fast war es Ella so vorgekommen, als wagte er es in Heathers Gegenwart nicht mehr, ihre Nähe zu suchen. Dafür suchte Heather sie. Aus einer Freundin war die Schwester geworden, die in Wirklichkeit ihre leibliche Mutter war, doch das schien nichts an den freundschaftlichen Gefühlen, die sie von Anfang an füreinander gehegt hatten, zu ändern. Ella war sich sicher, dass ihr nie das Wort »Mutter« über die Lippen kommen würde, auch wenn das emotionale Band zwischen ihr und Heather sich stärker anfühlte als je zuvor. War es nun das Gespräch einer

413

Mutter mit ihrer Tochter oder das zwischen zwei Freundinnen, als sie sich über Amar Gedanken machten? Dass sie dies taten, schien er mitzubekommen, weil er ihnen vom Heck des Seglers aus ein warmes Lächeln zuwarf.

»Es wird nicht einfach werden«, sagte Heather.

»Ich bin keine Britin. Die Briten mögen die Deutschen sowieso nicht und den Einheimischen ist es egal, mit wem ich zusammen bin.«

»Du musst mir versprechen, dass ihr eines Tages bei mir wohnt. Alles andere lasse ich nicht gelten.« Heathers Tonfall war fast schon mütterlich streng.

»Aber sagt man nicht immer, dass es besser ist, wenn die Kinder nicht bei den Eltern … Also bei uns daheim ist das so«, deutete Ella augenzwinkernd an.

»Untersteh dich!«

Ella lachte und Heather dann auch. Ihre Miene wurde jedoch wieder ernst.

»Ich hoffe, dass Mutter zurück nach England geht«, sagte Heather mit leiser Stimme.

»Sie wird sich aber erst noch vor Gericht verantworten müssen«, erwiderte Ella.

Heather nickte, wirkte dabei aber fast erleichtert.

»Meinst du, sie hat etwas mit Rudolfs Tod zu tun?«, fragte Ella.

»Ich versuche, es mir nicht einmal vorzustellen«, gab Heather zurück.

»Und Amar? Ich fürchte, ich habe mich an seine Nähe schon viel zu sehr gewöhnt. Wo würde er wohnen?«

»Natürlich bei uns. Amar wird die Plantage leiten, vorausgesetzt, er möchte das, und wir …« Heather seufzte. »So viele verlorene Jahre.«

»Ich möchte dir meine Heimat zeigen. Deine kenne ich ja schon … zumindest ein bisschen«, erwiderte Ella.

»Dann verreisen wir. Hamburg, London und wenn wir schon einmal in Europa sind, möchte ich den Eiffelturm in Paris sehen.«

Heather blickte also wieder nach vorn, schmiedete Pläne, doch Ella war sich sicher, dass noch einige Zeit ins Land gehen würde, bis sie gänzlich aus dem Schatten ihrer Vergangenheit schreiten konnte.

Es dauerte auch nicht lange, bis sich Heathers Miene erneut verfinsterte. Das lag mit Sicherheit nicht daran, dass Singapur nun hinter ihnen lag und sie völlig übernächtigt mit den ersten Sonnenstrahlen durch die enge Meerespassage auf den Hafen von Dshohor zusteuerten. Heather stand eine Konfrontation mit ihrer Mutter bevor. Ella konnte sich lebhaft vorstellen, wie sehr sie das belastete, zumal die Möglichkeit bestand, dass Marjory eine Mörderin war.

Ellas Gedanken kreisten ebenfalls um die ihr bevorstehenden Aufgaben. Der Besuch bei Mary Bridgewater gehörte dazu.

»Meinst du, dass Raj etwas davon geahnt hat, dass du meine Mutter bist?«, fragte Ella.

»Warum fragst du das?«, hakte Heather nach.

»Er hat mir gegenüber Andeutungen gemacht, aus denen ich nie schlau wurde, wegen dir und Jack ...«

»Er muss es mitbekommen haben. Jack musste die Plantage durchqueren, um mich zu sehen. Raj hat sich sicher Fragen gestellt, warum ich nicht mehr aus dem Haus ging, und wer weiß ... vielleicht hat er meinen Bauch gesehen ...«

»Und glaubst du, er wusste von der damaligen Entführung?«, fragte Ella.

»Ganz sicher sogar.«

»Er hat immer gesagt, angeblich würde sich die Wahrheit ihren Weg bahnen. Alles zu seiner Zeit, das waren seine Worte«, erinnerte Ella sich.

»Er nimmt es mit in sein Grab, vielmehr in die Flammen«, sagte Heather, als sie die Anlegestelle erreichten, an der die zwei Polizisten das Schiff vertäuten.

»Flammen?«, fragte Ella irritiert.

»Inder lassen sich in einem Ritual verbrennen … Asche zu Asche … Ich wünschte, ich könnte auch einen Teil meines Lebens einfach so auslöschen«, seufzte Heather.

»Es gehört zu dir … und ohne dich und Jack würde es mich nicht geben«, stellte Ella fest.

Heather nickte. Sie schien Trost bei diesem Gedanken zu finden, weil sie Ella ein zuversichtliches Lächeln schenkte.

Ella überlegte während der frühmorgendlichen Fahrt zu Mary Bridgewaters Haus, dass es sicherlich nicht viele Dinge gab, die die robuste Britin aus der Fassung bringen konnten. Ein unangemeldeter Besuch zu unchristlicher Zeit gehörte zweifelsohne dazu. Doch noch hatten sie eine gut halbstündige Fahrt vor sich – in Mohans Kutsche, die Bujangs Mutter tatsächlich bei Lee abgegeben hatte. Von Lee wussten sie auch, dass Officer Puteri ihre Aussage zum Überfall in der Pension zu Protokoll genommen und ihr gegenüber unter vorgehaltener Hand erwähnt hatte, dass er hoffte, Ella würde es gelingen, unbehelligt das Land zu verlassen. Lee musste bereits auf dem Weg zu ihm sein, um anzukündigen, dass Ella gedachte, ihm nachmittags im Beisein von Heather einen Besuch abzustatten. Warum sie ihn sehen wollten, konnte er sich aufgrund der Aussageprotokolle der britischen Soldaten und Bennetts Überstellung bestimmt denken. Im Grunde genommen hätte auch Amar Officer Puteri aufsuchen können, doch der musste sich um Rajs Einäscherung kümmern. Dementsprechend fuhr Ella nun mit Heather allein zu Mary Bridgewater. Es war nicht nur die Neugier, die sie genau wie Heather dazu angetrieben hatte, Mary schon so früh am Morgen zu behelligen, sondern die Überlegung, dass

416

Marjory ruhig davon ausgehen sollte, Compton wäre inzwischen im Besitz der Tagebucheinträge ihres Vaters. Sie sollte sich in Sicherheit wiegen.

Mary Bridgewaters Haus war bereits in Sicht. Ein indischer Bediensteter empfing die Kutsche. Er kannte Heather und erinnerte sich an Ellas Anwesenheit auf Marys Empfang. Dieser Umstand rechtfertigte es, um eine Audienz bei der »Grande Dame« zu bitten.

»Bitte nehmen Sie doch auf der Veranda Platz«, sagte er und eilte ins Haus.

Ella überraschte es keineswegs, Mary keine zwei Minuten später aus allen Wolken fallen zu sehen, als sie beide auf der Veranda erblickte. Bridgewater im Morgenrock und noch dazu einmal sprachlos zu erleben, das allein war die Reise wert gewesen.

»Ich glaube, ich brauche erst einmal eine starke Tasse Tee. Wer will noch eine?«, fragte sie in die Runde, nachdem sie sich von ihrer Überraschung erholt hatte.

Sie erntete einhelliges Nicken.

»Ich habe erst vorgestern von Amars Anklage und dem Prozess erfahren«, sagte Mary.

»Von Jones?«, wollte Ella wissen.

Mary nickte. »Ich fuhr sofort nach Dshohor, um Sie zu sprechen, und dann hatte es in dieser chinesischen Pension geheißen, Sie wären nicht mehr da. Wo um alles in der Welt waren Sie?«, fragte Mary aufgeregt.

Eigentlich hatte Ella ja geplant, schneller zum Punkt zu kommen und Mary direkt auf das anzusprechen, was Jones herausgefunden hatte, doch was würde das bringen, wenn Mary nicht auf dem Laufenden war? Was auch immer er in Erfahrung gebracht hatte, konnte sie ja nur dann einordnen, wenn sie wusste, was in den letzten zwei Tagen passiert war. Ella fing daher an zu erzählen. Dass Mary gleich noch eine zweite Tasse vom schwarzen Tee benötigte und sich zwei Sherrys als Beigabe gönnte, überraschte Ella angesichts ihrer Eröffnungen ganz und gar nicht.

Eine ganze Weile saß Mary nur schweigend da. Ella konnte ihr ansehen, dass sie immer noch versuchte, alles Gehörte zu verdauen. Ella verwunderte das nicht, nur eine Sache war ihr aufgefallen. So richtig überrascht hatte sich Mary nämlich nicht darüber gezeigt, dass Heather nicht Ellas Schwester, sondern ihre leibliche Mutter war.

»Ich war bei Jones und ich nehme an, Sie wissen das«, fing sie dann von sich aus an.

Ella nickte.

»Ich habe ihn gebeten, in der Vergangenheit zu wühlen. Es hat mir einfach keine Ruhe mehr gelassen. Ich wollte wissen, ob Richard tatsächlich Ellas Vater ist«, erklärte sie in die Runde.

Ella sah sie mindestens so gespannt an wie Heather.

»Was doch dabei alles zutage kommt«, sagte Mary mehr zu sich und goss sich gleich noch einen Sherry nach.

»Jones hat sich die alten Zeitungsarchive angesehen und sich bei Klienten umgehört. Es war die Ähnlichkeit zwischen Heather und Ihnen, die mich frappiert hat. Ich musste mir lediglich Richards Neigung zu Seitensprüngen hinzudenken. Richard musste einfach Ihr leiblicher Vater sein, zumindest dachte ich das anfangs. Jones hat jedoch ganze Arbeit geleistet. Angeblich hatten Richard und Marjory den Wunsch, ein Kind zu adoptieren. Anträge dieser Art werden registriert. Dazu kam noch die Anzeige bei der Polizei wegen Kindesentführung. Chinesen hätten es gestohlen. Der Fall wurde offenbar auf Wunsch der Fosters ad acta gelegt, weil solche Entführungen ja hierzulande nicht unüblich sind und Ermittlungen meist im Sande verlaufen. Ich kann mir vorstellen, dass sich seinerzeit niemand Fragen gestellt hat, auch menschlich gesehen, weil man ja nachvollziehen kann, dass sich in so kurzer Zeit keine emotionale Bindung zu einem adoptierten Säugling aufbauen kann. Ich konnte mir dann eins und eins zusammenzählen. Es kam ja noch Jack mit ins Spiel. Auch wenn Sie versucht haben, es geheim zu halten, werte Heather, Männer sind dumm. Sie prahlen mit ihren Liebschaften …«, sagte Mary.

»Jack hat …?« Heather fiel es sichtlich schwer, dies zu glauben.

»Er ist nur ein Mann, noch dazu ein britischer Offizier und einer von der verachtenswertesten Sorte, wenn ich mir die Bemerkung erlauben darf.«

»Verachtenswert?« Heather war so durcheinander, dass sie keinen ganzen Satz mehr herausbrachte.

»Hat er Ihnen jemals verbindlich zugetragen, dass er Sie zu ehelichen gedenkt? Sie müssen damals siebzehn gewesen sein, habe ich recht?«

Heather tauschte Blicke mit Ella.

»Das dachte ich mir«, fuhr Mary fort.

Heather konnte sich jedes weitere Wort ersparen.

»Es ist nämlich so, dass Jack bereits verheiratet war, mit einer Isabel, die sicherlich keine Ahnung von seinen Eskapaden hatte«, führte Mary aus.

»Was?« Heather fiel aus allen Wolken.

»Jetzt stellen Sie sich einmal den Skandal vor. Isabel hat blaues Blut in ihren Adern und Jacks Familie gehört zu den angesehensten in England«, fuhr Mary fort.

Heather griff nach Ellas Hand, um daran Halt zu finden.

»Glücklicherweise scheint es im Leben doch so etwas wie Gerechtigkeit von oben zu geben, denn Jack kam auf tragische Art und Weise ums Leben.«

»Ich weiß. Er ist ertrunken. Irgendwo in den Gewässern zwischen Malakka und Sumatra«, warf Heather ein.

Nun war Mary es, die sich erstaunt zeigte.

»Mitnichten, meine Liebe. Er hat sich eine Geschlechtskrankheit zugezogen und ist ein Jahr nach seiner Rückkehr nach England daran krepiert, und hoffentlich elendig«, sagte Mary mit Inbrunst.

»Aber Vater hat mir erzählt …«, wandte Heather ein.

»Was sonst hätte er Ihnen denn sagen sollen? Etwa die Wahrheit? Sie wären am Ende noch auf den Gedanken gekommen, mit dem nächsten Schiff nach England zu fahren, um ihn zur Rechenschaft zu ziehen.« Marys Logik erschien Ella unbestechlich.

»Meine Eltern haben mich die ganze Zeit über belogen. Mutter auch … Sie muss doch davon gewusst haben …«, sinnierte Heather, die das Ausmaß der Lüge erst nach und nach zu begreifen schien.

»Das nehme ich an«, sagte Mary. Sie nippte wieder an ihrem Sherry.

»Es gibt aber noch einen interessanten Aspekt an dieser Angelegenheit, der Sie nicht minder erstaunen wird.«

Mary schien ihre Rolle zu genießen, Klarheit ins Dunkel zu bringen.

»Haben Sie sich nie gefragt, warum Compton so eng mit den Fosters befreundet ist? Marjory musste ja nur mit dem Finger schnippen …«, stellte Mary in den Raum.

»Sie meinen die Anschuldigungen gegen Amar hatten rein gar nichts mit seiner Eifersucht zu tun und damit, dass ich ihn abgewiesen habe?«, fragte Ella.

»Mag sein, dass es mit eine Rolle gespielt hat, doch mir scheint ein anderer Grund viel naheliegender zu sein. Jack Jenkins war Edwards jüngster Cousin.«

Ella saß für einen Moment wie vom Donner gerührt da.

»Sherry?«, fragte Mary.

Heather und Ella nickten einhellig. Nach einem Schluck dieses britischen Seelentrösters fand Ella ihre Sprache wieder.

Alles ergab auf einen Schlag Sinn. Ella hatte dennoch das Bedürfnis, die damalige Lage zu rekapitulieren, um sicher zu sein, dass sie es auch wirklich richtig verstanden hatte.

»Nur ein Wort von Marjory und sie hätte Schande über Comptons Familie gebracht. Isabel, also Jacks Ehefrau, hätte erfahren, dass ihr Gatte ein junges englisches Fräulein geschwängert hat und das Kind noch lebt. Marjory wusste, wo ich aufwuchs, weil wir monatliche Zuwendungen erhielten. Und das war eine Gefahr für Isabels Familie, die ihren Einfluss hätte nutzen können, um Jack post mortem und somit die Comptons gesellschaftlich zu ächten.«

»Sie haben es erfasst, meine Liebe«, gratulierte Mary ihr.

»Also ging die Idee, Ella verschwinden zu lassen, von meinem Vater aus? Mutter hatte der Adoption ja zugestimmt«, erinnerte Heather sich.

»Das könnte ich mir vorstellen. Vielleicht hat man Druck auf ihn ausgeübt. Sanften Druck, versteht sich, und es blieb ihm wahrscheinlich keine andere Wahl … Man sagt ja auch, Richard sei sehr auf gesellschaftliches Ansehen bedacht gewesen«, merkte Mary noch an.

»Vermutlich gibt es dann ja tatsächlich so etwas wie Gerechtigkeit«, sagte Ella leise zu sich.

Heather und Mary sahen sie fragend an.

»Er ist doch auch gestorben, gleich danach …«, sagte sie.

»Das Herz. Es war sein Herz«, warf Heather ein.

Mary musterte sie nur.

»Wirklich das Herz? War es bei Rudolf von Stetten nicht auch das Herz?« Marys Frage hatte einen alarmierten Unterton.

»Was wollen Sie damit andeuten?«, fragte Heather.

Mary überlegte für einen Moment, bevor sie antwortete. »Folgen Sie mir. Nur ein paar Schritte bis hinter das Haus.«

Heather warf Ella einen verwunderten Blick zu, bevor sie sich erhoben und Mary hinterhergingen.

»Ella, ich habe Ihnen doch erzählt, dass mich mit Marjory eine gemeinsame Leidenschaft verbindet«, sagte Mary, während sie das Haus umrundeten.

»Sie meinen den Oleander?«, erinnerte Ella sich.

»Sie haben uns bestimmt oft genug im Garten gesehen«, sagte Mary an Heather gerichtet, was diese bejahte.

»Man hat Rudolf von Stetten in der Nähe der Foster-Plantage gefunden. Nun gut, eine Vergiftung kann der hiesigen Flora und Fauna geschuldet sein, doch als ich dann noch die Umstände von Richards Tod erfuhr – Jones hat wirklich hervorragende Arbeit geleistet! –, war mir das ein Zufall zu viel. Er verstarb anscheinend auf die gleiche Weise wie Rudolf von Stetten.«

»Sie glauben, Marjory hat Rudolf und ihren Mann umgebracht?«, fragte Ella fassungslos.

Vor der ersten Hecke blieb Mary stehen, bückte sich und griff nach einem der grünen Stiele, an dessen Ende frische Knospen austrieben.

»Alle Pflanzenteile, ob Äste, Blätter, Stiele oder Blüten, sind hochgiftig, vor allem aber die Milch des Oleanders. Verdünnt in Flüssigkeit oder sonst wie verabreicht ist sie tödlich. Das Gift bewirkt, dass der Herzschlag sich immer mehr verlangsamt. Atemnot kommt noch mit hinzu. Irgendwann bleibt das Herz ganz stehen. Es sieht so aus, als ob jemand an Herzversagen gestorben wäre. Zugegebenermaßen wissen das nicht viele«, erklärte Mary.

»Meine Mutter wusste es?«, fragte Heather.

»Von mir. Ich hatte sie gewarnt und ihr angeraten, sich nach der Gartenarbeit immer gründlich die Hände zu waschen oder am besten Handschuhe zu tragen, wenn sie die Hecke schneidet. Wie oft fasst man sich unbedacht ins Auge?«, erklärte Mary.

»Aber warum sollte sie ihren eigenen Mann umbringen?« Ella konnte es sich nicht erklären.

»Das, meine Lieben, müssen Sie Marjory fragen.« Ella sah Heather an, dass sie mindestens so sehr darauf brannte, dies zu erfahren, wie sie selbst.

Ella überraschte es keinesfalls, dass Heather hin- und hergerissen war, ihre Mutter zur Rede zu stellen. Zurück in Dshohor hatte Heather sogar ernsthaft überlegt, in der Pension zu bleiben, und das lag nicht nur an Marys Enthüllungen und Mutmaßungen. Heather hatte sich ja bereits vor ihrer Reise an die Ostküste gedanklich von ihrer Mutter verabschiedet, weil sie sie belogen und ihr das eigene Kind vorenthalten hatte. Ella war aber fest davon überzeugt, dass sie auch Angst vor einer erneuten Begegnung hatte. Das war alles andere als verwunderlich, schließlich war Marjory nun mal Heathers Mutter und hatte sie, sofern Ella Heathers Erzählungen Glauben schenken konnte, immer geliebt und umsorgt.

Ella war bereits auf die Kutsche gestiegen, um zu Officer Puteri zu fahren, als Heather sich doch noch ein Herz fasste und sich dazu entschied, sie zu begleiten.

»Ich muss es einfach wissen.« Mehr musste Heather gar nicht sagen und dabei blieb es. Sie schwieg innerlich angespannt, bis sie in Puteris Büro waren.

Amar wartete dort bereits auf sie. Auch er hatte seine Aussage zum Überfall auf Lees Pension und zu Comptons Tod zu Protokoll geben müssen.

»Wird man Bujang wohl in Ruhe lassen?«, fragte Ella als Erstes.

»Compton hat klar seine Kompetenzen überschritten und aus Eigeninteresse gehandelt. Er hat Raj aus niederen Beweggründen erschossen. Ich denke, dass es keine weiteren Verwicklungen geben wird, auch nicht vonseiten eines neuen Governors«, versicherte Puteri ihnen.

»Soll ich euch begleiten?«, fragte Amar.

Heather schien darüber nachzudenken, schüttelte dann aber den Kopf. Der Gang nach Canossa war ihrer, doch auch Ella war der Ansicht, dass es besser sein würde, wenn sie Marjory nur zu dritt aufsuchten.

»Ich warte bei Lee auf euch«, sagte Amar und nahm Ella in den Arm. Dann legte er für einen Moment seine Hand auf Heathers Schulter, eine tröstende und kraftspendende Geste, die Heather mit einem dankbaren Lächeln quittierte.

»Mir bleibt nichts anderes übrig, als Mrs. Foster zu inhaftieren«, sagte Puteri, noch bevor sie die Polizeikutsche erreichten. Anscheinend wollte er sich rückversichern, ob Heather dem gewachsen war.

Heather nickte lediglich apathisch und stieg auf.

Ella konnte sich nur allzu lebhaft vorstellen, was nun in ihr vorging.

Das Plantagenleben schien von all dem unberührt zu sein. Dass Raj fehlte, war ihr nicht anzumerken. Die Arbeiter trugen die an Holzbalken baumelnden Eimer mit dem weißen Blut der Erde, wie es Raj genannt hatte.

Sie passierten die Stelle, an der Ella dem Inder zum ersten Mal begegnet war, an der Seite von Rudolf. Und wie hatte sie sich in Raj seinerzeit getäuscht gehabt!

Ella sah Heather an, dass sie mit jedem Meter, den sie sich ihrem Zuhause näherten, immer mehr versteifte. Sie umklammerte das Eisengerüst der Polsterung, auf der sie saßen.

Die Zufahrt zum Anwesen fühlte sich für Ella vertraut an. Sie überlegte, wo sie Marjory antreffen würden. Wahrscheinlich stritt sie alles in ihrem herrischen Tonfall ab. Letztlich war es sowieso unmöglich zu beweisen, dass sie Rudolf und ihren Mann vergiftet hatte. Dass sie mit Compton gemeinsame Sache gemacht und ihn zum Mord angestiftet hatte, war jedoch unstrittig, und dafür würde sie zweifelsohne ins Gefängnis kommen – zumindest hatte Officer Puteri ihnen das versichert.

Puteri brauchte die Kutsche gar nicht bis vor das Haus zu fahren. Marjory saß auf der Veranda des Oleanderhauses. Sie musste sie kommen sehen, regte sich jedoch nicht. Man konnte meinen, sie legte nach einem harten Arbeitstag eine Pause im Schatten der Veranda ein. Auf dem Tisch vor ihr standen eine Karaffe und ein befülltes Glas. Ihr Blick schien starr in die Ferne gerichtet. Noch nicht einmal, als Heather abgestiegen war, regte sie sich. Es hatte den Anschein, als ob sie durch alle hindurchsehen würde.

Officer Puteri ging auf sie zu. Vermutlich wollte er ihr sagen, dass er sie verhaften würde, doch dazu kam es nicht mehr.

»Wie ich es mir dachte. Compton hat versagt«, gab Marjory mit eisiger Stimme von sich. Mit allem hätte Ella gerechnet, aber nicht mit diesem Eingeständnis.

»Was ist mit ihm? Er hätte schon heute morgen hier sein müssen«, fuhr Marjory fort.

»Der Governor ist tot«, sagte Puteri.

Marjory hatte dafür nur ein verächtliches Lächeln übrig.

Puteri tauschte mit Ella und Heather erstaunte Blicke, aber er fing sich als Erster. »Ich muss Sie bitten, mit mir zu kommen, Mrs. Foster. Ihnen wird Anstiftung zum Mord vorgeworfen und Erpressung eines britischen Offiziers. Ferner steht der Verdacht im Raum, dass Sie Rudolf von Stetten ermordet haben.«

Marjory lachte wie von Sinnen. Dann holte sie tief Luft, seufzte und griff zum Glas vor ihr, das sie zügig leerte.

»Mutter!«, stieß Heather aus. Sie hatte sofort erfasst, was Marjory vorhatte.

»Es lohnt sich nicht mehr, mich zu verhaften. In spätestens einer Stunde bin ich nicht mehr am Leben. Ein süßer Tod. Mit so viel Sirup verliert sich der bittere Geschmack«, sagte Marjory.

»Mutter? Warum tust du das?«, rief Heather verzweifelt. Wie schrecklich musste es für Heather sein, dass ihre Mutter sich vor ihren Augen das Leben nahm?

Marjorys eiserne Miene taute etwas auf.

»Ich kann nicht mehr mit dieser Schuld leben«, sagte sie stumpf.

»Hast du auch Vater vergiftet?«, fragte Heather, die nicht wagte, sich ihrer Mutter zu nähern.

Marjory lachte bitter auf.

»Erinnerst du dich denn nicht mehr, wie sehr du gelitten hast? Wer hat dir denn dieses Leid beigefügt? Er war es!« Ella spürte den ganzen Hass, den Marjory gegen ihren Mann hegte, in ihrer Stimme.

»Jeden Tag habe ich seine Visage im Salon angesehen, um mir immer wieder aufs Neue zu sagen, dass ich richtig gehandelt habe. Ich hoffe, er schmort in der Hölle«, fuhr Marjory fort, doch dann richtete sie ihren Blick auf Ella.

»Arme Ella … Wir wollten dich nicht weggeben, Heather und ich. Aber er wollte es, weil er feige war, weil er Angst hatte, seine Macht und sein Ansehen zu verlieren. Er wollte nicht auf mich hören.« Marjorys Stimme schlug um. Sie wurde weich, fast sentimental. »Ich habe ihn angefleht. ›Es ist doch nur ein Kind. Niemand wird Fragen stellen. Niemand. Hörst du?‹«

»Du hast gewusst, dass die Entführung eine Lüge war?«, wollte Heather wissen.

Marjory nickte schweren Herzens. Ella konnte ihr ansehen, dass sie bereits Mühe hatte, ihren Körper aufrecht zu halten.

»Wie hast du es herausgefunden?«, gab sie mit schwächer werdender Stimme von sich.

Heather litt so sehr, dass sie keinen Ton mehr herausbrachte.

»Mary Bridgewater«, sagte Ella.

»Mary …« Ein fast schon amüsierter Laut folgte. »Mary weiß einfach alles …«, röchelte sie. Dann blickte sie zum Oleander.

»Ist er nicht wunderschön? Ich habe mir immer gewünscht, eines Tages hier zu sitzen und einfach nur friedlich einzuschlafen«, hauchte Marjory. Ihre Stimme war kaum noch vernehmbar. Ein Ruck ging durch ihren Körper. Marjory fasste sich an die Brust und rang nach Atem.

Heather löste sich aus ihrer Starre und ging zu Marjory.

Ella registrierte, wie hilflos Heather wirkte, wie unentschlossen, was sie tun sollte.

Sie ergriff dann aber doch die Hand ihrer Mutter, die sich daraufhin zu ihr umdrehte, um sie direkt anzusehen.

»Ich hab es für dich getan … Heather. Bitte glaub mir. Ich wollte nicht mehr, dass du den Schmerz …« Wieder rang Marjory um Atem.

»Ich konnte es Richard nicht verzeihen … und dieser Deutsche, nach all den Jahren … Ich konnte nicht zulassen, dass er Heather wehtut«, sagte Marjory an Ella und den Officer gerichtet.

Marjory wandte sich wieder Heather zu.

»Bitte setz dich zu mir, mein Kind … Es wird nicht mehr lange dauern …«

Heather konnte gar nicht mehr anders, als auf dem Stuhl neben ihrer Mutter Platz zu nehmen. Ihre Augen füllten sich mit Tränen.

»Verzeih mir, Kind. Bitte verzeih mir …«, hauchte sie, bevor sie sich erneut an die Brust griff und anfing zu röcheln. Marjory hatte nicht mehr die Kraft, ihren Kopf aufrecht zu halten. Er sank auf die Brust ihrer Tochter. Es sah so aus, als ob ein Kind Trost bei seiner Mutter suchte, obwohl es doch umgekehrt war.

»Wir sollten sie allein lassen«, sagte Ella an Puteri gerichtet, woraufhin er verständnisvoll nickte.

Auch Heather warf ihr einen dankbaren Blick zu.

Ella wendete sich ab und ging mit Puteri zurück zur Kutsche, doch sie blieben dort nicht stehen.

»Das Anwesen hat einen wunderschönen Garten«, sagte Ella.

427

»Es würde mich freuen, wenn Sie ihn mir zeigen könnten«, erwiderte der Officer.

Ella spürte, dass sie das Richtige tat. Wenigstens konnte Heather nun Frieden mit ihrer Vergangenheit schließen. Auch wenn Ella immer noch kaum glauben konnte, dass Marjory zwei Menschen kaltblütig ermordet hatte, so milderten ihre Beweggründe die Tat: Letztendlich hatte sie es aus Liebe zu ihrer Tochter getan.

Epilog

Sagte man nicht, dass Zeit dazu in der Lage sei, alle Wunden zu heilen? Es war die Zeit der Begräbnisse gewesen. Raj hatte im Feuer seinen Frieden gefunden. Er schien keine Freunde und Anverwandte zu haben. Lediglich Amar, Bujang, Heather und auch Lee hatten Ella zu seiner Verbrennung begleitet. Dass Officer Puteri dort zugegen gewesen war, hatte alle überrascht. Er zollte ihm Respekt, wie alle Anwesenden. Der zweite Abschied hatte keine zwei Tage danach auf dem hiesigen Friedhof stattgefunden. Ein Steinmetz hatte neben Richard Fosters Namen den von Marjory eingraviert. Ella hatte Heathers Entscheidung begrüßt, dass sie nur zu zweit Abschied nahmen. Einige Tage später hatten sich doch ein paar Kränze zu ihnen hinzugesellt. Der schönste war von Mary Bridgewater. Ein Oleandergesteck war auf Beerdigungen unüblich, doch in diesem Fall hätte Marys Wahl wohl nicht besser sein können, so makaber es letztlich auch war. Mary war es auch gewesen, die entscheidend zur heilsamen Wirkung der Tage, die seit Marjorys Tod ins Land gezogen waren, beigetragen hatte. Ella hatte ihr gegenüber lediglich erwähnt, dass sie ihre Arbeit vermisste und Doktor Bagus vom hiesigen Krankenhaus ihr angeboten hatte, ihre Sachkenntnis der Naturmedizin in Vorträgen zu präsentieren. Zwei Tage später war Henry Jones höchstpersönlich vor den Pforten des Foster-Hauses gestanden, um ihr eine Arbeitserlaubnis in die Hand zu drücken. Ella nahm sich vor, sie in Anspruch zu nehmen.

All das hatte sie ihrer Adoptivmutter nun endlich geschrieben. Obwohl Ella wusste, dass sie noch Wochen auf eine Antwort von ihr aus Hamburg warten musste, war sie sich sicher, dass sie ihre Beweggründe, warum sie in Malakka bleiben wollte, verstehen würde. Ob sie der Einladung hierher wohl folgen würde, nachdem sie die Wahrheit über die Herkunft ihrer Tochter wusste?

Im Haus selbst hatte sich kaum etwas verändert, nur das Bild ihres Vaters wollte Heather nicht mehr im Haus haben. Ella war somit Zeuge einer weiteren Verbrennung geworden, auch wenn Richard kein Hindu war. Heather hatte das Bild wie auf einem Scheiterhaufen verbrannt.

Weitere Änderungen im Haus waren unumgänglich. Auch wenn Ella nichts dagegen gehabt hätte, Lees Gastfreundschaft weiterhin in Anspruch zu nehmen, so hatte Heather darauf bestanden, dass sie zu ihr zog. Ella war sich nicht sicher gewesen, ob Heather tatsächlich zustimmen würde, dass Amar auch bei ihnen im Haus wohnte. Am Ende hatte sie ihre Abneigung gegen Männer immer noch nicht überwunden. Ein Mann im Haus der Fosters war zudem ungewohnt. Doch zu ihrer Überraschung war das genaue Gegenteil der Fall gewesen. Witzigerweise hatte Jaya zunächst geglaubt, dass Amar nun im Haus angestellt sei, jedenfalls so lange, bis sie Ella Arm in Arm mit ihm gesehen hatte.

»Was kümmern mich die Leute?« Heather klang bereits wie Mary Bridgewater, die sie bestimmt jeden dritten Tag besuchen kam – immer unter einem anderen Vorwand. Dass sie sich bereits über Mischehen und deren rechtlichen Status informiert hatte, wunderte Ella keineswegs.

Amar war tagsüber auf den Feldern und ging seiner normalen Arbeit nach. Die Männer respektierten ihn, weil er schon vor den tragischen Ereignissen einer von zwei Vorarbeitern gewesen war. Auspeitschungen würde es auf der Foster-Plantage jedenfalls nicht mehr geben.

Es hatte sich in den letzten Tagen eingebürgert, dass Ella mit Heather im Oleanderhaus zusammensaß, um die Mittagshitze zu überstehen. Die schattige Terrasse bot sich regelrecht dafür an. Heather nahm dies heute zum Anlass, um Ella von Jack zu erzählen. Sie schien sich förmlich dazu zwingen zu müssen, nur an die schönen Momente an seiner Seite zu denken, um den Verrat, den er begangen hatte, damit zu übertünchen.

»Wer weiß. Vielleicht hat er dich ja wirklich aufrichtig geliebt und war nur zu feige, zu seiner Liebe zu stehen«, wagte Ella zu sagen.

»Das hat er«, erwiderte Heather. Sie war dabei aufzustehen.

»Komm, ich zeige dir etwas.«

Heather reichte ihr die Hand und bedeutete Ella, ihr zu folgen.

Ella konnte sich denken, wohin Heather wollte.

»Das Herz, nicht wahr?«, mutmaßte sie.

Ella ließ sich dorthin führen, doch sie sah etwas anderes, als sie an diesem Baum vermutet hatte. Es hatte sich ein zweites Herz hinzugesellt. Ella besah es sich näher. Die Buchstaben »A« und »E« vereinigten sich in ihm.

Ella lachte.

»Hast du das geschnitzt?«, wollte sie von Heather wissen.

»Zusammen mit Amar.« Heather seufzte etwas wehmütig.

»Er liebt dich sehr«, fuhr Heather fort, doch dann versank sie für einen Moment in Gedanken.

»Auch wenn ihr heiratet, werden sie ihn immer für deinen Liebhaber halten«, gab Heather ihr zu verstehen.

»Das ist er doch auch«, erwiderte Ella mit einem Lächeln.

»Ja, und ich werde aller Voraussicht nach als einsame alte Frau enden und mich eines Tages um eure Enkelkinder kümmern«, sagte Heather.

»Jetzt bist du erst einmal meine Mutter. Mit Großmutter lasse ich mir noch etwas Zeit, sofern meine innere Uhr mitspielt«, sagte Ella ganz offen. »Außerdem hast du dich lange genug vor dem Leben verkrochen! Wir sollten ausgehen … Singapur ist nicht weit von hier«, deutete Ella an. Sie hoffte inständig, dass Heather sich gegenüber der Männerwelt doch eines Tages wieder öffnen würde.

Heather verstand genau, worauf sie hinauswollte.

»Gelegentlich habe ich sehr unter der Einsamkeit gelitten, aber immer wenn mir einer gefiel, konnte ich nicht. Ich hatte solche Angst, noch einmal verletzt zu werden. Aber du hast recht. Vielleicht eines Tages …«, sagte Heather, während ihr Blick über die Weite der Plantage schweifte.

Ella konnte kaum glauben, was Heather da eben von sich gegeben hatte. Allein schon, dass sie mit ihr nun so befreit über dieses Thema sprechen konnte, wertete Ella als Beweis, dass Heathers Seele dabei war zu heilen.

Was hatte Raj gesagt? »Das weiße Blut der Erde. Man sagt ihm nach, dass es kranke Seelen heilt.« Damit hatten sich die Bäume dieser Plantage aber lange Zeit gelassen, überlegte Ella im Stillen. Sie folgte trotzdem Heathers Blick auf die schier endlosen Reihen der Kautschukbäume und sprach ein stilles Gebet für ihren Adoptivvater, der sie mit seinen letzten Worten auf eine Reise geschickt hatte, die sie schlussendlich zu ihrer leiblichen Mutter geführt hatte.

Zeitfracht Medien GmbH
Ferdinand-Jühlke-Straße 7
99095 Erfurt, Deutschland
produktsicherheit@kolibri360.de

Druck:
CPI Druckdienstleistungen GmbH
im Auftrag der
Zeitfracht Medien GmbH
Ein Unternehmen der Zeitfracht - Gruppe
Ferdinand-Jühlke-Str. 7
99095 Erfurt